W0342137

KARL MAY

KLASSISCHE MEISTERWERKE

Diese Sammlung umfaßt alle Bücher, die Karl Mays Weltruhm begründeten: die Reiseerzählungen und die eigens für die Jugend verfaßten Bände.

KARL MAY

IN DEN SCHLUCHTEN DES BALKAN

REISEERZÄHLUNG

KARL-MAY-VERLAG · BAMBERG
in Zusammenarbeit mit dem
VERLAG CARL UEBERREUTER · WIEN

INHALT

Herausgegeben von Dr. E. A. Schmid

Diese Ausgabe erscheint in enger Zusammenarbeit
mit dem Verlag Carl Ueberreuter, Wien.
Der Inhalt dieses Buches entspricht dem Band 4
der grünen Originalausgabe „Karl Mays Gesammelte Werke".

© 1951 Karl-May-Verlag, Bamberg / Alle Urheber-
und Verlagsrechte vorbehalten.

ISBN 3-7802 0504-1
Gesamtherstellung: Ebner Ulm

1. Die Verfolgung beginnt

Wir waren noch nicht lange geritten, seitdem ich mit Halef, Omar und Osko in Begleitung der drei Saptijeler Adrianopel verlassen hatte, da hörten wir Hufschlag hinter uns. Wir wandten uns um und erblickten einen Reiter, der uns im Galopp einzuholen trachtete. Sogleich zügelten wir unsre Tiere, um ihn heranzulassen, und erkannten bald Malhem, den Türhüter Hulams. Er ritt ein schwer bepacktes Pferd, von dem er herabsprang, als er uns erreicht hatte.

„Sêlam!" grüßte er kurz. Wir gaben ihm diesen Gruß zurück, und auf unsere fragenden Blicke erklärte er mir: „Verzeih, Effendi, daß ich euern eiligen Ritt unterbreche! Mein Herr gebot mir, euch zu folgen." — „Weshalb?" forschte ich. — „Um euch dieses Pferd zu bringen." — „Was hast du aufgeladen?" — „Lebensmittel und andre Dinge, die ihr vielleicht notwendig brauchen werdet." — „Wir sind schon für mehrere Tage versehen!" — „Trotzdem! Mein Herr glaubte, die Leute, die ihr verfolgt, könnten von der Straße abweichen. Wenn sie sich in die Berge schlagen, so findet ihr nur Futter für die Pferde, für euch aber nichts." — „Dein Herr ist sehr gütig. Aber dieses schwer bepackte Pferd ist doch nur geeignet, unsern Ritt zu verlangsamen." — „Ich habe es euch gebracht; ich muß gehorchen. Afietde kalyn! Allah ßeferinisi chairli eileje — bleibt gesund! Allah gebe euch eine gute Reise!" Bei diesen Worten warf Malhem dem Pferd den Zügel über den Hals, machte kehrt und rannte eiligen Laufs davon, nach Edirne zurück. Sofort wandte Halef sein Pferd der Stadt entgegen und fragte: „Soll ich ihm nach, Sihdi?" — „Wozu?" — „Malhem festnehmen und herbringen, damit er deinen Willen erfährt!" — „Nein, laß ihn gehen! Wir dürfen keine Zeit versäumen." — „Was wird da in den Decken und Matten verpackt sein?" — „Das brauchen wir jetzt nicht zu wissen. Wir werden nachsehen, wenn es Abend geworden ist. Nimm du das Pferd am Zügel! Vorwärts wieder!" Der unterbrochene Ritt wurde fortgesetzt. Ich ritt voran, und die andern folgten. Das geschah, weil ich nach Spuren suchen mußte, obgleich dies fast aussichtslos schien. Der Weg war zwar keine Straße zu nennen, aber doch leidlich belebt. Der kleine Hadschi hatte recht gehabt, als er sagte, daß hier die Fährte eines Verfolgten nicht so leicht zu entdecken sei wie in der Sahara. Darum richtete ich mein Augenmerk auch nicht auf den Weg selbst, sondern auf dessen linken Rand. Die andre Seite des Wegs bildete das Ufer der Arda. Solange ich hier nicht Spuren fand, die besagten, daß die drei Reiter von der Richtung, die wir verfolgten, abgewichen seien, konnte ich ziemlich sicher sein, die Gesuchten vor uns zu haben. Es begegneten uns Reiter, schwerfällige Wagen und Fußgänger, doch richtete ich an niemand eine Frage. Da die Flüchtigen bereits am vorigen Abend hier geritten waren, konnte keiner der uns Begegnenden sie getroffen haben. Auch an den kleinen Häusergruppen, an denen wir vorbeikamen, hielt ich nicht an, da hier keine Wege abzweigten, die Barud el Amasat hätte einschlagen können. Als wir aber eine kleine Ortschaft erreichten, Ortaköj genannt, von der einige Pfade zur Seite liefen, hielt ich an und redete den ersten, den ich traf, an: „Selâm! Gibt es in diesem Ort, den Allah segnen möge, vielleicht einen Bekdschi[1]?" Der Gefragte trug einen riesigen Sarras[2] an der Seite, einen fürchterlichen Knüppel in der Rechten, hatte um den Fes ein Tuch geschlungen, das vor Schmutz starrte, und ging barfuß. Er betrachtete mich eine Weile und schickte sich dann an, diese eingehende Betrachtung über die andern ergehen zu lassen. „Nun?" bemerkte ich ungeduldig. — „Jawâsch, jawâsch — langsam, langsam!" mahnte der Zerlumpte. Er stützte sich auf einen Stock und begann die Gestalt des kleinen Hadschi einer eingehenden Besichtigung zu unterwerfen. Halef aber langte zur Sattelöse und zog seine Peitsche hervor. „Kennst du vielleicht dieses Ding hier?" Der Gefragte warf sich in die Brust und griff an den Säbel. „Kennst du dieses hier, Kleiner?" Kleiner! Kein andres Wort hätte Halef so tief beleidigen können. Er holte zum Schlag aus; ich aber drängte mein Pferd rasch zwischen ihn und den Bedrohten und warnte: „Keine Übereilung, Halef! Dieser Mann wird mir meine Frage schon beantworten." Ich zog einige kleine Münzen aus der Tasche, zeigte sie dem Sarrasträger und wiederholte: „Also, gibt es hier einen Bekdschi?" — „Gibst du mir das Geld?" fragte er. — „Ja." — „Dann her damit!" erwiderte der Mann kurz und streckte die Hand aus. — „Erst die Antwort!" — „Ja, es gibt einen Bekdschi. Nun aber gib mir das Geld!" Es waren nur einige kupferne Parastücke. „Hier hast du!" sagte ich. „Wo wohnt der Bekdschi?" Er steckte das Geld ein, wiegte den Kopf und erkundigte sich grinsend: „Bezahlst du auch diese Frage?" — „Du bist bereits bezahlt!" — „Für die

[1] Nachtwächter [2] Säbel

erste, aber nicht für die zweite." — „Gut, hier hast du noch zwei Fünfparastücke! Also, wo wohnt der Bekdschi?" — „Dort im letzten Haus", erklärte der Mann, auf ein Bauwerk deutend, das nicht einmal die Bezeichnung Hütte, sondern nur den Namen Stall verdiente. Wir setzten uns in der angegebenen Richtung in Bewegung. Als wir die baufällige, einstöckige Wohnung erreichten, stieg ich vom Pferd, um an das Loch zu treten, das als Ein- und Ausgang diente. In diesem Augenblick erschien eine Frau in dem Loch, die durch den Hufschlag unsrer Pferde hervorgelockt worden war.

„Wai! Atsch gösünü — o wehe! Mach deine Augen zu!" rief sie und trat eiligst zurück. Ihr Gesicht war nämlich nicht verschleiert. Daher die Scheu. Auch sie war barfuß. Ihr Körper war in ein altes, zerfetztes Kleid gehüllt, und ihr Haar hatte das Aussehen, als sei ihr Scheitel eine Filzfabrik. Wasser war anscheinend seit Monaten nicht an ihr Gesicht gekommen. Ich glaubte beinahe, die Frau werde sich nicht wieder blicken lassen, aber nach einigen ungeduldigen Ausrufen meinerseits kam sie doch wieder zum Vorschein. Sie hielt jetzt den Boden eines zerbrochenen Korbes vor ihr Gesicht. Durch die Ritzen des Weidengeflechtes konnte sie uns sehen, ohne daß es uns möglich war, uns an ihrer Schönheit zu ergötzen. „Was wollt ihr?" fragte sie scheu. — „Hier wohnt der Bekdschi?" mußte ich wieder fragen. — „Ja." — „Du bist sein Weib?" — „Ich bin sein einziges Weib", erwiderte die Frau stolz. Sie legte Wert auf die Betonung der Tatsache, daß sie das Herz ihres mitternächtlichen Paschas ganz allein besaß. „Ist er daheim?" — „Nein." — „Wo befindet sich dein Herr?" — „Er ist ausgegangen." — „Wohin?" — „Auf die Wege seines Amts." — „Es ist aber doch nicht Nacht!" — „Mein Herr wacht nicht nur des Nachts, sondern auch am Tag über die Untertanen des Padischah. Er ist nicht bloß Bekdschi, sondern auch Diener des Kjaja, dessen Befehle er ausführen muß." Kjaja ist Ortsvorsteher. Da fiel mir der Mann ein, mit dem wir vorhin gesprochen hatten. Ich drehte mich um und richtig, da kam er langsam und stolz auf uns zugeschritten. Das war mir denn doch zuviel. Ich schnitt die finsterste Miene und trat ihm einige Schritte entgegen. „Du selbst bist der Bekdschi?" fragte ich den Sarrasträger. „Ja", erklärte er selbstbewußt. Hadschi Halef Omar bemerkte, daß ich nicht mehr guter Laune war, und lenkte sein Pferd hart an den Wächter der Nacht und des Tages heran, mich dabei im Auge behaltend. Ich wußte, was er wollte, und winkte ihm bejahend zu. „Warum sagtest du das nicht gleich, als ich vorhin mit dir sprach?" fragte ich streng. — „Ich hatte es nicht nötig. Hast du noch Geld?" — „Genug für dich. Paß auf, ich will dich für alle weiteren Fragen gleich vorausbezahlen." Ein neuerlicher Wink von mir, und die Peitsche Halefs klatschte auf den

Rücken des Wächters der Untertanen des Padischah nieder. Er wollte zurückspringen, aber der kleine Hadschi hatte sein Pferd so sicher zwischen den Schenkeln, daß er den Mann an die Wand drängte und immer neue Hiebe an ihn austeilte. Der Gezüchtigte dachte gar nicht daran, von seinem Sarras oder seinem Knüttel Gebrauch zu machen. Er schrie in allen möglichen Tonarten, und sein ‚einziges' Weib stimmte ein. Dabei vergaß die Frau, den Boden des Korbes vor dem Gesicht zu behalten; sie warf vielmehr diesen Bewahrer ihrer weiblichen Würde weit von sich, sprang zum Pferd des Hadschi, faßte dieses am Schweif, zerrte aus Leibeskräften und schrie dabei: „Wai baschina, wai baschina — wehe dir, wehe dir! Wie kannst du den Diener und Liebling des Padischah beleidigen? Zurück, zurück! Bre bre, he he — zu Hilfe, zu Hilfe!" Auf diese kreischenden Rufe wurde es vor den Türen der Häuser und Hütten lebendig, Männer, Kinder und Frauen eilten heraus und herbei, um nach der Ursache des Geschreis zu forschen. Ich winkte Halef, abzulassen, und er gehorchte. Der Nachtwächter mochte zwölf kräftige Schläge erhalten haben. Er ließ den Knüttel aus der Rechten fallen, zog den Säbel aus der Scheide und rieb sich mit der Linken den Rücken. „Was hast du gewagt? Soll ich dich um ein Haupt kürzer machen? Ich werde die ganze Gemeinde gegen dich hetzen und dich zerreißen lassen!" Halef lachte. Er wollte etwas entgegnen, kam aber nicht dazu, denn ein Mann drängte sich durch die Zuschauer und wandte sich mit der barschen Frage an mich: „Was geht hier vor? Wer seid ihr?" Jedenfalls hatte ich den hohen Herrn Ortsvorsteher vor mir, dennoch erkundigte ich mich: „Wer bist denn du?" — „Ich bin der Kjaja dieses Dorfes. Wer gibt euch das Recht, euch an meinem Polizisten zu vergreifen?" — „Sein Verhalten gibt uns das Recht." — „Wieso?" — „Ich forderte Auskunft von ihm, und er verweigerte sie mir. Er verlangte, daß ich ihm jede Antwort einzeln bezahle." — „Er kann seine Antworten verkaufen, so teuer er will." — „Und ich kann sie bezahlen, so hoch es mir beliebt. Jetzt hat er den Lohn voraus, und nun wird er mir antworten müssen."—„Kein Wort!" rief der Wächter.—„Kein Wort wird er antworten", bestätigte der Kjaja. „Ihr habt euch an meinem Diener vergriffen. Folgt mir augenblicklich! Ich werde die Sache untersuchen, und ihr sollt eure Strafe finden!" Da zeigte der kleine Hadschi die Peitsche und fragte: „Sihdi, soll ich diesem Kjaja von Ortaköj die schöne Haut des Nilpferdes zu kosten geben?" — „Jetzt noch nicht, vielleicht aber später", entgegnete ich. — „Was, Hundesohn, mich willst du peitschen lassen?" schrie der Ortsvorsteher. — „Vielleicht ja", erklärte ich ruhig. „Du bist der Kjaja dieses Dorfs. Aber weißt du denn, wer und was ich bin?" Das Ortsoberhaupt schwieg. Meine Frage schien ihm ungelegen zu kommen. Ich fuhr fort: „Du hast diesen Mann den Polizisten genannt?“—„Ja, er ist es.“ — „Nein, er ist es nicht. Er ist ein Einwohner dieses Ortes, und du hast ihn zu deinem Diener gemacht, aber ein Polizist ist er nicht. Sieh dir dagegen diese drei Reiter an, die die Uniform des Großherrn tragen! Du hast einen Nachtwächter, ich aber habe drei wirkliche Saptijeler bei mir. Ahnst du nun, daß ich ein ganz andrer Mann bist als du?“ Um meinen Worten Nachdruck zu geben, fuchtelte Halef dem Kjaja so vor dem Gesicht herum, daß er voll Angst zurückwich. Auch die hinter ihm stehenden Personen zogen sich zurück. Ich merkte diesen vielen Gesichtern an, daß sie mich für einen hohen Herrn zu halten begannen. „Nun, antworte!“ befahl ich. — „Tschelebim — mein Herr, sage zuvor, wer du bist!“ bat der Kjaja kleinlaut. Da fuhr Halef ihn an: „Wurm! Wie kannst du verlangen, daß ein solcher Herr dir sagt, wer er ist? Aber ich will dir in Gnaden mitteilen, daß du vor dem hohen und edlen Kara Ben Nemsi Bei stehst, dem Allah noch viele tausend Sommer geben möge, die Winter gar nicht mitgezählt. Ich hoffe, daß du von ihm gehört hast!“ — „Nein, nie!“ beteuerte der eingeschüchterte Mann, der Wahrheit gemäß. — „Was? Nie?“ donnerte der Kleine ihn an. „Soll ich etwa dein Gehirn so lange zusammendrücken, bis der richtige Gedanke hervorkommt? Denke nach!“ — „Ja, ich habe von ihm gehört“, bekannte der Kjaja in heller Angst. — „Etwa nur einmal?“ — „Nein, sehr viele, viele Male!“ — „Das ist dein Glück, Kjaja! Ich hätte dich gefangengenommen und nach Stambul geschickt, um dich im Bosporus ersäufen zu lassen! Nun aber höre, was dieser erhabene Effendi dir sagen will!“ Bei diesen Worten drängte der Kleine sein Pferd von dem Bedrohten zurück. Seine Augen blitzten scheinbar noch im Zorn, aber um seine Lippen zuckte es verräterisch. Der brave Hadschi mußte sich alle Mühe geben, nicht in lautes Lachen auszubrechen. Aller Augen hingen jetzt an meinem Mund. Ich beruhigte den Kjaja: „Ich bin nicht gekommen, euch Übles zuzufügen. Doch ich bin gewohnt, daß man meine Fragen augenblicklich beantwortet. Dieser Mann weigerte sich, mir freiwillig Auskunft zu erteilen; er wollte Geld erpressen! Darum habe ich ihn züchtigen lassen. Es soll auf ihn ankommen, ob er vielleicht gar noch die Bastonade erhält!“ Während ich mich dem Nachtwächter zuwendete, gab der Ortsvorsteher seinem Amtsdiener ein hastiges Zeichen und raunte ihm zu: „Um Allahs willen, antworte schnell!“ Der nächtliche Beschützer der Untertanen des Padischah warf sich in eine so stramme Haltung, als ob er in mir den Beherrscher der Gläubigen vor sich sähe. „Effendi, frage mich!“ — „Hast du während der letzten Nacht gewacht?“ forschte ich. — „Ja.“ — „Wie lange?“ — „Vom Abend bis zum Morgen.“— „Kamen Fremde ins Dorf?“ — „Nein.“ — „Sind keine Fremden durch Ortaköj geritten?“ — „Nein.“ Bevor aber der Bekdschi diese Antwort gab, glitt ein fragender Blick hinüber zum Kjaja. Ich konnte dessen Gesicht zwar nicht beobachten, hatte aber doch genug gesehen und konnte der Antwort keinen Glauben schenken. Darum sagte ich streng: „Du lügst!“ — „Herr, ich rede die Wahrheit!“ In diesem Augenblick drehte ich mich schnell zum Kjaja um und sah, daß er die Hand warnend an den Mund gelegt hatte. Erst hatte er dem Wächter zugeraunt, schnell zu antworten, und nun veranlaßte er ihn zu schweigen. Das war auffällig. Ich fragte den Wächter: „Du hast auch mit keinem Fremden gesprochen?“

„Nein.“ — „Gut! Kjaja, wo ist deine Wohnung? — „Das Haus da drüben“, erklärte der Gefragte. — „Du und der Bekdschi, ihr werdet mich dort hinüberbegleiten, ihr beide allein. Ich muß mit euch sprechen.“ Ohne mich nach ihnen umzusehen, schritt ich zu dem mir bezeichneten Haus und trat ein. Es war auf bulgarische Weise gebaut und bestand nur aus einem Raum, der aber durch Weidengeflechte in mehrere Abteilungen geschieden war. Im vorderen Gelaß fand ich einen niedern Stuhl mit drei Beinen, auf den ich mich setzte. Die beiden Genannten hatten nicht gewagt, mir zu widerstreben. Sie waren mir fast unmittelbar gefolgt. Durch das Mauerloch, das als Fenster diente, bemerkte ich, daß sich draußen noch immer Bewohner des Ortes beisammenhielten, jedoch in achtungsvoller Entfernung von meinen Begleitern. Der Kjaja und sein Untergebener befanden sich sichtlich in unbehaglicher Stimmung. Beide hatten Angst, und das mußte ich benützen. „Bekdschi, bleibst du auch jetzt noch bei dem, was du vorhin gesagt hast?“ fragte ich. — „Ja.“—„Obwohl du mich belogen hast?“ — „Ich habe nicht gelogen!“ — „Du hast gelogen, und zwar nur deshalb, weil der Kjaja es so haben wollte.“ Der Ortsvorsteher fuhr erschrocken auf.

„Effendi!“ — „Was? Was willst du sagen?“ — „Ich habe doch kein Wort zu diesem Mann gesagt!“ beteuerte der Kjaja. — „Aber gewinkt hast du ihm!“ — „Nein, Effendi.“ — „Ich sage euch, daß ihr beide lügt. Kennt ihr das Sprichwort von dem Juden, der ertrank, weil er sich in den Brunnen schlafen gelegt hatte?“ — „Ja.“ — „Wie jenem Juden wird es auch euch ergehen. Ihr begebt euch in eine Gefahr, die wie das Wasser des Brunnens über euch kommen und euch ersticken wird. Ich aber will euer Unglück nicht und will euch warnen. Ich rede hier mit euch, damit eure Untergebenen und Freunde nicht erfahren sollen, daß ihr die Unwahrheit gesagt habt. Ihr seht, daß ich mild und freundlich mit euch bin. Dafür erwarte ich nun von euch, die Wahrheit zu hören!“ — „Wir haben sie bereits gesagt“, behauptete der Kjaja eifrig. — „Es sind also während dieser Nacht keine Fremden durch Ortaköj geritten?“ — „Nein.“ — „Wie ihr wollt. Ich habe es gut mit euch gemeint, ihr aber meint es desto schlimmer mit euch. Da ihr mich belügt, so werde ich euch nach Edirne schaffen lassen, und zwar zum Wali[1] selbst. Ich habe deshalb die drei Saptijeler mitgebracht. Man wird euch dort schnell den Prozeß machen. Nehmt Abschied von den Eurigen!" Ich sah, daß beide heftig erschraken. — „Effendi, du scherzt!" stotterte der Ortsvorsteher.—„Was fällt dir ein?" erwiderte ich, von meinem Sitz aufstehend. „Ich habe euch weiter nichts zu sagen und werde jetzt die Polizisten rufen." Ich schritt zur Tür. Da trat mir der Kjaja schnell in den Weg und fragte: „Effendi, ist es wahr, daß du uns retten wolltest?" — „Gewiß." — „Auch jetzt noch?" — „Hm! Ich weiß nicht. Ihr habt geleugnet!" — „Aber wenn wir nun gestehen?" — „Dann ist's vielleicht noch Zeit." — „Du wirst nachsichtig sein und uns nicht gefangennehmen?" — „Ihr habt nicht zu fragen, sondern zu antworten. Versteht ihr mich? Was ich dann beschließe, das werdet ihr erfahren. Grausam aber bin ich nicht." Sie blickten einander an. Der Nachtwächter erhob wie in stummer Bitte ein wenig die Hand. „Und hier wird niemand erfahren, was wir dir erzählen, Effendi?" fragte der Kjaja.

„Wohl schwerlich." — „Nun gut, so sollst du die Wahrheit hören. Geh nicht hinaus! Bleib hier und sag uns, was du wissen willst. Wir werden dir nun ehrlich antworten." Ich nahm meinen vorigen Platz wieder ein und wandte mich an den Nachtwächter:

„Also, es sind Fremde in der Nacht durch das Dorf gekommen?"

„Ja." — „Wer?" — „Nach Mitternacht ein Ochsenwagen. Später noch drei Reiter." — „Auf welchen Pferden?" — „Auf zwei Schimmeln und einem Braunen." — „Sprachen sie mit dir?" — „Ja. Ich stand mitten auf der Straße, und da redeten sie mich an."

„Alle drei?" — „Nein, nur der eine." — „Was sagte er?" — „Er bat mich, wenn ich gefragt werden sollte, zu verschweigen, daß ich diese drei Reiter gesehen habe. Er gab mir ein Bakschisch." — „Wieviel?" — „Zwei Piaster." — „Ah, das ist allerdings sehr viel!" lachte ich. „Und für diese zwei Piaster hast du gegen das Gebot des Propheten gesündigt und mir Lügen gesagt?" — „Effendi, nicht die Piaster allein sind schuld." — „Was noch?"

„Sie fragten mich, wie unser Kjaja heiße, und als ich den Namen nannte, begehrten sie, zu ihm geführt zu werden." — „Kanntest du sie oder einen von ihnen?" — „Nein." — „Aber sie scheinen den Kjaja gekannt zu haben, da sie wünschten, mit ihm zu sprechen. Hast du sie zu ihm geführt?" — „Ja." Infolgedessen wandte ich mich an den Ortsvorsteher, der sich offenbar in weit größerer Sorge befand als sein Untergebener. Sein unsicherer Blick ließ erraten, daß er kein gutes Gewissen hatte. „Behauptest du immer

[1] Statthalter

noch, daß niemand durch das Dorf gekommen ist?“ fragte ich ihn. „Effendi, ich hatte Angst“, gestand der Ortsvorsteher. — „Wer Angst fühlt, hat Unrecht getan! Du selbst gibst dir damit ein schlechtes Zeugnis.“ — „Herr, ich bin mir keines Unrechts bewußt!“ — „Wozu dann die Angst? Sehe ich aus wie ein Mann, vor dem man sich ängstigen muß?“ — „Oh, vor dir hatte ich keine Furcht, Effendi.“ — „Vor wem denn?“ — „Vor Manach el Barscha.“ — „Ah, du kennst ihn?“ — „Ja.“ — „Wo hast du ihn kennengelernt?“ — „In Mastanly und Ismilan.“ — „Wie bist du da mit ihm zusammengetroffen?“ — „Er ist Einnehmer der Kopfsteuer in Üsküb und war nach Seres gekommen, um sich dort mit den Einwohnern zu besprechen. Er besuchte von da aus den berühmten Jahrmarkt zu Melnik.“ — „Wann war das?“ — „Vor zwei Jahren. Dann hatte Manach el Barscha in Ismilan und Mastanly zu tun, und an beiden Orten habe ich ihn gesehen.“ — „Hast du auch mit ihm gesprochen?“ — „Nein. Aber ich hörte kürzlich, daß Manach höhere Steuern erhoben habe, als er durfte, und daß er deshalb geflohen sei. Er ist in die Berge gegangen.“ ‚In die Berge gehen‘ heißt, wie bereits bemerkt, unter die Räuber gehen. Darum sagte ich jetzt streng: „So hattest du, sobald er zu dir kam, die Verpflichtung, ihn festzuhalten!“ — „O Effendi, das durfte ich nicht wagen!“ — „Warum nicht?“ — „Es wäre mein Tod gewesen. Es wohnen so viele Männer in den Bergen. In allen Schluchten stecken sie und ihre Verbündeten zählen nach vielen Hunderten. Sie kennen sich alle und halten fest zusammen. Hätte ich ihn gefangengenommen, so wären seine Freunde gekommen und hätten mich getötet!“ — „Du bist ein Feigling und fürchtest dich, deine Pflicht zu tun. Du solltest keinen Augenblick länger Vorsteher bleiben dürfen.“ — „O Herr, du irrst! Es ist mir nicht um mich zu tun. Aber diese Leute hätten unser ganzes Dörfchen dem Erdboden gleichgemacht.“

Da öffnete sich die Tür und der Kopf des kleinen Hadschi erschien in der Öffnung. „Sihdi“, sagte er, „ich muß ein Wort mit dir sprechen.“ Er sagte das, um von dem Kjaja und dem Nachtwächter nicht verstanden zu werden, in der westsaharischen Mundart seiner Heimat. „Was ist es?“ fragte ich. — „Komm her, mach geschwind!“ drängte der Kleine, ohne sich weiter zu erklären. Ich ging also zu ihm hin. Er hatte mir jedenfalls etwas Wichtiges zu berichten. „Nun rede!“ flüsterte ich ihm zu. — „Sihdi“, erklärte er leise, so daß die beiden ihn nicht zu verstehen vermochten, „einer von den Einwohnern gab mir einen verstohlenen Wink und verschwand hinter dem Haus. Ich folgte ihm so unauffällig wie möglich, und da sagte er, daß er uns etwas mitteilen wolle, wenn wir ihm zehn Piaster bezahlen würden.“ — „Wo ist er jetzt?“ — „Noch hinter dem Haus.“ — „Er hat dir weiter nichts gesagt?“ — „Kein Wort,

Sihdi.“ — „Ich werde zu ihm gehen. Bleib du einstweilen hier, damit diese zwei Männer sich nicht gegen uns verständigen können.“ Zehn Piaster, ungefähr zwei Mark, das war nicht zuviel für eine wertvolle Nachricht. Ich ging nicht vorn auf die Dorfstraße hinaus, sondern ich verließ den Raum durch den schmalen, hinteren Ausgang. Da sah ich eine viereckige Umzäunung, in der sich mehrere Pferde befanden. In der Nähe stand ein Mann, der augenscheinlich auf mich wartete. Als er mich sah, kam er schnell auf mich zu und fragte leise: „Willst du bezahlen, Effendi?“ — „Ja.“ — „So gib her!“ — „Hier!“ Ich zog die kleine Summe hervor. Er steckte sie ein und raunte mir dann zu: „Die drei Reiter sind dagewesen!“ — „Ich weiß es.“ — „Der Kjaja hat ihnen ein Pferd vertauscht, einen Schimmel. Sie wollten drei Schimmel haben und ließen den einen Braunen da. Sieh, dort in der Ecke steht er.“ Ich blickte hin. Die Farbe des Pferdes stimmte zu dem, was man mir gesagt hatte. „Ist das alles, was du mir mitteilen wolltest?“ fragte ich. — „Nein, ich weiß noch mehr. Kurz nach Mittag kam einer, der sich nach ihnen erkundigt hat.“ — „Bei wem?“ — „Bei mir. Darum weiß ich es. Ich stand am Weg, als er kam, und er fragte nach drei Reitern, von denen zwei auf weißen Pferden geritten seien. Ich wußte nichts und wies ihn zum Wächter und der führte ihn dann zum Kjaja.“ — „Hielt der Fremde sich lange auf?“ — „Nein. Er schien es sehr eilig zu haben.“ — „Kannst du ihn beschreiben?“ — „Ja. Er ritt einen alten Falben, der arg schwitzte. Auf dem Kopf hatte er einen roten Fes und da er sich in ein langes, graues Binisch[1] gehüllt hatte, konnte ich nur noch seine roten Kunduralar[2] sehen.“ — „Hatte der Fremde einen Bart?“ — „Er war außer einem kleinen, hellen Bijik[3] völlig bartlos.“ — „Wohin ritt er?“ — „In der Richtung nach Mastanly. Aber die Hauptsache hast du noch gar nicht gehört. Der Kjaja hat nämlich in Ismilan eine Schwester, deren Mann der Bruder der Schuta ist.“ Das war allerdings so wichtig, daß ich vor Überraschung einen Schritt zurückwich.

Auf der Balkanhalbinsel hat dem Räuberunwesen niemals gesteuert werden können. Ich selbst hatte ja, schon von Damaskus an, meine eigenen Erfahrungen auf diesem Gebiet gesammelt. Anfangs hielt ich Stambul für den Hauptsitz dieser Verbrecher und den Usta Dawuhd Arafim oder Abrahim Mamur für den obersten Anführer. Dann aber lernte ich anders denken. Gerade in der letzten Zeit berichteten die Zeitungen fast ununterbrochen von Aufständen, Überfällen, Mordbrennereien und andern Ereignissen, die auf die Haltlosigkeit der Zustände in den türkischen Balkanländern zurückzuführen waren. Nun machte da oben in den Bergen des

[1] Eine Art Mantel [2] Türkische Schuhe [3] Schnurrbart

Schar Dagh zwischen Prisren und Kalkandelen ein Skipetar[1] von sich reden, der mit den Unzufriedenen, die er um sich versammelt hatte, bis hinüber zur Kurbetschka-Planina[2] und bis herab in die Täler des Babuna streifte. Man erzählte sich, er sei sogar in den Schluchten des Perin Dagh gesehen worden und habe in der Einsamkeit der Despoto Planina seine Anhänger.

Seinen eigentlichen Namen wußte niemand. El Aßfar, Ssary, Schut[3], so wurde er genannt, je nach der Sprache, der man sich bediente. Diese drei Wörter bedeuteten ‚der Gelbe'. Vielleicht hatte er diese Färbung infolge einer Gelbsucht erhalten. Schuta ist das serbische Femininum von Schut und bedeutet die ‚Gelbe'. Und es wollte mir scheinen, als sei dieser Schut das Oberhaupt aller jener Räuberbanden von der montenegrinischen Küste bis zum Bosporus. Und die Frau dieses Oberbanditen, die Schuta, war also eine Verwandte des Kjaja von Ortaköj. Das gab mir zu denken, doch konnte es mir nicht einfallen, meinen Gewährsmann wissen zu lassen, was ich folgerte.

„Hast du noch etwas zu sagen?" fragte ich gelassen. — „Nein. Bist du nicht zufrieden?" — „O doch. Aber wie kommt es, daß du deinen Vorgesetzten gegen mich verrätst?" — „Effendi, er ist kein guter Mensch. Keiner hat ihn gern, und alle leiden unter seiner Ungerechtigkeit." — „Weiß noch jemand, daß du mit mir sprichst?" — „Nein. Ich bitte dich auch, es keinem zu sagen." — „Ich werde schweigen." Nach dieser Versicherung wollte ich abbrechen, da aber fiel mir ein, daß ich etwas sehr Notwendiges beinahe vergessen hätte. „Bist du in Ismilan bekannt?" fragte ich. — „Ja." — „So kennst du wohl auch den Schwager des Kjaja, von dem du behauptest, seine Schwester sei das Weib des Schut?" — „Ja, ich kenne ihn." — „Was ist er?" — „Er ist Silahdschi[4] und hat zugleich ein Kahwehane[5], wo seine Waffen zum Verkauf aushängen." — „Wo wohnt er?" — „In der Gasse, die zum Dorf Tschatak führt." — „Ich danke dir. Aber nun schweige auch du, so wie ich verschwiegen sein werde." Hierauf ging ich ins Innere des Hauses zurück. Den Mienen des Kjaja und des Nachtwächters sah ich es nicht an, ob die Störung unsrer Unterhaltung sie mißtrauisch gemacht hatte oder nicht. Halef zog sich augenblicklich zurück. — „Nun", fuhr ich in dem unterbrochenen Gespräch fort, „möchte ich gern wissen, was dieser frühere Steuereinnehmer von Üsküb bei dir gewollt hat." — „Er erkundigte sich nach dem Weg", erwiderte der Kjaja. — „Wo-

[1] Die heutige amtliche Schreibung des Wortes ‚Skipetar' ist ‚Shqyptar'. Die Aussprache wechselt von ‚Schüptar' im Süden (Toskisch), bis ‚Schtschüptar' in der Gegend von Prisren und Dibra (Gegisch). Wir behalten aber die von Karl May gewählte Schreibweise bei. Der Herausgeber

[2] Die ‚Planina' (serbisch) — Gebirge

[3] Bei ‚Schut' ist ‚sch' wie ‚j' im französischen ‚jour' auszusprechen

[4] Waffenschmied [5] Kaffeehaus, Kaffeestube

hin?" — „Nach Sofala." Sofala lag im Süden, während ich überzeugt war, daß die Flüchtlinge nach West geritten seien. Dieser brave Kjaja wollte mich also von der richtigen Spur ablenken. Ich ließ ihn nicht merken, daß ich seinen Worten keinen Glauben schenkte, und fragte: „Nicht wahr, Manach el Barscha kam von Edirne?" — „Ja." — „So ist er von dort über Samanka und Tschingerly grad nach West geritten, aber hier ganz plötzlich nach Süden umgebogen. Wenn er von Edirne nach Sofala wollte, konnte er doch kürzer über Tatar, Ada, Schahandscha, Demotika und Mandra südlich reiten. Warum hat er diesen Winkel geschlagen und einen Umweg von mehr als sechzehn Reitstunden gemacht?" — „Ich habe ihn nicht danach gefragt." — „Und ich kann es nicht begreifen." — „Manach el Barscha darf sich nicht sehen lassen. Man will ihn fangen. Vielleicht hat er die Saptijeler irreleiten wollen." — „Du suchst ihn auch, Effendi? Du willst ihn fangen?" — „Ja." — „So mußt du der Richtung folgen, die ich dir angegeben habe." — „Es ist sehr gut, daß du mir das gesagt hast. Wohnt in dieser südlichen Richtung vielleicht ein Verwandter oder Bekannter von dir, an den ich mich nötigenfalls wenden könnte?" — „Nein." — „Aber Verwandte hast du doch?" — „Nein." Das war eine Lüge. Und der Wächter, der jedenfalls die Verhältnisse seines Dorfobersten kannte, machte keine Miene, mir die Wahrheit zu verraten. Diese beiden Menschen hielten mich für einen hohen Herrn; dennoch täuschten sie mich. Ich, der ich doch nur ein Fremder war, ganz allein auf mich angewiesen, hatte nicht die mindeste Macht gegen sie in Händen. List allein war es, die ich anwenden konnte, und sie bestand hier auch nur darin, daß ich mir den Anschein gab, als schenkte ich den Worten des Kjaja Glauben. Ich zog mein Notizbuch aus der Tasche, blätterte darin, als ob ich etwas suche, machte dann eine Miene, als hätte ich das Gesuchte gefunden, und sagte: „Ja, es ist richtig; der Kjaja von Ortaköj, ein harter, rücksichtsloser und ungerechter Beamter. Dazu kommt, daß du Flüchtlinge entkommen läßt, anstatt sie festzuhalten. Man wird dir —" — „Hart? Rücksichtslos? Ungerecht?" unterbrach er mich. „Effendi, es ist ganz unmöglich, daß ich gemeint bin!" — „Wer sonst? Ich habe heut keine Zeit, mich länger mit dir zu befassen; aber du kannst dich darauf verlassen, daß jede Ungerechtigkeit sicher ihre Strafe findet. Hast du gehört, was der Prophet von den Ujûn Ullah[1] gesagt hat?" — „Ja, Effendi", antwortete der Kjaja kleinlaut. — „Sie sind schärfer als das Messer, das dir ins Herz dringt, um dich zu töten. Sie dringen noch tiefer; sie dringen in die Seele und vor ihnen kann kein Leugnen bestehen. Denke immer an diese

[1] Augen Gottes

Augen des Allwissenden, sonst wird es dir schlimmer ergehen als einem Abid elaßnam[1], trotz der Ssalawat[2], die du pünktlich einzuhalten gewohnt bist! Ich gehe. Allah lenke die Gefühle deines Herzens und die Gedanken deines Kopfes! Allah jisellimak — Gott behüte dich!" Er verneigte sich tief und ehrerbietig und antwortete: „Neßinin ßa'id — deine Jahre seien gesegnet!" Der Nachtwächter verbeugte sich so tief, daß sein Gesicht fast den Boden berührte, und sagte türkisch: „Akibetinis chajr ola sultanum — möge Euer Ende gut sein, mein Herr!" Der Bekdschi gab mir also die Mehrzahl anstatt der Einzahl, eine große Höflichkeit; doch als ich durch die Tür hinaustrat, hörte ich den Kjaja, der mir soeben erst gesegnete Jahre gewünscht hatte, ingrimmig murmeln: „Geh zum Teufel!" Es war wohl vorauszusehen, daß meine fromme Ermahnung an ihn nicht von großem Nutzen sein würde. Ich stieg wieder auf, und wir ritten zum Dorf hinaus, aber nicht in westlicher, sondern in Richtung gegen Demotika. Erst als wir nicht mehr beobachtet werden konnten, bogen wir wieder in den Weg ein, der uns nach Geren, einem ungefähr zwei Stunden entfernten Dorf, führen mußte. Jetzt erst bemerkte ich, daß wir nur noch zwei Polizisten bei uns hatten. „Wo ist dein Untergebener?" fragte ich den Onbaschi[3] der Saptijeler. — „Er ist nach Edirne umgekehrt." Das antwortete der Mann so ruhig, als ob es sich um etwas Selbstverständliches handle. „Warum?" — „Er hatte den Denis tutmaßy[4]. Er konnte es nicht mehr länger aushalten." — „Wie kommt er denn zu dem Schwindel?" — „Weil sein Pferd gelaufen ist", antwortete der Onbaschi ernsthaft. — „Du sagtest ja, ihr könntet so fein reiten!" — „Ja. Aber man muß das Pferd stehenbleiben lassen. Wenn es läuft, so wankt, wackelt und schaukelt es zum Erbarmen. Das vermag doch nur der Magen eines Kassak[5] auszuhalten. Meine Beghyrßak[6] sind verschwunden; sie sind weg. Sie sind bis hinunter in die des Pferdes gerutscht. Ich fühle sie nicht mehr, ich fühle nur noch den Schalwar[7], der mir da festklebt, wo ich mir meine gute, eigene Haut weggeritten habe. Müßte ich den Teufel bestrafen, so würde ich ihn verurteilen, mit euch nach Melnik zu reiten. Er würde ohne Haut und Knochen dort ankommen und lieber im stärksten Feuer der Hölle sitzen, als weiter auf einem Pferd." Das war eine Klagerede, über die wir lachen mußten, doch tat mir der Mann immerhin leid. Er machte ein gar zu jämmerliches Gesicht. Seine Haut war ihm in der kurzen Zeit, während er auf dem Pferd saß, schon an einigen Stellen abhanden gekommen. Seinem Kameraden erging es jedenfalls nicht besser, denn er murmelte in den Bart hinein: „Wallahi, öjle dir — bei Allah, es ist so!" Mehr als

[1] Heiden [2] Gebete [3] Korporal [4] Seeschwindel — Seekrankheit [5] Korak [6] Eingeweide [7] Hose

diesen Stoßseufzer ließ er zwar nicht hören, aber seinem Gesicht war es deutlich anzusehen, daß er den gleichen körperlichen Empfindungen wie sein Vorgesetzter unterworfen war. „Wer hat euerm Gefährten denn die Erlaubnis gegeben, umzukehren?" fragte ich den Anführer der drei Helden. — „Ich", antwortete er, sichtlich erstaunt, daß ich überhaupt so fragen könne. — „Ich denke aber, daß ich es bin, den er hätte fragen sollen!" — „Du? Effendi, bist du Onbaschi oder bin ich es?" — „Natürlich bist du es; aber du weißt wohl, wessen Befehle du jetzt ausführen mußt!" — „Die Befehle des Kadi. Dieser aber hat mir nicht aufgetragen, in den Rücken dieses Pferdes ein Loch zu reiten, daß ich schließlich nur noch mit dem Kopf herauszugucken vermag. Ich will singen und lobpreisen wie ein Engel, wenn ich wieder in Edirne in meiner Kaserne bin!" Da mischte sich der kleine Hadschi ein: „Kerl, wie kannst du so unehrerbietig mit dem Effendi sprechen! Er ist dein Herr, solange es ihm beliebt. Wenn er dir befiehlt zu reiten, so mußt du reiten und wenn dir die ganze Uniform an die Haut wachsen sollte. Warum hast du das große Mundwerk gehabt und behauptet, ihr könntet so ausgezeichnet reiten!" — „Was sagt dieser kleine Mann?" entgegnete der Unteroffizier zornig. „Wie nennt er mich? Einen Kerl nennt er mich? Und doch bin ich ein Korporal des Beherrschers aller Gläubigen. Ich werde mich nach meiner Rückkehr beim Kadi beschweren!" Halef wollte antworten, doch Osko kam ihm zuvor. Er nahm das Pferd des Onbaschi beim Zügel und lachte in seiner heimatlichen (serbischen) Sprache: „Kommen Sie, prëuswischenost[1]! Halten Sie sich fest am Sattel an, wißoko blagorodni gospodine[2]! Jetzt geht das Wettrennen an!" Im nächsten Augenblick sauste er mit dem Onbaschi im Galopp davon. Zugleich griff Omar dem andern Saptije in die Zügel und jagte mit ihm den beiden nach. „Wetter und Donner! Schuft! Schurke! Teufelssohn! Höllenenkel! Hexenvetter! Bosheitsschwager!" So und noch viel anders hörten wir die beiden Sicherheitsbeamten schreien, während sie sich mit den Händen an den Sätteln oder Mähnen festklammerten. Wir folgten ihnen schnell nach, denn die beiden armen Leute taten mir leid. Aber sie waren doch schon völlig außer Atem, als ich sie einholte. Nun ergingen sich die beiden Diener des Padischah in Kraftäußerungen, die der arabischen, türkischen, persischen, rumänischen und serbischen Sprache entnommen waren. Auf diesem Gebiet ist der Morgenländer, zumal der Soldat, sprachlich sehr vielseitig. Ich hatte große Mühe, ihren Zorn zu besänftigen, und es verging eine ganze Weile, bis wir in ruhiger Stimmung weiterreiten konnten. Nun gab es auch Zeit, unsre Meinungen über das Erlebnis

[1] Eure Exzellenz [2] Hochwohlgeborener Herr

in Ortaköj auszutauschen. Halef ging es ebenso wie mir, ihm fiel der Umstand auf, daß heute nachmittag ein Reiter sich nach den drei Flüchtlingen erkundigt hatte. „Er muß sie kennen", sagte der Hadschi. „Er muß von ihrer Flucht wissen. Warum aber ist er nicht sogleich mit ihnen geritten, Sihdi?" — „Weil es wohl überhaupt gar nicht in seiner Absicht gelegen war, mit ihnen zu reiten." — „Aber warum folgt der Mann den drei Flüchtlingen dann?" — „Ich vermute, um sie von dem zu unterrichten, was heute noch geschehen ist." — „Was wird Barud el Amasad dazu sagen?" — „Schreck und Wut wird er empfinden, vorausgesetzt, daß es diesem Reiter gelingt, ihn einzuholen und ihm die Nachricht zu bringen." — „Warum sollte es ihm nicht gelingen? Er ist ja so schnell geritten, daß sein Pferd geschwitzt hat!" — „Der Falbe ist alt, wie wir hörten. Und eben weil er bereits geschwitzt hat, wird er nicht lang aushalten. Außerdem liegt es auch nicht in meiner Absicht, diesen Mann seinen Zweck erreichen zu lassen." — „Warum nicht?" — „Die Flüchtlinge würden durch ihn erfahren, daß ich frei bin und daß sie verfolgt werden. Das aber kann uns keineswegs lieb sein. Je sicherer sie sich fühlen, desto lässiger werden sie ihre Flucht betreiben, und um so eher und leichter werden wir sie einholen. Darum möchte ich dem Reiter, von dem die Rede ist, schnell nachsetzen, um seine Absicht zu vereiteln." — „Er hat einen zu großen Vorsprung." — „Denkst du etwa, Rih könnte nicht mehr laufen?" — „Der Rappe, Sihdi? Oh, Rih heißt Wind und er fliegt wie der Wind. Er hat lange Zeit keine Gelegenheit gehabt zu zeigen, daß er stählerne Flechsen besitzt. Wie würde er sich freuen, einmal mit dem Sturm wetten zu können! Aber wir andern vermögen da nicht Schritt zu halten." — „Das ist auch gar nicht nötig. Ich werde allein reiten." — „Allein, Sihdi? Und was tun wir?" — „Ihr kommt so schnell wie möglich nach." — „Wohin?" — „Ihr bleibt immer auf dem Weg nach Mastanly. Auch ich reite dorthin, schlage aber eine möglichst grade Richtung ein. Da ich gar nicht weiß, wo ich den Reiter treffe, so kann ich auch nicht angeben, wo ich euch erwarten werde." — „Weißt du denn, ob auch der Reiter auf dem Falben die grade Richtung eingeschlagen hat?" — „Das hat er jedenfalls nicht getan. Dieser Weg ist gewiß zu beschwerlich für seinen alten Gaul." — „Aber wie nun, wenn du ihn überholst?" — „So warte ich auf ihn." — „Wirst du denn erfahren, ob er vor dir oder hinter dir ist?" — „Ich hoffe es." — „Aber du kennst diese Gegend nicht. Du kannst also leicht in die Irre reiten, es kann dir ein Unglück widerfahren. Nimm mich mit, Sihdi!" —

„Hab keine Sorge, mein lieber Halef! Ich bin gut beritten und ebensogut bewaffnet. Dich kann ich unmöglich mitnehmen, da du doch der Anführer der übrigen sein mußt." Das schmeichelte seinem

Stolz. Er willigte also in meinen Plan, und so gab ich ihm, Osko und Omar meine Weisungen. Da hierbei alle Möglichkeiten berücksichtigt und besprochen werden mußten, hatten wir während einiger Zeit keine Acht auf die beiden Saptijeler. Als ich mich dann zu diesen umdrehte, sah ich wohl den Reitkünstler-Korporal, nicht aber seinen Kameraden. „Wo ist dein Gefährte?" fragte ich erstaunt. Der Onbaschi wendete sich auch um und rief bestürzt: „Effendi! Er ritt hinter mir!" Seine Bestürzung war keineswegs erheuchelt. Ich sah seinem Gesicht an, daß er sich wirklich in dem Glauben befunden hatte, den Kameraden hinter sich zu haben. „Aber wo ist er denn?" fuhr ich fort. —„Verschwunden, verdunstet, verloren, vernichtet, verwischt, verdaut!" stammelte der Polizist in unbeschreiblicher Verblüffung. — „Aber du mußt doch gemerkt haben, daß er zurückgeblieben ist!"

„Wie soll ich das merken? Hast du es gemerkt? Ich werde sofort zurückeilen und ihn holen!" Er machte Miene, diesen Vorsatz auszuführen. Auf diese Weise hätte auch er bequem verduften können. — „Halt!" gebot ich deshalb. „Du bleibst! Wir haben keine Zeit, den Ausreißer zu suchen oder zu warten, bis du ihn gefunden hast!" — „Aber er soll doch mitreiten!" — „Das mach später mit ihm ab, wenn du wieder in Edirne bist! Jetzt folgst du uns! Hadschi Halef Omar und ihr andern habt, wenn ich fort bin, auf diesen Onbaschi ein wachsames Auge, damit er seine Pflicht erfüllt!" Jetzt ließ ich den Rapphengst laufen und konnte schon nach kurzer Zeit die Gefährten nicht mehr hinter mir erblicken.

In jener Gegend sind die Flecken nach bulgarischer Weise angelegt. Ein Bulgarendorf oder Selo liegt sehr oft von der Landstraße oder dem Ding, das man mit diesem Namen zu bezeichnen beliebt, entfernt und bleibt folglich für die Mehrzahl der Reisenden unsichtbar. Gewöhnlich dehnt sich das Selo der Länge nach auf einer Grasfläche am Rand eines Baches aus, der ihm als Graben und natürlicher Schutz dient. Jedes dieser Dörfer, die ziemlich eng aufeinanderfolgen, zählt nur wenige Höfe, die durch Wiesen voneinander getrennt sind. Sechs bis zehn Hütten bilden einen Hof. Diese Hütten werden entweder in die Erde gegraben und mit einem kegelförmigen Dach von Stroh oder Zweigen versehen, oder man errichtet sie aus Weidengeflecht. In diesem Fall gleichen sie großen Körben. Jeder und jedes hat seine abgesonderte Wohnung in diesen Höfen. Es gibt Hütten für die Menschen, für die Pferde, die Rinder, die Schweine, Schafe und Hühner. Die Tiere verlassen beliebig ihre Wohnungen und wandern friedlich zwischen den Höfen umher. Westeuropäische Kunststraßen gibt es nicht. Schon das Wort Straße sagt zuviel. Will man von einem Selo zum andern, so sucht man meist vergebens nach der Verbindung, die wir einen

Pfad oder Weg zu nennen gewöhnt sind. Wer fremd ist und nicht ein ganz nahes Ziel verfolgt, muß, falls er von dem Ochsenkarrengleis, das hier als Straße gilt, abweichen will, den Naturtrieb des Zugvogels besitzen und ist doch schlimmer daran als dieser, da der Vogel die Luft ungehindert in jeder Richtung durchstreichen kann, dem Menschen sich aber hundert Hindernisse in den Weg legen.

Ich beging also wirklich ein Wagnis, als ich von dem nach Adatschali führenden Weg abwich. Ich wußte nur, daß Mastanly in westlicher Richtung lag, und konnte mich auf unüberbrückte Bäche, unbequeme Täler und waldige Strecken gefaßt machen. Zwischen vereinzelten Feldern und Rosengärten und über sonnverbrannte Grasflächen hin gelangte ich an mehreren Dörfern vorüber, bis ich endlich das Bedürfnis fühlte, mich zurechtzufragen. Hinter einem urwüchsigen Weidenrutenzaun sah ich einen alten Mann damit beschäftigt, Rosenblätter einzusammeln. Ich lenkte das Pferd an den Zaun und grüßte. Er hatte mein Kommen nicht bemerkt und erschrak, als er meine Stimme hörte. Ich ersah, daß der Alte mit sich zu Rate ging, ob er näherkommen oder sich hinter die Rosenbüsche zurückziehen solle, und beeilte mich daher, ihm durch einige Worte Vertrauen einzuflößen. Das wirkte wenigstens so weit, daß er langsam herbeikam. „Was willst du?" fragte der Greis. Er musterte mich mit mißtrauischem Blick. „Ich bin ein Dilendschi[1]", antwortete ich. „Möchtest du mir nicht eine Gül es Ssemawât[2] schenken? Dein Garten ist voll von diesen herrlichsten der Rosen." Da lächelte er mich freundlich an. — „Reitet ein Bettler solch ein Pferd? Ich habe dich noch nie gesehen. Du bist hier fremd?" — „Ja." — „Und du liebst die Rosen?" — „Sehr." — „Ein böser Mensch ist nicht ein Freund der Blumen. Du sollst die schönste meiner Himmelsrosen haben, halb Knospe und halb aufgeblüht, dann ist der Duft so süß und entzückend, als käme er geradewegs von Allahs Thron."

Der Mann schnitt mir nach längerer Wahl zwei der Blüten ab und reichte sie mir über den Zaun. „Hier, Fremdling!" sagte er. „Einen einzigen Duft nur gibt es, der über den dieser Rosen geht." — „Welcher ist das?" — „Der Duft der Dschebeli tütünü[3]." — „Kennst du denn diesen Duft?" — „Nein, aber ich hörte davon sprechen und ihn rühmen als den herrlichsten der Wohlgerüche. Allah hat uns nicht erlaubt, ihn kennenzulernen. Wir rauchen hier nur Boghdajy tütünü[4]." — „Hascha! Dehschet! — Gott bewahre! Abscheulich!" — „Ja, wir sind sehr arm", seufzte der Alte. „Ich bin ein alter Rosenhüter und muß schlechten Tabak rauchen." — „Und doch ist euer Rosenöl teuer!" — „Sus — sei still! Wir wären wohl nicht so arm, aber die Babi humajûn, die Babi huma-

[1] Bettler [2] Himmelsrose [3] Dschebelitabak [4] Maistabak

jûn[1]. Die steht stets offen für das, was hineinfließen soll. Die Paschas und Minister können wohl Dschebeli rauchen. Wenn ich ihn nur einmal riechen dürfte, nur riechen!" — „Hast du eine Tabakspfeife?" — „Allah! Ich werde doch einen Tschibuk haben!" — „Nun, so komm her!" Ich zog meine Brusttasche hervor und öffnete sie. Der Alte war so zutraulich gegen mich; ich mußte ihm eine Freude machen. Seine Augen waren gespannt auf die Tasche gerichtet. „Ein Tütün dschebi![2]" sagte er. „Nicht wahr, es ist Tabak darin?" — „Ja. Du hast mir zwei deiner köstlichen Rosen geschenkt; ich werde dir dafür von meinem Tabak geben." — „O Effendi, wie gütig du bist!" Ich hatte einige Briefumschläge bei mir. Ich füllte einen davon mit Tabak und gab ihn dem Alten. Er hielt ihn an die Nase, roch daran und zog die Brauen hoch. „Das ist guter Tabak!" meinte er anerkennend. — „Es ist echter Dschebeli", lächelte ich. — „Dschebeli!" rief er aus. „Effendi, sagst du mir auch die Wahrheit?" — „Ja. Ich täusche dich nicht." — „So bist du nicht ein Effendi, sondern ein Pascha oder gar ein Minister. Nicht?" — „Nein, mein Freund. Der Dschebeli wird nicht nur an der Hohen Pforte geraucht. Ich war dort, wo er wächst." — „Du Glücklicher! Aber ein hoher Herr bist du doch!" — „Nein. Ich bin ein armer Schriftsteller, aber die Hohe Pforte hat mir doch ein wenig Dschebeli gelassen." — „Und von dem Wenigen gibst du mir? Allah segne dich! Aus welchem Land bist du?" — „Aus Alamanja." — „Ich habe noch keinen Alaman gesehen. Sind die Menschen bei euch alle so gut wie du?" — „Ich hoffe, daß sie so sind wie du und ich." — „Und was tust du hier in Osmanly memleketi? Wohin willst du?" — „Nach Mastanly." — „Da bist du doch vom Weg ab. Du mußtest von Ortaköj dem Lauf der Arda folgen, um dann nach Geren und weiterhin nach Dereköj einzubiegen." — „Ich bin mit Absicht von diesem Weg abgewichen. Ich will in möglichst gerader Linie nach Mastanly reiten." — „Das ist für einen Fremden sehr schwierig." — „Kannst du mir nicht vielleicht den Weg beschreiben?" — „Ich werde es versuchen. Da — blicke gegen Südwest hinüber! Wo jetzt die Sonne auf die Höhen fällt, da sind die Berge von Mastanly. Nun weißt du die Richtung. Du kommst durch viele Dörfer, auch durch Koschikawak. Dort mußt du über den Burgasfluß und dann liegt Mastanly grad im Westen. Deutlicher kann ich es dir nicht sagen. Morgen abend wirst du dort sein." Das war spaßhaft. Ich lächelte. „Du bist wohl kein Reiter?" — „Nein." — „Nun, ich will heute auf alle Fälle bis Koschikawak kommen." — „Unmöglich! Kannst du hexen?" — „Nein. Aber mein Pferd läuft wie der Wind." — „Ich habe gehört, daß es so schnelle

[1] Die Hohe Pforte: die damalige Bezeichnung für die Regierung in Konstantinopel
[2] Tabakstasche

Pferde geben soll. Du willst diese Nacht in Koschikawak bleiben?" — „Wahrscheinlich." — „Das freut mich sehr. Du sollst nicht einen Han aufsuchen, denn am Eingang des Ortes wohnt mein Bruder Schimin, ein Schmied, der dich mit Freuden aufnehmen wird." Vielleicht konnte dieses Anerbieten mir von Nutzen sein. Darum erwiderte ich: „Ich danke dir! Ich werde deinen Bruder wenigstens im Vorbeireiten von dir grüßen." — „Nein, nicht so! Du mußt bei ihm bleiben. Du hast mir von deinem — Wallahi! Welch ein Duft! Wie aus der Kaaba der heiligen Stadt Mekka!"

Der Rosenhüter hatte nämlich, während wir sprachen, eine Pfeife hervorgezogen und sie gestopft. Jetzt zog er den ersten Rauch durch das Rohr und brach dabei in Ausrufe des Entzückens aus. „Mundet er dir?" fragte ich. — „Munden? Munden? Er geht durch die Nase wie das Sonnenlicht durch die Röte des Morgens. So schwebt die Seele des Gerechten in die sieben Himmel ein. Effendi, warte, ich werde dir etwas holen!" Der Wächter rannte, so schnell seine alten Beine es ihm erlaubten, davon, kam aber bald wieder zwischen den Rosensträuchern zum Vorschein. „Effendi, rate, was ich hier in meiner Hand halte!" sagte er, noch bevor er den Zaun erreicht hatte. — „Ich sehe nichts." — „Oh, es ist klein, aber fast auch so viel wert wie dein Dschebeli." — „Zeig es mir!" — „Hier, was ist das?" Er hielt mir ein kleines, fest verschlossenes Fläschchen entgegen. „Was ist in diesem Fläschchen? Sag es, Effendi!" — „Wird es wohl Rosenwasser sein?" Ich konnte ihm, dem armen Hüter, doch nur das zutrauen. Er aber antwortete gekränkt: „Rosenwasser? Effendi, willst du mich beleidigen? Rosenöl ist es, echtes Rosenöl, so wie du in deinem Leben noch keins gesehen hast!" — „Von wem ist es?" — „Von wem? Von mir!" — „Du bist doch nur der Hüter dieses Gartens!" — „Ja, das bin ich, nur der Hüter; du hast recht. Aber mein Herr erlaubte mir, die eine Ecke des Gartens für mich zu bepflanzen. Ich suchte mir die beste Sorte aus und habe seit langem gespart. Zwei solche Fläschchen habe ich zusammengebracht. Das eine wollte ich heute verkaufen; man hat mich darum betrogen. Das andre ist dein. Ich schenke es dir." — „Was sagst du?" staunte ich. — „Es ist dein!" erklärte der alte Rosenhüter lächelnd. — „Wie ist dein Name?" — „Jafis heiße ich." — „Nun, Jafis, du bist toll!" — „Warum beleidigst du mich, Effendi?" — „Weil du dieses Öl verschenken willst." — „Öl? Öl? Oh, sag nicht dieses Wort! Essenz ist's, aber kein gewöhnliches Öl. In diesem kleinen Fläschchen wohnen die Seelen von zehntausend Rosen. Willst du es verschmähen, Effendi?" — „Ich kann es nicht annehmen." — „Warum nicht?" fragte Jafis. — „Du bist arm. Ich darf dich nicht berauben." — „Wie kannst du mich berauben, da ich es dir ja schenke? Dein Dschebeli ist ebenso kostbar wie diese Essenz.“ Um nur eine Unze solchen Öls zu gewinnen, braucht man dreihundert Kilogramm der besten Rosenblätter. Ich wußte das. Darum blieb ich bei meinem Widerspruch. „Dennoch darf ich dieses Geschenk nicht annehmen.“ — „Willst du mich betrüben, Effendi?“ — „Nein.“ — „Oder beleidigen?“ — „Auch nicht, Jafis.“ — „Nun, ich sage dir: wenn du es nicht annimmst, so schütte ich das Öl jetzt auf die Erde!“ Ich sah, daß es dem Alten Ernst war. — „Halt!“ bat ich. „Du hast das Öl gewonnen, um es zu verkaufen?“ — „Ja.“ — „Nun gut; ich kaufe es dir ab.“ Der Gärtner lächelte mich überlegen an und fragte: „Wieviel würdest du mir bieten?“ Ich zog so viel, wie ich nach meinen Kräften zu geben vermochte, hervor und hielt es ihm hin. „Das gebe ich dir dafür.“ Jafis nahm es in die Hand, zählte und sagte, indem er unter einem bezeichnenden Lächeln den Kopf auf die Seite legte: „Effendi, deine Güte ist größer als dein Beutel!“ — „Darum bitte ich dich, dein Öl zu behalten. Du bist zu arm, um es mir zu schenken, und ich bin nicht reich genug, es zu kaufen.“ Er lächelte.

„Ich bin reich genug, das Öl zu verschenken, denn ich habe deinen Tabak, und du bist arm genug, es von mir annehmen zu können. Hier hast du das Geld zurück!“ — Dieses Geschenk war zu kostbar, als daß ich es annehmen durfte. Ich konnte mir denken, daß das Sümmchen, das ich ihm geboten hatte, für ihn doch nicht ohne Wert war. Ebenso sah ich, daß er das Fläschchen nicht wieder nehmen werde. Darum wies ich das Geld in bestimmtem Ton zurück. „Wir beide wollen uns beschenken, ohne reich zu sein, deshalb ist es besser, wir behalten, was wir voneinander bekommen haben. Wenn ich mein Vaterland glücklich erreiche, werde ich den schönen Frauen, die sich an dem Wohlgeruch deines Öls erfreuen, vom Rosengärtner Jafis erzählen, der so freundlich gegen mich war.“ Dies schien den Alten zu erfreuen. Sein Auge begann zu glänzen. Er winkte mir befriedigt zu und fragte: „Sind die Frauen deines Landes Freundinnen der Wohlgerüche, Effendi?“ — „Ja, sie lieben die Blumen, die ihre Schwestern sind.“ — „Und mußt du noch lange reiten, ehe du zu ihnen kommst?“ — „Vielleicht noch wochenlang. Und dann, wenn ich vom Pferd steige, muß ich noch tagelang auf dem Schiff und auf der Eisenbahn fahren.“ — „Das ist sehr weit. Kommst du vielleicht in gefährliche Gegenden, zu bösen Menschen?“ — „Das ist möglich. Ich muß durch das Land der Männer, die in die Berge gegangen sind.“ Jafis blickte erst sinnend vor sich nieder, dann musterte er mich aufmerksam und sagte endlich: „Effendi, des Menschen Angesicht ist wie die Oberfläche des Wassers. Das eine Wasser ist rein, hell und klar, und seinem leuchtenden Spiegel vertraut der Badende sich gern an. Das andre Wasser aber ist dunkel, dick und schmutzig; wer es erblickt, der ahnt Gefahr und geht eilig vorüber. Das erste gleicht dem Antlitz eines guten Menschen und das zweite dem des Bösewichts. Deine Seele ist freundlich und heil, dein Auge ist klar, und in deinem Herzen lauert weder Gefahr noch Verrat. Ich möchte dir etwas sagen, was ich bisher nur selten einem Bekannten mitgeteilt habe. Und du bist ein Fremder." Diese Rede mußte mich erfreuen, obgleich ich keine Ahnung von der Art seiner Mitteilung haben konnte. „Deine Worte sind warm und sonnig, wie Strahlen, die auf das Wasser fallen", sagte ich. „Sprich weiter!" — „In welcher Richtung wirst du von Mastanly aus reiten?" — „Nach Melnik zunächst. Dort wird es sich entscheiden, welchen Weg ich einschlage. Vielleicht muß ich nach Üsküb und von da hinauf in die Berge von Küstendil." — „Sakyn — nimm dich in acht!" entfuhr es Jafis. — „Hältst du diesen Weg für schlimm?" — „Für sehr schlimm. Bist du in Küstendil und willst an das Meer, so mußt du über den Schar Dagh nach Perserin[1], und da haben sich die Flüchtlinge versteckt. Sie sind arm. Sie haben nur ihre Waffen; sie müssen vom Raub leben. Sie werden dir alles nehmen, was du hast, vielleicht sogar das Leben!" — „Ich werde mich zu verteidigen wissen."

Jafis wehrte ruhig ab. „Bir gendsch kan war on bin küstachlük — ein junges Blut hat zehntausend Mut! Und du bist noch jung. Du hast zwar viele Waffen bei dir, aber was helfen sie gegen zehn oder zwanzig oder gar fünfzig Feinde?" — „Mein Pferd ist schnell!" — „Ich bin kein Kenner, doch sehe ich, daß dein Rappe schön ist. Aber die Männer, die in die Berge gehen, besitzen auch schnelle Tiere. Sie werden dich leicht einholen." — „Mein Hengst ist von reinem Blut. Er heißt Wind und läuft wie der Wind." — „So werden dich doch ihre Kugeln treffen, denn die Kugel fliegt schneller als das flinkste Pferd. Die Räuber sind Pferdekenner. Sie werden sofort sehen, daß dein Pferd den ihrigen überlegen ist, und dich also nicht offen erwarten, sondern aus dem Hinterhalt auf dich schießen. Wie willst du dich vor ihnen schützen?" — „Durch Vorsicht." — „Auch sie wird dich nicht retten, denn das Sprichwort sagt: Ischtiat dschürmin muawini dir[2]. Du bist ein ehrlicher Mann: sie werden zehnmal vorsichtiger sein als du. Erlaube mir, daß ich dich warne!" — „Steht diese Warnung vielleicht in Beziehung zu dem, was du mir sagen wolltest?" — „Ja, Effendi." — „So bin ich wißbegierig, es zu erfahren." — „Nun, ich will dir anvertrauen, daß es ein Sicherheitspapier gibt, das die Freunde, Bekannten und Verbündeten der Heimlichen besitzen." — „Woher weißt du das, Jafis?" — „Das weiß hier jedermann. Aber nur wenige kennen die Art und Weise, wie es zu erlangen ist." — „Und du weißt, wie

[1] Prisren, in nordalbanischer (gegischer) Mundart
[2] „Vorsicht ist die Bedingung des Verbrechens"

man das Sicherheitspapier erhalten kann?" — „Nein. Ich bleibe still in meinem Garten und komme nicht unter die Leute. Aber Schimin, mein Bruder, ist ein Wissender. Ich darf dir das sagen, weil ich dir vertraue, und weil du dieses Land ja bald verlassen wirst." — „So wäre es gut, wenn Schimin das gleiche Vertrauen zu mir hätte!" — „Mein Bruder wird es haben, wenn ich dich schicke." — „Könntest du mir nicht einige Zeilen an ihn geben?" — „Ich kann nicht schreiben. Aber zeige Schimin das Rosenöl. Er kennt das Fläschchen und weiß, daß ich es keinem Unwürdigen verkaufe oder verschenke. Und dann, wenn du es ihm zeigst, so sag ihm, daß dich sein Öje-kardasch[1] oder sein Jary-kardasch[2] sendet. Kein Mensch ahnt, daß wir verschiedene Mütter hatten. Sende ich Schimin eine vertrauliche Botschaft, so dient das Öje oder Jary stets als Zeichen, daß er dem Boten trauen kann." — „Ich danke dir. Du glaubst also, daß er mir Näheres über das Sicherheitspapier mitteilen wird?" — „Ich hoffe es. In dieser Gegend —"

Der Rosenhüter hielt inne und lauschte. Von weit hinten im Garten hatte sich ein lauter Pfiff hören lassen, der jetzt wiederholt wurde. „Mein Herr ruft", fuhr er fort. „Ich muß zu ihm. Hast du dir alles gemerkt, was ich dir gesagt habe?" — „Alles." — „Nun, so vergiß es nicht unterwegs! Allah sei mit dir und gebe dir die Erlaubnis, den schönen Frauen deines Vaterlandes die Düfte meines Gartens zu bringen!" Bevor ich antworten konnte, hatte Jafis sich vom Zaun entfernt, und im nächsten Augenblick war das Geräusch seiner Schritte nicht mehr zu hören. Konnte ich die Begegnung mit dem Gartenaufseher ein Glück für mich nennen? Ein Unglück jedenfalls nicht. Beruhte das, was er mir von dem Sicherheitspapier gesagt hatte, auf Wahrheit? Wie ein Lügner hatte er nicht ausgesehen. Auf alle Fälle war es gut, seinen Bruder aufzusuchen, dessen Schmiede wahrscheinlich an dem Weg lag, den nicht nur meine Begleiter einschlagen mußten, sondern auch der Reiter, den ich abfangen wollte.

Ich ritt weiter. Mein Pferd hatte sich während des Gesprächs verschnauft und konnte nun desto besser ausgreifen. Wollte ich mich jetzt in grader Linie halten, so mußte ich über Höhen hinweg, die jedenfalls große Schwierigkeiten boten. Darum beschloß ich, lieber möglichst an ihrem Fuß zu bleiben.

[1] Stiefbruder [2] Halbbruder

2. *Schimin, der Schmied*

Von der Hochebene Tokatschyk kommend, sucht der Burgasfluß in nördlicher Richtung die Arda zu gewinnen, der er bei Ada seine Wasser zuführt. An diesem kleinen Fluß liegt Koschikawak. Der stumpfe Winkel, den es mit der Arda bildet, schließt eine Niederung ein, die nach Süden zu immer höher emporsteigt und dann in die Hochebene von Taschlyk übergeht. Diese Höhe wollte ich vermeiden. Es gelang mir, obgleich ich die Gegend nicht kannte, keine eigentlichen Wege fand und mehrere Flüßchen, die der Arda von links her zuströmen, überschreiten oder vielmehr durchwaten mußte.

Die Sonne war immer tiefer gesunken und sodann hinter den fernen Bergen verschwunden. Ich konnte nur auf eine kurze Dämmerung rechnen und ließ den Rappen galoppieren, bis ich wieder an ein ziemlich breites Wasser kam und da bemerkte, daß weiter stromab eine Brücke hinüberführte. Ich ritt hin und fand eine Straße. Jenseits der Brücke sah ich zum erstenmal in der Türkei einen Wegweiser. Er bestand aus einem Felsstück, das aus dem Boden ragte und auf das man mit Kalk zwei Worte geschrieben hatte. Hätte ich den Zweck dieses Steins nicht erraten, so wäre ich vom ersten der beiden Wörter ‚Kulagus' davon unterrichtet worden, denn dieses Wort heißt eben Wegweiser. Das andere Wort aber lautete ‚Dereköj'. Daß dieser Name ein Dorf bedeute, das wußte ich. Wo aber lag es? Der Wegweiser war da, das Wort stand darauf, aber leider war der Stein oben abgeplattet und auf dieser waagrechten Abplattung standen die beiden Worte. Gradaus führte das Ding, das ich soeben Straße nannte, und nach rechts hin, dem Wasser entlang, führte ein ebensolches Ding. Welches dieser beiden ‚Dinge' aber ging nach Dereköj? Welchen Nutzen brachte mir dieser erste Wegweiser? Ich überlegte, daß der Wasserlauf, an dem ich mich befand, der Burgas wohl nicht sein könne, und daß ich zu weit nördlich kommen würde, wenn ich ihm folgte. Daher beschloß ich, gradaus zu reiten. Es wurde mittlerweile ganz dunkel. Ich sah gar nicht, ob mein Pferd das ‚Ding' noch unter den Hufen hatte, wußte aber, daß ich mich auf den Rappen verlassen konnte.

So war ich wohl gegen eine halbe Stunde weitergetrabt, als das

Pferd leise schnaubend den Kopf auf und ab bewegte. Ich strengte meine Augen an und bemerkte rechts von mir einen breiten, dunklen Gegenstand, von dem aus eine Erhöhung gegen den düstern Himmel strebte. Es war ein Haus mit einem hohen Schornstein. Sollte das die gesuchte Schmiede sein? Dann befand ich mich ja in der Nähe von Koschikawak, das ich suchte. Ich ritt näher an das Haus heran. „Bana bak — hört!“ rief ich. Niemand antwortete.

„Sawul, warda — holla, aufgeschaut!“ Alles blieb ruhig, auch bemerkte ich kein Licht. Sollte das Haus unbewohnt, vielleicht eine Ruine sein? Ich stieg vom Pferd und führte es ganz an das Mauerwerk heran. Rih begann wieder zu schnauben. Das kam mir verdächtig vor. Obwohl der Hengst ein Araber war, hatte er doch von mir zusätzlich auch noch eine indianische Schulung erhalten. Wenn er in dieser Weise schnaubte, das heißt, wenn er durch die weitgeöffneten und vorgestreckten Nüstern die Luft so prüfend einsog und dann in einzelnen, möglichst leisen Absätzen wieder ausstieß, dann war sicher ‚etwas faul im Staate Dänemark‘. Ich zog einen Revolver hervor und begann das Haus an seiner Außenseite zu untersuchen. Es war einstöckig und langgestreckt. Die Tür war verschlossen. Ich klopfte mehrmals vergeblich. Links von ihr fand ich drei ebenfalls verschlossene Fensterläden, eine Seltenheit in dieser Gegend, rechts eine zweite, viel breitere Tür, die mit einem Hängeschloß versehen war. Daneben standen und lagen verschiedene landwirtschaftliche Geräte und andre Gegenstände, die mir die Gewißheit gaben, daß das Haus eine Schmiede sei. Nun ging ich weiter, um die Ecke herum. Ich fand aufgehäuftes Holzwerk, das jedenfalls zum Verbrennen bestimmt war. Hinter dem Haus gab es ein kleines Viereck, eingezäunt mit Pfählen, die in die Erde geschlagen waren, so wie man oft in deutschen Dörfern einen Auslauf für Schweine oder Gänse herstellt. Das Viereck schien leer zu sein, denn es war darin nichts zu bemerken. Und dennoch schnaubte grad hier mein Rappe weit ängstlicher als vorher. Er schien sich zu scheuen, ganz an die Umzäunung heranzutreten. Das veranlaßte mich, meine Vorsicht zu verdoppeln. Das Haus war verschlossen, also bewohnt. Sollte man eine Wohnung in solcher Gegend und bei Nacht ohne Aufsicht lassen? Es war leicht möglich, daß hier etwas Ungewöhnliches vorgefallen war, und ich nahm mir vor, die Sache weiter zu untersuchen, schon weil ich mit Schimin gern wegen des Sicherheitspapiers sprechen wollte. Da mir das Pferd nur hinderlich war und es auch leicht in eine unvorhergesehene Gefahr kommen konnte, mußte ich das wertvolle Tier sichern. Ich brauchte zum Anhobbeln[1] weder Pflock noch Lasso, weder Strick

[1] Trapperausdruck für anbinden

noch Riemen, vielmehr ließ ich es mit den Vorderbeinen in die Zügel treten. Dadurch war es so gefesselt, daß es sich nicht weit entfernen konnte, selbst wenn es das gegen seine Gewohnheit hätte tun wollen. Und sollte Rih in meiner Abwesenheit in irgendeiner Weise bedroht werden, so war ich überzeugt, daß er sich mit den Hinterhufen auf das tapferste zur Wehr setzen werde.

Nun erst trat ich dicht an die Umpfählung heran und zog eines der Zündhölzchen hervor, von denen ich mir in Edirne einen kleinen Vorrat gekauft hatte. Ich brannte es an und leuchtete über die Umzäunung hinweg. Da lag ein Tier, riesig groß und dichtbehaart, grad wie ein Bär. Das Flämmchen erlosch. Es war nun wieder dunkel. Was für ein Tier war das? War es lebendig oder tot? Ich steckte den Revolver in den Gürtel, nahm den Stutzen herab und stieß das Tier an. Es regte sich nicht. Ich stieß kräftiger zu und dennoch blieb es unbeweglich. Das war nicht Schlaf, sondern Tod. Das kam mir verdächtig vor und ich stieg über die reichlich einen Meter hohen Pfähle. Vorsichtig bückte ich mich und befühlte das Tier. Es war kalt und steif, also tot. Das Fell war an mehreren Stellen klebrig. War das Blut? Ich betastete den Körper. Ein Bär war es nicht, denn ich fühlte einen langen, zottigen Schwanz. Man sagt zwar, daß es auf den Höhen des Despoto Dagh, des Schar Dagh, Kara Dagh und Perin Dagh noch vereinzelt Bären gebe. Ich will das nicht in Abrede stellen; aber wie sollte sich ein solcher grad hierher verlaufen haben, um in dieser Umzäunung zu verenden? Und wäre der Bär in der Umgegend erlegt worden, so hätte man ihn gewiß nicht hier hereingeworfen, ohne ihm vorher das Fell zu nehmen, ganz abgesehen von dem brauchbaren Fleisch. Um zu prüfen, mit welcher Art von Tier ich es zu tun hatte, fühlte ich nach den Ohren. Ich erschrak. Der Kopf des Tiers war zerschmettert, und zwar so, daß es eines sehr schweren Werkzeugs bedurft hatte! Ich brannte ein zweites Hölzchen an und sah nun, daß das erschlagene Tier ein wahrhaft riesiger Hund war, wie ich noch keinen gesehen hatte. Wer hatte ihn erschlagen, und warum war das geschehen? Der Besitzer des Tiers hatte es jedenfalls nicht getan. Und ein Fremder, der so etwas tut, kann dabei nur eine böse Absicht verfolgen. Hier war ein Verbrechen begangen worden! Zwar drängte sich mir die Frage auf, was das grad mich anginge, aber die Schmiede gehörte dem Bruder des Rosengärtners, und so fühlte ich die Verpflichtung, die Sache näher zu untersuchen. Daß ich dabei an Gefahr dachte, geschah mit vollem Recht. Die Täter konnten sich noch im Haus befinden. Vielleicht verhielten sie sich ruhig, weil sie den Hufschlag meines Pferdes gehört und meine Ankunft bemerkt hatten. Wie aber an sie kommen? Sollte ich die Ankunft meiner Gefährten erwarten? Was konnte bis dahin im

Innern des Hauses geschehen! Nein, ich mußte handeln. Die westliche Giebelseite des Hauses hatte ich noch nicht untersucht. Ich schlich leise hin und bemerkte dort zwei Läden. Der eine war auch von innen befestigt, der andre aber ließ sich öffnen. Ich überlegte: Wollte ich einsteigen, so konnte ich augenblicklich eine Kugel vor den Kopf erhalten. Doch der Umstand, daß von den vorhandenen fünf Läden — drei befanden sich auf der vordern Seite — nur dieser eine nicht befestigt war, ließ mich vermuten, daß sich niemand im Innern befinde. Um die Entdeckung möglichst hinauszuschieben, hatte man alles verschlossen und war dann durch dieses Fenster gestiegen. Dessen Laden hatte man also nur fest andrücken, aber nicht von innen sichern können. Ich zog den Laden so weit auf, daß ich für meinen Arm Platz bekam, und langte hinein. Fensterscheiben sind in dieser Gegend selten und darum fand ich auch, was ich erwartet hatte, nur eine Öffnung, die weder durch Glas, noch sonstwie versperrt war. Ich lauschte. Es war mir, als lasse sich innen ein dumpfes, unterdrücktes Poltern vernehmen. Befand sich doch jemand im Haus? Sollte ich rufen? — Nein. Nun kehrte ich zur andern Giebelseite zurück und holte einen Arm voll des Geästes, das ich dort bemerkt hatte. Ich fertigte daraus ein dichtes Bündel, setzte es in Brand und warf es durch das Fenster. Mich vorsichtig an die Seite drückend, blickte ich hinein. Das Gebäude war nicht hoch, die Fensteröffnung lag niedrig. Die Reiser brannten hell, und ich erblickte einen großen, viereckigen Raum, dessen Fußboden aus hartgeschlagenem Lehm bestand, und rundum die Gegenstände, die man in einer rumelischen[1] Wohnung finden kann. Von einem menschlichen Wesen keine Spur. Ich warf mehr Reiser auf das Feuer, nahm meinen Fes vom Kopf, stülpte ihn auf den Lauf des Stutzens und schob ihn langsam in die Öffnung. Das sah von drinnen so aus, als wollte ich hineinsteigen. Meine List sollte die etwa drinnen Versteckten verführen, sich zur Wehr zu setzen. Aber es regte sich nichts.

Da zog ich den Stutzen zurück, lehnte ihn mit dem Bärentöter, da beide Gewehre mich nur hindern konnten, an die Mauer, setzte den Fes wieder auf: ein Schwung und ich hatte den Oberkörper im Innern. Ich war bereit gewesen, ihn schnell wieder zurückzuziehen, aber der erste Blick genügte, um mir zu zeigen, daß sich niemand in dem Raum befand. Nun stieg ich vollends hinein, langte hinaus, um meine Gewehre hereinzunehmen, und schaute mich um. In diesem Augenblick wiederholte sich das vorhin erwähnte Poltern. Das war für mich um so beunruhigender, als das Feuer, das überdies einen scharfen, beißenden Qualm verbreitete, erlöschen wollte. Ich

[1] Rumelien — europäische Türkei

freute mich daher, als ich in einer Ecke ein Häufchen langer Späne bemerkte, dem hier gebräuchlichen Beleuchtungsstoff. Ich brannte einen Span an und steckte ihn in ein Mauerloch, das zu diesem Zweck diente, wie ich an der rauchgeschwärzten Umgebung erkannte. Dann zog ich den Laden zu und band ihn mittels der daran befindlichen Schnur fest, um nach außen hin gesichert zu sein. Mit einem zweiten angezündeten Span begann ich die Untersuchung des Raumes. Die Mauern bestanden aus festgestampftem Lehm. Sie faßten die Stube auf drei Seiten ein, während die vierte von einem von der Decke bis zum Boden herabreichenden Reisiggeflecht gebildet wurde, in dem eine Öffnung war. Als ich nun durch diese Tür trat, sah ich mich in einer kleineren Abteilung, in deren Boden ich eine aus starkem Weidengeflecht verfertigte Falltür entdeckte. Gab es hier einen Keller? Das war in einem solchen Hause selten. Und jetzt hörte ich wieder das Geräusch. Es war ein Rascheln und Poltern und kam unter der Falltür hervor. Ich holte mir noch mehrere Späne und hob dann die Tür empor. Das Weidengeflecht konnte einen Menschen tragen, ohne durchzubrechen, weil es über Pfosten gut befestigt war. Ich leuchtete hinab. Der Span brannte so düster, daß ich nur mit Mühe bemerken konnte, daß der Keller über Mannestiefe hatte. Eine Treppe oder Leiter sah ich nicht. Doch, sobald der Lichtschein hinabfiel, ließ sich unten ein deutliches Stöhnen vernehmen. „Aschaghda kim — wer ist da unten?“ fragte ich laut. Ein doppeltes Stöhnen antwortete. Das klang gefährlich. Ich konnte nicht erst eine Leiter suchen. Ich nahm den brennenden Span in die eine und die andern Späne in die andre Hand und sprang hinab. Unten trat ich mit den Füßen auf einen Gegenstand und stürzte hin. Das Licht erlosch. Aber in wenigen Sekunden hatte ich den Span wieder angebrannt und leuchtete umher. Ich befand mich in einem viereckigen, kellerartigen Loch und erkannte in dem Gegenstand, auf den ich gesprungen war, eine Leiter. Weiter lagen da Holzkohlen neben allerlei Gerümpel und beides, die Kohlen und das Holzgerümpel, bewegten sich.

Ich fand ein für den Span bestimmtes Loch, steckte ihn hinein und begann die Kohlen zur Seite zu räumen. Meine Hände trafen auf eine menschliche Gestalt, die ich hervorzog. Es war ein Mann, an Händen und Füßen gebunden, der Kopf war in ein Tuch gewickelt. Rasch löste ich den Knoten des Tuchs, und nun kam ein blauschwarzes Gesicht zum Vorschein, dem ich bei der mangelhaften Beleuchtung nicht anmerken konnte, ob diese Färbung eine Folge von Ruß und Kohlen oder ein Zeichen des nahen Erstickungstodes sei. Der Mann holte tief und keuchend Atem, starrte mich mit weit hervortretenden, blutunterlaufenen Augen an und stöhnte dann: „Ha, zu Hilfe! Hab Gnade, Gnade!“ — „Sei ruhig, ich bin dein Freund!“ erwiderte ich. „Ich bringe dir Rettung!“ — „Rette vorher geschwind mein Weib!“ stieß er hervor. Der brave Mann dachte mehr an seine Frau als an sich. — „Wo ist sie?“ — „Dort!“

Er konnte mit seinen gefesselten Händen keine Bewegung machen, aber sein Blick war voll Angst auf einen zweiten Kohlenhaufen gerichtet, der mit dem erwähnten Gerümpel belastet war. Ich räumte es weg und zog die Frau hervor, die ebenso gebunden war wie ihr Mann. Als ich das Tuch von ihrem Gesicht entfernt hatte, bemerkte ich dicken Schaum vor ihrem Mund. Sie war dem Ersticken nahe gewesen. „Zu Hilfe, zu Hilfe!“ klang es gurgelnd. Ihr Körper bewegte sich in krampfhaften Zuckungen. Ich schnitt mit dem Messer die Stricke durch. Die Frau warf die Arme wie eine Ertrinkende um sich, stampfte mit den Füßen und schnappte nach Luft. Diese Bewegungen waren dem Atem förderlich. Ein heiserer Schrei entrang sich ihrer Brust, und dann schöpfte sie in einem langen Zug den entbehrten Odem. Nun schnitt ich auch die Fesseln ihres Mannes durch. Er hatte nicht so viel gelitten wie sie und richtete sich sofort auf. Während ich einen neuen Span ansteckte, ächzte er: „O Gott! Wir waren dem Tod nahe! Ich danke dir, ich danke dir!“ Dann kniete er zu seiner Frau nieder, die zum Erbarmen schluchzte. „Sei still, weine nicht!“ bat er sie. „Wir sind frei!“ Er nahm sie in die Arme und küßte ihr die Tränen von den Wangen. Sie umschlang ihn und schluchzte weiter. Ohne mich zu beachten, sprach er ihr beruhigend zu, bis ihr Weinen immer leiser wurde und endlich ganz aufhörte. Dann richtete der Mann seine Frau auf und wendet sich wieder zu mir, der ich unterdes beschäftigt gewesen war, das Licht mittels eines neu aufgesteckten Spans zu erhalten. „Effendi“, sagte er, „du bist unser Retter, unser Befreier! Wie sollen wir dir danken! Wer bist du und wie ist es dir gelungen, uns zu finden?“ — „Das sind mehrere Fragen“, erwiderte ich, „die ich euch oben beantworten werde. Kann deine Frau wieder gehen?“ — „Ja, sie wird es können.“ — „So laß uns hinaufsteigen, ich darf nicht zu lang unten sein.“ — „Hast du Gefährten oben?“ — „Nein. Aber ich erwarte einen Reiter, den ich nicht vorüberlassen darf.“ — „So wollen wir hinaufklettern, dann können wir weitersprechen!“ Ich lehnte die Leiter an, und wir stiegen hinauf, die Frau allerdings mit sichtlicher Anstrengung. Ich hatte in der größeren Abteilung ein Lager bemerkt und riet ihr, sich auszuruhen. Die Frau war so angegriffen, daß sie sich sogleich schweigend niederlegte. „Sei willkommen!“ sagte ihr Mann zu mir. „Allah hat dich gesandt. Darf ich erfahren, wer du bist?“ — „Ich habe jetzt keine Zeit zu vielen Worten. Sag du mir aber, wie du heißt?“ — „Man nennt mich Schimin.“ — „So bist du der Bruder von Jafis, dem Gärtner?“ — „Ja.“ — „Das ist gut! Ich habe dich gesucht. Mach schnell Feuer in deiner Schmiede!“ Er blickte mich überrascht an und fragte: „Hast du eine dringende Arbeit für mich?“ — „Nein. Aber dein Herdfeuer soll über die Straße leuchten.“ — „Warum, Effendi?“ — „Damit der Reiter, von dem ich sprach, nicht vorüber kann, ohne von uns gesehen zu werden.“ — „Wer ist er?“ — „Nachher, nachher! Beeile dich!“

Aus der kleinen Abteilung, in der sich die Kellertür befand, die wir wieder geschlossen hatten, führte die Haustür ins Freie. Sie hatte nur einen einfachen Holzriegel. Wir schoben ihn zurück und traten hinaus. Schimin zog einen Schlüssel aus der Tasche und öffnete das Vorlegeschloß an der Tür zur Schmiede. Bald brannte auf dem Herd ein Feuer, das seinen Schein weit in die Nacht hinauswarf. Das war es, was ich zunächst gewollt hatte. Während der Schmied mit dem Herd beschäftigt war, ging ich hinter das Haus, um nach meinem Pferd zu sehen. Es befand sich noch in nächster Nähe des Hauses, und ich kehrte beruhigt zurück. „Da brennt das Feuer“, sagte Schimin. „Was befiehlst du noch?“ — „Komm fort, aus dem Bereich des Lichtscheins! Wir wollen uns hier neben die Tür setzen, wo es dunkel ist.“ — Ich hatte nämlich vorhin beim Herumspähen einen Holzklotz bemerkt, der in der Nähe der Tür lag und jedenfalls als Ruhebank diente. Dorthin zog ich den Mann. Wir setzten uns nebeneinander, und ich eröffnete die Unterhaltung.

„Besprechen wir zuerst das Notwendigste! Es wird — vielleicht sehr bald — ein Reiter hier vorüberkommen, mit dem ich reden will, ohne daß er vorher meine Anwesenheit ahnen darf. Er wird wahrscheinlich hier anhalten, um dir einige Fragen vorzulegen. Ich bitte dich, ihn so weit zu bringen, daß er absteigt und mit dir ins Haus tritt.“ — „Du bist mein Retter. Ich werde tun, was du verlangst, ohne zu fragen, warum du es von mir forderst. Aber weißt du vielleicht, wonach der Mann sich erkundigen wird?“ — „Ja. Er wird wissen wollen, ob hier drei Reiter vorübergekommen sind.“ — „Drei Reiter?“ fragte Schimin rasch. „Wann?“ — „Wohl heut am Vormittag.“ — „Was für Reiter?“ — „Er fragt nach zwei weißen und einem dunklen Pferd. Sie haben das dunkle Tier aber unterwegs gegen einen Schimmel vertauscht.“ — „Also reiten sie drei Schimmel?“ — „Ja.“ — „Du meinst doch nicht etwa gar diesen Manach el Barscha aus Üsküb?“ Schimin war bei diesen Worten erregt von seinem Sitz aufgesprungen. Im nächsten Augenblick stand auch ich auf den Beinen, so sehr hatte seine Frage mich überrascht. „Kennst du ihn?“ erkundigte ich mich. — „Tschokdan beri, tschokdan beri — schon längst, seit langer Zeit! Und erst heute war er bei mir!“ — „Ah! Manach el Barscha war bei dir?“ — „Ja. Er und seine beiden Begleiter waren es ja, die mich überrumpelten, banden und hinunter in den Keller brachten, wo ich mit meinem Weib hätte ersticken müssen, wenn du nicht gekommen wärst!" — „Die waren es! Also die! Nun, so will ich dir sagen, daß der, den ich erwarte, ihr Verbündeter ist." — „Ich erschlage ihn! Ich ermorde ihn!" knirschte der Schmied. — „Ich will den Reiter gefangennehmen." — „Aga, Effendi — wie soll ich dich nennen? Du hast mir noch immer nicht gesagt, wer du bist." — „Nenne mich Effendi!" — „Effendi, ich helfe dir, wenn du dich seiner bemächtigen willst." — „Gut! Zwar weiß ich nicht genau, ob wir ihn hier noch zu sehen bekommen werden; er kann bereits vorüber sein. Und du wirst ihn auch nicht beachtet — ah, seit wann habt ihr im Keller gesteckt?" — „Seit kurz vor dem Mittag." — „So kannst du ihn nicht gesehen haben, selbst wenn er vorbeigeritten wäre und —" — „Soll ich mich erkundigen?" fiel er schnell ein.

„Wo? Bei wem?" — „Ich eile nach Koschikawak und frage den alten Jemischdschi[1], der bis nach Anbruch des Abends bei seinen Körben an der Straße sitzt." — „Wie lange wird es nun währen, bis du zurückkommst?" — „Nur zehn Minuten. Das Dorf liegt ganz in der Nähe." — „Aber ich bitte dich, noch zu verschweigen, was dir heut geschehen ist." — „Ich werde nicht davon sprechen, wenn du es so haben willst." — „Gut. Beeile dich!" Ich beschrieb Schimin in kurzen Worten den Reiter, so wie dieser mir beschrieben worden war, und dann eilte er fort. Die angegebene Zeit war noch nicht vergangen, so kehrte er zurück. „Er ist noch nicht vorüber", meldete mir der Schmied. Schimin trat zunächst in die Schmiede, um dem Feuer neue Nahrung zu geben, dann setzte er sich wieder neben mich. — „Jetzt berichte mir ausführlich, was dir heute widerfahren ist!" forderte ich ihn auf. — „Wahrhaftig nichts Gutes!" antwortete er. „Ich stand bei meiner Arbeit in der Schmiede, da kamen die drei Reiter und blieben bei mir halten. Der eine, den ich nicht kannte, sagte mir, daß sein Pferd ein Nal[2] verloren habe. Ich bin nicht nur Demirdschi[3], sondern auch Nalband[4], Effendi, und war sogleich bereit, ihm ein neues Nal anzuschlagen. Ich hatte mir zunächst nur den Sprecher angesehen, aber während der Arbeit fiel mein Blick auf die beiden andern, und da erkannte ich in dem einen den Steuereinnehmer Manach el Barscha aus Üsküb." — „Kannte er auch dich?" — „Ja, Effendi." — „Wo habt ihr euch denn kennengelernt?" — „Vor vier Jahren in Raslug. Du mußt nämlich wissen, daß ich alle Krankheiten der Pferde kenne und auch die Arzneien dafür. In Raslug und Umgebung war damals ein großes Sterben unter den Pferden ausgebrochen und weil niemand helfen konnte, wurde ich geholt. Ich wohnte als Gast bei einem reichen Pferdehändler, der über hundert Tiere stehen

[1] Obsthändler [2] Hufeisen [3] Schmied [4] Hufschmied

hatte. Zu diesem Manach el Barscha, um ein Roß zu kaufen. Es wurden ihm mehrere vorgeführt. Eins davon hatte sich eine Erkältung zugezogen; es ließ den Speichel fließen. Der Steuereinnehmer sagte, das sei nicht der Schnupfen, sondern die böse Rotzkrankheit, und er werde bei der Gesundheitspolizei Anzeige erstatten. Manach el Barscha hätte von dem Händler wahrscheinlich gern ein Pferd als Schweigegeld erpreßt. Ich wurde als Sachverständiger gerufen und sagte, welche Krankheit es sei. Der Steuereinnehmer stritt mit mir und schlug mich schließlich sogar mit seiner Reitpeitsche. Ich gab ihm dafür eine gewaltige Ohrfeige, wie er wohl noch keine bekommen hatte, denn die Hand eines Schmiedes ist wie Horn und Knochen. Darauf ging Manach el Barscha wütend fort und zeigte mich an. Er war Steuereinnehmer, ich aber nur ein armer Schmied. Ich bekam zwanzig Hiebe auf die Fußsohlen und mußte auch noch fünfzig Piaster Strafe zahlen. Ich lag mehrere Wochen krank, bis ich in die Heimat zurückkehren konnte. Du wirst mir glauben, daß ich ihn nicht lieben kann." — „Das läßt sich denken!" — „Heut schlug ich dem Pferd das Eisen auf. Manach el Barscha beobachtete mich mit finstern Blicken und fragte mich dann, als ich fertig war, ob ich mich seiner noch erinnern könne. Ich sagte ja, denn ich dachte nicht, daß es mir schaden würde. Er sprach mit den andern einige Worte, und dann traten sie in das Haus. Ich war allein, denn mein Weib war auf dem Feld, um Spinat für das Mittagessen zu holen. Was hatten die drei in der Stube zu suchen? Ich schloß die Schmiede zu, obwohl das Feuer noch brannte, und folgte ihnen. Kaum war ich eingetreten, so fielen die drei über mich her. Es gab einen heißen Kampf, Effendi. Ein Schmied hat harte Muskeln und harte Sehnen. Aber sie rangen mich doch nieder und banden mich mit den Stricken, die ich im Haus liegen hatte. Ich brüllte vor Wut wie ein Stier. Da banden mir die Leute ein Tuch um den Kopf und schafften mich in den Keller. Eben als sie mich hinabtrugen, kam mein Weib. Ihr ging es ebenso wie mir. Wir wurden mit den Kohlen bedeckt, damit oben kein Laut zu hören sei, und dann gingen die Schurken. Ich hatte gar nicht an meinen Ajy gedacht, der hinter dem Haus war, sonst hätte ich ihn losgebunden, bevor ich ins Haus trat." — „Wer ist Ajy?" — „Mein Hund. Er heißt so, weil er so groß ist wie ein Bär. Ich hörte ihn bellen, als ich schreiend mit den Verbrechern rang, aber er konnte nicht los. Wäre er bei mir gewesen, so hätte er alle drei zerrissen." — „Du hast noch nicht nach ihm gesehen?" — „Nein. Du weißt ja, daß ich noch nicht hinter das Haus gegangen bin." — „Es tut mir leid, dich betrüben zu müssen." — „Betrüben? Ist mit dem Hund etwas geschehen?" — „Ja. Er ist tot." — Der Schmied sprang auf. „Tot?" stieß er hervor. „Ajy war doch gesund und munter! Haben etwa diese drei ihn umgebracht?" — „Sie haben ihm den Schädel eingeschlagen." Schimin blieb einige Augenblicke lang stumm und bewegungslos, dann kam es zischend zwischen seinen Lippen hervor: „Tausendfache Todesangst und Verdammnis diesen Schuften!" Mit diesem Ausruf lief er fort in die Schmiede, kam mit einem Holzbrand wieder heraus und eilte hinters Haus. Dort ertönte seine zornige Stimme. Ich wollte die Kraftworte nicht hören; darum blieb ich sitzen, bis er zurückkam. Schimin befand sich in solchem Grimm, daß ich noch genug jener starken Ausdrücke vernahm, an denen die morgenländischen Sprachen nichts weniger als arm sind. Während er sich in derben Ausrufen erging, hielt ich Augen und Ohren in die Gegend gerichtet, aus der der Erwartete kommen mußte, doch es war nichts zu bemerken. Entweder hatte ich ihm infolge der Schnelligkeit meines Rih einen großen Vorsprung abgewonnen oder er war durch irgendeinen Umstand aufgehalten worden. Nach und nach beruhigte sich mein zorniger Schimin wieder. Er wollte nun auch von mir etwas hören und leitete seine Erkundigungen durch die Frage ein: „Wirst du nun Zeit haben, mir deinen Namen zu sagen, Effendi?" — „Man nennt mich Kara Ben Nemsi." — „So bist du ein Nemtscheli, ein Alaman?" — „Ja." — „Wohl ein Avusturyaly[1] oder Prußialy?" — „Nein." — „Oder ein Bawarialy?" — „Auch nicht. Ich bin ein Saxaly." — „Ich habe noch niemals einen Saxaly gesehen. Aber erst gestern war ein Mann aus der Stadt Triest in Avusturya hier, mit dem ich viel gesprochen habe." — „Ein Österreicher? Das überrascht mich. Was war er denn?" — „Ein Handelsmann. Er will Tabak und Seidenstoffe einkaufen. Es war ihm ein Sporn zerbrochen, den ich ausbessern mußte." — „Sprach er türkisch?" — „Nur so viel, daß ich verstand, was er von mir wollte." — „Und doch sagst du, du hättest sehr viel mit ihm gesprochen?" — „Wir haben uns meist durch Gesten unterhalten." — „Hat er dir gesagt, wie er heißt?" — „Sein Name ist Madi Arnaud. Er war ein sehr großer Sänger, denn er hat mir viele Lieder vorgesungen, die mein Herz erquickten." — „Woher kam der Mann?" — „Von Tschirmen, wo er Einkäufe gemacht hat." — „Und wohin geht er?" — „Zum großen Jahrmarkt nach Melnik. Dort gibt es berühmte Waffenschmiede. Er will auch von ihnen kaufen." — „So werde ich ihn vielleicht unterwegs treffen." — „Auch du willst nach Melnik, Effendi?" — „Ja." — „Bist du vielleicht auch ein Handelsmann?" — „Nein. Ich reite nach Melnik, weil ich denke, die drei Schurken dort zu treffen, die dir heut so Übles zufügten." — „Was wirst du tun, wenn du sie findest?" —

[1] Österreicher

„Ich halte sie fest und übergebe sie der Polizei, damit sie ihre Strafe finden.“ — „Allah sei Dank! Ich wollte morgen früh Anzeige erstatten.“ — „Das kannst du trotzdem. Doch ehe du Erfolg hast, befinden sich die Schurken wohl bereits in meinen Händen. Dann werde ich vor dem Richter auch ihr heutiges Verbrechen mit erwähnen.“ — „Daran tust du recht, Effendi. Du scheinst die Verbrecher alle drei zu kennen. Sie dürfen der verdienten Strafe nicht entgehen. Sag, wer sind die beiden andern gewesen, die bei dem Steuereinnehmer waren?“ — „Das ist eine lange Geschichte, die ich dir kurz erzählen will.“ Ich machte Schimin, so weit es nötig war, mit dem Geschehenen bekannt. Er hörte mir aufmerksam zu und sagte dann: „Hätte ich das gewußt! Ich hätte sie in den Keller gelockt und von meinem Hund bewachen lassen, bis du erschienst.“ — „Haben sie nicht vielleicht einige Worte fallen lassen, aus denen du entnehmen konntest, welchen Weg sie von hier aus einschlagen wollen?“ — „Kein einziges Wort. Nur, als sie mich banden, hörte ich von dem, den du Barud el Amasat nennst, daß sie mich unschädlich machen wollten, damit ich, wenn ihre Verfolger vielleicht kämen, sie nicht verraten könnte.“

„Das dachte ich mir. Manach el Barscha hat sich nicht nur aus Rachsucht an euch vergriffen, sondern auch aus Vorsicht. Man wollte euch nicht töten, sondern nur für einige Zeit verschwinden lassen, weil du den Steuereinnehmer erkannt hast.“ — „Und doch wären wir beinahe erstickt!“ — „Das ist — Gott sei Dank — nun doch nicht geschehen. Der Reiter, den ich hier erwarte, ist ihnen nachgeeilt oder nachgesandt worden, um ihnen zu sagen, daß ich wieder frei bin und daß sie jedenfalls verfolgt werden. Sie würden dadurch gewarnt, und das will ich verhindern.“ — „Ich helfe dir, Effendi! Was werden wir mit ihm tun?“ — „Wir stecken ihn in deinen Keller und übergeben ihn dann der Polizei.“ — „Wie willst du ihn in den Keller bringen?“ — „Sind wir nicht zwei gegen einen?“ — „Meine nicht, daß ich mich vor ihm fürchte“, brummte der Schmied gelassen. „Ich wollte nur wissen, ob wir List oder Gewalt anwenden werden.“ — „Es wird wohl ohne Gewalt nicht geschehen können.“ — „Das ist mir lieb. Liebkosend werde ich ihn jedenfalls nicht behandeln. Aber, Effendi, da fällt mir ein, daß du mich fragtest, ob ich der Bruder von Jafis sei. Kennst du ihn?“ — „Ich ritt heut an seinem Garten vorüber, habe mit ihm gesprochen und bei ihm ein Fläschchen Gül jaghy gegen Dschebeli umgetauscht.“ — „Allah! Mein Bruder hat nun solchen Tabak aller Tabake?“ — „Nicht sehr viel!“ wandte ich ein. — „Er hat ihn von dir?“ — „Ja.“ — „Du hattest solchen Tabak?“ — „Natürlich. Sonst hätte Jafis ihn nicht von mir bekommen können.“ Schimin schwieg eine Weile. Ich wußte, welche Frage er jetzt auf den Lippen hatte. Endlich platzte er heraus: „Nun ist er alle geworden?" — „Noch nicht ganz." Und um ihm die Sache ein wenig leichter zu machen, fuhr ich fort: „Rauchst du auch?" — „Oh, sehr gern!" — „Dschebeli?" — „Ich habe diesen Tabak noch nie gerochen, also noch viel weniger geraucht." — „So geh hinein und hol dir deinen Tschibuk." Ich hatte diese Aufforderung noch nicht ganz ausgesprochen, so war der Schmied schon durch die Tür verschwunden, und ebenso schnell kam er mit der Pfeife zurück. „Wie geht es deiner Frau?" erkundigte ich mich.

Bei diesen einfachen Handwerkern kann man eine Ausnahme machen und nach der Frau fragen, was sonst im Morgenland streng verboten ist. Gehen doch auf dem platten Land die Frauen und Mädchen öfters unverschleiert. „Ich weiß nicht", antwortete er. „Sie wird schlafen." Der Tabak hatte ihm also mehr am Herzen gelegen als sein Weib, für das er doch so große Liebe an den Tag gelegt hatte. „Gib die Pfeife her! Ich will sie dir stopfen." Als Schimin dann den köstlichen Duft langsam durch die Nase stieß, meinte er entzückt: „Effendi, das sind Wohlgerüche des Paradieses! So hat wohl selbst der Prophet nicht geraucht!" — „Nein. Zu seiner Zeit gab es keinen Dschebeli." — „Hätte es ihn gegeben, so hätte Mohammed den Samen mit ins Jenseits genommen, um ihn dort in die Felder des siebenten Himmels zu pflanzen. Was tu ich, wenn jetzt der Reiter kommt? Rauche ich fort oder stehe ich auf?" — „Du wirst wohl aufstehen." — „Soll ich auf die köstliche Pfeife verzichten?" — „Du kannst sie ja später wieder anbrennen, und ich werde dir noch ein wenig Tabak geben." — „Effendi, deine Seele ist voll Freundlichkeit wie das Meer voll Wassertropfen! Hat dir mein Bruder nicht einen Gruß anvertraut?" — „Ja. Ich soll dir sagen, daß es dir so wohl gehen möge, wie ihm. Ich soll dir diesen Gruß bringen von dem, der dein Öje-kardasch und dein Jary-kardasch ist." Der Schmied horchte auf. „Was höre ich? Sind das seine Worte?" — „Ja." — „So habt ihr euch über sehr wichtige Dinge unterhalten?" — „Wir sprachen von denen, die in die Berge gegangen sind." — „Und da hat mein Bruder dir ein Versprechen gemacht?" — „Ein Versprechen, das du nach seiner Meinung erfüllen wirst." — „Wie lange hast du mit ihm geredet?" — „Eine Viertelstunde." — „So ist ein Wunder geschehen, Effendi. Jafis ist menschenscheu. Er spricht nicht gern und nicht viel und hält in allem sehr zurück. Er muß dich schnell liebgewonnen und dir großes Vertrauen geschenkt haben." — „Ich sagte ihm, daß ich vielleicht bis in die Berge des Schar Dagh reiten müsse." — „So hat er von der Gefahr gesprochen, die dich dort erwartet?" — „Jafis hat mich gewarnt und zur Vorsicht ermahnt." — „Und dabei gewiß das Sicherheitspapier erwähnt?" — „Ja, er hat davon gesprochen." — „Und gesagt, daß ich dir so ein Emniet kiaghdi verschaffen könne?" — „Ja." — „Er hat sich geirrt." — „Ah? Wirklich? Es steht nicht in deiner Macht, mir einen solchen Schutz zu sichern?" — „Nein." — „Aber Jafis behauptete es so bestimmt!" — „Mein Bruder hat gedacht, es sei noch so wie in früheren Zeiten." — „So bist du kein Wissender mehr?" — „Das ist eine Frage, die ich nur einem geprüften Freund beantworten darf. Doch du hast uns gerettet, du hast das Öl meines Bruders und seine Freundschaft erhalten, so will ich dir die Wahrheit sagen: Ja, ich war ein Wissender und bin es noch immer." — „Dann mußt du freilich genau wissen, daß es keine Sicherheitspapiere mehr gibt." — „Es gibt keine mehr; kein Flüchtling stellt mehr solche Papiere aus." — „Warum?" — „Weil sie ihren Zweck nicht erfüllen. Sie gewähren nicht den Schutz, den sie bieten sollen." — „So achtet man sie nicht?" — „Das ist es nicht. Kein Verlorener wird den Schutzbrief, den ein anderer Verlorener ausstellt, mißachten. Aber wer sieht das Papier?" — „Muß man es nicht vorzeigen?" — „Wenn möglich, ja. Aber es gibt auch andre Fälle. Du reitest durch den Wald. Zwei oder drei Geflohene sehen dich kommen. Du bist viel besser bewaffnet als sie, darum beschließen sie, sich in keinen offnen Kampf einzulassen. Sie überfallen dich aus dem Hinterhalt. Sie wissen nicht, daß du das schützende Papier bei dir trägst. Du hast es in der Tasche — und verläßt dich auf seine Wirkung und wirst trotzdem von der tödlichen Kugel derer getroffen, die ihr Leben für dich eingesetzt hätten, wenn ihnen bekannt gewesen wäre, daß du ein Beschützter bist." — „Das läßt sich allerdings begreifen. Die Verlorenen können aber nicht ohne Freunde sein und haben sie solche, so ist es erforderlich, sie zu schützen. Ich vermute also, daß an die Stelle des Papiers etwas Besseres getreten ist." — „Deine Vermutung ist richtig. Du siehst ein, daß ich dir kein Schutzpapier verschaffen kann?" — „Ja. Du kannst mir nicht geben, was nicht mehr vorhanden ist. Aber darfst du mir vielleicht sagen, welchen Kennzeichens man sich jetzt bedient?" — „Ich will es wagen. Kannst du schweigen, Effendi?" — „So gut wie ein jeder andre." — „Dann wisse, daß sich jetzt die Schützer und Beschützten an der Koptscha[1] erkennen." Diese Worte riefen sofort eine Ahnung in mir hervor. „Ist diese Koptscha von Silber?" fragte ich. — „So ist es." — „Sie bildet einen Ring, in dem sich ein Tschakan[2] befindet?" — „Ja. Woher weißt du das, Effendi?" — „Ich vermute es,

[1] Knopf, Agraffe, Schnalle, Spange [2] Tschakans waren gravierte Kampfbeile an hölzernen, mit Fischhaut überzogenen Schäften. Sie wurden an der rechten Seite getragen und zum Hauen und Werfen benutzt

weil Personen diese Koptscha tragen, von denen ich entweder weiß oder vermute, daß sie Verlorene sind oder doch mit diesen in Verbindung stehen.“ — „Darf ich die Namen dieser Personen erfahren?“ — „Ja. Manach el Barscha hatte eine Koptscha an seinem Fes. Einige Männer, die in Edirne beim Kadi die Verhandlung gegen Baruch el Amasat mit anhörten, trugen sie. Und sodann begegnete ich heute, als ich mit dem ehemaligen Derwisch durch die Stadt ritt, einem Mann, der mich ganz eigentümlich betrachtete und sodann vermutlich die Verbündeten der Flüchtlinge benachrichtigte und jene zwei Schüsse veranlaßte, die gegen mich und Ali Manach Ben Barud el Amasat abgefeuert wurden. Auch er hatte die Koptscha.“ — „Daß der einstige Steueraufseher von Üsküb sie besitzt, habe ich heute bemerkt.“ — „Vielleicht“, warf ich ein, „hätte man dich nicht so mißhandelt, wenn du auf den Gedanken gekommen wärst, ihnen zu sagen, daß du im Besitz des Knopfes bist.“ — „Das glaube ich nicht“, widersprach der Schmied, „und darum habe ich es gar nicht erst versucht. Der Steuereinnehmer haßt mich grimmig und ein Mann wie er opfert seinem Haß jede Rücksicht. Vor ihm hätte mich auch der Knopf nicht geschützt.“ — „Es bekommt ihn wohl nicht jedermann?“ — „Nein“, erklärte Schimin. — „Welche Anforderungen werden gestellt?“ — „Wer die Koptscha haben will, muß vor allem ein Mann sein, der den Freunden Nutzen bringen kann. Und sodann muß er bewiesen haben, daß er jene, die in die Berge gegangen sind, nicht verurteilt.“ — „Muß sie nicht ein jeder verurteilen? Bisher sind mir nur Verbrecher begegnet. Sie sind aus der Gesellschaft ausgeschieden, die unter dem Schutz des Gesetzes steht.“ — „Du hast recht. Aber du mußt dieses Gesetz mit der Gesellschaft vergleichen. Das Gesetz ist gut, aber die Gesellschaft taugt nichts. Allah hat uns weise Gesetze und wohltätige Satzungen gegeben, aber sie werden von seinen Vertretern falsch gehandhabt. Hast du nicht schon die Klage gehört, daß der Islam seine Anhänger verhindere, in der Kultur Fortschritte zu machen?“ — „Sehr oft“, mußte ich zugeben. — „Wird dieser Vorwurf dem Islam nicht meist von Andersgläubigen gemacht?“ — „Es mag sein.“ — „Nun sie kennen den Islam, den echten Türken, nicht. Der Islam verhindert den Kulturfortschritt nicht; aber die Macht, die er dem einen über den andern erteilt, ist unrecht. Auch der Türke ist gut. Er war und ist noch bieder, treu, wahrheitsliebend und ehrlich. Und wenn er anders wäre, wer hätte ihn anders gemacht?“ Ich war ganz erstaunt, von diesem einfachen Mann, von einem Dorfschmied, solche Worte zu hören. Wo hatte er seine Anschauungen her? Waren sie die Frucht eignen Nachdenkens, oder hatte er vielleicht mit Männern verkehrt, die ihn zu sich emporgezogen hatten?

„Der Türke hat dieses Land erobert", fuhr Schimin fort. „Ist das ein Grund, ihn daraus zu vertreiben? Antworte mir, Effendi!" — „Sprich weiter!" — „Haben nicht der Engländer, der Deutsche, der Russe, der Franzose und alle andern ihre Reiche ebenso erobert? War nicht vor kurzem Prussia so klein wie eine Streusandbüchse, und nun ist es so groß geworden, daß es Millionen von Menschen faßt? Wodurch ist es so groß geworden? Durch Schießpulver, durch das Bajonett und durch das Schwert, wohl auch durch die Feder des Diplomaten. Sie alle haben früher nicht die Länder gehabt, die sie jetzt besitzen. Was würde der Amerikaly sagen, wenn der Türke zu ihm käme und spräche: Du mußt fort, denn dieses Land hat dem roten Volk gehört? Er würde den Türken auslachen." Schimin machte eine kleine Pause und fuhr dann begeistert fort: „Blick dich um! Zähle die Verbrechen, die man verübt. Sammle die Verleumder, Betrüger und alle, die gegen das Gesetz handeln, aber zu schlau sind, um ergriffen zu werden. Geh in die dunklen Häuser, in denen es nach Lastern stinkt — wer sind sie, und woher stammen sie, die du da zählen kannst? Warum sind sie so geworden? Geht nicht durch ganz Asia ein ungeheurer Diebstahl, ausgeführt von dem Inglis und dem Moskof? Findest du nicht ein immerwährendes Erdrücken und Abschlachten der Stämme, die zwischen diese beiden Riesen geraten? Das tun diese Christen; der Türke ist froh, wenn man ihn in Ruhe läßt." Schimin war von seinem Gespräch so eingenommen, daß er sogar die Pfeife hatte ausgehen lassen. Ich brannte ein Hölzchen an und reichte es ihm hin. „Zieh!" mahnte ich. Er setzte den Tabak wieder in Brand und sagte dann: „Siehst du, daß ich sogar den Dschebeli vergesse! Und nun, habe ich recht oder unrecht?" — „Ich könnte dir in manchem widersprechen." — „So tu es!" — „Wir haben keine Zeit dazu." — „So seid ihr Christen. Ihr verurteilt uns, ohne belehren zu wollen, und ebenso greift ihr an, ohne zu fragen. Wer hat die besten Stellen des Landes? Wer besitzt den Einfluß? Wer bereichert sich fort und fort? Der Grieche, der Engländer und der Russe. Wer zehrt von unserm Fleisch? Wer saugt vom Saft unsres Lebens, wer nagt an unsern Knochen? Wer schürt immer den Mißmut, das Mißtrauen, die Unzufriedenheit, den Ungehorsam? Einst waren wir gesund. Wer hat uns geschwächt und krank gemacht?" — „Schimin, ich gebe dir in manchem recht, aber laß das Kind im Bad, wenn du das Wasser ausschüttest! Woher hast du diese Ansichten?" — „Ich habe sie mir mit meinen Augen und Ohren geholt. Ich habe getan, wie man es in euern Ländern tut, wo der Handwerksgeselle hinausgeht in die Welt, um mehr zu lernen, als er daheim bei seinem Lehrherrn lernen könnte. Ich habe in Wien, in Budapest und in Belgrad gearbeitet. Da habe ich genug gesehen und gehört, um selbständig denken zu lernen. Kannst du mich widerlegen?" — „Du darfst Religion nicht mit Politik verwechseln. Du suchst die Ursache eurer Krankheit außerhalb des Staatskörpers, in dem der Krankheitskeim doch schon von Anfang lag." — „Kannst du mir das beweisen, Effendi?" — „Ja." — „So tu es! — Doch halt!" Es ließ sich von fern her der Schritt eines Pferdes vernehmen. „Hörst du?" fragte der Schmied. — „Ja." — „Vielleicht ist es der Erwartete!" — „Sehr wahrscheinlich." — „Das tut mir leid. Du solltest mir erst antworten." — „Ich werde dir meine Beweise bringen, wenn wir mit dem Mann fertig sind." — „Was aber tun wir jetzt?" — „Der Mann darf mich zunächst nicht sehen, denn er kennt mich vielleicht. Du mußt versuchen, ihn ins Innere des Hauses zu bringen." — „Das wird leicht sein, wenn er nur nicht vorüberreitet." — „Das darf er auf keinen Fall. Es ist dunkel genug. Ich gehe auf die Mitte der Straße. Will er vorüber, so bemächtige ich mich seines Pferdes. Steigt er aber ab, so trete ich sofort hinter ihm ins Haus." — „Und wenn er es nicht ist?" — „So wird ihm nichts getan." Das Pferdegetrappel kam näher. Man hörte deutlich, daß es nur von einem einzelnen Tier stammte. Ich huschte zur Mitte des Wegs, wo ich mich niederduckte. Jetzt war der Reiter da. Er hielt gerade in dem Lichtschein, den das Herdfeuer der Schmiede herauswarf. Das Gesicht des Mannes konnte ich nicht genau erkennen.

„Sawul — aufgepaßt!" rief er laut. Und als sich nicht sofort jemand zeigte, wiederholte er seinen Ruf. Jetzt ließ der Schmied sich an der Tür sehen. „Wer ist da?" fragte Schimin. — „Ich bin fremd. Wer wohnt hier?" — „Ich", erwiderte der Schmied nicht sehr geistreich. — „Wer bist du?" — „Ich bin der Besitzer dieses Hauses. — „Das kann ich mir denken, Budala — Dummkopf! Ich will natürlich deinen Namen wissen." — „Ich heiße Schimin." — „Was bist du?" — „Schmied. Hast du keine Augen, daß du das nicht an dem Feuer merkst, dessen Flamme dich beleuchtet?" — „Ich merke nichts weiter, als daß du nicht nur ein Dummkopf, sondern auch ein Grobian bist! Komm heraus! Ich muß dich etwas fragen." — „Bin ich etwa dein Sklave oder dein Diener, daß ich zu dir kommen soll? Wer mit mir sprechen will, der mag sich zu mir bemühen." — „Ich bin zu Pferd." — „So steig ab und komm herein!" — „Das ist nicht nötig!" — „Doch! Ich habe den Schnupfen. Soll ich mir deinetwegen eine ernste Erkältung holen und dann krank sein, statt arbeiten zu können?" beharrte Schimin und trat in die Tür zurück. Der Reiter ließ einige Grobheiten hören, trieb aber sein Pferd doch näher heran. Bis jetzt wußte ich nicht, ob er der Erwartete sei. Nun aber, als er nahe an der Schmiede hielt, um abzusteigen, erkannte ich deutlich, daß das Pferd ein Falbe war. Der Mann trug einen roten Fes, einen grauen Mantel und hatte einen kleinen, hellen Schnurrbart. Und als er jetzt abstieg, sah ich die roten, türkischen Schuhe. Er war also der Rechte!

Er band sein Pferd an die Tür der Schmiede und trat dann in das Haus. Ich schlich ihm nach. Der Schmied war in die größere Abteilung seines Hauses gegangen. Da der Fremde ihm dorthin gefolgt war, konnte ich eintreten und — gedeckt von der aus Weiden geflochtenen Scheidewand — alles übersehen und alles hören, was gesprochen wurde. Der Fremde stand mit dem Rücken zu mir, der Schmied vor ihm, den Kienspan in der Hand. Die Frau schien sich etwas erholt zu haben; sie hatte die Augen geöffnet und den Kopf in die Hand gestemmt und hörte dem Gespräch der beiden Männer zu. Der Schmied erhielt von dem andern Vorwürfe, daß er sich so unfreundlich benommen habe. Das erbitterte ihn. Aus Ärger ließ er sich zu einer Unvorsichtigkeit verleiten.

„Ich bin nur gegen ehrliche Leute freundlich“, grollte er. — „Meinst du etwa, daß ich nicht ehrlich bin?“ — „Ja, das meine ich.“ — „Du bist ein Grobian, wie es keinen größeren geben kann! Wie willst du wissen, ob ich ein ehrlicher Mann bin oder nicht? Kennst du mich etwa?“ — „Ja, ich kenne dich“, behauptete Schimin. — „Wo hast du mich gesehen?“ — „Ich habe dich nicht gesehen, aber gehört habe ich von dir.“ — „Wo und von wem?“ — „Hier von einem Effendi, der genau weiß, daß du ein Spitzbube bist.“ — „Wann?“ — „Heute, vor kurzer Zeit.“ — „Du lügst!“ fuhr der Fremde auf. — „Ich sage die Wahrheit. Ich kann es dir beweisen. Ich weiß nämlich genau, was du bei mir erfahren willst.“ — „Das ist unmöglich!“ — „Ich weiß es ganz gewiß! Du willst dich nach Manach el Barscha und Barud el Amasat erkundigen.“ Der andre erschrak sichtlich. „Woher weißt du das?“ — „Eben von jenem Effendi“, trumpfte der Schmied auf. — „Wer ist er?“ — „Das brauchst du nicht zu wissen. Wenn er will, wirst du es erfahren.“ — „Wo ist dieser Effendi?“ — „Das brauch’ ich dir nicht zu sagen.“ — „Meinst du? Wie nun, wenn ich dich zwinge?“ — „Ich fürchte mich nicht“, trotzte Schimin. — „Auch vor dem da nicht?“ Der Fremde zog ein Dolchmesser hervor und hielt es dem Schmied entgegen. „Nein, auch vor diesem Messer nicht“, beharrte Schimin. „Ich bin nicht allein.“

Ich war an die Öffnung des Weidengeflechts getreten, die als Tür diente. Bei den letzten Worten zeigte der Schmied auf mich. Der Fremde drehte sich um, erblickte mich und rief: „Das ist des Teufels!“ Er schien heftig erschrocken, und auch ich war überrascht, denn ich erkannte in ihm jenen Menschen, der mich so eigentümlich beobachtet hatte, als ich mit dem ‚Tanzenden‘ durch die Straßen von Edirne gekommen war. Er hatte den Ausruf in rumänischer Sprache getan. War er ein Rumäne? In solchen Augenblicken der Überraschung bedient der Bestürzte sich meist seiner Muttersprache. Ich mußte das, was der Schmied verdorben hatte, wieder gutzumachen suchen. Schimin hätte nicht verraten sollen, was er von dem Fremden wußte. Er mußte dessen Fragen abwarten; dann erst war es Zeit, sich zu äußern. „Das ist nur zu wahr", antwortete ich auch rumänisch. „Du bist des Teufels!" Der Mann aus Edirne faßte sich und steckte das Messer, womit er dem Schmied gedroht hatte, wieder ein. „Was willst du?" knurrte er. „Ich kenne dich nicht!" — „Das ist auch nicht notwendig. Die Hauptsache ist, daß ich dich kenne." Er machte ein erstauntes Gesicht, wiegte den Kopf und meinte im aufrichtigsten Ton: „Ich kenne dich nicht! Gott sei mein Zeuge!" — „Lästere Gott nicht! Er ist Zeuge, daß du mich gesehen hast!" — „Wo denn?" — „In Edirne." — „Wann?" — „Pah! Kannst du türkisch sprechen?" — „Ja." — „So laß dein Rumänisch. Dieser brave Schmied soll auch wissen, was wir reden. Du gestehst doch zu, daß du anwesend warst, als Barud el Amasat in Edirne verurteilt wurde, weil er gegen das Gesetz gesündigt hatte?" — „Ich war nicht dabei und weiß von nichts." Ich hatte ihn allerdings nicht unter den Zuschauern erblickt. Darum mußte ich seine Versicherung ohne Entgegnung hinnehmen. Doch fragte ich weiter: „Du kennst aber Barud el Amasat?" — „Nein." — „Auch nicht seinen Sohn Ali Manach?" — „Nein." — „Warum erschrakst du dann so sehr, als du ihn als meinen Gefangenen sahst?" — „Ich habe weder dich noch ihn gesehen." — „Ah so! Du kennst wohl auch den Handschi Doxati in Edirne nicht?" — „Nein", leugnete der Mann frech weiter. — „Und bist auch nicht sofort, nachdem du mich und Ali Manach erblicktest, fortgeeilt, um deine und seine Verbündeten zu warnen?" — „Ich begreife nicht, wie du mir solche Fragen vorlegen kannst. Ich sage dir, daß ich von alledem nicht das geringste weiß!" — „Und ich behaupte, daß du von der Flucht des Gefangenen weißt, daß du schuld bist an dem Tod Ali Manachs, daß du aber nicht dafür kannst, daß die andre Kugel anstatt mich, den Polizisten traf, und daß du jetzt auf dem Weg bist, Manach el Barscha und Barud el Amasat zu warnen. Das sind Tatsachen." — „Und dennoch irrst du dich. Du verkennst mich. Wo soll denn das, was du sprichst, geschehen sein? Wie ich aus deinen Worten vermute, in Edirne?" — „Allerdings." — „Und zwar vor kurzem? Nun sieh, ich bin seit mehr als einem Jahr nicht in Edirne gewesen." — „Du bist ein großer Lügner! Wo warst du in den letzten Tagen?" — „In Mandra." — „Und woher kommst du heute?" — „Aus Boldschibak, wo ich seit gestern früh war." — „In Mandra an der Maritza warst du? Hm, ja, an der Maritza bist du gewesen, aber eine bedeutende Strecke oberhalb Mandra, nämlich in Edirne."

„Soll ich schwören, daß du dich irrst?" — „Dein Schwur würde ein Meineid sein. Liegt Ortaköj etwa auf dem Weg von Mandra über Boldschibak hierher?" — „Ortaköj? Das kenne ich nicht." — „Du warst nicht dort?" — „Nein." — „Du hast niemand dort nach drei Reitern gefragt, die zwei Schimmel und einen Braunen ritten?" — „Nein." — „Hat dich kein Mann zum Wächter gewiesen, der dich dann zum Kjaja führte?" — „Nein", bestritt der Bote starrköpfig jegliche Zumutung. — „Wunderbar! Wir alle irren uns, nur du irrst dich nicht. Willst du mir vielleicht sagen, was du bist?" — „Agent für alles." — „Und wie heißt du?" — „Pimosa." — „Ein eigentümlicher Name. Ich habe ihn noch in keiner Sprache gefunden. Hast du ihn dir vielleicht ausgesonnen?" Da zogen seine Brauen sich drohend zusammen. „Herr", fragte er, „wer gibt dir das Recht, in dieser Weise mit mir zu sprechen?" — „Ich gebe es mir!" Und der Schmied fügte hinzu: „Das ist nämlich der Effendi, von dem ich vorhin gesprochen habe." — „Ich merke es", antwortete der angebliche Agent. „Aber er mag ein Effendi aller Effendis sein, so erlaube ich ihm doch nicht, mich unhöflich zu behandeln! Ich kenne die Art und Weise, wie man Leute seines Schlages höflich macht, sehr genau." — „Nun, wie fängt man das an?" lächelte ich. — „So!" Er legte die Hand an den Gürtel, wo seine Waffen steckten, und zog die Pistole halb heraus. — „Gut, das ist eine Sprache, vor deren Deutlichkeit ich alle Achtung habe. Ich werde also höflicher sein. Wirst du vielleicht die Freundlichkeit haben, mir zu sagen, wo du geboren bist?" — „Ich bin ein Serbe und aus Lopatitza am Ibar gebürtig." — „Ich will so tun, als ob ich es glaubte, halte dich aber im stillen für einen Rumänen. Wohin willst du?" — „Nach Ismilan", behauptete der angebliche Agent Pimosa. — „Wunderbar! Du bist ein so kluger Mann und machst einen so bedeutenden Umweg? Wie kommst du nach Koschikawak, wenn es deine Absicht war, von Mandra über Boldschibak nach Ismilan zu reiten? Dein Weg hätte dich viel weiter südlich geführt." — „Ich hatte eben an den Orten, die ich berührte, zu tun. Aber nun verbitte ich mir alles Weitere. Bist du etwa ein Beamter der Polizei, daß du mich wie einen Verbrecher ausfragst?" — „Gut, ich will dir auch hierin deinen Willen tun. Sag mir nur noch, warum du hier abgestiegen bist?" — „Wollte ich etwa absteigen? Dieser Schmied hat mich dazu gezwungen, da er im Freien nicht antworten wollte." — „Hast du ihm nun deine Fragen vorgelegt?" — „Nein." — „So tu es jetzt, damit du erfährst, was du erfahren wolltest!" Pimosa wurde verlegen, faßte sich aber schnell und wehrte ab: „Dazu ist mir nun die Lust vergangen. Wenn man in dieser Weise behandelt wird, so wirft man sein Ungeziefer ab und geht." Er machte dabei die Gebärde des Abschüttelns am Mantelaufschlag und schickte sich zum Gehen an. „Nennst du das etwa eine Höflichkeit?" lachte ich. — „Auf einen groben Klotz gehört ein grober Keil!" Das war wieder rumänisch. Er schien mir doch kein Serbe zu sein. — „Du scheinst die Anwendung von Sprichwörtern zu lieben", bemerkte ich, wobei ich mich ihm in den Weg stellte. „Ich habe mir vorgenommen, höflich gegen dich zu sein, und bitte dich also, noch ein wenig zu bleiben." — „Was soll ich hier? Ich habe keine Zeit, ich muß fort." — „Du sollst die andern Gäste erwarten, die noch kommen werden. Sie wollen dich hier treffen." — „Wer sind diese Leute?" — „Saptijeler aus Edirne." — „Geh zum Teufel!" — „Fällt mir nicht ein. Ich bleibe bei dir. Dort ist Platz. Habe die Güte, dich niederzusetzen!" — „Bist du verrückt? Pack dich auf die Seite!" Pimosa wollte an mir vorüber. Ich aber ergriff ihn beim Arm und hielt ihn fest, doch ohne ihm wehzutun. „Ich muß dich wirklich bitten, bei uns zu bleiben", sagte ich dabei. „Die Polizisten, von denen ich vorhin sprach, möchten gern mit dir reden."

Da blitzte es zornig in seinen Augen. „Tu die Hand von mir", gebot er. — „Pah! Man wird dafür sorgen, daß du Manach el Barscha nicht mehr erreichst!" Jetzt stand ich vor Pimosa und der Schmied, der den brennenden Span in das dazu bestimmte Loch gesteckt hatte, hinter ihm. Das bemerkte der Fremde nicht. Er sah ein, daß er durchschaut war. Er erkannte aber auch die Notwendigkeit, seinen Weg fortzusetzen, und ich war überzeugt, daß er dies selbst mit Anwendung von Gewalt zu erzwingen suchen werde. Obwohl ich eine gleichgültige Miene zeigte, behielt ich doch seine beiden Hände scharf im Auge. „Ich kenne diesen Menschen nicht!" rief er zornig. „Ich will fort, ich muß fort. Mach Platz!" Er versuchte an mir vorbeizukommen, aber ich kam ihm zuvor. Ich blieb zwischen ihm und dem Ausgang. „Allah verdamme dich!" Bei diesen Worten trat er einen Schritt zurück. Das Messer blitzte in seiner Hand; er wollte zustoßen, aber der Schmied hatte seinen Arm schnell von hinten gepackt. „Hundesohn!" brüllte Pimosa, sich Schimin zuwendend. Dadurch bekam der Agent mich in den Rücken. Ich warf rasch beide Arme um ihn und preßte ihm die Ellbogen so fest an den Leib, daß er sich nicht zu rühren vermochte. „Einen Strick, einen Riemen oder eine Schnur!" rief ich dem Schmied zu. — „Das soll euch nicht gelingen!" knirschte der angebliche Serbe. Er strengte alle seine Kraft an, loszukommen. Vergebens. Er schlug mit den Füßen hinten aus, doch dauerte das gar nicht lange, da der Schmied sich beeilte, meinem Gebot nachzukommen und rasch das Verlangte herbeibrachte. Nach wenigen Augenblicken lag der Mann gefesselt auf dem Boden.

„So!“ sagte Schimin befriedigt. „So soll es auch seinen Verbündeten gehen, die mich und mein Weib ebenso gefesselt hatten.“ — „Ich habe keine Verbündeten!“ schnaufte der Gefangene. — „Das wissen wir besser!“ — „Ich verlange, sofort freigelassen zu werden!“ — „Das eilt nicht!“ lächelte Schimin. — „Ihr verkennt mich! Ich bin ein ehrlicher Mann!“ — „Beweise es!“ — „So erkundigt euch!“ — „Wo könnte man das tun?“ — „Geht nach Dschnibaschlü.“ — „Ah, das wäre gar nicht weit! Zu wem?“ — „Zum Färber Boschak.“ —„Den kenne ich“, erklärte Schimin. — „Und er kennt mich. Er wird euch sagen, daß ich nicht der bin, für den ihr mich haltet.“ Der Schmied sah mich fragend an. — „So eilig haben wir es nicht“, wehrte ich ab. „Zunächst wollen wir sehen, was sich in seinen Taschen und im Gürtel befindet.“ Wir suchten nach, wobei es allerdings nicht ohne grimmige Reden von seiten des Gefesselten abging. Wir fanden eine beträchtliche Geldsumme und mehrere belanglose Kleinigkeiten und steckten alles wieder in den Gürtel und in die Taschen zurück. Der Schmied, der ein weiches Gemüt besaß, fragte: „Solltest du dich nicht geirrt haben, Effendi?“ — „Nein, ich bin meiner Sache gewiß. Auch wenn wir nichts finden, halten wir ihn fest. Zunächst werden wir auch sein Pferd untersuchen.“ Die Frau hatte sich bisher ruhig verhalten. Jetzt, als sie sah, daß wir hinausgehen wollten, fragte sie: „Soll ich ihn bewachen?“ — „Ja“, erwiderte ihr Mann. Da erhob sie sich von ihrem Lager, zündete einen frischen Span an und sagte: „Geht gestrost hinaus! Wenn er nur versucht, sich zu rühren, dann brenne ich ihn an. Ich will nicht umsonst da unten in dem Loch gesteckt haben!“ — „Ein tapferes Weibchen!“ schmunzelte der Schmied. „Nicht wahr, Effendi?“ Das Pferd stand noch angebunden an der Tür der Schmiede. Die Satteltaschen enthielten einen kleinen Mundvorrat, sonst aber fanden wir nichts. „Was wirst du nun beginnen?“ erkundigte sich Schimin. — „Zunächst bringen wir das Pferd dahin, wo das meinige ist.“ — „Und dann?“ — „Dann stekken wir den Gefangenen in das Loch, in dem du mit deiner Frau gesteckt bist.“ — „Und was weiter?“ — „Nun, dann warten wir, bis meine Leute kommen.“ — „Was wird hierauf mit dem Gefangenen geschehen?“ — „Ich lasse ihn nach Edirne zurückschaffen.“

Als wir das Pferd versorgt hatten und die Frau des Schmiedes nun erfuhr, was mit dem Agenten geschehen sollte, zeigte sie sich sehr befriedigt darüber. Der Gefangene wurde trotz seiner Gegenwehr, die meist nur in Schimpfreden und Drohungen bestand, in Sicherheit gebracht. Dann ließ es sich die gute Frau nicht nehmen, trotz der späten Stunde noch fortzugehen, um ein einfaches Abendessen zu beschaffen. Wir zwei Männer setzten uns indessen wieder vor die Tür, wobei der Schmied seine zweite Pfeife rauchte.

„Ein seltsames Abenteuer!“ meinte er. „Ich bin noch nie in meinem Keller gefangen gewesen und habe auch keinen andern Gefangenen unten gehabt. Es war Allahs Wille!“ Die Zeit verfloß bei unsrer Unterhaltung. Das Essen ging auch vorüber, und ich wartete noch immer vergebens auf Halef und die andern. Die Frau legte sich wieder nieder, wir beide blieben vor der Tür sitzen; die Mitternacht kam, noch eine Stunde verrann, aber wir warteten umsonst.

„Sie werden unterwegs einen Han gefunden haben“, versuchte Schimin das Ausbleiben der Erwarteten zu erklären. — „Nein, sie haben die Weisung, bis Mastanly zu reiten. Sie sind durch irgendein unvorhergesehenes Ereignis aufgehalten worden. Übernachten aber werden sie unterwegs nicht.“ — „Oder haben deine Leute den Weg verfehlt?“ — „Das traue ich ihnen, besonders meinem Hadschi Halef Omar, nicht zu.“ — „Nun, so müssen wir weiter warten. Jedenfalls wird uns das nicht so schwer wie dem Mann da unten im Keller. Wie wird er sich die Zeit vertreiben?“ — „Ganz so, wie du sie dir vertrieben hast, als du vorhin unten stecktest.“ — „Du glaubst also nicht, daß er ein Serbe ist?“ — „Nein, er lügt.“ — „Und daß er Pimosa heißt?“ — „Auch das bezweifle ich.“ — „Kannst dich aber dennoch irren!“ — „Pah! Er zog das Messer und hätte wirklich gestochen. Warum hat er nicht verlangt, zum Kjaja geführt zu werden? Das hätte ein jeder getan, der ein gutes Gewissen hat. Wie ich hörte, kennst du den Färber, von dem er sprach? Was für ein Mann ist das?“ — „Ein dicker, runder Faulpelz.“ Das war eine eigentümliche Antwort. Der Färber war Boschak genannt worden und boschak heißt träge, faul. Es war wohl ein Spitzname. Ich erkundigte mich weiter: „Ist er wohlhabend?“ — „Nein, eben weil er faul ist. Er ist übrigens nicht nur Färber, sondern auch Bäcker.“ — „Ist er als Bäcker fleißiger?“ — „Nein. Sein Haus fällt beinah ein, weil er zu träg ist, um etwas auszubessern. Seine Frau hat den Backofen gebaut, sie hat den Backtrog zusammengenagelt und sie schafft auch das Backwerk zu den Kunden.“ — „So bäckt sie wohl auch selbst?“ — „Ja, das tut sie.“ — „Und färbt auch selber?“ — „Allerdings.“ — „Was tut denn der Mann?“ — „Er ißt, trinkt, raucht und hält seinen Kef.“ — „Dann ist es kein Wunder, wenn er arm bleibt. Nicht wahr, er wohnt in Dschnibaschlü?“ — „Ja, Effendi.“ — „Ein Dorf?“ — „Ein ziemlich großes Dorf.“ — „Wie weit von hier?“ — „Zwei Stunden zu Pferd. Sobald man durch unser Koschikawak hindurch ist, geht man auf der Brücke über den Fluß. Von da führt der Weg südwärts nach Dschinibaschlü.“ — „Steht dieser Bäcker und Färber vielleicht sonst noch in einem schlechten Ruf?“ — „Hm! Ich weiß es nicht!“ — „Sprich deutlicher!“ — „Es sind ihm vor einigen Jahren die Ohren aufgeschnitten worden.“ — „Weshalb?“ —

„Du weißt nicht, wen diese Strafe trifft?“ — „Boschak hat wohl das Backwerk zu klein gefertigt?“ — „O nein, sondern zu groß. Ein Bäcker, der zu klein bäckt, wird mit dem Ohr an seinen Laden genagelt; aber aufgeschlitzt wird das Ohr nicht.“ — „Aber wenn er so arm ist, wundert es mich, daß er zu groß gebacken hat.“ — „Oh, er hat trotzdem nicht zu viel Mehl genommen. Sein Gebäck ging über die Grenze. Da fand man, daß es sehr schwer war. Man brach die Brötchen auf und da zeigte es sich, daß sie allerlei enthielten, was an der Grenze versteuert werden muß.“ — „Ah so! Boschak ist also ein Schmuggler?“ — „Wie es scheint. Wenigstens war er es.“ — „Hm! So möchte ich doch einmal mit ihm sprechen.“ — „Warum? Ich denke, du willst sofort weiterreiten, sobald deine Gefährten angekommen sind?“ — „Allerdings wollte ich das. Aber unser Gefangener hat sich auf den Bäcker berufen; da scheint es mir möglich, daß ich bei diesem Mann etwas erfahren kann, was mir von Vorteil ist.“ — „So müßtest du bis morgen früh warten.“ — „Allerdings. Die Meinigen könnten indessen voranreiten. Ich würde sie bald genug einholen.“ — „Warum wartest du hier auf sie? Du könntest doch drin im Haus recht gut schlafen!“ — „So würden sie hier vorüberreiten, ohne anzuhalten, da sie nicht wissen, daß ich hier bin.“ — „Ich wache, Effendi.“ — „Das kann ich nicht verlangen.“ — „Warum nicht? Hast du uns nicht aus dem Loch geholt? Wir wären ohne dich entweder verschmachtet oder erstickt. Und ich soll nicht einige Stunden für dich wachen können? Du mußt morgen reiten, kannst da also nicht schlafen. Ich aber kann die versäumte Ruhe wieder nachholen.“ Ich mochte Schimin nicht unrecht geben, und da er in mich drang, so erfüllte ich seinen Wunsch. Seine Frau bereitete mir ein Lager, und nachdem er mir versprochen hatte, daß er draußen das Herdfeuer nicht verlöschen lassen werde, legte ich mich nieder.

3. *Ali, der Buchhändler*

Als ich erwachte, war es noch dunkel um mich. Dennoch fühlte ich, daß ich völlig ausgeschlafen war. Das Rätsel löste sich indes, als ich aufstand und nun bemerkte, daß sämtliche Fensterluken durch die Läden verschlossen waren. Ich stieß einen auf und sah nun, daß die Sonne schon ziemlich hoch stand. Es mochte nach westeuropäischer Zeitrechnung zwischen acht und neun Uhr sein. Draußen ließ sich ein fleißiges Hämmern und Feilen vernehmen. Ich ging hinaus. Der Schmied stand bei seiner Arbeit und seine Frau zog den Blasebalg. „Guten Morgen!" rief er mir lachend entgegen. „Du hast sehr gut geschlafen, Effendi." — „Leider! Du aber auch!" — „Ich? Wieso?" — „Ich sehe meine Gefährten nicht." — „Ich habe sie auch nicht gesehen." — „So sind sie während der Nacht an deinem Haus vorbeigeritten." — „Oh, du denkst, ich hätte geschlafen?" — „Ich vermute es." — „Nicht ein Auge habe ich zugetan! Frage meine Frau! Als du schliefst, kam sie zu mir ins Freie. Wir haben nebeneinander gesessen und vergebens nach den Erwarteten ausgeschaut." — „Und das Feuer hat stets gebrannt?" — „Bis jetzt, Effendi, ich sage dir die Wahrheit!" — „Das macht mich um die Gefährten besorgt. Ich werde ihnen entgegenreiten." — „Ich denke doch, daß du nach Dschnibaschlü reiten willst?" — „Ich wollte! Aber —" — „Hab keine Sorge, Effendi! Sie werden kommen. Deine Freunde sind wahrscheinlich so klug gewesen, während der Nacht nicht durch eine unbekannte Gegend zu reiten." — „Nein, das ist es nicht, was ihre Ankunft verzögert. Entweder sind sie auf ein unvorhergesehenes Hindernis getroffen oder sie haben den Weg verfehlt." — „Nun, in beiden Fällen ist es besser, daß du nach Dschnibaschlü reitest. Deine Gefährten werden das Hindernis beseitigen und nachkommen. Und sind sie auf falschem Weg, so werden sie den richtigen finden. Welche Orte sollten sie berühren?" — „Ich habe sie angewiesen, von Dereköj nach Mastanly zu reiten." — „Dann müssen deine Freunde auf alle Fälle hier vorüberkommen. Soll ihnen jemand entgegengehen, so will ich es gern tun. Ich nehme das Pferd unseres Gefangenen." — „Das läßt sich hören! Aber — hast du schon mit ihm gesprochen?"

— „Ich habe nach ihm gesehen." — „Was sagte er?" — „Pimosa schimpfte erbärmlich. Er will sofort freigelassen werden, und als ich erklärte, ich könne ihm die Freiheit nicht geben, verlangte er, mit dir zu reden." — „Diesen Wunsch werde ich ihm erfüllen. Komm!" Wir standen eben im Begriff, die Kellertür zu heben, als die Frau des Schmiedes herbeikam. „Ich habe es gefunden!" flüsterte sie. — „Was?" fragte ich, indem ich die Hand von der Tür ließ. — „Sein Gesicht, seine Narbe." — „Du meinst wohl das Gesicht und die Narbe des Gefangenen?" — „Ja, Effendi. Ich hatte beides vergessen." — „So hast du ihn wohl schon gesehen?" — „Ja. Aber das Wo und Wann war mir wieder entfallen. Ich habe während der ganzen Nacht darüber nachgedacht. Ich marterte mein Hirn, ohne mich besinnen zu können. Nun aber ist es mir plötzlich eingefallen." — „Komm in die andre Stube! Er könnte uns hören." Beide folgten mir in die Wohnstube und dort wendete sich der Schmied verwundert an sein Weib: „Du hast ihn gesehen? Du hattest das Nähere vergessen und bist die ganze Nacht neben mir gesessen und hast darüber nachgedacht? Warum sagtest du mir nichts davon?" — „Ich wollte mich nicht irre machen. Hätte ich davon gesprochen, so wäre es mir wohl gar nicht eingefallen." — „Du magst recht haben", entschied ich. „Gut, daß du dich nun besonnen hast. Also, wo hast du ihn gesehen?" — „In Topoklu." — „Wann?" — „Im letzten Frühjahr, bei meiner Freundin." — „Als du in Topoklu zu Besuch warst?" fragte der Mann erstaunt. — „Ja, damals." — „Was tat er denn bei deiner Freundin?" — „Er kaufte Schießpulver und Zündhütchen." Und zu mir gewendet fuhr sie fort: „Du mußt nämlich wissen, daß der Mann meiner Freundin einen Kramladen besitzt. Ich war eingeladen worden, weil sie krank war und niemand hatte, der sie pflegte. Ich saß bei ihr, und da trat jemand vor den Laden und verlangte Munition. Er wollte sie sogleich versuchen. Da bat ihn der Krämer, dies nicht zu tun, da seine Frau krank sei und das Schießen nicht vertragen könne. Aber der Mann lud seine Pistole dennoch und schoß auf den Pferdekopf des gegenüberliegenden Hauses." Der Bulgare liebt es nämlich, über seiner Tür oder an den Firstenden, also an den Giebelwinkeln seines Hauses, Pferdeköpfe oder auch die Köpfe andrer größerer Tiere, wie Rinder, Maultiere und Maulesel, anzubringen.

„Meine Freundin schrie bei dem Schuß vor Schreck laut auf. Der Fremde lachte und schoß noch mehrere Male. Und als der Krämer es ihm nun streng verbot, drohte der Fremde, auf ihn selbst zu schießen. Endlich bezahlte er und ging. Vorher aber sagte er, daß er eigentlich gar nicht zu bezahlen brauche, da er zu den Verschwörern gehöre." — „Was für Leute sind das?" fragte ich. — „Das weißt du nicht?" meinte der Schmied. — „Ich habe noch nie davon gehört.“ — „Ein Verschwörer ist ein Mann, der dem Großherrn nicht gehorchen und ein bulgarisches Reich mit einem eignen, unabhängigen König haben will.“ — „Darf es denn jemand wagen, sich öffentlich zu diesen Verschwörern zu bekennen?“ — „Warum nicht? Der Großherr wohnt in Stambul, und je weiter du dich von dieser Stadt entfernst, desto geringer wird seine Macht. Und sieht so ein Mann sich in Gefahr, so geht er in die Berge. — Erzähle weiter“, gebot Schimin seiner Frau. — „Ich hatte durch eine Spalte der Wand geblickt“, berichtete sie, „und den Menschen gesehen. Er trug ein großes Wundpflaster auf der rechten Wange. Als wir dann den Krämer fragten, wer der Fremde sei, sagte er uns, der Mann gehöre in den Bund der Unzufriedenen und wohne in dem Dorf Palatza. Er heiße Mosklan und sei eigentlich Roßkamm, habe dieses Geschäft aufgegeben, um seine ganze Zeit dem Geheimbund widmen zu können. Doch bat uns der Krämer, keinem Menschen etwas davon zu erzählen. Wir hörten noch, daß dieser Roßhändler selten zu Haus und stets unterwegs sei.“ — „Und du glaubst, ihn in unserm Gefangenen wiedererkannt zu haben?“ — „Ja. Er trägt das Pflaster nicht mehr; das machte mich irre. Bis mir die Narbe auffiel, die er auf der rechten Wange hat. Nun weiß ich genau, daß es Mosklan ist.“ — „Und er hat sich Pimosa genannt und gesagt, er sei ein Serbe, ein Agent aus Lopatitza am Ibar.“ — „Das ist eine Lüge.“ — „Ich habe es ihm auch nicht geglaubt. Er sprach rumänisch, und zwar so, wie man es in der Gegend von Slatina hört.“ — „Slatina? Ja, ja!“ bestätigte die Frau eifrig. „Der Krämer schien ihn besser zu kennen, als er uns merken lassen wollte. Er war zornig auf ihn, nannte ihn einen Walachen, einen Giaur, einen Ketzer aus Slatina.“ — „Daraus ist allerdings zu schließen, daß er ihn genau kennt und auch weiß, daß der Mann aus Slatina ist.“ — „Und jetzt fällt mir noch ein, daß er ihn in seinem Zorn einen Fußboten der Aufwiegler und einen Reitboten der Revolutionäre schimpfte.“ — „Das ist bedeutsam! Vielleicht ist bei dem dicken Bäcker in Dschnibaschlü noch mehr zu erfahren.“ — „Willst du wirklich hin, Effendi?“ — „Ja, jetzt ganz gewiß.“ — „Und darf der Gefangene es wissen?“ — „Allerdings. Er hat mich ja selbst dazu aufgefordert.“ — „Wirst du ihm auch sagen, daß du erfahren hast, wer er eigentlich ist?“ — „Nein. Das wäre eine Unvorsichtigkeit, deren ich mich nicht schuldig machen will. Habt ihr jetzt noch etwas zu bemerken?“ — „Nein“, meinte die Frau. „Ich habe alles gesagt, was ich weiß. Aber erlaube, daß ich um etwas frage, das mir Sorge macht!“ — „Frage getrost! Vielleicht ist deine Sorge grundlos.“ — „O nein! Wenn dieser Mann zu den Unzufriedenen gehört, so befinden wir uns in Gefahr. Wir haben ihn gefangengenommen, und er wird sich rächen oder von seinen Mitverschworenen gerächt werden." — „Das ist allerdings ein Gedanke, den ihr nicht von euch weisen könnt; aber vielleicht läßt sich dieser Angelegenheit eine solche Wendung geben, daß ihr nichts zu befürchten braucht. Seine Verbündeten haben euch mißhandelt, ihr habt also alle Veranlassung gehabt, euer weiteres Verhalten danach einzurichten. Vor allen Dingen muß ich jetzt noch einmal mit ihm reden." Wir brannten einen Span an, öffneten den Keller, legten die Leiter an, und dann stieg ich hinab. Der Gefangene lag auf dem Kohlenhaufen und empfing mich mit Schimpfworten. „Glaubst du, in dieser Weise deine Lage zu verbessern?" fragte ich ihn. — „Laß mich los!" murrte er. „Gib mich frei! Du hast kein Recht, mich hier festzuhalten." — „Bis jetzt bin ich überzeugt, dieses Recht zu haben!" — „Hat dich der Färber Boschak nicht eines Bessern belehrt?" — „Ich war noch nicht bei ihm." — „Warum nicht? Warum zögerst du? Es muß jetzt weit über Mittag sein. Du hast längst Zeit gehabt, nach Dschnibaschlü zu reiten." — „Du irrst. Es ist noch nicht so spät, wie du denkst. Aber ich werde mich sofort aufmachen. Also du behauptest, daß er dich kennt?" — „Ja. Frage nur nach dem Agenten Pimosa." — „Weiß Boschak, daß du jetzt nicht in Edirne warst?" — „Ja. Er wird, wenn du ihn fragst, bezeugen, daß ich während der letzten Tage in Mandra und Boldschibak gewesen bin." — „Wie will er das wissen?" Der Verschwörer zögerte mit der Antwort und erklärte nach einer Pause: „Das wirst du von ihm selbst hören." — „Ich möchte es lieber gleich von dir erfahren." — „Wozu?" — „Es wäre das beste Mittel, mein Mißtrauen zu bekämpfen." — „Das sehe ich nicht ein!" — „Muß ich dir dazu wirklich eine Erklärung geben? Du schweigst, weil du verhüten willst, daß seine Aussage der deinigen widerspricht. Also sag mir, ob er vielleicht mit dir in jenen beiden Orten war?" — „Das habe ich nicht nötig. Geh hin und frag ihn selbst!" — „Es scheint, daß du dir deine Lage nicht verbessern willst. Was veranlaßt mich denn eigentlich, zu diesem Boschak zu gehen? Nichts!" — „Ich verlange es aber, damit du meine Unschuld erkennst." — „Wärst du schuldlos, so würdest du mir selbst die geforderte Auskunft erteilen." — „Du sollst dem Färber sagen, daß ich mich hier befinde." — „Damit er dich aus diesem Keller holt? Glaubst du, meine Dummheit sei größer als deine Klugheit? Um aber alle Vorwürfe zu vermeiden, werde ich mich zu Boschak bemühen. Vielleicht erfahre ich bei ihm das Gegenteil von dem, was er mir nach deinem Wunsch sagen soll. Hast du Hunger?" — „Nein." — „Oder willst du trinken?" — „Nein. Lieber will ich verschmachten, als von solchen Menschen, wie ihr seid, einen Tropfen Wasser annehmen!" — „Ganz nach deinem Belieben!" Ich machte Miene, wieder emporzusteigen, da sagte er barsch: „Ich fordere, daß ihr mir die Fesseln abnehmt!“ — „Von Menschen, die nicht wert sind, dir einen Tropfen Wasser anzubieten, kannst du das nicht verlangen!“ — „Sie tun mir weh!“ — „Das schadet nichts. Der Durst tut auch weh, und trotzdem willst du ihn ertragen, um nur nichts von uns empfangen zu müssen. Übrigens weiß ich, daß dir die Fesseln keine Schmerzen verursachen. Warte geduldig, bis ich zurückkomme!“ Mosklan zog es vor, sich in Schweigen zu hüllen. Der Schmied hatte die Zeit dazu benützt, mir mein Pferd vorzuführen. Er brachte zugleich das des Gefangenen mit. „Willst du wirklich den Meinigen entgegenreiten?“ fragte ich. — „Wenn du es erlaubst, Effendi, ja.“ — „Meinst du, daß deine Gegenwart hier nicht nötig sein wird?“ — „Meine Frau ist da. Sie wird den Gefangenen bewachen.“ — „Man weiß nicht, was sich während unsrer Abwesenheit ereignen kann.“ — „Was soll sich ereignen? Ich halte es für notwendig, daß deine Leute erfahren, wo du bist, und daß du auf sie wartest. Ich reite nur bis Dereköj; finde ich sie da nicht, so kehre ich wieder um.“ — „Ihr könnt euch verfehlen!“ — „Meine Frau wird dafür sorgen, daß sie hier nicht vorüberkommen, ohne einzukehren.“ — „Nun, wie du willst. Auch mag sie vor allem dafür sorgen, daß niemand etwas von dem Mann im Keller erfährt.“ Die Frau hatte bei uns gestanden und alles gehört. „Effendi, reite ohne Sorge nach Dschnibaschlü“, sagte sie. „Es wird alles so sein, als ob du selber hier wärest.“

Auf diese Versicherung hin bestieg ich das Pferd und ritt nach kurzem Abschied davon. Das Dorf Koschikawak lag nicht weit von der Schmiede. Es war nicht groß, und ich kam schnell hindurch. Dann ging es über die Brücke und links ab nach Südwest, nicht, wie der Schmied gesagt hatte, nach Süden. Ich überquerte einige Maisfelder, dann Weideland und kam nun an unbebaute Strecken. Einen gebahnten Weg gab es nicht. Jeder geht, fährt oder reitet hier, wie und wo es ihm beliebt. Darum wunderte ich mich nicht, als ich zu meiner Rechten, in beträchtlicher Entfernung, einen Reiter auftauchen sah, der die gleiche Richtung zu verfolgen schien. Auch er bemerkte mich und hielt nun zu mir herüber. Als er näher kam, beobachtete er mich und schien zu zögern. Dann faßte er einen schnellen Entschluß und kam im Trab ganz heran.

„Ssabâhak bilchejr — guten Morgen!“ grüßte er mich zu meinem Erstaunen in schönstem Arabisch. — „Allah jußabbihhak bilchejr — Gott gebe dir einen guten Morgen!“ antwortete ich freundlich.

Der Reiter gefiel mir. Er gehörte jedenfalls nicht zu den reichen Leuten. Sein Pferd war keine zweihundertfünfzig Mark wert, und er trug eine fast ärmliche Kleidung. Aber diese Kleidung zeugte von einer für diese Gegend ungewöhnlichen Sauberkeit, und das Pferd war, wenn auch nicht üppig genährt, doch sehr gut erhalten. Der Striegel mußte wohl den fehlenden Hafer ersetzen. Das macht auf den Pferdekenner stets einen guten Eindruck. Übrigens war der junge Mann schön gewachsen, und sein Gesicht, das von einem Schnurrbart geziert war, hatte einen so ehrlichen Ausdruck, daß ich mich keineswegs darüber ärgerte, den Gang meiner Gedanken durch ihn unterbrochen zu sehen. „Du sprichst arabisch“, fuhr er fort, wobei er durch befriedigtes Kopfwiegen zu erkennen gab, daß er sich freue, mich richtig beurteilt zu haben. — „Gewiß, sehr gern sogar.“ — „Willst du die Güte haben, mir zu sagen, woher du kommst?“ — „Von Koschikawak.“ — „Ich danke!“ — „Willst du mich vielleicht begleiten?“ — „Ich werde dir für die Erlaubnis sehr verbunden sein!“ Das war eine herzgewinnende Höflichkeit. Ich fragte ihn nun, wie er auf den Gedanken gekommen sei, mich arabisch anzureden. Während seine Augen blitzten, deutete er auf mein Pferd. „So einen Nedschi kann nur ein Araber reiten. Das ist ein echter Wüstenhengst! Bei Allah! Rote Nüstern! So ist die Mutter wohl gar eine Kohelistute gewesen?“ — „Du hast ein gutes Auge. Der Stammbaum weist allerdings nach, daß du recht hast.“ — „Ein glücklicher und reicher Mann! Die Hufe und die Fesseln zeigen, daß dieses Pferd nicht in der Sand-, sondern in der Steinwüste geboren wurde.“ — „Auch das ist richtig. Ist die hiesige Gegend deine Heimat?“ — „Ja.“ — „Wie kommst du da zu diesem Scharfblick für arabische Pferde?“ — „Ich bin Hadschi. Nachdem ich in Mekka meine Gebete verrichtet hatte, ging ich nach Taif, wo ich in die Reiterei des Großscherifs von Mekka trat.“ Ich kannte diese auserlesene Reitertruppe vom Hörensagen und wußte, wie gut sie beritten war. Der Großscherif besitzt einen wahrhaft glänzenden Marstall. Kein Wunder also, daß dieser junge Mann seinen Blick hatte üben können. Es war eigenartig, einen ehemaligen Kavalleristen des Großscherifs von Mekka vor mir zu sehen. „Warum bliebst du nicht dort?“ fragte ich ihn. Der junge Mann errötete, blickte vor sich nieder, richtete dann die Augen auf mich und sagte nur das eine Wort: „Mahabbi — die Liebe!“ — „Welak — o wehe!“ — „Na'm, jakessa — ja, ja, so ist es!“ Ich hatte mein Wehe scherzhaft gesprochen, er aber machte ein sehr ernsthaftes Gesicht und blickte so nachdenklich vor sich hin, daß ich leicht erraten konnte, wie es um ihn stand. Doch fiel es mir nicht ein, ihn über diese Angelegenheit mit Fragen zu behelligen. Ich lenkte vielmehr ab und sagte: „In Beziehung auf das Pferd hast du richtig geurteilt, aber deine Ansicht über den Reiter ist irrig.“ — „Wie? Du bist doch jedenfalls Beduine?“ — „Sitze ich wie ein Bedawi zu Pferd?“ — „Allerdings nicht. Das fiel mir sogleich auf.“ — „Und du wunderst dich?“ — „Ja.“ — „Du bist aufrichtig.“ —„Soll ich es nicht sein?“ — „In Allahs Namen!

Sprich nur freimütig!“ — „Ich konnte nicht begreifen, daß der Besitzer eines solchen Pferdes so schlecht reitet.“ — „Das geht so in der Welt!“ Er warf einen besorgten Blick zu mir herüber. „Du hast mir das übelgenommen?“ — „O nein! Was du sagtest, das hat mir schon mancher andre auch gesagt, ohne daß ich es übelnahm.“ — „Warum gibst du dir nicht Mühe, das Reiten zu erlernen?“ — „Oh, ich habe mir viel Mühe gegeben!“ — „Jumkin — wahrscheinlich!“ lächelte er ungläubig. — „Du zweifelst daran?“ meinte ich. — „Ja.“ — „Nun, ich will dir sagen, daß ich monatelang den Sattel nur verlassen habe, um zu schlafen.“ — „Allah akbar — Gott ist groß! Er schafft die Menschen und beschenkt einen jeden mit einer besonderen Gabe, aber auch mit einem besonderen Mangel. Ich habe einen kennengelernt, dem es unmöglich war, zu pfeifen. Er gab sich alle Mühe, brachte es aber nicht fertig. Andre pfeifen schon, wenn sie noch in der Wiege liegen. Dir geht es mit dem Reiten grad so wie jenem mit dem Pfeifen. Dafür aber wird Allah dir eine andre Gabe verliehen haben.“ — „Das ist richtig“, erklärte ich freundlich. — „Darf ich fragen, welche Gabe es ist?“ — „Ja, gewiß: das Trinken.“ — „Das Trinken?“ fragte mein Begleiter verblüfft. — „Ja. Ich habe bereits getrunken, als ich noch in der Wiege lag.“ — „Spaßvogel!“ — „Willst du auch das nicht glauben?“ — „O doch, diese Fertigkeit haben wir alle wohl schon so früh besessen, nur ist das kein Grund, stolz darauf zu sein. Das Reiten fällt schon ein wenig schwerer.“ — „Das merke ich!“ Es war fast der Ausdruck des Mitleids, mit dem er mich ansah. Dann meinte er: „Ist denn dein Rückgrat gesund?“ — „Ja.“ — „Und deine Brust auch?“ — „Sehr.“ — „Warum machst du dann den Rücken krumm und warum drückst du die Brust so hinein?“ — „Ich habe es von tausend andern so gesehen.“ — „Das sind schlechte Reiter gewesen.“ — „Sogar sehr gute! Ein Reiter, der sein Pferd liebt, der schont es und sucht es so viel wie möglich zu entlasten. Wie das zu machen ist, davon hat weder der Türke noch der Araber eine Ahnung.“ — „Das verstehe ich nicht. Bist du kein Araber?“ erkundigte sich mein Begleiter. — „Nein.“ — „Was sonst?“ — „Ein Alaman.“ — „Ich habe in Stambul Leute aus Almanja gesehen. Sie verkauften Leinwand, Sacktuch und Messerklingen. Sie trinken Bier und singen Lieder dazu. Aber zu Pferd habe ich keinen einzigen von ihnen gesehen. Gibt es in Almanja viele Soldaten?“ — „Mehr als in Osmanly memleketi.“ — „Aber um die Kavallerie muß es da schlecht bestellt sein!“ — „Sie reitet grad wie ich.“ — „Traurig, traurig!“ Er meinte es ehrlich. Es fiel mir gar nicht ein, ihm wegen dieses Scherzes bös zu sein. Er mochte aber doch meinen, zu weit gegangen zu sein. Deshalb fragte er: „Du bist hier fremd. Darf ich mich erkundigen, wohin du willst?

Vielleicht kann ich dir nützlich sein.“ Es war vielleicht nicht geraten, ihm alles zu sagen, darum wich ich aus: „Zunächst nach Dschnibaschlü.“ — „So reiten wir noch eine Viertelstunde miteinander, dann geht mein Weg weiter nach Kabatsch.“ — „Wohnst du dort?“ — „Ja. Errätst du, was ich bin?“ — „Nein. Ich wundere mich aber, daß du so jung dazu kamst, in den Dienst des Großscherifs zu treten, und daß du ihn schon wieder aufgegeben hast.“ — „Weshalb es geschehen ist, weißt du schon. Ich war früher Uhrmacher und bin jetzt Buchhändler.“ — „Hast du einen Laden?“ — „Nein. Mein Vorrat ist hier in der Tasche. Ich verkaufe diese Sachen.“ Er zog einen Zettel hervor. Dieser enthielt die Fâtiha, die erste Sure des Korans, mit gespaltenem Rohr in Nes'chi-Schrift mittels aufgelöstem Gummi geschrieben und dann mit Gold verziert. Er war also Wanderbuchhändler und hatte, wie ich bemerkte, einen großen Vorrat dieser Zettel. „Wurde das in Mekka geschrieben?“ fragte ich ihn. „Ja“, behauptete der junge Mann. „Von den Hütern der Kaaba?“ Mein Gefährte machte ein pfiffiges Gesicht und wiegte den Kopf. „Ich verstehe“, lächelte ich. „Deine Käufer glauben es.“ — „Ja. Du bist ein Alaman, also ein Christ. Dir will ich es sagen, daß ich diese Zettel selbst geschrieben habe, allerdings in Mekka. Ich habe einen großen Vorrat mitgebracht und mache ganz gute Geschäfte.“ — „Wieviel kostet ein Stück?“ — „Je nach dem Vermögen des Käufers. Der Arme gibt einen Piaster, bekommt es vielleicht auch umsonst, während ich von reichen Leuten auch schon zehn und mehr Piaster bekommen habe. Von dem Erlös lebe ich mit meinem alten Vater, der gelähmt ist, und kaufe mir das Material zu meiner Uhr.“ — „Du arbeitest also noch in deinem früheren Fach?“ — „Ja. Ich arbeite an einer Uhr, die ich dem Großherrn zum Kauf anbieten will. Es wird im ganzen Land keine ihresgleichen sein. Kauft er sie, so bin ich ein gemachter Mann.“ — „Also ein Kunstwerk?“ — „Ja“, lächelte der Uhrmacher stolz. — „Wirst du es fertigbringen?“ — „Ganz gewiß. Erst hatte ich Sorge, aber jetzt bin ich überzeugt, daß es gelingen wird. Und dann — dann werde ich mit diesem Boschak reden!“ Er hatte die letzten Worte beinahe drohend gesprochen. Der Name überraschte mich. Boschak! So hieß ja der Färber und Bäcker, zu dem ich wollte. „Boschak? Wer ist das?“ stellte ich mich unwissend. — „Der Vater meiner Liebe.“ — „Warum sprichst du nicht eher mit ihm?“ — „Er wirft mich hinaus, wenn ich jetzt komme. Ich bin ihm viel zu arm.“ — „Ist Boschak denn reich?“ — „Nein. Aber sie ist das schönste Mädchen von Rumeli.“ Ich machte eine Armbewegung gegen die Sonne und sagte: „Heut ist es heiß!“ — „Hier ist es heiß!“ wiederholte er, mit der geballten Faust in die Gegend drohend, wo ich das Dorf Dschnibaschlü vermutete. „Ich war bei ihrem

Vater, aber er zeigte mir die Tür!" — „Würde diese Schönste von Rumeli dir auch die Tür zeigen?" — „Nein. Wir sehen uns ja des Abends und sprechen miteinander." — „Heimlich?" — „Ja, denn anders geht es nicht." — „Was ist ihr Vater?" — „Bäcker und Färber. Sie heißt Ikbala[1]." — „Welch schöner Name! Ich wünsche, daß er an dir in Erfüllung gehen möge." — „Das wird geschehen, denn es ist Allahs Wille und auch der meinige. Die Mutter ist unsre Verbündete." — „Gott sei Dank!" — „Ja, sie wacht über uns, wenn wir zusammenkommen, während der Bäcker schläft. Allah möge ihr dafür ein langes Leben geben und Enkel die Hülle und die Fülle! Der Alte aber möge Knoblauch kauen und Tinte schlucken müssen, bis er sich entschließt, mein Schwiegervater zu werden!"

„Dann kannst du ihn als Tintenfaß benützen, wenn dein jetziger Vorrat ausgegangen ist und du gezwungen bist, neue Zettel zu schreiben. Wo wohnt denn dieser wütende Vater einer so gepriesenen Tochter?" — „In Dschnibaschlü." — „Das weiß ich. Aber in welchem Haus?" — „Wenn du von dieser Richtung in das Dorf kommst, so ist es das fünfte Haus zur rechten Hand. Vor der Tür hängt ein hölzerner Kuchen, ein gelber Handschuh und ein roter Strumpf, zum Zeichen, daß Boschak Bäcker und auch Färber ist. Warum fragst du nach seiner Wohnung?" — „Ich möchte diesen Wüterich kennenlernen", scherzte ich. — „Das ist sehr leicht. Laß etwas bei ihm färben." — „Ich wüßte nicht was. Ich müßte mir höchstens meinen Rappen blau färben lassen. Doch hätte ich auch keine Zeit, zu warten, bis er völlig trocken wäre." — „So kauf dir Zuckerwerk bei ihm." — „Ist Boschak denn auch Zuckerbäkker?" — „Ja. Er bäckt alles." — „Doch nicht auch Strümpfe und Handschuhe! Eine Verwechslung der beiden Gewerbe kann vorkommen. Halt! Hast du etwas gehört?" Ich zügelte mein Pferd und lauschte. „Nein", antwortete mein Begleiter. — „Es war mir, als hätte ich einen fernen Ruf vernommen", fügte ich hinzu. Auch er hielt still und horchte. Der eigentümliche Laut wiederholte sich. „Das klingt wie die Stimme eines eingemauerten Menschen!" — „Nein", erwiderte er. „Es ist ein Frosch, der quakt." — „Ich habe noch nie einen Frosch mit solcher Stimme gehört." — „So ist es eine Kröte. Ich habe oft Unken in dieser Weise quaken gehört. Der Ruf kommt dort links aus dem Dorngestrüpp, das so niedrig ist, daß wir den Menschen sehen müßten, wenn einer darin steckte. Es ist ein Tier, nichts andres. Und nun laß uns scheiden! Hier geht mein Weg seitwärts um Dschnibaschlü herum weiter nach Kabatsch." — „Darf ich nicht vorher deinen Namen erfahren?" — „Man nennt mich Ali, den Buchhändler." — „Ich danke. Und wie

[1] Die Glückgebende

weit ist es von Dschnibaschlü nach Kabatsch?" — „Ich reite in drei Viertelstunden hin. Willst du etwa dann nach Kabatsch?" — „Möglich." — „So bitte ich dich, zu mir zu kommen und dir mein Uhrwerk anzusehen. Vielleicht darf ich dann die Fragen aussprechen, die ich jetzt unterlassen habe." — „Warum fragst du nicht?" — „Darf man unhöflich sein?" — „Ich habe mich doch auch nach deinen Verhältnissen erkundigt?" — „Du darfst das, denn du bist ein andrer als ich. Du bist ein Inkognito; das ist sicher!" Ali lachte mich dabei so zuversichtlich an, daß auch ich lachen mußte. „Du irrst dich!" — „O nein! Du kannst zwar nicht reiten, aber das tut nichts. Du bist vielleicht ein großer Gelehrter oder sonst ein Effendi vom kaiserlichen Hof, obwohl du ein Christ bist. Wärst du ein Muslim, so hättest du meine Zettel mit der Fâtiha mit dem Gruß beehrt. Ich weiß, daß der Großherr auch Christen bei sich hat, und da du kein Reiter bist, so ist der Rappe aus dem Stall des Padischah geborgt. Habe ich recht?" — „Nein." — „Gut. Ich will schweigen." — „Daran handelst du klug. Kannst du mir deine Wohnung beschreiben?" — „Sehr leicht. Es ist bei mir eigentümlicherweise grad so wie hier. Wenn du von Dschnibaschlü nach Kabatsch kommst, so ist es das fünfte Haus zur rechten Hand, in dem ich wohne. Es ist nur eine kleine Hütte. Mein Vater war ein armer Hirt. Die Mutter lebte noch, als ich nach Mekka pilgerte. Sie starb, und kurze Zeit später traf den Vater der Schlag. Jetzt kann er kein Glied bewegen und auch nicht sprechen, sondern nur lallen. Nun betet er ohne Unterlaß, daß Allah ihn erlösen möge, damit er mir nicht länger zur Last falle. Ich aber bete zum Allerbarmer, den Vater mir noch lange zu erhalten. Vater und Mutter hat man nur einmal. Sind sie gestorben, so hat das Grab den besten Teil des Kindes empfangen, und keine Seele auf Erden meint es mit ihm wieder so gut und treu wie die Hingeschiedenen. Einst, als ich noch klein war, kam ein alter Mann in unsre Hütte und bat um Herberge. Er bekam ein Lager und Milch und Brot. Mehr hatten wir selbst nicht. Ich hatte etwas getan, was die Mutter erzürnte. Da nahm der alte Gast einen Zettel hervor und einen Bleistift. Er war ein Christ, und obwohl er die türkische Sprache nicht verstand, schrieb er mir einen Vers aus der Bibel auf, die die heilige Schrift der Christen ist, und sagte mir, ich solle diese Worte auswendig lernen, stets befolgen und nie wieder vergessen. Ich habe diesen Zettel als Amulett bei mir getragen, bis er in Fetzen ging. Er ist zerrissen und verschwunden, aber die Worte sind mir im Gedächtnis und im Herzen geblieben bis auf den heutigen Tag und werden da auch haften bleiben, bis der Engel des Todes zum großen Abschied ruft." Ich war tief gerührt und fragte den jungen Mann, dessen Augen feucht geworden waren:

„Wie lauten diese Worte?“ — „Sie lauten: Pederini istihsa eden we walidesine ita 'at etmeji chor gören gösi dere karghalari öjedschek we kartal jawurileri jejedschekdir.“ Das waren die Bibelworte: ‚Ein Auge, das den Vater verspottet und sich weigert, der Mutter zu gehorchen, das werden die Raben am Bach aushacken und die jungen Adler fressen.‘ Wieder ein Beispiel von der unwiderstehlichen Macht des göttlichen Wortes, das wirkt, wie ein ‚Hammer, der Felsen zerschmettert‘. Wo hat der Koran, wo haben die Vedas und wo hat (man verzeihe!) die Offenbarung der ‚Letzten Heiligen‘, ich meine das Machwerk jenes Joe Smith, das er „Book of the Mormons“ nannte, eine Stelle von so gewaltiger, unmittelbarer Wirkung aufzuweisen? Man lese das Gold-Glanz-Buch, das Buddhas Lehren über sich, über Buße, Pflicht und das Ende der Dinge enthält; man vertiefe sich mittels eines entsetzlichen Studiums in die heiligen Bücher Indiens, in die Papyrus Ägyptens mit ihren Ptha-, Rè- und Amon-Erinnerungen und man wird finden, daß es doch nur das eine Gotteswort gibt, von dem es heißt: ‚Dein Wort ist meines Fußes Leuchte und ein Licht auf meinem Wege‘, und dessen strafende, vernichtende Macht doch auch nicht erschütternder geschildert werden kann, als in der fürchterlichen Stelle: ‚Und er wurde zu Stein!‘ Ich reichte dem Uhrmacher-Buchhändler die Hand und fragte: „So liebst du deinen Vater?“ — „Effendi, warum fragst du? Kann es einen Sohn geben, der seinen Vater nicht liebt? Kann ein Kind seine Eltern vergessen, denen es alles verdankt?“ — „Du hast recht. Meine Frage war überflüssig. Vielleicht bekomme ich deinen Vater zu sehen, und dann werde ich ihm auch einen Vers aufschreiben. Und geht der Wunsch, den ich jetzt im stillen hege, in Erfüllung, so ist es mir wohl möglich, ihm und dir eine recht große Freude zu machen. Bleib daheim, damit ich dich finde, wenn ich komme! Allah jisallimak — Gott behüte dich!“ — „Fi amân Allah — in Gottes Schutz!“ antwortete er, wobei er seine Hand an die Stirn drückte. Dann ritt Ali im Trab davon. Ich blickte ihm nach, bis er hinter fernem Strauchwerk verschwunden war.

4. Ein bulgarischer Harem

Ich war noch nicht weit geritten, so sah ich etwas auf der Erde liegen, was ich an diesem Ort nicht gesucht hätte, nämlich eine richtige, wirkliche, echte und wahrhaftige Semmel, eine braune und knusprig gebackene Zeile von acht, sage und schreibe acht Teilen. Dieses Backwerk ist von Europa in die Türkei gebracht worden, weshalb es dort vorzugsweise Frandschela, ‚die Fränkische', genannt wird. Ich stieg vom Pferd und hob die Semmel auf, eine neubacken duftende Erinnerung an die Heimat. Was mit der Achterzeile tun? Ohne viel dabei zu denken, brach ich ein Eckchen ab und — hielt es meinem Rappen hin. Er hatte so etwas noch nie gesehen, aber das kümmerte ihn nicht. Ob Chaß ekmek oder Frandschela, ob auf Deutsch Semmel oder auf Englisch roll, ob auf Französisch petit pain blanc oder im Italienischen piccolo pani, ob in polnischer Sprache bulka und pszenna und in serbischer pletenitza, ob auf Rumänisch pâne alba oder auf Russisch bulka, grad wie auch in Ostpolen — der Rappe hatte weder sprachliche noch andre Bedenken. Er prüfte mit der Nase, nahm das Eckchen und riß mir sodann die ganze übrige Zeile aus der Hand. „Ma li hadsche fih, sufra daïme, tajib heiwan — ich brauche es nicht, gesegnete Mahlzeit, mein gutes Tier!" Nachdem der Hengst den seltenen Leckerbissen verzehrt hatte, rieb er den schönen, charaktervollen Kopf an meiner Schulter, dann stieg ich auf und — kaum zwanzig Schritte weiter lag abermals eine Semmelzeile. Was war das? Was hatte das zu bedeuten? Diese Art von Manna regnet es weder vom Himmel, noch wächst es auf der Manna-Esche (Fraxinus ornus) oder kriecht als Mannaflechte (Sphaerothallia esculenta) am Boden hin. Ich stieg zum zweitenmal ab, hob den Fund auf und steckte ihn in die Satteltasche. Kaum wieder im Sattel, sah ich von weitem abermals eine Zeile liegen. Wieder absteigen? Nein! Ich trieb den Rappen an. Er legte sich lang aus, ventre à terre; ich nahm im Ritt die Semmel vom Boden auf und erblickte einige Stücke andrer Gebäcksarten, an denen wir vorübersausten.

War hier ein amerikanischer Roll-boy mit einem schadhaften Semmelwagen gefahren? Diese unternehmenden Gentlemen machen gern Geschäfte, aber so weit vom heimatlichen Baker's oven verirren sie sich denn doch nicht. Ich zügelte das Pferd wieder und nun zeigte es sich, daß auch weiterhin der Weg in verschiedenen Abständen mit Gebäck ‚interpunktiert' war. Welch ein gesegnetes Land, dieses Rumelien! Ich ließ liegen, was am Boden lag, und trachtete danach, den wohltätigen Spender dieser nahrhaften ‚Kommata' zu erreichen. Ein kleines Gebüschinselchen inmitten der unbebauten Fläche — ich umritt es und siehe, da stand er, der Wohltätige, und zwar in sehr irdischer Gestalt. Es war eines jener Wesen, die von den Arabern Barli, von den Türken Katyr, von den gelehrten Abendländern Equus hinnus und von den ungelehrten Deutschen in achtungsverletzender Weise Maulesel genannt werden. Ja, da stand er und fraß. Und was fraß er? Nicht etwa Semmeln, die doch meinem edlen Pferd so ausgezeichnet gemundet hatten, sondern Zuckerwerk, teures, süßes Zuckerwerk, wie es von den abendländischen Damen zum Nachtisch geknuspert, von den morgenländischen Schönen aber während des ganzen Tages zwischen den roten Lippen und schwarzen Zähnen geführt wird. Man sagt freilich verleumderischerweise, daß diese Süßigkeiten auch im Abendland außerhalb des Nachtischs eingehende Beachtung finden sollen. Ich sprang vom Pferd, nun zum drittenmal. Der Maulesel sah erst mich an, dann den Rappen und wendete sich hernach ganz unbefangen und keiner Schuld bewußt, zur Seite, als hätte er nicht das mindeste Verständnis dafür, daß Unterschlagung und daraufolgende Verwendung im eigenen Nutzen vom Strafrichter unnachsichtlich zu ahnden sind. Oder verließ er sich etwa auf die bekannten mildernden Umstände? Das mußte mir gleichgültig sein, denn Unkenntnis der Gesetze schützt nicht vor Strafe. Ich begann also, um mich eines diplomatischen Ausdrucks zu bedienen, der Zuckersachenfrage etwas näherzutreten.

Der Maulesel trug auf dem Rücken ein eigenartiges Ding, halb Pack- und halb Damensattel. Zu beiden Seiten war je ein Korb befestigt gewesen, und der Inhalt dieser Körbe hatte sich während des Rennens gelockert und ein Teil des Inhalts war verstreut worden. Der Maulesel war dann auf den seltsamen Gedanken gekommen, mitten durch das Gebüsch zu brechen und dabei mit dem nachschleifenden Zügel hängen geblieben.

Das Tier hing noch, ein Bild des ereilten Verbrechens. Ich war die rächende Gerechtigkeit. Und der Übeltäter kaute Zuckerwerk! Bildete er sich etwa ein, er müsse straffrei ausgehen, weil er vermutlich nicht in böser Absicht gehandelt hatte? Diese Spitzfindigkeiten wollte ich dem Maulesel austreiben. Die Körbe waren abgestreift worden und lagen auf dem Boden, dicht bei den Resten ihres einstigen Inhalts. Ich zog dem sehr ehrenwerten Sir Aß mit der Reitpeitsche eins über das schlummernde Gewissen, daß er verblüfft zur Seite sprang und mich mit einem vorwurfsvollen fragenden Blick und einem windmühlenähnlichen Drehen der Ohren beglückte. Dann band ich den Esel los und führte ihn zur Seite, um ihn dort sicher anzufesseln. Jetzt war wenigstens das übriggebliebene Backwerk gerettet. Nun drängte sich mir die Frage auf, ob der Maulesel allein oder in Begleitung seinen häuslichen Herd verlassen habe. Ich empfand einen unwiderstehlichen Drang, mich der zweiten Ansicht zuzuneigen. Nun die weitere Frage: War die betreffende Person ein Reiter oder ein Fußgänger gewesen — natürlich ein ‚in' hinzugefügt, falls es sich um ein weibliches Wesen handeln sollte. Weder am Sattel noch am Tier war ein Merkmal zu finden, auf Grund dessen man diese Frage hätte eindeutig beantworten können. Eins aber stand fest: War der Maulesel geritten worden, so hatte er den Reiter wahrscheinlich abgeworfen. Wo befand dieser sich jetzt? Ich mußte zurückreiten und nach einer Spur suchen. Das tat ich ohne Zögern. Vorher hatte ich nicht achtgegeben, nun aber sah ich deutlich die Spuren des Maulesels. Sie führten nach einer Weile von der geraden Richtung ab, rechts hinüber, dem Dornengestrüpp zu, aus dem vorher, als der Ssahhâf[1] noch bei mir war, der dumpfe Ruf ertönte. Jetzt hörte ich ihn wieder. Es klang, wie bereits bemerkt, wie der Ruf eines Eingemauerten. Ich eilte näher und sprang vor dem Gestrüpp ab. Es bestand aus lauter Brombeer- und Himbeerranken und schien undurchdringlich zu sein. „Jetischin, jetischin — Hilfe, Hilfe!" hörte ich jetzt ziemlich deutlich. „Wer ist da?" fragte ich. „Tschileka!" antwortete es. Das war eine weibliche Stimme. Auch der Name, der ‚Erdbeere' bedeutet, sagte mir, daß es sich um ein weibliches Wesen handle. „Gleich, gleich!" erwiderte ich. Ich lief am Saum des Gesträuchs entlang und fand die Stelle, wo der ‚Einbruch' geschehen war. Da gab es doch wenigstens einigermaßen Bahn. Ich drang hindurch, indem ich mein Messer zu Hilfe nahm, und befand mich dann am Rand einer trichterartigen Vertiefung, die aber nicht, wie ich erwartet hatte, mit Dorngerank, sondern mit — Teppichen und ähnlichen Dingen angefüllt war. Hier auf dieser Seite war der Maulesel hinein- und drüben wieder hinausgegangen. Unten aber, auf der weichen Unterlage, saß ein Frauenzimmer, so wohlbeleibt, wie ich in meinem ganzen Leben noch niemand gesehen hatte.

„Hilfe, Hilfe!" rief die Frau immerfort. Kaum aber erblickte sie mich, so verbarg sie, laut aufkreischend, ihr Gesicht in einem Teppichzipfel. „Was ist denn hier los?" fragte ich. — „Hasch! Tschekil! Jaschmaghym, jaschmaghym — Gott behüte! Geh fort! Mein

[1] Buchhändler

Schleier, mein Schleier!“ Sie schrie um Hilfe und jagte mich doch wieder fort, weil sie keinen Gesichtsschleier hatte. Als ich mich genauer umblickte, sah ich die Fetzen der unentbehrlichen Hülle an den Dornen hängen. „Burada; al mendilimi — hier; nimm mein Taschentuch!“ rief ich der Frau zu. — „Dön, büs, bütün — drehe dich um, ganz und gar!“ Ich gehorchte ihrem Befehl. „Geri dön — wieder herum!“ gebot sie nach einem Weilchen. Als ich mich der Frau nun zuwendete, hatte sie ihre Züge mit einem Taschentuch verhüllt, sehr unnötigerweise, denn ich hatte ihr dunkelrotes Gesicht mit den Backentaschenwangen doch schon genau gesehen. Wäre Tschileka ein Mann gewesen und bei einem Turnfest erschienen, so hätte sie bei der ‚dicken Riege‘ schon durch ihr bloßes Erscheinen jeden andern Bewerber aus dem Feld geschlagen. Da sie aber eine Dame war, und ich mich gern für ‚genteel‘ halten lasse, so sei von einer näheren Beschreibung abgesehen.

Der Morgenländer mißt die Schönheit seines Weibes nach dem Lehrsatz: Radius mal Radius mal Pi, multipliziert mit dem Quadrat des Durchmessers, gibt, in Millimeter ausgedrückt, die Kubikwurzel des Schönheitsgrades. Nach diesem Lehrsatz enthielt die von Dornen eingefaßte Vertiefung einen Schatz von ungeheurem Wert. Tschileka war in einen kurzärmeligen blauen Mantel gekleidet, der aber durch die Dornen ein wenig gelitten hatte. Diese kurzen Ärmel ließen ein Paar sehr lange, fuchsfeuerrote Handschuhe sehen, die offenbar von ausgezeichneter Arbeit waren, da sie sich ohne das leiseste Fältchen an Hand und Arm anschlossen. Es war der Frau, ich weiß nicht wie, gelungen, ein Loch ins Taschentuch zu bohren. Durch diese Lücke betrachtete sie mich eine Weile. Dann sagte sie unter einem mächtigen, donnerartig grollenden Seufzer: „Fremdling, willst du mich retten?“ — „Ja“, antwortete ich artig. — „Kannst du mich tragen?“ Ich erschrak heftig, doch suchte ich mich zu fassen und erkundigte mich: „Muß das sein?“ — „Ja.“ — „Kannst du nicht gehen?“ — „Nein“, stöhnte die Dicke. — „Bist du verletzt?“ — „Ja.“ — „Wo?“ — „Ich weiß es nicht.“ — „Du mußt es doch fühlen!“ — „Ich fühle es überall“, behauptete Frau ‚Erdbeere‘. — „Hast du versucht aufzustehen?“ — „Nein.“ — „Warum?“ — „Es geht nicht.“ — „Versuche es getrost! Ich werde dir helfen.“ Nur einen Meter betrug die Tiefe bis hinab zu den Teppichen. Ich sprang hinunter und wollte ihr meine Hand reichen. Da aber schrie sie laut auf: „Müssibet, müssibet — Unglück, Unglück! Rühr mich nicht an! Ich bin nicht verhüllt!“ — „Wo denn nicht?“ fragte ich erstaunt. — „Hier an den Armen.“ — „Du hast doch Handschuhe an!“ — „Handschuhe? Fremdling, bist du blind? Das ist doch nur Kysyl Kök, die rote Farbe des Krapp!“ Wahrhaftig, diese Erdbeere, die hier mitten unter Brombeeren und Himbeeren saß, hatte keine Handschuhe an. Ihre Arme waren vom Krapp so hochrot gefärbt. Ja, nun begriff ich, warum dieses vermeintliche Gewebe so faltenlos saß! Aber noch etwas andres begriff ich: Frau Erdbeere war eine Bäckerin. Sie hatte krapprote Arme, sie war also wohl auch Färberin. Ich hatte die Frau des Bojadschi Boschak vor mir, den ich besuchen wollte, die gute Frau, die ihre Tochter beschützte, wenn diese mit dem Freier sprach. O gute Erdbeere! Der, dessen Liebe du unter deinen mütterlichen Fittich nimmst, hat dich vor kaum einer Viertelstunde für einen Frosch, für eine dicke Kröte und deine hilfeflehende Stimme für den Ruf einer mit klebrigen Warzen bedeckten Unke gehalten! Hat die Liebe nicht mehr Ahnungsvermögen? Vermag sie nicht die Nähe der Beschützerin zu verspüren?

„Aber, wie soll ich dich aufrichten, wenn du mir nicht erlaubst, dich anzurühren?“ fragte ich. — „Faß mich von hinten an!“ Ich schlug einen Halbkreis, so daß ich in ihren Rücken gelangte, und legte ihr die Hände unter. „Chajyr, chajyr! Stasik-im tschabuk ghydschyklanarim — nein, nein! Ich bin kitzlig!“ kreischte sie so laut auf, daß ich vor Schreck weit zurückprallte. — „Aber wo soll ich dich dann anfassen?“ forschte ich ratlos. — „Ich weiß es nicht.“ — „So müssen wir es anders versuchen.“ — „Wie denn?“ — „Dort liegt ein Strick. Die Leute, die diese Waren hierher brachten, haben ihn vergessen. Ich werde dich mit dem Strick in die Höhe ziehen.“ — „Doch nicht am Hals?“ erschrak die Dicke. — „Nein, an der Hüfte.“ — „Versuche es!“ Ich holte den Strick, schlang ihn um den Leib der Erdbeere, drehte mich so, daß wir Rücken an Rücken lehnten, zog den Strick, indem ich mich bückte, über meine Achsel und zählte: „Dikkat! Bir — iki — ütsch — paß auf! Eins — zwei — drei!“ Bei drei richtete ich mich langsam auf. Der Strick spannte sich, und ich begann zu ziehen. Es ging nicht. „Sür, sür, sür — schieb, schieb, schieb mit!“ keuchte ich. „Mümkindejis, mümkindejis; kajar-im — unmöglich; unmöglich; ich rutsche aus!“ keuchte sie noch mehr als ich. Ich nahm den Strick wieder weg und holte Atem. War das ein ungeschicktes Weib! Allerdings war die Teppichlage, auf die diese Mammut-Erdbeere zu Fall gekommen war, beträchtlich glatt. Überdies bildete sie eine schiefe Ebene. Eine solche Last, die an sich keine Beweglichkeit besitzt, ist da nicht leicht emporzubringen, und ich gestehe, daß mir beim Anblick der stachligen Ranken ein verbrecherischer Gedanke kam, den ich aber sofort von mir wies. „Hast du nicht jetzt wenigstens bemerkt, ob du verletzt bist?“ fragte ich. — „Ich bin verletzt“, versicherte Frau Tschileka. — „Wo denn?“ — „Ich weiß es nicht — überall. O Allah! Was werden die Leute sagen, wenn sie erfahren, daß ich mit dir ganz allein hier gewesen bin?“ — „Hab keine Sorge! Man wird nichts erfahren." — „Du sagst nichts?" — „Nein. Ich bin übrigens hier fremd." — „Fremd? Du bist nicht aus dieser Gegend?" — „Nein." — „Woher denn?" — „Weit her aus dem Abendland!" — „So bist du kein Muslim?" — „Nein. Ich bin ein Christ." — „Nun, so brauche auch ich vor dir keinen Schleier. Ich werde durch die Augen eines Christen, der tausend Frauen sieht, nicht beleidigt. Gib mir deine Hände!" Ich reichte sie ihr. Tschileka faßte an. Ich zog und — da stand sie aufrecht vor mir, zwar ein wenig schnaufend, aber doch glücklich auf die Füße gebracht. „Wie lange steckst du schon hier?" erkundigte ich mich. — „Oh, eine lange, lange Zeit." — „Wie aber kamst du hierher?" — „Der Esel wurde scheu. Die Dornen stachelten ihn an die Beine." — „Du rittest auf ihm?" — „Ja." Armer, armer Maulesel! Jetzt bedauerte ich es, ihn in seinem Schmaus gestört zu haben. Er hatte den Zucker reichlich verdient. „Warum aber bist du mit ihm in diese Dornen geritten?" forschte ich weiter. — „Ich wollte — wollte —" Tschileka wurde noch röter, als sie schon war, und schwieg. Ich warf einen Blick umher. Das war ja ein regelrechtes kleines Vorratslager hier unten. „Wem gehören diese Sachen?" fragte ich. — „Ich — ich — weiß es nicht!" stotterte Frau Erdbeere. — „Und doch hast du gewußt, daß sie hier sind?" — „Nein." — „Ich bin verschwiegen und zudem fremd. Von mir brauchst du keine Angst zu haben. Gut nur, daß ich dich nicht vorher bemerkte, als noch ein zweiter bei mir war!" — „Du warst nicht allein?" — „Nein. Ein junger Mann aus Kabatsch war bei mir." — „Wo ist er jetzt?" — „Nach Haus." — „Kennst du seinen Namen?" — „Ja. Es war der Hadschi Ali, der Ssahhâf." — „Der, ah, der! Nein, Ali darf nicht wissen, was du hier gesehen hast. Du kennst ihn gut?" — „Ich sah ihn heut zum erstenmal, aber er hat mir sehr gut gefallen." — „Und wie hast du mich gefunden?" — „Ich sah dein Gebäck am Boden liegen und dann entdeckte ich den Maulesel. Er war in den Sträuchern hängen geblieben. Ich band ihn an und folgte seiner Spur. So kam ich hierher." — „Dieser Esel ist ein dummes Geschöpf. Nun muß ich das Gebäck von der Erde auflesen und ich kann mich doch nur sehr schwer bücken. Wirst du mir helfen?" — „Gern!" erwiderte ich höflich. — „So komm!" — „Wird es möglich sein? Wirst du hier emporsteigen können?" — „Nein. Aber du wirst ziehen oder schieben." — „Ich denke, du bist kitzlig?" — „Nun nicht mehr, da du ein Christ bist." Hm! Diese Dame besaß eigentümliche Nerven! Ich stieg jetzt auf dem Teppichlager umher, um es genauer zu betrachten. Dann fragte ich: „Gehört dieser Ort noch zu Koschikawak oder bereits nach Dschnibaschlü?" — „Nach Dschnibaschlü." — „Was für ein Mann ist euer Kjaja?" — „Ich bin nicht seine Freundin", erwiderte Tschileka aufrichtig. Jetzt wußte ich genug. Ein glücklicher Umstand hatte mir hier einen Trumpf in die Hand gespielt, den ich zugunsten des Buchhändlers auszuspielen entschlossen war. „Gehst du mit?“ fragte die dicke Erdbeere. „So komm! Führe mich!“ Ich geleitete sie von den Teppichen weg bis dahin, wo die Dornen begannen. „Mein Gewand wird hängen bleiben!“ jammerte die Bäckerin ‚Erdbeere‘. — „Ich werde dir Platz machen. Ich schlage die Dornen mit meinem Messer ab.“ — „Nein, nein“, wehrte die Färberin ängstlich ab. „Das darfst du nicht!“ — „Warum nicht?“ — „Es ist verboten.“ — „Wer hat es verboten?“ — „Eben der böse Kjaja.“

Ich durchschaute die Frau. Dieser Platz war ein treffliches Versteck für das gesetzwidrige Treiben ihres Mannes. Man hielt das Gestrüpp für undurchdringlich, aber es mußte doch einen Durchgang geben. Bahnte ich einen breiten Weg hindurch, so war die Grube der Entdeckung ausgesetzt. Das wollte Tschileka verhüten. „Wohin rittest du mit dem Gebäck?“ fragte ich sie. — „Nach Göldschik; da ging der Esel durch.“ Die Erdbeere hatte gewußt, daß, vielleicht während der letzten Nacht, diese Waren hier untergebracht wurden, und sie war durch die Neugierde, den Vorrat zu sehen, vom Weg abgetrieben worden. Sie hatte den Esel zu weit in die Dornen gedrängt, und das Tier war durchgegangen, unglücklicherweise mitten durch das Gestrüpp und über die Vertiefung hinweg. „Woher kommst du heute?“ fragte Tschileka mich. — „Von Koschikawak.“ — „Und wohin willst du?“ — „Nach Dschnibaschlü und Kabatsch.“ — „Was willst du in Kabatsch?“ — „Ich will Hadschi Ali, den Ssahhâf, besuchen.“ — „Wirklich? Sag, Fremdling, willst du mir da einen Gefallen erweisen?“ — „Sehr gern.“ — „Ich möchte dir etwas für ihn mitgeben.“ — „Schön.“ — „Aber ich habe es nicht hier. Du müßtest mit in meine Wohnung gehen.“ Das war mir eben recht. Dennoch bemerkte ich: „Ich denke, du willst nach Göldschik reiten!“ — „Nun nicht mehr. Dem Esel ist heute nicht zu trauen. Aber ich muß dir gestehen, daß mein Mann nicht wissen darf, daß ich dir eine Botschaft für Ali mitgebe.“ — „Ich werde schweigen. Wer ist dein Mann?“ — „Er heißt Boschak und ist Bojadschi und Ekmekdschi[1]. Ich werde ihm gar nicht mitteilen, daß wir beide hier gewesen sind, und du wirst niemals zu einem Menschen davon sprechen.“

Diese Frau setzte meine Verschwiegenheit als etwas Selbstverständliches voraus. Dann fuhr sie fort: „Ich werde meinem Mann nur erzählen, daß mir der Esel durchgegangen ist und mich abgeworfen hat. Du hast ihn eingefangen und mich auf dem Weg gefunden. Nachher bin ich von dir heimgeleitet worden.“ — „Was

[1] Färber und Bäcker

soll ich dem Ssahhâf bringen?" — „Das sag' ich dir später. Jetzt wollen wir von hier fort." Es war kein leichtes Stück Arbeit, diese eigenartige Erdbeere die Böschung hinauf und dann durch das Dornengestrüpp zu schaffen. Es gelang aber doch. „Jetzt wirst du den Gang, den wir getreten haben, wieder zumachen", befahl Tschileka kurz und bündig. „Kein Mensch darf wissen, daß man durch die Dornen dringen kann!" — „Du bist eine vorsichtige Herrin. Du hast recht." Nach diesen Worten machte ich mich an die mühsame Arbeit, wobei mir mancher Dorn in die Haut drang. „So ist es gut!" lobte sie, nachdem ich die Aufgabe zu ihrer Zufriedenheit gelöst hatte. „Du bist sehr geschickt in solchen Dingen. Ich danke dir. Jetzt wirst du mir erlauben, mich auf dein Pferd zu setzen." — „Willst du nicht lieber gehen?" — „Warum?" — „Mein Pferd hat noch nie ein Weib getragen." — „Oh, ich tu ihm nichts!" versicherte die gewichtige Dame. — „Das glaube ich. Aber sieh dir diesen Sattel an! Er ist nicht für die zarten Glieder eines weiblichen Wesens gemacht. Er ist so eng, daß du darin nicht Platz finden würdest." — „So nimm ihn ab! Ich setze mich auf den bloßen Rücken des Tiers. Da habe ich Platz." — „Das würde zu viel Zeit erfordern. Ich müßte das Pferd führen und zudem könnten wir ja dein Gebäck nicht auflesen, das dein Maulesel auf dem Boden verstreut hat. Es ist gar nicht weit bis dahin, wo ich ihn angebunden habe." — „Du hast ihn festgebunden? Das ist gut! Ich werde also, da du es für besser hältst, zu Fuß gehen, obgleich solche Bewegung mir schaden kann. Ich verliere beim Gehen oft den Atem und dann muß ich stets lange warten, bis er wiederkommt. Das Gehen verursacht mir großes Herzklopfen und dann muß ich husten und niesen, daß ich dem Tod nahe bin." Ich nahm, ohne zu antworten, meinen Rappen am Zügel, Tschileka stützte sich auf meinen Arm, und wir setzten uns in Bewegung. Wir hatten kaum dreißig Schritte getan, so begann sie zu pusten und zu schnaufen. Sie blieb stehen und holte tief Atem. „Siehst du, jetzt geht es los. Ich muß mich besser auf dich stützen. Wir wollen nicht so eilen." Wir schritten nun mit der halben Geschwindigkeit eines Leichenzugs weiter. Als wir die Stelle erreichten, wo die erste Semmel lag, sagte sie: „Hier liegt eine Frandschela. Heb sie auf!" Ich tat es. Eine kurze Strecke weiter wiederholte sie: „Hier liegt abermals eine Frandschela. Heb sie auf!" Ich gehorchte wieder. Nach kurzer Zeit hatte ich einen ganzen Arm Bäckerwaren zu tragen, das Pferd zu führen und auch noch die gute Dame zu stützen. Nach einer weiteren Strecke blieb sie stehen, zog ihren Arm aus dem meinigen, schlug die Hände zusammen und rief: „O Allah! Hier liegt ein ganzer Haufen Buttergebackenes! Dieser Maulesel muß eine Menge Ratten im Kopf haben, daß er diese kostbare

Speise auf die Erde streut! Heb sie auf!" — „Gern! Aber sag mir vorher, wohin ich diese Dinge tun soll. Ich habe keinen Platz mehr dafür." — „Gib sie in deinen Kaftan!" — „Allah! Siehst du nicht, welche Farbe mein Mantel hat?" — „Er ist weiß. Er ist so weiß wie der Schnee des Gebirges. Ich vermute, daß er neu ist." — „Allerdings. Der Kaftan ist neu, und ich habe volle zweihundert Piaster dafür bezahlt." — „Das ist gut. Ich würde gar nicht dulden, daß dieses Butterwerk in einen schmutzigen Kaftan getan würde." — „Allah hat dir den schönen Sinn für die Reinlichkeit verliehen. Du mußt ihm Zeit deines Lebens dafür dankbar sein, denn Sauberkeit ist die schönste Zierde des Weibes. Aber ich sage dir, daß ich mich ganz derselben Gottesgabe erfreue. Es würde meine Seele schmerzen und mein Herz mit Traurigkeit erfüllen, wenn ich mir meinen schönen, neuen Mantel voll Butterflecken machen müßte." — „Oh, Butter ist gut! Ein Butterfleck im Kaftan ist keine Schande. Butter ist weder Fischtran noch Pferdefett." — „Aber niemand wird es diesen Flecken ansehen, daß sie von deiner Butter verursacht wurden!" — „Herr, du bist ein vornehmer Mann; es kann dir ganz gleichgültig sein, ob man die Flecken deines Mantels für Butter- oder Transpuren hält. Zieh ihn aus und wende ihn um, so wird man sie vielleicht gar nicht bemerken." — „Weißt du nicht, daß es verboten ist, sich in Gegenwart eines Weibes eines Kleidungsstückes zu entledigen?" — „Oh, du bist mein Freund, mein Retter, und du trägst ja eine Jacke und eine Weste unter dem Kaftan!" — „Dennoch möchte ich mich nicht gegen die Gesetze der Höflichkeit und Sitte versündigen. Erlaube, daß ich diese Eßwaren in meine Pferdedecke lege." — „Ist sie rein?" — „Ja. Ich klopfe die Decke täglich aus." — „Ich muß mich überzeugen. Klopfe einmal!" Diese Verhandlung machte mir unendlich Spaß. Ich war nicht dazugekommen, die Decke zu reinigen. Sie war hinter dem Sattel festgeschnallt und zeigte deutliche Spuren des Staubes, der sich während des gestrigen Rittes festgesetzt hatte. Ich schnallte sie los und rollte sie auf. „Schüttle die Decke!" befahl die holde Erdbeere. Ich gehorchte, und der Staub flog in einer sichtbaren Wolke auf. Dennoch meinte die Frau: „Ja, sie ist rein. Heb also dieses Butterwerk auf und gib es hinein."

Ich bildete aus der Decke einen Sack, in den ich alle Backwaren stopfte, die nach und nach von der Erde aufzunehmen waren. So erreichten wir das Gebüsch, in dem ich den Esel angebunden hatte. Beim Anblick der am Boden liegenden Körbe schlug sie die Hände hoch zusammen und rief: „O Allah! O Aïscha! O Fâtima! Welch ein Unheil hat dieses Tier angerichtet! Da liegen die Körbe am Boden und dabei mein feinstes Gebäck! Doch nein, nicht alles ist da. Es fehlt allerlei. Wo ist es?" Tschileka warf einen fragenden

Blick auf mich. „Effendi, diese Sachen schmecken sehr süß und gut!“ — „Das glaube ich!“ — „Liebst du Süßigkeiten?“ — „Zuweilen.“ — „Hast du vielleicht das, was hier fehlt, gegessen?“ — „Nein.“ — „Sag mir die Wahrheit! Ich werde dir nicht zürnen, wenn du es nur bezahlst!“ — „Ich habe es nicht gegessen, holde Tschileka.“ — „Aber wo ist es hin? Wo liegt es? Ich muß meinem Mann über jedes Stück Rechenschaft ablegen!“ — „Ich sage dir, daß es nicht gegessen worden ist.“ — „Was sonst?“ — „Gefressen!“ lächelte ich. — „Gefressen? Von wem?“ — Von deinem Maulesel.“ — „O Unglück, o Verwegenheit! Glaubst du denn wirklich, daß ein Maulesel Zuckerwerk fressen kann?“ — „Ich habe ihn ja dabei erwischt.“ — „Du hast es mit deinen eigenen Augen gesehen?“ — „Mit meinen eigenen Augen“, beteuerte ich. — „Und mich hat er niemals merken lassen, daß er Süßigkeiten liebt! Dieser Heuchler! Dieser Scheinheilige! Effendi, willst du mir einen Gefallen erweisen?“ — „Einen einzigen? Habe ich dir nicht schon bewiesen, daß ich dir gern gefällig bin?“ — „Ja, du hast alles getan, was ich von dir begehrte. Nun tu auch noch mehr! Nimm deine Reitpeitsche und haue das Tier so an den Kopf, daß die Ohren herunterfliegen!“ — „Das werde ich nicht tun“, widersprach ich. — „Nicht? Warum nicht?“ — „Das wäre Tierquälerei.“ — „Was geht das dich an? Gehört der Esel dir?“ — „Nein“, mußte ich zugeben. — „Richtig! Er gehört mir! Und mein Eigentum kann ich quälen, so viel ich will. Also schlag zu!“ — „Verzeih, daß ich es doch nicht tu. Hast du dem Esel gesagt, daß er diese Sachen nicht essen soll?“ — „Nein.“ — „So hast du einen großen Fehler begangen. Das Tier hat geglaubt, das Zuckerwerk fressen zu dürfen, weil es Eigentum seiner Herrin ist. Beim nächsten Ritt darfst du nicht versäumen, es ihm klarzumachen.“ — „Das werde ich jetzt gleich besorgen“, erwiderte die Bäckerin erbost, „und ich hoffe, daß er meine Worte versteht.“ Sie zog meine Reitpeitsche aus der Sattelöse und trat damit zu dem Esel, der seine Herrin mißtrauisch anblickte und dabei besorgt mit den Ohren wedelte.

„Was hast du getan“, schrie sie ihn an. „Weißt du, was du bist? Ein Spitzbube, ein großer Spitzbube! Hier hast du deine Strafe!“ Der Maulesel erhielt einen kräftigen Hieb über den Kopf. „Ein Leckermaul!“ Tschileka versetzte ihm einen zweiten Hieb. „Ein heimtückischer Schurke!“ Ein dritter Hieb sauste durch die Luft. Aber der Maulesel schien keine gute Erziehung genossen zu haben und seine Herrin obendrein wenig zu schätzen. Er machte eine rasche Wendung und schlug mit den beiden Hinterhufen nach ihr aus. Das ging so schnell, daß ich kaum Zeit fand, die Dicke auf die Seite zu reißen. Jetzt war aller Ärger vorüber. Sie zitterte vor Schreck. „Effendi“, stammelte sie bebend, „was hat er getan? Er hat nach mir ausgeschlagen!" — „Ja." — „Der Elende! Das undankbare Vieh! Weißt du, ob ich getroffen worden bin?" — „Ich glaube nicht. Fühlst du Schmerzen?" — „Natürlich, ja. Mein ganzer Körper scheint eine einzige Beule zu sein." — „O weh! Eine solche Beule wird schwer zu heilen sein!" — „Ja. Und doch ist es mir, als wären die Hufe an mir vorübergegangen. Nicht?" — „Ich glaube, das auch bemerkt zu haben." — „Allah sei Dank! Wenn der Esel mich auf die Brust getroffen hätte, so wäre ich eine Leiche; oder gar ins Gesicht! Er hätte mir einen Zahn ausschlagen können, vielleicht auch alle. Ich werde dieses Ungeheuer nie wieder schlagen!" — „Daran tust du recht. Ich riet dir davon ab, du aber achtest nicht auf meinen Rat." — „Weil der Esel mein Eigentum ist. Wie darf er es wagen, nach mir zu schlagen!" — „Doch komm! Wir haben keine Zeit zu verlieren. Jetzt wirst du mir alles, was übrig ist, hier in die Körbe tun und dann den Sattel wieder in Ordnung bringen. Dann brechen wir auf." Ich gehorchte auch diesem Befehl, im Innern sehr gespannt darauf, wie es mir möglich sein werde, die schwere Frau in den Sattel zu bringen. Es kostete schon eine bedeutende Anstrengung, ihr beim Aufstehen behilflich zu sein. Als ich sämtliche Backwaren in den Körben untergebracht hatte, blickte sie sich ratlos um. „Was suchst du?" fragte ich. — „Eine Treppe, eine kleine Treppe." — „Eine Treppe? Wo soll hier im freien Feld eine Treppe herkommen?"

„Aber ich brauche sie doch, um aufzusteigen!" — „O weh! Das ist allerdings schlimm!" Nun ließ auch ich meinerseits den Blick ziemlich ratlos in die Runde schweifen. — „Dort", sagte Tschileka, „dort sehe ich einen Baumstumpf! Führe mich hin!" Es gelang mir mit einiger Anstrengung, die dicke Frau auf den Stumpf und von da in den Sattel zu befördern. Der arme Maulesel brach unter ihrer Last fast zusammen, schien aber doppelte Kräfte zu bekommen, als er merkte, daß der Ritt heimwärts ging. Schon nach kurzer Zeit sah ich von weitem einige weit zerstreute Häuser. „Ist das Dschnibaschlü?" fragte ich. — „Nein, das ist erst Klein-Dschnibaschlü. Aber wir wohnen da", antwortete sie. Wir langten dort an und ritten an einigen armseligen Gebäuden vorüber, bis wir ein etwas größeres Haus erreichten, nach dessen hinterer Seite meine Begleiterin einlenkte. Dort gab es mehrere Gruben, in die man Fässer eingelassen hatte. Diese Fässer waren mit farbigen Flüssigkeiten gefüllt. Wir befanden uns also bei der Wohnung des Färbers und Bäckers Boschak. Die Amazone stieß einen schrillen Schrei aus, den sie noch einigemal wiederholte. Dann öffnete sich ein kleines, in der Nähe stehendes Bretterhäuschen und eine männliche Gestalt mit einem Vogelgesicht kam herbei. Der ganze Anzug dieses Menschen bestand aus einer Art Badehose. Aber nicht dieser Umstand verblüffte mich, sondern die Färbung der Haut. Sein Körper schillerte in allen Farben vom tiefsten Dunkelbraun bis zum schreiendsten Orange. Und dabei machte der Mensch ein so unbefangenes, ernstes Gesicht, als verstünde diese Malerei sich von selbst.

Ich war vom Pferd gestiegen und erwartete das Kommende mit lebhafter Neugierde. „Syghyrdschik, meine Treppe!“ befahl die Bäckerin. Syghyrdschik, das ist Star, so hieß der Mann; wohl ein Scherzname. Hm, es gibt ja allerdings auch bunte Stare, wie jeder Vogelkenner weiß. Der Gerufene schritt würdevoll zur Hintertür ins Haus hinein und brachte wirklich eine mehrstufige Treppenleiter herbei, die er neben den Maulesel stellte. Die Reiterin stieg ab. „Was macht mein Herr?“ fragte sie. — „Ich weiß es nicht“, war die Antwort. — „Nun, er muß doch etwas machen!“ — „Nein.“ — „Budala — Dummkopf! Wo ist er denn?“ — „Weiß es nicht“, entgegnete der Gehilfe kurz. — „Er ist doch daheim?“ — „Nein.“ — „Also fortgegangen?“ — „Ja.“ — „Warum sagst du das nicht gleich? Schaff den Esel fort!“ Der farbenprächtige Mensch hatte seine Antworten mit einem Ernst gegeben, als handle es sich um wichtige Angelegenheiten. Jetzt ergriff er den Esel beim Zügel und wollte fort. „Erst abladen!“ schrie sie ihn an. Der Gehilfe winkte seiner Herrin verständnisvoll zu und machte sich nun daran, die Körbe abzunehmen. „Komm nun mit ins Haus, Effendi!“ lud sie mich ein. Ich hatte mein Pferd an einen in den Boden gerammten Pfahl gebunden und folgte ihr. Es drang mir ein starker Geruch von Butter und heißer Sodalauge entgegen. Links bemerkte ich eine Vorrichtung, die ich für den Backofen zu halten geneigt war, denn ein Dachsbau konnte sich hier im Wohnhaus nicht befinden. Rechts war der Eingang in den Wohnraum. Als wir eintraten, stand ich dem leibhaftigen, allerdings verjüngten Ebenbild meiner ‚Erdbeere‘ gegenüber. Ich konnte nicht im Zweifel sein, daß es ihre Tochter war. Das Mädchen war nach bulgarischer Weise, doch häuslich leicht gekleidet, hatte nicht so leere Züge und besaß die größte Schönheit des morgenländischen Weibes, die Wohlbeleibtheit, beinahe in dem Grad wie ihre Mutter. Es stand vor einigen Milchschüsseln und war im Begriff, die Haut mit den zwei Zeigefingern in ihren weitgeöffneten Mund zu führen.

„Ikbala, was tust du da?“ fragte die Mutter. — „Derisini tschykarim — ich häute ab“, antwortete die Gefragte. — „Nereje — wohin?“ — „Aghys itschine — in den Mund hinein.“ — „Aber diese Häute sollst du doch auf einen Teller oder in einen Topf geben und nicht in den Mund.“ — „Es schmeckt gut!“ Das war allerdings ein triftiger Grund, den das Mädchen angab. Die Mutter ließ ihn auch gelten, denn sie trat auf die Tochter zu, klopfte ihr zärtlich auf die volle Wange und sagte liebkosend: „Oburdschughum — mein

Leckermäulchen!“ Dieses wohlbeleibte Leckermäulchen richtete einen erstaunten Blick auf mich. Die Mutter gab deshalb die nötige Erklärung. „Dieser Effendi will sich hier bei uns ausruhen.“ — „Warum?“ — „Er ist ermüdet.“ — „So mag er draußen im Gras liegen. Wie kannst du ohne Schleier mit einem Fremden verkehren und ihn zu mir bringen, da du doch weißt, daß ich hier keinen Schleier trage?“ — „Oh, er ist mein Retter!“ — „Warst du in Gefahr?“ — „In großer Lebensgefahr.“ Jetzt richtete die Tochter ihre Augen mit verminderter Strenge auf mich und wendete sich schließlich wieder an die Mutter. „Du kannst noch gar nicht zurück sein. Es muß dir unterwegs etwas geschehen sein.“ — „Freilich ist mir etwas zugestoßen.“ — „Was denn?“ fragte Ikbala verwundert. „Ein Unglück. Ich hatte nicht daran gedacht, daß heut einer der fünfzig unglücklichen Tage das Jahres ist, sonst wäre ich daheim geblieben. Ich war kaum eine halbe Stunde geritten, da tat sich vor mir die Erde auf —“ — „O Allah!“ rief die Tochter erschrokken. — „Ein blauer Rauch stieg hervor“, fuhr Tschileka fort. — „Wai — wehe dir!“ — „— und aus diesem Rauch trat ein Geist, ein Gespenst hervor, das hundertvierundvierzig Arme nach mir ausstreckte — —“ — „Allah beschütze dich! Es gibt viele und schlimme Gespenster auf Erden!“ — „Allerdings, mein Kind. Mein Esel erschrak ebenso wie ich und entfloh, so schnell er konnte. Ich bin eine gute Reiterin, wie du weißt, aber ich kam dennoch zu Fall.“ — „Welch ein Unglück! Ist der Esel fort?“ — „Nein. Dieser Effendi kam geritten, fing den Esel ein und hob auch mich von der Erde auf, um mich heimzugeleiten. — Wo ist dein Vater?“ — „Er ist ins Dorf gegangen.“ — „Was will er da?“ — „Der Vater will Rosinen und Mandeln kaufen.“ — „Hat er gesagt, wann er wiederkommt?“ — „Er sagte, er werde nicht lange ausbleiben.“ — „So bediene diesen Effendi, bis ich zurückkomme. Ich muß ein andres Kleid anziehen.“ Tschileka wollte sich durch eine zweite Tür zurückziehen, aber ihre Tochter faßte sie am Ärmel. „Sag mir vorher, was aus dem Gespenst geworden ist.“ — „Ich habe keine Zeit, frage den Effendi, er wird es dir berichten. Damit entfernte sich die Schlaue und überließ es mir, ihr Gespenstermärchen zu Ende zu führen. Ich hatte mich bereits nach den ersten Worten, die zwischen Mutter und Tochter gewechselt wurden, auf eine Matte gesetzt. Die junge ‚Erdbeere‘ sah sich nun mit mir allein und war sichtlich in Verlegenheit. Nach einer Pause begann sie: „Bist du hungrig, Effendi?“ — „Nein, mein Kind.“ — „Aber durstig?“ — „Es ist warm. Würdest du mir einen Schluck Wasser geben, du Tochter der Holdseligkeit?“ Da ergriff sie eine der Milchschüsseln, von deren Inhalt sie mit ihren zarten Zeigefingern das ‚Dicke abgehäutet‘ hatte. Sie hielt mir die Schüssel hin. „Hier hast du Kuhmilch! Sie ist frisch und wird dir schmecken. Oder ist dir vielleicht Ziegenmilch lieber?" — „Ist von der Ziegenmilch die Haut auch schon abgenommen?" — „Ja, ich habe es selber getan." — „So gib mir Wasser! Ich trinke Milch nur dann, wenn sie ihre Haut noch hat." Das dralle Mädchen ging hinaus und brachte mir einen tönernen Becher voll Wasser, das genau so roch und aussah, als wäre ein alter Tabaksbeutel oder ein schmutziger Pudel darin gewaschen worden.

„Wo hast du dieses Wasser geschöpft?" fragte ich mißtrauisch. — „Ich habe es aus dem Backtrog genommen", war die Antwort. — „Hast du kein andres Wasser?" — „Ja, wir haben nicht weit vom Haus einen Bach." — „Kannst du mir nicht von dort Wasser bringen?" — „Ich könnte es, Effendi, aber du wirst es nicht trinken!" — „Warum nicht?" — „Es sind Frösche und Kröten darin, so groß wie ein Igel, wenn er recht fett geworden ist." — „Habt ihr denn keinen Brunnen in der Nähe?" — „Ja, aber es sind Molche darin, so lang und stark wie ein Aal." — „O weh! Da will ich lieber nicht trinken." — „Ich könnte dir einen guten Most geben, Effendi." — „Ist er wirklich gut?" — „Er ist so süß wie Zucker und Honig." — „So bitte ich dich, mir davon zu geben!" — Ikbala entfernte sich abermals. Als sie zurückkehrte, brachte sie mir einen ausgehöhlten halben Kürbis, worin sich eine Flüssigkeit befand, deren Aussehen geradezu lebensgefährlich war. Ich roch daran und wurde in dem Vorsatz bestärkt, mich äußerst vorsichtig zu verhalten. „Aus welchen Früchten ist dieser Most gepreßt?" erkundigte ich mich. — „Aus Maulbeeren, Beeren der Eberesche und Zitronen. Er ist mit gelben Pilzen gewürzt und mit Sirup gesüßt. Er wird dich erquicken und stärken wie ein Trank des Paradieses." Also Maulbeeren, die an und für sich einen eklen Geschmack besitzen, Ebereschen, die ein Futter für Gimpel und andre Vögel bilden, und saure Zitronen! Mit Gelbschwämmen gewürzt und mit Zucker süß gemacht. Der Geschmack ließ sich denken und die Wirkung ahnen. Leibschneiden oder ähnliches mußte die unvermeidliche Folge sein. Aber ich hatte wirklich Durst und setzte darum den Kürbis an die Lippen, machte die Augen zu und tat einige Züge. Da aber hatte das Mädchen mich schnell beim Arm.

„Dur, dur — halt, halt!" rief es. „Jalynys bir itschim, jalynys bir itschim — nur einen Schluck, nur einen Schluck!" — „Warum?" fragte ich. Während ich dabei das Gefäß absetzte, bemerkte ich erst den widerlichen Geschmack des hinterlistigen Getränks. „Sandschi, dechschetli sandschi — Bauchgrimmen, fürchterliches Bauchgrimmen!" gestand Ikbala. — „Warum aber gibst du mir das Zeug?" — „Oh, der Most ist gut. Aber man darf nur einen einzigen Schluck nehmen. Paß auf! So!" Ikbala nahm mir den Kürbis aus der Hand, um einen langsamen, langen, schlürfenden Zug zu tun. Dabei machte sie ein Gesicht, als tränke sie himmlischen Nektar. Da ich mich aber stets eines ausgezeichneten Magens erfreut habe, blieb der Mordversuch der schönen Bäckers- und Färberstochter ohne alle Folgen. Als das Mädchen den Kürbis zur Erde setzte, kam ein alter, dreifarbiger Kater, der bisher in einer Ecke gelegen war, herbei, tauchte in weiser Vorsicht zuerst den Schnurrbart in den Most, schüttelte bedenklich den Kopf, begann aber doch zu lecken, erst leise und mißtrauisch, dann jedoch mit sichtbarem Behagen. „Itsch, kedidschigim — trink, mein Kätzchen!“ sagte die schöne Pomakin[1] und streichelte das Tier. „Halt, halt!“ rief ich, und zwar so laut, daß Ikbala erschrocken auffuhr. — „Was ist's? Warum rufst du so?“ fragte sie. — „Laß deinen Liebling doch nicht von diesem Most trinken!“ — „Warum nicht?“ — „Er wird das Bauchgrimmen bekommen, vor dem du mich gewarnt hast!“ — „O nein! Er ist den Most gewöhnt.“ — „Ah, er trinkt den Most öfters?“ — „Ja.“ — „Aus diesem Kürbis?“ — „Ja. Er hat erst vorhin daraus getrunken, der Gute, der Liebe!“ Also das auch noch! Erst hat der ‚Liebling‘ getrunken, dann ich, dann die Tochter der ‚Erdbeere‘. Und dazu die rührende Unbefangenheit, mit der sie das sagte! O Ikbala, wie wenig bist du doch von den Sitten des westlichen Europa übertüncht! Ich hätte zornig werden mögen, brachte aber im Gegenteil, aller Rachsucht bar, das Gespräch auf den Gegenstand, der ihr jedenfalls der liebste war: „Trinkt Hadschi Ali, der Ssahhâf, auch zuweilen von dem Most?“ Als ich diese Frage gleichmütig aussprach, blickte Ikbala mich überrascht an. „Effendi, kennst du den Ssahhâf?“ — „Ja, ich kenne ihn.“ — „Wo hast du ihn kennengelernt?“ — „Auf dem Weg von Koschikawak hierher, und zwar heut, vor ungefähr zwei Stunden.“ — „Hat Ali von mir gesprochen?“ — „Ja. Ich soll dir einen Gruß von ihm bringen.“ — „So hat er dir gesagt, daß er mich liebt?“ — „Das hat Ali gestanden und auch, daß du ihn ebenso liebst.“ — „Ja, das ist wahr. Wir lieben uns von ganzem Herzen. Ali ist meinetwegen aus Arabien zurückgekehrt.“ — „Und soll doch nicht mit dir sprechen.“ — „Leider! Der Vater will es nicht.“ — „Aber deine Mutter ist der Schutzgeist, der euch umschwebt.“ — „Ach ja! Hätten wir sie nicht, so wäre unser Herzeleid so groß wie das höchste Minareh im ganzen Reich des Beherrschers aller Gläubigen.“ — „Dein Vater wird wohl noch gegen Ali freundlicher gesinnt werden“, meinte ich. — „O nein! Mosklan gibt das nicht zu.“ — „Wer ist dieser Mosklan?“ stellte ich mich unwissend. — „Er handelt mit Pferden und tut auch noch allerlei andres. Doch, du kennst ihn nicht. Ich soll

[1] Pomaken werden die Bulgaren mohammedanischen Glaubensbekenntnisses genannt

zur Ehe mit ihm gezwungen werden." — „Führt dieser Mann nicht noch andre Namen?" erkundigte ich mich. Ikbala zögerte mit der Antwort. „Du kannst aufrichtig zu mir sein; ich meine es wirklich gut mit dir", bemerkte ich. — „Nein, Mosklan führt keinen andern Namen", erklärte sie. — „Das sagst du aus Angst vor ihm und deinem Vater!" — „O nein! Ich weiß von andern Namen nichts." — „Nun, hast du nicht einmal einen Mann gesehen, der Pimosa heißt und aus Lopatitza ist?" Das Mädchen wurde verlegen und fragte stokkend: „Wo sollte ich ihn gesehen haben?" — „Hier, bei euch, in diesem Haus." — „Nein. Du irrst, Effendi." — „Dann habe ich mich geirrt und das ist nicht gut für dich." — „Nicht gut? Warum?" — „Wüßtest du, wer dieser Pimosa ist und was er tut, so könnte ich deinen Vater bewegen, dich dem Hadschi Ali zum Weib zu geben." — „Wie sollte das möglich sein?" — „Nun, ich will dir sagen, daß ich hierhergekommen bin, um dich zu sehen. Ich hatte mir vorgenommen, falls du mir gefallen würdest, zu Ali zu reiten, um ihn deinem Vater als Schwiegersohn zuzuführen." — „Das ist unmöglich!" bedauerte das Mädchen. — „O nein! Es ist sogar sehr leicht möglich." — „Wie wolltest du das anfangen?" — „Das kann ich dir jetzt nicht sagen, weil du nicht aufrichtig bist. Ich wollte deinen Vater zwingen, heute seine Einwilligung zu geben. Heut, verstehst du wohl?" — „Und du glaubst, daß mein Vater sie gegeben hätte?" — „Ja, ganz gewiß. Aber du vertraust mir nicht, und so bin ich hier überflüssig. Ich werde jetzt wieder aufbrechen."

Ich wollte von meinem Sitz aufstehen, aber schon war Ikbala bei mir und hielt mich zurück. „Effendi, bleib sitzen! Wer bist du denn, daß du glaubst, eine solche Macht über meinen Vater zu haben?" — „Ich bin ein Effendi aus dem Abendland. Ich stehe unter dem Schatten des Padischah und kann, wenn ich will, deinen Vater zwingen, deine Neigung zu Ali zu dulden. Aber ich habe keine Zeit; ich muß fort!" — „Bleib noch da! Ich will aufrichtig gegen dich sein." — „Daran tust du klug. Es ist zu deinem Nutzen. Also, sag mir, ob du jenen Pimosa kennst?" — „Ja, ich kenne ihn. Verzeih mir, daß ich vorhin anders redete." — „Ich verzeihe dir. Ich weiß ja, daß du in Rücksicht auf deinen Vater leugnen mußtest." — „Aber kannst du mir auch versprechen, daß du meinen Vater nicht zu Schaden bringen wirst?" — „Ja, ich verspreche es!" erklärte ich. „Nun aber sag mir, wer Pimosa ist!" — „Er heißt nicht Pimosa, er nennt sich nur zuweilen so. Er ist jener Mosklan, dessen Frau ich werden soll." — „Ich wußte es bereits. Was ist das, was er außer dem Pferdehandel noch betreibt?" — „Er ist Pascher und er ist auch ein Bote des Schut." — „Hat der Schut ihn auch schon zu deinem Vater geschickt?" — „Ja, Effendi." — „In welcher Angelegenheit?" — „Das weiß ich nicht." — „Dein Vater ist Pascher?“ — „Nein.“ — „Sag die Wahrheit!“ — „Er ist kein Pascher. Aber die Schmuggler kommen zu ihm und dann —“ Ikbala stockte wieder einmal. „Nun? Und dann —?“ — „— und dann hat der Vater immer sehr viele Waren.“ — „Wo? Hier im Haus?“ — „Nein, sondern draußen auf dem Feld.“ — „An welchem Ort?“ — „Das darf ich nicht sagen. Die Mutter und ich haben schwören müssen, nichts zu verraten.“ — „Das hast du gar nicht nötig, denn ich kenne den Ort ebenso genau wie du.“ — „Das ist unmöglich, Effendi. Du bist ja hier völlig fremd!“ — „Und dennoch kenne ich ihn. Es ist das Loch draußen in dem Dorngestrüpp.“ Da schlug Ikbala erstaunt die Hände zusammen und rief: „O Allah! Du weißt es wirklich!“ — „Siehst du! Grad heut sind viele Waren dort.“ — „Hast du sie gesehen?“ — „Ja. Es sind lauter Teppiche“, lächelte ich. — „Wirklich, wirklich, du weißt es! Wer hat dir diesen Ort verraten?“ — „Kein Mensch! Woher sind die Teppiche?“ — „Sie sind mit dem Schiff übers Meer gekommen. In Makri wurden sie gelandet und von da haben unsre Tragtiere sie nach Gümürdschina und weiter zu uns gebracht.“ — „Und wohin sind sie bestimmt?“ — „Sie sollen nach Sofia gehen und von da aus immer weiter; ich weiß nicht wohin.“ — „Ist der Schut bei dieser Pascherei beteiligt?“ — „Nein. Der Hauptanführer ist ein Silahdschi in Ismilan.“ — „Ah so! Dieser Mann hat auch ein Kahwehane?“ — „Ja“, meinte die schöne Pomakin mit großen Augen. — „Er wohnt in der Gasse, die zum Dorf Tschatak führt?“ — „Effendi, du kennst auch ihn?“ — „Ich habe von ihm gehört. Ist dir sein Name bekannt?“ — „Er heißt Deselim.“ — „War er zuweilen bei euch?“ forschte ich weiter. — „Sehr oft sogar. Er wird auch heut oder morgen kommen.“ — „Wohl wegen der Teppiche, die da draußen im Feld liegen?“ — „Ja. Sie müssen fortgeschafft werden.“ — „Bringt Deselim die Leute mit?“ — „Einige; die andern wohnen hier in der Nähe.“ — „In Dschnibaschlü?“ — „Hier und in den nächsten Orten.“ — „Wer ruft sie zusammen?“ — „Mein Vater.“ — „Er selber doch nicht?“ — „Nein, sondern er sendet unsern Gesellen, der die Vertrauten alle kennt.“ — „Das ist der Mensch, der deiner Mutter vom Maulesel hilft?“ — „Ja. Er hat alle Farben im Gesicht. Er ist ein sehr schlauer und mutiger Mensch — Doch horch! Es kommt jemand!“ Draußen ließ sich unter dem Eingang ein eigentümliches Schnaufen und Stöhnen vernehmen.

„A buh! A buh!“ erklang es ächzend. — „Das ist mein Vater“, flüsterte Ikbala. „Laß ihn ja nicht merken, daß ich mit dir gesprochen habe!“ Im nächsten Augenblick war sie in dem Nebenraum verschwunden, wohin auch ihre Mutter gegangen war.

5. *Unter Paschern*

Ich befand mich also ganz allein im Zimmer, den Kater abgerechnet, der sich wieder in seine Ecke zurückgezogen hatte. Das war mir unlieb, ließ sich aber nicht ändern. Ich hörte einige schwere, schlürfende Schritte, einige wiederholte ‚A buh‘ und dann trat der Herr des Hauses ein. Ich erschrak beinahe, als ich den Mann sah. Er war fast so dick wie hoch und mußte sich zur Türöffnung förmlich hereindrängen. Er trug sich bulgarisch. Seine Hose, seine Tunika, sein kurzer Ärmelmantel waren aus Wollstoff, während der Türke in der Sommerszeit einen leichten, faltenreichen, leinenen oder baumwollenen Stoff anzulegen pflegt. Die Beine des Bäckers waren nach bulgarischer Sitte mit dicken Bändern umwickelt, die auch den Fuß umhüllten. Der Alt-Bulgare und der Pomake liebten andre Fußbekleidung nicht. Diese Tracht entstellte den Bäcker noch mehr. Der kurze Mantel, die umwickelten Beine, der fast einen halben Meter breite Gürtel, den er um den Leib trug, machten ihn noch viel dicker und unförmiger, als er eigentlich war. Dazu kam, daß Boschak den Kopf rasiert hatte. Nur oben auf der Mitte des Schädels war ein langes Haarbüschel, das, in zwei Zöpfe geflochten, hinten herabhing. Einen Fes trug er nicht, statt dessen ein weit in den Nacken geschobenes leichtes Käppchen. In der Hand hatte er ein zusammengeknotetes Tuch, worin sich einige Tüten befanden.

Würde man mich fragen, welche Farbe sein Anzug gehabt habe, so könnte ich das unmöglich sagen. Ursprünglich war jedenfalls eine Grundfarbe dagewesen. Über diese hinweg aber gab es Striche von allen möglichen Farben, so daß der eigentliche Grund nicht mehr zu erkennen war. Man sah nur, daß der Mann seine Finger, mochten sie nun beim Backen mit Teig oder beim Färben mit Farbe beschmiert gewesen sein, einfach an der Kleidung abgewischt hatte. Seine Hände hatten das Aussehen, als hätte er einen Farbenkasten zerstampft, das Pulver in Öl gerieben und sich damit die Finger angepinselt. Die Arme konnte ich nicht sehen; wahrscheinlich glichen sie denen seiner holden ‚Erdbeere‘, deren Farbüberzüge ich erst für Handschuhe gehalten hatte. Und nun gar das Gesicht! Das war einzigartig. Offenbar hatte Boschak zwei Angewohnheiten oder auch drei, die sich mit seinem Geschäft nicht vertrugen: er schnupfte; er liebte es, sich die Augen zu reiben, und er kratzte sich wohl auch gern hinter den Ohren, denn sowohl die Nase wie die Umgebung der Augen und Ohren schienen mit schwarzer Tinte, Pflaumenmus, Himbeersaft, Eigelb und geschlemmter Kreide eingerieben zu sein. Wenn eine morgenländische Schöne ihre Augenwimpern mit Khol[1] schwarz färbt, so gibt das dem Blick eine eigenartige, nachdenkliche Schärfe. Der Bäcker schien der Ansicht zu sein, daß seine Erscheinung durch die erwähnte Farbenschicht auch an Schönheit gewinne. Wohl aus diesem Grund — oder aus Bequemlichkeit? — hatte er es seit langer Zeit unterlassen, sein Gesicht mit einem Tropfen Wasser zu beleidigen. So etwas kann im Abendland wohl kaum vorkommen. Da wäre die Polizei gezwungen, sich ins Mittel zu legen, weil ein solcher Mensch öffentliches Ärgernis erregte! Es war wirklich spaßhaft, mit welchem Erstaunen Boschak mich, der ich ruhig sitzenblieb, betrachtete. Seine Stirn zog sich empor, sein Mund öffnete sich weit und seine Ohren schienen sich nach hinten zurückziehen zu wollen.

„Tod und Blitz!" Mehr brachte der Dicke nicht hervor. Er mußte schnaufen, ob aus Atemnot oder Überraschung, das weiß ich nicht.

„Ssabahynys chajir ola — guten Morgen!" grüßte ich ihn, während ich langsam aufstand. — „Ne istersin burada? Ne ararsin burada — was willst du hier? Was suchst du hier?" platzte der Dicke heraus. — „Sseni — dich", antwortete ich kurz. „Beni-mi—mich?" fragte er ungläubig. — „Ewwet, ßeni — ja, dich." — „Du verkennst mich!" — „Schwerlich. Dich erkennt man sofort." Boschak schien die Beleidigung, die in den letzten Worten lag, nicht zu fühlen. Er fragte, noch immer zweifelnd: „Zu wem willst du denn?" — „Zu einem Bojadschi, der zugleich Ekmektschi ist und Boschak genannt wird." — „Der bin ich allerdings." — „Siehst du, daß ich mich nicht irre!" — „Aber du sagtest, du hättest mich sofort erkannt! Hast du mich denn schon gesehen?" — „Nein." — „Wie kannst du mich da erkennen?" — „An der glänzenden Würde deines Standes, die in deinem Gesicht zu bemerken ist." Auch den eigentlichen Sinn dieser Worte begriff der Färber nicht, denn er verzog dieses farbig glänzende Gesicht zu einem breiten, wohlgefälligen Lächeln. „Du bist ein sehr höflicher Mann und du hast recht. Mein Stand ist sehr wichtig. Ohne uns müßten die Menschen verhungern, und wir sind es auch, die jedem Kleid erst die Schönheit geben. Welchen Wunsch hast du denn?" — „Ich möchte über ein Geschäft mit dir sprechen." — „Bist du vielleicht ein Mehlhändler?" — „Nein." — „Oder ein Farbenhändler?" — „Auch

[1] Schminke aus Antimonverbindungen

nicht. Es ist ein andres Geschäft, das ich meine." — „So bezeichne es näher!" — „Dann, wenn du es dir bequem gemacht hast. Zieh deinen Mantel aus und setz dich zu mir!" — „Ja, das werde ich tun. Warte hier ein Weilchen!" Boschak ging durch die Türöffnung hinaus, durch die seine Frau und die Tochter verschwunden waren. Jedenfalls gab es dort zwei Räume hintereinander, und ich hörte aus den dumpf zu mir schallenden Lauten dreier Stimmen, daß die Erwähnten sich in dem hintersten Raum befanden. Als der Dicke zurückkam, blieb er vor mir stehen und sagte: „Burada-im. Ischtihanis warmy? — Da bin ich. Hast du Lust, etwas zu essen?" — „Nein", antwortete ich, an die Spuren der Teigfinger denkend, die er an seinen Hosen abgewischt hatte. — „Oder zu trinken?" — „Ich danke!" — „Nun, so wollen wir von unserm Geschäft sprechen."

Es ist geradezu unbeschreiblich, in welcher Weise es dem Bäcker unter vielem Ächzen gelang, mir gegenüber auf dem Boden Platz zu nehmen. Als diese Turnübung mit Ach und Krach gelungen war, legte er sein Gesicht in ernste, gebieterische Falten und klatschte laut in die fetten Hände. Ich hätte ihm beinahe ins Gesicht gelacht, wie er sich damit das Ansehen eines hohen Herrn geben wollte, der zu befehlen gewohnt ist. Und das Klatschen war gehört worden, denn der Färbergehilfe, den Ikbala einen schlauen und mutigen Mann genannt hatte, trat ein. Er war jedenfalls, da er sich doch hinter dem Haus befunden hatte, durch eine Fensteröffnung unterrichtet worden, wie er sich verhalten solle. Er verbeugte sich mit über der Brust gekreuzten Armen und blickte seinen Herrn und Meister demütig, erwartungsvoll an. „Lülemi getir — bring die Pfeife!" befahl der Dicke im Ton eines Pascha mit drei Roßschweifen. Der Sklave dieses Augenblicks gehorchte. Er brachte eine Tabakspfeife, die aussah, als hätte sie schon lange Zeit im Schlamm eines Karpfenteichs gelegen. Der Diener entfernte sich, der Herr langte in den Gürtel und brachte aus einem Tabaksbeutel eine Handvoll Tabak hervor, den er in den Pfeifenkopf stopfte. Dann fragte er mich: „Ssen tütün itschermißin — bist du Tabakraucher?" — „Ewwet — ja", antwortete ich. Ich befürchtete nun, daß mir Boschak eine ebensolche Pfeife bringen lassen und sie aus dem gleichen Beutel stopfen werde, fühlte mich aber angenehm enttäuscht, als er nun weiter fragte: „Onun itschün kibrit warmy ßende — hast du Streichhölzer?" — „Hast du keinen Zunder?" erkundigte ich mich. Der Mann hatte nämlich bei seiner Frage ein eigentümlich pfiffiges oder vielmehr dummschlaues Gesicht gemacht. Zündhölzer sind in jener Gegend nicht überall zu haben, man kann ganze Dörfer aussuchen, ohne ein einziges zu finden. Wer solche bei sich hat, der ist ein Mann, der sich etwas bieten kann.

Der Bäcker wollte jedenfalls sehen, ob ich zu diesen bevorzugten Leuten gehöre. Darum antwortete ich ihm in dieser Weise.

„Ich müßte wieder aufstehen“, sagte er. „Ich sehe dir an, daß du Kibit bei dir hast.“ — „Wie willst du das erkennen?“ — „An deiner ganzen Kleidung. Du bist reich.“ Wenn er gesagt hätte: ‚Du bist reinlicher als ich‘, so hätte er recht gehabt. Ich griff in den Gürtel, zog ein Döschen Wachszünder hervor und gab ihm eins. Er betrachtete es erstaunt. „Das ist doch nicht hölzern?“ — „Nein. Ich mag keine, die von Odun[1] gemacht sind.“ — „Das ist doch Wachs?“ — „Ja. Du hast es erraten.“ — „Und es ist ein Docht darin?“ — „Natürlich!“ — „Adschaib, tschok adschaib — wunderbar, höchst wunderbar! Eine Kerze zum Anbrennen des Tabaks! Das habe ich noch nicht gesehen. Willst du mir nicht gleich das ganze Päckchen schenken?“ Man glaubt nicht, welchen Eindruck oft eine solche Kleinigkeit macht. Ich beschloß, die Gelegenheit zu nützen. „Diese Zündkerzchen sind von größtem Wert für mich“, erwiderte ich. „Vielleicht schenke ich sie dir, wenn ich mit unsrer Unterhaltung zufrieden bin.“ — „So wollen wir beginnen. Vorher aber will ich mir die Pfeife anbrennen.“ Als das geschehen war, merkte ich, daß der Färber keine schlechte Sorte Tabak rauchte.

„So, nun können wir sprechen“, meinte er. „Du wirst mir zunächst sagen, wer du bist.“ — „Gewiß mußt du wissen, mit wem du redest. Vielleicht aber ist es besser, wenn ich dir meinen Namen erst später mitteile.“ — „Warum?“ — „Das Geschäft, das ich mit dir besprechen will, ist kein gewöhnliches. Es gehören Schlauheit und Verschwiegenheit dazu, und ich weiß noch nicht, ob du diese beiden Gaben besitzest.“ — „Ah, nun ahne ich, was du bist!“ — „Nun, was bin ich?“ — „Du treibst verschwiegenen Handel“, lächelte Boschak und blinzelte schlau. — „Hm! Vielleicht hast du nicht ganz falsch geraten. Ich habe eine Ware zu verkaufen, die sehr teuer ist und die ich dennoch sehr billig losschlagen will.“ — „Was ist es?“ erkundigte der Dicke sich und neigte sich zu mir. — „Teppiche.“ — „Ah, Teppiche! Die sind immer gangbar. Aber was für Teppiche sind es?“ — „Echte Smyrnaer Ware.“ — „Allah! Wieviel?“ — „Gegen hundert.“ — „Wie verkaufst du sie?“ — „Im Bausch und Bogen. Ich fordere Stück für Stück dreißig Piaster.“

Da nahm Boschak die Pfeife aus dem Mund, legte sie neben sich auf den Boden und schlug die Hände zusammen. „Dreißig Piaster? Wirklich dreißig?“ — „Nicht mehr.“ — „Echte Smyrnaer Teppiche?“ — „Gewiß.“ — „Kann man sie ansehen?“ — „Natürlich muß der Käufer sie vorher sehen!“ — „Wo hast du sie?“ — „Denkst du wirklich, daß ich das verraten werde, bevor ich weiß,

[1] Holz

daß der Käufer ein sicherer Mann ist?" — „Du bist sehr vorsichtig. Sag mir wenigstens, ob der Ort, wo sie sind, weit von hier ist." — „Gar nicht weit." — „Und sag mir ferner, wie es kommt, daß du dich grad an mich wendest?" — „Du bist Färber, bist also Kenner und wirst beurteilen können, ob die Ware in der Farbe wirklich echt ist." — „Das ist wahr", meinte er geschmeichelt. — „Deshalb komme ich zu dir! Ich rechne nicht damit, daß du selber die Teppiche kaufen wirst, sondern ich meine, daß du vielleicht einen andern kennst, der bereit ist, einen so vorteilhaften Handel einzugehen." — „Da hast du gar nicht unrecht vermutet." — „So kennst du einen Käufer?" — „Ich kenne einen", betonte Boschak mit einem Augenzwinkern. — „Der auch bar bezahlen kann? Wer ist es?" — „Ein Waffenschmied." — „O weh! Ein Waffenschmied wird schwerlich eine so große Menge Teppiche kaufen." — „Der, den ich meine, tut es. Er ist zugleich Kaffeewirt und versteht es, die Ware an den Mann zu bringen." — „Wo wohnt er?" — „In Ismilan." — „Das ist unangenehm; es ist sehr weit bis dahin." — „Das tut nichts. Er kommt heut oder morgen zu mir." — „Bis morgen kann ich nicht warten." — „Warum nicht?" — „Das kannst du dir doch denken." — „Wieso?" — „Wenn ich so teure Waren so billig verkaufe, muß es doch irgendeine Bewandtnis damit haben." — „Hm! Freilich", gestand der dicke Bäcker. — „Ich muß sie schleunigst verkaufen, sonst kann sie mir leicht verlorengehen." — „Ist man dir auf der Spur?" Boschak kniff dabei die Augen zusammen, blinzelte mich bedeutungsvoll an und machte mit den Händen die Bewegung des Ergreifens, des Festhaltens. „Nein, das nicht", erklärte ich. „Kein Mensch ahnt bis jetzt etwas von meinem Vorhaben. Aber die Ware liegt an einem Ort, der höchst unsicher ist." — „So schaff sie fort!" — „Das mag der Käufer tun." — „Ist denn der Mann, bei dem du sie untergebracht hast, unzuverlässig?" — „Ich habe sie bei keinem Mann." — „Nicht? Wo sonst?" — „Im freien Feld." — „Allah akbar! Wie bist du auf diesen Gedanken gekommen?" — „Nicht ich bin darauf gekommen, sondern andre." — „Aber du hast deine Erlaubnis dazu gegeben?" — „Auch nicht. Es würde mir niemals einfallen, einen solchen Wert so leichtsinnig aufzubewahren." — „So begreife ich dich nicht." — „Ich werde es dir im Vertrauen erklären. Du machst auf mich den Eindruck eines Mannes, der einen andern nicht verraten wird." — „Nie, niemals tue ich das!" beteuerte Boschak, wobei er die Hand auf das Herz legte. — „Gut. Ich glaube dir. Du findest doch, daß dreißig Piaster sehr wenig sind?" — „Hm! Das kann ich jetzt noch nicht sagen, ich habe die Teppiche nicht gesehen." — „Ich sage dir, daß der Preis sehr niedrig ist. Kein andrer verkauft so billig." — „Du wirst sie noch billiger erhalten haben." — „Allerdings", bestätigte ich. — „Wieviel hast du gegeben?" — „Höre, diese Frage ist nicht sehr klug. Kein Händler wird dir sagen, wieviel er in Wirklichkeit verdient. Aber, wie schon bemerkt, mit dir will ich aufrichtig sein." — „Nun, wieviel gewinnst du?" — „Dreißig Piaster, nur dreißig Piaster." Der Färber blickte mich verständnislos an. „An dem ganzen Vorrat?" — „Was denkst du! Ich werde doch nicht so dumm sein, mit einer so kleinen Summe fürlieb zu nehmen? Nein, an jedem einzelnen Teppich verdiene ich das." — „Das ist doch gar nicht möglich. Du verkaufst das Stück für dreißig Piaster und verdienst ebensoviel daran?" — „So ist es." — „Dann müßte dir jemand die Ware geschenkt haben." — „Das tut kein Mensch." — „Dann reicht mein Verstand nicht aus!" — „Laß dich das nicht anfechten. Der meinige wird um so weiter reichen. Ich habe die Teppiche nicht gekauft und nicht geschenkt erhalten. Ich habe sie gefunden!" — „Gefunden?" stieß er hervor. „Aber wo?" — „Hier, ganz in der Nähe." Boschak erschrak heftig. Er schluckte und schluckte. Es kostete ihn sichtliche Anstrengung, zu fragen: „Hier in der Nähe? Effendi, ist das möglich?" — „Gewiß. Ich sag' es ja." — „Darf ich den Ort erfahren?" — „Kennst du den Weg nach Koschikawak?" — „Freilich kenne ich ihn." — „Er führt an einem Gesträuch vorüber. Hat man dieses hinter sich und biegt ein wenig nach rechts ab, so gelangt man an eine Bodenvertiefung, die ganz unzugänglich zu sein scheint, denn sie ist von einem dichten Dorngestrüpp umgeben. Das ist der Ort. Da liegen die Teppiche." Der Dicke schien erstarrt zu sein. Er machte keine Bewegung, nur seine Brust arbeitete heftig. Der Atem wollte ihm versagen. Endlich erklang es fast röchelnd aus seinem Mund: „Effendi, das wäre wunderbar!" — „Ja, man sollte nicht denken, daß auf freiem Feld ein Vorrat an teuren Teppichen zu finden ist. Aber es regnet ja hier selten. Grad jetzt ist die trockne Jahreszeit, die Ware hat also vom Wetter nicht zu leiden." — „Aber von den Menschen!" — „Wieso?" — „Sie kann leicht entdeckt werden!" — „O nein. Ihr seid hier die reinen Kinder. Ihr tut heut nur das, was ihr gestern und früher schon getan habt. Ihr wollt heute nicht mehr wissen, als was ihr bereits gestern gewußt habt. Die Vertiefung hat stets für unzugänglich gegolten, und so wird es auch wohl schwerlich irgendeinem einfallen, nachzusehen, ob das auch wirklich stimmt. Die Stacheln tun weh." — „Aber wie bist denn du hineingekommen?" — „Zu Pferd. Du weißt, daß man sein Tier nicht stets in der Gewalt hat. So ein Geschöpf geht auch einmal durch und dabei gelangt man mitten in die Dornen hinein." — „Müßibet — verflucht!" entfuhr es dem Färber. — „Wie?" fragte ich scheinbar verwundert. „Du ergrimmst darüber, daß ich diese Entdeckung gemacht habe?" — „Nein, o nein! Ich dachte nur daran, wie unangenehm es für jenen Mann sein muß, dem die Sachen gehören." — „Er hätte sie besser verstecken sollen." — „Aber, Effendi, wie kommst du auf den Gedanken, die Teppiche zu verkaufen?" — „Ist das nicht das Vorteilhafteste, was ich tun kann?" — „Für dich, ja. Aber — gehören sie dir auch wirklich?" — „Gewiß. Ich habe sie gefunden." — „Das ist noch kein Grund, sie für dein Eigentum zu halten. Du mußt sie dem Besitzer lassen." — „So mag er sich melden. Er wird sich hüten." — „Der Besitzer wird sie wegholen." — „Er oder ein andrer. Wie leicht kann jemand dazukommen, der dann klüger ist als ich! Nein, ich verkaufe sie." Boschak hatte sich von seinem Schock erholt und geriet allmählich in Aufregung. „Ich rate dir, es nicht zu tun!" mahnte er. „Der rechtmäßige Besitzer wird schon dafür sorgen, daß er sein Eigentum nicht verliert. Du würdest zum Dieb werden und wie ein solcher siehst du mir nicht aus." — „Nicht? Hm! Du magst recht haben. Du hast dieses Wort grad noch im richtigen Augenblick ausgesprochen. Ein Dieb will ich allerdings nicht sein." — „Du wirst also die Teppiche liegenlassen?" — „Ja." — „Versprichst du mir das?" — „Warum dir? Gehören sie vielleicht dir?" — „Nein; aber ich möchte nicht haben, daß du deine Seele mit einem Verbrechen belastest." — „Du bist ein braver Mann. Du meinst es gut mit mir!" — „Ja. Also gib mir das Versprechen, daß du dich an den Teppichen nicht vergreifen wirst!" — „Gut! Ich will dir deinen Willen tun! Ich gelobe es!" Der Färber atmete erleichtert auf und griff wieder zu seinem Tschibuk. „Allah sei gepriesen! Ich habe dich vom Weg der Sünde weggerissen. Dabei ist mir der Tabak verlöscht. Schenke mir noch eins von deinen Wachszünderchen!" — „Hier hast du! Es freut mich, daß du mich auf dem Pfad der Tugend gehalten hast. Die Versuchung war groß. Wir wollen dafür sorgen, daß ihr nicht vielleicht ein andrer erliegt. "— „Wie willst du das anfangen?" — „Ich werde den Fund zur Meldung bringen." — „Allah! Bei wem?" — „Bei der Behörde."

Der Bäcker legte die in Brand gesetzte Pfeife schleunigst wieder weg und hob abwehrend seine Hände. „Das ist ja gar nicht nötig!" — „O doch! Ich werde jetzt zum Kjaja gehen, der mag die Teppiche in Beschlag nehmen." — „Was fällt dir ein? Der Besitzer wird sie schon holen." — „Das kann meinen Entschluß nicht ändern. Es ist meine Pflicht, die Meldung zu machen." — „Ganz und gar nicht! Die Sache geht dich überhaupt nichts an!" — „Sehr viel sogar. Wer ein Verbrechen entdeckt, der muß es anzeigen." — „Wie sollte es sich hier um ein Verbrechen handeln?" — „Ein ehrlicher Mann versteckt sein Eigentum nicht im Feld; darauf kannst du dich verlassen. Und übrigens habe ich eine Ahnung, für wen die Teppiche bestimmt sind." — „Du wirst dich täuschen!" — „O nein, ich bin meiner Sache sehr gewiß." — „Wer soll dieser Mann sein?" — „Derselbe, den du mir vorhin als Käufer vorschlugst." — „Du meinst den Waffenschmied?" — „Allerdings." — „Oh, der hat mit dieser Angelegenheit sicher nichts zu tun! Kennst du ihn etwa?" — „Nein, ich habe ihn noch nicht gesehen." — „Wie kannst du da einen solchen Verdacht gegen ihn äußern? Ich habe dir nicht einmal seinen Namen genannt." — „Den kenne ich. Er heißt Deselim." — „Deselim? Den meine ich nicht. Ich kenne keinen Menschen, der diesen Namen führt." — „So kennst du wohl auch keinen, der Pimosa heißt?" — „Pimosa? Oh, den kenne ich." — „Woher ist er?" — „Er ist ein Serbe aus Lopatitza am Ibar. Wo hast du ihn kennengelernt?" — „Das werde ich dir später erzählen. Besucht er dich zuweilen?" — „Ja." — „War er in der letzten Zeit bei dir?" — „Nein." — „Weißt du, wo er gewesen ist?" — „Nein." — „Hm! Bist du nicht vor kurzem in Mandra und Boldschibak gewesen?" Jetzt zeigten seine Züge einen ganz andern Ausdruck als vorher. Es war das ausgesprochene Fuchsgesicht. Dieser Dicke war ein gefährlicher Mensch. Es zuckte in seinem Auge verständnisvoll auf. „Ich will dir die Wahrheit gestehen; ich bin dort gewesen und Pimosa auch", behauptete Boschak. Der Blick, den er dabei auf mich richtete, war der eines Siegers. Ich aber legte ihm gleichgültig die Hand auf die Achsel und lachte. „Boschak, das hast du nicht schlecht gemacht, alter Schlaukopf!" — „Nicht schlecht? Wie meinst du das?" — „Du errätst, daß ich kürzlich mit Pimosa gesprochen habe?" — „Das kann ich mir denken." — „Nun hast du das nicht schlau angefangen. Du sollst es nicht eingestehen." — „Die Wahrheit kann ich sagen." — „Meinetwegen! Du errätst ferner, daß Pimosa mir gesagt hat, er sei in Mandra und Boldschibak gewesen, und sofort trittst du als Zeuge dafür auf. Wie aber nun, wenn ich dir beweise, daß du gar nicht von hier fortgekommen bist?" — „Das kannst du nicht beweisen." — „Ich brauche hier nur nachzufragen. Man wird dich gesehen haben und wissen, daß du nicht fort warst. Aber ich tu das nicht; ich gebe mir keine solche Mühe. Ich reite zum Dorf Palatza; da werde ich wohl erfahren, wer dieser Pimosa eigentlich ist." Der Dicke schien unter der Farbe, die sein Gesicht bedeckte, zu erbleichen. Er entgegnete möglichst zuversichtlich: „Du wirst dort auch nichts andres erfahren, als was ich dir gesagt habe." — „Oh, der Roßhändler Mosklan wird mir jedenfalls bessere Auskunft erteilen. Ich sehe ein, daß mein Besuch bei dir zu Ende ist. Ich werde jetzt zum Kjaja gehen." Damit stand ich auf. Der Dicke tat dies auch, und zwar so schnell, daß ihm wohl nur die Angst diese ungewöhnliche Beweglichkeit verliehen haben konnte. „Effendi, du wirst nicht eher gehen, als bis wir einig geworden sind!" — „Einig?

Worüber?" — „Über die Teppiche." — „Und über den Schut, nicht wahr?" — „Allah ischkina — um Gottes willen! Warum sprichst du vom Schut?" — „Warum erschrickst du, wenn ich von ihm spreche? Warum sagst du, daß wir wegen der Teppiche einig werden müssen? Gehören sie denn dir?" — „Nein, nein!" — „Oder weißt du vielleicht, wer sie versteckt hat?" — „Auch nicht." — „So kannst du vollständig beruhigt sein. Ich aber muß zum Kjaja, um ihn von meinem Fund zu benachrichtigen." — „Du hast ja gar keinen Vorteil davon!" — „Man soll seine Pflicht ohne Eigennutz tun." Boschak befand sich in größter Verlegenheit. Er hatte sich sogar vor die Tür gestellt, um mich nicht hinauszulassen. „Wer bist du denn eigentlich, daß du als Fremder herhierkommst und dich um unsre Angelegenheiten kümmerst?" trotzte er. — „Kannst du lesen?" fragte ich dagegen. — „Ja." — „Nun, so will ich dir etwas zeigen." Ich zog meinen Reisepaß hervor, hielt ihm das Papier entgegen, aber so, daß er nur das Siegel deutlich sehen konnte, und fragte: „Kennst du das?" — „Ja. Es ist das Mühür des Großherrn." — „Nun, so sag' ich dir, daß ich den Agenten Pimosa verhaftet habe." — „Effendi! Bist du ein Polizist?" stieß Boschak erschrocken hervor. — „Darauf muß ich dir nicht antworten. Aber ich werde dich auch verhaften und ebenso Deselim und Ismilan, sobald er hier ankommt." — „Mich verhaften? Warum denn?" — „Wegen der Teppiche und wegen verschiedener andrer Gründe." — „Effendi, ich bin ein ehrlicher Mann!" — „Das wagst du wirklich zu behaupten? Du willst offenbar mit Eile ins Verderben laufen. Und du sollst deinen Willen haben. Man wird eine Untersuchung gegen dich einleiten; du wirst verloren sein. Und doch wollte ich dich retten. Ich kam zu dir, um dir im Vertrauen den Weg zu zeigen, der zur Rettung führt." Der Färber hatte sich an die Scheidewand gelehnt und wußte nicht, was er sagen sollte.

„Du solltest dich jetzt im Spiegel betrachten können", fuhr ich fort. „Die Schuld und die Angst kann nicht anders aussehen wie du. Folge mir zum Kjaja!" Da erschienen seine Frau und Tochter. Sie hatten im Nebenzimmer gelauscht und alles gehört. Beide erhoben ein lautes Klagen und redeten auf mich ein. Der Bäcker verhielt sich ruhig. Er schien abzuwägen, wie er am besten handeln könne. Ich hörte die beiden Jammernden eine Weile an, dann beruhigte ich sie: „Seid still! Ich habe ihn ja retten wollen, aber er selbst machte es mir unmöglich. Noch jetzt wäre ich bereit, von der Anzeige abzusehen. Ihr seht jedoch, daß er kein Wort der Bitte hat." Das brachte Boschak zum Sprechen. „Effendi", sagte er, „was weißt du von mir?" — „Alles! Die einzelnen Punkte brauche ich dir nicht aufzuzählen. Das ist Sache des Richters." — „Und du meinst, daß du von der Anzeige absehen könntest?" — „Ja. Ich halte dich nicht für einen Bösewicht. Ich halte dich nur für den Verführten. Darum möchte ich mild gegen dich verfahren." — „Was müßte ich dazu tun?" — „Dich von den Verführern lossagen." — „Das will ich gern tun!" gelobte der Bäcker. — „So redest du jetzt. Aber wenn ich fort bin, wirst du dein Versprechen nicht halten." — „Ich halte es. Das kann ich beschwören." — „So verlange ich, daß du dem Pferdehändler Mosklan die Freundschaft kündigst." — „Ich werde es ihm sagen." — „Gut! Du wolltest ihm deine Tochter zum Weib geben?" — „Ja, Effendi." — „Ikbala wird also ihren Bräutigam verlieren. Suche einen andern aus für sie!"

Boschak horchte auf. Er blickte die beiden Frauen und dann mich forschend an und fragte: „Ihr habt miteinander gesprochen, ehe ich kam?" — „Ja", antwortete ich der Wahrheit gemäß. — „Meinst du etwa, daß ich ihr den Ssahhâf Ali zum Mann geben soll?" — „Wallahi! So habt ihr von ihm gesprochen?" — „Ja, und ich habe auch schon mit ihm selbst geredet. Er ist ein braver Mann. Er ist kein Verbrecher wie jener Mosklan. Ali wird deine Tochter glücklich machen. Ich habe keine Zeit, hier noch viele Worte zu verschwenden. Ich will dir also folgendes sagen: Ich gehe jetzt für einige Minuten hinaus, und du magst unterdessen mit deinem Weib und mit deiner Tochter reden. Komme ich herein, und du sagst mir, daß dir der Ssahhâf willkommen ist, so reite ich sofort zu ihm, um ihn zu holen. Du magst ihm dann deine Unterschrift geben und alles ist gut. Weigerst du dich aber, so gehe ich zum Kjaja und nehme dich gleich mit." Der Schweiß stand dem Färber auf der Stirn, und dennoch kam es mir vor, als wäre er jetzt viel ruhiger als vorher. Weib und Kind wollten mit Bitten auf ihn einstürmen, er aber wehrte ab und fragte mich: „Du willst also den Ssahhâf holen?" — „Ja." — „Du willst zu Ali nach Kabatsch reiten?" — „Natürlich, wenn ich ihn holen will!" — „Und wenn ich dem Ssahhâf dann meine Unterschrift gebe, wirst du über alles schweigen?" — „Wie das Grab!" — „Über den Schut und über den Pferdehändler?" — „Ja." — „Auch von den Teppichen wirst du nichts sagen?" — „Einem nur werde ich es sagen." — „Wem?" — „Dem Ssahhâf. Der mag dann machen, was er will." — „Ali wird schweigen, wenn ich ihm meine Tochter gebe. — Wann willst du nach Kabatsch reiten?" — „Sobald du dich entschieden hast. Ich habe keine Zeit zu versäumen. Also gebe ich dir einige Minuten Frist. Überlege dir die Angelegenheit!"

Ich ging hinaus zu meinem Rih. Da ich beim Verlassen der Stube hörte, daß Mutter und Tochter sofort mit Bitten auf den Dicken eindrangen, war ich meiner Sache gewiß. Es blieb ihm meiner Ansicht nach nichts übrig als nachzugeben, und ich freute mich königlich darauf, dem Ssahhâf schon nach kurzer Zeit die frohe Nachricht bringen zu können. So entfernte ich mich eine kurze Strecke vom Haus. Dabei war mir, als hätte ich einen Ruf vernommen. Als ich mich umdrehte, sah ich, daß der Gehilfe zu einer der Fensteröffnungen ging; dort sprach der Bäcker mit ihm. Was kümmerte das mich? Boschak hatte ihm wohl eine geschäftliche Weisung zu erteilen. Einige Minuten später hörte ich Hufschlag. Ich sah keinen Reiter; es fiel mir gar nicht ein, Verdacht zu schöpfen. Später sollte ich erkennen, daß ich unvorsichtig gewesen war. Der Bäcker hatte seinen Gehilfen fortgeschickt, um mir eine Falle zu stellen. Das Mädchen hatte den Mann schlau genannt. Er war es auch. Der Star war so vom Haus fortgeritten, daß dieses zwischen ihm und mir lag und ich sein Verschwinden nicht bemerken konnte. Ich wartete ungefähr eine Viertelstunde, dann kehrte ich in die Stube zurück. Dort bat mich die Frau, ihrem Mann noch eine kleine Frist zu geben. Es sei ihm doch sehr schwer, einen Entschluß zu fassen, da er nicht wisse, wie er von Mosklan ohne Schaden loskommen könne. Ich erfüllte ihre Bitte und ging wieder hinaus. Dort wartete ich, bis ich gerufen wurde. Der Bäcker kam mir entgegen.

„Effendi, du hast recht; ich werde tun, was du mir geraten hast. Willst du den Ssahhâf holen?“ — „Ja, ich reite sogleich.“ — „Und willst du dann für heut und die nächsten Tage mein Gast sein?“ — „Ich danke dir. Das ist unmöglich. Ich muß fort.“ — „Wohin reitest du?“ — „Weit fort, ins Abendland, wo meine Heimat ist.“

Daß ich das sagte, war ein großer Fehler, wie ich später erfahren sollte. „So komm wieder herein. Ich muß dir etwas zeigen.“ Er war so nachgiebig, und die beiden Frauen strahlten vor Glück. Ich konnte die Bitte nicht abschlagen. Ikbala entfernte sich einige Augenblicke und brachte einen Gegenstand, der in Werg eingeschlagen und mit Schnüren umwunden war. „Rate, was das ist, Effendi?“ sagte der Färber. — „Wer soll das raten können?“ Boschak entfernte das Werg, und es kam eine Flasche zum Vorschein. „Das ist der Saft der Weinbeere“, erklärte er. „Darfst du ihn trinken?“ — „Ich darf. Aber laß ihn in der Flasche! Erquickt euch selber damit!“ — „Das ist uns verboten. Dieser Wein ist aus Griechenland. Ich erhielt ihn von einem Handelsmann und habe ihn aufgehoben, bis einmal jemand kommt, der ihn trinken darf.“ Ich blieb bei meiner Weigerung; das schien ihn zu kränken. Er besann sich eine Weile und sagte dann: „Wenn du ihn verschmähst, will ich ihn nicht länger bei mir haben. Tschileka, wollen wir ihn dem armen, kranken Saban geben?“ Sie stimmte sofort zu und fragte, ob sie nicht auch ein wenig Gebäck beifügen solle. Boschak erlaubte es ihr und wendete sich dann an mich: „Aber, Effendi, wenn der Arme diese Gabe bekommen soll, mußt du uns einen Gefallen tun!“ — „Gern, wenn ich kann. Wer ist dieser Saban?“

— „Er ist ein Bürstenbinder gewesen, jetzt aber ein Bettler geworden, da er krank ist und nicht mehr arbeiten kann. Er lebt von der Wohltätigkeit derer, die Allah mit Besitz gesegnet hat." — „Ja, Saban ist ein Bettler und erhält zuweilen von uns eine Gabe", wiederholte Ikbala. „Er wohnt in seiner Hütte mitten im Wald, auf halbem Weg zwischen hier und Kabatsch." Schon die Wiederholung mußte auffallen, noch mehr aber der Ton, in dem diese Worte gesprochen wurden. Ikbala war dem Vater hastig in die Rede gefallen; ich merkte, daß sie meine Aufmerksamkeit auf sich lenken wollte. Sie stand seitwärts hinter dem Bäcker, und als ich zu ihr hinblickte, erhob sie warnend den Zeigefinger der rechten Hand, ohne daß ihr Vater es sah. „Was für ein Wald ist das?" fragte ich unbefangen. — „Es sind lauter Eichen und Buchen", antwortete der Bäcker. „Nur zuweilen befindet sich eine Zypresse darunter. Soll ich dir den Weg beschreiben?" — „Ich bitte dich darum." — „Du reitest von hier aus nach Südwest, immer den Wagengleisen nach, die dich zur hohen Ebene führen. Dort gehen diese Gleise nach Süden ab, in der Richtung von Terzi Ören und Irek. Aber du wirst Spuren finden, die dich rechts an einen Bach bringen, der unterhalb Kabatsch in den Söüdlü fließt. Nicht weit von der Stelle, wo du den Bach erreichst, befindet sich ein freier Platz, an dessen Rand die Hütte Sabans liegt." — „Wohnt er allein dort?" — „Ja." Ein Bettler und so allein im Wald, das war auffallend. Dazu das Benehmen der Tochter! Ich mußte jedenfalls vorsichtig sein. — „Und meinst du, daß ich ihn antreffen werde?" erkundigte ich mich. — „Ja. Saban kann nicht ausgehen, wie ich gehört habe. Er soll krank sein. Deshalb sende ich ihm die Gaben. Würdest du diese Sachen mitnehmen, um sie ihm zu bringen?" — „Gern. Packe sie mir ein!" Er tat es. Unterdessen ging die Tochter hinaus und gab mir dabei einen verstohlenen Wink. Ich folgte ihr und traf sie hinter dem Haus. „Du willst mir etwas sagen?" fragte ich. — „Ja, Effendi. Ich warne dich", raunte mir Ikbala zu. — „Vor wem?" — „Vor dem Bettler. Saban ist kein guter Mensch. Nimm dich vor ihm in acht!" — „Denkst du, daß dein Vater eine böse Absicht gegen mich hegt?" — „Ich weiß nichts. Ich kann nur sagen, daß ich den Bettler nicht liebe, weil er ein Feind des Ssahhâf ist." — „Hm! Deine Mutter wollte mir etwas für Ali mitgeben. Dein Vater sollte nichts davon wissen." — „Das hat sich erledigt, Effendi. Sie hat dir nicht gleich sagen wollen, daß es eine Botschaft ist. Er sollte — —" Das Mädchen stockte errötend und sah zu Boden. — „Nun, was sollte er denn, holde Ikbala?" — „Ali sollte heute abend — zur — zur Mutter kommen." — „Zur Mutter? Aber nicht in eure Wohnung?" — „Nein, Effendi." — „Wohin denn?" fragte ich, allerdings ein wenig zudringlich, aber mit dem größten

Ernst. — „Ali sollte draußen am Wasser warten." — „So, so! Deine liebe Mutter gibt also dem Ssahhâf zuweilen ein kleines Stelldichein?" — „Ja", antwortete Ikbala so unbefangen, daß ich nun doch lachen mußte. — „Und du bist wohl die Beschützerin dieser schönen Zusammenkünfte?" scherzte ich. — „O Effendi, du weißt recht gut, daß Ali nicht zur Mutter kommt, sondern zu mir!" — „Ja, ich kann es mir wohl denken. Und da ich ihn heute zu euch bringen will, braucht deine Mutter mir nun die Botschaft nicht zu geben, die für ihn bestimmt war?" — „So ist es, Effendi. Dein Vorhaben ist gut; es erfüllt mein Herz mit Freude. Allah gebe, daß es gelingt!" — „Es wird auch den Ssahhâf mit Freude erfüllen. Er hat dich, als ich mit ihm sprach, die Schönste in Rumeli genannt, und so —" — „Ist das wahr?" fiel Ikbala wieder errötend mir hastig ins Wort. — „Ja, so sagte er." — „Oh, er ist ein großer Schmeichler und Übertreiber." — „Nein, Ali hat nicht übertrieben. Du bist noch süßer als der Most, den du bereitest. Aber du sagtest, Allah möge geben, daß mein Vorhaben gelingt. Kannst du noch im Zweifel sein? Dein Vater hat doch seine Zustimmung gegeben!" — „Dir hat er sie gegeben. Aber es kommt mir vor, als meine er es nicht ernstlich. Oh, Effendi, ich ahne eine Gefahr! Beschütze meinen Ali!" — „Was könnte ihm denn drohen?" — „Ich weiß es nicht. Aber du und Ali, ihr müßt euch sehr in acht nehmen. Ich würde viele, viele Tränen vergießen, wenn ihm ein Leid geschähe." — „Ihm! Um mich würdest du wohl keine Tränen vergießen?" — „Du bist mir ja fremd!" Ikbala sagte das so aufrichtig, und das war so spaßig, daß ich lachen mußte. „Na", erwiderte ich, „wenn du nur um ihn weinst, so sage wenigstens deiner Ana[1], daß sie, falls uns ein Unglück geschieht, auch um mich zwei oder drei Tränentropfen vergießen soll. Jetzt aber geh wieder hinein, damit dein Vater nicht merkt, daß wir heimlich miteinander gesprochen haben. Auch ich traue ihm nicht." — „Effendi, ich werde dich von weitem beschützen!" Sie ging. Ihre Worte schienen mir ohne Sinn zu sein, doch erfuhr ich später, daß es ihr doch möglich geworden war, dieses Versprechen zu halten. Ich band mein Pferd los und wartete. Nach kurzer Zeit kam der Bäcker und brachte mir die für Saban bestimmten Gaben. „Wo sind dein Weib und deine Tochter?" fragte ich so obenhin, ihn dabei aber verstohlen beobachtend. „Soll ich von ihnen nicht Abschied nehmen?" — „Du kommst ja wieder, Effendi", antwortete er. Dabei glitt es so verschlagen und schadenfroh über sein fettes Gesicht, daß ich ihm sogleich warnend die Hand auf die Schulter legte. „Meinst du, ich bemerke nicht, daß deine Worte einen Spott enthalten?" sagte ich ernst.

[1] Mutter

Sofort nahm sein Gesicht den Ausdruck erstaunter Aufrichtigkeit an. Er betrachtete mich fragend. „Ich verstehe dich nicht. Ich will doch nicht hoffen, daß du mich für einen Lügner hältst?“ — „Hm! In meinem Vaterland gibt es ein Sprichwort, das sagt, daß man keinem Menschen trauen soll, der geschlitzte Ohren hat.“ — „Beziehst du das auf mich?“ fragte Boschak gekränkt. — „Ich sehe, daß du einen Schlitz in jedem Ohr hast.“ — „Das ist kein Zeichen dafür, daß ich dich täusche. Früher waren meine Ohren unversehrt. Ich bin ein treuer Anhänger des Propheten und schwöre dir beim Bart Mohammeds, daß wir uns wiedersehen werden, wenn du nicht darauf verzichtest.“ — „Ich verzichte nicht und hoffe, daß dieses Wiedersehen sich freundlich gestaltet. Fände das Gegenteil statt, so könnte dir leicht etwas zustoßen, was dir nicht lieb ist.“ Ich hatte während dieses freundschaftlichen Gesprächs das Paket am Sattel befestigt, war aufgestiegen und ritt nun davon.

6. In der Hütte des Bettlers

Nach wenigen Minuten kam ich an das eigentliche Dorf Dschnibaschlü, ritt hindurch und befand mich dann wieder zwischen Maispflanzungen und andern Feldern, an die sich eine Weideebene schloß, die von dem vorhin beschriebenen Wald begrenzt wurde. Die Räderspuren der großen, unbeholfenen Ochsenwagen waren deutlich zu sehen. Ich folgte ihnen in der angegebenen Richtung und hatte den Wald beinahe erreicht, als ich einen Reiter bemerkte, der von links her über die Ebene herangetrabt kam. Da ich langsamer ritt als er, hatte er mich bald erreicht. „Allah ßelâmet werßin — Gott schenke dir eine gute Reise!“ grüßte er. — „Teschekkür ederim — ich danke dir!“ erwiderte ich zurückhaltend. Er betrachtete mich prüfend, und ich tat das gleiche mit ihm, doch geschah das von mir nicht so auffallend wie von ihm. Es war nichts Besonderes an dem Reiter zu bemerken. Sein Pferd war schlecht, seine Kleidung war schlecht, und sein Gesicht machte keinen besseren Eindruck. Nur die Pistolen und das Messer, die in seinem Gürtel steckten, schienen gut zu sein.

„Woher kommst du?“ fragte der Reiter. — „Von Dschnibaschlü“, antwortete ich wortkarg. — „Und wohin reitest du?“ — „Nach Kabatsch.“ — „Ich auch. Ist dir der Weg bekannt?“ — „Ich hoffe ihn zu finden.“ — „Du hoffst es? So bist du hier fremd?“ — „Ja.“ — „Darf ich dein Gefährte sein? Wenn du es mir erlaubst, kannst du dich nicht verirren.“ Der Fremde gefiel mir nicht sonderlich, aber das war kein Grund, ihn zu beleidigen. Er konnte trotzdem ein braver Mensch sein. Und selbst wenn das Gegenteil der Fall war, konnte es mir nichts nützen, ihn abzuweisen. Ich hätte damit höchstens seinen Zorn oder seine Rachsucht herausgefordert. Und er sah mir ganz so aus, als ob er in einem solchen Fall geneigt sei, mich von der Güte seiner Waffen zu überzeugen. Darum ging ich auf seinen Vorschlag ein. „Du bist sehr freundlich, bleiben wir zusammen!“ Er lächelte befriedigt und lenkte sein Pferd an die Seite Rihs. Eine Weile ritten wir schweigend nebeneinander her. Er betrachtete meinen Rappen und meine Waffen mit sichtlicher Neugier. Dabei war es mir, als musterte sein Blick zuweilen besorgt die Umgebung. Gab es hier vielleicht etwas zu befürchten? Ich hielt es für angezeigt, keine Frage auszusprechen. Und später erfuhr ich den Grund dieser besorgten Blicke. „Reitest du von Kabatsch dann weiter?" erkundigte er sich freundlich. — „Nein." — „So besuchst du dort jemand?" — „Ja." — „Darf ich wissen, wen? Du bist ja hier fremd, und vielleicht kann ich die Wohnung des Betreffenden dir zeigen." — „Ich reite zu Hadschi Ali, dem Ssahhâf." — „Oh, den kenne ich! Wir kommen an seinem Haus vorüber. Ich werde dich darauf aufmerksam machen."

Wieder stockte das Gespräch. Ich fühlte keine Lust, eine Unterhaltung zu führen, und er schien sich in gleicher Stimmung zu befinden. So legten wir eine große Strecke zurück, ohne daß ein weiteres Wort gefallen wäre. Der Weg zog sich zwischen den Bäumen des Waldes immer mehr bergan. Wir erreichten die von dem Bäcker erwähnte Höhe und auch die Stelle, wo sich die Räderspuren nach Süden wandten. Doch war zu bemerken, daß Leute auch nach Westen geritten waren. Dieser Richtung folgten wir, und bald zeigte sich auch der Bach, von dem bei Boschak die Rede gewesen war. Nach kurzer Zeit erreichten wir eine kleine Lichtung, an deren Rand ich eine niedrige, länglich gebaute Hütte gewahrte. Sie war roh aus Steinen errichtet und schindelähnlich mit gespaltenem Holz gedeckt. Im Dach war eine Öffnung, die jedenfalls den Zweck hatte, den Rauch abziehen zu lassen. Mächtige Eichen streckten ihre knorrigen Zweige über dieses urwüchsige Bauwerk, das den Eindruck einer traurigen Verlassenheit machte.

Wie nebenbei deutete mein Begleiter zur Hütte hinüber. „Dort wohnt ein Bettler!" Er machte keine Miene, sein Pferd anzuhalten. Dieser Umstand ließ den Argwohn, den ich gehegt hatte, in mir verschwinden. Ich zügelte meinen Rappen und fragte: „Wie heißt dieser Bettler?" — „Saban." — „War er früher nicht Bürstenbinder?" — „Ja." — „So muß ich auf einen Augenblick zu ihm hin. Ich soll ihm eine Gabe überbringen." — „Tu es! Er kann es brauchen. Ich reite einstweilen langsam weiter, immer am Bach entlang. Du kannst mich, wenn du mir dann folgst, gar nicht verfehlen."

Der Mann ritt wirklich weiter. Wäre er gleichfalls abgestiegen, so hätte mich das veranlaßt, Vorsicht zu üben. So aber fühlte ich mich beruhigt. Ich ritt also zur Hütte und einmal um sie herum, um zu sehen, ob sich vielleicht jemand in der Nähe befand. Die Eichen und Buchen standen, obgleich ihre Äste sich berührten, so weit auseinander, daß ich zwischen den mächtigen Stämmen hindurch tief in den Wald hineinblicken konnte. Ich fand keine Spur eines menschlichen Wesens. Fast schämte ich mich, Argwohn gehegt zu haben. Ein armer, kranker Bettler — was konnte er mir anhaben! Einen Hinterhalt gab es nicht, wenigstens nicht in der

Umgebung der Hütte; davon glaubte ich überzeugt sein zu dürfen. Hatte ich ja doch Grund zu Befürchtungen, so konnte die Veranlassung dazu nur im Innern des armseligen Bauwerks zu suchen sein, und da war es nicht schwer, der Gefahr zu begegnen. Ich stieg vor der größeren Öffnung, in der sich gar keine Tür befand, vom Pferd, band es aber nicht an, um nötigenfalls sogleich aufsitzen und davonreiten zu können. Den Revolver schußfertig in der Hand, trat ich ein. Die Vorsicht weiter zu treiben, schien nicht möglich, und sie war offenbar auch gar nicht nötig, wie ich mich beim ersten Blick überzeugte. Das Innere der Hütte bildete einen einzigen Raum, der so niedrig war, daß ich mit dem Kopf fast an die Decke stieß. Ich sah einen geschwärzten Stein, der jedenfalls als Herd diente, mehrere entfleischte Ochsen- und Pferdeköpfe, die wohl die Sessel bildeten, und in der linken Ecke hinten ein aus Laub bestehendes Lager, auf dem eine bewegungslose, menschliche Gestalt lag. Daneben auf der Erde ein Topf, eine zerbrochene Flasche, ein Messer und einige andre armselige Kleinigkeiten — das war alles, was die Hütte enthielt. Was sollte hier für mich zu befürchten sein? Ich steckte den Revolver ein, holte das Paket herein und näherte mich damit dem Lager. Der Mann rührte sich noch immer nicht.

„Güninis chajir olßun — guten Tag!“ grüßte ich laut. Da drehte der Bettler sich langsam zu mir herum, starrte mich an, als ob ich ihn aus dem Schlaf geweckt hätte und fragte: „Ne ißterßinis, sultanum — was befehlen Sie, mein Herr?“ — „Adyn Saban-mi — dein Name ist Saban?“ — „Öjle, sultanum — zu Befehl, mein Herr!“ — „Bojadschi Boschak taniormißin — kennst du den Färber Boschak?“ — Jetzt richtete er sich erfreut in sitzende Stellung auf. „Ewwet, sultanum — ja, mein Herr!“ Der Mensch sah wirklich sehr krank und elend aus. Er trug nur Lumpen auf dem Leib und schien ein fleischloses Gerippe zu sein. Seine Augen waren begierig auf das Paket gerichtet, das ich in der Hand hielt. „Er sendet dir Wein und Backwaren.“ Bei diesen Worten kniete ich mitleidig an dem Lager nieder, um das Paket zu öffnen. Die Augen des Bettlers waren flammend auf mich gerichtet. War das wirklich Hunger oder war es etwas andres, für mich Gefährliches. Ich hatte keine Zeit, diesen Gedanken auszudenken. Hinter mir gab es ein Geräusch. Ich wendete den Kopf. Zwei, vier, fünf Männer drängten sich durch die Türöffnung. Der vorderste hatte die Flinte verkehrt wie zum Schlag erhoben, in der Hand. Er sprang auf mich zu. Ich riß den Revolver heraus und wollte mich emporschnellen, da warfen sich die langen, dürren Arme des Bettlers wie die Fänge eines Meerpolypen um meinen Hals und rissen mich nieder. Ich weiß nur noch, daß ich den Lauf des Revolvers schnell auf den Kopf des Verräters richtete und losdrückte; zielen konnte ich nicht. Dann erhielt ich von hinten einen fürchterlichen Schlag auf den Kopf.

Ich war gestorben; ich besaß keinen Körper mehr; ich war nur Geist. Ich flog durch ein Feuer, dessen Glut mich verzehren wollte, dann durch donnernde Wogen, deren Kälte mich erstarrte, durch unendliche Wolken- und Nebelschichten, hoch über der Erde, mit entsetzlicher Geschwindigkeit. Dann fühlte ich nur, daß ich überhaupt flog, gradso, wie der Mond um die Erde wirbelt, ohne eignen Willen. Es war eine unbeschreibliche Leere in mir und um mich. Nach und nach verminderte sich die Schnelligkeit. Ich *fühlte* nicht nur, sondern ich *dachte* auch. Aber was dachte ich? Unendliches dummes, ganz unmögliches Zeug. Sprechen aber konnte ich nicht, so sehr ich mich anstrengte, um einen Laut von mir zu geben.

Langsam kam Ordnung in das Denken. Mein Name fiel mir ein, mein Stand, das Alter, in dem ich gestorben war. Aber wo und wie ich den Tod gefunden hatte, das war mir nicht klar. Ich sank nach und nach tiefer. Ich wirbelte nicht mehr um die Erde, sondern ich näherte mich ihr wie eine leichte Feder, die langsam, immer hin und her gehaucht, von einem Turm fällt. Und je tiefer ich sank, desto mehr verdichtete sich die Erinnerung an mein irdisches Dasein. Personen und Erlebnisse stiegen wie Bilder in mir auf, mehr und mehr. Es wurde immer klarer in mir. Ich erinnerte mich, daß ich zuletzt eine weite Reise unternommen hatte; ich war in Stambul gewesen, in Edirne, hatte heim gewollt und war unterwegs in einer steinernen Hütte auf einer Vorhöhe des Tokatschyk Dagh erschlagen worden. Die Mörder hatten meine Leiche dann gefesselt und auf das Lager geworfen, auf dem vorher der Bettler gelegen war, und sich nachher um den Herd gesetzt und ein Feuer angezündet, über dem irgend etwas gebraten werden sollte. Ich war gestorben gewesen und hatte es bewußt erlebt. Ich hatte sogar die Stimmen der Mörder gehört, ja, ich hörte sie noch, während ich jetzt wieder zur Erde niedersank, deutlich und immer deutlicher, je mehr ich mich ihr näherte. Und wunderbar! Ich sank durch das Dach der Hütte, auf das Laub des stinkenden Lagers, und da saßen noch die Mörder. Ich hörte sie sprechen, ich roch den Duft von Fleisch, das sie über der Glut brieten. Ich wollte sie auch sehen, aber ich konnte die Augen nicht öffnen und konnte mich auch nicht bewegen. War ich denn wirklich nur Geist? Da oben, wo ich früher den Hinterkopf gehabt hatte, brannte und schmerzte es entsetzlich. Es war mir jetzt, als ob ich diesen Kopf noch besäße; aber er war zehnmal, hundertmal, tausendmal größer als früher und barg das unterirdische Flammenmeer des Erdinnern, auf dessen Inseln Vulkan mit Millionen von Zyklopen hämmert und schmiedet. Erst fühlte ich nur diesen Kopf, bald aber bemerkte ich, daß ich auch noch den Leib, die Arme, die

Beine besaß. Doch rühren konnte ich kein Glied. Mit größter Deutlichkeit hörte ich jedes Wort, das dort am Feuer gesprochen wurde. Ich vernahm sogar den Hufschlag mehrerer Pferde. Zwei Reiter stiegen draußen ab. „Kalyn gelior — der Dicke kommt!" sagte einer. War das nicht die Stimme des Mannes, der mich bis hierher begleitet hatte? Wie kam er hierher? Er war ja weitergeritten.

„We birißi daha — und noch einer!" fügte eine andre Stimme hinzu. „Kim-dir — wer ist es?" — „Ismilanli Silahdschi Deselim — der Waffenschmied Deselim aus Ismilan." Ich hörte, daß die Insassen der Hütte hinauseilten und die beiden Angekommenen mit lebhaften Freudenrufen begrüßten. „Achmaki tuttunus-mu — habt ihr den Dummkopf gefangen?" fragte draußen eine fette Stimme. Ich kannte sie; sie gehörte dem dicken Färber-Bäcker aus Dschnibaschlü. Meinte er mit diesem Dummkopf etwa mich? In mir regte sich der Grimm. Könnte ich den Menschen ein wenig zwischen meine Hände bekommen, ich würde ihn — ah, ich vermochte plötzlich die Finger zur Faust zu ballen! Was doch der Ärger vermag! „Ewwet, aldattyk onu — ja, wir haben ihn übertölpelt." Diese Worte sagte der Bettler. Meine Kugel hatte ihn also nicht getroffen. „Kene nerededir — wo ist die Schaflaus?" Das war stark! Wenn der Deutsche einen dummen Menschen recht handgreiflich bezeichnen will, so nennt er ihn einen Schafskopf. Der Türke bedient sich häufig des Wortes Kojundschi, das ungefähr Schafhirt bedeutet. Mich aber hielt der Sprecher für so unendlich albern, daß im das Wort Kojundschi noch eine unverdiente Ehre für mich erschien, er nannte mich also Kene, das ist Schaflaus.

Es kribbelte mir in den Händen und siehe da; ich konnte jetzt zwei Fäuste machen anstatt, wie vorhin, nur eine. Es war mir, als sei ich noch gar nicht gestorben. Wenigstens war der Wunsch, den ich jetzt hegte, ein sehr irdischer. Er bezog sich auf die keineswegs übersinnliche Tätigkeit, die der Türke mit den drei gleichbedeutenden Wörtern döjmek, wurmak und dajak jedirmek, der Deutsche aber mit dem liebenswürdigen Wort ‚prügeln' bezeichnet. Wie kam es nur, daß mein Kopf jetzt nicht mehr so schmerzte. Auch schien seine Ausdehnung beträchtlich abgenommen zu haben. „Kulibede dir — er ist in der Hütte", erwiderte der Bettler. — „Sindschirli-midir — er ist gefesselt?" fragte der Mann, der mich Schaflaus genannt hatte und dessen Stimme ich nicht kannte. — „Ewwet, lakin lusumi kalmady — ja, aber es ist nicht notwendig." — „Nitschin — warum?" — „Tschünkü ölmüsch — weil er tot ist." Die Stimmen sanken zu einem Gemurmel herab. Erst nach einiger Zeit hörte ich wieder deutlich den Befehl: „Göster onu bana — zeigt ihn mir!"

Die Verbrecher kamen in die Hütte herein, und der Bettler sagte: „Bunda jarta — hier liegt er." Eine Hand legte sich auf mein Gesicht und blieb da eine Weile prüfend liegen. Sie roch nach Schusterpech und saurer Milch. Den Geruchsinn hatte ich nicht verloren. Ich war also doch nicht tot! Dann erklärte der Besitzer der Hand: „Ölum gibi ßonk — kalt wie der Tod!“ — „Nabsyny tut — befühl ihm den Puls!“ hörte ich den dicken Bäcker sagen. Die Pech- und Milchhand glitt von meinem Gesicht hinweg und faßte mich am Handgelenk. Der Daumen legte sich prüfend auf den obern Teil des Gelenks, wo von einer Pulsader kaum etwas zu fühlen ist. Dann sagte der Mann nach einer Pause allgemeiner Spannung: „Nabsy jok — er hat keinen Puls.“ — „El ile jüregini jokla — befühle sein Herz!“ Im nächsten Augenblick spürte ich die Hand auf meinem Herz. Es schien gar nicht nötig gewesen zu sein, einen Knopf zu öffnen. Waren Jacke und Weste bereits offen? Oder hatten die guten Menschen mich vielleicht von diesen Kleidungsstücken befreit? Ich hätte mich gern davon überzeugt; aber ich konnte die Augen nicht auftun, und selbst wenn ich es vermocht hätte, wäre es mir jetzt nicht eingefallen, ein Lebenszeichen zu geben. Die Hand hatte nur einen Augenblick auf dem Herzen gelegen, dann glitt sie zur Magengegend und blieb dort ruhen. Hierauf erklärte das Orakel: „Gönülünün ßeßi kessildi — sein Herz schweigt still.“ — „Ölmüsch demektir — folglich ist er tot!“ erklang es rund im Kreis. „Kim onu öldürmisch — wer hat ihn getötet?“ fragte der Mann, dessen Stimme ich nicht kannte. „Ben — ich!“ erklang es kurz. — „Nassyl — wie?“ — „Tepeledim — ich habe ihn erschlagen.“ Das sagte der Mann mit einer Genugtuung, die mir die beruhigende Überzeugung brachte, daß mein Blut in Bewegung sei. Ich fühlte es zu den Schläfen steigen. Wer noch Blut hat, das sich in den Adern regt, der kann nicht tot sein. Ich lebte also noch. Ich lag in Wirklichkeit nur auf dem Laubhaufen und war bloß besinnungslos gewesen. Der dicke Bäcker schien doch einige Besorgnis zu hegen. Er wollte kein Mittel unversucht lassen, um sich von meinem Tod zu überzeugen; darum fragte er: „Solugu war-mi — hat er Atem?“ — „Kalak asajim — ich will horchen!“ Ich fühlte, daß jemand sich zu mir beugte. Dann rieb eine Nase sich an der meinigen. Ich bekam einen Duft von Knoblauch, Tabak und faulen Eiern zu genießen; dann erklärte der Betreffende: „Nefeßi jok — er hat keinen Atem.“ — „Sabuscha-lum — entfernen wir uns!“

Dieser Befehl befreite mich endlich von der Sorge, man könne doch Leben in mir verspüren. Aber wäre es nicht vielleicht besser gewesen, wenn die Strolche bemerkt hätten, daß ich nicht tot war. Ich war nicht Herr meiner Glieder, dafür aber in der fürchterlichen Gefahr, lebendig verscharrt zu werden.

Angst befiel mich. Ich fühlte, daß es mich erst eiskalt und dann glühendheiß überlief. Ich begann zu schwitzen. Die Leute hatten sich ans Feuer gesetzt und verhielten sich schweigend. Vielleicht waren sie mit dem Fleisch beschäftigt, dessen Duft bis zu mir drang. Meine Lage war hoffnungslos. Der Schlag mit dem Kolben hatte meinen Hinterkopf getroffen. Das wirkte sich lähmend aus. Ich bin kein Arzt und weiß die möglichen Folgeerscheinungen eines solchen Krafthiebs nicht aufzuzählen. Ich besaß Gehör und Geruch, vielleicht auch Gesicht und Geschmack, aber die Bewegungsnerven versagten. Würden sie ihre Tätigkeit wieder aufnehmen, und zwar so schnell, wie es in meiner Lage notwendig war? Und selbst wenn das der Fall sein sollte, was ich bei meiner robusten Körperbeschaffenheit hoffte, blieb mir doch wenig Aussicht, mich meinem Schicksal zu entziehen. Ja, wenn meine Gefährten in der Nähe gewesen wären! Wenn wenigstens mein braver Halef eine Ahnung von der mir drohenden Gefahr hätte! Es überkam mich ein Gefühl, von dem ich nicht weiß, ob es Wut oder Verzweiflung zu nennen ist. Vielleicht ist das erstere richtig, denn ich habe stets gewußt, daß Gott auch dann, wenn die Uhr zum zwölften Stundenschlag ausholt, noch helfen kann.

Ich ballte die Fäuste und preßte den Atem in die Lungen zurück, als ob ich mich freiwillig ersticken wollte. Ich spannte alle Fasern an, die ich überhaupt in der Gewalt hatte, und da, da ging es wie ein gewaltiger Ruck durch meinen Körper; ich konnte die Arme bewegen, die Beine, den Nacken und — Gott sei Dank — auch die Augenlider. Zwar hütete ich mich sehr, das merken zu lassen; aber ich prüfte nach und nach alle Glieder durch. Es ging nicht leicht; der Kopf war wie zerschlagen. Ich mußte mich wirklich anstrengen, um folgerichtig denken zu können, und in den Gliedern hatte ich das Gefühl, als seien sie mit Blei gefüllt. Ich hoffte aber doch, mich gegebenenfalls erheben und einigermaßen verteidigen zu können. Vielleicht wich die Lähmung noch schneller, als es jetzt den Anschein hatte. Und sodann vertraute ich dem Einfluß des Augenblicks und der Wirkung, die ein fester Wille auf den ungehorsamen Körper ausübt. Soviel wenigstens stand fest, daß ich mich nicht lebendig begraben lassen würde. Darum blieb ich lang ausgestreckt liegen und schielte zum Feuer hinüber, das auf dem Stein brannte. Dort saßen acht Männer, die mit ihren Messern das Fleisch von den Knochen eines Schafs lösten und in großen Stücken zwischen die Zähne steckten. Unter ihnen befand sich der dicke Bäcker, der liebenswürdige Bettler und der ehrenwerte Urian, der sich mir als Führer nach Kabatsch angeboten hatte. In diesem Sinn also hatte der Bäcker es gemeint, als er schwur, wir würden uns wiedersehen! Freilich hatte er wohl nicht gedacht, daß man mich erschlagen würde. Warte, du Fleischkoloß, ich hoffe, es dir ‚schlagend' beweisen zu können, daß ich noch am Leben bin.

Und mein prächtiger Führer hatte sich vortrefflich zu verstellen gewußt! Warum hatte er doch nur so besorgt zwischen die Bäume geblickt? Ah, da ging mir ein Licht auf! Als ich hinter dem Haus des Färbers stand, hatte der Geselle sich entfernt. Er war von seinem Herrn ausgesandt worden, um die hier anwesenden Gentlemen zusammenzutrommeln und den Bettler von meinem Kommen zu benachrichtigen. Mein Führer hatte mich im Feld erwartet und dann befürchtet, daß wir dem Boten oder einem der sauberen Herren begegnen könnten, in welchem Fall ich leicht Verdacht schöpfen konnte. Der Färber-Bäcker hatte mich nur aus schlauer Berechnung mit dem Auftrag an den Bettler betraut. So war es und nicht anders! Und nun war er mit dem Waffenschmied und Kaffeewirt Deselim aus Ismilan hier. Er hatte diesen für heute oder morgen erwartet, und der Schwager des Schut war just zur richtigen Minute gekommen, um sich durch den Überfall auf mich aus der ihm drohenden Gefahr zu befreien. Wie sollte ich den Banditen entkommen? Acht gegen einen! Und dieser eine war gefesselt und gelähmt! Das Fensterloch war zu klein; kein Mensch konnte hindurchkriechen. Vorn in der Ecke lagen meine Waffen. Man hatte sie mir abgenommen und alles andre, was ich bei mir trug, dazu. Ich lag in Hemd und Hose auf dem Laubhaufen.

Jetzt prüfte ich behutsam die Fesseln. Sie bestanden aus Riemen und waren fest. Hier war nichts zu machen. Bei größerer Anstrengung hätten sie mir nur die Haut zerschnitten. Ich sann und grübelte, um einen Rettungsgedanken zu finden — vergebens! Es gab nur eine Hoffnung, und die war nicht viel wert; ich mußte mich totstellen. Jedenfalls schafften die Mordgesellen mich in den Wald, um mich einzuscharren. Vielleicht kamen sie dabei auf den Gedanken, die Riemen zurückzubehalten, die doch immerhin einen Wert hatten, wenn auch nur einen ganz geringen. Dann befand ich mich im freien Besitz meiner Glieder. Vielleicht gönnten die Banditen dem Grab die beiden Stücke nicht, mit denen ich noch bekleidet war. Wollte man mir auch diese ausziehen, so mußte man vorher die Fesseln entfernen. Dann hatte ich wenigstens die Hoffnung, wenn auch nicht loszukommen, so doch nicht ohne Widerstand an diesem Ort meine irdische Wanderung zu beenden. Es blieb mir also nur übrig, in Geduld zu warten, was da kommen würde. Sicherlich verharrten diese Menschen nicht ewig in Schweigen. Ein Gespräch zwischen ihnen konnte einen brauchbaren Wink für mich enthalten. Da legte jener Mann, dessen Stimme mir unbekannt gewesen war und den ich für den Waffenschmied aus Ismilan hielt, den letzten Knochen weg. Er wischte das Messer an der Hose ab, steckte es in den Gürtel und sagte: „So! Jetzt haben wir gegessen, nun können wir reden. Ich werde den Schöps bezahlen. Was hat er gekostet?" — „Nichts", lachte der Bettler. „Ich habe ihn gestohlen." — „Um so besser. Der Tag fängt billig an. Ich komme, um euch lohnende Arbeit zu geben, und unterdessen habt ihr eine andre vollbracht, die vielleicht noch lohnender ist. Ich weiß noch nicht genau, wie es eigentlich zugegangen ist. Ich traf bei Boschak ein, als er im Begriff war, aufzubrechen, und wir sind so schnell geritten, daß wir unterwegs nicht sprechen konnten." — „Allah! Ich bin in meinem Leben noch nicht so geritten!" klagte der Dicke. „Ich fühle kaum, daß ich noch am Leben bin." — „Du lebst, Freund! Aber konntest du dich nicht früher aufmachen?" — „Nein. Ich habe nur das eine Reittier, und der Bote, den es fortgetragen hatte, kam so spät zurück." — „Also — wer ist dieser Fremde?" — „Ein Christ aus dem Frankenland", erwiderte Boschak. — „Allah verderbe seine Seele, wie ihr seinen Körper getötet habt! — Wie kam er zu dir?" — „Er hatte mein Weib unterwegs getroffen und nach mir gefragt. Er wußte alle unsre Geheimnisse und wollte mich bestrafen lassen, wenn ich meine Tochter nicht dem Ssahhâf zum Weib gäbe." — „Sie gehört Mosklan, unserm Verbündeten", erklärte Deselim. „Wer hat diesen Fremdling eingeweiht?" — „Ich weiß es nicht, er schwieg darüber. Er sprach von Mosklan, vom Schut, von allen; er kannte unser Dornengestrüpp im Feld und zwang mich mit seiner Drohung, ihm meine Einwilligung zu geben." — „Du aber hältst dein Versprechen nicht?" — „Einem Gläubigen halte ich mein Wort; aber er ist ein Christ. Geht nach Stambul und sprecht mit den Ungläubigen. Es gibt dort viele Christen, die behaupten, daß niemand sein Wort zu halten brauche, der sich während des Versprechens im stillen vorgenommen hat, es zu brechen. Warum soll ich an einem Christen nicht das tun dürfen, was sie lehren und untereinander auch befolgen?" — „Du hast recht." — „Ich schickte also meinen Knecht heimlich zu Saban und den Fremden hier und ließ ihnen sagen, was geschehen solle. Saban mußte sich krank stellen, Murad erwartete den Fremdling, um ihn sicher hierher zu bringen, und die andern versteckten sich hinter den dicken Stämmen des Waldes, um dann nach ihm in die Hütte zu treten. Das ist's, was ich weiß. Laß dir das Weitere von Saban oder Murad erzählen." — „Nun, Saban, wie ist es dann gekommen?" fragte der Waffenschmied.

„Sehr gut und sehr leicht", antwortete der Bettler. „Der Fremde kam mit Murad, der sich den Anschein gab, als ob er weiterreiten wollte, und stieg ab. Ich beobachtete es durchs Fenster und legte mich darauf rasch auf das Lager. Der Fremde trat ein und brachte mir, was der Bäcker ihm für mich mitgegeben hatte." — „Den Wein gibst du mir aber wieder!" warf der Dicke ein. „Ich sandte ihn nur zum Schein und habe nur diese eine Flasche. Das Gebäck kannst du behalten.“ — „Was? Wein hast du ihm geschickt?“ fragte der Ismilaner. „Den bekommst du nicht wieder.“ — „Warum?“ — „Weil wir ihn trinken werden!“ — „Wie könnt ihr ihn trinken? Ihr seid Rechtgläubige, und der Prophet hat den Wein verboten.“ — „Nein, er hat ihn nicht verboten. Er hat nur gesagt: ‚Alles, was trunken macht, sei verflucht!‘ Diese eine Flasche Wein aber wird uns nicht betrunken machen.“ — „Sie ist mein Eigentum!“ Der Ton, in dem er sprach, zeigte, daß der Dicke die feste Absicht hatte, seinen Wein zu retten. Da bemerkte der Bettler lachend: „Streitet euch nicht über die Gebote des Propheten. Der Wein kann nicht getrunken werden.“ — „Warum?“ fragte der Bäcker. — „Weil er schon getrunken worden ist.“ — „Saban, was fällt dir ein? Wer gab dir das Recht dazu?“ rief Boschak. — „Du selbst. Du hast den Wein ausdrücklich mir gesandt. Ich habe ihn mit den Gefährten geteilt. Wärst du früher gekommen, so hättest du mittrinken können. Dort liegt die Flasche, nimm sie mit und rieche daran, wenn deine Seele sich nach ihrem Duft sehnt.“ — „Sei ein Erbe des Teufels, du Spitzbube! Niemals im Leben wirst du wieder eine Gabe von mir erhalten.“ — „Ich brauche sie auch nicht, obgleich ich als Bettler gelte. Das weißt du so gut wie ich.“ — „Schluß mit dem Streit!“ befahl der Waffenschmied. „Erzähle weiter, Saban!“ Der Genannte kam der Aufforderung nach. „Der Fremde mochte glauben, ich schliefe. Er trat zu mir und grüßte so laut, daß ich tat, als erwache ich. Er fragte mich, ob ich Saban heiße und den Färber Boschak kenne, der mir eine Gabe sende. Er kniete neben mir nieder, um das Paket zu öffnen, das die Gaben Boschaks enthielt. Da sah ich die Gefährten, die leise eingetreten waren. Schnell faßte ich den Fremden und zog ihn zu mir nieder, und er bekam den Kolbenschlag, der ihn sofort tötete. Wir haben ihn entkleidet, und nun können wir alles teilen, was er bei sich trug.“ — „Ob wir sein Eigentum teilen, steht noch sehr in Frage. Welche Gegenstände hatte er bei sich?“ Es wurde alles genannt. Man vergaß nicht die geringste Kleinigkeit. Selbst die Stecknadeln, von denen ich ein kleines Päckchen bei mir gehabt hatte, wurden mit aufgezählt. Für diese Gegend waren sie beinahe eine Seltenheit und bildeten infolgedessen eine schätzbare Erwerbung. Durch einen Spalt der Augenlider sah ich, daß der Waffenschmied aus Ismilan meinen Bärentöter betrachtete. „Ein solches Gewehr ist nicht zehn Para wert“, sagte er. „Wer soll es tragen? Es ist schwerer als fünf türkische Flinten. Es ist ein alter Feuerspeier aus der Zeit vor zweihundert Jahren.“ Der gute Mann hatte eben noch kein solches Gewehr in der Hand gehabt. Noch ratloser war er, als ihm nun der Henrystutzen gereicht wurde. Deselim drehte ihn nach allen Seiten, tastete und versuchte eine Weile daran herum und gab dann mit verächtlichem Lächeln sein Gutachten ab: „Dieser Fremdling muß Ratten im Kopf gehabt haben. Dieses Gewehr ist nichts als ein Spielzeug für Knaben. Man kann es nicht laden, also kann man damit gar nicht schießen. Hier ist der Schaft und da der Kolben, dazwischen eine eiserne Kugel mit vielen Löchern. Wozu soll die Kugel sein? Etwa um Patronen aufzunehmen? Man kann sie nicht drehen. Wo ist der Hahn? Der Drücker läßt sich nicht bewegen. Wenn der Mensch noch lebte, würde ich ihn auffordern, einen Schuß daraus zu tun. Er könnte es nicht und müßte sich schämen!"

So wurde jeder Gegenstand besprochen, und es kamen da Urteile zum Vorschein, die mich zum Lachen gebracht hätten, wenn das mit meiner Lage zu vereinbaren gewesen wäre. Eben wollte der Ismilaner sich vom Boden erheben, um mein Pferd zu betrachten, als ich Hufschlag vernahm. Auch die Männer hörten ihn, und der Bettler trat vor die Tür. „Wer kommt da?" fragte der Ismilaner. — „Ein Fremder", erwiderte der Gefragte. „Ein kleiner Mann, den ich noch nie gesehen habe." Und da hörte ich schon den Gruß: „Neharak mubarak — dein Tag sei gesegnet!" — „Neharak sa'id — dein Tag sei beglückt! Wer bist du?" — „Ein Reisender aus der Ferne." — „Woher kommst du heut?" forschte Saban weiter. — „Aus Assemnar." — „Und wohin willst du?" — „Nach Gümürdschina, wenn du es erlaubst." — „Du bist sehr höflich, denn du bedarfst meiner Erlaubnis gar nicht." — „Ich bin höflich, weil ich wünsche, daß auch du es bist. Ich möchte eine Bitte an dich richten." — „Sprich sie aus!" — „Ich bin ermüdet und sehr hungrig. Erlaubst du mir, in deiner Hütte auszuruhen und meine Mahlzeit bei dir zu verzehren?" — „Ich habe keine Speise für dich; ich bin arm." — „Ich habe Brot und Fleisch bei mir und du sollst auch davon haben. Es reicht für uns beide." Ich war gespannt, was der Bettler antworten werde. Man kann sich mein Entzücken denken: ich hatte die Stimme des Fremden sofort erkannt; es war die meines braven kleinen Hadschi Halef Omar.

Wo hatte er während der Nacht gesteckt? Wie kam er hierher? Auf welche Weise hatte er erfahren, daß ich in dieser Richtung zu suchen sei? Diese und ähnliche Fragen gingen mir durch den Kopf. Auf alle Fälle mußte Halef annehmen, daß ich hier abgestiegen sei, denn er sah ja mein Pferd draußen stehen. Und ebenso mußte er erkennen, daß man mich feindselig behandelt hatte. Der Bettler hatte nämlich meinen Dolch in der Hand. Es war leicht zu schließen, daß man ihn mir abgenommen hatte. Ich bangte für den Freund und doch kam es wie ein Gefühl der Sicherheit über mich. Halef wagte gewiß und ohne Zaudern das Leben, um mich zu befreien. Der Ismilaner war auch aufgestanden. Er schob den Bettler beiseite, trat an den Eingang, betrachtete den Hadschi und sagte erstaunt: „Was sehe ich, Fremdling? Du hast die Koptscha!" — „Ah! Du kennst dies Zeichen?" fragte Halef. — „Siehst du nicht, daß ich es auch trage?" — „In der Tat, jetzt sehe ich den Knopf. Wir sind also Freunde." — „Von wem hast du den Knopf?" — „Meinst du, daß man ein Geheimnis so leicht offenbart?" — „Du hast recht. Steig ab und sei uns willkommen, obwohl du in ein Haus der Trauer kommst!" — „Um wen trauert ihr?" — „Um einen Verwandten des Besitzers dieser Hütte. Er starb vor kurzem an einem Schlaganfall. Seine Leiche liegt da in der Ecke, und wir sind versammelt, um die Gebete zu verrichten." — „Allah gebe ihm die Freuden des Paradieses!" Bei diesen Worten schien Halef vom Pferd zu steigen. Dann hörte ich ihn sagen: „Welch ein schönes Pferd! Wem gehört dieser Rapphengst?" — „Mir", erklärte der Waffenschmied. — „So bist du zu beneiden. Dieses Pferd stammt sicher von der Stute des Propheten, die zugegen war, wenn ihm des Nachts die Boten Allahs erschienen." Halef trat ein, begrüßte die andern und richtete dann den Blick in meine Ecke. Ich sah seine Hand zum Gürtel fahren. Glücklicherweise besaß er aber genug Selbstbeherrschung, um sich nicht zu verraten. „Das ist der Tote?" fragte er, auf mich zeigend. — „Ja." — „Erlaubt, daß ich ihm seine Ehre gebe!" Der Kleine wollte sich mir nähern. Da wehrte der Bettler ab. „Laß ihn ruhen! Wir haben bereits die Gebete des Toten über ihn gesprochen." — „Aber ich nicht", versetzte Halef. „Ich bin ein Strenggläubiger und halte die Gebote des Korans." Der Hadschi trat ungehindert herbei und kniete wie zum Gebet neben mir nieder, den Rücken gegen die andern gewendet. Ich hörte das Knirschen seiner Zähne. Da ich mir wohl denken konnte, daß jetzt die Blicke aller Anwesenden auf ihn und mich gerichtet waren, hielt ich die meinigen fest geschlossen, flüsterte aber, nur für ihn vernehmbar:

„Halef, ich lebe!" Er holte tief, tief Atem, als sei eine große Last von ihm genommen, blieb aber doch eine Weile knien und erhob sich dann wieder, blieb aber bei mir stehen und sagte: „Dieser Tote ist ja gefesselt!" — „Stört dich das?" fragte der Waffenschmied. — „Allerdings. Man fesselt ja nicht einmal die Leiche eines Feindes. Ein Toter kann keinem mehr schaden." — „Das ist richtig. Aber wir mußten diesen armen Menschen binden. Als der Anfall über ihn kam, tobte er wie ein Wahnsinniger. Er rannte wütend hin und her, er schlug und stach um sich, so daß er unser Leben gefährdete." — „Nun aber ist euer Freund tot. Warum nehmt ihr ihm die Bande jetzt nicht ab?" — „Wir dachten noch nicht daran." — „Das ist Entweihung eines Abgeschiedenen. Seine Seele kann so nicht von hinnen gehen." — „Weißt du nicht, daß man sich verunreinigt, wenn man eine Leiche berührt?" — „Ihr braucht den Toten gar nicht zu berühren. Schneidet die Fesseln mit einem Messer entzwei und faßt ihn mit einem Tuch an. Soll ich es für euch tun?" — „Du bist ja sehr um seine Seele besorgt." — „Nur um die meinige. Ich bin ein Anhänger der Lehre und des Ordens Merdifah und tu, was die Pflicht dem wahren Gläubigen gebietet!" — „Mach, was du willst!" Halef zog darauf sein Messer. Zwei Schnitte — meine Hände und Füße waren frei. „So!" erklärte er. „Jetzt ist meine Seele befriedigt, und ich kann meine Mahlzeit halten." Der Hadschi ging hinaus zu seinem Pferd. Die Männer flüsterten miteinander, bis er zurückkehrte und sich mit Fleisch und Brot zu ihnen setzte. „Ich habe nicht viel", meinte er, „aber wir wollen teilen." — „Iß nur selbst. Wir sind satt", sagte der Ismilaner. „Dabei kannst du uns sagen, wer du eigentlich bist und was dich nach Gümürdschina führt." — „Ihr sollt es erfahren. Aber ich bin der Gast, und ihr wart vor mir hier. Ich darf also vorher erfahren, bei wem ich bin." — „Bei guten Freunden. Das glaubst du wohl, da du es an dem Knopf erkennst." — „Ich mag nicht daran zweifeln. Das wäre nicht gut für euch!" — „Warum?" — „Weil es gefährlich ist, mich zum Feind zu haben." — „Wirklich?" lachte der Waffenschmied. „Bist du ein so gefährlicher und schrecklicher Mann?" — „Ja", erwiderte Halef ernsthaft. — „Meinst du, daß du ein Riese bist?" — „Nein. Aber ich habe noch nie einen Feind gefürchtet. Da ihr jedoch Freunde seid, so braucht euch vor mir nicht bange zu sein." Ein schallendes Gelächter antwortete ihm, und einer versicherte: „Oh, wir würden auf keinen Fall Angst vor dir haben." — „So sagt mir, wer ihr seid!" — „Ich bin ein Bauer aus Kabatsch und die andern hier sind es auch. Und du?" — „Meine Heimat ist Kurdistan. Ich bin ein Bärenjäger." Es entstand eine kurze Pause. Dann brachen alle abermals in ein schallendes Gelächter aus. „Warum lacht ihr?" fragte Halef sehr ernst. „Es ist bereits das zweitemal, daß ihr in ein solches Gelächter ausbrecht. In der Nähe einer Leiche geziemt es dem wahren Gläubigen, den tiefsten Ernst zu zeigen." — „Ist das denn hier möglich?" setzte Deselim das Gespräch wieder fort. „Du bist Bärenjäger?" Das Gelächter begann von neuem. „Warum nicht?" entgegnete Halef kurz. „Du bist ja fast ein Zwerg. Der Bär würde dich verschlingen, sobald er dich erblickte. Aber satt wäre er doch noch nicht! Zehn Männer deiner Größe sind notwendig, um seinen Hunger zu stillen." — „Meine Kugel würde ihn fressen, nicht aber er mich." — „Ist denn die Bärenjagd dein Beruf?" — „Ja. Ich hatte zwei Tanten, die ich sehr liebte. Die eine war meine Vaterschwester, die andre meine Mutterschwester. Ein Bär fraß beide. Da schwor ich den Bären Rache und bin ausgezogen, sie zu töten, wo ich sie nur treffe." — „Hast du schon einen getötet?" — „Viele sogar! Meine Kugel geht niemals fehl." — „Bist du denn ein guter Schütze?" — „Man sagt es von mir. Ich kenne alle Arten von Gewehren und treffe mit jedem mein Ziel.“ Jetzt merkte ich, warum der schlaue Hadschi sich für einen Jäger ausgegeben hatte. Er suchte auf gute Weise meine Gewehre in die Hand zu bekommen. Vielleicht war es auch seine Absicht, die Gegner zur Aufforderung zu bewegen, einen Probeschuß zu tun. In diesem Fall mußten sie ihm hinaus vor die Hütte folgen, und ich bekam Gelegenheit, mich zu erheben. „Was sagst du?“ fragte der Waffenschmied. „Du willst alle Arten Gewehre kennen?“ — „Ja.“ — „Kennst du auch dieses hier?“ Deselim deutete auf den Henrystutzen. Halef nahm die Waffe in die Hand, betrachtete sie und antwortete dann: „Gewiß. Es ist ein Repetiergewehr aus Amerika.“ — „Wir haben noch nie eine solche Flinte gesehen. Wir glaubten, es sei ein Spielzeug. Du aber meinst, daß man damit mehreremal schießen könne, ohne zu laden?“ — „Fünfundzwanzigmal.“ — „Bîsi ojnatiorßun — du schneidest auf!“ lächelte der Waffenschmied. — „Ich sage die Wahrheit. In Amerika gab es einen berühmten Waffenkünstler. Er erfand dieses Gewehr. Er war ein Sonderling und dachte, daß in kurzer Zeit alle jagdbaren Tiere ausgerottet sein würden, wenn es viele solcher Flinten gäbe. Darum behielt er das Geheimnis für sich und fertigte nur einige dieser Gewehre an. Er starb bald. Andre wollten das Geheimnis ergründen, aber wer die Teile des Gewehrs auseinandernahm, konnte sie nicht wieder zusammensetzen. Das Gewehr war unbrauchbar geworden. Die wenigen, die eins besaßen, kamen in der Wildnis um und ihre Flinten gingen verloren. Dieses Gewehr hier ist vielleicht das einzige, das noch übriggeblieben ist. Es wird Henrystutzen genannt, und ich möchte wohl wissen, wie es in eure Hände gekommen ist.“ — „Ich habe es in Stambul von einem Amerikaly gekauft“, erklärte der Waffenschmied. — „Es zu verkaufen, war sehr unklug von ihm. Diese Kugel hier hinter dem Lauf nimmt die Patronen auf. Sie bewegt sich bei jedem Schuß von selbst, so daß das nächste Loch mit der Patrone sich an den Lauf legt. Soll ich es euch zeigen?“ — „Ja, zeige es uns!“ — „Wie aber kommt es, daß der Amerikaly dir das Gewehr verkauft hat, ohne dich in seiner Handhabung zu unterrichten?“ — „Ich vergaß, ihn danach zu fragen.“ — „So bist du ein Mensch, den ich nicht begreifen kann. Bist du denn in Arkilik geboren, wo die Schuhe keine Sohlen, die Wagen keine Räder und die Töpfe keine Böden haben? Kommt mit hinaus! Ich will euch zeigen, wie mit diesem Gewehr geschossen wird.“ — „Ist es denn geladen?“ — „Ja. Ihr sollt mir ein Ziel nennen, und ich werde es zehnmal hintereinander treffen.“

Halef verließ die Hütte und die Banditen folgten ihm. Sie waren so gespannt auf den Schießversuch, daß sie gar nicht an mich dachten. „Also — was soll ich treffen?“ hörte ich Halef draußen fragen.

— „Schieße auf die Krähe, die dort auf dem Ast sitzt." — „Nein. Die würde tot herabfallen, und ich will mehrere Schüsse auf ein Ziel tun. Gehen wir da hinüber. Ich will auf die Hütte schießen. Seht ihr die Schindel da oben, die der Wind fast abgerissen hat? Sie steht vom Dach ab und gibt ein gutes Ziel. Ich werde sie zehnmal treffen." Ich hörte, wie die Schritte sich entfernten. Halef lockte unsre Feinde möglichst weit von der Hütte fort, um mir mein Vorhaben zu erleichtern. Dort lagen meine Kleider, das Messer, das der Bettler wieder hingelegt hatte, die Patronen, die Uhr, die Brieftasche, der Geldbeutel, alles hübsch beisammen, und daneben hatte man die Büchse an die Mauer gelehnt. Sogleich sprang ich auf und reckte mich. Es lag mir zwar wie Blei in den Gliedern; sie waren schwer und ungelenk, aber ich konnte sie bewegen. Der Kopf tat mir fürchterlich weh, und als ich die schmerzende Stelle mit der Hand berührte, fühlte ich eine große Anschwellung. Doch ich hatte keine Zeit, das zu beachten. Ich fuhr möglichst schnell in die Kleider, steckte alles wieder zu mir und griff zum Bärentöter. Dazu brauchte ich natürlich mehr Zeit als gewöhnlich, aber Halef schoß in großen Pausen, so daß ich schon beim fünften Schuß fertig war. So oft er abgedrückt hatte, hörte ich die Beifallsrufe seiner erstaunten Zuschauer. Ich stand jetzt inmitten des Raumes und konnte den kleinen Schützen durch die Fensteröffnung beobachten. Eben hatte er den sechsten Schuß abgegeben. Ich sah deutlich, daß er seinen Blick nicht auf die Dachschindel empor, sondern zum Fenster richtete. Hoffte der Hadschi etwa auf ein Zeichen von mir? Schnell trat ich hin und zeigte die Hand, nur zwei Sekunden lang, doch er hatte sie gesehen. Er wiegte den Kopf und wendete sich zu seinen Zuschauern. Ich konnte nicht verstehen, was Halef sagte, aber ich sah, daß er das Gewehr schulterte und auf die Hütte zukam. „Zehn Schüsse, zehn!" hörte ich den Waffenschmied rufen. „Du hast ja erst sechsmal geschossen!" — „Das ist genug", antwortete Halef. Er hatte sich jetzt so weit genähert, daß ich die Worte verstehen konnte. „Ihr habt gesehen, daß ich das Ziel mit jedem Schuß treffe. Wir wollen die Kugeln nicht verschwenden, denn ich werde sie vielleicht notwendiger brauchen!" — „Wozu?" — „Um sie euch durch die Köpfe zu jagen, ihr Halunken!"

Bei diesen Worten blieb er stehen und legte den Stutzen gegen sie an. Der Augenblick des Handelns war gekommen. Der tapfre Kleine verriet keine Spur von Sorge oder gar Angst. Die Verbrecher hatten ihre Gewehre in der Hütte gelassen und konnten also nur mit den Messern Widerstand leisten. Sie waren verblüfft — sowohl von seinen Worten, wie auch von der Haltung, die er gegen sie einnahm. Sie glaubten wohl, daß es sich um einen Scherz handle, denn Deselim lachte. „Wie? Uns willst du erschießen, Kleiner?

Wenn du dir einen Spaß machen willst, so sinne dir etwas Besseres aus! Du bist ein sehr guter Schütze. Aber auf uns zu schießen, würdest du doch nicht wagen.“ Halef steckte einen Finger in den Mund und ließ einen schrillen Pfiff hören. Dann antwortete er:

„Spaß? Wer sagt euch, daß ich nur Spaß mache? Seht dort hinüber. Da stehen zwei, die euch zeigen wollen, daß es Ernst ist.“ Halef zeigte zum jenseitigen Rand der Lichtung. Ich folgte mit dem Blick. Dort standen in einiger Entfernung voneinander Osko, der Montenegriner, und Omar Ben Sadek, der Sohn des Fremdenführers vom Schott el Dscherid, die Gewehre schußfertig an den Wangen. Sie hatten sich versteckt gehabt, und Halefs Pfiff war ein Zeichen für sie gewesen, unter den Bäumen hervorzutreten. „Allah belaterini werßin — Allah möge sie ins Unglück stürzen!“ entfuhr es dem Ismilaner. „Wer sind diese Männer? Was wollen sie von uns?“ — „Sie wollen die Leiche, die dort in der Hütte liegt.“ — „Was geht der Tote sie an?“ — „Sehr viel. Der Tote ist nicht ein Verwandter dieses Bettlers, sondern unser Freund und Anführer. Ihr habt ihn getötet, und wir sind gekommen, euch dafür den Lohn zu geben.“ Die Überrumpelten griffen zu den Messern. Halef aber drohte: „Laßt die Messer stecken, sie helfen euch nichts. Ich habe in diesem Gewehr noch neunzehn Schüsse und beim ersten Schuß, den ich abgebe, schießen auch die beiden dort. Ihr seid Leichen, ehe ihr an mich kommt!“ Der Hadschi sagte das so entschlossen, daß die Männer vom Ernst der Lage überzeugt sein mußten. Sie standen nur zehn bis fünfzehn Schritte von ihm entfernt. Er hielt den Gewehrlauf auf sie gerichtet. Wenn sie sich auf ihn warfen, konnte er nur einen einzigen treffen, aber dieser eine wollte keiner von ihnen sein. Sie blickten einander grimmig und verlegen an. Dann fragte Deselim: „Wer ist denn der Mann, den du euern Freund und Anführer nennst?“ — „Er ist ein noch viel besserer Schütze und Jäger als ich. Er ist unverwundbar, und selbst wenn er getötet würde, so käme seine Seele rasch wieder in seinen Leib zurück. Wenn ihr das nicht glaubt, so seht zur Hütte!“ Die Strolche wandten sich um. Ich stand jetzt mit erhobenem Gewehr unter dem Eingang. Osko und Omar ließen Freudenrufe hören. „Seht ihr nun, daß ihr verloren seid, wenn ihr Widerstand leisten wollt?“ fuhr Halef fort. — „Tüfenklerimis bisde olßa — wenn wir unsre Gewehre hätten!“ grollte der Ismilaner. — „Ihr habt sie aber nicht. Und wenn ihr sie hättet, würden sie euch nichts nützen. Ihr seid in unsrer Gewalt. Wenn ihr euch freiwillig ergebt, werden wir mit euch gnädig sein.“ — „Wie kannst du feindselig gegen uns auftreten, da du doch die Koptscha hast?“ — „Ihr habt meinem Gefährten nach dem Leben getrachtet. Aber daß ich die Koptscha besitze, mag euch dafür bürgen, daß ihr auf Nachsicht rechnen könnt, wenn ihr euch ergebt. Tretet in die Hütte! Dort wollen wir weitersprechen." Deselim ließ den Blick zum Gebäude herübergleiten. Ich glaubte, in seinen Augen ein schnelles Aufleuchten zu bemerken.

„Ja", sagte er. „Gehen wir in die Hütte! Dort wird sich alles aufklären. Ich bin unschuldig. Als ich kam, war der Fremdling bereits tot, wie wir glaubten. Geht hinein! Kommt, kommt!"

Der Waffenschmied schob seine Kumpane vor sich her. Halef ließ den Stutzen sinken, und ich trat schnell zurück, um mich der Gewehre unsrer Gegner zu bemächtigen. Ich raffte sie zusammen und trug sie in die Ecke. Während ich mit den Gewehren beschäftigt war, sah ich sie eintreten, voran den dicken Färber-Bäcker mit einem wahren Armensündergesicht. Eben war ich im Begriff, das Zündhütchen vom letzten Gewehr zu nehmen, als ich einen Schrei hörte. Draußen fielen zwei Schüsse; die Kugeln prallten an die Mauer und zugleich hörte ich Halef rufen: „Sihdi, Sihdi, heraus, heraus!" Ich folgte sofort diesem Ruf, da aber rief Murad, der mein Führer gewesen war: „Halt! Laßt ihn nicht hinaus!"

Die Strolche stellten sich mir entgegen. Ich aber rannte dem einen von ihnen die Läufe des Bärentöters an den Leib, daß er mit einem Schmerzensschrei zurücktaumelte und stürzte, schlug dem Nächsten die Faust ins Gesicht und stand dann draußen. Das war das Werk nur dreier Sekunden gewesen, aber schon jagte der Waffenschmied über die Lichtung dahin — auf meinem Rappen und meinen Henrystutzen in der Hand schwingend. Deselim hatte ganz unvermutet Halef den Stutzen entrissen, ihm den Kolben an den Kopf geschlagen und sich dann blitzschnell auf meinen Rih geworfen. Osko und Omar hatten das bemerkt und ihm nachgeschossen, ihn aber nicht getroffen. „Bleibt hier!" rief ich ihnen zu. „Laßt keinen aus der Tür! Schießt jeden nieder, der entweichen will!" Der Maulesel des dicken Bäckers, die Pferde Halefs und des Ismilaners standen da. Deselims Pferd schien das frischeste zu sein. Ich sprang auf, stieß dem Gaul die Sporen ein, daß er mit allen vieren in die Luft ging, riß ihn herum und galoppierte dem Dieb nach. Was hinter mir geschah, war mir jetzt gleichgültig. Ich mußte mein Pferd wiederhaben! Ich hatte den Bärentöter in der Hand und war entschlossen, den Pferdedieb aus dem Sattel zu schießen, wenn es nicht anders gehen sollte.

7. *Eine Hetzjagd*

Deselim hatte die Richtung nach Kabatsch genommen. In Sicht bekam ich ihn nicht. Die Spur führte durch den Wald. Wenn ich ihm gleich am Anfang einen Vorsprung ließ, so war Rih mir verloren. Ich trieb also den Klepper, den ich ritt, zur größten Eile an. Es war mir zwar, als ob ich vor mir Hufschlag hörte, sehen aber konnte ich wegen der Bäume nichts. So ging es wohl volle fünf Minuten lang unter den licht stehenden Bäumen dahin. Meiner Berechnung nach legte ich in dieser kurzen Zeit fast fünf Kilometer zurück. Und nun — keine Täuschung — hörte ich wirklich Hufschlag vor mir. Vor mir? Nein, das konnte nur hinter mir sein. Ich drehte mich um und sah Halef, der mir im sausenden Galopp nachkam. Er stand in den Bügeln und bearbeitete sein armes Pferd mit der Peitsche von Nilpferdhaut, daß ich es klatschen hörte. „Hâkuddâm! Serian, we illâ, jâ Rih, bihifs Allah — vorwärts! Rasch, sonst, o Rih, lebe wohl!“ rief Halef arabisch und das war ein Zeichen, daß er in großer Aufregung war. — „Warum hast du die Hütte verlassen?“ fragte ich zurück. „Nun werden die Männer entkommen!“ — „Osko we Omar hunak — Osko und Omar sind dort!“ entschuldigte er sich. Weiter konnten wir nicht miteinander sprechen. Jetzt wurde der Wald noch lichter, und endlich jagten wir in freies Feld hinaus, das ungehinderte Aussicht gewährte. Wir befanden uns auf der Höhe. Unten lag ein Dorf, jedenfalls Kabatsch, ungefähr eine halbe Wegstunde entfernt. Von links kam ein breiter Bach, der sich hinter dem Dorf mit dem Flüßchen Söüdlü vereinigt. Oberhalb dieser Stelle gab es eine Holzbrücke. Jetzt sahen wir auch den Ismilaner. Er galoppierte weit vor uns. Es war unmöglich, ihn mit der Kugel zu erreichen. Rih war eben ein ausgezeichneter Renner, der nur spielte. Wäre der Waffenschmied ein besserer Reiter gewesen, so hätte er bereits den drei- oder fünffachen Vorsprung haben können. Deselim hatte nicht die Richtung zum Dorf genommen. Er scheute wohl, sich dort sehen zu lassen. Er hielt unbegreiflicherweise auf den Bach zu. Getraute er sich wirklich, ihn zu überspringen? Ich glaubte nicht daran. Der Bach hatte sehr weite, hohe Ufer. „Ihm nach!“ rief ich Halef zu. „Treib ihn zur Brücke.“ Ich selbst lenkte zum Dorf ein. Das war der geradeste Weg zur Brücke. Vielleicht gelang es mir trotz meines schlechten Pferdes dort vor dem Dieb anzukommen. Leider war mein Tier zu schwerfällig. Ich machte mich so leicht wie möglich — vergebens! Ich mußte zu einer Grausamkeit greifen: ich zog das Messer und stach das Pferd einen Zentimeter in den Hals. Es stöhnte laut auf und tat sein möglichstes. Ich flog dem Dorf förmlich entgegen. Aber das Tier schien nun auch ganz aus dem Häuschen geraten zu sein. Es wollte nicht mehr gehorchen. Es stürmte blind vorwärts, immer gradaus, und da von einem Weg hier keine Rede war, so hatte ich meine liebe Not, einen Sturz zu vermeiden, der gefährlich werden konnte. Ganz links drüben ritt der Ismilaner. Er hatte sich umgesehen und Halef erblickt, aber nicht mich. Er erhob sich im Sattel und hielt den gestohlenen Stutzen hoch. Ich konnte mir das höhnische Lachen, das Deselim dabei wohl ausstieß, sehr gut denken. Sein Vorsprung vor Halef vergrößerte sich. Zum Glück aber raste jetzt mein Pferd mit überlegener Geschwindigkeit dem Dorf zu. Man hatte uns von dort aus bemerkt. Die Leute standen vor den Türen. In der Nähe der ersten Häuser lag ein langer, hoher Steinhaufen. Ich fand nicht Zeit, ihn zu umreiten, und setzte darüber hinweg. Das Pferd ließ bei dem Sprung einen grunzenden Baßton hören. Es schien blind geworden zu sein und wäre wohl, wenn ich es laufen ließ, mit dem Kopf an die erste beste Mauer gerannt. Ich hatte zwar nicht die Gewalt über das Tier verloren, aber vollständig zu lenken vermochte ich es doch nicht. Ich konnte mich nur darauf beschränken, Unglück zu verhüten. Jetzt flog ich am ersten Haus vorüber. Da stand ein plumper, zweirädriger Karren, mit Früchten beladen. Ausweichen, das ging nicht. Ein Druck, ein Sprung — wir waren darüber hinweg. Die Zuschauer schrien laut auf. Eine Biegung kam, der ich folgen mußte. Das Pferd mühsam um die Ecke bringend, gewahrte ich einen Mann, der eine Kuh führte. Er sah mich, stieß einen Angstruf aus, ließ das Tier stehen und sprang fort. Die Kuh drehte sich so, daß sie mir quer im Weg stand. Im nächsten Augenblick waren wir über sie hinweg. — „Effendi, Effendi!“ hörte ich rufen. Im Vorüberjagen erblickte ich den Mann, der mir zurief. Es war Ali, der Ssahhâf, der vor seinem Haus stand. Er hatte den Mund offen und schlug die Hände zusammen. Er hatte mich für einen schlechten Reiter erklärt und mochte glauben, das Pferd gehe mir durch. So raste ich weiter, zum Dorf hinaus. Da erblickte ich die Brücke. Der Ismilaner war noch nicht herangekommen. Ich drehte mich um und sah ihn längs des Wassers daherjagen, Halef in weitem Abstand hinter ihm. Es gelang mir, mein Pferd zum Stehen zu bringen, und ich nahm den Bärentöter vor. Mein Rappe war mir mehr wert als das Leben des Reiters. Gab der Pferdedieb seine

Beute nicht freiwillig auf, so war ihm die Kugel gewiß. Nur näherkommen mußte er. Jetzt erblickte Deselim mich und stutzte. Er konnte es nicht begreifen, mich hier vor sich zu sehen. Dann nahm er Rih rasch nach rechts. Mich vor und Halef hinter sich, den Fluß zur Linken, blieb ihm nichts andres übrig, als quer durch das Dorf zu fliehen. Ich drehte augenblicklich um, versetzte meinem Pferd einen zweiten Stich und jagte zurück. Ich sah den Dieb hinter einem Haus hervorkommen. Er hatte die Absicht, an dem gegenüberliegenden Haus vorbeizureiten. Vier oder fünf Sprünge meines Rih, und Roß und Reiter wären verschwunden gewesen. Ich richtete mich also in den Bügeln auf, legte die Büchse an und zielte mitten im Galopp. Aber schnell setzte ich den Bärentöter wieder ab, denn ich erkannte, daß sich dem Flüchtling ein Hindernis entgegenstellte, das er vorher entweder nicht gesehen oder unterschätzt hatte. An dem Haus, an dem der Waffenschmied vorüber wollte, war ein hoher Weidenzaun. Ich an seiner Stelle hätte mich durch dieses Hindernis nicht zurückhalten lassen; kam man nicht hinüber, so kam man doch hindurch. Er aber hatte Bedenken und lenkte um, dem Dorfeingang zu, durch den ich gekommen war. Ich folgte ihm nicht. Es war meine Aufgabe, dem Flüchtling den Weg zur freien Ebene zu verlegen und ihn zum Wasser zu treiben. Jetzt war ich Deselim zwar nahe genug, um ihn mit der Kugel zu treffen, aber der Pferdedieb war doch ein Mensch, und ich mußte wenigstens den Versuch machen, ohne ein Opfer an Menschenleben zu meinem Eigentum zu gelangen. Deshalb trieb ich mein Pferd grad gegen den Zaun, der Deselim abgeschreckt hatte. Für Rih wäre der Sprung nicht zu hoch gewesen, der Klepper aber konnte den Satz nicht erzwingen. Ich nahm ihn so hoch wie möglich und brach hindurch. Es gab auf dem eingefriedeten Platz eine offne Grube. Darüber hinweg und auf der andern Seite durch den Zaun wieder hinaus. Mein Pferd raste jetzt, wie vom Bösen besessen, hinter dem Dorf hinab, und als ich mich in gleicher Höhe mit dem ersten Haus befand, kam auch der Waffenschmied in Sicht. Er fand den Weg verlegt und ritt nun in grader Richtung nach rechts, dem Bach entgegen, den er vorher hatte vermeiden wollen. Weiter unten kam auch Halef zum Vorschein, dem nichts übrig geblieben war, als gleichfalls umzukehren. Nun folgte ich dem Fliehenden in einem Abstand von fünfzig Pferdelängen. Er trieb den Rappen mit den Sporen an, was der Hengst nicht gewohnt war. Rih bäumte sich auf und verweigerte den Gehorsam. — „Rih, wakkif, wakkif — Rih, halt, halt!" rief ich, in der Hoffnung, der Klang meiner Stimme werde das brave Pferd zur Fortsetzung seines Widerstandes bewegen. Da aber schlug der Ismilaner Rih mit dem Gewehrlauf auf den Kopf, daß er, laut aufwiehernd, wieder vorwärts raste, ich natürlich hinterdrein. Der

Rappe griff mächtig aus. Die Entfernung zwischen uns begann zu wachsen. Es war offenbar, daß der geängstigte Reiter den Bach übersetzen wollte, das letzte Mittel für ihn, zu entkommen. Gelang ihm der kühne Sprung, so war mir mein Rappe verloren, wenn ich nicht schoß. Ich nahm also den Bärentöter wieder auf und legte an.

So brausten wir vorwärts. Im Augenblick, da der Waffenschmied drüben glücklich ankam, wollte ich feuern. Noch fünf — vier — drei Pferdelängen war er vom Ufer entfernt. Rih griff mit den Hinterhufen vor die Vorderhufe und schoß in einem tadellosen Bogen hinüber. Der Reiter aber verlor Bügel und Sattel, schlug mit fürchterlicher Gewalt zur Erde nieder und blieb da unbeweglich liegen.

Ich hatte keine Zeit mehr, mein Pferd zu zügeln; es befand sich in rasendem Lauf. Es hatte eine schlechte Schule, war aufgeregt und wäre mir doch in den Bach gerannt, um Hals und Beine zu brechen. Ein lauter, aufmunternder Zuruf von mir — es machte den Sprung, gelangte zwar hinüber, stolperte aber und überschlug sich. Ich hatte gewußt, daß ich bei dem Sprung über den Bach mein Leben wagte. Darum zog ich schon während des Zurufs, mit dem ich das Pferd ermunterte, die Füße aus den Steigbügelschuhen, stemmte mich, indem ich den Zügel behielt, mit beiden Händen auf den Widerrist des Tiers und warf mich, als es ins Stolpern geriet, von seinem Rücken herab. Dieser Schwung wurde mir durch die Büchse erschwert, ich kam zum Sturz und blieb einige Augenblicke bewegungslos liegen. — „Allah!“ rief der kleine Hadschi hinter mir. „Sihdi, lebst du noch, oder bist du tot?“ — Ich lag so, daß ich ihn sehen konnte. Er war nur mehr wenig vom Bachrand entfernt und wollte sein Pferd zum Sprung antreiben. Er konnte sich dabei den Hals brechen. Das gab mir augenblicklich die Bewegungsfähigkeit wieder. Ich hob warnend den Arm. — „Bleib drüben, Halef! Sei nicht dumm!“ — „Dem Propheten sei Dank!“ jubelte der Hadschi. „Mein Sihdi hält mich für dumm. Er ist also nicht tot!“ — „Nein. Ich bin nur tüchtig aufgeschlagen.“ — „Hast du etwas gebrochen?“ erkundigte er sich weiter. — „Ich glaube nicht. Wollen sehen!“

Langsam raffte ich mich auf und streckte mich. Meine Glieder waren ganz, aber der Kopf brummte mir vom Kolbenhieb und vom Sturz wie eine Baßgeige. Halef stieg vom Pferd, kletterte die Uferböschung herab und sprang über das Wasser herüber. Es war nicht breit, nur daß es so tief zwischen steilen Ufern floß, machte den Sprung im Sattel so gefährlich. — „Allah ist groß!“ meinte der Hadschi. „Das war eine Hetzjagd! Ich hätte nicht geglaubt, daß wir mit unsern Pferden deinen Rih einholen würden.“ — „Er hatte einen schlechten Reiter.“ — „Ja, dieser Mann saß auf dem Pferd wie der Affe auf dem Kamel, wie ich es in Stambul beobachtet habe bei einem Mann, der auch einen Bären sehen ließ. Dort steht Rih.

Ich werde ihn holen." — Der Rappe stand ruhig und ließ sich die saftigen Grashalme schmecken. Es war ihm keine Anstrengung anzusehen, während das Pferd des Ismilaners, das ich geritten hatte, schnaubend und mit schlagenden Flanken neben uns hielt. Es hatte sich wieder aufgerafft und keinen Schaden gelitten. — „Laß das Tier stehen!" antwortete ich. „Wir müssen vor allen Dingen nach dem Reiter sehen." — „Ich wollte, er hätte das Genick gebrochen!" zürnte der Hadschi. — „Das wollen wir nicht wünschen", beschwichtigte ich. — „Warum nicht? Er ist ein Pferdedieb!" — „Aber doch ein Mensch! Er rührt sich nicht. Die Besinnung ist von ihm gewichen." — „Vielleicht ist nicht nur die Besinnung, sondern seine Seele von ihm gewichen. Sie mögen in die Dschehenna fahren!" grollte Halef unversöhnlich. Ich kniete neben Deselim nieder und untersuchte ihn. — „Nun? Siehst du, wo seine Seele steckt?" fragte der Kleine. — „Sie ist nicht mehr bei ihm. Er hat wirklich das Genick gebrochen. Allah sei ihm ein gnädiger Richter!" — „Er ist selbst schuld daran und wird kein Pferd mehr stehlen, am allerwenigsten deinen Rappen!" murrte der kleine Hadschi. Dabei trat er näher und zeigte auf die Kopfbedeckung des Waffenschmieds.

„Nimm die Koptscha an dich!" meinte er. — „Du hast recht. Daran hätte ich nicht gedacht." — „Und doch ist es wichtig! Wer weiß, ob ich dich hätte retten können, wenn ich den Knopf nicht gehabt hätte." — „Von wem hast du ihn?" — „Von dem Gefangenen des Schmieds." — „So warst du bei Schimin?" — „Ja. Doch das will ich dir nachher erzählen. Jetzt haben wir andres zu tun. Da, sieh diese Leute!" Die ganze Bewohnerschaft des Dorfs schien an den Bach geeilt zu sein. Männer, Frauen, Kinder standen in großer Zahl am Ufer und führten eine laute Unterhaltung. Ein so seltenes Ereignis hatte ihre ganze Aufmerksamkeit beansprucht. Zwei von ihnen kamen herabgeklettert und sprangen über das Wasser. Der erste war Ali, der Ssahhâf. „Effendi, was ist geschehen?" fragte er. „Warum habt ihr diesen Reiter verfolgt?" — „Hast du nicht bemerkt, wessen Pferd er ritt?" — „Das deinige. Hattest du mit ihm eine Wette gemacht oder wollte er es dir abkaufen und vorher die Schnelligkeit des Rappen erproben?" — „Keines von beiden. Er hat mir das Tier gestohlen." — „Aber, Effendi, ich weiß nicht, was ich denken soll. Du konntest doch nicht reiten!" — „Ich kann es jetzt auch nicht anders als vorher." — „O doch! Du reitest wie der Stallmeister des Großherrn. Kein Mensch hätte mit diesem Pferd den Sprung gewagt." — „Nun, vielleicht habe ich es indes gelernt." — „Nein. Du hast mich getäuscht und dir mit mir einen Scherz gemacht. Erst saßest du auf dem Pferd wie ein Knabe und dann, als ich dich durch den Zaun dringen und über den Bach springen sah, dachte ich, du müßtest den Hals brechen." — „Das überlasse ich andern, zum Beispiel diesem Mann da.“ Dabei deutete ich auf den Ismilaner. — „Allah! Ist er tot?“ — „Leider“, mußte ich gestehen. — „So hat er den Diebstahl teuer bezahlt! Wer ist der Mann?“ — Ali trat an den Toten heran, beugte sich zu dessen Gesicht und rief erstaunt: „Gott tut Wunder! Das ist ja der Waffenschmied Deselim aus Ismilan!“ — „Kennst du ihn?“ — „Ja. Er ist zugleich Kahwedschi, und ich habe bei ihm manche Tasse geleert und viele Pfeifen geraucht.“ — „So war er ein Freund von dir?“ — „Nein, nur ein Bekannter.“ — Da trat auch der andre Mann herbei, der hinter Ali über das Wasser gesprungen war. Auch er hatte das Gesicht des Toten betrachtet. Jetzt fragte er mich: „Du hast diesen Mann gejagt, und er hat dabei sein Leben verloren?“ — „Ja.“ — „So bist du der Mörder. Ich muß dich verhaften!“ — „Das wirst du nicht tun“, fiel der Ssahhâf ein. „Dieser Mann gehört nicht unter deine Gerichtsbarkeit.“ Da nahm der andre eine würdevolle Miene an und sagte ernst: „Du bist Ali, der Ssahhâf, und mußt schweigen! Ich aber bin der Kjaja dieses Ortes und habe zu sprechen. — Also, wer bist du?“ — Diese Frage war an mich gerichtet. „Ein Fremder“, antwortete ich. — „Woher?“ — „Aus Almanja.“ — „Stehst du auch unter einem Kjaja?“ — „Ich stehe unter einem mächtigen König.“ — „Das ist gleich. Ich bin der König von Kabatsch, ich bin also das, was jener ist. Komm und folge mir!“ — „Als Gefangener?“ — „Natürlich! Du bist ein Mörder.“ — „Willst du mich nicht vorher fragen, wie es gekommen ist, daß ich diesen Mann verfolgt habe?“ — „Das wird morgen geschehen, sobald ich Zeit und Sammlung gefunden habe.“ — „Ich habe schon jetzt Zeit und Sammlung, morgen aber habe ich sie nicht.“ — „Das geht mich nichts an. Vorwärts!“ Der Dorfgewaltige deutete dabei mit gebieterischer Armbewegung auf den Bach. Da trat der kleine Halef zu ihm heran, zeigte ihm, wie es seine Gewohnheit war, die Nilpferdpeitsche an seinem Gürtel und fragte:

„Also du bist der Kjaja dieses Dorfs?“ — „Ja.“ — „Hast du schon eine solche Peitsche gesehen?“ — „Schon oft.“ — „Hast du auch bereits eine gekostet?“ — „Wie meinst du das?“ — „Oh, ich meine nur folgendes: Wenn du diesem Sihdi und Effendi, der mein Freund und Gefährte ist, noch ein einziges unhöfliches Wort sagst, so schlage ich dir die Peitsche um das Gesicht, daß du deine neugierige Nase mit der Moschee in Edirne, die Sultan Murad, den Allah segnen möge, erbaute, verwechseln sollst. Glaubst du vielleicht, wir seien nach Kabatsch gekommen, um uns an deiner Herrlichkeit zu weiden? Glaubst du, wir meinen, ein Kjaja sei der prächtigste Mann des Erdkreises? Wir haben blatternarbige Stallbuben und Betrüger mit abgeschnittenen Nasen gesehen, die schöner und ehrwürdiger waren als du! Warum hat Allah dir krumme

Beine gegeben und eine rote Warze an die Nase? Etwa um dich vor den andern Gläubigen auszuzeichnen? Hüte dich vor meinem Zorn und nimm dich vor meinem Grimm in acht! Ich habe noch ganz andre Männer, als du bist, mit dieser meiner Peitsche höflich gemacht!" — Der Kjaja war mehr erstaunt als erschrocken. Er betrachtete den Kleinen vom Kopf bis zu den Füßen und fragte ihn dann: „Fremder, bist du wahnsinnig?" — „Nein, aber wenn du einen Verrückten kennenlernen willst, so schau hier in das Wasser! Nur ein Verrückter kann es wagen, meinen Effendi, den mächtigen Kara Ben Nemsi, grob zu behandeln." — „Und wer bist du?" — „Ich bin Hadschi Halef Omar Aga, der Beschützer der Unschuldigen, der Rächer aller Ungerechtigkeit und der Herr und Meister aller Kjajas, so weit die Sonne scheint." — Jetzt wußte der gute Bürgermeister wirklich nicht, wie er sich verhalten sollte. Die Aufschneiderei des Kleinen hatte Eindruck gemacht. Er wendete sich zu mir: „Effendi, bist du wirklich so ein vornehmer Mann?" — „Sehe ich etwa nicht so aus?" fragte ich streng. — „Gewiß, du hast das Aussehen eines Effendi. Aber du hast doch diesen Mann zu Tod gejagt." — „Deselim ist selbst schuld daran. Er stahl mir mein Pferd, und ich verfolgte ihn, um es ihm wieder abzunehmen." — „Der Waffenschmied aus Ismilan sollte Pferde stehlen?" — „Glaubst du etwa nicht, was der Effendi sagt?" fragte Halef, und trat näher an den Kjaja heran, bezeichnend zum Gürtel deutend.

„Oh, ich zweifle nicht daran", meinte der Ortsgewaltige schnell. „Aber kann der Effendi auch beweisen, daß der Rappe wirklich sein Eigentum ist?" — „Hier ist der Beweis!" Dabei schlug Halef mit der Hand an die Peitsche. Ich aber deutete auf den Ssahhâf.

„Frage Hadschi Ali! Er weiß, daß das Pferd mein Eigentum ist." — „Woher soll er das wissen? Er kennt dich doch nicht. Du bist ja ein Fremder!" — „Hadschi Ali kennt mich und hat mich den Rappen reiten gesehen." — „Ist das wahr?" — „Ja", bestätigte der Ssahhâf, an den die letzte Frage gerichtet war. — Da machte der Kjaja mir eine Verbeugung und sagte: „Ich glaube es. Dennoch, Effendi, wirst du mich begleiten müssen." — „Als Gefangener?" — „Nicht ganz, sondern nur halb." — „Gut! Welche Hälfte willst du festnehmen? Die andre hat keine Zeit, mitzugehen und reitet weiter." Der Ortsvorsteher blickte mich mit offenem Mund an. Die am andern Ufer versammelten Bewohner von Kabatsch aber ließen ein lautes Gelächter hören. Da schrie der Kjaja zornig hinüber: „Was habt ihr da zu lachen? Ihr unverständigen Menschen, ihr Untertanen, ihr Sklaven! Wisset ihr nicht, daß ich der Bevollmächtigte und der Vertreter des Sultans bin? Ich lasse euch einsperren und allen die Bastonade geben!" Und zu mir gewendet, fuhr der Gebieter von Kabatsch fort: „Warum machst du mich lächerlich vor meinen Leuten?" — „Warum machst du dich lächerlich vor mir? Ist es nicht lächerlich zu sagen, daß ich ein halber Gefangener sei?" — „Deine Unschuld ist erst halb bewiesen!" — „So will ich sie dir ganz beweisen! Siehst du dieses Messer und dieses Gewehr? Ich werde jeden, der mich verhindert, abzureisen, niederschießen oder ihm die Klinge geben. Und hier ist der andre Beweis. Kannst du lesen?" — „Ja." — „So lies hier meinen Ferman, der das Siegel des Großherrn trägt!" Ich gab ihm das Papier hin. Als der Kjaja das Siegel erblickte, drückte er es an Stirn, Mund und Brust. „Effendi, du hast recht: du bist unschuldig und kannst reisen." — „Gut! Ihr werdet diesen Deselim würdig begraben und seinen Anverwandten seinen Tod melden, damit sie kommen, um sein Grab zu besuchen. Er soll auf anständige Weise zu seinen Ahnen versammelt werden. Wenn ich höre, daß ihr das Gegenteil tut, werde ich es dem Oberrichter von Rumeli melden." — „Bist du sein Freund?" — „Was fragst du?" antwortete Halef an meiner Stelle. „Der Rumeli Kasi Askeri ist unser Freund und Verwandter. Meine Lieblingsfrau ist die Tochter seines Lieblingsweibes. Wehe euch, wenn ihr nicht gehorcht!" Er ging, um Rih herbeizuholen. Der Kjaja aber verbeugte sich tief und sagte zu mir: „Allah gebe der Lieblingsfrau deines Begleiters hundert Jahre und tausend Kinder, Enkel und Enkelkinder! Ich werde tun, was du mir befohlen hast!" — „Das erwarte ich. Auch wirst du das Pferd des Toten und alles, was er bei sich trägt, seinen Verwandten geben." — „Sie sollen alles erhalten, Effendi!"

Ich war vom Gegenteil überzeugt, doch das ging mich nichts an. Ich konnte froh sein, unbelästigt fortreiten zu dürfen, und bestieg den Rappen, den ich fast auf so schmähliche Weise verloren hätte. Ein Zungenschlag und — er schnellte mit einem Satz über den Bach hinüber. Die Leute stoben auseinander, vor Schreck laut aufschreiend. Halef folgte zu Fuß nach und bestieg drüben sein Pferd. „Effendi, wolltest du mich nicht besuchen?" fragte der Ssahhâf. — „Ja, führe uns! Ich will deinen Vater begrüßen." Wir ritten voran, und das Volk folgte hinterher, nachdem der Kjaja zu der Leiche einen Wächter gestellt hatte. Bei dem kleinen Häuschen des Ssahhâf stiegen wir ab und traten ein. Das Innere der Hüte war auch in zwei ungleiche Hälften geteilt. In der größern sah ich auf dem Lager einen alten Mann, der uns mit den Augen bewillkommnete, ohne sprechen oder sich bewegen zu können. — „Vater, das ist der Effendi, von dem ich dir erzählt habe", erklärte Ali. — Ich trat zu dem Alten und sprach einen freundlichen Gruß aus. Er dankte durch ein Leuchten in seinem Blick. Das Lager war reinlich, und der Alte zeigte eine hier nicht gewöhnliche Sauberkeit. Das freute mich. „Kannst du meine Worte verstehen?" fragte ich Alis Vater.

Er winkte mit dem Auge. „Ich bin gekommen, um den ehrwürdigen Vater eines guten Sohnes zu ehren und Ali glücklich zu machen." Sein Blick nahm einen fragenden Ausdruck an, darum fuhr ich erklärend fort: „Er liebt Ikbala, die schönste der Töchter in Rumeli. Ihr Vater will sie ihm nicht geben, aber ich werde ihn zwingen, es zu tun. Ali wird mich jetzt begleiten." — „Effendi, ist's wahr?" fragte der Ssahhâf überrascht. „Hast du mit Ikbala gesprochen?" — „Auch mit ihrer Mutter und mit ihrem Vater." — „Was haben diese beiden gesagt?" — „Sie haben beide ‚Ja' gesagt, aber der Bäcker sann auf Verrat. Ich werde es dir nachher erzählen. Jetzt aber zeige mir deine Uhr!" — „Willst du nicht vorher etwas genießen, Effendi?" — „Ich danke dir. Wir haben keine Zeit. Ich muß schnell wieder zurückkehren." — „So komm!" Er führte mich in die kleinere Abteilung, wo ein Tisch stand, hier eine Seltenheit. Darauf erblickte ich das Kunstwerk. Das Zifferblatt fehlte noch. Die Räder waren mit der Hand aus Holz geschnitzt, gewiß eine mühsame Arbeit! — „Weißt du, worin die Kunst liegt?" fragte er. — „Ja", antwortete ich, auf die Zeigerführung deutend. „Hier ist's." — „Ja, du hast es erraten. Diese Uhr wird nicht nur die Stunden, sondern auch die Minuten anzeigen. Hast du schon so eine Uhr gesehen?" — O weh, mein bester Ssahhâf, mit deiner Kunst ist es nicht weit her! dachte ich. Laut aber erwiderte ich: „Ja. Sieh hier einmal meine Uhr. Sie zeigt die Jahre, Monate, Tage, Stunden, Minuten und Sekunden." — Ali nahm mir die Uhr aus der Hand und betrachtete ganz erstaunt die Zifferblätter. „Effendi", fragte er, „geht sie auch richtig?" — „Ja, sehr richtig sogar." — „Aber ich kann sie nicht lesen", erklärte der Uhrmacher niedergedrückt.

„Weil die Namen und Ziffern in einer dir unbekannten Schrift geschrieben sind. Aber hören kannst du sie." Ich ließ die Uhr repetieren. Ali fuhr bei dem scharfen, hellen Klang des Schlages zurück. — „Allah akbar!" staunte der Uhrmacher von Kabatsch. „Diese Uhr hat entweder Allah gemacht oder der Teufel!" — „O nein! Der sie gemacht hat, war ein frommer Mann in Almanja. Er hat die Uhr als Meisterstück gemacht, sie aber nie verkauft. Als er starb, erhielt sie sein Erbe, und nach dessen Tod bekam ich sie." — „Kann man sie öffnen?" — „Ja." — „Öffne sie, damit ich sehe, wie sie beschaffen ist." — „Jetzt nicht, aber in Dschnibaschlü sollst du sie betrachten dürfen. Dort haben wir Zeit dazu." — „So willst du gleich aufbrechen, Effendi?" — „Ja. Vorher aber will ich mein Wort halten und deinem Vater einen Vers aufschreiben, der ihm in seinen Leiden zum Trost gereichen soll." — „Einen Vers aus eurer Bibel?" — „Ja." — „Dann komm. Ich werde deine Schrift meinem Vater vorlesen, und er wird eine große Freude haben." Ich kehrte mit Ali in den vordern Raum zurück. Dort wandte er sich an den Kranken: „Mein Vater, besinnst du dich noch auf den alten Christen, der mir den schönen Vers aufschrieb?“ Der Gelähmte bejahte mit den Augen. „Dieser Effendi ist auch ein Christ und wird dir auch einen Vers aufschreiben. Ich lese ihn dir vor.“ — Ich hatte ein Blatt aus meinem Notizbuch gerissen, beschrieb es und gab es dem Ssahhâf. „Jascharßam Allahda jascharym, ölürßem Allahda olürüm, o halda jaschajajym ölejim, Allahda menßub kaladschaghym“, las er vor. Das heißt zu deutsch: „Wenn ich lebe, so lebe ich dem Herrn, wenn ich sterbe, so sterbe ich dem Herrn; darum möge ich leben oder sterben, so gehöre ich dem Herrn.“ Die Augen des Alten wurden feucht. Ich trocknete Alis Vater die Tränen in den Augen. „Allah ist gütig, weise und gerecht“, sagte ich dabei. „Er hat deine Glieder gebunden, damit deine Seele desto fleißiger mit ihm verkehre. Wenn einst dein scheidender Geist an der Brücke zur Ewigkeit auf die beiden Engel trifft, die die Taten der Verstorbenen prüfen, so wird in ihren Händen die Ergebung in deinen Leiden schwerer sein als alles, was du hier fehltest. Mögen die Herrlichkeiten des Paradieses dir entgegenleuchten!“ Der Alte schloß die Augen und über sein faltiges Gesicht legte es sich wie ein Frieden nach glücklich zu Ende geführtem Seelenkampf. Er öffnete die Augen auch nicht, als wir die Stube verließen. — „Effendi“, sagte draußen der Ssahhâf, „warum hast du den Vers nicht in der Sprache geschrieben, die man jetzt spricht?“ — „Der Koran wurde auch nicht im neuen Arabisch geschrieben“, erwiderte ich. „Doch nun hole dein Pferd. Wir reiten nach Dschnibaschlü.“ Während Ali hinter das Haus ging und wir auf ihn warteten, hätte ich Halef gern nach seinen Erlebnissen gefragt, aber es umgab uns ein Haufen von Menschen, die sich in lauten Ausrufen über das Geschehene ergingen und uns eine so zudringliche Aufmerksamkeit widmeten, daß von einer Unterhaltung zwischen uns beiden keine Rede sein konnte. Dann kam der Ssahhâf auf seinem Pferd, und in frischem Trab begannen wir die Rückkehr, da wir über das Befinden Omars und Oskos in Ungewißheit waren. Während dieses Rittes nun wandte ich mich mit meinen Erkundigungen an den kleinen Hadschi: „Ich habe so lange Zeit auf euch gewartet und ihr kommt nicht. Hattet ihr euch vielleicht verirrt?“ — „Nein, Sihdi. Wir sind genau auf dem Weg geblieben, den du uns vorgeschrieben hattest. Aber —“ Er stockte und blickte mich von der Seite an, um zu erforschen, ob ich so gestimmt sei, daß er es wagen dürfte, mir eine unangenehme Mitteilung zu machen. „Keifin jerdeni — bist du bei guter Laune?“ forschte Halef. — „Jok — nein, Hadschi“, erwiderte ich, um mir mit ihm einen Spaß zu machen. Das klang so fremd, daß er erschrak. — „Aj hai — o wehe!“ — „Warum klagst du?“ — „Weil ich dich erzürnen muß, Sihdi.“ —

„Womit?“ — „Es ist uns ein Unglück zugestoßen“, bekannte Halef und blickte mich wieder von der Seite an. — „Wieso?“ — „Er ist fort.“ — „Wer denn?“ — „Der Letzte.“ — „Welcher Letzte? So rede doch!“ sagte ich scheinbar ergrimmt. — „Der letzte Polizist.“

Halef brachte das mit einem Seufzer vor, der trotz des Hufschlags unserer Pferde zu vernehmen war. — „Lilla elhamd — Gott sei Dank!“ platzte ich arabisch heraus und sagte das so freudig, daß der Hadschi mich ganz erstaunt anblickte. — „S'lon — wie?“ fragte er sichtlich erleichtert. — „Hada jißlah li, hada ja'dschibni — das behagt mir; das ist mir recht!“ — „Sihdi, habe ich dich recht verstanden? Du zürnst nicht, weil er fort ist?“ — „Nein. Ich bin im Gegenteil dir und ihm sehr dankbar dafür“, lächelte ich. — „Aber warum denn?“ — „Weil dieser Onbaschi uns doch nur belästigte und unsern Ritt ungebührlich verzögert hätte.“ — „Warum hast du ihn aber mitgenommen?“ — „Einige Saptijeler hätten uns allerdings von Nutzen sein können. Da diese Leute aber nicht zu reiten verstanden und ihr Anführer lieber befehlen als gehorchen wollte, so ist es besser, daß wir uns nicht mehr mit ihnen zu ärgern brauchen.“ — „Sarif, tajib — schön, gut! Du nimmst mir eine große Last vom Herzen!“ — „Er ist also ausgerissen?“ — „Ja, richtig ausgerissen“, gestand Halef. — „Ah, ich ahne es: Mit dem Packpferd natürlich?“ — „Ja, mit dem Pferd, das die Gaben trug, die wir durch Malhem, den guten Pförtner, erhielten.“

„Laß den Onbaschi laufen!“ — Jetzt machte der Kleine ein fast böses Gesicht. „Was? Ihn laufen lassen?“ fragte er. „Das habe ich nicht getan. Wir sind ihm nachgeritten, eine größere Strecke rückwärts. Wir wollten ihn ergreifen. Aber es war Nacht und da konnten wir seine Spur nicht sehen!“ — „Ihr seid also blind losgeritten. O weh! Damit habt ihr nur die kostbare Zeit versäumt.“ — „Leider! Wir sind beinahe bis Geren zurückgeritten. Da kannst du dir denken, wieviel wir versäumt haben. Ich habe geflucht und gewettert, daß Allah sich gewundert hat, denn ich bin sonst ein frommer Mann. Heute nacht aber war ich so zornig, so wütend und voll Grimm, daß ich tausend Riesen erschlagen hätte, wenn mir einer in den Weg gekommen wäre.“ — „Trösten wir uns! Wir müssen an andres denken.“ — „Uns trösten? Sihdi, ich kenne dich nicht mehr. Weißt du denn, welche Geschenke es waren, die uns unser Gastfreund Hulam verehrt hat?“ — „Wahrscheinlich Lebensmittel.“ — „Ich habe geöffnet!“ gab der Kleine zu. — „Ah, du warst neugierig?“ — „Neugierig? Sprich nicht so! Es ist stets vorteilhaft zu wissen, was man geschenkt erhält und was man mit sich führt. Es war dabei ein vortrefflicher Kuchen, so dick wie ein großer Mühlstein, mit tausend eingebackenen Mandeln und Rosinen. Leider war er aber bereits zerquetscht worden. Sodann gab es zwei kostbare Schabracken, jedenfalls für dich und mich. Ferner fand ich eine Anzahl seidner Tücher, sehr schön als Schmuck des Kopfes passend. Wie gern hätte ich eins davon meiner Hanneh mitgenommen. Nun ist sie darum gekommen! Ja schema'dan el mahabe, ja schems el amel, ja warde el benat — o Leuchte der Liebe, o Sonne der Hoffnung, o Rose der Töchter!" — Da kam mit einemmal die Liebe zu seiner guten Hanneh zum Durchbruch! Ich versuchte ihn zu trösten: „Klage nicht, Hadschi! Daß wir den Kuchen, die Schabracken und die Tücher verlieren sollten, das stand im Buch des Lebens verzeichnet. Es gibt auch anderwärts seidne Tücher, und ich werde dafür sorgen, daß du nicht mit leeren Händen zur schönsten der Töchter zurückkehrst!" — „Allah gebe es! Ich freue mich nur, daß ich wenigstens den Beutel gerettet habe!" — „Welchen Beutel?" — „Als ich öffnete, fand ich auch einen Beutel aus Katzenfell. Die Schnur war zugebunden und versiegelt, aber er war so schwer und es klang so silbern, daß ich überzeugt war, es sei Geld darin." — „Ah, *den* hast du eingesteckt?" lächelte ich. — „Ja, ich habe ihn hier im Gürtel. Es hängt ein Pergamentstreifen daran; darauf steht: Dostuma Kara Ben Nemsi Effendy. Der Beutel ist also für dich bestimmt — hier, nimm ihn!" Halef zog den Beutel aus dem Gürtel und reichte ihn mir herüber. Ich wog ihn in der Hand. Ja, es befand sich Geld darin. Dostuma heißt: ‚An meinen Freund'. Handelte es sich vielleicht um ein Freundschaftsgeschenk? Hm! Ich steckte den Beutel ein und erklärte: „Wir werden ihn später öffnen. Jedenfalls war es sehr klug von dir, den Beutel an dich zu nehmen. Jetzt müssen wir von etwas anderm sprechen, denn wir haben fast schon die Hälfte unsres Wegs zurückgelegt. Also, wie konnte der Onbaschi euch entfliehen?" — „Es war finster. Wir stiegen bei einem Haus ab, in dessen Nähe ein Ziehbrunnen war. Wir wollten die Pferde tränken. Der Polizist schöpfte Wasser. Ich ging ins Haus, um mich bei dem Besitzer nach dem Weg zu erkundigen. Osko und Omar kamen auch herein, und als wir dann zum Brunnen zurückkehrten, war der Onbaschi mit seinem Gaul und unserm Packpferd verschwunden." — „Hörtet ihr den Hufschlag der Tiere?" — „Nein. Aber wir eilten ihm dennoch nach." — „O nein, das habt ihr nicht getan", antwortete ich lachend. — „Nicht? Wir sind im Galopp zurückgeritten, konnten ihn aber nicht mehr erreichen." — „Weißt du denn, ob der Polizist zurückgeritten ist? Er wird wohl so klug gewesen sein, einen andern Weg einzuschlagen." — „Ah! Der Betrüger! Der Heuchler!" — „Vielleicht hat er gar nur die Pferde beiseite geführt und gewartet, was ihr tun würdet. Danach hat er sich dann richten können." — „Oh, daran habe ich nicht gedacht! Sollte er wirklich so klug gewesen sein? Er hatte doch ein so dummes Gesicht! Ich wollte, ich hätte ihn hier vor mir! Mich zu betrügen, mich, Hadschi Halef Omar Ben Hadschi Abul Abbas Ibn Hadschi Dawuhd al Gossarah!" Er zog die Peitsche aus dem Gürtel und schlug damit durch die Luft, als hätte er den Missetäter vor sich. — „Tröste dich!" sagte ich. „Wann seid ihr dann nach Koschikawak gekommen?" — „Eine Stunde, nachdem du fort warst. Du hattest uns dem Schmied beschrieben. Er erkannte uns gleich und hielt uns an. Bei ihm erfuhren wir, was geschehen war. Er zeigte uns den Gefangenen. Wir warteten. Du kamst nicht, und ich empfand Besorgnis. Da beschloß ich, dir nach Dschinabaschlü zu folgen. Dabei kam mir ein Gedanke, über den auch du dich freuen wirst." — „Welcher?" — „Schimin hatte mir von der Koptscha erzählt. Der Gefangene trug eine. Der Knopf ist ein Erkennungszeichen und konnte mir gute Dienste leisten. Ich nahm ihn also diesem Mann, der sich Agent Pimosa genannt hatte, und steckte ihn an meinen Turban." — „Vortrefflich! Ich habe ja gesehen, welche Wirkung der Knopf gehabt hat." — „Wirst du nun noch einmal sagen, daß ich unklug bin?" — „Nein, du bist ein Ausbund von Weisheit", lächelte ich den Kleinen an. — „Ja, aber zuweilen lasse ich Polizisten entfliehen! Dann in Dschnibaschlü ritten wir stracks zu dem Bäcker. Wir trafen nur das Weib und seine Tochter. Sihdi, als ich die Alte sah, bin ich fast in alle Ohnmachten gefallen!" — „Aber sie hat ein gutes Gemüt!" — „Ja. Tschileka und Ikbala haben mich gewarnt. Der Gehilfe war mit einer Botschaft fortgeschickt worden. Dann war der Waffenschmied aus Ismilan gekommen und hatte mit dem Bäcker von dir gesprochen, worauf sie sich eiligst auf den Weg machten. Das teilte uns Ikbala mit. Es war ihr auch bang um Ali, der jetzt hinter uns reitet. Sie bat mich, dir zu folgen, was ich ohnehin getan hätte." — „Du kamst zur rechten Zeit, lieber Halef!" — „Ja. Ich hatte Eile. Aber ich war doch vorsichtig. Ich hörte ein Pferd wiehern. Darum ritt ich allein voran. Ich sah die Lichtung mit der Hütte und ich sah deinen Rih und noch einige andre Pferde. Du warst also in der Hütte mitten unter Feinden. Sie hatten dich wohl gefangengenommen. Drei Reiter hätten deine Gegner zur Vorsicht gemahnt, während ein einzelner ihnen nicht gefährlich vorkommen konnte. Darum versteckte ich Osko und Omar zwischen den Bäumen und sagte ihnen, was sie tun sollten. Dann ritt ich allein zur Hütte. Was hierauf geschah, weißt du." — „Ja. Aber nun sorge ich mich um unsre beiden Begleiter." — „Das ist nicht nötig. Sie sind tapfer."

„Aber sie haben die Übermacht gegen sich. Ihre Feinde sind in der Hütte geschützt." — „Sie sind in der Hütte nicht nur geschützt, sondern auch zugleich gefangen." — „Wie lange? Sie können durch das Fenster oder durch die Tür Omar und Osko mit ihren Kugeln treffen." — „Nein. Du hast den beiden ja deine Weisungen gegeben, und auch ich rief ihnen, ehe ich dir folgte, zu, sie sollten sich hinter die Bäume stecken und auf jeden schießen, dem es einfiele, die Hütte zu verlassen. Was wirst du mit diesen Menschen beginnen?" — „Das kommt auf ihr Verhalten an. Gib deinem Pferd die Sporen!" — Der Ssahhâf hatte sich bescheiden hinter uns gehalten. Als er jetzt merkte, daß mein Gespräch mit Halef beendet war, kam er an meine Seite und fragte: „Effendi, darf ich erfahren, was geschehen ist und weshalb ich dich begleiten soll?" — „Nachher! Ich hoffe, daß du noch heute Ikbala, die schönste Jungfrau von Rumeli, in Gegenwart ihres Vaters begrüßen wirst. Jetzt wollen wir uns beeilen, aber nicht sprechen." Wir waren indessen in den Wald gekommen und befanden uns in kurzer Zeit in der Nähe der Lichtung. Da zügelten wir die Pferde, damit man unsre Annäherung nicht so leicht hören könnte. Kurz vor dem Rand der Lichtung stieg ich vom Hengst und übergab ihn dem Hadschi. „Bleibt hier zurück!" debot ich. „Ich werde mich zunächst umsehen. Gib mir den Stutzen, Halef!" — „Taman — richtig! Den habe ich ja immer noch! Hier, Sihdi! Sollen wir warten, bis du zurückkommst?" — „Ja. Es müßte denn sein, du hörst meinen Ruf." — Ich schlich von Baumstamm zu Baumstamm vorwärts, bis ich den freien Platz ganz überblicken konnte. Die Pferde standen noch vor der Hütte. Aus dem Fenster ragten zwei Flintenläufe hervor. Die Insassen des Gebäudes hatte ihre Festung in Verteidigungszustand gesetzt. Es war mir ja leider nicht möglich gewesen, ihre Waffen zu entfernen.

8. *Versöhnung und Verlobung*

Die Belagerungstruppe, aus Osko und Omar bestehend, war nicht zu erblicken. Die beiden standen offenbar hinter starken Bäumen versteckt. Ich schlug einen Bogen, bis ich mich im Wald der Hütte gegenüber befand, und da sah ich die zwei Gesuchten mit schußbereiten Gewehren liegen. Ich näherte mich ihnen so weit wie möglich, ohne von drüben gesehen zu werden. Die Gefährten bemerkten mich und gaben mir ihre Freude duch gedämpfte Zurufe zu erkennen. „Ist einer entkommen?" fragte ich. — „Nein", antwortete Osko. — „Habt ihr geschossen?" — „Fünfmal." — „Und die Männer da drüben?" — „Dreimal; es hat aber keiner getroffen. Sie können nicht heraus und wir nicht hinein. Was ist da zu tun?" — „Ihr bleibt hier, bis ich bei der Hütte bin —" — „Was? Du willst hin?" — „Ja." — „Die Leute erschießen dich." — „Nein. Ich schleiche von hinten heran. Dort gibt es kein Fenster. Man kann mich also nicht sehen. Halef ist bei mir. Wenn wir drüben sind, kommt ihr nach, natürlich auch von hinten. Was wir dann tun, muß sich erst finden. Wo habt ihr eure Pferde?" — „Etwas weiter drin im Wald angebunden." — „Laßt sie da, bis die Belagerung zu Ende ist!" Ich kehrte zu Halef zurück und teilte ihm meinen Entschluß mit. Er war einverstanden und lächelte mir pfiffig zu. „Siehst du die Gewehrläufe, die dort aus dem Fenster ragen, Sihdi?" — „Ja, freilich." — „Diese Gewehre werden nicht lang mehr so neugierig sein!" — „Ah! Meinst du? Ich dachte auch daran." — „Wir schleichen hin, greifen plötzlich zu und ziehen die Flinten zum Fenster heraus." — „Wollen es versuchen." — „Und was soll ich tun?" fragte Ali. — „Wenn wir bei der Hütte sind, bringst du unsre Pferde nach, aber auf einem Umweg. Hinter der Hütte bindest du sie an Bäume und kannst dann zu uns kommen." — Ali erhielt die Zügel unsrer Pferde, und wir schlugen einen Bogen zur Rückseite der Hütte. Wir erreichten sie glücklich und blieben zunächst lauschend stehen. Alles war ruhig. „Jetzt, Sihdi!" flüsterte Halef. Ich lugte um die Ecke. Die beiden Gewehrläufe ragten etwa einen Viertelmeter aus der Fensteröffnung heraus. Ich bückte mich — einige leise Schritte, Halef an meiner Seite — ein Griff, ein Ruck, ein Sprung zurück; wir waren wieder hinter der Ecke und hatten die beiden langen türkischen Flinten in den Händen. Drinnen blieb es noch einige Augenblicke still, jedenfalls infolge der Überraschung. Da riefen Osko und Omar laut herüber: „Aferin, aferin — bravo, bravo!" Und nun wurde es auch in der Hütte laut. Wir hörten die verschiedensten Flüche, Ausrufe des Schreckens, der Verwunderung, ratlose Fragen; wir antworteten nicht. „Geh du hinten herum an die andre Ecke", flüsterte ich Halef zu. „Dann haben wir die Tür zwischen uns." Er schlich davon. Jetzt vernahm ich ein leises Zischeln im Innern der Hütte. Ich strengte das Gehör an und glaubte ein ‚Unter dem Fenster versteckt!' zu vernehmen. Ich vermutete, was man jetzt unternehmen werde, und beobachtete die Fensteröffnung, nur die Hälfte des Gesichtes vorstreckend. Richtig! Die Doppelläufe einer Pistole kamen zum Vorschein. Man wollte am Fenster herunterschießen. Das war mit einem Gewehr unmöglich, darum bediente man sich einer Pistole. Ich nahm die Läufe meines Bärentöters in die Hand und hob den Kolben. Erst sah ich nur die Läufe der Pistole, dann das Schloß, endlich auch die Hand, die die Waffe hielt. Der Besitzer dieser Hand war entweder sehr kühn oder sehr leichtsinnig; ich konnte sie ihm mit einer Kugel zerschmettern. Statt dessen aber holte ich mit dem Kolben aus und schlug zu, zwar wenig nur, aber als ich die Hand traf, ertönte drinnen trotzdem ein wilder Schrei. Die Hand war verschwunden und die Pistole lag unter dem Fenster auf der Erde. Halef hatte von der andern Ecke den Vorgang beobachtet. „Eji, pek eji — gut, sehr gut, Sihdi!" lobte er laut. „Dieser dumme Kerl wird seine Hand in Zukunft lieber in den Gürtel stecken. Wir haben nun drei Waffen erbeutet!" — „Maschallah, aju awdschißi — der Bärenjäger!" hörte ich drinnen rufen. Man hatte Halef also an der Stimme erkannt. — „Ja, ich bin es", antwortete er. „Kommt heraus! Da es hier keine Bären gibt, will ich stinkende Igel jagen." Es trat eine Pause ein. Die Gegner berieten sich. Dann ertönte die Frage: „Bist du allein?" — „Nein." — „Wer ist bei dir?" — „Der Effendi, den ihr gefangen hattet, und außerdem noch drei andre." Jetzt sahen wir nämlich Osko und Omar herankommen und auch der Ssahhâf war beschäftigt, die drei Pferde anzubinden. Halef hatte also keine Unwahrheit gesagt. Nach einer Weile erkundigte man sich: „Wo ist Deselim?" — „Tot." — „Du lügst." — „Sag das noch einmal, dann werfe ich euch Feuer aufs Dach und ihr alle müßt verbrennen. Mit solchem Gelichter spaße ich nicht!" — „Wie soll er denn gestorben sein?" — „Der Waffenschmied hat den Hals gebrochen. Er wollte auf dem gestohlenen Rappen bei Kabatsch über den Bach setzen, fiel aber herab und brach sich das Genick. Das Pferd haben wir wieder." — „Wenn das wahr ist, so mag dein

Effendi seine Stimme hören lassen." — „Das kann geschehen", erwiderte ich. — „Bei Allah, er ist es!" Der Mann, der diese Worte erschrocken ausrief, war der dicke Bäcker. Ich erkannte seine fette Stimme. „Ja, ich bin es!" fuhr ich fort. „Ich frage euch, ob ihr euch ergeben wollt?" — „Geh zum Teufel!" — „Das werde ich nicht tun, aber etwas andres. Ihr habt mich ermorden wollen und nun befindet ihr euch in meiner Hand. Ich bin ein Christ und will mich nicht an euch rächen. Sendet mir Boschak heraus. Er soll Unterhändler sein. Ich werde ihm sagen, unter welcher Bedingung ich auf Rache verzichte. Gehorcht ihr diesem Befehl nicht, so sende ich einen meiner Leute zum Kjaja von Dschnibaschlü. Der wird euch gefangennehmen, und ihr könnt euch denken, was dann folgt." Drinnen wurde geflüstert. „Geh hinaus", hörte ich dann sagen.

„O Allah! Er wird mich ermorden!" wehrte sich der Dicke. — „Denkt auch an die Teppiche, die ihr versteckt habt!" warnte ich. „Auch diese sind verloren, wenn ihr nicht tut, was ich verlange!" — „Was wirst du mit dem Bojadschi tun?" fragte einer. — „Ich will ihm nur sagen, unter welcher Bedingung ich euch freigebe." — „Du wirst ihm nichts tun?" — „Nein. Wenn ihr mir den Bojadschi herausschickt und euch ruhig verhaltet, bis ich mit ihm gesprochen habe, wird ihm kein Haar gekrümmt, und er darf ungeschädigt wieder zu euch zurück." — „Aber wenn du mit ihm nicht einig wirst?" — „Dann darf Boschak trotzdem unbehelligt gehen und euch mitteilen, was wir verhandelt haben. Übrigens werdet ihr, wenn ihr euch still verhaltet, jedes Wort unsres Gesprächs verstehen können. Ihr werdet daraus ersehen, daß ich sehr nachsichtig bin, ja, ihr werdet sogar mit Freuden tun, was ich verlange." — „So mag er zu dir gehen." — Der Dicke schien nicht zu wollen, denn es gab einen längern, halblauten Wortwechsel. Unterdes stellte ich Osko und Omar an die beiden Ecken, die von mir und Halef besetzt gewesen waren. Sie erhielten die Weisung, beim geringsten Zeichen von Feindseligkeiten ihre Waffen zu gebrauchen. „Allah vergebe euch!" hörte ich den Färber jetzt sagen. „Ich muß mich für euch opfern. Wenn man mich tötet, so sorgt für mein Weib und für mein Kind." Das klang so traurig-ergeben, daß ich mir Mühe geben mußte, nicht laut aufzulachen. Dann trat Boschak aus der Hütte. Ich habe manchen Menschen gesehen, der ein Bild der Scham, Angst und Verlegenheit war, aber solch ein Bild, wie es der Dicke bot, war mir noch nie vor die Augen gekommen. Er traute sich nicht, die Augen zu erheben, und blieb zitternd an der Tür stehen. „Komm herbei, hierher an die Seite des Hauses", gebot ich ihm. „Diese beiden tapfern Männer werden einstweilen aufpassen, daß deine Gefährten nichts Feindseliges gegen uns unternehmen." — „Sie werden ruhig in der Hütte bleiben", versicherte er. „Das hoffe ich um deinetwillen! Es soll dir nichts geschehen, aber bei dem geringsten Verstoß ihrerseits würde ich dir dieses Messer zwischen die Rippen jagen“, drohte ich und zeigte meinen Dolch. Der Färber fuhr sofort mit beiden Händen zur Magengegend. „Effendi, bedenke, daß ich Familienvater bin!“ — „Hast du, als du mich den Mördern überliefertest, etwa nach meiner Familie gefragt? — Komm!“ Ich faßte den Dicken bei der Hand und zog ihn um die Ecke. Dort standen Halef und Ali. „Maschallah!“ rief Halef. „Welch ein Fleischklumpen ist dieser Mensch! Ich habe schon vorhin, bei unsrer ersten Begegnung, darüber gestaunt.“ Der Färber erblickte den andern und rief erschrocken: „Hadschi Ali, der Ssahhâf!“ — „Ja, dein Schwiegersohn, dem du hier zu deinem Glück begegnest“, erklärte ich. „Begrüße ihn, wie es zwischen solchen Verwandten üblich ist.“ Ich glaubte, daß Boschak sich weigern werde, aber er begrüßte den Ssahhâf kurz. Dann sagte ich, auf den Boden deutend: „Setz dich, Boschak! Unsre Verhandlung kann beginnen.“ Er blickte verlegen vor sich nieder. „Wie will ich dann wieder aufstehen?“ Da legte der kleine Hadschi die Hand an seine Nilpferdpeitsche. „Hier, o König aller Dicken, ist ein gutes Mittel zum schnellen Niedersetzen und raschen Aufstehen. Wir haben dir keinen Diwan mitgebracht.“ Im Augenblick plumpste der Bäcker wie ein Mehlsack auf die Erde nieder und flehte: „Laß deine Peitsche im Gürtel! Ich sitze ja schon!“ — „Sieh, wie flink das gegangen ist! Ich hoffe, daß uns das andre ebenso schnell gelingt. Sihdi, sag ihm, was du von ihm verlangst!“ — „Ja, sag es mir!“ wiederholte der Dicke, stöhnend vor Angst. — „Ich verlange vor allen Dingen ein aufrichtiges Bekenntnis von dir!“ erklärte ich. „Bei der ersten Lüge schicke ich dich in die Hütte zurück und lasse den Kjaja kommen. Ich bin ein Effendi aus dem Abendland, und es ist keine Kleinigkeit, einem solchen Mann nach dem Leben zu trachten. Weißt du, was mit dir geschehen würde, wenn ich Anzeige erstattete?“ — „Nein.“ — „Du würdest vor den Richter geschleppt und zum Tode verurteilt werden.“ — „Ja“, fiel Halef drohend ein. „Du würdest verkehrt an den Galgen gehängt, mit dem Kopf nach unten. Sodann bekämst du drei große Flaschen Gift zu trinken, und endlich würde man dich enthaupten, auch verkehrt, nämlich von den Füßen herauf.“ Dem geängstigten Mann fiel es gar nicht ein, den von dem Hadschi vorgebrachten Unsinn zu bemerken. Er faltete die Hände und stammelte: „Aman — Gnade! Das werdet ihr doch nicht tun?“ — „Wohl werde ich es tun, wenn du mir deine Zustimmung verweigerst“, erwiderte ich. „Antworte mir jetzt! Du hast mir deine Einwilligung für Ali und Ikbala nur scheinbar gegeben?“ — „Nein — ja, ja“, fügte Boschak schnell hinzu, als er meine drohende Miene bemerkte. — „Du hast dann deinen Gehilfen fortgeschickt, um die Männer, die jetzt in der Hütte sind, zusammenzurufen?" — „Ja, Effendi." — „Sie sollten mich töten?" — „Das habe ich ihnen nicht sagen lassen!" — „Aber unschädlich sollte ich gemacht werden?" — „Ja — ja!" — „Nun, das ist ganz dasselbe! Ferner: die Teppiche, die in dem Gestrüpp liegen, sind gegen den Willen der Obrigkeit dort?" — „Nein — ja, Effendi!" — „Nun, so höre! Ich müßte euern Mordanschlag eigentlich anzeigen und ich sollte dem Kjaja auch sagen, wo die Teppiche liegen. Die Feindseligkeiten gegen mich will ich verzeihen, und das mit den Teppichen geht mich nichts an, weil ich ein Fremder bin. Aber ich werde den Ssahhâf von dem Teppichlager erzählen. Er mag dann tun, was seine Pflicht als Untertane des Padischah ist." — „O Effendi, erzähle ihm nichts!" — „Ali wird es erfahren, ganz gewiß! Nun kommt es auf dich an, ob er als dein Freund oder als dein Feind handeln wird. Du hattest deine Tochter dem Mosklan aus Palatza bestimmt?" — „Ja." — „Nun, Mosklan ist gefangen. Ich selber habe ihn gefangengenommen. Ikbala hat Ali lieb und er sie. Ich erwarte, daß du mir jetzt das Versprechen hältst, das du mir gegeben hast." Boschak kratzte sich mit den Händen hinter den geschlitzten Ohren. „Nun", fragte ich. — „Ja, ich werde es halten!" knurrte er. — „Du schwörst es beim Bart des Propheten?" — „Das darf ich nicht!" — „Warum nicht?" — „Du bist ja ein Christ!" — „Aber dein Schwiegersohn ist ein Muslim. Ihm sollst du es zuschwören, nicht mir. Entschließe dich!" — „Effendi, wenn Mosklan wieder frei sein wird, so —"

„Schweig!" fuhr der kleine Hadschi ihn an. „Was wollen wir von diesem Schurken wissen! Mach keine langen Redensarten, sondern fasse dich kurz, sonst dehne ich dich mit meiner Peitsche aus, daß du länger wirst als zwei Jahrhunderte! Willst du deine Tochter dem Ssahhâf geben oder nicht? — Ja oder nein?" — „Ja — ja!" — „Du schwörst es Ali zu?" fragte Halef weiter. — „Ja." — „Beim Bart des Propheten und bei den Bärten aller frommen Kalifen und Gläubigen?" — „Ja." — „Das ist dein Glück. Ich hätte keinen Augenblick länger gewartet." — „Effendi, ist es nun gut?" wendete der Geängstigte sich an mich. „Wirst du uns nun freigeben?" — „Nein. Wir sind noch nicht zu Ende." — „Was verlangst du noch, Effendi?" — „Du hast mir bereits einmal dein Wort gegeben, ohne es halten zu wollen. Jetzt werde ich mich sicherstellen. Du wirst dem Ssahhâf deine Einwilligung schriftlich geben." — „Wie denn?" — „Wir fertigen eine gültige Masbata[1] an, die du unterschreibst." — „Gut, wir werden sie in meiner Wohnung anfertigen. Aber lasse uns vorher frei!" — „Nein, laß

[1] Urkunde, Protokoll

ihn nicht frei!" warnte jetzt der Ssahhâf, der sich bisher schweigsam verhalten hatte. „Ich kenne ihn. Du weißt, Effendi, daß ich heilige Schriften verkaufe. Ich habe stets Papier, Feder und Tinte in der Satteltasche. Er mag die Masbata gleich jetzt anfertigen." — „Das meine ich auch!" stimmte ich bei. — „Ich kann aber nicht!" wendete der Färber ein. „Ich kann nicht schreiben! Ich bin so aufgeregt, ich habe das Zittern. Mein Körper ist wie ein Berg voll Feuer und Erdbeben!" — „Soll ich dieses Erdbeben vielleicht beruhigen?" fragte der Hadschi mit einer bezeichnenden Handbewegung zu seiner Peitsche. — „O Allah, o Allah!" jammerte der Dicke. „Ich bin wie ein Strauch, der zwischen zwei Felsen zermalmt wird!" — „Oder wie ein Schaf, an dem zwei Löwen zerren!" lachte Halef. „Der Effendi wird dir nur eine einzige Minute Frist zum Überlegen geben." — „Ist das wahr, Effendi?" fragte Boschak. — „Ja. Ist die Minute verstrichen, so kannst du wieder in die Hütte gehen, ich aber schicke zum Kjaja!" — „Nun wohlan! Mag Mosklan mir zürnen; ich kann nicht anders! Ich werde unterschreiben!" — „Das genügt mir aber nicht." — „Nicht? Was willst du denn noch?" jammerte Boschak. — „Deine Gefährten haben mit dir gesündigt. Sie mögen nun auch mit dafür sorgen, daß du dein Wort hältst. Sie sollen gleichfalls schwören und unterschreiben wie du. Sie sollen mit uns zu dir reiten, und du verkündest vor deinem Haus die Verlobung deiner Tochter mit dem Ssahhâf." — „Meine Freunde werden nicht unterschreiben." — „Warum nicht?" — „Sie können nicht schreiben." — „Vielleicht so gut wie du. Und wenn sie wirklich ihren Namen nicht schreiben können, so mögen sie ihren Fingerabdruck unter die Schrift setzen. Ich verlange nur das von ihnen, dann sind sie frei." — „Und sie werden es doch nicht tun, denn —" — „Halt, Boschak!" unterbrach ihn eine Stimme von innen. „Sollen wir uns deinetwegen in Gefahr begeben? Effendi, ist das wirklich alles, was du verlangst?"

„Ja." — „Dann wirst du nicht davon sprechen, was dir hier geschehen ist?" — „Nein." — Ich erkannte die Stimme des Bettlers. Er war der Hauptmissetäter und trachtete also am eiligsten, die Gefahr von sich abzuwenden. Kaum hatte er mein ‚Nein' gehört, so rief er: „Dann mag der Bojadschi die Masbata unterschreiben! Wir tun es auch." — „Was wird Mosklan dazu sagen?" warf der Dicke starrköpfig ein. — „Nichts darf er sagen. Du weißt, daß er mich fürchten muß. Er darf nicht widerstreben." — „Gut!" entschied ich. „Wir sind einig. Du kannst in die Hütte zurückgehen, Bojadschi." — „Ohne zu unterschreiben?" fragte er erfreut. — „Wir werden die Masbata drinnen anfertigen. Ich komme mit." — „Um Allahs willen, bleib, Sihdi!" warnte Halef, und ergriff mich bei der Hand. — „Pah! Diese Leute werden mir nichts mehr anhaben. Ich gehe mit hinein. Hört ihr, daß mir irgend etwas geschieht, so legt ihr Feuer an das Dach und bewacht den Eingang mit euren Gewehren. Dann entkommt keiner." — „Ja, komm herein, Effendi, du bist sicher!" rief der Bettler im Innern.

„Sihdi, ich gehe mit!" erklärte Halef. — „Gut, überzeuge dich, daß wir uns nicht mehr sorgen müssen. Steh auf, Boschak!" Der Dicke erhob sich stöhnend und wankte in die Hütte. Wir folgten ihm. Halef hatte die Pistole gezogen, steckte sie aber gleich wieder ein, als er bemerkte, daß die Männer in der einen Ecke saßen und ihre Gewehre in die andre gelehnt hatten. Ich gab Osko, Omar und dem Ssahhâf einen Wink, und sie kamen nun auch herein. Der Dicke wollte sich noch immer nicht fügen. Er fürchtete sich vor Mosklan, aber die andern, besonders der Bettler, drangen in ihn, und so erklärte er sich endlich einverstanden. Da ging der Ssahhâf hocherfreut zu seinem Perd und brachte die Sachen zum Schreiben herbei. „Willst du die Urkunde aufsetzen, Effendi?" fragte er. — „Nein. Du bist der Bräutigam. Sorge du dafür, daß die Braut dir nicht entgehen kann!" So begann Ali sein stilistisches Meisterstück. Es dauerte sehr lange, bis er fertig war, dann reichte er es mir. Ich las die Zeilen und fand, daß er die Sache so verklauselt hatte, daß nicht ein Hintertürchen zum Entwischen blieb. Als die Unterschrift des Bäckers folgen sollte, begann das Jammern von neuem. „Sihdi, wollen wir den dicken Mann nicht lieber gleich jetzt aufhängen?" fragte Halef mich. „Gehängt wird er doch! Denn wenn er nicht augenblicklich unterschreibt, so reite ich fort und hole den Kjaja. Ihr haltet bis dahin diesen Fettwanst fest!" — „Ich schreibe — ich schreibe!" zeterte Boschak. Und nun setzte er seinen Namen unter die Urkunde. Der Ssahhâf wandte sich dann an die andern und erhielt schnell ihre Handzeichen und ihr mündliches Versprechen. Endlich, da alles in Ordnung war, sagte Ali: „Jetzt reiten wir nach Dschnibaschlü. Ihr sollt Zeugen sein, daß Boschak die Hand Ikbalas in die meinige legt!" — „Laßt mich erst ausruhen!" stöhnte der Färber. „Ich bin ganz matt vor —" — „Horch!" unterbrach ihn Halef, zum Eingang deutend. Auch ich hatte den Galopp eines Pferdes gehört. Freilich war der Reiter bereits da, denn bei der Weichheit des Waldbodens war der Hufschlag nur in der Nähe zu vernehmen. Wir hatten noch nicht Zeit gehabt, uns zu erheben, so trat er ein. Man denke sich mein Erstaunen, als ich Mosklan erkannte, der sich für den Agenten Pimosa ausgegeben hatte. Wie war er dem Schmied entkommen? Hatte er — doch zu solchen Gedanken blieb mir keine Zeit, denn er erkannte mich augenblicklich. „Lanetli tschapkyn, burada — verfluchter Schurke, hier!" brüllte Mosklan mir entgegen. Ich sah seine Pistole in seiner Hand. Der Schuß blitzte auf. Ich warf mich schnell auf die Seite und — im nächsten Augenblick schlug ich dem Schützen den Kolben des Stutzens an den Kopf, daß er die Waffe fallen ließ und unter einem gurgelnden Schrei mit beiden Händen zum Gesicht fuhr, denn nicht den Schädel hatte ich getroffen, sondern das Gesicht, weil der Roßhändler eine Wendung gemacht hatte. Fast im gleichen Augenblick hatte auch Halef ihn schon zu Boden gerissen und kniete auf ihm. So gedankenschnell war das alles geschehen, daß keiner der andern Zeit gefunden hatte, sich vom Boden zu erheben. Jetzt freilich sprangen alle auf. Halef hielt den Schurken fest, und Osko band ihm die Arme zusammen. Mosklan leistete fast keine Gegenwehr. Er hielt die Hände ans Gesicht und preßte ein gurgelndes Geheul heraus — der Kolbenhieb hatte ihm das vordere Gebiß, vielleicht auch die Kinnlade zerschmettert. Aber noch einer stieß Schmerzenslaute aus, oder richtiger, er schrie, als stäke er am Pfahl: der dicke Färber-Bäcker. Als Mosklan schoß und ich mich schnell mit dem Oberkörper auf die Seite warf, war der Dicke von seinem Schreck zu einer unwillkürlichen Armbewegung getrieben worden. Dabei war seine Hand in die Schußlinie geraten, und die Kugel hatte den kleinen Finger getroffen. „Parmaghym, elim, kolum, wudschudum — mein Finger, meine Hand, mein Arm, mein Leib!“ brüllte er. „Bana ißabet etti beni wurdu, beni, beni — ich bin getroffen worden, er hat mich erschossen, mich, mich!“ Dabei sprang der Dicke trotz seines schweren Körpers wie ein Rasender hin und her. — „Zeig her!“ gebot ich ihm. — „Hier, hier! Da läuft das Blut, da fließt das Leben hin! Ich bin tot, ich bin eine Leiche!“ Ich sah, daß die Kugel den Finger nur ganz leicht gestreift hatte. Nur ein wenig Haut und Fleisch waren weg. — „Schweig doch!“ schalt ich. „Das ist ja gar keine Wunde! Das tut nicht weh, das kannst du kaum fühlen!“ — „Das? Nicht fühlen?“ fragte er erstaunt. Boschak sah den Finger genauer an, wartete, ob er ihm auch wirklich weh tue, und atmete auf: „Allah kerihm! Diesmal bin ich dem Tod noch glücklich entwischt. Aber ein wenig weiter nach rechts, so wäre es um mich geschehen gewesen!“ — „Ja, zwei Fuß weiter nach rechts!“ — „Zwei Fuß nur, Effendi, dir hat die Kugel gegolten! Warum tatest du deinen Kopf so schnell weg?“ — „Um nicht getroffen zu werden, natürlich!“ — „Dafür hat Mosklan dann mich getroffen! Dieser Elende konnte mich ums Leben bringen! Ich hatte ihm meine Tochter versprochen, und er schießt auf mich! Konnte Mosklan nicht besser zielen? Konnte er sich nicht mehr in acht nehmen? Zwischen ihm und mir ist es aus, vollständig aus! Saban, komm her und verbinde mich!“ Aber der Bettler kauerte bei Mosklan, um dessen Verletzungen zu untersuchen. Der Verwundete wollte sprechen, konnte aber nicht. Er brachte nur gurgelnde Laute heraus. Desto beredter aber waren seine Augen, die uns alle erstochen hätten, wenn das möglich gewesen wäre. Er sah, daß wir uns nicht in Feindschaft beieinander befunden hatten. — „Wie steht es?“ fragte ich Saban. „Ich weiß es noch nicht. Die Kinnlade ist auch verletzt. Man wird einen richtigen Arzt holen müssen. Mosklan muß hier liegenbleiben.“ Ich begriff den Hintergedanken des Sprechers sehr wohl und entgegnete: „So kannst du nicht mit nach Dschnibaschlü, denn du mußt hierbleiben. Wir andern aber müssen sofort aufbrechen.“ — „Was?“ sagte Halef. „Du willst diesen Menschen hierlassen, Sihdi?“

„Ja.“ — „Bedenke, daß der Roßhändler entflohen ist! Wie ist ihm überhaupt die Flucht gelungen? Vielleicht hat er den Schmied ermordet?“ — „Das werden wir erfahren. Mosklan kann uns ja nicht entrinnen. Saban mag für ihn sorgen, bis wir Botschaft senden.“ — „Und ich werde einen Arzt holen“, erklärte Murad. — „Tu das!“ antwortete ich. „Ihr andern aber kommt mit!“ Keiner weigerte sich. Ich durchschaute die Kerle. Sie beugten sich meinem Willen, wollten aber doch ihren verwundeten Verbündeten nicht im Stich lassen. Osko und Omar holten ihre Pferde. Wir stiegen auf. Der dicke Färber war wunderbarerweise der eiligste dabei. Die andern folgten uns langsamer und immer langsamer. Als wir den Wald hinter uns hatten, waren sie nicht mehr zu sehen. „Sihdi, warten wir, bis sie kommen?“ fragte Halef. — „Nein. Ich bin froh, daß ich diese Leute los bin!“ — „Sie müssen doch mit zu Boschak!“ — „Ich brauche sie nicht!“ brummte der Dicke. „Ich brauche überhaupt keinen Freund, der auf mich schießt. — Dort kommt wieder ein Reiter!“ Ich hatte den Mann bereits gesehen, der uns auf einem ungesattelten Pferd entgegenkam. Ich merkte, daß er sein Tier langsamer gehen ließ, als er uns gewahrte. „Ah, also ist ihm nichts geschehen“, atmete ich auf. — „Wer ist es?“ fragte Osko hinter mir. — „Der Schmied. Heute jagt immer einer hinter dem andern her. Eine wahre Hetzjagd!“ Wir trieben die Pferde an. Als Schimin mich erkannte, rief er von weitem: „Hamdulillah! Du lebst! Ich habe große Sorge um dich ausgestanden.“ — „Und ich um dich. Ist dir ein Leid geschehen?“ — „Nein.“ — „Aber deinem Weib?“ — „Mosklan hat sie mit der Faust auf den Kopf geschlagen, doch es bedeutet weniger, als ich zuerst dachte.“ Jetzt hielten wir voreinander. Der Schmied war außer Atem. „Habt ihr Mosklan gesehen?“ fragte Schimin. — „Ja. Er schoß auf mich, traf mich aber nicht.“ — „Woher mag er die Waffe haben.“ — „Wie ist er denn entwischt?“ — „Zuerst kamen deine Freunde“, erzählte der Schmied, „und ich sandte sie dir nach zu Boschak, den ich hier an deiner Seite finde. Dann stand ich in der Schmiede, um zu arbeiten. Da sah ich plötzlich den Gefangenen davonjagen. Ich sprang zu meiner Frau. Sie lag in der Stube und hielt sich mit den Händen den Kopf. Sie war noch nicht ganz bei Besinnung. Er hatte sie überfallen und niedergeschlagen." — „Wie war das möglich? Wie konnte Mosklan aus dem Keller entkommen?" — „Effendi, ich habe einen großen Fehler begangen. Hadschi Halef Omar wollte den Gefangenen sehen. Ich tat ihm den Willen und ließ dabei die Leiter lehnen. Mosklan hatte sich von den Banden freigemacht und ist aus dem Keller gestiegen." — „Konnte er denn die Tür öffnen?" — „Sie ist ja nur aus Weidengeflecht. Der Gefangene hat sie aufgesprengt. Das dabei verursachte Geräusch konnte man nicht hören, weil ich schmiedete. Hinter dem Haus stand sein Pferd. Er bemerkte es und entkam dadurch." — „Wie aber kommt es, daß der Roßhändler uns nachgeritten ist? Konnte er wissen, wo ich war?" — „Mosklan wird gehört haben, was ich mit deinen Gefährten sprach." — „So seid ihr allerdings sehr unvorsichtig gewesen." — „Du hast recht. Ich wollte das auch wieder gutmachen. Darum gab ich meinem Weib Wasser, um sich den Kopf zu kühlen, rannte ins Dorf, nahm das erste Pferd, das ich fand, und ritt nach Dschnibaschlü. Dort hörte ich von der Frau des Bäckers, daß du nach Kabatsch geritten seist, ihr Mann mit Deselim dir nach und hinter ihnen dann deine Freunde. Darauf war der Entflohene gekommen, hatte dasselbe erfahren und war euch gefolgt. Ich ritt sofort weiter und freue mich von Herzen, daß ich euch wohl zurückkehren sehe. Jetzt werde ich erfahren, was bei euch geschehen ist." — Ich erzählte Schimin in kurzen Worten unser Erlebnis. Als ich geendet hatte, meinte er nachdenklich: „Das hat Allah gegeben. Mosklan hat seine Strafe, und ich bin ihn los. Wie hättest du ihn von mir fortbringen wollen, Effendi?" — „Das wäre nicht schwer geworden, ist nun aber nicht nötig", antwortete ich. Ehrlich gestanden, hätte ich mich aber doch in Verlegenheit befunden. Mosklan konnte doch nicht ewig im Keller des Schmiedes stecken. Wie nun ihn freilassen, ohne daß es ihm möglich war, sich zu rächen? Von dieser Rache sagte ich jetzt einige Worte. Da aber beruhigte mich der Schmied: „Mach dir keine Sorgen um mich! Ich habe jetzt durch euch so viel erfahren, daß ich diesen Pferdehändler nicht zu fürchten brauche. Jetzt kann er nicht reden, dir also keine augenblicklichen Verlegenheiten bereiten, und ich werde schon mit ihm fertig werden." — „Ich auch!" knurrte der Dicke. „Er hat auf mich geschossen. Mein Leben hing an einem einzigen Haar." — „Nein, sondern an meinem ganzen Kopf!" — „Vielleicht hat er dich und mich mit einer einzigen Kugel erschießen wollen! — Doch, Effendi, da ist das Dorf. Reiten wir langsamer. Ich möchte vorher noch einiges fragen." Ich blieb mit Boschak ein wenig zurück, und da sagte er: „Du wirst Ali von den Teppichen erzählen?" — „Ja." —

„Er wird auch den Ort erfahren, an dem sie liegen?“ — „Ich werde sie ihm sogar zeigen.“ — „Willst du das nicht lieber unterlassen?“ — „Nein. Ich will haben, daß Ali dich anzeigt.“ — „Du bist grausam. Verlangst du es wirklich von ihm?“ — „Ja.“ — „Wirst du den Ssahhâf zwingen, wenn er davon absehen will?“ — „Ich muß abreisen, kann ihn also nicht zwingen. Er wird es aber sicher tun, wenn du ihm dein Wort nicht hältst. Richte dich also danach!“ — „Ich werde mein Wort halten.“ — „So laß gleich jetzt den Kjaja kommen und drei Nachbarn als Zeugen. Das rate ich dir.“ — „Meinst du?“ — „Ja. Du mußt dem Ssahhâf beweisen, daß es dir mit der Verlobung Ernst ist.“ — „Ich werde dir gehorchen und — o Allah — wie werden sie sich freuen, mein Weib und meine Tochter!“ Da endlich kam doch die angeborne Gutmütigkeit des Dicken zum Durchbruch! Sein Gesicht erheiterte sich zusehends, und als wir vor seinem Haus von den Pferden sprangen, er sich aber von seinem Maulesel förmlich herabgekugelt hatte, eilte er uns voran, riß die Tür auf, und wir hörten ihn rufen: „Tschileka, Ikbala, gelin, gelin, koschun, bis burda is — kommt, kommt, rennt, wir sind da!“ Die Frauen eilten herbei. Der Herr des Hauses war der erste, den sie erblickten, ich der zweite. „Effendi, da bist du!“ rief die Lieblichste von ganz Rumeli. „Es ist dir nichts geschehen? Allah sei Dank! Ich habe dich warnen lassen. Hast auch du Wort gehalten?“ — „Ja, ich bringe dir den Heißersehnten mit.“ — „Wo, wo?“ — „Hier!“ Dabei deutete ich auf den kleinen Halef, der hinter mir eingetreten war. Die andern waren noch nicht zu sehen. „Inkali’ min hon — geh zum Teufel!“ fiel Halef sofort ein, glücklicherweise aber in seiner arabischen Mundart, die das Mädchen nicht verstand. Ikbala aber meinte bestürzt: „Dieser da?“ — „Ja, du süße Tochter der roten Farbe.“ — „Den kenne ich doch gar nicht!“ — „Aber er will dir sein Leben weihen! Doch, da kommt noch einer. Wähle zwischen den beiden!“ Ali hatte sich hinter Halef hereingedrängt. Ikbala sah ihren Vater verlegen und fragend an. „Hangißini tanjorßun — welchen kennst du denn?“ fragte der Dicke lachend. „Bunu — diesen“, entgegnete das Mädchen, auf den Ssahhâf zeigend. „Ssana elwerirmi — ist er dir genügend?“ — „Ewwet, büsbütün — ja, vollständig!“ — „Al onu — nimm ihn!“ lachte der dicke Bäcker. Da legte Ikbala die Hände vor das Gesicht, stieß ein lautes Schluchzen aus, ob vor Scham oder Entzücken, war nicht zu sagen, und floh durch die Tür zurück, aus der sie gekommen war. „Effendi, siehst du, welches Unglück du angerichtet hast?“ sagte halb besorgt und halb lachend der Bäcker zu mir. — „Sende ihr das Glück nach!“ lachte ich auch und zeigte auf den Ssahhâf. — „Das geht nicht“, wehrte Boschak ab. „Kein Jüngling darf vor dem Tag der

Hochzeit mit der erwählten Jungfrau allein sein." Der Gute ahnte nicht, daß seine Ikbala schon oft mit ihrem treuen Ali unter vier Augen allein gewesen war, draußen hinter dem Haus, unter dem Schutz der verschwiegenen Tschileka und des noch verschwiegeneren Mondes. „So geh mit ihm!" riet ich. — „Ich habe keine Zeit." — „Kann nicht Tschileka ihn begleiten?" — „Auch diese nicht. Ihr seid unsre Gäste und sollt verpflegt werden. Da haben wir zu tun." — Verpflegt! Wollte er uns etwa speisen und tränken? Womit? Mit den Leckerbissen, die ich bereits kennengelernt hatte? Ich beeilte mich also, dies schleunigst abzulehnen. „Laß dir an unserm Gruß genügen! Meine Zeit ist sehr kurz bemessen. Ich muß abreisen." — „Effendi, das wirst du mir doch nicht antun! Sieh, der Tag ist beinahe zu Ende. Wohin willst du denn noch?" — Boschak hatte recht. Es war schon spät am Nachmittag. Und da fragte auch Halef leise: „Willst du wirklich noch heute fort, Sihdi?" — „Es ist fast unumgänglich notwendig." — „Allein? Ohne uns?" — „Das möchte ich doch nicht wieder wagen." — „So bedenke, daß wir dauernd im Sattel waren, und daß unsre Pferde der Ruhe bedürfen." — „Nun gut, so bleiben wir noch einige Zeit hier, und in der Nacht schlafen wir bei Schimin, meinem Freund." Da stieß der wackre Schmied einen Freudenruf aus und sagte:

„Effendi, du glaubst nicht, was für eine Freude du mir bereitest!" — „Ich weiß es!" — „Du hast mich deinen Freund genannt!" — „Das bist du auch. Du hast es mir bewiesen. Wenn ich längst in meine Heimat zurückgekehrt bin, wirst du zu denen gehören, derer ich stets gern gedenke." — „Das muß ich meinem Weib sagen. Ach, wüßte ich nur, wie es ihr geht!" — „Du hast dir ein Pferd geborgt und mußt es wieder abgeben. Nimm das meinige, sieh nach deiner Gefährtin und komm dann wieder zurück." — „Das sei ferne von mir! Ein solches Pferd darf nur ein vornehmer Mann reiten. Ich werde leicht ein andres bekommen und kehre dann sogleich zurück." Schimin ging. Mir war es recht, da ich meinen Rappen eigentlich doch notwendig brauchte. Zu unsrer Sicherheit mußte ich erfahren, was mittlerweile in der Hütte des Bettlers geschehen war. Als alle sich gesetzt hatten und der Färber mit den Seinen beschäftigt war, die versprochene ‚Bewirtung' einzuleiten, sagte ich darum zu Halef: „Hab keine Sorge, wenn ich mich jetzt entferne! Ich will sehen, wie es mit Mosklan steht." — „Bist du toll, Sihdi? Du willst zur Hütte zurück?" — „Ja." —„Man wird dich töten." — „Pah! Jetzt kann man mich nicht wieder überrumpeln. Übrigens bin ich überzeugt, daß die Hütte leer ist. Man wird Mosklan fortgeschafft haben, damit wir ihn gegebenenfalls nicht finden können." — „Er braucht dich eigentlich nicht zu fürchten. Du hattest kein Recht, ihn einzusperren." — „Das ist wahr. Dennoch fürchtete Mosklan mich. Er hat auf mich geschossen und besitzt auch in andrer Beziehung kein gutes Gewissen. Laß den Färber nicht wissen, wohin ich geritten bin." — „Aber wenn du nicht bald zurückkehrst, komme ich dir nach!" — „Gut, das will ich gelten lassen." Ich ging hinaus und machte mich im stillen davon. Ich hütete mich, den früheren Weg einzuschlagen. Ich konnte da leicht eine unangenehme Begegnung haben. Darum ritt ich nicht nach Süd, sondern nach West, um von der nach Kabatsch liegenden Seite in den Wald zu kommen. Den nördlichen Rand des Waldes zur linken Hand, galoppierte ich über das Weideland dahin und erreichte bei der Schnelligkeit meines Rih bald die Stelle, wo sich der Wald südlich nach Kabatsch zog. Da erblickte ich ganz draußen, seitwärts des genannten Ortes, eine Reitergruppe, die sich nur langsam fortzubewegen schien. Diese Leute hatten bei einem einsamen Haus angehalten und nun ihren Ritt fortgesetzt. Ich ahnte, daß ich die Gesuchten vor mir hatte. Es konnten fast zwei Kilometer bis dorthin sein. „Kawam, kawam — schnell, schnell!" rief ich meinem Rappen zu. Bei Rih bedurfte es keines weiteren Mittels, um ihn zu größerer Eile anzutreiben. Es war eine Freude, so dahinzufliegen. In wenigen Minuten hatte ich das Haus erreicht und stieg ab. Ich hatte mich so gehalten, daß das Gebäude zwischen mir und der Reitergruppe geblieben, ich also nicht bemerkt worden war. Ein Weib in mittleren Jahren saß, Melonen schneidend, vor der Tür. „Massalchair — guten Abend", grüßte ich in arabischer Sprache. Die Frau blickte mich durch den Spalt ihres Kopftuchs wortlos an. Ich wiederholte den Gruß türkisch und nun verstand sie mich. Sie dankte freundlich. „Willst du mich nicht von deiner Wassermelone kosten lassen? Ich habe Durst", bat ich. — „Sehr gern, Effendi." Sie schnitt mir ein tüchtiges Stück ab und gab es mir. Als sie merkte, mit welchem Behagen ich in die Frucht biß, sagte sie befriedigt: „Die habe ich selbst gepflanzt. Vor wenigen Minuten mußte ich eine ganze Frucht an andre verschneiden. Die baten nicht so freundlich wie du." — „Aber sie haben dich belohnt?" — „Ich verlange keinen Lohn, obgleich ich sehr arm bin und nur wenig Früchte gezogen habe. Aber sie haben mich noch dazu beraubt." — „Die Undankbaren! Was nahmen sie dir?" — „Das bessere Kopftuch. Einer von ihnen war verwundet und den verbanden sie damit." — „Kanntest du die Leute nicht?" — „Der Bettler Saban, der im Wald haust, war dabei und Murad, sein Kumpan." — „Weißt du nicht, wohin sie ritten?" — „Sie wollten nach Usundere hinüber. Dort wohnt ein Verwandter Sabans, der ein Wunderdoktor ist. Bei ihm soll der Kranke untergebracht werden." — „Haben sie nicht davon gesprochen, auf welche Weise der Mann verwundet wurde?" — „Er ist vom Baum gefallen, mit dem Gesicht auf einen Stein. Er hat sich sämtliche Zähne ausgeschlagen." — „Der arme Mann!" — „Oh, er ist nicht zu bedauern! Ich kenne ihn, nur weiß ich seinen Namen nicht. — Er ist der Verführer unsrer Männer!" — „Auch des deinigen?" — „Nein. Ich bin Witwe. Mein Herr ist tot." — „Hast du Kinder?" — „Drei. Das kleinste liegt am Scharlachfieber krank, die beiden größern sind ans Wasser gegangen, um Blutegel zu fangen, die ich an den Wunderdoktor verkaufe. Er bezahlt einen Para für zehn Stück." — Die arme Frau! Welch elende Bezahlung! Ich zog fünf Piaster aus der Tasche und gab sie ihr. „Hier, kauf deinem Kind einen heilenden Trank." Fünf Piaster waren eine Kleinigkeit, für die Frau aber schon eine Summe. Sie fragte mich ungläubig: „Das willst du mir schenken?" — „Ja." — „Effendi, bist du so reich?" — „Ja." — „Dann ist die Güte deines Herzens so groß wie dein Vermögen. Allah möge dir —" Weiter hörte ich nichts, denn ich war in den Sattel gesprungen und ritt davon, um zu den Gefährten zurückzukehren. Ich hatte genug erfahren und wußte nun, daß für uns nichts zu befürchten war. Als ich in Dschnibaschlü hinter dem Haus unseres dicken Gastfreunds und Brautvaters vom Pferd stieg, sah ich ein blutiges Fell an einem Pfahl hängen und zugleich drang Bratengeruch in meine Nase. Das Fell war bis vor wenige Minuten die Staatskleidung eines Schafs gewesen. An der einen Giebelseite des Hauses, da, wo der Luftzug sich am wenigsten bemerkbar machte, fand ich den Bäcker und sein Ehegespons auf seltsame Art beschäftigt. Auf dem Boden stand ein hölzernes, niedriges Gefäß, wie man es je nach der Gegend Deutschlands ein Schaff, Schäffel, Stutz usw. nennt. Über dessen Rand waren drei starke Drähte gelegt. An dem mittleren Draht steckte das geschlachtete Schaf. Über seinen Leib und über die beiden andern Drähte hinweg hatte man Holzscheite gestapelt, und hierauf war dieser Scheiterhaufen in Brand gesteckt worden. Das Schaf wurde oben schwarz angekohlt, darunter briet es, und weiter abwärts blieb sein Fleisch und Gemüt von der Wärme unberührt. Aus der bratenden Schicht aber tropfte das Fett in schauderhaft langweiligen Pausen auf den Boden des Gefäßes, wo ich eine Schicht Reis liegen sah. Die Seitenwände dieser wunderbaren Bratpfanne aber waren so schön krapprot gefärbt wie französische Militärhosen. Und ich konnte mir beim besten Willen nicht helfen, ich mußte an die roten Hände der dicken Tschileka denken, an den in allen Farben schillernden Mantel ihres Mannes und da kam mir der Verdacht, daß das gegenwärtige Bratgefäß zu andrer Zeit doch wohl als Farbenkübel gebraucht werde. — „Wo warst du, Effendi?" fragte der Dicke. „Gut, daß du da bist. Ich habe euch zu Ehren ein Schaf geschlachtet. Der Nachbar verkaufte es mir." — „Das Fleisch verbrennt. Willst du den Braten nicht vielleicht wenden?" — „Effendi, man merkt, daß du ein Fremder bist! Ich würde dem Fleisch den Hochgenuß nehmen." — „Wird der Reis von den Fetttropfen weich?" — „Das darf er ja gar nicht. Kennst du nicht das Sprichwort: ‚Der Pilaw muß schnurpsen, prasseln'? Weich schmeckt er nicht." — „Scheint es nicht, als ob von dem Brennholz einiges in den Reis fiele?"

„Das tut nichts. Sieh, ich nehme es ja wieder heraus." Boschak langte mit den Fingern hinein und gab sich Mühe, die Spuren der Asche aus dem Reis zu entfernen. Ich gedachte unwillkürlich meiner holden Ißirghana in Amadije, die sich ihre Triefaugen mit Zwiebeln wischte. Von wem ließ man sich wohl lieber das Mahl bereiten, von ihr oder von diesem beleibten, krapproten Ehepaar hier in Dschnibaschlü? Ich verzichtete, weiter in die Küchengeheimnisse der Färbersleute einzudringen, und zog mich schaudernd ins Haus zurück. Unter der Tür des Wohnraumes kam Halef mir entgegen. „Da bist du, Sihdi!" rief er erfreut. „Es dauerte mir zu lange. Ich wollte eben das Pferd besteigen." — „Du siehst, daß mir nichts geschehen ist. Womit habt ihr euch bisher unterhalten?" — „Oh, wir haben keine Langeweile gehabt. Ich bin mit dem Bäcker auf den Schafshandel gegangen, da gab es viel Spaß. Er wollte das Tier geschenkt haben, weil es für einen so vornehmen Herrn bestimmt sei, den das ganze Dorf als Gast betrachten müsse. Darüber gab es solchen Streit, daß sogar der Kjaja geholt werden mußte." — „Wer ist denn dieser vornehme Herr?" — „Du bist es, wer denn sonst? Ich vielleicht?" — „Ah so! Und für mich wäre dieser Braten bestimmt? Ich wünsche gute Mahlzeit! — Gehen wir in die Stube!" — Drinnen wollte ich eben Platz nehmen, als ich im Nebenraum, der für die Damen bestimmt zu sein schien, ein eigentümliches Geräusch vernahm. Es war, als erhielte jemand recht kräftige Ohrfeigen, und dazu war ein Stöhnen und Seufzen zu vernehmen, das mich für die Personen, die sich dort befanden, besorgt werden ließ. — „Wer ist da drin?" fragte ich den Ssahhâf. — „Ikbala, der Stern meiner Augen." — „Und wer noch?" — „Ich weiß es nicht." — „Was tut sie denn?" — „Weiß ich es, Effendi? Ich höre sie ächzen. Ich befürchte, daß ihr ein Unglück zugestoßen ist. Ich möchte Ikbala helfen, aber ich bin der Bräutigam und darf nicht zu ihr gehen." — „Denkst du, daß ich hinein dürfte?" — „Ja. Du bist ein Christ und hast auch ihr Angesicht schon gesehen. Du wirst die Holde nicht beschämen, wenn du zu ihr gehst." — „Hab keine Sorge! Die Schönste in Rumeli hat von mir nichts zu befürchten." Ich ging also an die Tür des Nebenraums. Dort saß Ikbala auf der ebenen Erde. Zu ihrer Rechten stand ein backtrogähnliches Gefäß, in dem sich ein eigenartig gefärbter Teig befand. Ihre beiden Arme waren bis über die Ellbogen herauf mit dieser

Masse beklebt. Soeben hatte sie ein mehrere Pfund schweres Stück dieses Teigs aus dem Backtrog herausgerissen und versuchte ihm eine kugelrunde Form zu geben. Dies geschah, indem Ikbala es in der einen Hand drehte und mit der andern, hohl gehaltenen Hand aus allen Kräften darauf klopfte. Das waren die Ohrfeigen, die ich gehört hatte. Das Mädchen widmete diesem Geschäft eine solche Hingabe, daß ihm der Schweiß aus allen Poren tropfte. Das ganze Gesicht war hochrot und tropfnaß. — „Was tust du hier?“ fragte ich sie. — „Ich backe“, antwortete sie wichtig. — „Was?“ — „Kanonenkugeln.“ — „Für wen?“ — „Für euch natürlich, die ihr unsre Gäste seid.“ — „Wie schmecken diese Kugeln?“ — „Wie eine Speise des Paradieses.“ — „Was hast du dazu genommen?“ — „Vielerlei: Mehl, Wasser, Rosinen, Mandeln, Olivenöl, Salz, Pfeffer und allerlei wohlriechende Kräuter.“ — „Wie lange währt es, bis sie fertig sind?“ — „Wenn der Braten fertig ist, dann werden sie in dem Bratenfett und in dem Reis gedämpft.“ — „Das wird ein Vorgeschmack der sieben Himmel!“ — „Ja. Koste den Teig! Du wirst noch nie so etwas gegessen haben.“ — Ikbala langte mit den Fingern in den Teig, zog sie voll Teig wieder hervor und streckte sie mit unter einem holden Lächeln entgegen. — „Ich danke dir, du Blume der Gastfreundlichkeit! Wenn ich jetzt schon kostete, würde ich mir das Entzücken verderben, mit dem ich später von den Kanonenkugeln essen werde.“ — „Nimm doch nur! Du bist der Schöpfer meines Glücks. Dir allein danke ich es, daß der Sinn des Vaters sich so schnell geändert hat.“ Die schönste Tochter von Rumeli winkte mir dringlich zu. Ich wehrte aber so eifrig ab, daß sie endlich verzichtete und nun die Finger zum eigenen Mund führte, um sie schmatzend vom Teig zu befreien. Rosinen, Mandeln, Speiseöl, Pfeffer! Das gab jedenfalls einen entsetzlichen Geschmack. Dazu von dem Wasser, vor dem es mich geschüttelt hatte. Und allerlei Kräuter. O weh, Ali, wie wird dein Magen in einigen Monaten beschaffen sein! Augenblicklich war er sehr erfreut, von mir zu hören, daß die Auserwählte seines Herzens sich in keiner Gefahr befand. Übrigens war jetzt der Schmied zurückgekehrt, und im gleichen Augenblick sprang draußen ein Reiter vom Pferd, in dem ich einen der Leute erkannte, die wir in der Hütte des Bettlers belagert hatten. Ich hörte ihn nach mir fragen und ging zu ihm hinaus. Er führte mich beiseite und sagte: „Effendi, du bist großmütig gegen uns gewesen und du bist auch reich. Ich möchte dir etwas mitteilen.“ — „So sprich!“ — „Was gibst du mir dafür?“ — „Ich weiß nicht, ob das, was du mir sagen willst, für mich einen Wert hat.“ — „Oh, einen sehr großen!“ beteuerte der Mann. — „Inwiefern?“ — „Du befindest dich in Lebensgefahr.“ — „Das glaube ich nicht.“ — „Wenn ich es dir sage, so ist es wahr, Effendi.“ —

„Grad weil du es mir sagst, ist es nicht wahr." — Der Mann blickte mich erstaunt an. „Meinst du wirklich, daß ich dich belüge?" — „Ja. Ihr habt mich töten und berauben wollen. Mörder und Räuber aber sind doch wohl auch der Lüge fähig." — „Aber jetzt meine ich es gut mit dir und sage die Wahrheit", beteuerte der Mann.

„Behalte sie für dich! Ich mag sie nicht hören." — „Du willst mir also nichts geben? Bedenke, daß es sich um dein Leben handelt!" — „Ich zahle für mein Leben nicht einen einzigen Piaster." — „Wie? Es hat keinen Wert für dich?" — „Einen sehr großen sogar, aber es steht in Gottes Hand. Sagt nicht euer Koran, daß Allah die Dauer des Lebens für einen jeden Menschen gleich von Anbeginn bestimmt hat?" Das brachte ihn sichtlich in Verlegenheit. Er wußte nicht, was er antworten sollte. Darum fuhr ich fort: „Du siehst also, daß es beinahe Sünde wäre, für mein Leben Geld auszugeben. Ich werde die mir beschiedene Stunde erreichen, ob ich Geld bezahle oder nicht." — Da zuckte es über sein Gesicht. Es war ihm ein rettender Gedanke gekommen. „Effendi, du bist doch ein Christ? Da kannst du dein Leben verlängern." — „Wieso?" — „Allah hat nur die Lebensdauer seiner wahren und rechtgläubigen Anhänger bestimmt." — „Du irrst. Es heißt in der fünften Sure des Koran, die die Sure ‚Der Tisch' genannt wird, daß die Stunden aller Menschen, der Gläubigen und der Ungläubigen, vorher abgezählt sind. Kennst du diese Sure?" — „Ich kenne sie." — „So wirst du mir recht geben. Ich kann und darf für mein Leben nicht bezahlen." Der geldbedürftige Kumpan Sabans zupfte verlegen am Bart, als könnte er einen guten Gedanken daraus hervorlocken. Doch es wollte offenbar keiner zum Vorschein kommen. „Effendi, ich brauche aber Geld", bekannte er kleinlaut. — „Ich auch." — „Du hast Geld, ich aber habe keins." — „Nun, du sollst sehen, daß ich nicht hartherzig bin. Erpressen lasse ich mir nichts, aber dem Bedürftigen reiche ich gern ein Geschenk, wenn ich sehe, daß er dessen würdig ist. Willst du mir mitteilen, in welcher Gefahr ich mich befinde, so bin ich bereit, dir ein Bakschisch zu geben." — „Wieviel bietest du?" fragte er rasch. — „Bieten? Man bietet nur, wenn es sich um ein Geschäft, einen Preis handelt, und ich habe dir schon gesagt, daß von einer Bezahlung keine Rede sein kann. Ich verspreche dir ein Geschenk. Die Höhe des Geschenks aber bestimmt der Geber und nicht der Empfänger. — Also, was willst du mir sagen?" — „Nichts!" Er wollte sich abwenden. Ich aber ergriff ihn beim Arm und warnte ihn: „Du hast gesagt, ich befände mich in Lebensgefahr. Es gibt vermutlich Leute, die mir nach dem Leben trachten. Du weißt davon, bist also ihr Spießgeselle. Ich werde dich festnehmen lassen, falls du nicht redest." — „Ich habe nur Scherz gemacht.“ — „Das ist eine Lüge!“ — „Effendi!“ fuhr er drohend auf. — „Pah! Du hast Geld haben wollen, gleichviel, ob deine Mitteilung die Wahrheit oder die Unwahrheit enthielt. Weißt du, wie eine Erpressung bestraft wird?“ — „Es ist von einer Erpressung keine Rede.“ — „Gut! Ich will mich mit dir nicht ärgern. Ich habe weder Zeit noch Lust dazu. Du kannst gehen.“ Ich ließ ihn stehen und wandte mich der Haustür zu, hatte sie aber noch nicht erreicht, als er rief: „Effendi, du wirst es bereuen!“ — „Das denkst du nur. Überhaupt hältst du mich für dümmer, als ich bin. Was du mir sagen willst, weiß ich längst.“ — „Das ist unmöglich.“ — „Pah! Es ist ein Bote unterwegs.“ Ich sah ihm an, daß ich das Richtige erraten hatte. „Woher weißt du das?“ fragte er. — „Das ist mein Geheimnis.“ — „So hat es der Bettler weitererzählt!“ — Ich lächelte überlegen. Es fiel mir nicht ein, Geld für ein Geheimnis zu bezahlen, das ich schon halb erraten hatte und durch List vollends zu erfahren hoffte. — „Und du hast keine Sorge?“ fragte er weiter. Zunächst mußte ich wissen, wer der Bote war; darum lachte ich. — „Glaubst du, daß ich diesen Menschen fürchte?“ — „Du kennst Saban noch nicht! Einmal hast du ihn überlistet, zum zweitenmal gelingt es dir nicht.“ — Also der Bettler war es! Er hatte den Verwundeten nach Usundere gebracht. Es ließ sich darum vermuten, daß er von Mosklan beauftragt war, erst nach Palatza zu reiten, wo der Verwundete daheim war und vielleicht auch Verwandte hatte, und dann wohl noch weiter nach Ismilan zu den Angehörigen des Waffenschmieds, der den Hals gebrochen hatte. Die von uns Überlisteten hatten ihren Frieden mit uns geschlossen. Sie würden Wort halten, was sie persönlich betraf, das glaubte ich bestimmt. Durch andre aber konnten sie an uns Rache nehmen. Zugleich gebot ihnen die Vorsicht, mich nicht entkommen zu lassen. Da sie durch den dicken Bäcker erfahren hatten, in welcher Richtung wir unsre Reise fortsetzen wollten, war das weitere leicht zu erraten. — „Ich will ihn auch gar nicht überlisten“, erklärte ich gelassen. — „Was sonst?“ — „Ich mag mit Saban nichts mehr zu schaffen haben. Er hat mir sein Wort gegeben, mich nicht mehr zu belästigen.“ — „Saban wird es halten. Er selbst wird dich nicht mehr belästigen, aber er wird andre gegen dich hetzen. Der Bund ist groß.“ — „Ich fürchte mich nicht und werde jeden, der mir feindselig entgegentritt, dem Richter übergeben.“ — „Kannst du eine Kugel anzeigen?“ — „Mach dich nicht lächerlich! Sag mir lieber, wie du dazu kommst, Saban zu verraten, der doch dein Freund gewesen ist.“ — „Mein Freund? Darauf antworte ich dir nicht. Du willst dein Herz und deinen Beutel verschließen. Ich bin vergeblich zu dir geritten.“ — Er ging zu seinem Pferd, aber so zögernd, daß ich sah, er erwartete, daß ich ihm doch noch ein

Gebot machen würde. Aber ich bemerkte nur noch: „Du willst fort? Magst du nicht hier einkehren? Du weißt doch, daß ein Fest gefeiert wird.“ — „Zu solchen Festen habe ich keine Zeit. Also du gibst nichts?“ — Sein Auge war drohend auf mich gerichtet. — „Nein.“ — „Reitest du noch heute von hier fort?“ Diese Frage auszusprechen, war von ihm sehr albern. Er verriet mir dadurch doch nur seine Absichten. Er hatte Geld verdienen wollen, hatte nichts erhalten und war nun zu jeder Feindseligkeit fähig. — „Glaubst du, daß ich dem Schmaus entsage, der uns bevorsteht?“ antwortete ich. „Auch müssen unsre Pferde ruhen, ehe sie weiter können.“ — „So segne dich Allah so, wie du mich gesegnet hast!“ Jetzt stieg er in den Sattel und ritt davon. Hinter dem Eingang stieß ich auf Halef, dem ich es gleich ansah, daß er sich hier verborgen gehalten hatte. Die Flamme des in der Mauer steckenden Spans ließ mich gleich erkennen, daß er zornig war. „Sihdi, warum läßt du diesen Mann fort?“ fragte er. — „Er nützt mir hier nichts.“ — „Aber anderswo schadet er dir!“ — „Du hast seine letzten Worte gehört?“ — „Leider nur die letzten. Ich stellte mich hierher, um über dich zu wachen. Ich konnte euch sehen, jedoch nicht hören. Aber zuletzt erfuhr ich doch, daß er Geld haben wollte. Wofür?“ — „Komm mit heraus ins Freie! Es soll keiner erlauschen, was wir miteinander sprechen.“ Ich erzählte Halef, was ich erfahren und vermutet hatte. — „Man will uns überfallen“, brummte der kleine Hadschi. — „Vielleicht auch nicht, lieber Halef.“ — „Was denn sonst? Warum reitet dieser Bettler, der kein Bettler ist, uns voran?“ — „Offenbar soll er die Anverwandten Mosklans und Deselims gegen uns aufhetzen. Kommen wir dann nach Palatza oder gar nach Ismilan, so können wir auf einen Empfang rechnen, der uns unangenehm sein dürfte.“ — „So schlagen wir einen anderen Weg ein.“ — „Das möchte ich nicht. Erstens will ich den Flüchtlingen auf der Fährte bleiben, und zweitens denke ich, daß wir grad in Ismilan und im Haus Deselims vieles erfahren können, was uns von Nutzen ist.“ — „Wenn man uns als Feinde empfängt, werden wir gar nichts erfahren. Es ist sogar möglich, daß wir als Mörder verhaftet werden sollen.“ — „Deshalb will ich diesem Bettler zuvorkommen.“ — „Du? Wie denn?“ forschte Halef gespannt. — „Ich werde früher dort sein als er.“ — „Sihdi, was fällt dir ein! Du willst uns doch nicht etwa auch in dieser Nacht wieder vorausreiten?“ — „Grad das will ich.“ — „Das geht nicht. Ich lasse dich nicht fort! Bedenke, in welche Gefahr du heute gekommen bist, weil ich nicht bei dir war!“ — „Du hast mich doch gerettet und würdest mich auch morgen wieder retten, wenn es notwendig wäre.“ Das schmeichelte dem braven Hadschi. „Meinst du?“ fragte er selbstgefällig. — „Ja, gewiß. Ich will dir sagen, was ich mir jetzt vorgenommen habe. Ihr übernachtet bei dem Schmied und brecht am frühen Morgen auf. Ihr schlagt eine andre Richtung ein, als wir uns vorgenommen hatten. Ihr reitet von Koschikawak über Mastanly, Stajanowa und Topoklu nach Ismilan, ich aber reite jetzt südlicher über Göldschik, Maden und Palatza." — „Warum über diese Orte?" — „Weil das der Weg ist, den der Bettler von Usundere aus einschlägt." — „Es ist rabenschwarze Nacht. Du wirst dich verirren." — „Ich hoffe, daß ich nicht vom Weg abkomme." — „Aber der Bettler hat einen großen Vorsprung." — „Rih ist schnell. Ich werde Saban überholen." — „Und dabei in dieser Finsternis den Hals brechen." — „Wollen sehen! In Ismilan reitet ihr zu dem Kaffeehaus des Waffenschmieds Deselim. Es liegt in der Gasse zum Dorf Tschatak. Dort werdet ihr mich finden." — „Und bist du nicht da?" — „So wartet ihr." — „Und wenn du nicht kommst, Sihdi?" — „So reitest du mir am andern Morgen bis Palatza entgegen. Es ist möglich, daß ich dort wegen Mosklan aufgehalten werde." — „Wo finde ich dich dort?" — „Das weiß ich jetzt noch nicht. Das Dorf ist klein und so wird eine Frage nach mir genügen." — Halef gab sich alle Mühe, mich von meinem Vorsatz abzubringen, ich blieb aber fest. Als dann die andern erfuhren, daß ich sie verlassen wolle, traf ich auf einen Widerstand, dem ich kaum gewachsen war. Ikbala und ihre Mutter Tschileka schlugen die Hände über den Köpfen zusammen, daß ich von den Kanonenkugeln und dem Braten nichts zu kosten haben wollte. Auch der Ssahhaf bat mich, zu bleiben. Ihn nahm ich doch beiseite und teilte ihm alles Nötige über die Teppiche mit. — „Effendi", erklärte Ali, „das ist gut, daß du mir das sagst. Die andern wissen, daß hier Verlobung ist und werden indessen das Loch heimlich ausräumen wollen. Das werde ich verhindern." — „Wirst du deinen Schwiegervater anzeigen?" — „Ja, er wird gehängt", lachte der Ssahhâf. — „Was du tust, geht mich nichts an. Bring deinem alten Vater meinen Gruß und sei unendlich glücklich mit Ikbala, der Schönsten in Rumeli."

Als Schimin merkte, daß es unmöglich war, mich zum Bleiben zu bewegen, fragte er mich nach dem Weg, den ich einschlagen wollte. Ich traute dem dicken Färber doch nicht recht und gab darum mehrere Orte an, die zu berühren ich gar nicht im Sinn hatte. Der Schmied folgte mir zu meinem Pferd und dort teilte ich ihm meine wahre Absicht mit. Er sann einen Augenblick nach und sagte dann: „Der Bettler wird bald in Usundere ankommen. Er wird ein wenig verweilen und dann aufbrechen. Er wird jedenfalls nach Maden und Palatza reiten. Von hier bis Maden hast du zehn Aghatsch[1] zu machen und mußt eigentlich über Mastanly und

[1] Türkische Meile = 5010 m. 22,22 türkische Meilen gehen auf einen Äquatorgrad

Göldschik reiten, aber ich kenne diese Strecke und werde es dir ermöglichen, viel früher dort zu sein. Wir reiten in möglichst grader Linie." — „Was, du willst mit?" — „Ja. Ich begleite dich, bis ich die Überzeugung habe, daß du dich nicht mehr verirren kannst." — „Das ist sehr freundlich von dir, aber —" — „Schweig!" fiel Schimin ein. „Du weißt, was ich dir zu danken habe." — „Aber ich muß sehr schnell reiten!" — „Mein Pferd ist nicht schlecht. Es ist das beste des Mannes, von dem ich es mir geborgt habe. Es wird sich anstrengen müssen. Habe ich mich von dir verabschiedet, so kann es sich schonen." Halef war uns nachgekommen, um mich auf etwas aufmerksam zu machen, woran ich nicht wieder gedacht hatte, nämlich auf den Beutel, von dem während unsres Rittes von Kabatsch zur Hütte Sabans die Rede gewesen war. Er wurde hervorgenommen und beim Schein des brennenden Spans auf seinen Inhalt geprüft. Es waren hundert österreichische Dukaten darin und zehn türkische Pfundstücke. So ein Dukaten gilt, je nach der Gegend, 53 bis 58 Piaster. Die Summe betrug also 1150 Mark oder 5300 bis 5800 Piaster in Landeswährung. Außerdem gab es noch fünfzig Beschliks — Fünfpiasterstücke. Dabei lag ein Zettel, auf dem bemerkt war, daß die Goldstücke mir, das Silber Halef gehören sollten. Wie ich später hörte, hatte Omar Ben Sadek schon in Edirne von unserm Gastfreund ein größeres Geldgeschenk erhalten, das auch für die Bergung von Jakubs Juwelen gelten sollte.

Mancher mag ein solches Geldgeschenk nicht für zart halten. Auch mir kam ein ähnlicher Gedanke, der aber nicht lang die Oberhand behielt. Erstens hatte der Geber es gut gemeint. Er wußte, daß ich kein Millionär war. Zweitens hatte das Hauptgeschenk in andern Gegenständen bestanden, die uns freilich samt dem Lasttier und dem liebenswürdigen Diener der Gerechtigkeit verlorengegangen waren. Und drittens befand sich in dem Beutel auch noch ein für mich bestimmter Fingerring von wunderbarer Arbeit mit einem Hyazinth von stattlicher Größe. Zwar kann ich keinen Ring am Finger leiden — des Mannes Schmuck soll andrer Art sein —, aber dieser Ring gehört doch zu den Gegenständen, die ich als freundschaftliche Andenken aufbewahre. Halef erhielt natürlich seine fünfzig Beschliks sofort. Er steckte sie schmunzelnd ein. „Sihdi, dieser Wohltäter ist ein Mann von großem Verstand. Ich an Hulams Stelle wäre vielleicht noch verständiger gewesen. Ein Kaf ist besser als ein Nun und steht auch im Alphabet voran."

Jeder Buchstabe des arabischen Alphabets hat nämlich auch eine Zahlbedeutung. Das Kaf (K) bedeutet hundert und das Nun (N), das aber in der feineren Aussprache vor einem B wie M gebraucht wird, nur fünfzig. Der kleine Hadschi hatte wieder einmal seine unbescheidene Stunde. Etwa fünfzig Mark sind für einen ‚Freund und

Beschützer' seines Sihdi freilich nicht sehr viel, als Bakschisch für einen Diener aber doch reichlich bemessen. Ich übergehe den Abschied, der noch einige wunderliche Auftritte bot. Die dicke Tschileka weinte sogar einige Tränen schmerzlicher Rührung. Als ich schon zu Pferd saß, kam auch der Gehilfe herbei und streckte mir die Hand entgegen. Sollte ich sie ihm zum Abschied drücken oder wollte er ein Bakschisch? Meine Peitsche pflegte fester am Sattel zu hängen als die des tapferen Hadschi Halef Omar. Jetzt aber hatte ich sie blitzschnell in der Hand und zog dem Halunken ein paar solche Hiebe über den Rücken, daß er sich mit einem raschen Sprung hinter seine dicke Herrin flüchtete. „Waj! Biberli bu — o weh! Das pfeffert!" rief er aus, mit der Hand zur Kehrseite greifend. — „Tusda ißter-mißin — wünscht du auch Salz?" fragte ich lächelnd. Sofort war der Hadschi hinter ihm, nahm die Peitsche vom Gürtel und fragte: „Soll ich salzen? Er hat es verdient!" — „Tschekildam, sawuschtum — ich bin verduftet!" rief der Bedrohte und verschwand eiligst hinter einer Hausecke. Dann brachen wir auf.

9. Ein nächtlicher Ritt

Es war eine dunkle Nacht, genauso finster wie die vorige. Nur wenige Sterne blinzelten matt am Himmel. Erst jetzt sah ich ein, daß es ein kühnes Unterfangen von mir war, in solcher Nacht in unbekannter Gegend zu reiten, und zwar so schnell, wie es nötig war, um den Bettler einzuholen oder gar ihm zuvorzukommen. Eine Viertelstunde ritten Schimin und ich schweigend nebeneinander. Jeder hing still seinen eignen Gedanken nach. Wir hatten keinen Weg, sondern das freie Feld unter uns. Rih machte sich nichts daraus, seine Augen waren selbst an solches Dunkel gewöhnt.

Jetzt fragte mein Gefährte: „Effendi, erinnerst du dich unsres Gesprächs, das leider unterbrochen wurde, als dieser Mosklan kam?" — „Noch sehr genau." — „Du wolltest mir beweisen, daß ihr Christen besser seid, als ich dachte." — „Es gibt überall gute und böse Menschen, also auch unter den Christen und unter den Muslimin. Nicht von den Christen wollte ich sprechen, sondern vom Christentum." — „Du meinst, es sei besser als unsre Lehre?" — „Ja." — „Das zu beweisen, wird dir schwer werden." — „O nein. Vergleiche den Koran und unsre Bibel miteinander! Die herrlichsten Offenbarungen sind eurem Propheten aus unserm Buch gekommen. Er hat aus den Lehren des Alten und Neuen Testaments geschöpft und diese Lehren für die damaligen Verhältnisse seines Volks und seines Landes verarbeitet. Diese Verhältnisse haben sich verändert. Der in der Wüste umherschweifende Araber ist nicht mehr der einzige Bekenner des Islam. Darum ist euch der Islam jetzt zur Zwangsjacke geworden, unter deren Druck ihr hilflos leidet. Unser Heiland brachte uns die Lehre der Liebe und Versöhnung. Sie ist nicht aus den Gewohnheiten eines kleinen Wüstenvolks entlehnt, sondern aus Gott geflossen, der die Liebe ist. Sie ist ewig, allgegenwärtig und umfaßt alle Menschen, alle Erden und Sonnen. Sie kann nie drücken, sondern nur beseligen. Sie streitet nicht mit dem Schwert, sondern mit der Gnade. Sie treibt die Völker nicht mit der Peitsche zusammen, sondern sie ruft sie mit der Stimme einer liebenden Mutter, die ihre Kinder an ihrem Herzen vereinigen will." — „Du sprichst von Liebe und dennoch fehlt sie euch." — „Wirfst du die ganze Ernte weg, weil einige Früchte vom Wurm zernagt sind?" — „Mag sein, daß anderswo die Ernte besser aussieht als bei uns. Warum aber wächst grad bei uns nicht der Weizen des Christentums, sondern das Unkraut?" — „Ist es wirklich so?" fragte ich dagegen. „So schlimm? Nun, dann mußt du wissen, daß das Unkraut am allerbesten auf schlechtem Boden gedeiht. Du gibst damit dem Islam ein übles Zeugnis, denn er wäre dieser schlechte Boden. Wir sind allein, und wir haben Zeit. Soll ich dir von Christus erzählen, von den Propheten, die ihn verkündeten, und von den Wundern, die er tat?" — „Erzähle! Beweise, daß er größer ist als Mohammed! Dir kann ich zuhören, ohne mein Gewissen zu beschweren. Du bist kein Seelenfänger, der mich verführen will. Du kennst den Islam und das Christentum. Du willst mich nicht verlocken, sondern wirst mir die Wahrheit sagen." — ‚Von jetzt an wirst du Menschen fangen!' An dieses Wort des Heilands dachte ich, als ich jetzt zu reden begann. Der Schmied hatte recht; ich meinte es ehrlich mit ihm. Er gehörte zu jenen einfachen Menschen, die bei geringen Gaben nach Wahrheit trachten, während geistig reich Begnadete ihre Kräfte oft an unfruchtbaren Spitzfindigkeiten verschwenden. Es war ein eigentümlicher Ritt. Ich erzählend und Schimin still zuhörend. Nur zuweilen warf er eine Frage ein oder sprach ein Wort der Verwunderung aus. Wir ritten im schärfsten Trab, und sein Pferd hatte zu tun, um sich an meiner Seite zu halten. Dennoch achtete er mehr auf meine Worte als auf Pferd und Weg, und da kam es vor, daß er bei einem Stolpern oder bei einem unerwarteten Sprung seines Gauls den Bügel verlor und dabei ein Kraftwort hören ließ, das zum Inhalt meiner Erzählung nicht ganz paßte. Aber wir kamen körperlich schnell vorwärts, und geistig oder vielmehr geistlich machten wir auch Fortschritte, wie ich merkte. Es waren Stunden vergangen. Wir hatten einen Berg erklommen — ohne Weg und bei dieser Finsternis keine Leichtigkeit. Wir ritten drüben wieder hinab, durch lichten Wald und bei steilem Abfall. Darum ging es langsamer als bisher. — „Und du glaubst, daß Christus wirklich auferstanden ist und aufgefahren gen Himmel?" fragte der Schmied. — „Ja, ganz gewiß." — „Wie kann ein irdischer Leib in den Himmel kommen? Ist doch sogar der Leib unsres Propheten auf der Erde geblieben!" — „Habe ich dir nicht vom Berg der Verklärung erzählt? Und sagt nicht euer Prophet, daß Christus vor den Augen seiner Jünger aufgefahren sei?" — „Ja, es ist ein großes Wunder. Und er wird einst wiederkommen?" — „Um zu richten die Lebendigen und die Toten. Das bestätigt auch Mohammed. Er wird Seligkeit und Verdammnis geben. Ist er da nicht Gott? Muß er da nicht größer, herrlicher und mächtiger sein als Mohammed, der nicht ein einziges Mal von sich sagt, daß er Richter sei?" — „Fast glaube ich es!" gab Schimin zu. — „Fast? Nur fast? Christi Worte sind wahr, wie er selbst die Wahrheit ist. Er sagt von sich: ‚Bende her kuwet ßanaada hemde ersde — ich besitze alle Macht im Himmel und auf Erden!' Hat euer Mohammed jemals so gesprochen?" — „Nein, Effendi. Ich werde meiner Frau und meinen Freunden erzählen, was du mir erzählt hast. Ich wollte, ich hätte eure Heilige Schrift. Dann könnte ich lesen und lernen, und vielleicht käme dann jener Heilige Geist, von dem du sprachst, auch über mich, wie über die Gemeinde zum ersten Pfingstfest. Wenn der Mensch dürstet, so soll man ihm Wasser geben. Auch die Seele hat ihren Durst. Ich habe ihn gefühlt und ich habe geglaubt, Wasser zu trinken, wenn ich meine Gebete sagte und die Moschee besuchte. Jetzt aber ist es mir, als hätte ich kein reines Wasser gehabt, denn deine Worte sind klarer und erquickender als die Worte unsres Vorbeters. Ich bedaure, daß du hier fremd bist und daß ich dich deshalb niemals wiedersehen werde." — „Ich werde bei dir bleiben, Schimin, denn meine Worte werden nicht von dir weichen. Sie ruhen in deinem Herzen, wie der Same in der Erde ruht, und werden keimen, treiben und Früchte bringen. Und weil ich dich liebgewonnen habe und dir so viel Dank schuldig bin, will ich dir ein Geschenk zurücklassen, das dich an diese Nacht erinnern soll, sooft du es in die Hand nimmst. Du kannst ja lesen. Es ist ein Buch. Ich kaufte es in Damaskus als Andenken an die Stadt der Gärten und der kühlenden Gewässer. Du sollst erquickende Wasser fließen hören und davon trinken, wenn du in dem Buch liest! Hier ist es!" Ich öffnete die Satteltasche, nahm das Buch heraus und gab es ihm.

„Was steht darin?" fragte er. „Ist es ein Märchenbuch?" — „Nein. Nicht ein Märchen wirst du lesen, sondern die Wahrheit von Ewigkeit zu Ewigkeit. Deine Seele dürstet nach ihr, und du sollst sie haben. Dieses Buch ist das Neue Testament, das alles enthält, was ich dir erzählt habe, und noch mehr." — Da stieß Schimin einen lauten Ruf aus, dem man anhörte, wie glücklich die Gabe ihn machte. „Effendi", sagte er, „dieses Geschenk ist so groß, daß ich es nicht annehmen kann!" — „Behalte das Buch in Gottes Namen! Es kostet mich nicht viel, aber es birgt den größten Reichtum, den die Erde bietet, nämlich den Weg zur Seligkeit. Der Apostel sagt, man solle in dieser Schrift suchen und forschen, da sie das ewige Leben enthalte. Mögest du dir dieses Leben daraus erforschen! Das wünsche ich dir von ganzem Herzen!" Ich hatte Mühe, seinen Danksagungen ein Ende zu machen. Er hätte sie wohl noch länger fortgesetzt, wenn er nicht auch von andrer Seite darin gestört worden wäre. Wir hatten die Ebene wieder erreicht und bemerkten, daß wir uns auf einem leidlich gebahnten Pfad befanden, das heißt, was man dort Pfad nennt. — „Das ist der Weg von Usundere nach Maden“, erklärte Schimin, seine Dankesrede unterbrechend. Zu gleicher Zeit griff ich ihm in die Zügel. „Halt! Horch! Es war mir, als hörte ich vor uns ein Pferd schnauben.“ — „Ich habe nichts gehört und vernehme auch jetzt noch nichts.“ — „Der Boden ist weich und dämpft den Schall des Hufschlags. Aber mein Pferd legt die Ohren vor und zieht die Luft prüfend durch die Nüstern. Das ist ein sicheres Zeichen, daß wir jemand vor uns haben. Horch!“ — „Ja, jetzt höre ich es. Ein Pferd trat auf einen Stein und rutschte davon ab. Wer mag so spät in dieser einsamen Gegend reiten?“ — „Vielleicht ist's der Bettler?“ — „Das ist sehr unwahrscheinlich“, zweifelte der Schmied. — „Warum?“ — „Dann müßte er erst sehr spät aufgebrochen sein?“ — „Warum sollte sich das nicht denken lassen?“ — „Saban will doch vor dir ankommen!“ meinte Schimin. — „Nun, er hat gemeint, ich würde jedenfalls erst am Morgen aufbrechen, und so hat er keine Eile gehabt. Können wir ihn hier umreiten, so daß er gar nicht merkt, daß ich schon vor ihm bin?“ — „Recht gut. Aber davon rate ich ab.“ — „Freilich, wenn wir einen Bogen reiten, so daß wir den Reiter hinter uns haben, wissen wir ja gar nicht, ob es auch wirklich der Bettler ist.“ — „Darum müssen wir zu ihm hin.“ — „Aber was fange ich mit Saban an? Kann ich ihn hindern, seinen Weg fortzusetzen? Doch nur mit Gewalt. Ich möchte aber kein Blut vergießen!“ — „Das ist nicht nötig, Effendi. Überlaß ihn mir.“ — „In welcher Weise?“ — „Du zwingst ihn, umzukehren, und ich bleibe ihm dann zur Seite und nehme ihn mit nach Koschikawak. Er soll mir nicht entkommen.“ — „Wenn Saban dich nun fragt, mit welchem Recht du ihn fortführst?“ — „Habe ich es etwa nicht? Hat er dich nicht ermorden wollen, Effendi?“ — „Das mag einen Grund abgeben. Aber du wirst in ihm einen Feind bekommen, der bestrebt sein wird, sich an dir zu rächen.“ — „Ich fürchte den Bettler nicht. Er ist bereits mein Feind. Saban ist der Feind aller ehrlichen Leute. Du mußt mir erlauben, dir gefällig zu sein, und brauchst dir keine Sorge um mich zu machen. Ist er es wirklich, so nehmen wir ihn fest und sagen uns Lebewohl, ohne daß er hört, wohin du reitest.“ — „Wie ist der Weg von hier bis Maden?“ — „Du bleibst immer auf diesem Pfad und bist in einer halben Stunde dort. Von hier aus kannst du gar nicht irren. Ich wollte eigentlich noch wegen der Koptscha mit dir reden, aber dein kleiner Hadschi hat eine und du hast die Deselims an dich genommen. Die beiden genügen. Jetzt komm, Effendi.“ Schimin setzte sein Pferd wieder in Gang, zum Zeichen, daß er keinen Einwand mehr hören wolle. Mir konnte das recht sein, da der Bettler auf diese Weise ohne Schaden für mich verhindert wurde, seine Botschaft auszurichten. Es dauerte nicht lange, so waren wir dem nächtlichen Reiter so nahe gekommen, daß er uns hören mußte. Wir merkten, daß er schneller zu reiten begann, damit wir ihn nicht einholen sollten.

„Immer rasch nach!“ sagte der Schmied. „Saban ist kein guter Reiter. Wir holen ihn leicht ein, wenn er es wirklich ist und kein andrer.“ — „Wenn er aber vom Weg weicht?“ — „Er wird sich hüten. Das wagt hier niemand in so finstrer Nacht. Auch ich würde es unterlassen haben, wenn es sich nicht darum gehandelt hätte, dich zu begleiten.“ — Schimin hatte richtig vermutet. Der Reiter erkannte, daß wir schneller waren als er. Vom Weg abzubiegen, getraute er sich nicht, und so hielt er es für das beste, anzuhalten und uns zu erwarten. Der Schmied ritt voran, und ich hielt mich so weit hinter ihm, daß meine Gestalt nicht gleich zu bemerken war. Der Reiter war ein wenig zur Seite gewichen, um uns vorüberzulassen. Aber der Schmied hielt bei ihm an und grüßte: „Ssabahinis chajir olßun — guten Morgen!“ — „Chajir olßun“, erwiderte der andre kürzer. — „Nereden geliorßun — woher kommst du?“ — „Derideréden — aus Deridere.“ — Das war eine Lüge, denn ich hörte an der Stimme, daß es der Bettler war. — „Nereje gidiorßun — wohin willst du?“ — „Her jere hitsch bir jere — überall und nirgendshin.“ Das klang trotzig. Saban kam aber damit nicht durch, denn der Schmied sagte in einem Ton, der deutlich seinen Entschluß, sich nicht abweisen zu lassen, verriet: „Du wirst es mir wohl sagen müssen!“ — „Müssen?“ knurrte der Bettler widerspenstig. — „Ja. Kennst du mich?“ — „Kennst du mich etwa?“ — „Du bist der Bettler Saban.“ — „Ah! Und du?“ — „Die Nacht ist so schwarz wie deine Seele. Du kannst mein Gesicht nicht erkennen. Ich bin Schimin, der Schmied aus Koschikawak.“ — „Darum kam mir deine Stimme so bekannt vor! Reite weiter! Ich habe mit dir nichts zu schaffen!“ — „Aber ich mit dir. Kennst du den Mann, der hier bei mir ist?“ — „Nein. Packt euch fort!“ — „Das werde ich tun“, entgegnete ich, „vorher aber ein Wort mit dir sprechen, Saban!“ — Bei diesen Worten näherte ich mich ihm und trieb mein Pferd so neben das seinige, daß er mich erkennen konnte. Wir hielten so beieinander, daß sich der Kopf des einen Pferdes beim Schweif des andern befand. — „Scheïtan! Der Fremde!“ rief der Bettler aus. — „Ja, der Fremde! Nun glaubst du wohl, daß ich mit dir sprechen möchte.“

„Aber ich nicht mit dir!“ — Ich bemerkte, daß Saban in den Gürtel griff. Ich nahm meinen Stutzen in der Mitte, so daß ich den Kolben vor mir auf dem Hals des Pferdes liegen hatte. So war ich zum Hieb von links nach rechts bereit. — „Also sag, wohin du willst?“ fragte ich, ihn so scharf wie möglich im Auge behaltend. — „Was geht das dich an, Mörder?“ trotzte er. — „Mörder?“ — „Ja. Wer hat deinetwegen den Hals gebrochen und wem hast du das

Gesicht zerschlagen?" — „Und wen habt ihr in deine Hütte gelockt, um ihn zu erschlagen? Ich weiß, wohin du willst, aber du wirst die Güte haben, umzukehren." — „Wer will mich zwingen?" — „Ich. Steig ab!" — „Oho! Willst du auch mich morden? Ich werde mich verteidigen. Fahr zur Hölle!" — Saban erhob den Arm gegen mich. Ich schlug augenblicklich zu, und gleichzeitig drückte er ab. Der Schuß blitzte auf — die Kugel traf nicht, weil mein Hieb seinen Arm abgelenkt hatte. Und er hatte den Arm noch nicht gesenkt, so drängte ich mein Pferd um einen Schritt vorwärts und stieß ihm den Kolben von unten herauf in die Achselhöhle, daß er bügellos wurde und auf der andern Seite vom Pferd stürzte. Ich wollte schnell aus dem Sattel, hatte jedoch den Erdboden noch nicht erreicht, so hörte ich den Schmied rufen: „Halt, Kerl, bleib; sonst reite ich dich nieder!" — Der Gaul des Bettlers war stehengeblieben. Ich wollte um das Tier herumspringen, da sah ich einen zweiten Schuß blitzen. Das Pferd des Schmieds machte darauf einen Satz und Schimin war blitzschnell aus dem Sattel. War mein Gefährte getroffen worden? Ich schnellte mich hinzu. Zwei Menschen lagen auf dem Boden, der eine auf dem andern. Es war so dunkel, daß ich sie, so nahe an der Erde, nicht unterscheiden konnte. Ich packte den Obenliegenden am Arm. — „Halt, Effendi", rief einer. „Ich bin's!" — „Ah du, Schimin! Hat Saban dich getroffen?" — „Nein. Ich sah, daß er davonspringen wollte und verbot es ihm. Da schoß er, und ich ritt ihn nieder. Er wehrte sich, aber nur mit einem Arm. Der Huf meines Pferdes wird ihn an dem andern getroffen haben." — „Nein, das bin ich mit dem Gewehrkolben gewesen." — „Er beißt wie ein Marder. Ich werde ihm den Mund stopfen müssen!" — Ich konnte nicht sehen, was Schimin tat, aber ich hörte ein gurgelndes Röcheln. Dann richtete der Schmied sich auf. — „So, jetzt ist er still." — „Was hast du gemacht? Ihn doch nicht ermordet?" — „Nein. Fühle her, wie Saban noch zappelt. Ich habe ihm nur ein Tuch in den Mund gestopft." — „So wollen wir ihm die Arme binden." — „Aber womit?" — „Mit dem Gürtel." —„Ja. Er hat ein langes, schmales Gürteltuch. Das reicht sogar aus, ihn auch aufs Pferd zu binden." Ich half dem Schmied. Er hatte Saban beinahe erwürgt. Bevor der Überwundene wieder zu Atem kam, saß er schon auf dem Pferd. Das Gürteltuch hielt ihn dort fest, da es von dem einen Fuß unter dem Bauch des Pferdes zum andern ging. Die Arme waren ihm mit einem Stück des Gürteltuches festgeschnürt. Es stellte sich heraus, daß Saban zwei Pistolen gehabt hatte: die eine hatte ich ihm aus der Hand geschlagen, und die andre war ihm entfallen, als Schimins Pferd ihn niederriß. Sie waren nur einläufig und beide abgeschossen, ohne daß eine Kugel getroffen hatte. Jetzt begann Saban zu schimpfen. Er verlangte, freigelassen zu werden und drohte mit der Obrigkeit. Der Schmied lachte ihn aus und sagte: „Was du vorher getan hast, soll mich gar nichts angehn; aber du hast mich erschießen wollen und so nehme ich dich mit mir, um dir zu beweisen, daß du selbst es bist, der die Obrigkeit fürchten muß. Vielleicht verzeihe ich dir, wenn du dich unterwegs gut aufführst. Schimpfst du aber in dieser Weise weiter, so darfst du nichts Gutes erwarten." — „Ihr habt mich aufgehalten. Ich habe mich nur verteidigt. Ich muß weiterreiten." — „Dazu ist später auch noch Zeit. Und nun schweig! Wir können dann noch miteinander reden, wenn ich vom Effendi Abschied genommen habe." — Der Bettler verhielt sich nun still. Vielleicht dachte er, aus unsern Reden etwas erfahren zu können. Aber Schimin war klug, denn er führte ihn irre, indem er zu mir sagte: „Also, Effendi, von jetzt an wirst du den Weg allein finden. Reite zurück und warte in der Schmiede auf mich. Ich schlage den Weg nach Göldschik ein. Es wird jedenfalls nicht leicht sein, mit diesem Mann auszukommen, und so muß ich trachten, möglichst bald ein Dorf zu erreichen. Du kannst den Deinigen sagen, daß wir Saban haben, damit sie nicht unnötigerweise suchen. Wir sehen uns bei mir wieder." — Während dieser Worte war Schimin aufgestiegen. Er ergriff den Zügel auch des andern Pferdes und ritt querfeldein davon. Ich hörte nur noch einige Zeit lang die laute scheltende Stimme des Bettlers; dann war es wieder ruhig. Ich konnte nicht glauben, daß Saban die Worte Schimins für wahr hielt. Aber ich war ihn los, und das war für mich die Hauptsache. Zugleich hatte der Schmied mir den Abschied erspart, denn Abschiednehmen ist niemals etwas Angenehmes, außer man trennt sich von Leuten, für die man keine Zuneigung besitzt. Ich folgte nun der Richtung, die wir bisher eingehalten hatten, und erreichte Maden in der mir von Schimin angegebenen Zeit. Eben begann der Tag zu grauen. Ich überlegte. So, wie die Dinge jetzt lagen, hatte ich es gar nicht mehr nötig, nach Palatza zu reiten, um mich über etwaige Verwandte des verwundeten Mosklan zu erkundigen. Der Bote, den er an sie gesandt hatte, war ja zur Umkehr gezwungen worden und war in der Obhut des wackern Schmieds. Also erfuhr man auch in Ismilan heute noch nichts vom Tod Deselims. Warum also meinen Hengst anstrengen nach zwei so schlimmen nächtlichen Ritten? Ich beschloß, mich nach Topoklu zu wenden und dort meine Gefährten zu erwarten. In Maden schliefen die Leute noch. Ich wußte, daß Topoklu ungefähr in nördlicher Richtung lag, und ritt weiter. Der Weg führte an einem Wasser entlang, von dem ich annahm, daß es sich in der Nähe von Topoklu in die Arda ergießen werde. Ich konnte mich also nicht verirren. Nach einiger Zeit gelangte ich in ein Dorf, wo es einen Han gab. Hier war man bereits wach, und ich beschloß, meinem Rappen einige Ruhe zu gönnen. Das Einkehrhaus lag etwas abseits des Wegs, von einem tiefen Morast umgeben. Man hatte einen dicken, knorrigen Eichenstamm darüber gelegt. Dann kam ein breites tiefes Loch, in dem sich einige Schweine wälzten. Die Schweine bewiesen mir, daß der Handschi und seine Leute Christen waren. Aus dem Loch gelangte man unmittelbar in ein breites Tor. Was hinter diesem Tor war, konnte ich wegen der hohen Lehmwand, die einen Hof zu umfassen schien, nicht sehen.

Eigentlich hätte man ein Eichkätzchen sein müssen, um über den Stamm hinüberzukommen, doch meinem Rih gelang das Wagnis ziemlich gut. Jetzt hielt ich vor dem Loch mit den Schweinen. Rih schnellte darüber hinweg und zum Tor hinein. Ich wurde von einem vielstimmigen Schreckensruf empfangen und riß einen Mann um, der grad in diesem Augenblick am Eingang vorüberging.

Ich befand mich auf einem ziemlich großen Hof, der eine einzige Düngerstätte zu sein schien. In einer Ecke standen die Leute, die geschrien hatten. Zwei Knechte hielten ein ziemlich altes Mädchen fest. Sie waren augenscheinlich soeben im Begriff gewesen, ihr Opfer an eine Leiter zu binden, die dort angelehnt war. Ein hochgebauter Mann, der eine Peitsche in der Hand hatte, kam in selbstbewußter Haltung auf mich zu. Seine breite Brust, sein langgezogenes Gesicht mit einer fürchterlichen Habichtsnase ließen darauf schließen, daß er ein Armenier sei.

„Bist du blind?“ fuhr er mich an. „Kannst du dich nicht in acht nehmen, wenn du durch das Tor reitest?“ — „Schaff den Dreck da draußen fort und mach die Löcher zu, dann kann man zu dir kommen, ohne sich und andern die Hälse zu brechen.“ — „Was! Du willst grob werden?“ herrschte mich der Armenier erregt an. — „Bist du vielleicht höflich?“ — „Soll ich dich umarmen und küssen, wenn du mir meinen Knecht totreitest?“ — „Tot? Dort steht er putzt sich den Dünger aus den Haaren. Bei dir fällt man so weich, daß es eine wahre Lust ist, umgeritten zu werden. Bist du der Handschi?“ — „Ja. Und wer bist du?“ — „Ein Fremder.“ — „Das seh' ich. Hast du einen Paß?“ — „Ja.“ — „Zeig ihn her!“ — „Wasch dir erst die Finger, sonst wird er schmutzig. Was hast du zu trinken?“ — „Raki — Zwetschkenbranntwein.“ — „Und Futter für das Pferd?“ — „Gestoßenen Mais.“ — „Schön! Laß ihm geben, soviel es frißt. Mir aber bring ein Glas Raki.“ — „Ich habe keine Gläser, du wirst einen Topf bekommen. Geh hinein in die Stube.“ — Der Mann sprach sehr kurz. Ich band mein Pferd an einen Pfahl und trat dann in die Stube. Sie erwies sich als ein schmutziges Loch mit einer rohen Bank und einem plumpen Tisch. Mehrere umherstehende niedrige Holzgestelle von absonderlicher

Form gaben mir zu denken. Es waren dreieckige Bretter mit drei Beinen. Mein Scharfsinn ließ mich erraten, daß es Sessel seien. Eine Frau saß da und rührte in einem großen hölzernen Kübel, worin sich saure Milch befand. Ich grüßte. Sie glotzte mich mit großen, dummen Augen an und antwortete nicht. Der Wirt war auch eingetreten. Er nahm von einem Nagel einen kleinen Topf herab und goß aus einem Krug eine Flüssigkeit ein, die er mir als Zwetschkenbranntwein vorsetzte. — „Ist das wirklich Raki?" fragte ich, an dem Topf riechend. — „Ja." — „Hast du nichts andres?" — „Nein. Der Branntwein ist dir wohl nicht gut genug?" — „Er ist schlecht." — „So pack dich fort, wenn es dir bei mir nicht schmeckt! Ich habe dir nicht befohlen, hier einzukehren. Bist du vielleicht ein Pascha, daß du solche Ansprüche machst?" — „Nein. Wieviel kostet dieser Raki?" — „Zwei Piaster." — Ich kostete den Schnaps. Der Topf faßte mehr als einen halben Liter. Zwetschkenbranntwein enthielt er vielleicht zwei Finger hoch. Dazu klebte am Rand eine Art Pech, das gewiß aus dem Schmutz bestand, den die Schnurrbärte von einigen Hundert Trinkern daran abgesetzt hatten. Der Raki war die gewöhnlichste Sorte, die ich je gerochen und geschmeckt hatte. Und zwei Piaster sollte er kosten! Achtunddreißig bis vierzig Pfennige! Das war der reine Schwindel in diesem Land der Zwetschkenbäume. Doch enthielt ich mich jetzt noch einer Bemerkung darüber. — „Nun, schmeckt er?" fragte der Handschi. — „Ja — und wie!" — Er verstand mich falsch und meinte: „Wenn du mehr willst, so sag es der Frau. Sie wird dir geben. Ich muß hinaus, um Gericht zu halten." Er ging, und ich betrachtete mir nun die Stube näher. Einige elende Bilder, die einfach an die Wand geklebt waren, bestätigten, daß ich bei einem armenischen Christen war. Das war jedenfalls einer jener Christen, die der gute Schimin ‚Unkraut' genannt hatte. Die Frau rührte noch immer. Ich blickte zu einem der Löcher hinaus, die hier Fenster genannt werden. Draußen begann die Sonne ihr wärmendes Tagwerk. Hier innen war es dunkel und räuchrig. Ich dachte an den persischen Dichter Hafis:

„Wenn deiner Locken Wohlgerüche
ums Grab mir wehen,
dann sprießen viele tausend Blumen
aus meinem Hügel auf."

Das weibliche Wesen, auf das Hafis diese Worte dichtete, hatte bestimmt keine Ähnlichkeit mit der sauren Milchküblerin vor mir gehabt. Und Wohlgerüche! Brrr! Ich stand auf, um hinauszugehen und frische Luft zu schöpfen. Lange konnte meines Bleibens hier nicht sein. Das stand so fest wie eine kalifornische Balsamfichte.

Eben trat ich den ersten Schritt hinaus, als draußen ein schriller, langgezogener Schrei ertönte. Im Nu war ich vor der Haustür. Ein zweiter ebenso gräßlicher Schrei und ich sprang über den Hof hinüber zur Ecke, in der man jenes weibliche Wesen wirklich an der Leiter befestigt hatte. Mit der vordern Seite ihres Körpers an der Leiter, bot sie den bloßen Rücken der Peitsche dar, die einer der Knechte zum dritten Hieb schwang. Ehe er zuschlagen konnte, hatte ich sie ihm aus der Faust gerissen. Der Rücken der Gezüchtigten zeigte zwei breite Striemen, die sicherlich bald aufspringen mußten. Der Wirt stand dabei mit der Miene eines Gesetzgebers, der sich an dem Gehorsam weidet, den seine Befehle finden. Er trat auf mich zu und streckte die Hand zur Peitsche aus. — „Fremder, was fällt dir ein?" schrie er mich an. „Die Peitsche her! Sie gehört mir und nicht dir!" — Ich war voll Zorn über diese schandbare Art, eine Frau zu züchtigen. Sie mochte getan haben, was sie wollte, so aber sollte sie in meiner Gegenwart nicht geschlagen werden. Ich fühlte, daß mein Gesicht glühend rot wurde, und fragte den Handschi mit erhobener Stimme: „Was hat dieses Mädchen getan?" — „Das geht dich nichts an!" erwiderte er trotzig. „Was hast du zu fragen? Her mit der Peitsche, sonst bekommst du sie selbst!" — „Was? Mir die Peitsche? Da — meine Antwort!" Ich zog sie ihm über den Rücken herüber, daß der Armenier sich augenblicklich zusammenkrümmte. Aber er warf sich mir auch sofort entgegen, und zwar mit solcher Kraft, daß er zu Boden flog, weil ich rasch zur Seite wich. — „Nicht anrühren, sonst bekommst du die Peitsche ins Gesicht!" drohte ich. Der Handschi sprang trotzdem, als er sich aufgerafft hatte, abermals auf mich los. Diesmal sprang ich nicht wieder zurück, sondern erhob den rechten Fuß und empfing ihn mit einem Tritt in die Magengegend. Dabei muß man sehr fest stehen, nach vorn gebeugt, sonst stürzt man selbst hin. Der Armenier flog wieder in den Schmutz des Hofes, hatte nun aber genug, denn er konnte sich nur mit Mühe erheben. Er wollte reden, brachte aber nur ein Wimmern hervor und hinkte in die Stube, ohne mir auch nur einen einzigen Blick zuzuwerfen. Das sagte mir genug. Das war schlimmer, als wenn er die fürchterlichsten Drohungen gegen mich ausgesprochen hätte. Ich ging zu meinem Rappen, nahm den Stutzen und kehrte dann zur Leiter zurück. Dort prüfte ich zunächst, ob ein Schuß aus irgendeinem Fenster mich treffen könne. Das war nicht möglich. Nun stellte ich mich so, daß ich stets einen der Männer zwischen mir und der Tür hatte. — „Bindet das Weib los!" befahl ich den Knechten. — Es hatte mich schon gewundert, daß die Männer keine Hand gerührt hatten, um ihrem Herrn zu helfen. Sie gehorchten sofort. „Zieht sie an!" Die Gezüchtigte konnte die Arme kaum bewegen, so fest waren sie geschnürt gewesen, und so sehr schmerzten die Schwielen auf ihrem Rücken. — „Warum wurde sie geschlagen?“ fragte ich. Es standen drei Frauenzimmer und vier Mannespersonen da, immer einer roher aussehend als der andre. — „Der Handschi hat es befohlen“, antwortete einer. — „Warum?“ — „Weil sie gescherzt hat.“ — „Mit wem?“ — „Mit dem Fremden.“ — „Ist sie verwandt mit dem Herrn?“ — „Nein. Sie ist Magd.“ — „Woher?“ — „Aus Stajanowa.“ — „Hat sie Verwandte?“ — „Eine Mutter.“ — „Und der Wirt wagt es, ein Mädchen schlagen zu lassen, nur weil es mit einem Fremden freundlich war?“ — Diese Erörterung, an jedem andern Ort peinlich, hatte hier nichts Verfängliches an sich. Das Mädchen hatte sich übrigens gleich hinter eine nahe Tür zurückgezogen. — „Ja, sonst hat sie nichts getan“, erklärte der Sprecher. „Der Handschi ist sehr streng und war heute schon in der Früh ungewöhnlich wild.“ — In diesem Augenblick kam der Genannte wieder auf den Hof. Er hatte eine lange türkische Flinte in den Händen. Der Armenier schien sich von meinem Fußtritt leidlich erholt zu haben, auch konnte er wieder reden, denn er schrie mir schon von weitem mit gellender Stimme zu: „Hundesohn, jetzt werden wir abrechnen!“ — Der Handschi legte das Gewehr an und zielte auf mich. Seine Frau war hinter ihm aus dem Haus gekommen. Sie schrie vor Angst laut und griff nach der Flinte.

„Was willst du tun?“ jammerte sie. „Du wirst ihn doch nicht ermorden wollen?“ — „Schweig! Pack dich fort!“ brüllte er die Frau an und gab ihr einen Stoß, daß sie zur Erde fiel. Dadurch war der Lauf seines Gewehrs aus der Richtung gekommen. Auch ich legte an und zielte so genau, als es bei aller Schnelligkeit möglich war. Ich wollte ihn nicht verwunden, obgleich es sichtlich sein fester Wille war, mir eine Kugel zu geben. Mein Schuß krachte früher als der seinige. Der Armenier stieß einen Schrei aus und ließ das Gewehr fallen. Meine Kugel hatte, hart unter seiner Nase anprallend, das Flintenschloß getroffen. Ihm selbst war weiter nichts geschehen, als daß ihm der Kolben einen tüchtigen Schlag ins Gesicht versetzt hatte und daß ihm die Hände von dem Prall schmerzten. Er schlenkerte sie fluchend hin und her und brüllte: „Habt ihr es gesehen? Er hat auf mich geschossen! Er ist ein Mörder! Faßt ihn, ergreift ihn, nehmt ihn gefangen!“ — Der Wirt raffte das beschädigte Gewehr von der Erde auf und sprang, zum Schlag ausholend, auf mich los. — „Zurück!“ warnte ich. „Sonst schieß ich wieder!“ — „Zweimal schießen? Versuch es doch!“ höhnte er. Seine Flinte war einläufig. Er hätte, ohne erst zu laden, keinen zweiten Schuß abgeben können und meinte, ich befände mich in gleicher Lage. Ich drückte abermals ab, auf den Lauf seiner Flinte zielend, und wieder wurde sie ihm aus der Hand geschleudert. Ich gab gleich noch zwei weitere Schüsse ab, diesmal in die Luft. Der Handschi hatte wieder einen Fluch auf den Lippen gehabt, brachte ihn aber nicht hervor. Ganz entsetzt stand er mit offenem Mund da. „Bir schejtan tüfengi — eine Teufelsflinte!" stieß er endlich hervor. — „Ssihirbas-dir: bu ßihirbaslyk-dir — er ist ein Zauberer; das ist Hexerei!" ließen sich die andern hören. — Ich behielt das Gewehr im Anschlag, sagte aber kein Wort. Der Armenier hob das seinige auf und betrachtete es. „Aibdir, bosulmuschdir — das ist eine Schande; es ist verdorben!" — „Bis jetzt ist nur dein Gewehr verdorben", erklärte ich. „Ich habe mit Absicht nicht auf dich, sondern nur auf die Flinte gezielt. Tust du aber noch einen Schritt weiter, so schone ich dich nicht länger, und auch du wirst zuschanden, denn ich schieße dann auf dich!" — „Wage es nicht!" drohte er. — „Ich wage gar nichts dabei! Du bist mit dem Gewehr auf mich zugekommen und hast auf mich angelegt. Ich befand mich in Notwehr und hätte dich mit Recht niederschießen dürfen." — „Du wolltest mich erschießen und hast nur zufällig die Flinte getroffen. Niemand soll sagen, daß er das Flintenschloß zu treffen vermag, wenn mein Gesicht ganz am Kolben liegt!" — „Du hast wohl noch keinen guten Schützen gesehen?" — „Und vorher hast du mich geschlagen. Weißt du, was das bedeutet? Kein Mensch kann es mir verdenken, wenn ich dich dafür töte. So eine Schande kann nur mit Blut abgewaschen werden." — „Wer aber wäscht die Schande von der Ehre des Mädchens, das du geschlagen hast?" — „Hat eine Magd Ehre?" entgegnete der Handschi hohnlachend. „Und was hast du dich um meine Angelegenheiten zu kümmern? Ich kann mein Gesinde züchtigen, wie es mir beliebt!" — Da hatte er nach den Gebräuchen jener Gegend recht. Ich dachte anders darüber. Außerdem hatte ich einmal angefangen und mußte durchgreifen. Darum blieb ich hartnäckig. — „In meiner Gegenwart dulde ich keine Unmenschlichkeit. Und gegen dich habe ich die Peitsche gebraucht, weil du die Höflichkeit verletzt hast, die du mir schuldig bist. Solche Beleidigungen beantworte ich aber nur mit der Peitsche. Ich bin das so gewöhnt." — „Was für ein großer Herr bist du denn eigentlich? Wieviel Roßschweife hat dir denn der Großherr verliehen? Ich werde das gleich untersuchen lassen." Und sich zu den Knechten wendend, fuhr er fort: „Ich warne euch! Laßt den Fremden nicht fort! Ich komme gleich wieder!" — „Du willst den Kjaja holen?" fragte ich. — „Ja. Ich übergebe dich den Händen des Richters. Er wird dir zeigen, welch schöne Wohnungen es im Zuchthaus gibt." — „Hole nur den Kjaja! Ich warte mit Vergnügen, und du brauchst mir diese Leute nicht zu Wächtern setzen. Wenn ich gehen wollte, würde ich mich von ihnen nicht halten lassen. Aber ich werde bleiben, um dir zu beweisen, daß du selbst dich auf dem Weg zum Zuchthaus befindest." Der Wirt eilte durch Schmutz und Kot zum Tor hinaus. Ich aber öffnete die Tür, hinter der das Mädchen verschwunden war. Ich sah einen Aufbewahrungsraum für Ackergeräte und ähnliche Werkzeuge. Das Mädchen saß weinend und vor Schmerzen zusammengekauert auf einem Heuhaufen. Ich wollte einige Fragen stellen, als ich mich von hinten berührt fühlte. Als ich mich umdrehte, gewahrte ich die Frau, die mich zurückzuzerren versuchte. Sie schien die Mitteilungen des Mädchens zu fürchten. „Was hast du hier zu suchen?" kreischte die Wirtin. „Heraus mit dir!" — „Nein, sondern hinaus mit dir!" herrschte ich sie grimmig an. Die Frau wich ganz erschrocken zurück und rief: „Tamam bir jamjam — ein richtiger Menschenfresser!" — „Ja", entgegnete ich finster, „ich habe schon viele Männer und Frauen gefressen, du aber bist mir nicht sauber genug!" — Sie war abgeschreckt und versuchte es nicht wieder, mich am Eintreten zu hindern. — „Du siehst, daß ich dir helfen will", erklärte ich dem Mädchen. „Nun mußt du mir auch sagen, warum dein Herr dich so schrecklich züchtigte." — „Wenn ich es dir erzähle, wird er mich noch mehr schlagen lassen", klagte das Mädchen. — „Ich werde dafür sorgen, daß er es nicht tun kann. Wer war der Fremde, mit dem du gescherzt hast?" — „Er war ein Herr aus — aus — ich habe den Ort vergessen, den er nannte. Er blieb über Nacht." — „Was war er? Wie hieß er?" — „Er nannte sich Madi Arnaud und wollte wiederkommen." Madi Arnaud? Das war der Name des Mannes, von dem Schimin mir erzählt hatte. „Warum ist dein Herr erzürnt, daß du mit dem Fremden freundlich gesprochen hast?" — „Oh, nicht darüber! Der Handschi ist zornig wegen der Brieftasche, die ich entdeckt habe." — „Die Brieftasche? Wem gehörte sie?" — „Madi Arnaud hatte sie verloren und suchte sie vergeblich. Ich fand sie in der Schlafstube des Herrn und wollte sie dem Fremden wiedergeben. Aber der Handschi schloß mich ein, bis der Mann fort war, und als ich dem Wirt dann sagte, die Tasche gehöre nicht ihm, ließ er mich schlagen." — „So ist der Handschi ein Dieb. Was war in der Tasche?" — „Ich konnte nicht nachsehen, weil der Herr dazukam." — „Weißt du, wo er sie jetzt hat?" — „Ja, ich habe aufgepaßt. Er hat sie der Frau gegeben, und diese steckte sie hinter das Holz am Herd." — Da hörte ich draußen eine quiekende Stimme fragen: „Wo ist der Mörder?" — Ich trat hinaus und sah einen kleinen, spindeldürren Mann, der auf dem Kopf eine ungeheure Pelzmütze und an den Füßen riesige Bastschuhe trug. Gekleidet war er in eine scharlachrote Hose und Weste und in einen blauen Kaftan mit kurzen Ärmeln. Dieses Oberkleid war arg zerrissen, und Hose und Weste hatten keine Knöpfe mehr, sie wurden nur von einer einfachen Hanfschnur zusammengehalten. Auf der Nase des Mannes saß eine riesige Hornbrille mit anderthalb Gläsern, und in den Händen trug er ein Tintenfaß, eine Gänsefeder und mehrere fettbefleckte Papierblätter.

„Da ist er!" sagte der Wirt und zeigte auf mich. Also das wunderliche Männchen war der Gebieter des Dorfs! Er machte auf mich den gleichen Eindruck wie die Abzeichen seines Amtes. Ich sah auf den ersten Blick, daß die Gänsefeder den Schnabel weit aufsperrte, und das Tintenfaß schien einen trostlos eingetrockneten schwarzen Schlamm zu enthalten. — „Also du bist der Mörder?" wendete der Kjaja sich in amtlich strenger Würde an mich. — „Nein." — „Dieser Handschi sagt es aber doch!" — „Wäre ich ein Mörder, so müßte ich doch jemand ermordet haben!" — „Du hast morden wollen, das genügt. Kommt alle in die Stube! Ich werde ein strenges Verhör anstellen, und der Schuldige mag ja nicht glauben, daß er dem Kreuzfeuer meiner Fragen entrinnen kann. Nehmt ihn in die Mitte!" — „Das verbitte ich mir!" begehrte ich auf. „Noch wissen wir nicht, wer der Schuldige ist. Ich gehe voran." In der Stube setzte ich mich zu meinem Rakitopf. Es war der bequemste Sitz. — „Weg mit dir!" befahl der Kjaja. „Das ist mein Platz." — „Siehst du denn nicht, daß es der meinige ist? Ich sitze ja schon!" — „So steh auf!" — „Ich sehe keinen unter euch, vor dem ich aufstehen müßte." — „Siehst du nicht mich? Gehorchst du nicht gutwillig, so werde ich dir deinen Platz mit Gewalt anweisen lassen!" — „Wer es wagt, mich anzurühren, dem werde ich diese sechs Schüsse in den Leib jagen!" — Ich hielt ihm den Revolver entgegen. Das Dorfoberhaupt tat einen Satz nach rückwärts, der einem Kunstturner alle Ehre gemacht hätte. — „Dieser Mann ist wirklich gefährlich", meinte er. „Wir wollen ihn einstweilen sitzen lassen." — Der Kleine suchte einen andern Platz, legte die Papiere vor sich hin, stellte das Tintenfaß daneben, zog die Stirn wichtig in Falten, hielt die Feder gegen das Licht und untersuchte ihren Schnabel. Das Ergebnis dieser Prüfung war der Befehl: „Gib mir ein Messer!" — Der Wirt brachte einen Kneif hervor, mit dem man Holz hätte hacken können. Der Kjaja schnitzte damit an dem Kiel herum, daß es eine Art war. Dann gebot er: „Gib mir Wasser!" — Das Tintenfaß wurde vollgegossen, und dann stampfte und rührte der Dorfgewaltige mit der Feder in dem Schlamm, der nur sehr langsam weich wurde, so nachdrücklich, als wolle er Teig machen. Die Sache belustigte mich. Ich schob ihm meinen Topf hin und lud ihn ein: „Das ist eine schwere Arbeit. Trink!" — Es geschah wirklich, wie ich gedacht hatte. — „Was ist darin?" erkundigte sich der Kjaja. — „Raki." — Er nahm den Topf, sah hinein, roch daran und trank. — „Willst du mehr?" fragte ich. — „Hast du Geld?" — „Ja.

Ich bezahle." — „Laß ihn füllen. Wir trinken dann alle." Der Topf wurde vollgeschenkt und ging von Mund zu Mund. Als die Reihe an mich kommen sollte, meinte der Kjaja: „Dieser ist der Verbrecher. Er bekommt nichts!" — Das war mir lieb, obwohl ich den Knechten anmerkte, daß sie mir gern einen Schluck gegönnt hätten. Sie schienen überhaupt auf meiner Seite zu sein. Den letzten Schluck nahm der würdige Ortsvorsteher. Dann rückte er die Brille fest. — „Also jetzt beginnt das Verhör. Du hast auf diesen Mann geschossen? Nicht wahr?" — „Nicht auf ihn, sondern auf seine Flinte." — „Das ist ganz gleich. Du hast geschossen und hast es eingestanden. Das Verhör ist zu Ende. Ich brauche gar nicht zu schreiben. Bezahle den Branntwein, dann wirst du abgeführt." — „Wohin, o Kjaja?" — „Das wirst du schon erfahren. Jetzt mußt du gehorchen, ohne zu fragen." — „Schön! Aber wenn ich schon nicht fragen darf, so wünsche ich, daß du wenigstens einige Fragen stellst." — „Was hätte ich zu fragen? Ich bin fertig", trumpfte das Männchen auf. — „Ganz wie du willst! So bin ich also auch fertig und werde meinen Weg fortsetzen." — „Das wirst du nicht tun, denn du bist mein Gefangener." — „Höre, wenn du einen Spaß machen willst, so mache wenigstens einen guten! Ich möchte wissen, wer mich halten wollte! Etwa du?" — Der Kleine warf sich in die Brust. — „Ja, ich!" — „So komm her und versuche es! Wenn ich dich zwischen meine Hände nehme, so bist du im Augenblick wie ein Schilfrohr geknickt. Und will mich etwa ein andrer halten, den schieße ich nieder." — „Hört ihr's?" rief er. „Wir werden ihn fesseln müssen." — „Das ist nicht nötig. Ich tu euch nichts, denn ich weiß, daß auch ihr mir nichts tut. Du hast dein Verhör beendet, ohne zu fragen, wer ich bin. Mußt du nicht deinem Vorgesetzten meinen Namen nennen?" — „Ja. Wer bist du und wie heißt du?" — „Sieh, jetzt kannst du auf einmal fragen!" — „Ich wollte nur nicht anfangen, weil ich dich nicht ganz und gar unglücklich machen wollte. Denn wenn ich einmal ins Fragen komme, so werden auch alle andern Verbrechen, die du begangen hast, offenbar." — „So frag in Allahs Namen weiter! Ich werde dir alle meine Sünden nennen, und du magst sie aufzeichnen. Kannst du schreiben?" Diese Frage kam ihm unerwartet. Erst nach einigem Besinnen sagte er: „Diese Tinte ist freilich zu dick, auch ist die Feder viel zu stumpf. Ich muß mir neue Tinte kochen. Ich höre, daß du ein Fremder bist?" — „Das bin ich." — „Hast du denn eine Teskere für neun Piaster?" Eine Teskere ist der gewöhnliche Paß, den ein jeder Reisende haben muß. An jedem Ort muß abgestempelt werden. „Ja, ich habe eine", antwortete ich. — „Zeig sie her!" Der Kjaja erhielt die Teskere. Kaum aber hatte er den ersten Blick darauf geworfen, so sagte er: „Die ist ja noch kein einzigesmal gestempelt! Warum nicht?" — „Weil ich die Teskere noch niemand gezeigt habe." — „So bist du ein Landstreicher, wie es keinen zweiten gibt. Deine Strafe wird immer schwerer!" — „Willst du nicht fragen, warum ich die Teskere noch nicht vorgezeigt habe?" — „Nun, warum nicht?" fragte der Kjaja hoheitsvoll. — „Weil ich etwas andres vorzeigen kann, nämlich das hier." Ich reichte ihm mein Bujuruldu hin. Der Kleine machte ein verlegenes Gesicht. „Nun, willst du das Siegel und die Unterschrift nicht grüßen?" fragte ich. — Der Kleine verneigte sich, drückte die Urkunde an die Stirn und sagte dann: „Warum hast du dieses Bujuruldu nicht eher erwähnt?" — „Du warst mit dem Verhör zu schnell fertig. Übrigens hast du dich mit deinem Gruß nicht sehr angestrengt. Erhebe dich von deinem Sitz und ziehe deine Schuhe aus, denn ich werde dir noch einen anderen Paß zeigen!" — „Allah! Hast du einen Ferman?" — „Ja — hier ist er!" Ich entfaltete den großen Bogen. Der Ferman ist der höchste Paß. Er enthält oben zwischen kalligraphischen Schnörkeln die Titel des Padischah. Es wird darin den Behörden alle mögliche Rücksicht auf die Wünsche des Reisenden anbefohlen. Auch sind allerlei für den Inhaber vorteilhafte Bestimmungen in diesem Pergament zu lesen, zum Beispiel, zu welchem Preis er Pferde, Begleiter und Führer und andres haben kann. Der Ferman brachte die gewünschte Wirkung hervor. Der Kjaja war wie verwandelt. „Ihr Leute, begrüßt die Würde, das Siegel und die Unterschrift des Beherrschers aller Gläubigen! Von seinen Lippen fließt Wahrheit und Segen, und was er befiehlt, das muß geschehen an allen Orten der Erde."

Die Verneigungen wollten kein Ende nehmen. Ich steckte indessen die drei Pässe wieder in den Lederumschlag und fragte den Kjaja: „Was wird der Padischah sagen, wenn ich ihm schreibe, daß ich hier beschimpft worden bin, und daß du mich einen Mörder genannt hast?" — „Seid gnädig, bei Hasretlerim! Ich wußte es nicht anders!" — „Ich will verzeihen, obgleich es ein großer Fehler ist, mich einen Verbrecher zu nennen, da ich doch gekommen bin, ein Verbrechen zu entdecken. Geh zum Herd und räume das Holz zur Seite! Du wirst dort etwas finden, was nicht in dieses Haus gehört." — Der Dorfgewaltige gehorchte augenblicklich. Der Handschi konnte seinen Schreck nicht verbergen, und seine Frau fand es für das beste, zu verschwinden. Sie schlich zur Tür hinaus. Der Kjaja brachte wirklich die Brieftasche zum Vorschein und gab sie mir. Sie war alt und abgenützt. Als ich sie öffnete, sah ich, daß sie auch ein Notizbuch enthielt. Darin gab es eine Menge Bemerkungen und allerlei gereimtes und ungereimtes Zeug — in deutscher Sprache. An sich war der Inhalt des Notizbuchs wertlos. Vielleicht enthielten die Fächer der Brieftasche Besseres? Ich suchte und fand eine alte Karte mit zwei verschlungenen Händen, darunter die Worte: ‚Kein Tod kann uns trennen' — eine gelochte Bahnfahrkarte dritter Klasse von St. Peter in Krain nach Nabresina — zwei Blätter aus einem Fremdwörterbuch — ein mit der Bürste durchgeklopftes Eichenblatt mit einer aufgemalten Rose und der Unterschrift: ‚So schön bist du!' — ein sehr abgegriffenes Heftchen mit dem Titel: ‚Genaue Preisberechnung aller Skatspiele mit und ohne Farbengrund' — das Preisverzeichnis einer Budapester Weinhandlung und — endlich etwas Befriedigendes, nämlich in Papier eingeschlagen achtzig Gulden österreichisches Papiergeld. Dieses Geld war für den Handschi jedenfalls die Veranlassung gewesen, die sonst wertlose Tasche zurückzubehalten.

„Woher hast du dieses Dschüsdan?" fragte ich ihn. — „Es gehört mir", antwortete der Armenier. — „Wer hat diese Blätter beschrieben?" — „Ich." — „Welche Sprache ist das?" — „Das ist — das ist —", stotterte der Wirt. — „Persisch, nicht wahr?" — „Ja." — „So will ich dir sagen, daß diese Schrift nur in Almanja geschrieben wird. Hier, lies vor, was auf dieser Seite steht! Er befand sich in der größten Verlegenheit. „Du kannst es nicht lesen! Dieses Dschüsdan gehört einem Mann, der sich Madi Arnaud nennt. Ich werde dafür sorgen, daß er es wieder erhält. Was dich betrifft, so hast du Strafe verdient, doch soll es auf dich ankommen, ob ich Gnade walten lasse. Gestehst du offen, daß du diese Brieftasche widerrechtlich an dich gebracht hast, so soll dir die Strafe erlassen sein. Also rede jetzt. Gehört sie wirklich dir?" Dem Armenier fiel die Antwort schwer, aber der Ferman hatte einen großen Eindruck gemacht. Er hielt mich jetzt für einen großen Herrn, den er fürchten müsse. Darum gab er endlich zögernd zu: „Nein, sie gehört Madi Arnaud." — „Weißt du, wohin er gereist ist?" — „Nach Ismilan." — „Gut, es sei dir vergeben! Aber ich stelle die Bedingung, daß du einem jeden der Anwesenden einen Topf voll Raki schenkst. Du würdest die Bastonade erhalten und viele Wochen eingesperrt werden. Willst du?" — „Ja", knurrte er verbissen. — Da griff der kleine Kjaja mit solchem Eifer nach meiner Hand, daß er das Tintenfaß umstieß. „Effendi, deine Güte ist groß, deine Weisheit aber noch viel größer! Du bestrafst ihn, indem du uns Wohltat erweist. Dein Andenken wird bei uns nie vergessen werden!" — „So zeigt euch meiner Güte würdig und genießt den Trunk — euch allen zur Freude und zur Besserung." Die mißhandelte Magd war nicht in die Stube gekommen. Ich ging zu ihr hinaus. Sie saß noch auf dem Stroh. Ich teilte ihr mit, daß der Wirt den Diebstahl eingestanden habe. Das erregte ihre Besorgnis. „Effendi, nun wird es mir schlimm ergehen", jammerte sie. — „Der Handschi weiß nicht, daß du es mir gesagt hast. Aber warum bleibst du bei ihm, wenn er so ein böser Herr ist?“ — „Ich muß. Er hat mir dreißig Piaster Lohn vorausbezahlt. Ich brauchte das Geld für meine Mutter und kann nun nicht eher zu einem andern Herrn gehen, als bis ich diesen Vorschuß abgedient habe.“ — „Ich werde dir das Geld geben. Wirst du dann gleich einen andern Dienst finden?“ — „Oh, gleich! Aber der Handschi wird mich doch nicht sofort gehen lassen.“ — „Er wird, denn ich befehle es ihm.“ — „Effendi, wie soll ich dir danken?“ — „Sei still! Du hast für deine Mutter gesorgt, das muß belohnt werden. Ehre sie auch weiterhin, denn wer die Eltern liebt und achtet, auf dem ruht Allahs Wohlgefallen.“ Ich gab ihr die kleine Summe und noch ein weniges darüber. Sie machte ein ganz andres Gesicht als der Wirt, mit dem ich in der Haustür zusammentraf. Er ging, um den Krug zu füllen, und murrte: „Effendi, es war nicht nötig, all diesen Leuten Raki zu geben. Hätte der Kjaja einen Krug voll erhalten, so war es genug.“ — „Meinst du? Ich will dir sagen, daß keiner von euch allen einen Para wert ist. Dein Raki ist aber noch schlechter als du selbst. Indem ihr ihn trinken müßt, bestrafe ich euch, und ich werde mit Vergnügen an seine Wirkung denken. Jetzt aber möchte ich noch ein Wort wegen deiner Magd mit dir reden. Ich rate dir, sie zu entlassen.“ — „Sie ist mir Geld schuldig.“ — „Sie wird es dir zurückzahlen.“ — „Hast du es ihr gegeben?“ — „Ja.“ — „So mag sie laufen. Ich will sie nicht mehr sehen, denn sie ist schuld an allem, was geschehen ist.“ — „Gut. Erkläre das drin vor allen Anwesenden.“ — „Das ist nicht nötig.“ — „Oh, ich halte es im Gegenteil für sehr notwendig, denn ich traue dir nicht. Ich werde nicht früher von hier fortreiten, als bis sie abgezogen ist.“ — „Ich habe gesagt, daß sie gehen kann. Hältst du mich für einen Lügner?“ — „Ja. Du bist ein Dieb und ein gewalttätiger Mensch. Darum bin ich überzeugt, daß du auch lügen kannst.“ — „Das sollte mir ein andrer sagen! Aber ich will es dulden. Ich erleide zwar großen Schaden, aber ich bin überzeugt, daß du mir meine Flinte, die du mir verdorben hast, bezahlen wirst.“ — „Meinst du? Woher bist du?“ — „Ich bin ein armenischer Christ.“ — „So schäme dich! Der, den du bestohlen hast, war auch ein Christ. Das macht deine Tat noch nichtswürdiger. Ihr Christen solltet für die Muslimin die Leuchte aller Tugenden sein. Was aber seid ihr in Wirklichkeit? Ich will dir keine Predigt halten, sie wäre ja doch nutzlos. Eins aber sag ich dir: Ich bezahle weder dein Schießgewehr, noch den Raki, den ich bestellt, aber nicht getrunken habe. Für das Futter meines Pferdes sollst du fünf Piaster erhalten. Hier sind sie und damit sind wir quitt.“ — Der Handschi nahm das Geld, ohne ein Wort zu sagen, und entfernte sich. Ich setzte mich auf einen Stein, der in der Nähe der Tür lag, und wartete. Es dauerte nicht lang, so kam die Magd, mit einem kleinen Bündel in der Hand. Sie sagte mir, daß sie den Herrn bezahlt und dann ihren Laufpaß erhalten habe, und verabschiedete sich von mir unter aufrichtigen Dankesworten.

Nun verließ auch ich den Ort, der mir fast hätte gefährlich werden können. Es hatte sich zuletzt niemand um mich gekümmert. Man war mit dem Raki beschäftigt. Während ich ohne Abschied davonritt, dachte ich mit Vergnügen an die Möglichkeit, daß die Geister des Schnapses meine Absicht verstehen könnten. So eine gemütliche Abwalkerei untereinander konnte den Bewohnern dieses traulichen Gasthauses nichts schaden. In Topoklu fand ich einen andern Han, dessen Besitzer ein Türke war. Hier herrschte Reinlichkeit, und es gab einen guten Kaffee. Da der Weg von Mastanly und Stajanowa vorüberführte, blieb ich hier, um auf meine Gefährten zu warten.

Ich hatte geglaubt, daß sie erst am Abend Topoklu erreichen würden, aber es war noch am Nachmittag, als ich sie vorüberreiten sah. Ich bezahlte meine Zeche und holte sie schnell ein. Sie wunderten sich nicht wenig, mich hier zu sehen, da ich die Absicht gehabt hatte, nach Palatza zu reiten. Als ich ihnen dann erzählte, was ich erlebte, bedauerte Halef sehr, nicht dabeigewesen zu sein. Meine Gefährten hatten gar nicht geschlafen und waren mit Tagesgrauen aufgebrochen. Ihre Pferde waren von dem weiten Ritt sehr ermüdet, aber bis Ismilan konnten sie es aushalten, und dort sollte es eine längere Ruhe für Menschen und Tiere geben.

10. Alte Bekanntschaft

Als wir in Ismilan ankamen, fragten wir nach dem Kaffeehaus des Waffenschmieds Deselim. Wir erfuhren, daß es nicht nur ein Kaffeehaus, sondern auch ein Han sei und daß sehr viele Reisende da über Nacht blieben. Es war gewiß nicht ungefährlich, im Haus des Mannes, der meinetwegen den Hals gebrochen hatte, abzusteigen. Aber dieser Unglücksfall war ja hier noch nicht bekannt, und da Deselim der Schwager des Schut war, erwartete ich, daß unsre Flüchtlinge auch bei ihm eingekehrt seien. Vielleicht war da etwas Wichtiges zu erfahren. Das Haus hatte einen ziemlich großen Hof mit Stallungen und einem niedrigen Gebäude, worin sich die für die Fremden bestimmten Schlafräume befanden. Es waren kleine Stuben mit ganz urwüchsigen Lagerstätten. Decken und dergleichen Dinge mußte der Reisende selbst mitbringen.

Als wir von den Pferden stiegen, kam ein finster dreinblickender Mann und fragte nach der Begrüßung, ob wir da übernachten wollten. Auf meine bejahende Antwort meinte er: „Dann müßt ihr im offnen Hof schlafen. Die Räume sind alle besetzt. Es ist kein Platz mehr." — „Auch für solche Leute nicht?" Bei dieser Frage deutete ich auf die Koptscha. Ich war neugierig, ob das eine Wirkung hervorbringen werde. — „Ah, ihr seid Brüder", erwiderte er schnell. „Das ist etwas andres, dann wird Platz geschafft. Aber ihr müßt zu zweien schlafen, da ich nur zwei Stuben freimachen kann." Wir waren einverstanden und folgten ihm in den Stall, um unsre Tiere gut unterzubringen. Dabei war es mir, als ob ich aus der Ferne einen hier nicht gewöhnlichen Gesang vernähme, doch achtete ich nicht sonderlich darauf. Wir wurden erst in die Kaffeestube gewiesen, wo uns die angenehme Mitteilung wurde, daß wir einen frischen Pilaw mit Huhn bekommen könnten. Das wurde gern angenommen. Außer uns war kein Gast in der Stube, und der Jüngling, der uns bediente, schien das Sprechen für eine Sünde zu halten. So aßen wir schweigend und ungestört. Dann kam der Mürrische, der uns empfangen hatte, um uns unsre Stuben anzuweisen. „Ihr habt die Koptscha", sagte er, „und ich möchte gern mit euch reden. Aber ich habe jetzt keine Zeit, denn wir haben ein Gesangtheater im Garten." — „Wer singt denn?" fragte ich. — „Ein fremder Sänger, der heute hier angekommen ist, um über Nacht zu bleiben. Er setzte sich in den Garten und sang, da gingen alle Gäste zu ihm hinaus. Er singt immerfort, und sie hören immer zu. Also müssen wir ihnen den Tabak und den Kaffee in den Garten tragen. Das macht viel Arbeit." — „Weißt du, woher der Sänger ist und wie er heißt?" — „Er ist aus dem Land Avusturya[1] und hat einen fremden Namen. Er sagt, wir sollen ihn Madi Arnaud nennen. Wenn ihr nicht zu müde seid, könnt ihr auch in den Garten gehen. Aber verstehen werdet ihr nichts, denn er singt in einer fremden Sprache. Dennoch klingt es sehr schön, so schön, wie man es noch gar nicht gehört hat. Er hat eine Zither und spielt die Stimmen aller Vögel auf den Seiten."

Hierauf führte er uns über den Hof hinüber und öffnete zwei nebeneinanderliegende Türen des niedrigen Gebäudes. Man trat aus dem Hof unmittelbar in die Schlafstuben. Er hatte Heu hineinschaffen lassen und Decken darüber gebreitet, eine Aufmerksamkeit, die wir jedenfalls nur der Koptscha verdankten. Omar und Osko erhielten die eine Stube, während Halef mit mir in der andern schlafen sollte. Unser Führer entfernte sich, und auch Omar und Osko gingen, um unsre Habseligkeiten aus dem Stall zu holen. Während wir uns mit dem Lager beschäftigten, hörten wir die Töne einer Zither erklingen. Unser Schlafgemach hatte der Tür gegenüber eine Fensteröffnung, die mit einem Laden verschlossen war. Licht erhielten wir von einem mit Talg gefüllten Napf, worin ein Docht brannte. Was wir hörten, war eine Einleitung von acht Takten, und dann vernahm ich zu meiner Überraschung in deutscher Sprache das Schnadahüpfel:

„'s Diandl hat Zahnerl
so weiß wia da Schnee,
sand alle z'samm eing'setzt,
drum toan's ihr net weh.
's Diandl hat so a goldene
Riegelhaub'n dahaust,
tragt aba a Parruck'n,
pfui Teufi, mir graust!"

Ich horchte auf. Es kam mir eine Erinnerung. Sollte es möglich sein? Auch Halef horchte. „Sihdi, weißt du, wer so sang?" fragte

[1] Österreich

er. — „Nun — wer?“ — „Der Mann in Dschidda, der mit bei Malek, dem Scheik der Ateïbeh, war und bei Hanneh, meinem Weib, der Krone der Töchter. Er trug einen mächtigen Säbel und hatte ein weißes Ding um den Hals, das du Vatermörder nanntest.“ — „Ja, du hast recht. Dieser Mann sang genau so.“

„Mei Muatta hat's g'sagt
zu mein liab'n Papa,
daß mei Ahndl ohne mi
gar koa Großmutta war.“

So klang es jetzt herüber, und dann fuhr der Sänger fort:

„Dö Köchina bringa
dö Gäns so gern um,
denn dö gar groß Verwandtschaft,
dö wär eahna z'dumm.“

Halef war begeistert. „Sihdi, ich gehe hinaus“, sagte er. „Ich muß wissen, ob es wirklich der Mann ist, der Hanneh gesehen hat.“ — „Ja, gehen wir“, stimmte ich zu. Gar nicht weit von unsrer Tür führte eine Pforte durch die Gartenmauer. Als wir sie hinter uns hatten, sahen wir auf einem Rasenplatz mehrere Talglampen brennen, deren flackerndes Licht einen Halbkreis von Zuhörern beleuchtete. Diesen gegenüber saß — ja, ich erkannte ihn sogleich — Martin Albani, unser Bekannter aus Dschidda! Er sah uns eintreten, warf uns nur einen kurzen Blick zu, beobachtete uns weiter nicht und sang:

„Und der Türk und der Ruß,
die zwoa geh'n mi nix o',
wann i no mit der Gretl
koan Kriegshandel ho'!“

Ich schritt langsam weiter, bis ich hinter dem Sänger stand. Ich wollte ihn ebenso überraschen, wie seine Anwesenheit mich überrascht hatte. Ohne zu bemerken, daß ich hinter ihm stand, begann er die Strophe:

„Wenn drob'n auf dö Latschn
der Auerhahn balzt,
kriagt mein Diandl a Busserl,
des grad a so schnalzt."

Ich sah, daß er in F-dur griff. Ich bückte mich zu ihm, nahm ihm die Zither aus der Hand und sang in gleicher Tonart:

„Dös Diandl is sauba
vom Fuaß bis zum Kopf,
nur am Hals hat's a Binkerl
dös hoast ma an Kropf."

Martin Albani war aufgesprungen und starrte mich verblüfft an. „Was?" fragte er. „Auch ein Deutscher?" — „Ja. Grüß Gott, Herr Albani!" — „Sie kennen mich? Wunder über Wunder!" — „Und Sie mich nicht? Wollten wir nicht miteinander einen Kamelritt machen? Wissen Sie noch?" — „Kamelritt? Das habe ich nur ein einzigesmal gewagt und da — Bomben und Granaten, jetzt kommt mir der Verstand! Sie sind es? Sie! da möchte man vor Freude gleich den Ofen einreißen, wenn man einen da hätte. Wie kommen denn Sie hierher nach Ismilan?" — „Ich suche Sie." — „Mich? Wieso? Woher wußten Sie denn, daß ich hier in Ismilan bin?" — „Ja. Sie kommen von Tschirmen und wollen nach Melnik." — „Wahrhaftig, er weiß es! Von wem haben Sie das aber erfahren?" — „Zuerst sprach der Schmied Schimin in Koschikawak von Ihnen." — „Ja, bei dem bin ich gewesen." — „Das heißt, er sprach von einem Türki tschaghyrydschi, der bei ihm eingekehrt war, und ich hatte keine Ahnung, daß Sie dieser Mann seien." — „Türki tscha — tschi — tscho — tschu — wie war das Wort? Was bedeutet es auf deutsch?" — „Sänger." — „Ah so! Der Kuckuck mag dieses Türkische pfeifen! Ich finde mich da schwer zurecht." — „Und doch reisen Sie hier!" — „Na, verständlich mache ich mich schon. Geht es nicht mit Worten, so geht es mit Gesten. Das Gesichterschneiden ist ja eine Allerweltssprache, die jeder begreift. Aber setzen Sie sich und erzählen Sie mir, was —" — „Bitte, wollen Sie sich nicht umdrehen? Da steht einer, der Ihnen auch einen guten Abend wünschen möchte." — „Wo?" Da? Ah, das ist doch der Herr Hadschi Ha — Hi — Ho — mit dem langen Namen!" Halef merkte, daß von seinem Namen die Rede war. Er sagte würdevoll: „Hadschi Halef Omar Ben Hadschi Abul

Abbas Ibn Hadschi Dawuhd al Gossarah." — „Schon gut, schon gut! Diese Menge von Hadschis kann ich mir nicht merken. Lassen wir es bei dem einfachen Namen Halef. Also guten Abend, Herr Halef!" Albani streckte ihm die Hand entgegen, und Halef ergriff sie, ohne ein Wort verstanden zu haben. — „Bitte, erinnern Sie sich, daß der gute Hadschi ein Araber ist", sagte ich. „Er versteht Sie nicht." — „Ah so! Was spricht er denn?" — „Arabisch und Türkisch." — „Grad das sind meine schwachen Seiten. Na, wir werden uns schon verständlich machen. Jetzt aber ist es aus mit der Singerei. Jetzt wird erzählt!"

Die Anwesenden hatten gemerkt, daß hier eine unerwartete Begegnung stattfand. Sie sahen mit sichtlichem Mißvergnügen, daß die Zither weggelegt wurde. Der Triestiner aber verzichtete auf das Glück, sich von ihnen bewundern zu lassen. Er zog mich zu sich nieder und drängte: „Jetzt erzählen Sie mir, was Sie seit damals erlebt haben!" — „Das würde mehrere Abende füllen", erwiderte ich. „Lassen Sie zunächst hören, wie es Ihnen ergangen ist!" — „Gut und schlecht", meinte er, „beides abwechselnd. Ich habe verschiedenes getrieben, teils mit Glück, teils mit Unglück. Jetzt bin ich Kompagnon meines Kompagnons und schlage mich hier herum, um zu sehen, welche geschäftlichen Möglichkeiten dieses Land bietet." — „Wohin gehen Sie von hier aus?" — „Zum Jahrmarkt von Melnik." — „Ich auch." — „Das ist herrlich. Wollen wir beisammenbleiben?" — „Ja, vorausgesetzt, daß Sie gut beritten sind. Ich habe nämlich Eile." — „Oh, ich bin sehr gut beritten. In dieser Beziehung gibt es kein Bedenken." — „Ich hoffe, daß Sie besser reiten als damals auf dem Kamel, das wir für Sie in Dschidda borgten." — „Keine Sorge!" prahlte der Triestiner. „Ich reite wie ein Indianer, wie ein Renz!" — „Haben Sie ein eignes Pferd?" — „Nein." — „O weh! Also geborgt?" fragte ich nachdenklich. — „Ja. Ich habe zwei Maultiere, eins für mich und eins für die Waren. Der Besitzer reitet auf einem dritten als Führer und Treiber." — „Wieviel bezahlen Sie?" — „Ich zahle natürlich nur für meine beiden Tiere, und zwar je zehn Piaster den Tag." — „Ja. Das ist hier der übliche Preis für Fremde, die die Verhältnisse nicht kennen und deshalb leicht zu übervorteilen sind." — „Wieso? Zahle ich zuviel?" — „Ja. Ein Einheimischer gibt nur die Hälfte." — „Ah! Warte, Schlingel! Von jetzt an wirst du nur fünf Piaster für jedes Tier bekommen!" — „Seien Sie nicht vorschnell! Was für einen Paß haben Sie?" — „Eine Teskere." — „Also keine Empfehlung an die Beamten? Da dürfen Sie nicht allzu kräftig auftreten. Wo haben Sie die Tiere und den Führer gemietet?" — „In Mastanly." — „So zahlen Sie ihm den bisherigen Preis fort, bis Sie einen andern mieten. Mit dem werde ich verhandeln." —

„Schön. Bin Ihnen sehr verbunden! Wie weit haben wir von hier noch bis Melnik?“ — „Ungefähr fünfundzwanzig türkische Aghatsch oder hundertzwanzig Kilometer. Ich meine in der Luftlinie.“ — „Das wären drei Tagreisen. Da aber die Berge dauernd zu Umwegen zwingen, brauchen wir länger.“ — „Hm! Ich auf meinem Rappen würde in nicht ganz zwei Tagen dort sein. Maultiere sind oft sehr störrisch. Wie betragen sich die Ihrigen?“ — „Oh, sehr gut!“ Der Triestiner brachte das so gedehnt heraus, daß ich vermutete, er sage mir eine kleine Unwahrheit, um mich nicht von seiner Begleitung abzuschrecken. — „Hören Sie, lieber Albani, Sie flunkern wohl ein bißchen?“ fragte ich. — „O nein, gar nicht!“ — „Sollten diese Mietmaultiere so ganz ohne Fehler sein?“ — „Na“, gestand Martin Albani, „das Maultier, das ich reite, hat einen ganz kleinen Klaps. Es hat die Angewohnheit, sich zuweilen auf die Vorderbeine zu stellen und mit den Hinterbeinen in der Luft herumzufuchteln. Und das Packtier läuft nicht immer so, wie man will. Es bleibt mitunter stehen, um sich die Gegend mit Verständnis zu betrachten. Auch legt es sich dann wieder nieder, um Denkübungen zu halten, und sonderbarerweise immer da, wo der tiefste Schlamm ist. Aber das schadet nichts, denn es holt das Versäumte stets wieder ein. Wenn es ihm nämlich dann in den Sinn kommt, daß eine kleine Bewegung für die Gesundheit eigentlich von Vorteil sei, so rennt es wie eine Eilzugslokomotive. Und dann wiehert es vor Vergnügen, wenn es sieht, daß wir zurücklaufen müssen, um die Sachen aufzulesen, die es verloren hat. Es will eben jedes Tierchen sein Pläsierchen haben, und ich bin menschlich genug, es ihm zu gönnen.“ — „Danke bestens! Das größte Pläsierchen eines solchen Tierchens muß sein, seinem Herrn zu gehorchen.“ — „Urteilen Sie nicht zu streng! Widerspruch gibt es überall. Übrigens sind das die einzigen Fehler, die meine Maultiere haben.“ — „So scheint es mir, als hätte Ihr Führer für sich das beste Tier ausgewählt?“ — „Das ist wahr. Aber ich kann es ihm nicht verdenken. Ein jeder ist sich selbst der nächste.“ — „Das ist ein Grundsatz, nach dem Sie sich selbst auch der nächste wären. Ich bin neugierig, wie Sie mit solchen Tieren über die schlimmen Strecken kommen werden, die vor uns liegen. Wohin wollen Sie von Melnik aus?“ — „Das ist noch unbestimmt. Entweder reise ich südwärts nach Saloniki — oder nach Westen bis ans Adriatische Meer, um dort zur See nach Triest zurückzukehren.“ — „Ich rate Ihnen das erstere.“ — „Warum?“ — „Weil es das weniger Gefährlichere ist.“ — „Halten Sie denn die Menschheit hier für böse?“ — „Für böse gerade nicht, aber die Leute, die zwischen hier und der Adria wohnen, haben mitunter eigentümliche Gewohnheiten. Sei lieben manchmal die Gütergemeinschaft, das heißt nur dann, wenn ein andrer etwas hat. Und sodann halten sie öfters allerlei Schieß- und Stechübungen und da nehmen sie wunderbarerweise am liebsten irgendein lebendes Wesen als Ziel." — „Das ist freilich unangenehm", gestand Albani. — „Sie haben allerlei Waren bei sich, vielleicht auch Geld. Das ist sehr verführerisch für Menschen mit solchen Ansichten. Es könnte leicht sein, daß man sich Ihrer Sachen auf Lebenszeit von Ihnen borgt. Oder es könnte sich gar ereignen, daß Sie bei Ihrer Einschiffung bemerken, man habe Sie da oben in den Bergen erschossen und dann in irgendeiner wilden Schlucht eingescharrt." — „Für solche Bemerkungen danke ich nun freilich. Ich habe mir die Sache nicht so vorgestellt. Bis jetzt ist mir nichts weiter geschehen, als daß ich in Adatschali nach allen Regeln der Kunst ausgehauen wurde, aber nicht in Marmor, und daß ich dann eine Brieftasche verloren habe. Dieses zweite Mißgeschick kann ich jedoch nur meiner Nachlässigkeit zuschreiben, nicht aber auf die Rechnung der hiesigen Bevölkerung bringen." — „Vielleicht doch", lächelte ich. — „So meinen Sie, daß man mir die Brieftasche gestohlen hat?" — „Möglich. Andernfalls konnte der Finder sie Ihnen doch zurückgeben."

„Hm? Kannte er mich? Ich weiß gar nicht, wo die Brieftasche mir abhanden kam." — „Hoffentlich ist der Verlust nicht zu bedeutend?" — „Nein. Es steckten achtzig österreichische Papiergulden drin. Das ist nicht schlimm. Leider hatte ich auch einige liebe Andenken dabei, die ich schmerzlich vermisse." — „Was war das?" — „Verschiedenes, was Sie kaum berührt." — „Ja." — „‚Kein Tod kann uns trennen!'" — „Wie? Was sagen Sie?" — „‚So schön bist du!'" — „Ich verstehe Sie nicht!" — „‚Genaue Preisberechnung aller Skatspiele.' Das ist jedenfalls ein wertvolles Andenken an ein verspieltes Eichelsolo mit sieben Trümpfen und drei blanken Zehnern. Sie haben als Österreicher Skat studiert?" — „Was Sie da sagen!" staunte Albani. „Ich glaube gar. Sie wissen, was sich in meiner Tasche befand!" — „So ziemlich." — „Woher denn?" — „Oh, ich hatte das Vergnügen, mich mit einer hübschen, jungen Dame von Ihnen zu unterhalten." — „Hübsch? Jung? Wo denn?" — „Sie scheinen viele solche Damen zu kennen?" — „So ungefähr." — „Ja, Sie reisen ja, um sich eine Frau zu suchen." — „Ach, jetzt weiß ich es, wen Sie meinen: die Magd der Wirtin mit dem sauren Milchkübel in —" — „Hat sie auch bei Ihnen saure Milch gerührt?" — „Von früh bis abends. Das scheint ihre Leidenschaft zu sein." — „Jeder hat seine Schwächen. Der Handschi hatte auch eine." — „Welche? Die Grobheit?" — „Nein, das war nur Angewohnheit. Seine Schwäche war es, gefundene Gegenstände nicht zurückzugeben." — „Hat er etwas gefunden?"

Ich zog die Brieftasche hervor und gab sie ihm. — „Meine Brieftasche!“ fuhr Albani auf. „Die hat der Wirt gefunden?“ — „Ja, und zwar noch während Ihrer Anwesenheit.“ — „Der Spitzbube! Wie kommt es aber, daß er sie Ihnen gegeben hat, nachdem er den Fund mir gegenüber verheimlicht hatte?“ — „Ich zwang ihn dazu. Die Magd verriet mir, daß er seine Beute versteckt hatte.

Nun erzählte ich dem Landsmann das Erlebnis ausführlich. Er öffnete die Tasche und fand, daß nichts vom Inhalt fehlte. „Sie haben sich meinetwegen in eine Gefahr begeben“, sagte er. „Ich danke Ihnen!“ — „Ihretwegen? O nein! Als ich mich der Mißhandelten annahm, ahnte ich noch nicht, daß Sie dagewesen waren. Sie haben also gar keine Verbindlichkeiten gegen mich.“ — „Und das arme Mädchen! Eingesperrt hatte er es? Und ich habe in allen Winkeln nach der Magd gesucht, ohne sie zu finden.“ — „Sie wollten wohl von ihr Abschied nehmen?“ — „Gewiß. Ich bin nämlich ein großer Freund vom Abschiednehmen und von rührenden Augenblicken überhaupt. Haben Sie sich nicht gewundert, als Sie in dem Buch deutsche Schrift fanden?“ — „Ich war überrascht. Doch, genug davon! Ich will morgen sehr früh aufbrechen und möchte nun zur Ruhe gehen.“ — „Schlafen gehen? Nicht doch! Sie sollen ja erzählen, wie es Ihnen während dieser langen Zeit ergangen ist.“ — „Das ist zuviel für heut abend. Übrigens reisen wir ja zusammen, und da haben wir Zeit für derlei Erzählungen.“ — „Wo schlafen Sie?“ — „Da durch die Pforte hinter der ersten Tür.“ — „Und ich hinter der dritten.“ — „So sind wir Nachbarn, denn zwei meiner Begleiter wohnen neben Ihnen. Ich sage Ihnen jetzt gute Nacht!“ — „Gute Nacht!“ — Zuerst ging ich mit Halef noch in den Stall, um nach den Pferden zu sehen. Sie waren wohlversorgt. Ich sagte Rih noch die gewohnte Sure ins Ohr und wollte mich dann zur Lagerstätte begeben, doch trafen wir im Hof auf den schweigsamen Mann, der uns empfangen hatte. Er blieb bei uns stehen und sagte: „Effendi, die Gäste sind fort, da der Gesang aufgehört hat. Jetzt habe ich Zeit mit dir zu sprechen. Willst du vielleicht mit mir kommen.“ — „Gern. Mein Freund wird auch mitgehen.“ — „Er hat die Koptscha und ist mir willkommen.“

Der Mann führte uns in das Vorderhaus und dann in eine kleine Stube, in der wir uns auf den an den Wänden liegenden Polstern niederließen. Er brachte Kaffee in zierlichen Findschans[1] und Pfeifen von ungewöhnlicher Arbeit. Das machte den Eindruck von Wohlhabenheit. Als der Tabak in Brand gesteckt war, ließ er sich bei uns nieder und begann: „Ihr habt das Zeichen. Darum habe ich euch nicht nach den Pässen gefragt. Aber sagt mir wenigstens die Namen, mit denen ich euch nennen soll.“ — „Mein Freund

[1] Türkische Kaffeetassen ohne Henkel

heißt Hadschi Halef Omar und ich werde Kara Effendie genannt." — „Woher kommt ihr?" — „Aus Edirne. Wir haben sehr notwendig mit drei Männern zu sprechen, die vermutlich hier eingekehrt sind." — „Wer sind sie?" — „Du wirst Manach el Barscha kennen. Ihn und seine beiden Begleiter meine ich." — Er musterte uns mit scharfem Blick. „Ich hoffe, daß ihr Freunde seid?" — „Würden wir zu dir kommen, wenn wir Feinde wären?" — „Du hast recht", gab er zu. — „Oder hätten wir die Koptscha?" — „Nein. Du hättest die deinige am allerwenigsten; ich kenne sie genau."

Das klang gefährlich. Ich ließ mir aber keine Verlegenheit anmerken und fragte: „Woher?" — „Diese Koptscha ist ein klein wenig anders als die gewöhnlichen; es ist die eines Anführers. Sie war Eigentum meines Bruders Deselim." — „Ah, du bist der Bruder des Kahwedschi hier?" — „Ja." — Das ist mir lieb. Ich habe die Koptscha von deinem Bruder." — „So bist auch du ein Anführer und hast mit ihm getauscht. Freunde tauschen bisweilen die Koptscha. Wo hast du ihn getroffen?" — „Bei Kabatsch im Wald, in der Hütte Sabans." — „Er wollte doch eigentlich nicht dorthin!" — „Nein, er wollte zu dem Färber und Bäcker Boschak in Dschnibaschlü. Dort war ich als Gast eingekehrt." — „Und wo ist mein Bruder jetzt?" — „Noch in Kabatsch." — „Darf ich wissen, wer und was du eigentlich bist? Es gibt viele und verschiedene Effendis." — „Ich will dir nur ein Wort sagen, und dann wirst du wissen, wie du mich beurteilen sollst, nämlich das Wort Usta." — Das war nur ein Versuch, den ich machte, aber er gelang vollständig. Der Mann machte eine Gebärde freudiger Überraschung. — „Ja, das genügt. Ich will weiter nichts wissen. Womit kann ich dir dienen?" — „Sag mir zunächst, ob Manach el Barscha hier bei dir eingekehrt ist?" — „Er war da mit zweien." — „Wann?" — „Er blieb eine Nacht hier und ist gestern um die Mittagszeit wieder aufgebrochen." — „So ist er sehr scharf geritten. Er war auch bei deinem Verwandten, dem Kjaja von Ortaköj, und hat ein Pferd umgetauscht." — „Warst du auch beim Kjaja?" — „Ja. Nimm viele Grüße von ihm. Manach el Barscha ist nach Melnik. Weißt du vielleicht, wo er dort zu finden ist?" — „Ja. Er hat uns seine Unterkunft genannt. Es wohnt dort ein reicher Fruchthändler namens Glawa. Bei ihm steigt Manach el Barscha ab. Jedermann wird dir sagen, wo Glawa wohnt." — „Hat Manach el Barscha nach dem Schut gefragt?" — „Ja. Er will zu ihm." — „Und ich auch." — „So werdet ihr miteinander reiten." — „Das denke ich. Aber Allahs Wege sind wunderbar und die Ereignisse kommen oft anders, als wir es erwarten. Vielleicht reist Manach el Barscha eher ab, als ich ihn erreiche. Da wäre mir lieb, zu wissen, wo der Schut zu finden ist." — „Das will ich dir sagen. Wenn du von Melnik nach Ischtib reitest und auf dieser Straße Radowitsch erreichst, so mußt du von diesem Ort aus nordwärts über die Plaschkawitza Planina reiten und wirst nach Shiganzy kommen. Es liegt zwischen den Wassern der Bregalnitza und der Sletowska. Dort wohnt der Fleischer Tschurak. Ihn fragst du nach der Schluchthütte. Er wird dir Antwort geben. Und kommst du dann zu dieser Hütte, so kannst du über den Schut alles erfahren, was du willst und was ich heute nicht weiß." — „Danke!" sagte ich kurz und fuhr dann möglichst gleichmütig fort: „Ich dachte, ich würde den Pferdehändler Mosklan in Palatza treffen, aber er war nicht dort." — „Wie, du kennst Mosklan?" — „Ich kenne diese Leute alle. Er ist einer der Boten des Schut." — „Auch das weißt du? Effendi, ich sehe, daß du ein hervorragendes Mitglied des Bundes bist. Du gibst uns die große Ehre, bei uns einzukehren. Befiehl über mich nach deinem Belieben. Ich bin zu jedem Dienst bereit." — „Ich danke dir! Ich brauchte nichts als die Auskunft, die ich von dir erlangt habe, und nun laß uns zur Ruhe gehen." — „Wann wirst du uns verlassen?" — „Morgen früh nach Tagesanbruch. Du brauchst uns aber nicht zu wecken, wir erwachen zur rechten Zeit." — Nach einem freundlich herablassenden Gruß gingen wir hinaus. „Sihdi", sagte Halef unterwegs leise, „da haben wir ja alles erfahren, was wir wissen wollten. Er hielt dich für einen großen Spitzbuben und mich für deinen Freund und Verbündeten. Es gibt Menschen, die anstatt des Gehirns Eierkuchen im Kopf haben. Wüßte er, daß sein Bruder den Hals gebrochen hat und daß du Mosklan die Zähne eingeschlagen hast, so würde er es wohl unterlassen, uns eine glückliche Nacht zu wünschen." — „Lieber Halef, wir wollen nicht zu früh jubeln. Ist es nicht möglich, daß auf irgendeine Weise die Kunde von dem Geschehenen noch während der Nacht hier anlangt?" — „Fi amân Allah — Gott schütze uns! Dieser Mensch würde uns erwürgen!" — „Wir müssen also doch auf unsrer Hut sein. Wir sind in den Schlupfwinkel der Hyäne gekrochen, um mit ihr zu schlafen. Wollen sehen, ob wir glücklich wieder hinauskommen!" Mein Schlaf war trotzdem gut und fest. Ich erwachte erst, als ich draußen die laute Stimme Albanis hörte, der Schnadahüpfeln sang. Er war ein leichtlebiger, unvorsichtiger Mensch und hat leider nicht mehr lang gejodelt. Von dieser Reise ist er wohl glücklich heimgekehrt, hat aber kurze Zeit darauf beim Baden im Meer seinen Tod gefunden. Als ich in den Hof hinaustrat, verhandelte er mit dem Bruder des Wirts wegen der Bezahlung. Die Zeche schien ihm viel zu hoch zu sein, doch mußte er das Geforderte zahlen. Es war wirklich zu viel, was man von ihm verlangte. Ich machte dem stellvertretenden Handschi darüber Vorhaltungen, aber er erklärte leise:

„Was willst du? Wenn ich von diesem Fremden mehr als gewöhnlich verlange, so kommt es auch dir zugute. Er ist ein Ungläubiger und muß für die mitbezahlen, die die Koptscha haben, denn von ihnen nehme ich kein Geld." — „Also von mir auch nicht?" — „Nein. Du und deine Begleiter, ihr seid meine Gäste und zahlt nichts." Das war mir in gewisser Beziehung nicht lieb, da man sich von Feinden nicht gern Gastfreundschaft gefallen läßt. Hier aber mußte ich es aus Vorsicht dulden. Ich ging mit Halef, Osko und Omar in die Gaststube, wo wir Kaffee erhielten. Dann wurde gesattelt, Abschied genommen und aufgebrochen.

11. Der Altar der Christin

Wir ritten an der Arda hin. Der Führer Albanis hatte, wie ich gleich sah, das beste Maultier für sich ausgesucht und saß in einem guten türkischen Sattel. Albani hatte er ein widerspenstiges Tier gegeben und einen ganz unmöglichen Sattel. Wäre es noch ein Packsattel gewesen, so hätte es gehen mögen, aber dieses Ding war ein scharfkantiges Holzgestell und so breit, daß die Füße des Reiters hüben und drüben weit vom Maultierleib abstanden. Das mußte dem Reiter Schmerz verursachen, wenn er es nicht vorzog, die Knie bis zum Sitz heraufzunehmen. Riemen und Steigbügel gab es nicht. An ihrer Stelle hing zu beiden Seiten des Martergestells je ein Strick herab, der in mehrere Fußschlingen geknotet war, eine Vorrichtung, die sich mehr durch Billigkeit als durch Zuverlässigkeit auszeichnete.

Wir hatten die Stadt nicht weit hinter uns, so kam uns ein Mann mit einem Hund entgegen. Der Köter bellte uns an und sofort ging Albanis Tier mit den Hinterbeinen in die Luft. Man sah, das Tierchen hatte Übung in dieser Darbietung und führte sie künstlerisch und geschmackvoll aus. „Ah, eh, oh!" rief der Reiter. „Fängst du jetzt wieder an, du Bestie?" Albani versuchte sich zu halten, vermochte es aber nicht. Er rutschte über den Kopf des Tiers herab und saß auf der Erde, noch ehe die Hinterhufe den Boden wieder berührt hatten. Er sprang auf und schlug das Maultier mit der Faust zwischen die Ohren. Da aber meinte der Besitzer: „Warum schlägst du es? Gehört es dir oder mir? Hast du das Recht, ein fremdes Tier zu quälen?" — „Hat dieses Vieh das Recht, einen fremden Menschen abzuwerfen?" murrte Albani in seinem schlechten Türkisch. — „Abzuwerfen? Hat es dich etwa abgeworfen? Es hat dich langsam und säuberlich abrutschen lassen, damit du dir keinen Schaden zuziehst. Du bist ihm also Dank schuldig. Statt dessen schlägst du es!" — „Ich habe das Tier gemietet, um zu reiten, nicht um abzurutschen. Es soll gehorchen. Ich bezahle es, also ist es mein. Wenn es nicht gehorcht, züchtige ich es!" — „Oho! Wenn du es noch einmal schlägst, reite ich zurück und lasse dich auf der Straße sitzen. Steig wieder auf!" Albani krabbelte in den Sattel. Aber nun wollte das liebe Viehzeug nicht weiter. Es wich nicht von der Stelle. Der Reiter schimpfte und wetterte. Das Tier schien Freude an diesem Zorn zu haben. Es drehte den Schweif und wedelte mit den Ohren, aber es ging nicht vom Platz. Albani getraute sich nicht, es wieder zu schlagen. Er forderte den Besitzer auf, sein Tier in Bewegung zu bringen, doch der Mann dachte nicht daran. „Laß es nur!" erwiderte er. „Es will stehenbleiben, und so mag es stehen. Es wird schon selbst wieder an das Laufen denken. Wir reiten einstweilen weiter." So geschah es. An einer Wegkrümmung blickte ich mich um. Dort stand das halsstarrige Geschöpf noch immer und wedelte mit den langen Ohren. Kaum aber hatten wir die Krümmung hinter uns, so daß es uns nicht mehr sehen konnte, so setzte es sich in einen solchen Galopp, daß das Sattelgestell, auf dem Albani auf und nieder flog, in allen Fugen krachte. Und da das Maultier nun einmal im Laufen war, so blieb es auch nicht wieder halten, sondern rannte an uns vorüber, immer weiter fort. Das wirkte ansteckend. Das Packtier, das der Besitzer am Leitzügel führte, riß sich plötzlich los und lief hinter dem Ausreißer her; wir ihm natürlich nach. Doch bald mußten wir anhalten, um die Gegenstände aufzulesen, die vom Packsattel herabgeschleudert worden waren. Als wir Albani dann erreichten, saß er wieder auf der Erde und rieb sich die Körpergegend, die eigentlich in den Sattel gehörte. Die beiden Tiere standen dabei, schwangen die Schweife, wirbelten die Ohren und fletschten die Zähne. Man hätte denken mögen, das solle ein höhnisches, schadenfrohes Lächeln vorstellen. Die abgeworfenen Sachen wurden wieder befestigt. Albani stieg auf, und es ging weiter. Aber es war noch keine halbe Stunde vergangen, so blieb das liebe Vieh wieder stehen und wollte nicht von der Stelle. „Er wird nachkommen. Reiten wir weiter", meinte der Herr und Gebieter. Ich hatte bisher geschwiegen, jetzt aber sagte ich zu ihm: „Wünscht du etwa, daß das Packtier wieder durchgeht? Wenn sich das wiederholt, werden wir weit kommen. Er mag die Peitsche nehmen." — „Das dulde ich nicht." — „So, so! Was hat dieser Fremde zu dir gesagt, als er die Tiere mietete?" — „Er hat zwei Pferde oder Maultiere verlangt, eins zum Reiten und das andre für das Gepäck." — „Schön! Er hat also nicht ausdrücklich das Tier verlangt, das du ihm gegeben hast?" — „Nein." — „Nun, so steig ab und tausche mit ihm!" — Der Maultiertreiber machte ein verwundertes Gesicht. Er schien meinen Vorschlag für unsinnig zu halten. „Was meinst du? Ich soll ihm dieses Tier hier geben? Das ist ja mein!" — „Das andre ist auch dein, verstanden?" — „Aber ich reite nur auf diesem hier, auf keinem andern." — „So wirst du jetzt eine Ausnahme machen. Der Fremde hat ein Tier für das Gepäck und eins zum

Reiten verlangt. Zum Reiten gehört auch ein Reitsattel. Es gibt aber bei dir nur *einen* solchen, in dem du sitzt. Wer ein Reittier bezahlt, muß es auch bekommen. Du wirst also mit ihm tauschen." — „Das fällt mir nicht ein." — „Aber mir fällt es ein!" antwortete ich mit erhöhter Stimme. „Ich habe den Ferman des Großherrn, und der Fremde ist jetzt mein Begleiter und steht unter meinem Schutz, also auch unter dem des Padischah. Wenn ich dir einen Befehl erteile, so wirst du gehorchen. Also heraus aus dem Sattel!"

Albani stieg wieder ab, der andre aber murrte: „Er hat zwei Tiere verlangt, und er hat sie erhalten. Ich lasse mir nichts befehlen!" — „Halef!" Der kleine Hadschi hatte schon längst, mit der Hand am Peitschenstiel, auf diese Aufforderung gewartet. Kaum war das Wort ausgesprochen, so sauste die Nilpferdpeitsche dem Ungehorsamen auf den Rücken, und zwar so gewaltig, daß er laut schreiend aus dem Sattel sprang. Er hatte nun nichts mehr gegen den ‚Umzug' einzuwenden. Man muß die Leute nach ihrer Art zu behandeln wissen. Albani war natürlich mit dieser Veränderung einverstanden. Er hatte davon Vorteil, wir andern leider nicht, denn bis wir den nächsten Ort erreichten, war das eine Maultier zweimal mit seinem Herrn und das andre noch einmal mit dem Gepäck durchgegangen. Zum Glück fanden wirt dort einen Pferdebesitzer, der bereit war, uns aus der Verlegenheit zu helfen. Der andre wurde abgelohnt. Als wir fortritten, rief er uns noch allerlei Drohungen nach, aus denen wir uns aber nichts machten.

Wollten wir die gerade Richtung nach Melnik einhalten, so hätte uns der Weg nach Boltischta geführt, aber der gerade Weg ist nicht immer der kurze. Es lagen uns da die höchsten Kämme des Kruschowa Dagn mit vielen Schluchten im Weg. Um unausbleibliche Beschwerden und Zeitversäumnisse zu vermeiden, bogen wir nördlich ab. Zur Mittagszeit machten wir in Nastan halt und am Abend waren wir in Kara Bulak, wo wir übernachteten. Dann wandten wir uns wieder südwestlich, in der Richtung nach Nevrekup. Gegen Mittag waren wir auf einer Hochfläche, die sich steil zum Tal der Dospad Dere hinabsenkte. Es gab da keinen eigentlichen Weg und es wurde uns schwer, uns durch die zahlreichen und dichten Buschgruppen zu winden. Als wir an einer dieser Gruppen vorbeikamen, tat Rih plötzlich einen Seitensprung, was ich an ihm gar nicht gewöhnt war. Ich ließ ihm den Willen, und er schnaubte auffallend, wobei er die Nüstern zum Gebüsch richtete. „Sihdi, da drin ist jemand", sagte Halef. — „Vielleicht. Jedenfalls liegt etwas Ungewöhnliches vor." Der Hadschi war schon von seinem Pferd gestiegen und sprang ins Gebüsch. Ich hörte einen lauten Ausruf, dann kehrte er zurück und berichtete: „Sihdi, komm! Da liegt eine Leiche." Ich folgte ihm mit den andern. Wir fanden ein kleines freies Plätzchen, rings von dichten Sträuchern umgeben. Hier lag die Leiche einer Frau, und zwar in kniender Stellung, mit der Stirn an ein eigentümliches Bauwerk geneigt. Es waren da Steine so übereinandergelegt, daß sie eine Art Altar bildeten, und obenauf in einer Nische stand ein kleines hölzernes Kruzifix. „Eine Christin", meine der kleine Hadschi. Er hatte recht. Hier war ein verborgenes Heiligtum im Busch, von dieser Frau vielleicht unter vielen Mühen errichtet. Sie hatte es gebaut, um ihrem Gott vor einem Altar ungestört dienen zu können. Ich fühlte mich tiefergriffen, und auch die andern standen schweigend da. Der Ort, wo Gott eine Seele zu sich ruft, ist heilig. Ich kniete nieder, um zu beten, und meine Begleiter ehrten die Tote nach ihrer Weise. Dann untersuchte ich die Leiche. Die Frau war wohl dreißig Jahre alt. Das edle, fein geschnittene Gesicht war hager. Die Hände, die gefaltet ineinander lagen und einen Rosenkranz hielten, hatten nur wenig Fleisch. Am kleinen Finger der Rechten stak ein goldner Reif mit einem Amethyst, doch ohne irgendein eingraviertes Zeichen. Gekleidet war die Frau wie eine Türkin. Sie hatte vor dem Bild des Gekreuzigten das Gesicht entblößt. Der Schleier lag neben ihr. Die Frau war jedenfalls schön gewesen, war es auch sogar noch im Tod. Ihr Mund lächelte, und in ihren Zügen lag ein Frieden, der vermuten ließ, daß der Todesengel sie mit sanfter Hand berührt hatte. „Was wirst du tun?" fragte Halef. — „Es gibt nur eins zu tun: Wir müssen die Angehörigen der Toten suchen. Sie wohnen in der Nähe, denn eine Frau kann sich allein nicht weit von ihrer Wohnung entfernen. Wir müssen in der Nähe von Barutin sein. Kommt! Wir lassen sie vorläufig hier." Wir stiegen wieder auf und ritten weiter. Die Höhe senkte sich jetzt steiler abwärts, und die Büsche traten auseinander. Bald sahen wir ein turmartiges Gebäude, in dessen Nähe mehrere kleine Häuser standen. Da sagte der Pferdebesitzer: „Das muß der Karaul des Jüsbaschi[1] sein." — Karaule sind Wachttürme, gewöhnlich mit Militär besetzt, zum Schutze der Straße und Gegend. Sie stammen aus früherer Zeit, haben aber ihre Bedeutung noch nicht verloren. Der Turm stand hoch, und tief unten führte so etwas Straßenartiges vorüber zu einem Ort, den wir in der Ferne erblickten.

„Das ist Barutin", erklärte der Führer. „Ich bin hier noch nie gewesen, aber ich habe von diesem Karaul gehört. Hier wohnt ein Hauptmann, der in Ungnade gefallen ist. Er läßt sich nicht viel sehen und lebt wie ein Einsiedler. Er ist ein Menschenfeind, doch sein Weib soll eine Freundin der Armen und Unglücklichen sein." — „Reiten wir hin!" Als wir bei dem Turm ankamen, trat uns

[1] Hauptmann

aus der Tür ein alter Mann entgegen, dem man den alten Soldaten anmerkte. Noch nie hatte ich einen so dichten, langen Schnurrbart gesehen, wie er einen trug. „Zu wem wollt ihr?“ fragte er unfreundlich. — „Ich höre, daß hier ein Offizier wohnt?“ — „Ja.“ — „Ist er daheim?“ — „Ja. Aber er spricht mit niemand. Reitet weiter!“ — „Das werden wir tun. Doch sage uns vorher, ob in der Gegend hier vielleicht eine Frau vermißt wird?“ Sein Gesicht nahm sofort den Ausdruck der Spannung an. — „Ja, ja“, erwiderte er. „Die Herrin ist verschwunden. Wir haben sie schon seit gestern früh gesucht, doch vergeblich.“ — „Wir haben sie gefunden.“ — „Wo? Wo ist sie? Warum kommt sie nicht mit?“ — „Führe mich zu deinem Herrn!“ — „Komm, komm!“ Der Alte war auf einmal freundlich geworden. Ich stieg ab und folgte ihm. Der Turm war massig gebaut. Unten gab es keinen Wohnraum. Wir stiegen eine Treppe empor und gelangten in ein kleines Gemach, wo ich warten mußte. Ich hörte in der Nebenstube einige laute Ausrufe, dann wurde die Tür aufgerissen, und der Jüsbaschi erschien auf der Schwelle. Er war wohl noch nicht fünfzig Jahre alt und ein schöner Mann. Seine Augen waren stark gerötet — er hatte geweint. „Du hast Hara gefunden? Wo ist sie?“ rief er hastig. — „Erlaube mir erst, dich zu grüßen“, antwortete ich. „Darf ich bei dir eintreten?“ — „Ja, komm herein!“ Der Raum, in den ich jetzt trat, war ziemlich groß. Er hatte drei hohe, schmale schießschartenähnliche Fenster. An den Wänden lagen Kissen als einzige Einrichtungsgegenstände, und über ihnen hingen rundum viele Waffen und Tabakspfeifen. Zwei Knaben saßen in der Ecke und hielten sich eng umschlungen. Ich sah es ihnen an, daß auch sie geweint hatten. Der bärbeißige Alte entfernte sich nicht. Er wollte auch hören, was ich sagen wollte. „Sei willkommen!“ meinte der Hauptmann. „Also, wo ist meine Frau?“ — „Hier in der Nähe.“ — „Das ist unmöglich! Wir haben Hara überall gesucht, ohne sie zu finden. Noch jetzt sind alle meine Leute auf den Beinen, um nachzuforschen.“ Ich wollte nicht sogleich mit der Todesnachricht herausplatzen und erkundigte mich deshalb: „War dein Weib krank?“ — „Ja, Hara war schon längst krank. Warum fragst du? Ist sie tot? Ich weiß, daß sie nicht mehr lange leben kann, denn der Arzt hat mir gesagt, daß sie schwindsüchtig ist.“ — „Du bist gefaßt, die Wahrheit zu hören?“ Der Offizier erblaßte und wandte sich ab.

„Ich bin ein Mann“, sagte er. „Sprich!“ — „Sie ist tot.“ Da weinten die beiden Knaben laut auf. Der Vater schwieg, aber er lehnte den Kopf an die Mauer. Ich sah seine Brust arbeiten. Er kämpfte gegen ein Schluchzen, das er nur mit großer Anstrengung zu unterdrücken vermochte. Erst nach längerer Zeit wandte er sich mir zu und fragte: „Wo hast du Hara gefunden?“ — „In einem

Gebüsch, zehn Minuten von hier." — „Willst du uns hinführen?"

Bevor ich antworten konnte, erklang hinter mir ein Ton, als ob einer erwürgt werden sollte. Ich drehte mich schnell um. Da stand der Alte. Er hatte einen Zipfel seiner Jacke in den Mund gestopft, um das Weinen nicht hören zu lassen, aber es gelang ihm nicht. Er zog den Jackenzipfel zurück und schluchzte laut. Da konnte der Hauptmann sich auch nicht mehr halten und weinte mit, und die Knaben stimmten ein. Ich trat zum Fenster und sah hinaus, doch ich sah nichts, denn auch ich hatte Tränen in den Augen. Es dauerte eine Weile, bis die beiden Männer sich beruhigten. Der Jüsbaschi entschuldigte sich: „Du darfst nicht über uns lachen, Fremdling. Ich hatte die Mutter meiner Kinder sehr lieb. Und der da war mein Feldwebel, und als ich die Gnade des Großherrn verlor, hat Risa mich nicht verlassen, wie die andern alle. Hara war mein Trost in der Einsamkeit. Wie lebe ich ohne sie?" Was ich nun sagen mußte, durfte der alte Feldwebel vielleicht nicht hören, darum fragte ich Risa: „Gibt es hier eine Tragbahre?" — „Ja, Effendi", antwortete er. — „Mach sie bereit und besorge Leute dazu." Risa ging, und nun fragte ich den Hauptmann: „War deine Frau eine Christin?" — Er richtete einen forschenden Blick auf mich. „Nein. Aber — hast du vielleicht einen Grund, dich danach zu erkundigen?" — „Ja. Ich glaube, daß sie eine Christin gewesen ist." — „Hara war eine Freundin der Ungläubigen. Als ich hierherzog, brauchte ich eine Dienerin. Ich mietete eine alte Frau. Ich wußte nicht, daß Joka eine Christin war. Später aber merkte ich es und erkannte, daß sie meine Frau verführen wollte. Da jagte ich Joka fort. Seit jener Zeit wurde Hara immer stiller. Sie weinte zuweilen und dann wurde sie krank. Sie hustete und verlor ihre Kräfte." — „So warst du hart mit ihr?" — Der Offizier antwortete erst nach einer Weile: „Durfte ich sie eine Ungläubige werden lassen?" — „Deine Frau ist es doch geworden und aus Gram über deine Strenge erkrankt und gestorben. Sie hat sich draußen im Gebüsch einen Altar gebaut, um nach der Weise der Christen zum Allmächtigen beten zu können. Sie ist im Gebet gestorben. Laß jetzt Friede sein zwischen dir und ihr!" — „Bist du etwa ein Christ?" — „Ja." — Er blickte mir lange in die Augen. Er kämpfte mit sich, dann sagte er: „Du kannst nicht dafür, daß du ein Ungläubiger bist und daß auch sie euren Lehren Glauben geschenkt hat. Führe mich zu ihr, mich und die Kinder." — „Willst du die Knaben nicht zurücklassen? Sie bekommen das Angesicht der Toten noch zeitig genug zu sehen." — „Du hast recht. Laß uns allein gehen!" — Meine Gefährten hielten noch immer unten an der Tür. Als der Hauptmann sie erblickte, sagte er: „Ich glaubte, du seist allein, denn ich habe euch nicht kommen sehen. Ihr seid meine

Gäste. Da drüben ist der Stall, und dort ist das eigentliche Wohnhaus. Im Turm wohne ich allein. Es ist zwar niemand zu Haus, aber geht nur hin und denkt, ihr wärt daheim.“ — „Wo ist der Feldwebel?“ fragte ich. — „Risa hat niemand gefunden und ist vermutlich gegangen, um die Abwesenden zu suchen. Sie sind ja alle fort, um die Verschwundene zu suchen. Brechen wir allein auf!“

Meine Begleiter ritten zum Wohngebäude hinüber. Halef hatte Rih am Zügel. Der Hauptmann sah den Rappen und war zu sehr alter Soldat, um nicht für einen Augenblick seine Trauer zu vergessen. „Gehört dieses Pferd dir?“ fragte er. — „Ja!“ — „Ein Christ und ein solches Pferd? Du mußt ein reicher und vornehmer Mann sein! Verzeih mir, wenn ich vergaß, dir die gebührende Ehre zu erweisen!“ — „Allah hat alle Menschen geschaffen und ihnen befohlen, Brüder zu sein. Ich habe dir nichts zu verzeihen. Komm!“ — Wir stiegen bergan. Als wir das Gebüsch erreichten und ich da stehen blieb, sah der Jüsbaschi sich suchend um. „Ist es hier?“ — „Ja. Da drinnen.“ — „In diesem Dickicht? Wer hätte das gedacht! Wie hast du Hara da finden können?“ — „Mein Pferd hat sie entdeckt. Es schnaubte hier. Komm mit!“ Wir drangen durch das Strauchwerk bis zu dem offnen Plätzchen vor. Ich werde den Auftritt nie vergessen, der nun folgte. Als des Hauptmanns Blick auf die Leiche fiel, stieß er einen lauten Schrei aus und warf sich neben sie. Er nahm sie in die Arme, küßte ihre kalten Lippen, streichelte ihre Wangen und strich ihr liebkosend über das Haar. Er mußte sie sehr geliebt haben — und war doch hart gegen sie gewesen. Seine Frau hatte ihren Glauben vor ihm geheimgehalten. Wie oft mochte sie Seelenqualen erduldet haben! Er schien vom gleichen Gedanken erfaßt zu sein. Jetzt, da er die Tote in den Armen hielt, weinte er nicht. Sein Blick haftete starr auf ihren Zügen, als gelte es, da irgendein Geheimnis zu ergründen. Dann sagte er: „Hara ist vor Gram krank geworden und gestorben!“ — Es wäre ein Fehler gewesen, ihn trösten zu wollen, darum erklärte ich: „Sie ist in dem Glauben gestorben, der selig macht. Das Christentum läßt auch die Frauen teilhaben am Paradies, und du hast ihr dieses Paradies rauben wollen.“ — „Sprich nicht so! Deine Worte zerreißen mir das Herz. Hara ist tot, und vielleicht trage ich die Schuld daran. Könnte sie doch nur noch einmal die Augen öffnen, könnte sie doch nur einmal noch sprechen! Einen Blick, ein Wort möchte ich haben. Aber sie ist fortgegangen ohne Abschied, und niemals wieder werde ich ihr Auge sehen und ihre Stimme hören! Es ist mir, als sei ich ihr Mörder!“ Ich erwiderte nichts. Er betrachtete den Rosenkranz. „Das ist nicht die Gebetskette der Muslimin“, sagte er nach einer Weile. „Sie müßte dreiunddreißig Kugeln haben, um dreimal herum die neunundneunzig Eigenschaften Allahs aufzählen zu können. Diese Kette aber hat große und kleine Kugeln. Was mag das bedeuten?" Ich erklärte es ihm. „Kannst du mir diesen Gruß an Jungfrau Maria sagen und die Worte des Vaterunsers?" Ich tat es. Als ich geendet hatte, wiederholte der Jüsbaschi langsam: „Vergib uns unsre Schuld! Glaubst du, daß Hara mir die meinige vergeben hat?" — „Ich glaube es, denn sie war eine Christin und hat dich liebgehabt." — „Das ist die Gebetskette der alten Joka, die ich fortjagte. Ich werde diese Kette aufheben, denn sie war in den Händen Haras, als sie starb. Und da oben ist auch das Kreuz der Alten. Joka hat beides zurückgelassen. Dieser Ort soll so bleiben, wie er ist, und ich werde ihn oft besuchen, aber niemand soll ihn sehen. Ich werde Hara hinaustragen. Komm, Effendi!" Er legte die Leiche nicht gleich draußen vor dem Gebüsch nieder, sondern er trug sie noch eine ganze Strecke fort, damit die Stelle, wo sein Weib gestorben war, nicht so leicht erraten werden könne. Dann bedeckte er das Antlitz der Toten mit dem Schleier und sagte: „Du hast ihr Gesicht gesehen. Das ist gegen unsern Brauch, doch da du ein Christ bist und Hara als Christin gestorben ist, kann ich mich beruhigen. Ein andrer aber soll sie nicht sehen." Der Witwer saß noch lange neben seinem toten Weib und klagte sie an. Sein Schmerz war aufrichtig, wurde jedoch nach und nach ruhiger. Dann kam der Feldwebel mit zwei Leuten, die eine Bahre trugen. Halef war dabei, denn er hatte sie geführt. Die Leiche wurde nach Hause geschafft, hinauf ins Turmzimmer, wo ich mit dem Hauptmann gesprochen hatte. Die Knaben waren neun und elf Jahre alt und vermochten den Verlust, den sie erlitten, wohl zu begreifen. Ihr Weinen war herzerschütternd. Ich mußte fortgehen, um nicht auch zu weinen. Die Bewohner der um den Turm liegenden Gebäude waren zurückgekehrt. Sie standen in einem Abhängigkeitsverhältnis zu dem Hauptmann, denn er war wohlhabend und die Häuser gehörten ihm. Auf seinen Befehl wurde uns eine Mahlzeit gerichtet, er selbst aber ließ sich nicht sehen. Später ließ ich ihm sagen, daß wir aufbrechen wollten, und er sandte mir die Bitte, zu ihm zu kommen. Als ich in das Turmzimmer kam, saß er neben der Leiche. Er sah ermattet aus und fragte: „Du willst mich verlassen?" — „Ja, ich muß meine Reise fortsetzen." — „Ist das so notwendig? Kannst du nicht heute bei mir bleiben? Wenn Hara jetzt noch lebte, müßte sie mir vom Glauben der Christen erzählen. Nun aber, da sie tot ist, gibt es keinen als dich, von dem ich es erfahren kann. Bleib da! Laß mich nicht allein mit den Gedanken, die mich quälen."

Ich hatte keine Zeit zu versäumen, aber es war mir, als ob ich ihm seine Bitte nicht abschlagen dürfe, und so sagte ich zu. Die Gefährten hatten gegen unser Bleiben nicht viel einzuwenden, und so saß ich bei dem Hauptmann, bis es Abend wurde und noch länger. Unsre Unterhaltung war recht ernst. Ich konnte freilich nicht an ihm zum Missionar werden, aber sein Herz war geöffnet, und ich versuchte, das Samenkorn hineinzulegen, so gut ich es vermochte, in der Hoffnung, daß es aufgehen und Früchte bringen werde. Ich blieb mit ihm die ganze Nacht bis früh beisammen, dann setzten wir unsern Ritt fort. Wir ritten durch Barutin, am Nachmittag durch Dubnitza und kamen gegen Abend nach Nevrekup, das früher wegen seiner Eisenmienen bekannt war. Mehr konnten wir unsern schon reichlich ermüdeten Pferden nicht zumuten. Am andern Tag ging es weiter. Wir befanden uns in einer berühmten Gegend, denn hier auf diesen Bergen war es, wo nach der griechischen Sage Orpheus durch die Macht seines Gesangs den Bäumen und Felsen Leben und Bewegung gab. Um die Mittagszeit erreichten wir endlich Melnik.

12. Im Taubenschlag

Begreiflicherweise ritten wir nicht dahin, wo Manach el Barscha abgestiegen war. Wir suchten eine andre Herberge, fanden aber sämtliche Häuser schon besetzt. Der Jahrmarkt hatte begonnen, und der Zudrang der Fremden war bedeutend. Da Albani den Pferdebesitzer ablohnte und er nun allein war, fand er ein Unterkommen, wir andern mit unsern Pferden aber hatten es schwieriger. Wir waren eben wieder vor einem Han abgewiesen worden, da trat ein Mann zu uns und fragte: „Ihr sucht wohl einen Ort, wo ihr übernachten könnt?" — „Ja", antwortete ich. „Weißt du vielleicht einen?" — „Für euch ja, für andere nicht." — „Warum nur für uns?" forschte ich. — „Weil ihr die Koptscha habt. Ihr seid also Brüder. Mein Herr wird euch bei sich aufnehmen. Er ist Fuhrmann und wohnt nicht weit von hier. Wenn ihr mir folgen wollt, will ich euch führen." — „Führe uns, ich werde dir dankbar sein!" — Er schritt voran, und wir folgten ihm. „Diesen Mann habe ich schon gesehen", bemerkte Halef halblaut zu mir. — „Wo?" — „Am Eingang der Stadt. Da stand er und schien auf irgend jemand zu warten." Jetzt erinnerte ich mich auch, an ihm vorübergeritten zu sein. Das war jedenfalls eine belanglose Begegnung. Später aber sah ich ein, daß er nur auf uns gewartet hatte. Er führte uns an ein Haus, das einen so breiten und hohen Eingang hatte, daß wir, ohne abzusitzen, in den Hof reiten konnten. Dort standen zwei Ochsenwagen, jedenfalls das Eigentum des Fuhrherrn. Uns gegenüber, im hintern Teil des Hofes, war ein Brettergebäude, das unser Führer uns als Stall bezeichnete. Er sagte, daß wir unsre Pferde hineinführen sollten. „Meinst du nicht, daß es für uns nötig ist, erst mit deinem Herrn zu sprechen?" erkundigte ich mich. — „Warum?" — „Noch wissen wir nicht, ob er überhaupt bereit ist, uns bei sich aufzunehmen." — „Hamdi, mein Herr, nimmt euch auf. Er hat Platz, und Männer, die die Koptscha besitzen, sind ihm stets willkommen." — „So ist Hamdi auch ein Bruder?" — „Ja. Da kommt er." Ein kleiner, dicker Mann erschien im Hof, der auf mich keinen guten Eindruck machte. Er schielte. Ich bin zwar keineswegs gegen Leute voreingenommen, die an diesem Naturfehler leiden, aber der Mann hatte zudem einen schleichenden, katzenartigen Gang und eckig gebogene Kinnbacken, und ich habe stets gefunden, daß solche Menschen falsch sind. „Wen bringst du da, Esgar?“ fragte Hamdi den Knecht. — „Es sind Freunde, sie tragen die Koptscha und fanden keinen Platz in den Hans. Du erlaubst doch, daß sie hier bleiben?“ — „Sie sind mir willkommen. Wie lange wollt ihr bei mir rasten?“ wandte Hamdi sich an mich. — „Vielleicht einige Tage“, antwortete ich. „Wir werden dich gern ebenso bezahlen, wie wir im Han zahlen müßten.“ — „Sprich nicht davon! Meine Gäste zahlen nichts. Schafft eure Pferde in den Stall und kommt herein zu mir. Ihr werdet finden, was ihr braucht.“

Hamdi ging wieder fort. Dabei war mir, als hätte er vorher einen sehr befriedigenden Blick mit Esgar gewechselt. Der Stall war lang und hatte zwei Abteilungen. In der einen standen mehrere Ochsen, die andere war uns angewiesen. Der Knecht stieg eine schmale Stiege empor und sagte: „Ich werde Heu holen. Oder wünscht ihr andres Futter für eure Pferde?“ — „Bringe, was du hast!“ Als Esgar verschwunden war, blickte ich durch ein Astloch der hinteren Stallwand und sah einen ziemlich großen Hof. Dort stand ein langer, starker Mann in lauschender Stellung. Er schien zu uns herüber zu horchen. Da hustete der Knecht oben, und der Mann antwortete, indem er ebenfalls hustete. Dann verließ er den Hof. Das fiel mir auf, doch ließ ich mir nichts merken, als Esgar zurückkehrte. Wir versorgten unsre Tiere und begaben uns dann in die Stube, wo der Dicke uns erwartete. Hamdi saß auf einem Polster vor einem Dreifuß, auf dem eine Platte mit Kaffeetassen stand. Er hieß uns abermals willkommen und klatschte dann in die Hände. Darauf erschien ein Knabe, der die Tassen füllte. Das klappte so gut, als hätte man uns erwartet. Auch ein Gefäß mit Tabak stand da. Wir stopften unsre Pfeifen und erhielten glühende Kohlen zum Anbrennen. „Du hast ein sehr gutes Pferd“, begann Hamdi. „Verkaufst du es?“ — „Nein“, erwiderte ich, erstaunt über diese Eröffnung der Unterhaltung. — „Das ist schade! Ich hätte es sofort behalten.“ — „So bist du ein reicher Mann. Nicht jeder kann ein solches Pferd bezahlen.“ — „ Fuhrleute müssen Geld haben.“ Dann fing Hamdi von etwas anderm an. „Woher kommst du heute?“ erkundigte er sich. — „Von Nevrekup.“ — „Und wohin reitest du von hier?“ — „Nach Seres.“ Es fiel mir nicht ein, ihm die Wahrheit zu sagen. Der Dicke machte ein Gesicht wie einer, der irgendeine Sache besser weiß, es aber für sich behalten will, und fragte:

„Welches Geschäft treibst du hier?“ — „Ich möchte Getreide und ähnliches kaufen. Gibt es hier einen, bei dem man so etwas bekommen kann, einen Fruchthändler?“ Es gelang Hamdi nicht, ein verschlagenes Lächeln zu unterdrücken. Er antwortete: „Ja, es gibt einen Mejwedschi hier. Er heißt Glawa und wird dich gut bedienen, denn er ist auch ein Bruder." Da hatte ich also das Gespräch auf diesen Glawa gebracht, bei dem Manach el Barscha abgestiegen sein sollte. — „Wohnt er weit von hier?" forschte ich weiter. — „In der andern Straße. Ich kenne ihn gut. Ich war vor kaum einer Viertelstunde bei ihm." — „Ist er beschäftigt?" — „Ja. Heute wirst du nicht bei ihm ankommen." — „Er hat wohl viel Gäste im Haus?" — „Noch nicht, aber er erwartet Gäste. Deselim, der Waffenschmied, und Kahwedschi aus Ismilan will auch kommen. Kennst du diesen Mann vielleicht?" — „Ja. Er ist auch ein Bruder." — „Wann hast du ihn kennengelernt?" — „Vor einigen Tagen bin ich auch in seinem Haus eingekehrt." — „Hast du auch seinen Bruder gesehen?" Hamdi gab sich den Schein der Unbefangenheit. Es war jedoch ganz so, als verfolge er mit diesen Fragen einen gewissen Zweck. Er fragte mich nach meinen Verhältnissen, und ich gab ihm die Auskunft, die mir geboten schien. Als er nach einiger Zeit bemerkte, daß ich jetzt ausgehen werde, um mir Melnik und den Jahrmarkt anzusehen, bot er mir so geflissentlich seine Begleitung an, daß ich ihn nicht zurückweisen konnte, obgleich ich viel lieber mit Halef allein gegangen wäre.

In der Stadt herrschte ein überaus reges Leben, aber mit einem deutschen Jahrmarkt ist so ein Markt doch nicht zu vergleichen. Der schweigsame Türke durchschreitet still die Reihen der Verkaufsstände, deren Inhaber wortlos bei ihren Waren sitzen und es sich nicht einfallen lassen, einen Käufer anzulocken. Und tritt einer heran, dann geht die Sache so ruhig, fast verstohlen ab, als gelte es, wichtige Geheimnisse auszutauschen. Der Unterschied liegt besonders im Fehlen der weiblichen Bevölkerung. Man sieht fast nur Männer, und nur hier und da taucht eine ballonartige Hülle auf, aus deren Guckschlitz schwarze Augen funkeln. Die Frauen der Nichtmohammedaner sind zwar nicht zu einer solchen Zurückhaltung verpflichtet, aber auch bei ihnen gilt es nicht für schicklich, sich dem Gedränge eines Marktes preiszugeben. Schau-, Spiel- und Würfelbuden gab es nicht. Der Würfel ist dem rechtgläubigen Muslim ein Greuel, da der Koran ihn verbietet, Leierkästen, Musikantenbanden, die einen europäischen Markt beleben, durfte man hier nicht suchen. Doch eins gab es hier, und zwar etwas, woran der Türke viel Geschmack findet, nämlich ein Zelt mit chinesischen Schattenspielen. Man nennt sie hier Kara gös ojunu — Kara gös-Spiele[1]. Hier strömten die Menschen in Masse ein und aus; hinein mit dem Ausdruck größter Spannung im Gesicht, heraus mit

[1] Kara gös (wörtlich Schwarzauge) ist die Hauptgestalt, ähnlich dem Kasperl oder Hanswurst, in den oft sehr derben Schattenspielen

lächelnden, hochbefriedigten Mienen. „Es gibt nichts Schöneres als so ein Schattenspiel“, meinte der Fuhrmann. „Laß uns hineingehen!“ Es schien unmöglich, Platz bekommen, aber mit Hilfe der Ellbogen, die ich rücksichtslos in Tätigkeit setzte, gelangten wir doch ein Stück vorwärts. Dann aber standen wir in einer Menschenmenge eingekeilt, die in lautloser Erwartung des ersehnten Genusses harrte. Mir wurde schon jetzt übel. Der Morgenländer schläft in seinen Kleidern, die er selten ablegt. Von einem regelmäßigen Wechsel der Leibwäsche hat er keine Ahnung. Darum ist es kein Wunder, daß seine Nähe nicht nur durch das Auge, sondern auch durch die Nase bemerkbar ist. Und nun diese fürchterlich zusammengedrängten Menschen! Der Dichter des Infero hat eine wunderbare Vorstellungsgabe entwickelt, aber eine der entsetzlichsten Strafen hat er doch übersehen — eine arme Seele, zwischen Morgenländern eingepreßt, um ein Schattenspiel zu erwarten, unfähig, die Arme zu rühren und sich die Nase zuzuhalten. Ein Glück, daß ich damals vom Dasein des Komma-Bazillus und andrer ähnlicher Ungeheuer noch keine Ahnung hatte. Welch ein Weltmeer von Bazillen mußte uns hier umfluten! Endlich gellte ein schriller Pfiff. Die Vorstellung begann. Was ich sah, war im höchsten Grad unanständig, wurde aber mit schallendem Gelächter belohnt, während der Morgenländer sonst das laute Lachen vermeidet. Ich wollte sogleich gehen, konnte aber nicht, denn ich steckte so fest, daß ich kein Glied zu rühren vermochte, und so war ich gezwungen, auszuharren, bis ein zweiter Pfiff die Zuschauer belehrte, daß sie für einen Viertelpiaster genug gesehen hatten. Jetzt setzte sich der Menschenknäuel in Bewegung und löste sich langsam in einzelne Personen auf. Draußen holte ich zunächst tief Atem. Seekrankheit ist die reine Wonne gegen das, was ich nun glücklicherweise überstanden hatte. „Gehen wir noch einmal hinein?“ fragte der Fuhrmann Hamdi. Halef streckte ihm abwehrend alle zehn Finger entgegen, und ich gab gar keine Antwort. Während unsrer übrigen Wanderung machte ich die Beobachtung, daß der Fuhrmann übermäßig besorgt war, uns nicht zu verlieren. Auch suchte er es ängstlich zu vermeiden, daß sich zwischen mir und andern ein Gespräch entspann. Ich sprach einigemal zu uns Begegnenden, dann war Hamdi sofort mit einer Unterbrechung da und versuchte mich abzudrängen. Das machte ihn mir verdächtig. Ich ahnte, daß er damit irgendeine Absicht verfolgte. — „Kommen wir nicht an dem Haus des Mejwedschi Glawa vorüber?“ fragte ich ihn. — „Nein. Warum?“ — „Weil ich gern wissen möchte, wo er wohnt, da ich ihn doch morgen aufsuchen werde. Willst du es mir zeigen?“ — „Ja.“ — „Ist der Mejwedschi ein Serbe?“ — „Warum denkst du das?“ — „Weil sein Name serbisch ist.“ — „Du hast es erraten. Folge mir!“

Nach einiger Zeit zeigte Hamdi mir ein Haus als das des Fruchthändlers, und ich merkte es mir. Es war um die Abenddämmerung, als wir heimkehrten. Wir hörten, der Knecht sei gestürzt und habe sich so beschädigt, daß nach dem Arzt geschickt worden war. Der Fuhrmann suchte Esgar auf, und ich ging über den Hof in den Stall. Als ich dort eintrat, sah ich die Pferde ohne Aufsicht, denn Osko und Omar waren auch fortgegangen. Rih drehte mir den Kopf zu, wieherte auf und schnaubte dann in einer Weise, wie ich es noch nie an ihm beobachtet hatte. Ich liebkoste seinen Kopf. Er rieb dann gewöhnlich die feine Nase an meiner Wange und küßte mich auf die Wange — denn ein Pferd küßt auch —, jetzt aber unterließ er es. Der Hengst schnaubte fort und zeigte eine ungewöhnliche Erregung. Ich betrachtete ihn. Es war im Stall schon ziemlich dunkel, aber ich bemerkte doch, daß das Pferd nur auf dem rechten Hinterfuß stand. Ich hob den linken Huf empor und betrachtete ihn. Rih schnaubte und zuckte mit dem Bein, als empfände er Schmerz. „Er lahmt“, sagte Halef. „Das fehlt uns noch! Wo hat er sich den Schaden getan?“ — „Das werden wir gleich sehen. Nehmen wir Rih hinaus in den Hof. Da ist es noch hell.“ Der Rappe hinkte so stark, daß mir die Sache verwunderlich vorkam. Mir war, als ich aus dem Sattel stieg, am Gang des Hengstes nicht das geringste aufgefallen. Woher also plötzlich eine Verletzung? Ich strich mit der Hand an dem kranken Bein hinab; da gab es keine Schmerzen. Das Übel saß am Huf. Ich hob den Huf empor und betrachtete ihn, konnte aber nichts entdecken. Ich begann mit den Fingerspitzen zu tasten, lange vergeblich. Endlich zuckte das Pferd zusammen, und ich hatte unter dem Haar eine kleine Erhöhung gefühlt. Ich schob die Haare beiseite und sah — eine Stecknadel, die dem armen Tier am Hufrand in das Leben getrieben war.

„Hier, Halef, eine Nadel!“ — „Allah! Wie ist das möglich? Wo hat Rih sie sich eingetreten?“ — „Eingetreten? An dieser Stelle ist von einem Eintreten keine Rede. Schau her!“ Der Hadschi sah den Nadelkopf und hatte im selben Augenblick schon die Peitsche aus dem Gürtel gerissen. Er wollte fort, aber ich hielt ihn zurück. „Halt! Keine Dummheit!“ — „Dummheit? Ist es etwa eine Dummheit, wenn ich den Menschen peitsche, der das Tier so quält und es zuschanden machen will?“ — „Warte noch! Zuerst muß die Nadel entfernt werden. Halte das Bein!“ Rih merkte, daß ich ihm Hilfe bringen wollte. Ich konnte mich nur des Messers bedienen, um die Nadel zu fassen. Der Rappe hatte sicherlich Schmerzen dabei, aber er hielt vollständig still. Als ich dann die Nadel herausgezogen hatte, streckte Halef die Hand danach aus und sagte: „Gib sie mir! Ich werde den Bösewicht entdecken, der das getan hat, und ihm steche ich sie dann — in — sag mir, Sihdi, wo es ihm am meisten schmerzen wird!" — „Ihm die Nadel irgendwo ins Fleisch zu stechen, das wäre keine Strafe. Führen wir den Hengst wieder in den Stall." Rih trat wieder auf. Ich war nicht weniger zornig als Halef, aber die Sache wollte überlegt sein. Zu welchem Zweck hatte man das Tier lahm gemacht? „Ich weiß es", erklärte Halef. — „Nun, weshalb?" — „Um dich zum Verkauf des Rappens zu bewegen." — „Das wohl nicht. Zigeuner wenden zuweilen diesen Kniff an. Findet man diese Nadel nicht, so hält man das Pferd für unheilbar und verschleudert es. Hier aber ist wohl eine andre Absicht vorhanden." — „Hamdi hat dich doch gefragt, ob du den Rappen verkaufst!" — „Aber er muß aus meiner Antwort gemerkt haben, daß mir das nicht einfällt. Und wenn er wirklich geglaubt hat, mich durch einen so niederträchtigen Streich zum Verkauf zu bewegen, so hat er sich geirrt. Ich kann mich eines Verdachts nicht erwehren, der zwar noch unbestimmt ist, wahrscheinlich aber berechtigt sein dürfte. Warum blieb der Fuhrmann so auffällig auf meiner Seite? Warum suchte Hamdi jede Verständigung zwischen mir und andern zu verhüten? Dabei muß ich auch an das Wimmern denken, das wir bei unsrer Rückkehr hörten. Der Knecht Esgar soll verletzt sein, wie sein Herr sagte. Hm!" — „Hm!" brummte auch Halef nachdenklich: „Sihdi, mir fällt etwas ein!" — „Was denn?" — „Ich dachte darüber nach, aus welchem Grund man ein Pferd lähmt, wenn es nicht in der Absicht geschieht, den Besitzer zum Verkauf zu verleiten." — „Und?" — „Es gibt nur einen: Das Pferd soll nicht laufen können. Man will den Reiter verhindern, schnell vorwärts zu kommen." — „Ganz recht. Daran dachte ich auch. Und wenn einer gezwungen werden soll, langsam zu reiten, welche Absicht hat dann unbedingt der andre?" — „Ihn einzuholen oder ihn zu überholen." — „Ja. Der Gedanke, daß man uns nach unsrer Abreise verfolgen will, liegt sehr nahe." — „Was aber hat dieser Fuhrmann damit zu schaffen?" — „Wir haben ihm nichts getan. Hamdi ist unser Gastfreund. Er muß uns also schützen, anstatt zu schaden." — „Seine Gastfreundschaft war uns willkommen, da wir nirgends Platz fanden, aber sein Verhalten befremdet mich, es kommt mir jetzt aufdringlich vor. Wenn uns Esgar wirklich an der Straße erwartet hat, so muß man von unserm Kommen unterrichtet gewesen sein. Eine solche Benachrichtigung könnte nur von Ismilan aus geschehen sein. Wir haben beim Karaul des Jüsbaschi Zeit verloren, und es ist also sehr gut möglich, daß uns irgendein Bote zuvorgekommen ist. In diesem Fall —" — „Schau, Sihdi!" unterbrach mich Halef. Wir hatten Rih in den Stall zurückgeführt. Darin war es ziemlich dunkel, und auch draußen begann es zu dämmern, aber es war doch noch hell genug, um den ganzen Hof überblicken zu können. Vorn am Eingang stand eine alte Frau. Sie sah sich in einer Weise um, als hätte sie irgend etwas Heimliches vor, dann kam sie eilig über den Hof und tat einen Schritt über die Schwelle der Stalltür. „Esgar, bist du da?“ fragte sie. — „Der ist nicht da.“ — „Nicht? Es ist hier dunkel. Wer bist du?“ — „Ein Gast des Fuhrmanns.“ Da trat sie weiter in den Stall herein und sagte hastig: „Sprich, bist du ein Christ und kommst du von Ismilan?“ — „Ja.“ — „Effendi, fliehe! Verlaß dieses Haus und diese Stadt, aber bald, noch heut abend!“ — „Warum?“ — „Es droht dir und den Deinen große Gefahr.“ — „Von wem? Welche Gefahr meinst du?“ — „Von Glawa, dem Fruchthändler. Worin die Gefahr besteht, das weiß ich nicht. Sie wollen das erst besprechen. Ich soll Hamdi sagen, daß er in einer Stunde, wenn es ganz dunkel ist, hinüberkommen möge.“ — „Hinüber? Zu wem?“ — „Zu Glawa, meinem Herrn.“ — „Du sagst ‚hinüber‘? Der Fruchthändler wohnt ja gar nicht in der Nähe!“ — „Hat man dir seine Wohnung verschwiegen? Das ist ein Beweis, daß ich recht habe, dich zu warnen. Glawa wohnt doch hier nebenan. Sein Haus stößt an diesen Stall.“ — „Ah, so! Hier hinter diesen Brettern ist euer Hof?“ — „Ja. Fliehe! Ich habe keine Zeit. Ich bin zu dir geschlichen und dachte, einen von euch im Stall zu finden, aber erblicken darf mich hier niemand. Ich muß sogleich zu dem Fuhrmann.“ Die Alte wollte sich entfernen. Ich ergriff sie am Arm und bat: „Nur noch einen kleinen Augenblick! Daß wir uns in Gefahr befinden, haben wir schon geahnt. Du machst diese Ahnung zur Gewißheit. Aus welchem Grund aber begibst du dich in Gefahr, um uns zu warnen?“ — „Ihr kamt vom Jahrmarkt und gingt am Haus vorüber. Man sah euch, und da nannte der eine dich einen Giaur. Ich aber bin auch eine Christin, und da sagte mir mein Herz, daß ich dich warnen müsse. Du hast meinen Glauben und betest zur heiligen Jungfrau Marjam wie ich. Ich bin deine Schwester und darf meinen Bruder nicht in der Gefahr umkommen lassen.“ — „Das wird Gott dir vergelten! Aber sag, wer ist dieser eine, von dem du sprichst?“ — „Es sind ihrer zwei. Sie kamen heute am Vormittag von Ismilan. Ihre Namen kenne ich nicht. Den älteren nennen sie Bettler, aber das ist doch kein Name. Er hat ein böses Gesicht. Ich glaube, ihn schon gesehen zu haben. Er muß einmal bei meinem früheren Herrn eingekehrt sein, droben in dem alten Turm bei Barutin.“ Sie wandte sich zum Gehen, aber ihre letzten Worte veranlaßten mich, sie noch festzuhalten. „Halt!“ sagte ich. „Hast du dort im Busch mit deiner Herrin ein Mauerwerk gebaut mit dem Bild des Gekreuzigten?“ — „Ja. Woher weißt du das?“ — „Ich komme von dort. Ich war der Gast deines vormaligen Herrn. Die Herrin fand ich vor dem Altar, wohin sie gegangen war, um zu sterben. Sie war tot.“ — „Tot? Mein Herr und Gott! Ist das wahr?“ — „Ja. Hättest du Zeit, so könnte ich es dir erzählen. Der Hauptmann sprach von dir." — „Oh", bat Joka dringlich, „du mußt es mir erzählen. Ich darf keinen Augenblick länger hierbleiben, aber da es so ist, wage ich alles. Mögen sie mich töten, wenn sie mich ertappen. Ich komme wieder, aber nicht hierher. Bleibst du noch länger im Stall?" — „Möchtest du es haben?" — „Ja", erwiderte Joka. „Ich werde dann an diese Bretterwand kommen. Dann können wir miteinander sprechen, du hier und ich draußen." — „Du kannst hereinkommen. Diese Bretter sind kein großes Hindernis. Ich kann leicht eins oder zwei entfernen, wenn ich nur die Nägel herausziehe." — „Das wird man später bemerken." — „Nein; ich befestige sie wieder." — „Gut. Verrate kein Wort davon, daß ich bei dir gewesen bin! Ich gehe jetzt, und wenn es so dunkel ist, daß man mich nicht sehen kann, komme ich wieder." Joka eilte davon. — „Hada naßîb — das ist Gottes Schickung!" sagte Halef und er hatte recht. Just diese alte Dienerin, diese treue Christin, mußte sich da drüben bei dem Fruchthändler befinden! — „Meinst du, daß es Saban ist, von dem sie sprach?" fragte der kleine Hadschi dann weiter. — „Sehr wahrscheinlich." — „Aber du hast doch erzählt, der Schmied habe den Bettler mit sich genommen!" — „Saban muß ihm auf irgendeine Weise entkommen sein. Er ist an jenem Abend nicht unverletzt geblieben, und es ist jedenfalls keine gewöhnliche Leistung von ihm, nach Melnik zu reiten." — „Wer mag der andre sein, Sihdi?" — „Mir ahnt, daß es unser Wirt aus Ismilan ist, der Bruder des Kahwedschi Deselim, der den Hals gebrochen hat. Der Bettler hat ihm alles erzählt, und nun verfolgen sie uns, um sich zu rächen." — „Das soll ihnen schwer werden!" knurrte der Kleine. — „Vor allen Dingen müssen wir zu erfahren suchen, was sie gegen uns beschließen. Hoffentlich wird die Dienerin uns dabei unterstützen."

„Diese alte, gute Joka! Ich werde sie beschenken. Was soll ich ihr geben, Sihdi? Meinst du vielleicht einige von den Silberstücken, die in dem Beutel für mich waren?" — „Geld wird das beste Geschenk sein. Sie ist jedenfalls arm. Aber behalte das deinige, Halef. Ich werde Joka beschenken." — „Das wußte ich", kicherte Halef. „Ich habe nur Silber, du aber hast Gold. Ich mache das Geschenk aus deiner Tasche. Du bist ein freigebiger Mensch und bezahlst, was dein Freund und Beschützer andern zugedacht hat. Aber schenke ihr nicht mehr als eins deiner Goldstücke. Unsre Reise ist noch weit, und wir können nicht wissen, welche Summen wir noch brauchen." — „Du bist heute ein sehr sparsamer Haushalter! Bedenke, daß dieses Weib unsre Retterin ist!" — „Das ist Joka nicht. Sie hat uns gewarnt, aber wir wußten schon vorher, daß wir uns in Gefahr befinden. Wir wären vorsichtig gewesen. Doch sag, Sihdi: warum wollen wir abwarten, was diese Männer mit der Koptscha gegen uns beschließen? Wir treten vor diesen verräterischen Fuhrmann hin! Ich will ihm meine Fäuste auf die Nase legen, und dann suchen wir uns einen andern Wirt." — „Das geht nicht. Wir müssen Manach el Barscha und Barud el Amasat haben, die sich hier befinden. Sie dürfen nicht ahnen, daß wir das geringste wissen. Ich muß erfahren, weshalb sie eigentlich nach Melnik gekommen sind. Willst du deine Fäuste gebrauchen, so wirst du wohl später dazu Gelegenheit finden." — „Ja, du willst warten, bis sie dich hier als Mörder anzeigen! Dann wirst du gehenkt, und ich stehe unter deiner Leiche und weine. Ich bin zwar dein Beschützer, aber gar zuviel darfst du doch nicht von mir verlangen!" — „Die große Gefahr, von der du sprichst, Halef, würde nur verschlimmert werden, wenn wir uns an dem Fuhrmann vergriffen. Übrigens ist es jetzt nicht Zeit zu unnützem Plaudern. Wir dürfen Hamdi nicht merken lassen, was wir wissen. Bleiben wir hier im Stall, so kann er leicht mißtrauisch werden. Und da ich hier mit Joka zusammentreffen will, so muß ich wenigstens für kurze Zeit zu ihm gehen. Vorher aber laß uns hier nach den Brettern sehen."

Der Moder hatte mir vorgearbeitet. Es bedurfte keiner Anstrengung, um einige Bretter locker zu machen. Dann ging ich in die Stube. Hamdi stand da mit seiner Frau, die sich aber bei meinem Eintritt sofort entfernte. Beide hatten sich vermutlich von etwas sehr Ernstem unterhalten, das konnte ich aus der Miene des Hausherrn schließen. „Hat Allah dir Sorgen gesandt?" fragte ich ihn. „Sie stehen in deinem Gesicht geschrieben." — „Ja, Effendi, ich habe Sorgen", bestätigte er. „Mein Knecht liegt im Blut, das ihm aus Mund und Nase fließt." — „Führe mich zu ihm." — „Bist du ein Arzt? Es war schon einer hier. Der Knecht hat aber so große Schmerzen, daß ich auch noch den Alchimisten kommen ließ. Er ist soeben fort." — „Welche Meinung hat er von der Krankheit?" — „Der Alchimist erkannte sie sofort; er ist viel klüger als der andre. Ihm sind alle Krankheiten und alle Heilungen und Arzneien offenbar. Er sagte, der Kranke habe ein Magengeschwür, das vom Genuß saurer Orangen stammt. Das Geschwür ist bis unter die Haut gedrungen. Daß der Knecht gestürzt ist oder sich gestoßen hat, hat nur dazu beigetragen, diese innere Krankheit ruchbar zu machen. Der Alchimist will ihm etwas Magenstärkendes schicken und dann später den Blutschwären aus dem Magen schneiden." — „Wird das gelingen?" — „Oh, er hat Messer, mit denen er selbst den dicksten Knochen auseinanderbringt, und der Magen ist ja viel weicher." — „Ja, der Alchimist scheint ein großer Arzt zu sein, aber laß mich den Kranken trotzdem sehen." Hamdi willigte ein. Der Patient lag stöhnend auf einer alten Decke. Er hatte viel Blut verloren. Da er Beinkleid und Jacke auf dem bloßen Leib trug, konnte ich leicht zu der Verletzung gelangen. Esgar schrie laut auf, als ich sie berührte. „Verstehst du dich auf Magengeschwüre?" erkundigte sich Hamdi. — „Gewiß. Aber ein solches Geschwür ist hier nicht vorhanden." — „Was denn? Woran leidet Esgar?" — „Es ist eine sehr gefährliche Hufeisenkrankheit." — Hamdi blickte mich dumm an. „Hufeisenkrankheit? Von dieser Krankheit habe ich noch nichts gehört." — „Schau her! Hier diese Geschwulst sieht genauso aus, als wäre sie von einem ausschlagenden Pferd verursacht. Die blutrünstige Stelle zeigt die Form eines Pferdehufs. Diese Krankheit hat das Eigentümliche, daß sie die Rippen zerbricht, und sie befällt nur solche Leute, die nicht gelernt haben, mit einer Stecknadel vorsichtig umzugehen." —Der Fuhrmann wußte nicht recht, wie er meine Erklärung nehmen sollte, und half sich mit der Frage: „Du meinst, daß Rippen zerbrochen sind?" — „Ja. Auch die Lunge ist verletzt, wie dieses Blut hier beweist. Dein Alchimist ist ein Dummkopf, der erste Arzt war klüger. Wenn du nicht den besten Doktor rufst, den es in Melnik gibt, wird dieser Mann sterben müssen. Kommt dein Knecht aber mit dem Leben davon, so mag er sich in Zukunft vor fremden Pferden mehr in acht nehmen." — „Esgar hat kein fremdes Pferd angerührt!" — „So hat das Pferd ihn berührt, und zwar so, daß er sich meinen guten Rat wohl merken wird." — „Weißt du ein Mittel, ihn zu heilen?" — „Ja, aber zu dieser Heilung gehört eine lange Zeit. Hol den Arzt und leg dem Kranken inzwischen nasse Tücher auf die Brust! Das ist das beste Mittel." — „Wir haben einen sehr klugen Militärarzt hier, aber er wird wegen des Jahrmarkts keine Zeit haben. Soll ich dem Kranken nicht einstweilen einen Rhabarbertrank eingeben und ihm ein Zugpflaster auflegen?" — „Trinke den Rhabarbersaft selbst und quirle dir vorher das Zugpflaster hinein! Beides kann dir nichts schaden, für ihn aber ist es zu stark." — „Du redest sehr bitter, Effendi! Ich werde mich gleich selbst aufmachen, um den Wundarzt zu suchen." — „Wann kommst du wieder?" — „Das weiß ich nicht genau. Ich muß vorher zu einem Freund gehen, der mich nicht gleich wieder fortlassen wird. Wenn ich wiederkomme, werden wir zu Abend essen. Oder hast du jetzt schon Hunger?" — „Nein. Deine Seele ist voll Mildtätigkeit. Aber ich kann bis zu deiner Rückkehr warten." Hamdi entfernte sich sogleich. Ich wußte nun, daß er zunächst zu dem Fruchthändler Glawa gehen würde. Das war mir lieb, da ich nun mit der Dienerin sprechen konnte, ohne befürchten zu müssen, von ihm gestört zu werden. Der Knecht also hatte Rih die Nadel eingestochen und war von ihm geschlagen worden. Ich hatte nicht nötig, den Menschen zu bestrafen. Unten traf ich auf Osko und Omar, die von ihrem Ausgang zurückkehrten. Osko nahm mich beim Arm und sagte: „Effendi, man betrügt uns. Dieser Fuhrmann Hamdi ist ein Lügner und ein gefährlicher Mensch." — „Wieso?" — „Der Fruchthändler Glawa wohnt ja gleich neben uns. Wir haben nach ihm gefragt. Und weißt du, wer bei ihm ist?" — „Nun, wer?" — „Der Mann, der uns in Ismilan bewirtete. Er stand unter der Tür des Hauses." — „Hat er euch gesehen?" — „Ja. Aber er trat sofort zurück, um sich zu verbergen. Er glaubt vielleicht, wir hätten ihn noch nicht bemerkt. Was werden wir tun?" — „Vielleicht müssen wir die Stadt noch in der Nacht verlassen. Hier ist Geld. Kauft Brot, Früchte und etwas gebratenes Geflügel ein und übergebt es Halef! Aber bleibt nicht lange fort!" Sie gingen wieder, und ich begab mich in den Stall. Es war nun dunkel geworden, und ich brauchte nicht lange zu warten, bis es draußen mit den Fingerspitzen klopfte. Ich schob die unten losgemachten und nur noch oben an den Nägeln hängenden Bretter zur Seite und kroch hinaus in den Nachbarhof. — „Allah! Du kommst heraus?" sagte die Alte. — „Ja, es ist so besser. Werden wir gestört, dann krieche ich schnell zurück. Es hat keine Gefahr. Ist der Fuhrmann schon bei euch?" — „Nein. Die Stunde ist ja noch nicht vorüber. Aber, Effendi, du wolltest mir von Hara, meiner guten Gebieterin, erzählen!" Eigentlich hatte ich viel Nötigeres zu tun, aber Joka verdiente es, daß ich ihren Wunsch erfüllte. Ich gab einen so ausführlichen Bericht, wie es die gegenwärtige Lage erlaubte. Die Nachricht vom Tod ihrer Herrin wollte Joka das Herz brechen. Sie weinte halblaut vor sich hin. Dann erzählte sie mir von ihrer Vergangenheit, wie sie von ihrem damaligen Herrn fortgejagt worden und nach verschiedenen Schicksalen zum Fruchthändler Glawa gekommen sei. Das tat Joka wohl, und darum hörte ich ihr geduldig zu, obgleich ich dabei mit meiner Unruhe kämpfte. Leider mußte ich die gute Seele endlich doch unterbrechen und sie auf die Gegenwart aufmerksam machen. „O Isa, Jussuf, Mariam!" jammerte sie da. „Ich denke nur an mich und nicht an dich. Kann ich dir einen Dienst erweisen? Ich will es gern tun." — „Du kannst es. Hast du vielleicht den Namen Manach el Barscha oder Barud el Amasat gehört?" — „Ja. Die beiden waren mit einem Dritten bis heute bei meinem Herrn." — „Bis heute? Wo sind sie jetzt?" — „Das weiß ich nicht. Als die zwei Männer erschienen, von denen ich dir gesagt habe, wurde heimlich gesprochen, und dann ritten die drei fort. Darauf wurde der Fuhrmann geholt. Sie wußten nicht genau, wann und woher ihr kommen würdet. Hamdis Knecht mußte sich auf dem Weg nach Nevrekup, der unsrige aber auf dem Weg nach Vessme und Wlakawitza aufstellen. So konntet ihr ihnen nicht entgehen. Ich hörte, daß du ein Christ seist und daß man sich an dir rächen wolle. Du sollst bei dem Fuhrmann wohnen, und dann wollen sie bestimmen, was zu tun ist. Das erlauschte ich nur nach und nach, und ich beschloß, dich zu warnen. Jetzt bin ich glücklich, daß mir das gelungen ist, und ich wünsche, ich könnte noch viel mehr für euch tun!" — „Ich danke dir, Joka! Ich weiß nicht, wie lang ich hier bleibe und ob ich dich noch einmal sehen werde. Deshalb will ich dir ein Andenken geben an den fremden Mann, dem du dein Wohlwollen geschenkt hast!" Ich legte ihr die bereitgehaltenen Geschenke in die Hand. Sie schwieg. Es war dunkel, und sie mochte neben dem Geld den andern Gegenstand wohl erst betasten. Dann aber erklang es fast zu laut: „O Gott! Ein Rosenkranz! Effendi, wie bist du doch so gütig! Ich werde bei jedem Gebet deiner gedenken. Aber was soll ich heute für dich tun?" Dieses Geschenk hatte Joka in Begeisterung versetzt. Sie befand sich in der Stimmung, sich sogar in Gefahr zu begeben, wenn ich es verlangt hätte. „Meinst du, daß es unmöglich ist, zu erfahren, was die Leute bei deinem Herrn beschließen?" — „Das wird schwer sein. Ich habe Matten und Wein in den Erker schaffen müssen. Dort werden sie ihre Unterredung halten und da sind sie nicht zu belauschen." Mit dem Wort ‚Erker' meinte sie wohl eine Giebelkammer. Die Schurken verfuhren mit großer Vorsicht. „Trinken die Anhänger des Propheten Wein?" — „Oh, sie trinken oft, bis sie keinen Verstand mehr haben, nur darf es kein andrer wissen. Die Kammer liegt ganz versteckt. Man muß auf einer Treppe hinaufgehen. Ich wollte gerne lauschen, aber da oben kann man im Notfall nicht schnell entfliehen. Würde die Tür geöffnet, so wäre ich verloren. Der Herr hat verboten, heute da hinaufzugehen." — „In eine solche Gefahr sollst du dich auch gar nicht begeben. Und doch möchte ich wissen, was sie sprechen." Joka sah mich eine Weile sinnend an, dann sagte sie rasch: „Da fällt mir etwas ein! Ich werde doch lauschen! Ich lege mich auf die Decke der Kammer." — „Wie meinst du das, Joka?" — „Es gibt da oben einen Taubenschlag. Ich krieche hinein und werde dort alles hören." Das war lustig — ein Taubenschlag! — „Kann man denn da hinein?" fragte ich. — „Ja. Es sind seit vielen Jahren keine Tauben drin gewesen. Das Türloch ist so groß, daß ein Mensch hineinkriechen kann." — „Woraus besteht der Boden?" — „Aus hölzernen Knütteln, einer neben den andern gelegt." — „Liegen sie fest?" — „Sehr fest", versicherte die alte Dienerin. „Aber es sind auch Lücken dazwischen, und man kann in die Kammer hinabblicken und alles hören. Da hinauf gehe ich und dann komme ich wieder hierher, um dich zu benachrichtigen." — „Hm! Ich möchte dich nicht zu einem solchen Wagnis veranlassen, und sodann ist es —" — „Effendi", fiel Joka ein, „ich tue es sehr gern!" — „Das glaube ich dir. Aber es könnte vieles gesprochen werden, das du nicht recht zu deuten wüßtest. Dein Bericht würde mich vielleicht dann irreführen, anstatt mir zu nützen. Könnte ich selbst hinauf in den Taubenschlag, so wäre es viel besser!“ — „Es ist sehr schmutzig da oben!“ — „Das darf mich nicht abhalten. Die Frage ist nur, ob ich glücklich hinaufkommen könnte, ohne bemerkt zu werden.“ — „Das kannst du ganz gut.“ — „Wieso?“ — „Es ist dunkel, sonst würdest du hier an diesem Gebäude eine Leiter sehen. Steigt man hinauf, so kommt man dahin, wo der Herr das Heu aufbewahrt. Noch eine kleine Leiter und du bist da oben, wo auch Heu liegt. Gehst du dann unter dem Dach hin, so kommst du unter das Dach des Hauptgebäudes und grad an die Tür des Taubenschlags. Kriechst du da hinein und ziehst die Tür hinter dir zu, so kann kein Mensch auf den Gedanken kommen, daß jemand darin ist. Links von dieser Tür geht eine Stiege hinunter ins Hauptgebäude. Ich werde dich hinaufführen.“ — „Gut. Herunter finde ich dann allein.“ — „Wenn die Männer die Beratung beendet haben, weiß ich, daß du auch fort bist. Dann werde ich wieder hierherkommen. Vielleicht kann ich dir dann noch von Nutzen sein. Soll ich dich jetzt hinaufführen? Die Stunde wird bald vorüber sein.“ — „Ja. Aber warte vorher noch einen Augenblick.“ Ich kroch in den Stall zurück. Dort stieß ich auf Halef, der gewartet hatte. — „Sihdi, ich habe alles gehört“, sagte er. — „Gut. So brauche ich dir keine Erklärung zu geben. Sind Osko und Omar noch nicht da?“ — „Nein.“ — „Ich habe sie um Mundvorrat ausgeschickt. Ich weiß nicht, wie das Abenteuer abläuft. Halte die Pferde gesattelt, ganz so, als wollten wir sofort aufbrechen! Doch muß es möglichst unbemerkt bleiben.“ — „Ahnst du Gefahr?“ — „Nein, aber man muß auf alles vorbereitet sein.“ — „So gehe ich mit hinauf.“ — „Das ist unmöglich.“ — „Sihdi, es gibt Gefahr, und ich bin dein Beschützer!“ — „Du beschützt mich am besten, wenn du meine Aufträge erfüllst.“ — „So nimm wenigstens deine Gewehre mit!“ — „Gewehre in einem Taubenschlag? Unsinn!“ — „Ich sehe, daß du ins Unglück rennen willst. Aber ich werde über dir wachen.“ — „Tu das. Doch entferne dich nicht von den Pferden! Ich habe das Messer und zwei Revolver, das ist genug.“ Jetzt kroch ich wieder in den Hof hinaus. Die Dienerin nahm mich bei der Hand und führte mich zur Leiter. Ohne ein Wort zu sagen, stieg sie mir voran, und ich folgte ihr. Oben fühlte ich aufgeschichtetes Heu. Nun zog Joka mich einige Schritte weiter zu einer zweiten Leiter, die aber weniger hoch war. Als wir sie erstiegen hatten, befanden wir uns — wie sie daheim sagen — auf dem Hahnebalkenboden des Nebengebäudes. Dort nahm die Alte mich abermals bei der Hand und zog mich weiter, immer unter dem Dachfirst hin. Wir wateten im Heu. Da ich länger war als die Dienerin, stieß ich verschiedenmal mit dem Kopf an die Sparren und Balken. Joka sagte zwar immer: ‚Hier war ein Balken!' Aber sie sagte es stets erst dann, wenn ich seine Bekanntschaft schon gemacht hatte.

Plötzlich ging es so jäh abwärts, daß wir beide den Halt verloren und miteinander ein Stück abwärts rutschten. Doch das hatte nichts zu sagen, denn die Schlittenbahn bestand aus Heu. Meine Führerin hatte einen Schreckensruf ausgestoßen. Wir lauschten, ob er gehört worden sei. Als aber alles ruhig blieb, sagte sie leise zu mir: „Hier grad vor uns ist der Taubenschlag, und links ist die Stiege. Ich kehre nun auf dem Weg zurück, den wir gekommen sind." — „Werden die Männer schon da sein?" — „Nein. Sonst würden wir sie hören." — „Das ist gut, denn sie hätten deinen Schrei vernommen." — „Hier habe ich die Tür geöffnet. Ich gehe. Nimm dich in acht, daß dir kein Leid geschieht!" Ich hörte Joka im Heu zurückklettern, dann war es still um mich her, still und schauerlich finster. Nachts in einem amerikanischen Urwald hätte ich mich gewiß nicht so beklommen gefühlt, wie hier in diesem dunkeln, unbekannten, drückend engen Raum. Rechts war Wand, links die Stiege, hinter mir der Heuboden und vor mir eine dünne Holzwand mit einem offnen Türchen, kaum so groß, daß ich mich mühsam hindurchzwängen konnte. Diese Umgebung war feuergefährlich, und doch mußte ich sehen, wo ich mich befand. Darum zog ich einen Wachszünder hervor und brannte ihn an. Schnell blickte ich mich außerhalb des Taubenschlags um und leuchtete dann hinein. Die Alte hatte sehr recht! Schmutz gab es da in Masse, aber das mußte ertragen werden. Glücklicherweise war das Kämmerchen doch so geräumig, daß ich Platz fand. Da, rechts, schien ein Stück des Bodens zu fehlen, doch die linke Hälfte schien mir leidlich zuverlässig. Ich kroch also hinein und zog die Tür hinter mir zu. Ich hatte es mir aber noch nicht ganz bequem gemacht, so begann der widerwärtige Geruch seine Wirkung. Ich merkte, daß kein Mensch hier zwei Minuten bleiben könne, ohne eine ganze Bachsche Fuge herunterzuniesen. Das war höchst gefährlich. Tastend suchte ich mit der Hand umher und fand eine Schnur. Ich zog daran, und wirklich öffneten sich zwei Fluglöcher, und es drang wenigsten so viel Luft herein, als ich unbedingt zum Atmen brauchte. Dieser ‚Luxus' machte mich anspruchsvoll. Ich kroch wieder hinaus und holte mir einige Handvoll Heu herein, um wenigstens für die Ellbogen eine weiche Unterlage zu haben. Nun hatte ich es so gemütlich, wie ich es hier nur überhaupt haben konnte. Jetzt wäre es mir lieb gewesen, wenn die Erwarteten gekommen wären. Aber meine Geduld wurde leider auf eine harte Probe gestellt. Ich merkte dabei, daß es hier auf die Dauer ohne gewisse Vorkehrungen doch nicht auszuhalten sei. Die frische Luft reichte nicht aus. Der Duft des Heus war doch noch besser als der scharfe Geruch des Taubenmistes, in dem ich lag. Darum schob ich die Tür wieder auf. Um das Niesen zu verhüten, nahm ich mein Taschentuch hervor und band es zusammengelegt über die Nase und hielt dann den Mund möglichst an die beiden Fluglöcher. Hier waren die Vögel des Ölzweiges aus- und eingeschlüpft. Ein Blick hinaus belehrte mich, daß ich mich unter dem Giebeldach befand. Der Lärm und die Lichter des Jahrmarkts drangen zu mir herauf. Dabei kamen und gingen allerlei Gedanken. Meines kleinen Halef berühmter Kara Ben Nemsi Effendi im Taubenschlag! Ich lachte fröhlich vor mich hin. Das verursachte eine zitternde Bewegung meines Körpers, die sich auch dem Boden mitteilte — es knackte. Das hätte mich eigentlich mißtrauisch machen sollen, aber die Hölzer hatten vorher meine viel kräftigere Bewegung ausgehalten und so war wohl kein Grund zur Besorgnis vorhanden. Selbst wenn die Festigkeit des Taubenschlags nicht auf Jahrtausende berechnet sein sollte — ich lag ja still; es konnte nichts geschehen. So hielt ich fast bewegungslos wohl eine Stunde aus, und meine Lage wurde immer unbehaglicher. Da ich die Nase zugebunden hatte, so holte ich durch den Mund Atem. Der scharfe, ätzende Staub drang mir in die Kehle und reizte zum Husten. Ich konnte mir doch nicht auch noch den Mund verstopfen! Da — endlich — erklangen unter mir Schritte und Stimmen. Man öffnete die Tür, es wurde Licht, zwei, vier, fünf, sechs Männer traten ein, die sich auf den auf dem Boden ausgebreiteten Strohdecken niederließen. Jetzt, da das Licht von unten herauf durch meine Knüppelunterlage leuchtete, erschien sie mir gar nicht mehr zuverlässig. Es gab da beängstigende Lücken. ‚Sehr fest', hatte die alte Joka gesagt. Ich fand das aber ganz und gar nicht. Der Regen war durch das beschädigte Dach gedrungen, hatte den Taubenmist durchnäßt und ihn zu einer ziemlich zusammenhängenden Kruste gemacht. Das mochte der Grund sein, daß er überhaupt noch vorhanden und nicht längst in die Kammer hinuntergefallen war. Nun aber hatte ich mich auf der Kruste bewegt. Die Wirkung sollte für mich verhängnisvoll werden, denn ich erblickte zu meinem Schrecken den weißgrauen, stellenweise fingerhohen Überzug, den die Gegenstände da unten erhalten hatten, und dazu siebte ununterbrochen ein feiner Staubregen nach. Das wurde erst deutlich, als die Männer sich gesetzt hatten. Der das Licht in der Hand gehabt hatte, ein langer, spindeldürrer Mensch, jedenfalls der Fruchthändler Glawa, blickte zornig herauf und schimpfte: Verdammnis über die Katze! Ich schlage sie tot!" Man kann sich denken, daß ich mich nicht rührte und kaum zu atmen wagte. Neben Glawa saß mein liebenswürdiger Gastfreund, der Fuhrmann Hamdi, dann folgten der Bettler Saban und der Bruder Deselims aus Ismilan. Der Bettler hatte einen Arm verbunden und eine tüchtige Beule an der Stirn. Er schien dem wackern Schmied nur nach einem Kampf entkommen zu sein. Die beiden andern Männer hatte ich noch nicht gesehen. Sie trugen die Koptscha, waren also auch Eingeweihte und hatten Gesichter, die man am besten mit dem Wort ‚Ohrfeigengesichter' bezeichnet. Der eine hatte außer den gewöhnlichen Waffen noch etwas am Gürtel, das ich für eine Schleuder zu halten geneigt war. Ich wußte damals nicht, daß diese Waffe in jenen Gegenden noch im Gebrauch ist. Diese beiden Männer verhielten sich schweigend, nur die vier andern sprachen. Saban erzählte das Ereignis in der Waldhütte und berichtete dann von unserm nächtlichen Zusammentreffen, wobei er in meine und des Schmieds Hände geraten war. Als Gefangener an das Pferd gefesselt, hatte er widerstandslos folgen müssen, bis sie am Morgen ein Dorf erreichten und da bei einem Bekannten des Schmieds einkehrten. Dort aber war ein Freund des Bettlers zu Besuch gewesen und hatte ihn von seinen Fesseln befreit, so daß es ihm geglückt war, auf seinem Pferd davonzureiten. Der Schmied hatte Saban dann verfolgt und auch eingeholt. Es war zu einem Handgemenge gekommen, bei dem der Bettler zwar einige derbe Jagdhiebe erhielt, aber doch noch entwischte. Natürlich hatte er nun in höchster Eile seinen unterbrochenen Ritt nach Ismilan fortgesetzt und dort im Einkehrhaus vernommen, ich sei dagewesen, aber schon wieder aufgebrochen. Als der Bruder Deselims erfahren hatte, ich trüge die Schuld daran, daß sein Bruder der Hals gebrochen habe, war er rachsüchtig mit Saban sofort zu Pferd gestiegen, um mir zu folgen. Er wußte ja, daß ich in Melnik bei dem Fruchthändler einkehren würde und sicher zu finden sei. Unterwegs waren beide dem abgelohnten Führer Albanis begegnet, der ihnen alles weitere erzählte. Sie erfuhren, daß wir einen Umweg eingeschlagen hatten, und beeilten sich, vor uns in Melnik anzukommen, was ihnen auch gelang, da sie das Pferd des Bettlers gegen ein besseres vertauscht hatten. Sie hatten Barud el Amasat, Manach el Barscha und den mit diesen beiden davongelaufenen Gefangenenwärter in Melnik bei Glawa getroffen und die Flüchtlinge von allem unterrichtet. Die drei waren dann sofort aufgebrochen, um von uns nicht erreicht zu werden, hatten sich aber vorher das feste Versprechen geben lassen, daß man uns an der Fortsetzung der Verfolgung hindern werde. Man hatte an den beiden östlichen Ausgängen der Stadt auf uns gewartet, um uns zu dem Fuhrmann zu locken. Das weitere sollte nun besprochen werden.

„Es steht fest", erklärte Glawa, „daß diese Hundesöhne unsre Freunde nicht erreichen dürfen." — „Nicht einholen?" meinte der Ismilaner zornig. „Nur das willst du verhindern? Weiter soll nichts geschehen? Hat dieser Fremde nicht meinen Bruder getötet? Hat er nicht mich betrogen und mir unsre Geheimnisse entlockt? Hat er sich nicht in den Besitz der Koptscha gesetzt, so daß ich ihn für ein Mitglied unsres Bundes und sogar für einen der Anführer gehalten habe? Er wird uns den größten Schaden bereiten, wenn wir ihn fortreiten lassen. Er muß bleiben!" — „Wie willst du ihn dazu bewegen?" — „Wie? Das fragst du noch? Lächerlich! Durch schöne Worte und freundliche Vorspiegelungen bringen wir ihn nicht so weit. Wir müssen Zwang anwenden. Das können wir auf zweierlei Weise tun. Entweder klagen wir ihn an, daß er hier verhaftet wird, oder wir selbst halten ihn fest." — „Wessen willst du ihn anklagen?" — „Gibt es nicht Gründe genug?" — „Es wird kein Grund etwas nützen. Du hast mir ja gesagt, daß dieser Giaur drei Papiere besitzt: Teskere, Bujuruldu und den Ferman. Er steht nicht nur unter dem Schutz der Behörde, sondern er ist sogar ein Empfohlener des Großherrn. Wenn man ihn festnehmen will, wird er seine Pässe vorzeigen, und man wird ihm eine Verbeugung machen und ihn nach seinen Befehlen fragen. Ich kenne das. Und selbst wenn der Fremde verhaftet würde, könnte er darüber lachen. Er ist ein Franke und wird sich auf seinen Konsul berufen. Und fürchtet sich der Vizekonsul vor uns, so gibt es einen Generalkonsul, dem es nicht einfallen wird, auf uns zu hören." — „Du hast recht. Wir werden also handeln." — „Aber wie?" warf Hamdi ein. Da machte Saban eine energische Handbewegung und murrte:

„Was verliert ihr so viele Worte. Der Giaur ist ein Verräter und ein Mörder. Gebt ihm eine Messerklinge in den Leib! Da wird er schweigen und kann nichts ausplaudern." — „Du hast recht", stimmte der Ismilaner bei. „Mein Bruder ist tot. Blut um Blut! Ihr habt das Pferd gelähmt, damit der Giaur langsam vorankommt. Warum soll er überhaupt von hier fortreiten? Mein Messer ist scharf. Wenn er schläft, schleiche ich zu ihm und stoße ihm die Klinge in das Herz. Dann ist unsre Rechnung ausgeglichen." Da warnte der Fuhrmann hastig: „Das geht nicht! Ich bin euer Freund und Helfer. Ich bin bereit gewesen, ihn bei mir aufzunehmen, damit wir ihn genau beobachten können, und ich will auch weiter das meinige tun. Aber bei mir sterben darf er nicht! Ich will nicht vor dem Richter erscheinen müssen, weil ein Schützling des Großherrn bei mir ermordet wurde." — „Feigling!" brummte Deselims Bruder. — „Schweig! Du weißt, daß ich nicht feig bin. Ich habe schon Schaden genug, da mein Knecht schwer verletzt ist. Ich glaube sogar, dieser Fremdling ahnt, was wir getan haben." — „Wie kann er etwas ahnen?" — „Er sprach von Stecknadeln. Vielleicht hat er gar die Nadel im Fuß des Pferdes entdeckt. Diese ungläubigen Frankenhunde haben die Augen des Teufels. Sie sehen alles, was sie nicht sehen sollen.“ Da legte einer der mir unbekannten Männer den Tschibuk weg und sagte: „Macht es kurz! Worte sind für Kinder und Weiber. Wir aber sind Männer und wollen Taten verrichten. Manach el Barscha will in der Ruine von Ostromdscha bei einem Verbündeten auf uns warten, damit wir ihm sagen, wie wir diese Hundesöhne unschädlich gemacht haben. Ich muß mit meinem Bruder, der hier neben mir sitzt, die Botschaft bringen und habe keine Lust, eine Ewigkeit zu warten.“ Diese Worte waren mir von größter Wichtigkeit, da sie mir sagten, wo ich die Flüchtlinge suchen mußte. Nun harrte ich in höchster Spannung des Entschlusses, der gefaßt werden sollte. Es verursacht einem doch ein eigentümliches Gefühl, zu hören, auf welche Weise es einem an den Kragen gehen soll. Deshalb war ich bemüht, mir kein Wort entgehen zu lassen. Um so ärgerlicher war es mir, daß ich grad jetzt draußen im Heu ein Rascheln vernahm. Ich hob den Kopf. War das vielleicht die Katze, von der der Hausherr gesprochen hatte? Das Tier spazierte zu einer Zeit hier oben herum, die mir nicht ungelegener sein konnte. Unten erhoben sich laute Stimmen. Fast noch lauter aber wurde es in diesem Augenblick vor dem Taubenschlag. Es gab einen geräuschvollen Rutsch — plumps — ein ärgerliches „Ah!“ und dann war es draußen still, unter mir aber auch. Ein Blick hinunter zeigte mir, daß alle horchten. Auch sie hatten das Geräusch vernommen. Es war ein Glück, daß sie soeben lauter als vorher gesprochen hatten. „Was war das?“ fragte Saban. — „Wohl die Katze“, entgegnete der Fruchthändler. — „Hast du soviel Mäuse da oben?“ — „Mäuse und Ratten.“ — „Aber wenn es ein Mensch gewesen ist, der uns belauscht?“ — „Wer sollte das wagen?“ — „Sieh doch lieber nach!“ — „Es wird nicht nötig sein, aber ich will es tun.“ Glawa stand auf und verließ die Kammer. Nun war ich in Gefahr. Ich zog die Beine möglichst an mich. Glawa hatte zwar kein Licht bei sich, wenn er aber fühlte, daß die Tür zum Taubenschlag offen war, schöpfte er gewiß Verdacht und griff hinein. Ich hörte die Stiege knarren. Er kam wirklich herauf, glücklicherweise aber nicht ganz. „Ist jemand da?“ fragte der Hausherr. Niemand antwortete, aber es raschelte leise im Heu, so daß auch er es hören mußte. „Wer ist da?“ wiederholte er. — „Miau!“ ertönte es jetzt. Darauf folgte ein zorniges Fauchen. Es war wirklich die Katze, der er vorhin die Verdammnis angewünscht hatte. Glawa brummte einige unmutige Worte in den Bart und kehrte dann in die Beratungskammer zurück. „Habt ihr es gehört?“ fragte er. „Es war das Vieh.“ Ich hatte bereits die Hand am Messer gehabt. Jetzt fühlte ich mich beruhigt, aber nicht für lange Zeit, denn als das Gespräch wieder begann, hörte ich ein leises, streichendes Geräusch hinter mir, als untersuche jemand mit tastendem

Griff die Räumlichkeit. Ich horchte auf. Da fühlte ich eine Hand an meinem Fuß. „Sihdi!“ flüsterte es. Jetzt kannte ich die Katze! — „Halef?“ erwiderte ich so leise wie möglich. — „Ja. Habe ich die Stimme der Katze nicht prächtig nachgeahmt?“ — „Was fällt dir ein? Du bringst dich und mich in die allergrößte Gefahr!“ — „Mußte ich nicht? Du bliebst so lange fort, und ich bekam Sorge um dich. Wie leicht konnte man dich erwischen!“ — „Das hättest du abwarten sollen.“ — „Soll ich vielleicht warten, bis man dich getötet hat? Nein, ich bin dein Freund und Beschützer.“ — „Der mich aber in Verlegenheit bringt. Verhalte dich jetzt ganz ruhig!“ — „Siehst du unsre Feinde?“ — „Ja.“ — „Und hörst du sie?“ — „Ja, ja doch!“ wehrte ich ungeduldig ab. „Aber ich kann sie nicht hören, wenn du weiterredest.“ — „Gut, ich schweige. Aber zwei hören mehr als einer. Ich lausche auch, ich komme hinein.“ — Ich hörte, daß der Hadschi Anstalt machte, in den Taubenschlag zu kriechen. „Bist du des Teufels?“ raunte ich ihm zu. „Ich kann dich nicht brauchen. Bleib draußen!“ Leider hatte aber jetzt der Ismilaner seine Stimme so erhoben, daß Halef meine Worte nicht verstehen konnte. Er kam zu mir hereingekrochen — wahrhaftig, er kam! Ich gab ihm zwar einen tüchtigen Tritt mit dem Fuß, aber der kleine Kerl meinte es gut, zu gut für die vorliegenden Verhältnisse. Er war ganz erpicht darauf, den Lauscher zu machen, und mochte glauben, der Fußtritt sei nur eine unbeabsichtigte Bewegung von mir gewesen. Jetzt war er da. Ich drückte mich so weit wie möglich nach links. „Allah! Wie stinkt es hier!“ flüsterte er. — „Her zu mir! Hierher, hierher, ganz zu mir!“ gebot ich leise. „Dort rechts brichst du durch!“ Der Hadschi machte eine hastige Bewegung zu mir herüber und hatte dabei sicher eine Menge von dem Taubenmist aufgewühlt, denn unten fluchte der Fruchthändler: „Zur Hölle mit dieser Katze! Jetzt ist sie über uns und wirft den Dreck herab!“ — „Puh! Ah — oh — uh!“ prustete Halef, dem der scharfe Staub in Nase und Lunge geraten war. Infolge meiner Aufforderung hatte er sich nahe an mich geschmiegt, darum fühlte ich, daß sein Körper eine krampfhafte, wurmartige Bewegung machte. „Atsch gösünü — nimm dich in acht!“ mahnte ich, denn trotz der verbundenen Nase empfand ich einen heftigen Niesreiz.

„Ja, Sihdi! Niemand soll mich hören — — oh — ih — — bchch — gchchch — dchchchch — hilf mir, Allah!“ Vergebens kämpfte der Kleine gegen den unüberwindlichen Reiz. Ich hörte ein ganz unbeschreibliches, nach innen gedrängtes Ächzen, Pusten und Keuchen und griff unwillkürlich hinüber, um ihm den Mund zuzuhalten. „Oh Allah — Al — — ill — — ell — ah — ha ha — ha — hab — — habziiiih, habzuäuuuh!“ Da krachte es los, und zwar so kräftig, daß sein ganzer Körper bebte, aber es krachte auch unter uns. Ich fühlte, daß der ganze Taubenschlag wackelte und bebte. „Si — — Si — — Sihdi, o Mohammed, ich breche durch!“ Halef wollte diese Worte leise sagen, aber da er bereits den Boden unter sich verlor, so ließ er sie in seinem Schreck laut aus wie einen Hilferuf. Er faßte mich am Arm. Ich erkannte, daß er auch mich mit hinunterreißen würde und rang mich los. Im nächsten Augenblick prasselte es um mich her, als wollte das ganze Gebäude zusammenstürzen: ein entsetzliches Gepolter, eine noch entsetzlichere dicke Mistwolke — unter mir lautes Schreien, Fluchen, Husten und Niesen — der übereifrige Hadschi war mit der Hälfte des Taubenschlags hinabgestürzt. Auch ich hing halb in der Schwebe. Ein rascher Schwung brachte mich mit den Beinen aus dem Loch heraus; nach einer zweiten krampfhaften Anstrengung stand ich mit dem ganzen Körper draußen. Ich riß das Tuch von der Nase und hustete und nieste, als ob ich es bezahlt bekäme. Jetzt war es ganz gleich, ob man mich hörte oder nicht. Unten entstand ein Höllenlärm. Halef befand sich offenbar in Gefahr. Das Licht war nicht erloschen. Hatte man ihn ergriffen, oder war er so geistesgegenwärtig gewesen und hurtig entsprungen? Ich rannte die Stiege hinab, so rasch die Dunkelheit es gestattete. Der Heidenlärm war mein Führer. Ich fühlte die Kammertür und ertastete mit der Hand, daß sie von außen verriegelt werden konnte. Man brauchte nur einen an einer Schnur hängenden Holzpflock vorschieben. Von innen war sie nicht gesichert. Ich öffnete. Dicker Guanostaub, den das Licht der Lampe kaum zu durchdringen vermochte, wallte mir entgegen. Soweit ich die Augen zu öffnen vermochte, erblickte ich ein Gewirr von Armen, Beinen und herabgefallenen Holzknüppeln, alles in Bewegung. Ich vernahm einen unbeschreiblichen Lärm von hustenden, niesenden, fluchenden Menschen, dazu ein klatschendes Geräusch, als setzte jemand eine Peitsche aus Leibeskräften in Bewegung. Ich merkte, daß die Leute sich untereinander gepackt hielten, in der Meinung, den unerwarteten Eindringling ergriffen zu haben. Da erscholl Halefs Stimme: „Sihdi, wo bist du? Bist du auch unten?“ — „Ja, hier!“ — „Hilf, hilf! Jetzt haben sie mich!“ Nun sprang ich ohne weiteres Besinnen mitten in den Knäuel hinein. Ja, sie hatten Halef. Ich ergriff ihn mit der Linken, entriß den Hadschi ihren Fäusten und schleuderte ihn zur Tür hinaus. Einige Faustschläge mit der Rechten und sie wichen zurück. Sofort war auch ich draußen, warf die Tür zu und steckte den Pflock vor. „Halef!“ — „Hier!“ — „Bist du verletzt?“ — „Nein. Komm fort!“ — „Ja, hier die Treppe hinab!“ Ich erfaßte seine Hand und zog ihn in die Gegend, wo ich die Treppe vermutete. Hierbei leiteten mich Stimmen, die unten laut wurden. Man hatte den Lärm vernommen und kam nachsehen, was er bedeuten sollte. Wir rutschten mehr die Treppe hinab, als wir liefen, rissen dabei einige Personen um, kamen glücklich unten an und sprangen über den Hof hinüber zur Stelle, wo ich die Bretter locker gemacht hatte. Als wir da hindurchgeschlüpft waren und stehenblieben, um auszuschnaufen, sagte der kleine Hadschi: „Allah sei Dank! Mich bringt kein Mensch wieder in einen Taubenschlag!" — „Niemand hat dir befohlen hinaufzugehen!" — „Du hast recht, Sihdi. Ich bin an allem schuld. Aber schön war es doch, denn ich habe meiner Peitsche Arbeit gegeben, an die diese Leute noch lange denken werden. Hörst du sie rufen? — Horch!" — „Ja. Man sucht uns. Wo ist Osko? Wo ist Omar?" — „Hier", antworteten die beiden Genannten in der Nähe. — „Sind die Pferde zum Aufbruch bereit?" — „Ja. Wir warten schon lang." — „Hinaus aus dem Stall und fort aus der Stadt!"

Jeder ergriff sein Pferd. Meine Gewehre hingen am Sattel, wie ich tastend feststellte. Im Hof stiegen wir auf. Das Tor des Hauses stand offen, und wir gelangten unangefochten auf die Gasse. Halef ritt neben mir. „Wohin geht es?" fragte er. „Kennst du den Weg? Wollen wir nicht jemand fragen?" — „Nein. Es braucht niemand zu erfahren, welche Richtung wir einschlagen. Wir reiten nach Westen. Nur erst zur Stadt hinaus! Dann werden wir wohl einen Weg finden." — „Müssen wir fliehen? Ist das notwendig?" — „Wir reiten fort. Das ist auf alle Fälle gut. Willst du das eine Flucht nennen, so tu es! Ich weiß, wo Barud el Amasat steckt. Er ist nicht hier, und wir werden ihn und seine Begleiter aufsuchen."

Bald lag Melnik hinter uns. Als wir heute von der entgegengesetzten Seite in die Stadt geritten waren, hatte ich nicht geahnt, daß wir sie so schnell wieder verlassen würden. Von Martin Albani konnte ich mich leider nicht verabschieden.

13. Ein Vampir

Als wir Melnik hinter uns hatten, umgab uns dunkle Nacht. Dennoch stellten wir fest, daß wir uns auf einem gebahnten Weg befanden. Vor uns hatten wir den Strumafluß, den Strymon der Alten, der von Melnik aus südwärts der reichen Ebene von Seres zufließt. Wir bewegten uns auf unbekanntem Boden. Ich wußte nur, daß ich nach Ostromdscha reiten mußte, das auch den Namen Strumnitza[1] führt, von dem gleichbenannten Fluß, an dem es liegt. Da hätten wir nun eigentlich die Richtung nach Petridasch[2] einschlagen müssen, aber ich konnte mir denken, daß man das vermuten und uns dahin folgen werde. Darum schlug ich schon nach kurzer Zeit die Richtung nach Westen ein. „Sihdi, wohin willst du?“ fragte Halef. „Du weichst ja vom Weg ab!“ — „Mit gutem Grund. Habt acht! Ich suche einen Pfad, der in der bisherigen Richtung zum Strumafluß führt. Ich will unsre Verfolger irreleiten.“ — „So müssen wir aufpassen. Es ist sehr dunkel.“ Wir hatten jetzt so etwas wie Brachfeld vor uns. Bald merkte ich, daß wir uns wieder auf einem Weg befanden. Von links hörte ich das kreischende Räderknarren eines schweren Ochsenkarrens. Diese Richtung schlugen wir nun ein und hatten den Wagen bald erreicht. Zwei große Büffel schleppten ihn hinter sich her. Der Fuhrmann schritt voran. Eine Papierlaterne hing an dem riesigen, in der Mitte hochgeschweiften Joch. „Wohin?“ fragte ich nach kurzem Gruß den Fuhrmann. — „Nach Lebnitza“, antwortete er, mit der Hand vorwärts deutend. Dadurch war ich unterrichtet. Dieser Weg führte nach Lebnitza, das am gleichnamigen, in die Struma mündenden Flüßchen liegt. „Wohin wollt ihr?“ fragte er. — „Nach Mikrowa.“ — „So nehmt euch in acht. Der Weg ist schlecht. — Bist du ein Müller?“ — „Gute Nacht!“ sagte ich, ohne seine Frage zu beantworten. Er hatte guten Grund zu seiner Frage. Beim Schein der Laterne hatte ich bemerkt, daß Halef und ich grad so aussahen, als ob wir in einem Mehlsack gesteckt wären. Wir hatten noch nicht Zeit gehabt, uns zu reinigen. Wollten wir uns die Klei-

[1] Auch Strumitza [2] Petritsch

der nicht verderben, so mußten wir damit bis zum Morgen warten. Nach einiger Zeit hörte ich vor uns Hufschlag, und wir holten einen einsamen Reiter ein, der uns höflich begrüßte. „Kommt ihr auch von Melnik?“ erkundigte er sich nach unserm Gegengruß. Diese Frage wurde bejaht. „Ich will nach Lebnitza. Wohin reitet ihr?“ — „Auch dorthin“, antwortete ich. — „Das ist gut. Der Fährmann würde mich allein nicht übersetzen. Eines einzelnen Mannes wegen tut er es so spät nicht mehr. Da ihr aber auch hinüber müßt, wird er sich bereit finden lassen, weil er mehr verdient. Darf ich mich zu euch halten?“ — „Ja, wenn es dir gefällt.“

Eigentlich war mir sein Antrag nicht sehr willkommen, da er uns aber als Führer diente, so schlug ich seinen Wunsch nicht ab. Ich hätte übrigens von der Fähre gar nichts gewußt. Gesprochen wurde nichts mehr. Der Mann ritt seitwärts hinter mir und Halef her und beobachtete uns. Er mußte trotz der Dunkelheit unsre Gewehre bemerken, ebenso auch den hellen Schmutzüberzug und mochte wohl nicht wissen, was er von uns halten sollte. Am Fluß angelangt, bog er zur Fähre ein, die wir ohne ihn nicht sobald gefunden hätten. Drüben trennten wir uns nach kurzem Gruß. Ich beabsichtigte keineswegs, in Lebnitza zu bleiben. Den Weg dorthin hatte ich eingeschlagen, um unsre Gegner irrezuführen und Petridasch zu vermeiden. Von Petridasch führt der Weg immer an der Strumnitza entlang nach Ostromdscha. Dort lag die Ruine, wo Manach el Barscha warten wollte. Ich beabsichtigte, diesen Weg noch in der Nacht zu erreichen. Deshalb ritten wir gleich weiter, auf Derbend zu, das südwestlich von Lebnitza liegt. Aber bald bemerkte ich, daß Rih im Gang behindert war. Sollte der Nadelstich von üblen Folgen sein? Wenn das edle Tier erkrankte, war ich gebunden. Ich mußte es schonen und ihm Umschläge machen. Darum war es mir lieb, als ich nach einiger Zeit seitwärts vom Weg einen hellen Feuerschein gewahrte. Wir hielten darauf zu.

Mitten im freien Feld stand eine lange, niedrige Holzhütte, in der ich bald ein Sahan erkannte. In diesen Sahanen schlachtet man Rinder, oft in bedeutender Anzahl, um ihr Fett auszukochen. Der Türke liebt das Rindfleisch nicht. Bis vor kurzer Zeit hat er nicht verstanden, den Wert der Rinderherden zu verwerten. Man sott in diesen Sahanen das Fett, um es in die größeren Städte zu schaffen. Oft wurden da nur die Lendenstücke in Streifen geschnitten und dann getrocknet als Nahrungsmittel verkauft. Vor einer dieser Hütten hielten wir also jetzt an. Der größere Teil diente als Schlacht- und Siederaum, der kleinere schien die Unterkunft der Schlächter zu sein. Die erste Abteilung hatte mehrere breite Türen, die offen standen. Da brannten etliche Feuer, über denen riesige Kessel hingen. Dabei saßen die Fleischer — wilde, schmutzige, fetttriefende Gestalten. Die Feuer leuchteten weit hinaus ins Feld und ließen alle Gegenstände in verzerrter Gestalt erscheinen. Die Männer hörten uns kommen und traten unter die Türen. Wir grüßten, und ich fragte, ob wir hier einen Platz zum Ausruhen finden könnten. Der eine von ihnen näherte sich mir, betrachtete mich und sagte lachend: „Ein Mehlwurm, der aus dem Mehlkasten kommt! Ist kein Rotkehlchen da, das ihn fressen mag?“ Die andern stimmten in sein Gelächter ein und kamen auch herzu. Das war ein allerliebster Empfang! Ich wollte eine scharfe Antwort geben, doch Halef kam mir zuvor: „Was sagst du, Fettammer? Lecke dir den Talg aus dem Gesicht und reibe dir dafür lieber den Verstand mit Unschlitt ein, ehe du dich über andre lustig machst! Deine Schönheit wird nicht größer durch das Lachen, denn dabei zeigst du die Zähne eines Krokodils und die Schnauze einer Bulldogge, die Meerrettich gefressen hat! Hast du vielleicht einen Sohn?“ Das kam so schnell und unerwartet, so kräftig und selbstbewußt, daß der Mann in die Falle ging. — „Ja“, antwortete er verblüfft. — „Nun, so ist das arme Kind der Nachkomme eines Menschen, der kein Gehirn im Kopf hat, weil er zum Volk der Affen gehört. Ich bemitleide den Kleinen!“ — Jetzt erst kam dem Fleischer zum Bewußtsein, was ihm gesagt wurde. Er langte zum wollenen Fetzen, den er um den Leib trug. Darin steckte ein langes Schlachtmesser. „Höre ich recht?“ fuhr er auf. „Was hast du gesagt?“ — „Ich sehe, daß dein Verstand nicht groß genug ist, um meine Worte zu fassen, die doch so deutlich waren. Soll ich sie dir etwa wiederholen?“ — „Ha dschüdsche ßefil — Knirps elender! Soll ich dir dieses Messer in den Leib rennen?“ — Schon wollte ich mein Pferd zwischen ihn und Halef drängen, da ergriff ihn einer seiner Gefährten beim Arm und sagte hastig: „Ssuß, koptschalary war — schweig, sie haben ja die Koptscha!“ — Das gab dem gefährlichen Auftritt augenblicklich eine Wendung zum Besseren. Der Mann betrachtete uns genauer und sagte dann entschuldigend: „Af' ederßin, görmedin — Verzeihung, ich sah es nicht!“ — „So öffne ein andermal deine holden Augen weiter!“ meinte Halef. „Es ist doch leicht genug zu sehen, daß dieser Effendi, der unser Freund und Gebieter ist, die Koptscha der Anführer trägt! Du hast uns mit Schimpfworten empfangen. Ich sollte dir dafür eigentlich die Hand so ins Gesicht legen, daß du einen Purzelbaum bis in den hintersten Fettkessel machst. Aber ich bin gnädig gestimmt, und so wollen wir dir verzeihen. Gebt uns einen Platz zum Ausruhen, Futter für die Pferde und eine Bürste für unsre Kleider, damit ihr dann erkennen könnt, ob wir wirklich Mehlwürmer sind!“ Halef war ein furchtloser Mensch. Dazu kam, daß er mit seinem selbstbewußten Auftreten bisher Glück gehabt hatte. War er dadurch je einmal in eine augenblickliche Bedrängnis geraten, so hatte ihn meine Einmischung stets wieder aus der Verlegenheit gerissen. Darum zeigte er auch jetzt keine Angst vor diesen Männern, obgleich ihr Äußeres durchaus kein Vertrauen erwecken konnte. Der Fleischer, an den Halef seine Strafpredigt gerichtet hatte, betrachtete ihn mit einer Art bärbeißigem Wohlwollen, ungefähr so, wie ein amerikanischer Bluthund ein Schoßhündchen betrachten würde, das ihn ankläfft. Auf seinem Gesicht war deutlich der Gedanke zu lesen: Armer Wurm! Ein Biß von mir und ein Schluck, so habe ich dich gefressen! Aber ich will es nicht tun, da du mich dauerst! — Wir stiegen ab und erhielten für die Pferde geschroteten Mais. Für uns gab es Fleisch in Menge. Ich nahm zunächst den Hengst vor und bat um einen alten Lappen, den ich zum nassen Umschlag brauchte. Als ich ihn dem Rappen umlegte, fragte mich einer der Fleischer, ob das Pferd am Fuß krank sei. — „Ja", antwortete ich. „Es hat einen Stich oberhalb des Hufs erhalten." — „Da legst du nur Wasser auf? Das kühlt zwar, aber ich weiß ein besseres Mittel." — „Was denn?" — „Ich bin in der ganzen Gegend als Roßarzt bekannt. Ich kenne eine Salbe, die die Hitze nimmt und alle Wunden schnell heilt. Wenn du dieses Mittel versuchen willst, wirst du meine Kunst loben." — „Gut, wir wollen eine Probe machen." Das war keineswegs voreilig gehandelt. Ich hatte gehört, daß in manchem dieser Sahane Kuren vorgenommen wurden, deren der unterrichtetste Arzt sich nicht zu schämen brauchte. Auch ich sollte mein Vertrauen nicht zu bereuen haben. Drei Tage lang trug Rih die Salbe am Fuß, und von einer Wirkung des Nadelstichs war keine Spur mehr. Halef schlief mit mir bei unsern Pferden im Freien, während Osko und Omar die Hütte vorzogen. Kurz nach Tagesanbruch wurden wir von Treibern geweckt, die eine Menge gefesselter Büffel brachten, die entweder wegen ihres Alters oder wegen ihrer Unbändigkeit an das Sahan verkauft worden waren. Da war vom Schlafen keine Rede mehr, obgleich wir nur zwei Stunden geruht hatten. Die Tiere sollten sofort geschlachtet werden. Ich wollte sehen, welches Verfahren man dabei anwendete. Man schlang dem Büffel zwei Seile um die Hörner und zog ihn an einem Pfeiler in die Höhe. Oben stand auf einem Querbalken ein Mann, der mit einem Beil so lange auf dem Schädel des armen Geschöpfes herumtrommelte, bis es verendete. Der Todeskampf war schrecklich! Ich bat um die Erlaubnis, die dem Tod Geweihten niederschießen zu dürfen. Man lachte, denn man glaubte nicht, daß die Kugel einem dieser riesigen und starkknochigen Tiere ins Leben dringen werde. Ich bewies den Schlächtern das Gegenteil. Der erste Büffel, der den Schuß aus dem Bärentöter erhielt, blieb mit tiefgesenktem Kopf noch eine Weile bewegungslos stehen. Nicht einmal die Spitze des Schwanzes zuckte. Die Augen stier auf mich gerichtet, stand er mit gespreizten Beinen wie eine Figur aus Eisen. „Die Beile her! Die Beile und Stricke!“ schrie einer. „Er wird gleich losbrechen!“ — „Bleibt ruhig!“ antwortete ich. „Er wird nicht losbrechen, sondern stürzen.“ Das geschah auch. Ganz plötzlich, wie erst in diesem Augenblick von der Kugel getroffen, stürzte das mächtige Tier zu Boden und bewegte sich nicht mehr. So ging es auch mit den andern. Es war keine ehrenvolle Arbeit, die Tiere zu erschießen, aber ich hatte doch die Genugtuung, daß sie ohne Qual endeten. Es wunderte mich, daß wir nicht nach dem Woher und Wohin gefragt wurden. Vielleicht geschah es infolge des Umstandes nicht, daß ich die Koptscha eines Anführers trug. Man getraute sich nicht, eine Frage zu tun. Bevor wir aufbrachen, versahen wir uns mit einem Vorrat von Pastyrma, das sind Streifen von gedörrter Büffellende. Dieses Fleisch hält sich sehr lang und ist schmackhaft und nahrhaft. Als ich nach unsrer Schuldigkeit fragte, hieß es, ich solle nicht an Bezahlung denken. Es wurde nichts angenommen, und wir schieden sehr befriedigt von diesen Leuten, obwohl unser Empfang keineswegs friedlich gewesen war. In der Zeit von einer Stunde hatten wir Derbend erreicht, und noch vor Mittag waren wir in Jeniköi, am linken Ufer der Strumnitza. Hier hielten wir Rast und ritten dann weiter auf Tekirlik zu. Die Pferde waren müde — kein Wunder, da sie ja von Adrianopel an keine ausgiebige Ruhe gehabt hatten. So ritten wir gemächlich dahin, links den Fluß und rechts die Höhen, die zur Hochebene der Plaschkawitza Planina aufsteigen. Halef ließ während dieses Rittes den Kopf hängen. Er zeigte üble Laune, was bei ihm eine große Seltenheit war und mir daher besonders auffiel. Ich fragte ihn nach dem Grund, und er teilte mir mit, daß die Brust ihn schmerze. Das konnte seinen Grund in unserm gestrigen Erlebnis haben. Vielleicht war der Hadschi, als er in die Kammer stürzte, unglücklich gefallen. Ich war um den lieben Kerl besorgt und beschloß, den heutigen Ritt abzukürzen. In Tekirlik fragte ich nach dem Han. Es wurde mir eine Hütte gezeigt, deren Äußeres wenig einladend war. Wir stiegen trotzdem ab, ließen die Pferde unter Omars Aufsicht und traten ein. Da bot sich uns ein übler Anblick. In dem kleinen, schwarzgeräucherten Han saßen mehrere Männer. Der eine war eifrig beschäftigt, sich mit einem Dolchmesser die Zehennägel zu verschneiden. Neben ihm hockte ein zweiter, der einen Gegenstand in der Hand hatte, der vor langen Jahren wahrscheinlich eine Bürste gewesen war, und rieb damit das Kleidungsstück, das wohl nur er eine Hose nannte. Dieses Beinkleid war so voll von Schmutz, und der Besitzer arbeitete mit solchem Nachdruck, daß er in eine dicke Staubwolke gehüllt war. Ihnen gegenüber hatte ein dritter einen Napf voll Milch zwischen den ausgestreckten Beinen und schabte an der Schneide seines Messers Knoblauch in die Milch. An der dritten Wand kauerte ein vierter auf dem Boden und hatte den Kopf eines fünften, den er rasierte, im Schoß liegen. Dieser fünfte war ein bärtiger Arnaut. Er trug nur auf der Mitte des völlig eingeseiften Schädels ein Haarbüschel. Der Barbier strich alles, was er vom Schädel des Arnauten kratzte, gemächlich an die Wand und schnitt während seiner Arbeit Grimassen, wie ich sie selbst in den Vereinigten Staaten bei keinem Negerbarbier beobachtet habe. Und das will viel sagen, da diese schwarzen ‚barbers' wegen ihrer wunderbaren Gesichtsverzerrungen berühmt sind. Als diese Herren uns eintreten sahen und unsern Gruß erwiderten, musterten sie uns zunächst. Dann fuhren der Zehenbeschneider und der Kleiderreiniger in ihren Beschäftigungen fort. Der Mann mit der Milch benützte die Unterbrechung dazu, um eine wirklich lebensgefährliche Menge Knoblauch in den Mund zu stecken. Der Barbier aber sprang auf, verbeugte sich tief und sagte: „Chosch geldiniß, bendeniß elinisi — Seien Sie willkommen, Ihr Diener küßt die Hand!" Da wir nicht so schmutzig aussahen, wie der Hosenbürster, hielt der Barbier uns wohl für vornehme Leute. — „Handschi nerde — wo ist der Wirt?" fragte ich. — — „Dyschardadir — er ist draußen." — „Berber mißin — du bist Barbier?" — „Hascha; hekimbaschijim — warum nicht gar; ich bin Oberarzt!" Er sagte das in einem Ton, der nicht stolzer und selbstbewußter sein konnte, deutete auf den Arnauten und fügte mit wichtiger Miene hinzu: „Onu hadschamat-da ededschejim — ich werde ihn auch noch schröpfen!" — Bevor ich ihm sagen konnte, daß diese Mitteilung meine Hochachtung sogleich verzehnfacht habe, gab ihm der Arnaut einen kräftigen Fußtritt und rief: „Hundesohn, wen hast du zu bedienen? Mich oder diesen dort? Meinst du, daß ich hier solange liegen kann, wie es dir gefällt! Ich werde dir zeigen, daß du einen Beamten des Padischah vor dir hast!" Der ‚Oberarzt' kauerte sich schnell wieder hin, ergriff das eingeseifte Haupt und fuhr in seiner Beschäftigung fort. Eigentlich hatte ich gleich wieder umkehren wollen, aber das Wort ‚schröpfen' bewog mich zum Bleiben. Ich wollte doch sehen, in welcher Weise dieser berühmte Heilkünstler das Schröpfen vornehmen werde. Wir hockten uns also auch nieder, so eng wie möglich, um mit den andern ja nicht in Berührung zu kommen. Als der Handschi hereintrat und nach unsern Wünschen fragte, ließ ich Raki bringen als das einzige, wozu man sich hier entschließen konnte. Der Barbier war fertig geworden und rieb den glänzenden Schädel mit seinem Kaftan ab. Dann entblößte der Arnaut seinen Oberkörper. Es war jedenfalls eine Ehre für uns, daß er sich zu der entschuldigenden

Erklärung herabließ: „Ich habe Hautjucken.“ Eine gründliche Waschung wäre da wohl nützlicher gewesen als das Schröpfen! Der ‚Oberarzt‘ holte aus dem Winkel einen Sack herbei und zog einige Gegenstände hervor, die ich für alte, hohle Uhrgewichte hielt. Sie konnten je vier Zehntelliter Inhalt fassen. Dazu kam noch ein Werkzeug, das einer unbrauchbaren Lichtputzschere so ähnlich sah wie ein Ei dem andern. Nun wurde Raki angebrannt, und der Doktor hielt eins der Uhrgewichte über die Flamme. Als die Luft durch die Wärme verdünnt worden war, mußte der Arnaut sich auf den Bauch legen, und der Barbier versuchte, ihm den riesigen Schröpfkopf auf den Rücken zu setzen. Der Rand des Gefäßes war heiß geworden. Der Arnaut fühlte den Schmerz und langte dem Oberarzt eine so kräftige Ohrfeige hinauf, daß der Getroffene sich in seiner ganzen Länge neben den milden Spender hinlegte. „Was fällt dir ein?“ zürnte der Patient. „Du sollst mich schröpfen, nicht aber verbrennen!“ — „Kann ich dafür?“ lautete die Entschuldigung. „Der Schröpfkopf muß ja heiß sein, sonst zieht er nicht.“ Der Barbier nahm sich aber nun mehr in acht, und es gelang ihm, zwei der Schröpfköpfe zum Haften zu bringen. Er warf mir einen frohlockenden Blick zu, wurde aber durch den zornigen Ausruf des Arnauten aus seiner Verzückung gerissen:

„Hekim, willst du mich umbringen? Wer soll denn solche Schmerzen aushalten?“ — „Habe nur einen Augenblick Geduld! Juckt es dich noch im Rücken?“ — „Nein. Es brennt und sticht und beißt!“ — „Siehst du, daß ich dir Hilfe bringe! Das Jucken ist schon vorüber. Jetzt kommt der Wetzstahl daran.“ Er zog aus seinem Sack ein langes Eisen und begann das Ding, das ich für eine Lichtschere hielt, zu wetzen. Er tat das mit einer so unternehmenden Miene, als gelte es, einem Nilpferd den Genickfang zu geben. Er prüfte die Schärfe des Instruments an einem Balken der Wand und kniete dann neben seinem Opfer nieder. Die Schröpfköpfe waren unterdes erkaltet und darum abgefallen, zwei rote, geschwollene Stellen hinterlassend. Der Heilkünstler setzte an und zählte: „Bir — iki — ütsch — eins — zwei — drei! Allah, Allah! Was tust du? Ist das der Dank dafür, daß ich dir die Gesundheit wieder schenke?“ — In dem Augenblick, da der Arnaut den Stich erhielt, bekam der Arzt eine zweite Ohrfeige. Der Behandelte war aufgesprungen und faßte den Wundermann beim Kragen. „Hundesohn, du hast mich halb erstochen!“ brüllte er. „Wie kannst du das Blut eines Dieners des Großherrn so unmäßig vergießen? Soll ich dich aufspießen, oder soll ich dich erwürgen?“ Auch ich stand auf, aber nicht etwa wegen dieses Vorkommnisses, das mich gar nichts anging, sondern aus einem andern Grund. Der Mann, der an seinen Zehen herumgeschnitzt hatte, war mit dieser Tätigkeit fertig geworden und hatte eine andre, leider nicht schönere begonnen. Er hatte nämlich das helle Tuch, das er turbanähnlich um den Kopf trug, herabgenommen und vor sich ausgebreitet, dann einen grob geschnitzten Holzkamm aus dem Gürtel gezogen und sich ganz unbefangen einer Beschäftigung hingegeben, die dem Morgenländer zwar nicht oft genug empfohlen werden kann, aber doch nicht gar so öffentlich und unbefangen vorgenommen werden sollte. Er war kein Mohammedaner, denn er trug sein volles Haar — und was für ein Haar! Und diesen Filz eggte er mit einer Wucht — doch genug davon! Als die ärztliche Behandlung nun einen spannenden Schluß zu erhalten schien, wollte er sich das zarte Schauspiel nicht entgehen lassen. Er erhob sich also und schüttelte das Tuch ganz einfach aus, und zwar grad dahin, wo wir hockten. Im nächsten Augenblick war ich draußen und die andern auch. Halef meinte lachend: „Verzeih ihm, Sihdi! Er konnte es nicht länger aushalten!“ Der Wirt erhielt seine Bezahlung, und wir verließen den nur für Insektensammler bedeutsamen Ort. Ein zweiter Han, selbst wenn es hier einen gab, war wohl auch nicht einladender, und so waren die Gefährten mit mir einverstanden, als ich äußerte, die Nacht lieber im Freien zubringen zu wollen als in einem solchen Haus. Draußen vor dem Ort holten wir einen ärmlich gekleideten Mann ein, der neben einem zweirädrigen Karren einherging, der von einem kleinen, mageren Esel gezogen wurde. Ich grüßte den Mann und fragte, wie weit es bis Radowa sei und ob es unterwegs ein Einkehrhaus gäbe. Reiten müßten wir eine Stunde, so hörten wir, einen Han gab es unterwegs nicht. Wir kamen in ein Gespräch, und er benahm sich sehr bescheiden. Es erschien ihn Überwindung zu kosten, die Frage hervorzubringen: „Du willst in Radowa bleiben, Effendi?“ — „Vielleicht halte ich schon vorher an.“ — „Da müßtest du im Freien übernachten!“ — „Das tut nichts. Der Himmel ist das beste Dach.“ — „Du hast recht. Wäre ich nicht arm und ein Christ, so würde ich dir mein Dach anbieten.“ — „Wo wohnst du?“ — „Gar nicht weit von hier. Einige Minuten am Bach aufwärts steht meine Hütte.“ — „Und was bist du?“ — „Ich bin der Kerpitschdschi Jovo[1].“ — „Just weil du arm bist und ein Christ, werde ich bei dir bleiben. Ich bin auch ein Christ.“ — „Du, Effendi?“ fragte er ebenso erstaunt wie erfreut. „Ich habe dich für einen Muslim gehalten.“ — „Warum?“ — „Die Christen hier sind alle arm.“ — „Auch ich bin nicht reich. Du brauchst dir keine Sorge zu machen. Fleisch haben wir bei uns. Wir werden von dir nichts erbitten als kochendes Wasser zum

[1] Ziegelstreicher Johann

Kaffee. Hast du Familie?" — „Ja, eine Frau. Ich hatte auch eine Tochter, aber sie ist gestorben." Sein Gesicht nahm dabei einen so gramvollen Ausdruck an, daß ich nicht weiter fragte. Es könnte scheinen, als sei es unrecht von uns gewesen, dem armen Schlucker beschwerlich zu fallen, aber ich habe es oft erlebt, daß grad der Arme glücklich und stolz ist, wenn er an einem Bessergestellten Gastfreundschaft üben darf. Dieser Mann war sehr arm. Das sah man seiner Kleidung an, die nur aus einem Leinwandkittel und einer Leinenhose bestand. Schon nach kurzer Zeit gelangten wir an einen Bach, der sich in die Strumnitza ergoß, und folgten seinem Tal aufwärts bis zur Hütte, die neben einer tiefen Lehmgrube stand. Sie hatte nur die Tür und eine Fensteröffnung, aber einen richtigen Schornstein. Neben der Tür war eine Ziegelbank. Hinter dem Häuschen war ein kleiner Gemüsegarten, und daran schloß sich eine junge Baumpflanzung. Das alles machte einen freundlichen Eindruck. Seitwärts waren lange Reihen von Ziegeln übereinandergeschichtet, um an der Luft zu trocknen, und jetzt kam die Frau aus der Lehmgrube. Sie hatte unser Kommen gehört, schien aber über die Anwesenheit fremder Leute erschrocken zu sein.

„Komm herbei, Stasa[1]!" sagte ihr Mann. „Diese Effendis werden heute bei uns bleiben." — „O Himmel! Du scherzest!" rief sie aus. — „Nein, ich scherze nicht. Dieser Effendi ist ein Christ. Du wirst ihn gern willkommen heißen." Da erheiterte sich ihr Gesicht. „Effendi, erlaube, daß ich mich wasche!" sagte Stasa. „Ich habe in der Grube gearbeitet." Die Frau trat an den Bach, wusch sich die Hände, trocknete sie an der Schürze und begrüßte mich: „Wir haben noch niemals so vornehme Gäste bei uns gesehen. Wir sind so arm, und ich weiß nicht, was ich euch bieten soll." — „Wir haben, was wir brauchen", beruhigte ich Stasa. „Wir wären weitergeritten, aber da ich hörte, daß ihr Christen seid, entschloß ich mich, bei euch zu bleiben." — „So tretet ein in unsre Hütte! Wir wissen, welche Ehre uns heute widerfährt." Das klang offen, herzlich und wohltuend. Auch die Frau war ärmlich gekleidet, doch sauber, trotz ihrer schmutzigen Arbeit. Hose, Jacke und Schürze, vielfach zerrissen, waren fleißig geflickt. Das sieht man gern. Die Gesichter der beiden Leute waren mager und hatten einen Zug, der von seelischem Leid sprach. Ich war den beiden Leuten sogleich gut. Man trat durch die Tür in eine kleine Abteilung, die zur Aufbewahrung von Handwerkszeug und auch als Stall des Esels diente. Von da kam man links durch einen zweiten Eingang in die Wohnstube. Dort stand ein richtiger Ofen, aus Ziegelsteinen auf-

[1] Anastasia

geführt. Dann gab es einen Tisch, eine Bank und einige Schemel, Handarbeit des Mannes, und blitzblank gescheuert. Auf etlichen Brettern an der Wand standen mehrere Gefäße. In der hintern Ecke gewahrte ich die Bettstatt, von harzigen, bis zur Decke reichenden Zweigen eingefaßt, und daneben war eine Nische angebracht mit dem Bild des heiligen Basilius und mit einem brennenden Lämpchen davor. Das war ärmlich, aber anheimelnd. Stasa blickte den Mann verlegen fragend an. Er gab ihr einen Wink. Während wir ablegten, trat ich ans Fenster und sah, daß die Frau mit einer Hacke quer durch den Bach schritt, was einige darin liegende Steine erleichterten, und dann jenseits in der Nähe eines Busches zu hacken begann. Ich ahnte sogleich, um was es sich handelte. In jenen Gegenden und noch mehr nach Griechenland hinein ist es in christlichen Kreisen gebräuchlich, festverschlossene Krüge oder sonstige Gefäße, die mit Wein gefüllt sind, zu dem Zweck zu vergraben, daß sie erst bei der Hochzeit der Tochter wieder ausgegraben werden. Der Wein hat dann eine seltene Güte erlangt. Bei reichen Hochzeiten geht es hoch her, denn es darf kein Tropfen übrigbleiben. „Laß ihn drin", sagte ich zu Jovo. „Ich ziehe das Wasser vor und zwei meiner Begleiter sind Mohammedaner und dürfen keinen Wein trinken. Laß den Wein also in der Erde!" — „Woher weißt du denn, daß ich Wein vergraben habe und ihn holen lassen will?" — „Ich errate es, Jovo." — „Ich habe nur einen kleinen Krug voll. Meine Tochter bekam ihn von dem Jüngling geschenkt, der dann ihr Verlobter wurde. Wir vergruben den Wein, um bei der Hochzeit einen Ehrentrunk zu haben. Nun sie aber gestorben ist, wollte ich ihn euch anbieten." — „Das gebe ich nicht zu. Das Herz würde mir weh tun beim Trinken." — „Effendi, nimm ihn doch! Wir geben ihn so gern!" — „Ich weiß es. Die Gabe des Armen hat hundertfachen Wert. Es ist so gut, als tränke ich ihn." Ich ging hinaus und rief die Frau zurück, die nur widerstrebend gehorchte. Ich bat sie, heißes Wasser zu machen. Indessen führten wir die Pferde auf einen mit fettem Gras bewachsenen Plan und fesselten ihnen die Vorderfüße. Dann gab ich Stasa Kaffee zu stoßen. Ich bemerkte dabei ein fröhliches Aufleuchten ihrer Augen. Wer weiß, seit wann diese armen Menschen keinen wirklich schmackhaften Kaffee mehr gehabt hatten! Als der Trank fertig war und die ganze Stube durchduftete, halfen wir den Leuten aus der Verlegenheit, indem wir unsre Trinkbecher hervorsuchten. Nun kamen unsre Fleischvorräte an die Reihe. Als wir den Kaffee getrunken hatten, war es Nacht geworden, und der Braten lud zum Essen ein. Die beiden sollten sich mit uns an den Tisch setzen, waren aber nicht dazu zu bringen. Sie nahmen kein Stück von dem Fleisch an. „Verzeihe, Herr!" sagte Jovo. „Wir dürfen heute nicht essen." — „Warum nicht? Heute ist kein Fasttag." — „Wir essen montags, mittwochs und freitags nichts." — „Ich weiß, daß die Mönche bei euch an diesen drei Tagen fasten. Ihr aber seid doch Laien!" — „Wir fasten dennoch. Wir haben es uns vorgenommen." — „Eines Gelübdes wegen?" — „Nein. Wir haben kein Gelübde getan, wir haben es so unter uns verabredet." — „So will ich euch von meinem Mehl geben, damit ihr euch etwas backt!" — „Ich danke dir! Wir essen gar nichts!" — „Aber selbst eure Priester essen während der Fasttage doch wenigstens Hülsenfrüchte, Wurzeln und Kräuter." — „Wir aber keinen Bissen. Nimm es nicht übel, Effendi!" Die armen Menschen! Da saßen sie nebeneinander auf dem Schemel, aus ihren hagern Gesichtern blickte das Leiden, und trotz des besten Willens konnten sie die Augen nicht von den Essenden abwenden. Es tat mir weh, und jeder Bissen quoll mir im Mund. Ich stand auf und ging hinaus. Ich kann bei einem Kummer, bei einer Entsagung nicht den kalten, ruhigen Zuschauer machen. Ich suchte einen Platz, der sich zum Lagern eignete, und fand schnell ein vortreffliches Fleckchen. Es war heute sehr sternenklar, nicht so finster wie an den vergangenen Abenden. Hinter dem Haus stieg eine mit lichtem Buschwerk besetzte Anhöhe zum Wald empor. Oben, wo die Bäume begannen, gab es einen kleinen, lichten Platz. Das hatte ich bei unsrer Ankunft von unten gesehen. Diesen Platz suchte ich jetzt auf. Es war da ein weicher Rasen, worauf es sich gewiß prächtig ruhen ließ. Unter einer Platane bemerkte ich etwas Viereckiges, Dunkles. Ich trat näher. Es war ein Grab. Zu seinen Häupten war am Stamm des Baums ein Kreuz befestigt. Stand dieses Grab vielleicht in Beziehung zu der sichtbaren Trauer unsrer Gastgeber? Zu ihrem Fasten? — Jedenfalls. Meine Teilnahme vermehrte sich, doch nahm ich mir vor, nicht zu fragen. Es ist nicht gut, blutende Wunden zu vergrößern oder verharschte aufzureißen. Ich stieg von der Höhe hinab und traf unten in der Nähe des Hauses den Ziegelstreicher, der sich wohl nach mir umgesehen hatte.

„Effendi, du gingst fort", sagte Jovo. „Ist das aus Zorn gegen mich geschehen?" — „Nein. Weshalb sollte ich dir zürnen?" — „Weil ich deine Gaben zurückwies. — Du kommst von da oben herab. Hast du das Grab entdeckt?" — „Ja." — „Es ist das meiner Tochter. Ich möchte dich um etwas sehr Wichtiges fragen. Darf ich?" — „Ja. Ich habe Zeit." — „Ich bitte, komm mit da hinüber, wo die Pferde sind. Es braucht kein andrer zu hören, was ich sage." Wir gingen zur Weide und setzten uns dort nebeneinander nieder. Es dauerte einige Zeit, bis Jovo sprach. Es mochte ihm schwer werden, einen passenden Anfang zu finden. Endlich begann er: „Als du hinausgegangen warst, redeten wir von dir.

Ich hörte, daß du ein Schriftsteller bist und Bücher schreibst und alle Gelehrsamkeit, die es nur gibt, gelernt hast und daß du jede Frage beantworten kannst." Da hatte der Luftikus, der kleine Hadschi, wieder einmal den Mund voll genommen! Natürlich, je heller er mich malte, desto mehr Licht konnte er auch auf sich fallen lassen. Ich wehrte daher ab: „Das ist nicht wahr. Es gibt nur eine einzige Gelehrsamkeit, der ich mich befleißige. Sie liegt in dem Gebot der Heiligen Schrift: Trachtet am ersten nach dem Reich Gottes. Das andre alles wird euch dann von selbst zufallen." — „Da hast du wohl recht. Kennst du die Heilige Schrift und ihre Lehren?" — „Ich habe darin geforscht, denn in ihr ist das ewige Leben. Aber der Geist des Menschen ist zu schwach, das göttliche Licht zu erfassen. Ich habe oft wochenlang über ein einziges Wort der Bibel nachgedacht und dabei erkannt, daß ich vermessen handelte. Dann las ich mit dem Herzen und fand sogleich das Richtige." — „Mit dem Herzen? Wer da auch lesen könnte! Hast du gefunden, was die Bibel vom Tod und vom ewigen Leben sagt?" — „Ja", betonte ich. — „Glaubst du an ein Leben nach dem Tod?" — „Hätte ich diesen Glauben nicht, so wäre es besser, ich wäre nicht geschaffen. Der Glaube an die ewige Seligkeit ist bereits der Anfang der Seligkeit." — „So lebt der Geist nach dem Tod fort?" — „Ganz gewiß." — „Und es gibt ein Fegefeuer?" — „Ja", erwiderte ich. — „Wir leugnen es. Gibt es Gespenster?" — „Nein." — „Oh, wer das glauben könnte! Es gibt Seelen, die keine Ruhe finden und als Gespenster wiederkommen. Ich weiß es. Darum bin ich so unglücklich und darum faste ich mit meinem Weib. Wir denken, daß wir sie dadurch vielleicht erlösen können." — „Sie? Wen?" — „Die, an deren Grab du warst. Meine Tochter", gestand Jovo. — „Willst du etwa sagen, daß sie als Gespenst umgeht?" — „Ja." — „Unglücklicher! Wer ist so boshaft gewesen, einen Vater glauben zu machen, daß seine Tochter als Gespenst spuke?" — „Ich weiß es genau", beteuerte der Kerpitschdschi. — „Hast du sie denn gesehen?" — „Ich nicht, aber andre." — „Glaube ihnen nicht!" — „Und gehört habe ich sie." — „Du bist toll! In welcher Gestalt erscheint sie denn?" — „Als Fledermaus ist sie erschienen", antwortete Jovo leise, indem er den Mund nahe an mein Ohr brachte. „Man soll nicht davon reden, wenigstens nicht laut. Ich gräme mich zu Tod. Da ich hörte, du seist ein so großer Gelehrter, dachte ich, du könntest mir ein Mittel sagen, um meiner Tochter die Ruhe zu geben." — „Kein Gelehrter kennt ein Mittel, wie du es meinst. Aber glaube nur fest, daß es keine Gespenster gibt, so bist du auf einmal von deinem Kummer befreit!" — „Das kann ich nicht, ich höre das Gespenst ja! Und stets gerade um ihre Todesstunde." — „Wann ist das?" — „Zwei Stunden vor Mitternacht. Dann kommt sie durch die Luft gesaust und klopft an unsern Fensterladen." — „Als Fledermaus? Da klopft sie?" — „Das weiß ich nicht. Ich habe sie ja nur gehört. Doch andre haben sie als Fledermaus gesehen, und nun liegt ihr Verlobter todkrank und muß sterben." — Da stieg mir eine Ahnung auf. „Meinst du etwa, daß dein Kind ein Vampir sei?" fragte ich. — „Ja, das ist sie!" — „Mein Gott! Das ist ja noch schrecklicher, als ich dachte!" — „Nicht wahr? Ich sterbe noch vor Kummer!" jammerte der Vater. — „Ja, stirb vor Kummer! Aber vor Kummer über deine Dummheit! Verstanden?" Das war hart. Aber nicht jede Medizin schmeckt süß. Jovo saß weinend neben mir. Ich hatte das herzlichste Mitleid mit ihm. Der Aberglaube ist in jenen Gegenden so tief eingewurzelt, daß man starke Mittel braucht, wenn man ihn bekämpfen will. Übrigens wollte ich nur wenige Stunden hier bleiben und hatte also keine Zeit zu breiten Auseinandersetzungen.

„Effendi, ich hatte Trost von dir erwartet", sagte der Ziegelstreicher bekümmert, „nicht aber solchen Spott!" — „Ich spotte deiner nicht, sondern ich bin entrüstet über deinen schlimmen Aberglauben. Geh zu deinem Popen und frage ihn! Er wird dir erklären, welch eine Sünde es ist, zu glauben, deine Tochter sei ein Vampir." — „Ich war ja bei ihm!" — „Nun, was sagte er denn?" — „Dasselbe, was er zu Wlastan gesagt hat, der auch bei ihm gewesen ist." — „Wer ist Wlastan?" — „Früher mein bester Freund, jetzt aber mein ärgster Feind. Sein Sohn war der Verlobte meiner Tochter. Jetzt steht sie aus ihrem Grab auf und saugt ihm das Blut aus dem Leib, so daß er langsam hinsiecht und sterben muß." — „Hm! Wlastan ist also bei dem Popen gewesen? Was hat dieser zu ihm gesagt?" — „Er hat zugegeben, daß meine Tochter ein Vampir ist." — „Unmöglich! Ist sie denn ohne Beichte und Absolution gestorben? Man sagt, das sei bei einem Vampir immer der Fall." — „Leider war es so. Der Pope wohnt weit von hier und konnte nicht kommen. Und in Tekirlik durfte ich die Leiche nicht begraben — der Pocken wegen." — „Starb deine Tochter an dieser Krankheit?" — „Ja. Es gab damals hier mehrere Blatternkranke. Meine Tochter war krank, sie hatte Kopfschmerz und konnte nicht essen. Sie ging hinauf zu Wlastan, um dessen Frau, ihre zukünftige Schwiegermutter, die die Pocken hatte, zu pflegen. Meine Tochter kam bald wieder nach Haus. Sie hatte Fieber. Es mußte ihr etwas zugestoßen sein, denn sie war so erschrocken. Ich habe aber den Grund nicht erfahren können. Sie sagte im Phantasieren nur immer, ihr Bräutigam, der Sohn Wlastans, müsse sterben. Dann brachen auch bei ihr die Pocken aus und sie starb. Nun ist mein Kind ein Vampir und holt ihren Bräutigam zu sich, wenn man nicht das Mittel des Popen in Anwendung bringt.“ — „Welches Mittel?“ forschte ich. — „Man muß ihr Grab öffnen und ihr einen spitzen, geweihten Pfahl, der mit dem Fett eines acht Tage vor Weihnachten geschlachteten Schweines bestrichen ist, ins Herz stoßen.“ — „Schrecklich, schrecklich! Und glaubst du daran, daß dieses Mittel hilft?“ — „Ja. Aber ich gebe die Erlaubnis nicht dazu. Der Pope mag kommen und bei dem Kranken wachen, dann kann das Gespenst nicht zu ihm. Geschieht das zwölf Nächte lang, so kommt der Vampir nicht wieder, und der Geist meiner Tochter ist erlöst. Wird der Leichnam aber im Grab gespießt, so fällt die Seele dem Teufel anheim. Es soll entsetzlich sein, wie so ein Vampir schreit und gute Worte gibt, wenn er gespießt werden soll. Das geschieht stets um Mitternacht. Der Leib des Vampirs verwest nämlich nicht. Er liegt im Grab, so warm und rot, als ob er am Leben sei. Und weil ich das Grab meiner Tochter nicht öffnen lassen will, ist Wlastan mein Todfeind geworden.“ — „Was ist dieser Mann?“ fragte ich. — „Wlastan ist Dachziegelbrenner, während ich nur Luftziegelstreicher bin. Wir stammen beide aus der Gegend von Drenowa und kamen hierher, um die Lehmgruben zu pachten. Er war wohlhabend, und ich bin arm, aber er war nicht stolz, und sein Sohn wollte mein Eidam werden. Nun ist alles aus.“ — „Wohnt Wlastan weit von hier?“ — „Eine Viertelstunde am Bach hinauf.“ — „Ich werde ihn morgen früh aufsuchen und ihm meine Meinung sagen. Ihr seid beide unglaublich dumm!“ — „Dann wäre der Pope ja auch dumm?“ zweifelte Jovo noch immer. — „Vielleicht ist er noch mehr als das. Aber sag: Bist du nicht einmal hinausgeeilt, um den Vampir zu sehen?“ — „Nein. Wie könnte ich das tun! Der Anblick eines Vampirs kostet das Leben.“ — „Nun, so wollte ich, er käme heute!“ — „Heute ist Samstag, und an einem Samstag ist er meist gekommen.“ — „Schön! Ich werde den Vampir fragen, warum er dich nicht schlafen läßt.“ — „Effendi, das wäre toll! Ich müßte noch eine Leiche begraben.“ — „Das ist möglich.“ — „Nämlich dich!“ — „Schwerlich! Doch schließen wir jetzt unsre Unterhaltung. Ich höre meine Gefährten sprechen. Sie haben gegessen und suchen mich.“ — „Du wirst ihnen doch nichts erzählen?“ — „Nur dem kleinen Hadschi werde ich es erzählen, denn er wird mir helfen, den Vampir zu heilen.“ — „Effendi, ich bitte dich innigst, sei nicht unbesonnen! Du opferst töricht dein Leben!“ — „Ich werde im Gegenteil sehr besonnen sein. Ich habe mich schon viele Jahre lang gesehnt, einem Gespenst zu begegnen, ich würde mich sehr freuen, wenn dieser Wunsch heute in Erfüllung ginge.“ — „Ich höre, daß du keine Angst hast und errate den Grund davon. Wirst du vielleicht die Güte haben, mir den Zauber zu zeigen, den du besitzst?“ — „Ja, gern. Hier ist er.“ Ich hielt Jovo die geballte

Faust vors Auge. — „Mach die Hand auf, damit ich ihn sehe!" — „Schau her! Es ist nichts in meiner Hand. Die Faust ist der Talisman. Das meine ich."

Wir sprachen nicht weiter, denn wir waren mit den andern zusammengetroffen. Wir führten vor dem Haus noch eine kurze Unterhaltung, in deren Verlauf ich dem Kerpitschdschi meinen Tabak zu kosten gab, und dann sagten wir ihm und seinem Weib gute Nacht. Beide waren nicht wenig erstaunt, als sie hörten, daß wir uns oben beim Grab zur Ruhe legen wollten. Sie widersprachen dem auf das eifrigste, hatten aber keinen Erfolg. Wo ein müdes Menschenkind für immer schläft, darf man ohne Sorge für eine kurze Nacht rasten. Osko und Omar stiegen hinauf. Ich blieb aber mit Halef noch zurück unter dem Vorwand, nach den Pferden sehen zu wollen. „Sihdi, du hast eine Heimlichkeit vor, von der die beiden nicht wissen sollen?" meinte der Kleine. — „Ja. Hast du schon ein Gespenst gesehen, Halef?" — „Es soll allerlei Dschinns geben, in der Wüste und in den Wäldern, auf den Bergen und in den Tälern, aber ich habe leider noch keinen Geist gesehen." — „Nun, ich weiß einen, den du dir ansehen kannst." — „Wo?" erkundigte Halef sich eifrig. — „Hier. Es kommt des Abends ein Gespenst durch die Luft gefahren und klopft bei Jovo an den Fensterladen." — „Maschallah! Denkst du, daß es auch heute kommt?" — „Ich weiß es nicht, aber ich wünsche es." — „Ich auch. Wir könnten diesen Geist fragen, ob er einen Paß des Großherrn bei sich hat. Wollen wir?" — „Ja. In einer halben Stunde ist die Zeit, da er gewöhnlich kommt. Erscheint er nicht, so versäumen wir nur wenige Minuten." — „Wo erwarten wir ihn, Sihdi?" — „Hier am Bach, hinter den Büschen! Da liegen wir bequem im Gras und haben das Haus so nahe, daß wir es mit fünf Schritten erreichen können. Wir warten, bis der Geist verschwinden will, und fassen ihn dann von zwei Seiten her." — „Gebrauchen wir die Waffe, wenn er sich wehrt?" — „Das wollen wir vermeiden. Wir zwei werden doch wohl ein Gespenst festhalten können!" — „Ganz richtig! Eigentlich brauche ich dich gar nicht dazu. Ich bin dein Freund und Beschützer. Du könntest inzwischen ruhig schlafen."

Bei diesen Worten kroch er hinter den einen Busch, und ich legte mich nur eine kurze Strecke davor hinter den andern. Ich war fest überzeugt, der Vampir werde nicht kommen. Daher dachte ich auch gar nicht an die nötige Vorsicht und fragte auf die Entfernung von mehreren Metern den Hadschi nach seinem Brustschmerz und bat ihn, sich zu schonen, falls es zum Handgemenge käme. „Sei still, Sihdi!" entgegnete er. „Wer einen Dschinn fangen will, der darf ihn nicht durch lautes Sprechen warnen. Das sollst du jetzt hier von mir lernen." Diesem Befehl leistete ich Gehorsam, denn der Kleine hatte recht. Lagen wir einmal da, so mußten wir die Sache auch ernst nehmen. Und ernst war sie auf alle Fälle. Ich hatte von diesem Vampir-Aberglauben viel gehört und gelesen. Jetzt galt es günstigstenfalls eine Tat, so einem gespensterhaften Blutsauger hinter die Flughäute zu schauen, und die beiden braven Leute von ihrer Angst und von ihrem Kummer zu heilen. Es lag offenbar eine grobe Täuschung vor. So warteten wir weit über eine halbe Stunde. Schon wollte ich fortgehen, da kam es geschlichen, schnell und völlig geräuschlos, von der Seite her, wo ich mich befand. Es war eine dunkle, männliche Gestalt, die mit gewandten Bewegungen an den Laden glitt und da einen Augenblick horchte. Dann brachte der Kerl ein sausendes Geräusch hervor, das ich einmal im Wiener Wurstelprater gehört hatte, als im Kasperltheater der Teufel den Doktor Faust holte. Man pfeift dabei laut, läßt den Ton schwellen und wieder sinken und summt kräftig dazu. Das klingt so, als heulte ein hohler Wind um eine scharfe Felsenecke. Dann tat der Mensch zwei, drei kräftige Schläge gegen den Fensterladen und wollte fort. Da aber erklang Halefs Stimme: „Halt, Schleicher, jetzt haben wir dich!" Er sprang auf den Mann ein, um ihn festzunehmen. Der Geist war aber sehr geistesgegenwärtig. Er versetzte dem Hadschi einen Hieb ins Gesicht und rief: „Eredj a tatârba!" Damit sprang er davon. Hätte der Kleine den Mund gehalten und nicht vor der Zeit gerufen, so wäre es anders gekommen. Der Mensch floh auf die mir entgegengesetzte Seite, so daß er also mehr als die halbe Breite des Hauses Vorsprung hatte. Trotzdem rannte ich ihm nach und herrschte Halef im Vorüberspringen einen zornigen Tölpel zu. Der Unvorsichtige kam mir eiligst nach. Der Fliehende war ein guter Läufer. Hier galt es, sich gleich in den ersten Augenblicken tüchtig anzustrengen. Ich hatte bei den Indianern gelernt, mich mehr fortzuschnellen als zu springen und kam dem Gespenst rasch so nahe, daß ich schon die Hand nach ihm ausstreckte. Aber auch jetzt verließ ihn die Geistesgegenwart nicht. Er schoß mit einem raschen Seitensprung vom Weg ab und ich an ihm vorbei, da ich mich eben mit beiden Beinen in der Luft befand. Natürlich wandte ich mich augenblicklich seitwärts. Der Flüchtling eilte quer über den Bach hinüber und hatte fast den Rand erreicht. Da holte ich aus, um mit einem mächtigen Satz hinüberzukommen. Es gelang. Ich faßte gleich hinter dem Geist Fuß und griff gleichzeitig nach ihm. Ich hatte ihn am Gürtel erwischt und stemmte mich mit dem einen Fuß ein, um ihn niederzureißen. „Az istenért[1]!" entfuhr es dem Mann. Hatte er den Gürtel blitz-

[1] Sprich: As ischtenért

schnell gelockert oder war dieser schon altersschwach, ich hielt einen Fetzen in der Hand und taumelte zurück, der Geist aber schoß in die Büsche hinein, wohin ich ihm nun nicht zu folgen brauchte. „Hast du ihn?“ fragte Halef hinter mir und schickte sich eben auch zum Sprung an. — „Nein. Aber dich werde ich gleich haben, und zwar bei den Ohren! Gestern brichst du mir durch den Taubenschlag, und heute verjagst du mir diesen Menschen durch dein unzeitiges Schreien!“ — „Sihdi, das war die reine Begeisterung! Der Dschinn ist wirklich nur aus Angst davongelaufen!“ Das war so drollig, daß ich trotz des Ärgers lachen mußte. — „Natürlich aus Angst und nicht aus Verwegenheit! Nun kannst du ihn dir suchen, wenn du ihn nach dem Paß des Großherrn fragen willst!“ — „Wir werden bei Tagesanbruch seine Spur finden.“ — „Ja, grad dann, wenn wir von hier aufbrechen müssen.“ — „Du hast doch wenigstens etwas von ihm. Was ist es?“ — „Wie es scheint, ein alter Lappen, den ich dem Geist aus dem Gürtel gerissen habe.“ — „Hast du verstanden, was er sagte?“ — „Ja. Es war ungarisch. Ich werde den Ziegelstreicher fragen, ob er einen weiß, der hier diese Sprache spricht. — Hier in dem Gürtelfetzen steckt etwas. Was ist das?“ Ich hatte nämlich in dem Stückchen Lappen etwas gefühlt, einen runden Gegenstand mit einem Stiel. Ich zog das Ding hervor und wollte es gegen den Himmel halten, um es besser sehen zu können. Der durchdringende Geruch aber, der mir entgegenströmte, bewies mir auch ohne allen Augenschein, daß ich eine alte, vom Tabaksaft durchtränkte Stummelpfeife in der Hand hatte. „Was ist es?“ fragte Halef. — „Eine fränkische Tabakspfeife.“ — „Allah! Rauchen die Gespenster Tabak?“ — „Wie es scheint, zuweilen, und nicht die beste Sorte.“ — „Zeig her!“ Der Hadschi nahm den Stummel und roch daran. „O weh!“ rief er dann. „Wie das stinkt!“ Halef hob den Arm, um die Pfeife von sich zu schleudern, aber ich hinderte ihn daran. — „Halt! Was fällt dir ein? Ich brauche die Pfeife!“ — „Allah behüte dich! Willst du daraus rauchen?“ — „Nein, sie soll mir dazu dienen, zu erfahren, wer das Gespenst gewesen ist.“ — „Du hast recht“, gestand Halef. „Ich hätte diesen kleinen Tschibuk weggeworfen und damit einen sehr dummen Streich begangen.“ — „Allerdings“, lachte ich. „Komm nun zurück zu Jovo!“ Der abergläubische Mann hatte Halefs lauten Ruf, die Worte des geheimnisvollen Gespensterdarstellers und dann unsre Schritte gehört. Es war ihm himmelangst geworden. Als wir bei ihm eintraten, war sein Gesicht kreideweiß und seine Frau zitterte. „Du hast den Vampir gesehen, Effendi?“ fragte er, sich hastig von seinem Sitz erhebend. — „Ja.“ — „So mußt du sterben. Wer einen Vampir erblickt, der kann nicht leben bleiben.“ — „So werde ich sehr schnell sterben, da ich ihn nicht nur gesehen, sondern auch angefaßt habe." — „Heiliger Himmel!" — „Ich hätte ihn sehr gern festgehalten. Leider aber ist er mir entflohen." — „Durch die Lüfte?" — „Nein, sondern ganz regelrecht auf dem Weg und sodann über den Bach hinüber. Dabei hat er sogar einige Worte gesprochen." — „Welche?" — „Eredja a tatârba und az istenért." — „Das kann kein Mensch verstehen. Es ist jedenfalls die Sprache der Geister." — „O nein! Es ist die Sprache der Magyaren, wie ich genau weiß. Der Geist war heftig erschrocken und so entfuhren ihm zwei Schreckensrufe in ungarischer Sprache. — Gibt es vielleicht in der Nähe einen Menschen, der aus Ungarn stammt?" — „Ja." — „Wer ist das?" — „Der Knecht Wlastans." — „Ah, das ist eigentümlich! Kennst du ihn genau?" — „Gewiß." — „Kennst du auch diesen Gegenstand?" Dabei zeigte ich Jovo die Pfeife. — „Sie gehört dem Knecht", antwortete er. „Die Pfeife kenne ich gut. Er raucht aus diesem Tontopf mit Schilfrohr. Ist das Rohr von dem Tabaksaft recht durchzogen und hat er keinen Tabak zum Rauchen, so beißt er immer ein Stück des Rohrs ab, um es zu kauen. Er sagt, das sei erst der richtige Genuß. Er ist mein Feind, denn er hatte ein Auge auf meine Tochter geworfen, und wir zeigten ihm die Tür. War er denn jetzt auch draußen?" — „Ich weiß es nicht bestimmt. Aber ich denke, der Vampir wird nicht wiederkommen. Morgen früh werde ich ihn dir zeigen. Ich hatte vor, mit Tagesanbruch von hier wegzureiten. Ich werde aber einige Stunden länger bleiben, um mit dir zu Wlastan zu gehen." — „Wo denkst du hin, Effendi?" wehrte Jovo erschrocken ab. „Er würde uns zur Tür hinauswerfen!" — „Ich gebe dir mein Wort, daß Wlastan uns zwar unfreundlich empfangen, doch sehr freundlich entlassen wird. Du wirst mit ihm vollständig ausgesöhnt sein." — „Wie wolltest du das zustande bringen!"

„Darüber werde ich jetzt nachdenken, und darum will ich mich zur Ruhe legen."

Jovo wollte das nicht zugeben. Unser Erlebnis vor dem Haus war ihm ein Rätsel und das, was ich ihm darüber gesagt hatte, konnte er sich nicht deuten. Er bat um Erklärung. Ich hielt es aber für besser, ihn warten zu lassen, bis er sich durch die Tatsache davon überzeugen konnte, daß es keine Vampire und Gespenster gibt. Darum ging ich, alle Fragen zurückweisend, mit Halef hinaus und stieg zur erwähnten Höhe hinauf. Osko und Omar schliefen schon fest. Gesprochen wurde nicht mehr. Ich war überzeugt, daß jener Knecht, aus Rache für die Abweisung, auf den Gedanken gekommen war, sich dadurch zu rächen, die verstorbene Tochter des Kerpitschdschi für einen Vampir auszugeben. Morgen früh wollte ich den saubern Vogel vornehmen und zum Geständnis zwingen. Da Halef und ich ermüdet waren, schliefen wir bald ein, doch war mein Schlaf leise. Ich hatte das Gefühl, es müsse sich noch irgend etwas ereignen. Hatte es mir geträumt oder war es Wirklichkeit, ich hatte ein Rollen vernommen, als würde ein Stein aus seiner festen Lage gebracht und dann, von der Höhe herabfallend, durch das Buschwerk schlagen. Ich richtete mich auf und horchte. Ja, wirklich, es nahten Schritte mehrerer Menschen. Schnell weckte ich meine Gefährten. Einige leise Worte genügten, sie zu verständigen, und wir huschten in der den Schritten entgegengesetzten Richtung hinter die Büsche. Kaum hatten wir uns dort niedergekauert, so erschienen drüben die Leute, die uns so unliebsam im Schlaf störten. Unter der Platane war es dunkler als unter dem freien, sternenhellen Himmel, trotzdem konnte ich ziemlich deutlich vier Personen erkennen. Die vorderste von ihnen schien mehrere Werkzeuge zu tragen, die sie vor dem Grab ins Gras warf. Hinter ihr führten zwei eine dritte Person, die sie dann sorgsam auf die Erde niedersetzen ließen. Eine von diesen zweien war ein Weib. „Fangen wir gleich an, Herr?“ fragte der erste. — „Ja. Wir müssen rasch machen. Mitternacht ist schon nahe. Die Teufelshexe soll nicht wieder aus dem Grab steigen können.“ — „Wird es uns nicht schaden?“ fragte die Frau ängstlich. — „Nein. Ich habe dir schon hundertmal gesagt, daß wir damit ein gutes Werk tun. Nimm die Hacke, András[1]!“

András, zu deutsch Andreas, ist ungarisch. Ich wußte sofort, wen wir vor uns hatten, nämlich den alten Wlastan mit Frau, Sohn und Knecht. Nichts konnte mir willkommener sein. Ich beschloß, diese Leute gar nicht so weit kommen zu lassen, das Grab zu berühren, sondern kurzen Prozeß zu machen. Einige an die Gefährten gerichtete Worte genügten. Wir sprangen hervor — ein vierfacher Schrei und jeder von uns hatte einen der vier Personen beim Kragen, ich den Knecht. „Nagy Isten[2] — großer Gott!“ brüllte er auf. Ich riß ihn nieder und hielt ihn fest, zog das Messer und setzte ihm dessen Spitze an die Gurgel. „Oh, én zserencsétlen, vége mindennek[3] — oh, ich Unglücklicher, es ist alles verloren!“ stöhnte er. Es ist eine Erfahrungstatsache, daß der Mensch sich, selbst wenn er vieler Sprachen mächtig ist, in einem solchen Augenblick unwillkürlich der Muttersprache bedient. So auch jetzt der Ungar. Ich durfte ihn gar nicht zum Nachdenken kommen lassen. „Du warst der Vampir!“ herrschte ich ihn an. — „Ja“, stammelte András entsetzt. — „Aus Rache dafür, daß die Tochter des Ziegelstreichers dich nicht leiden konnte? Du hast bei Nacht hier unten an Jovos Fensterladen geklopft und den Geist gespielt?“ — „Ja.“ Dieses Geständnis war

[1] Sprich: Andrásch [2] Sprich: Nadsch Ischten
[3] Im Ungarischen wird ‚cs‘ wie ‚tsch‘ ausgesprochen

eigentlich hinreichend, um die andern zu überzeugen. Aber ich dachte daran, daß der Sohn Wlastans hinsiechte. Das konnte zwar eine Folge der Angst vor dem Vampir sein, doch kam mir die Frage auf die Zunge: „Und deinem jungen Herrn hast du heimlich etwas eingegeben?“ — „Gnade!“ stöhnte der Knecht. — „Was?“ — „Rattengift, aber alle Tage nur wenig.“ — „Er sollte also langsam eingehen?“ — „Ja.“ — „Warum? Sag die Wahrheit, sonst stoße ich dir das Messer in die Kehle!“ — „Ich wollte Sohn werden“, stammelte András. Jetzt war mir alles klar. Jovos Tochter war so erschrocken, so entsetzt nach Haus gekommen, und sie hatte noch vor ihrem Tod gesagt, daß ihr Verlobter sterben werde, aber sie hatte geschwiegen, woher sie das wußte. Ich legte dem Schurken die Hand noch fester um den Hals und fragte: „Die Braut deines jungen Herrn hat dich ertappt, als du ihm das Rattengift gabst, und du hast sie durch Drohungen zum Schweigen gebracht?“ War es die Angst vor dem Messer oder mochte András — hier in der Nähe des Grabes und infolge der beabsichtigten Leichenschändung — meinen, es mit übermenschlichen Wesen zu tun zu haben, kurz, er gestand: „Ich drohte ihr, daß ich auch ihre Eltern töten würde, wenn sie auf den Gedanken käme, mich zu verraten.“ — „Das ist genug. Kommt alle mit hinab zu Jovo und Stasa.“ Ich zog den Knecht empor und zwang ihn, vor mir her den Abhang hinabzusteigen. Die andern folgten. Keiner sprach ein Wort. Der brave Besitzer des Häuschens schlief noch nicht. Er war maßlos erstaunt, uns mit seinen Todfeinden eintreten zu sehen. „Hier“, sagte ich, den Knecht in die Ecke schleudernd, „hier ist der Vampir! Betrachte ihn genau! Er lebt von alten Tabakspfeifenrohren und will Leichen ausgraben.“

Jovo sah uns an, einen nach dem andern. Er brachte kein Wort hervor. Wlastan hatte die Sprache wiedergefunden. Er streckte Jovo bittend die Hände entgegen und sagte: „Verzeih! Wir sind betrogen worden.“ — „Wie kommt ihr hierher?“ — „Wir wollten das Grab öffnen. Wir hatten den geweihten Pfahl mitgebracht, um ihn deiner Tochter ins Herz zu stoßen. Ich weiß selbst nicht, wie — wie —“ Mehr hörte ich nicht. Ich fühlte mich nicht befugt, uns als Zeugen der sicher zu erwartenden Versöhnung aufzudrängen, und ging hinaus. Halef, Osko und Omar folgten mir. Der kleine Hadschi machte allerlei Glossen über den entlarvten Vampir. Dazwischen hörten wir die Stimmen der in der Stube Sprechenden, erst zornig und drohend — offenbar gegen den Knecht —, dann aber beruhigter und endlich gar fröhlich. Schließlich wurden wir hineingerufen.

„Herr“, sagte der Kerpitschdschi, vor Freude weinend, „das haben wir euch zu verdanken! Ihr habt die Schande und den Gram von uns genommen. Wie kann ich euch das vergelten?" Auch seine Frau dankte uns schluchzend. Ich aber meinte: „Nur euch selber habt ihr diese Freude zu verdanken. Ihr habt die Fremden gastfrei aufgenommen, trotz eurer Armut. Jetzt kommt die Belohnung. Ihr braucht nicht mehr zu fasten aus Betrübnis über die wahnwitzige Nachrede, durch die man euer Leben verbitterte. Hättest du mir nicht dein Leid geklagt, so wäre wohl die Hilfe nicht so schnell gekommen." — „Ja, ich sehe, daß du in allem Wissen erfahren bist. Kennst du auch die Gifte?" — Ich blickte auf Wlastans Sohn, der bleich und mit eingefallenen Wangen dasaß. Dabei leuchteten seine Augen aber jetzt vor Freude und Hoffnung. „Ich verstehe grad so viel von den Giften, von ihren Wirkungen und von den Gegenmitteln, daß ich euch die Versicherung geben kann, dieser junge Mann wird bald gesund werden, wenn ihr euch an einen richtigen Arzt und nicht an einen Quacksalber wendet. Den Menschen aber, der dort in der Ecke kauert, übergebt dem Richter! András mag seine Strafe finden." Mein Gutachten erregte die größte Freude, auch bei dem Kranken, oder vielmehr, es wirkte bereits kräftigend auf ihn ein, denn er kam ganz munter herbei und dankte mir. Ohne ein Wort zu sagen, nahm Wlastan eine Schnur, band dem Knecht die Hände zusammen und führte ihn fort. Ein Wink von ihm gebot seiner Frau zu folgen. Als sie nach ungefähr einer Stunde zurückkamen, trug die Frau einen großen, mit Eßwaren gefüllten Korb. Wlastan aber schleppte einen mächtigen Krug zur Tür herein.

„Effendi", sagte er, „du hast den Hochzeitswein meines armen Feindes, der nun für immer mein Freund ist, eben wegen seiner Armut nicht trinken wollen. Ich aber bin reich. Von mir könnt ihr den trinken, den ich soeben für euch ausgegraben habe." — „Gut, das soll geschehen. Wenn er uns aber munden soll, so mußt du uns versprechen, daß du dich in deinem Reichtum deines armen Freundes annehmen willst, damit er sich nicht wie bisher über seine Kräfte anstrengen muß, um sein Leben zu fristen." — „Das verspreche ich mit Freuden! So oft wir beisammensitzen, werden wir eurer und dieses Abends freudig gedenken." Jetzt begann das Freudenmahl. Meine mohammedanischen Begleiter sahen, wie gut uns der alte Wein schmeckte. Das Wasser mochte Halef und Omar im Mund zusammenlaufen. Da flüsterte Halef mir zu: „Sihdi, er sieht so ganz dick rot aus und war in die Erde gegraben. Ich glaube, es ist kein Wein mehr." — „Was sonst?" — „Es ist jetzt Blut der Erde. Und das darf man wohl trinken?" — „Gewiß", lächelte ich. — „So erlaube, daß auch wir uns einschenken. Wir wollen fröhlich sein, wie ihr." Und er schenkte sich ein — viele, viele Male. Es ist nur noch zu sagen, daß vom Schlaf keine Rede war. Und als wir am Morgen wieder zur Straße lenkten und das kleine Tal hinter uns hatten, meinte der kleine Hadschi: „Wenn ich heimgekehrt bin zu Hanneh, der Schönsten unter den Schönen, so werde ich sie lehren, aus dem Wein Blut der Erde zu machen, denn ein Tropfen davon überwindet alles Herzeleid der Welt. Allah ist groß, und Mohammed ist sein Prophet!“

14. Im Han von Dabila

Die unter dem Zepter des Sultans befindlichen Länder gehören zu den Bezirken, in denen der Reisende zu seinem Leidwesen und vielleicht oft zu seinem Schaden erfährt, daß die Karten, deren er sich notwendigerweise bedienen muß, mit der Wirklichkeit nicht übereinstimmen. Selbst ein guter Kartenleser gerät oft in größte Verlegenheit, wenn er den Fehler begeht, sich der wahrheitswidrigen Zeichnung anzuvertrauen. Da ist zum Beispiel auf vielen Karten eine Doppellinie verzeichnet, die von dem alten, berühmten Seres nordwärts nach Demir Hissar und Pedridasch und von dort über Ostromdscha und Ischtib nach Köprülü und Üsküb führte. Man schließt aus dieser doppelten Linie, daß da eine gut gepflegte breite Land- oder gar Heerstraße vorhanden sei — aber wie sieht es in Wirklichkeit aus!

Von einer Straße in unserm Sinn ist keine Spur. Als wir aus dem Seitental in das Tal der Strumnitza einbogen, wußte ich wohl, daß sich nach den Karten eine wohlangelegte Straße am Ufer dieses Flusses hinziehen sollte. Was wir aber fanden, war auf keinen Fall mit einem deutschen Feldweg zu vergleichen. Die Wege, auf denen unsre Bauern zu ihren Feldern fahren, sind besser angelegt und gepfiegter als diese Heerstraße. Von da an, wo wir auf diese sogenannte Heerstraße einbogen, mußte man ungefähr vier Stunden reiten, um Ostromdscha zu erreichen, wenn man die Tiere schonen wollte. Dieser Ort war das Ziel unsres Rittes für den heutigen Tag.

Ich hatte einmal ein altes geographisches Werk über die Türkei in den Händen gehabt. Es war Seiner Königlichen Hoheit Karl, dem Fürstprimas des Rheinischen Bundes, Großherzog von Frankfurt, Erzbischof von Regensburg usw., dem „hochherzigen deutschen Fürsten, Kenner und Freunde der Wissenschaften und großmütigen Beschützer der Gelehrten", gewidmet. Als wir nun gegen Ostromdscha ritten, fiel mir ein, daß dem erwähnten Werk nach dieser Ort am Rand eines Hügels liegen müsse, auf dessen Höhe ein altes, verwüstetes Schloß stehen sollte. In der Nachbarschaft wurde früher ein berühmter Markt abgehalten und am Fuß des Bergs sollten heiße Quellen zu finden sein. Aber wer kann einem Panorama der europäischen Türkei trauen, das im Jahr 1812 das Licht der Welt erblickte! Aus neueren Aufzeichnungen war mir bekannt, daß die Stadt etwa sieben- oder achttausend Einwohner, meist Türken und Bulgaren, haben sollte, die viel Tabak und Baumwolle bauen. Ich war neugierig, wie diese Stadt sich ausnehmen würde.

Leider fühlte Halef noch immer Schmerzen in der Brust. Von dem Abenteuer im Taubenschlag schien er doch eine leichte innere Verletzung davongetragen zu haben. Er klagte zwar nicht, aber ich ließ die Pferde nur im langsamen Schritt gehen, damit er sich nicht anstrengen sollte.

Links und rechts vom Fluß breitete die Ebene sich aus, die sich dann langsam zu den Welitza-Bergen erhebt, und weiter rechts fielen die Höhen der Plaschkawitza Planina steil zur Tiefe.

Wir erreichten Radowa, ein trauriges Nest, dessen Bewohner sich dem Bau der edlen Tabakpflanze hinzugeben schienen, und dann führte die sogenannte Straße auf einer alten Brücke auf das jenseitige Ufer des Flusses hinüber. Da wir langsam ritten, erreichten wir erst nach der Mittagszeit das Dorf Dabila, unsre letzte Rast vor Ostromdscha. Ich hatte beobachtet, daß Halef die Lippen zuweilen schmerzlich zusammenkniff. Als wir durch das Dorf ritten, sah ich mich darum nach einem zum Ausruhen geeigneten Ort um. Ich bemerkte eine lange, ziemlich hohe Mauer, hinter der drei Gebäude standen. Ein breites, altertümliches Tor führte in den Hof. Der obere Teil dieses Tors war weiß übertüncht, und darauf sah ich zu meinem Erstaunen in türkischer Schrift die Worte „Mekjan i rahat we emnijet we refah" geschrieben. Diese Inschrift mutete mich fast heimatlich an. Eine Inschrift, eine Firma an einem türkischen Han ist eine Seltenheit. Diese Worte hier bedeuteten: „Herberge zur Ruhe, Sicherheit und Bequemlichkeit." Ob man ihnen wohl trauen konnte? — „Wollen wir hier einkehren?" fragte ich Halef. —„Wenn du willst, Sihdi", antwortete er. „Ich tu, was dir gefällt." — „So kommt." Wir lenkten durch das Tor in den Hof, der von drei niedrigen Gebäuden und der erwähnten Mauer eingeschlossen wurde. In der Mitte lag das, was man als die ‚Goldgrube des Landwirts' zu bezeichnen pflegt, nämlich die Düngerstelle. Nach ihrer Höhe und ihrem Umfang war anzunehmen, daß der Besitzer reich an dem erwähnten edlen Metall sein müsse, zumal eigentlich der ganze Hof auf die Bezeichnung als Goldgrube Anspruch erheben konnte, denn kaum waren wir durch das Tor gelangt, so wateten unsre Pferde bereits in den tiefen pflanzlichen und tierischen Resten, die ihre Gegenwart den Geruchsorganen in nicht gerade lieblicher Weise bemerkbar machten. — „O Wohlgeruch, o Wohltat der Nase!" rief Halef. „Ja, das ist eine Herberge der Bequemlichkeit. Wer sich hier niederlegt, der liegt weich. Willst du es versuchen, Sihdi?" — „Du bist mein Freund und Beschützer. Ich werde tun, was du mir vormachst", antwortete ich.

Damit war unser Gedankenaustausch zu Ende, denn eine Meute borstiger Hunde kam heulend auf uns zugestürzt. Es sah aus, als wollten die Bestien uns zerreißen. Ich gab meinem Rappen die Schenkel und schnellte mitten unter sie hinein. Da stoben sie auseinander und flohen. Nach Menschen sahen wir uns vergebens um. Die Gebäude rechts und links von uns mochten landwirtschaftlichen Zwecken dienen, während das uns gegenüberliegende Gebäude das Wohnhaus zu sein schien. Aber auch nur schien, denn es war nichts zu sehen, was diese Vermutung zur Gewißheit hätte erheben können. Löcher mit Läden gab es, aber keine Fenster. Auch keinen Schornstein sah ich. Die Tür war eng und niedrig, dennoch ritten wir hin und stiegen vor ihr ab. Jetzt erst ließ sich ein menschliches Wesen am Eingang erblicken. Ich wußte nicht zu sagen, ob diese Person eine männliche oder weibliche sei. Die Gestalt trug weite, krapprote Beinkleider, die oberhalb der Knöchel zusammengebunden waren. Ob die Füße bekleidet waren, konnte ich nicht unterscheiden. Schwarz aber waren sie; da gab es keinen Zweifel. Vom Hals ging ein Hemd bis zu den Knien herab. Es wurde über den Hüften durch einen Riemen zusammengehalten, und ich vermutete, daß es einmal weiß gewesen sei. Jetzt aber sah es aus, als hätte es zehn Geschlechter hindurch den Ahnen und Urahnen eines Stubenmalers als Arbeitskittel gedient und sei dann noch eigens durch den Schlamm eines Teichs gezogen worden. Hals und Gesicht waren unendlich hager und waren wohl selten mit Seife und Wasser in Berührung gekommen. Der Kopf wackelte hin und her, wie bei einer chinesischen Pagode. Unter den Tuchfetzen, die ihn bedeckten, hingen einige graue, wirre Haarsträhnen hervor.

„Gününis chajir olßun — guten Tag!" grüßte ich. „Wer bist du?" — „Basch beßlemejim — ich bin die Obermagd", wurde mir würdevoll geantwortet. — „Wo ist der Herr?" — „Drinnen." Dabei deutete die Schaffnerin des gastlichen Hauses mit dem Daumen über ihre Achsel in das Innere des Gebäudes hinein. — „Sselamlaris onu — wir werden ihn begrüßen." — „Pek eji, sultanum — sehr wohl, mein Herr!" Sie trat heraus, um uns Platz zu machen. Ich mußte mich bücken, um oben nicht anzustoßen. Wie ich bemerkte, gab es keinen Hausflur. Das Gebäude bestand nur aus den vier Umfassungsmauern und dem darüberliegenden Strohdach. Das Innere war, wie es in dieser Gegend üblich ist, durch Weidengeflechte in mehrere Abteilungen gesondert. „Ssol tarafda — links!" rief die Obermagd uns nach. Wir folgten dieser Weisung und traten in die uns von ihr bezeichnete Abteilung, in der wir den Handschi aber nicht fanden. Der Raum erhielt durch zwei Maueröffnungen Licht, von denen die Läden zurückgeschlagen waren. Wie bereits erwähnt, gab es keine Glasfenster. In der Mitte stand ein Tisch mit vier Bänken rundum. Er war weiß gescheuert und hatte ein so sauberes Aussehen, daß ich mich wunderte. Nach dem Aussehen der Obermagd hätte ich diese Reinlichkeit nicht erwartet. Auch die Bänke waren fleckenlos. Da ich kein Heiligenbild sah, vermutete ich, daß der Besitzer dieser Herberge ein Muslim sei. In den Maueröffnungen standen einige blühende Blumenstöcke, die dem Gemach ein trauliches Aussehen gaben, und der hölzerne, gefüllte Wasserständer in der Ecke war so blank gescheuert, daß man mit Lust von seinem kühlen Inhalt schöpfen konnte. Ich klopfte mit dem Knauf der Reitpeitsche auf den Tisch. Sogleich wurde die eine Zwischenwand ein wenig zur Seite geschoben, und es erschien ein Mann, der nach unserm Begehr fragte. Er war türkisch gekleidet und trug auf dem Kopf einen roten Fes. Seine Gestalt war kräftig, und der lange, dunkle Vollbart, der ihm fast bis auf die Brust wallte, gab ihm ein stattliches Aussehen. „Bist du der Handschi?“ fragte ich ihn. — „Ja, aber ich beherberge niemand mehr“, antwortete er. — „So mußt du die Inschrift an deinem Tor entfernen.“ — „Das werde ich noch heute tun. Ich lasse sie übertünchen.“ Er sagte das so grimmig, woraus zu vermuten war, er habe als Wirt böse Erfahrungen gemacht. — „Wir sind auch nicht gekommen, um hier bei dir zu bleiben“, erklärte ich ihm. „Wir wollen uns nur ausruhen und etwas trinken.“ — „Das will ich gelten lassen. Auch einen Imbiß könnt ihr haben.“ — „Was hast du zu trinken?“ — „Raki und ein sehr gutes Bier, das ich euch empfehlen kann.“ Also Bier hatte er! Das war überraschend. — „Wer hat es gebraut?“ fragte ich. — „Ich selbst.“ — „Wie bewahrst du das Bier auf?“ — „In großen Krügen. Es wird täglich neues gekocht, da ich meinen Leuten zu trinken gebe.“ Das war nun keine Empfehlung. Er mochte dies meinem Gesicht ansehen, denn er sagte: „Du kannst es getrost versuchen. Es ist ganz frisch, erst heute früh fertig geworden.“ Der Handschi war also wohl der Ansicht, daß das Bier um so besser munde, je jünger es sei. Ich hegte eine andre Meinung, bestellte aber doch von dem Trank, denn ich war neugierig, welch ein Gebräu man hier mit dem Namen Bier bezeichne. Er brachte einen großen Krug und setzte ihn auf den Tisch. „Trink!“ munterte er mich auf. „Es gibt Kraft und verscheucht die Sorgen.“ Ich nahm allen Mut zusammen, ergriff den Krug mit beiden Händen und führte ihn zum Mund. Das Zeug roch nicht übel. Ich tat einen kühnen Zug, noch einen — und trank weiter. Dünn war es, sehr dünn, Münchner Gebräu mit der fünffachen Menge Wasser vermischt, aber es schmeckte doch nicht übel. Es war ein Mittel gegen Durst, weiter nichts. Auch die andern tranken und gaben dann ein befriedigtes Gutachten ab, vielleicht nur, weil ich kein abfälliges Urteil ausgesprochen hatte. Das freute den Handschi sichtlich. Sein finsteres Gesicht heiterte sich für wenige Augenblicke auf, und er meinte selbstbewußt: „Ja, ich bin selbst Bierbrauer. Das tut mir hier niemand nach." — „Wo hast du das gelernt?" — „Von einem Fremden, der aus dem Bierland gebürtig war. Er hatte längere Zeit in Stambul gearbeitet und war eigentlich ein Schuster. Aber in jenem Land brauen alle Bier, und darum verstand auch er es sehr gut. Der Mann war sehr arm und wanderte in seine Heimat zurück. Ich hatte Mitleid mit ihm und gab ihm für einige Zeit Herberge nebst Speise und Trank. Dafür hat er mir aus Dankbarkeit die Vorschrift des Bierbrauens gegeben." — „Wie heißt das Land, aus dem er stammte?" — „Ich habe mir den Namen gemerkt: Es heißt Elanka." — „Wie es scheint, hast du dir den Namen doch nicht gut gemerkt. Er lautete wohl Erlangen?" — „Erla — Effendi, du hast recht! So wie du sagst, heißt das Land. Ich besinne mich. Das Wort ist nicht leicht auszusprechen. Kennst du dieses Land?" — „Ja, aber Erlangen ist kein Land, sondern eine Stadt in Bawaria." — „Ja, ja, du weißt es. Er war ein Bawarialy. Jetzt fällt es mir ein. Bawaria ist ein Teil von Almanja, wo alle Leute Bier trinken, sogar die Säuglinge schreien schon danach." — „Hat dir das der Schuster gesagt." — „Ja, Effendi." — „Nun, ich kenne ihn nicht und weiß also auch nicht, ob er schon in so früher Jugend Bier getrunken hat. Jedenfalls hat er dir bewiesen, daß dieser Trank den Menschen nicht undankbar macht. Können wir auch etwas zu essen bekommen?" — „Sag nur, was dein Herz begehrt, Effendi!" — „Ich weiß doch nicht, was du hast." — „Verlange nur! Brot, Fleisch, Geflügel, es ist alles da." — „Hm! Könnten wir eine Eierspeise bekommen?" — „Ja, die kannst du haben." — „Aber wer wird sie bereiten?" — „Mein Haus." — „Nicht die Obermagd, die uns draußen empfangen hat?" — „O nein, Effendi! Ich weiß, warum du fragst. Sie ist die Oberste und Fleißigste im Stall, aber mit der Zubereitung der Speisen hat sie gar nichts zu tun." — „Nun, so wollen wir's versuchen." Der Handschi ging hinaus, um das Verlangte zu bestellen. Meine Gefährten gaben ihre Befriedigung zu erkennen, daß die wackere Schaffnerin nicht zugleich auch das Amt einer Küchenfee bekleidete. Als der Wirt zurückkehrte, setzte er sich zu uns und musterte uns jetzt genauer als vorher. „Ich habe euch unfreundlich empfangen", sagte er dann. „Ihr dürft mir das nicht übelnehmen, aber es gibt Gäste, die einem die Lust am Herbergen verleiden." — „Hast du schlimme Erfahrungen gemacht?" — „Sehr schlimme sogar." — „Wohl erst kürzlich?" — „Ja, Effendi. Ich bin heute nacht bestohlen worden." — „Von Gästen? Wie ist das zugegangen?" — „Ich baue viel Tabak. Zu gewissen Zeiten kommt ein

Tabakhändler aus Saloniki zu mir, um zu kaufen. Gestern war er da und zahlte mir die letzte Rate für die vorjährige Ernte. Es waren hundert Pfund. Eben, als er sie mir hier in lauter Goldstücken auf den Tisch legte, kamen drei Fremde, die mich fragten, ob sie bei mir schlafen könnten. Ich hieß sie willkommen und trug das Geld hinüber in meine Schlafstube. Von dort haben sie es mir gestohlen." — „Wie haben sie das angefangen? Ist es denn so leicht, in deine Schlafstube zu gelangen? Hat sie auch nur solche Rutenwände wie dieser Raum hier?" — „O nein! Sie liegt in der hinteren, linken Ecke des Hauses und besteht aus den beiden Umfassungsmauern und aus zwei starken Ziegelwänden, die bis unter das Dach hinaufgehen. Die Tür ist stark und sogar mit Eisen beschlagen. Ich habe diese Sicherheitsmaßregel getroffen, weil ich dort alles Wertvolle aufbewahre." — „Wie sind die Diebe da hineingekommen? Wie haben sie überhaupt wissen können, daß du das Geld dort aufbewahrst?" — „Du mußt eben bedenken, daß hier alle Wände nur aus Geflecht bestehen und leicht verschiebbar sind. Dadurch ist es möglich, daß einer von den dreien mir nachschleichen und beobachten konnte, wohin ich das Geld trug. Dann ist er schnell hinausgegangen, hinter das Haus, um durch das Fenster zu sehen, wohin ich es steckte. Als ich es eingeschlossen hatte, war es mir, als vernähme ich von draußen ein Geräusch. Ich eilte an den offnen Laden und horchte hinaus. Da vernahm ich Schritte, die sich entfernten. Als ich dann zurückkehrte, fehlte einer von den dreien. Er trat nach wenigen Augenblicken wieder ein." — „Ist dir das nicht aufgefallen?" — „Sogleich nicht, Effendi. Die Schritte, die ich gehört hatte, konnten auch von einem meiner Knechte herrühren, die um die betreffende Zeit gewöhnlich hinter dem Haus zu tun haben. Erst später, als ich den Verlust des Geldes bemerkte, forschte ich der Sache nach, und als ich die Dienstboten befragte, erfuhr ich von einem meiner Taglöhner, daß er genau um die angegebene Zeit zum Schafpferch, der hinter dem Haus liegt, gegangen und dabei dem Fremden begegnet sei, der aus der Richtung meiner Schlafstube kam." — „Und weißt du vielleicht, in welcher Weise der Diebstahl ausgeführt wurde?" — „Das ist mir jetzt noch ein Rätsel. Als ich schlafen ging, war es sehr spät, einige Stunden nach Mitternacht. Ich hatte gespielt und Geld gewonnen und wollte es zu dem übrigen tun. Als ich das Schränkchen öffnete, war es leer." — „Hm! War es vorher verschlossen? Ich meine, mit einem Schlüssel?" — „So war es." — „Und die Schlafstube auch?" — „Nein, die nicht. Sie steht fast immer offen, weil mein Harem und die Kinder oft hineingehen und ich dann die Mühe hätte, allemal aufzuschließen." — „Du sagst, du hättest gewonnen. Mit wem hast du gespielt?" — „Mit den drei Männern." — „Nicht auch mit dem

Tabakhändler?" — „Nein. Der war noch vor Einbruch der Nacht fortgeritten. Die Gäste waren noch nicht müde und fragten mich, ob ich wohl ein Kartenspiel mit ihnen machen wolle. Ich ging darauf ein und gewann beinahe ein Pfund. Ich mußte mit ihnen Raki trinken und bekam nach und nach ein Räuschchen und wurde so schläfrig, daß ich endlich das Spiel aufgeben mußte." — „Und hast du sogleich deine Schlafstube aufgesucht, um den Gewinn in den Schrank zu tun?" — „Nein. Vorher mußte ich den dreien das Tor öffnen. Sie meinten, es sei nun zu spät, um noch zu schlafen. Der Morgen war nahe, und sie zogen vor, sogleich aufzubrechen. Sie bezahlten für das, was sie verzehrt hatten, mehr als ich verlangt hatte, und ritten fort." — „Wohin? Haben sie dir das gesagt?" — „Ja. Sie wollten nach Doiran." — „Hm, also nach Süden, über Furköj und Oliwetza. Und woher waren sie gekommen?" — „Von Melnik her." — „Ah, von Melnik! Und drei waren es? Hast du sie dir genau angesehen?" — „Ei freilich! Ich habe ja fast sechs Stunden lang mit ihnen gespielt." Mir stieg die Ahnung auf, daß die drei Diebe die von uns verfolgten Männer seien. Darum fragte ich weiter: „So hast du auch ihre Pferde betrachtet?" — „Ja. Es waren drei Schimmel." — „Ne güsel — wie schön!" entfuhr es da dem kleinen Halef. „Sihdi, ich habe es sofort geahnt, sofort!" — „Ja, du bist ein scharfsinniger Freund und Beschützer deines Herrn." — „Was hat er geahnt?" fragte der Handschi schnell. — „Etwas, was du später wohl auch noch erfahren wirst", antwortete ich ihm. „Zunächst bitte ich dich, mir weitere Auskunft zu erteilen." — „Betrifft es die Leute, die mich bestohlen haben? Dann frage nur! Ich werde dir sehr gern alles sagen, was du wissen willst." Sein Gesicht nahm einen ganz andern Ausdruck an. Die Worte des kleinen Hadschi hatten ihn auf die Vermutung gebracht, daß wir in irgendwelcher Beziehung zu den Dieben ständen, und er war nun gespannt, mehr zu hören. Man sah es ihm an, daß ihn jetzt eine, wenn auch nur unbestimmte Hoffnung zu erfüllen begann. „Also waren sie schon fort, als du den Verlust des Geldes entdecktest", meinte ich. „Fiel denn dein Verdacht gleich auf sie?" — „Nein. Ich weckte zunächst alle meine Leute und fragte sie aus. Sie sind alle ehrliche Menschen, und es gibt keinen unter ihnen, dem ich eine solche Tat zutraue. Ich suchte trotzdem bei allen nach, freilich ohne etwas zu finden, was auch nur den geringsten Verdacht erwecken konnte. Dann erst dachte ich an die drei Fremden. Ich forschte nach und erfuhr nun von dem Taglöhner, daß der eine grad zu der Zeit, in der ich das viele Geld in meine Schlafstube getragen hatte, hinter dem Haus gewesen sei." — „Aber der Diebstahl kann doch nicht zu dieser Zeit, sondern er muß später ausgeführt worden sein!" — „Sicher. Das sage ich mir auch." — „Und mir scheint, daß auch nicht ein einzelner Mann genügt hat, sich des Geldes zu bemächtigen. Es haben mindestens zwei dazu gehört. Kannst du dich denn nicht besinnen, ob sich einmal zwei zugleich entfernt haben?" — „Sehr genau sogar. Zunächst ist mir auch das nicht aufgefallen, erst später dachte ich daran." — „Ist das früh oder spät geschehen?" — „Noch bevor die Meinen schlafen gingen." — „Deine Familie schläft bei dir im Zimmer?" — „Gewiß, alle." — „So mußte der Diebstahl allerdings ausgeführt werden, bevor sie sich zur Ruhe legten. Die Diebe haben das wohl überlegt. Wie aber haben sie es angefangen, euch alle abzuhalten, sie zu beobachten?" — „Der eine von ihnen begann uns Kartenkunststücke zu zeigen. Da mir diese so gut gefielen, erlaubte er mir, alle meine Leute herbeizuholen. Auch mein Harem sah durch das Flechtwerk zu. Während der eine uns prächtig unterhielt, entfernten sich die beiden andern, was mir aber, wie gesagt, gar nicht aufgefallen ist. Erst als sie zurückkehrten, erklärte er, daß er uns nun alles gezeigt habe, was er könne. Da gingen meine Leute wieder fort, und wir spielten weiter." Es darf keineswegs wundernehmen, daß hier in dem entlegenen türkischen Dorf Karten gespielt wurde. Ich hatte schon oft in der Türkei Karten spielen gesehen. Ja, ich war auch da Zuschauer von geschickten Kartenkünstlern gewesen. Das waren fast stets Griechen oder Armenier gewesen. Der Türke hat nicht die Geduld, die dazu gehört, sich durch lange Übung die nötige Gewandtheit anzueignen. Jetzt war ich neugierig zu erfahren, welcher von den dreien sich als Künstler hatte sehen lassen. Ich ließ mir den Mann von dem Wirt beschreiben und gelangte zu der Ansicht, daß es der Gefängnisschließer gewesen sei. Folglich mußten Manach el Barscha und Barud el Amasat den Diebstahl miteinander ausgeführt haben, und es war anzunehmen, daß der Schließer von ihrem Vorhaben unterrichtet gewesen war.

„Also nach dem Verhör der Deinen bist du zur Überzeugung gelangt, daß die Fremden die Diebe seien?" fragte ich weiter. „Was hast du dann unternommen?" — „Ich habe ihnen meine sämtlichen Knechte beritten nachgeschickt." — „So! Warum bist du selbst nicht mitgeritten?" — „Ich jagte eiligst nach Ostromdscha zum Polizeivorsteher, um ihm die Anzeige zu machen und um Saptijeler zu bitten. Der Saptije müdiri gewährte mir die Erfüllung dieses Wunsches erst nach langer Verhandlung und nachdem ich fünfhundert Piaster bezahlt hatte. Ich mußte mich verpflichten, alle Kosten, die bei der Verfolgung der Diebe entstehen würden, zu erstatten und ihm, falls sie erwischt würden, eine Belohnung von zehn Pfund auszuzahlen." — „Dieser ehrenwerte Mann ist ein kluger Verwalter seines eignen Beutels. Allah erhalte ihn euch noch lange Zeit!“ — „Der Teufel mag ihn zu sich nehmen!“ entgegnete der Hadschi auf meinen Segenswunsch. „Der Prophet will, daß Gerechtigkeit auf Erden herrschen soll. Die Beamten der Großherrn sollen uns dienen, ohne Geschenke zu fordern.“ — „Weißt du denn, welche Maßnahmen der Saptije müdiri ergreifen will?“ setzte ich meine Erkundigung fort. — „Ja. Der Saptije müdiri will alle seine Polizisten aussenden, um nach den Spitzbuben zu fahnden. In allen zwischen hier und Doiran gelegenen Ortschaften soll eine große Jagd nach ihnen veranstaltet werden. Er will sich selbst an die Spitze seiner Häscher stellen. — „Ich vermute sehr, daß der Polizeivorsteher jetzt daheim auf seinem Polster sitzt, um den lieben Tschibuk zu rauchen und Kaffee dazu zu trinken.“ — „Wenn ich das wüßte, sollte ihm das nicht gut bekommen!“ — „Du wirst es erfahren, denn du wirst jetzt mit uns nach Ostromdscha reiten, um ihn aufzusuchen.“ — „Ich? Warum?“ fragte der Handschi erstaunt. „Davon nachher. Erst noch etwas andres! Hast du dich denn überzeugt, ob der Polizeivorsteher sein Versprechen gehalten und wirklich alle seine Beamten ausgesandt hat?“ — „Ich hatte keine Zeit dazu, denn ich mußte wieder heim, um bei der Rückkehr meiner Knechte zugegen zu sein.“ — „Sind sie wieder da?“ — „Ja. Sie hatten sich verteilt und sind bis Furköj und Welitza geritten, ohne eine Spur der Diebe zu entdecken. Da haben sie es für richtig gehalten, wieder umzukehren. Ich habe sie tüchtig ausgezankt. Sie sind Söldlinge, die das Wort ihres Herrn vernachlässigen.“ — „O nein, deine Leute haben recht gehabt.“ — „Meinst du? Warum?“ — „Und wenn sie bis Doiran und noch weiter geritten wären, sie hätten doch niemand gefunden. Die Diebe wollen gar nicht nach Doiran.“ — „Die drei sagten es aber doch!“ — „Man hat dich belogen, um dich irrezuführen. Meinst du denn, daß ein Dieb so unvorsichtig ist, die Häscher auf seine Fährte zu lenken?“ — „Als sie es sagten, hatten sich mich noch nicht bestohlen!“ — „Aber die Männer beabsichtigten es bereits. Auch hatten sie noch einen andern Grund, dir das wirkliche Ziel ihres Rittes zu verschweigen. Sie werden schon wegen früherer Taten verfolgt. Sie haben sich gedacht, daß ihre Verfolger, wenn sie nach Dabila kommen sollten, hier bei dir einkehren würden. Darum gaben sie eine falsche Richtung an.“ Der Handschi musterte mich mit prüfendem Blick. — „Effendi“, fragte er, „bist zu ein Beamter der Polizei?“ — „Nein. Warum fragst du?“ — „Deine Person paßt dazu, und du sprichst wie einer, der alles genau weiß, bevor er es gesagt bekommt.“ — „Du irrst“, widersprach ich. „Wir sind einfache Reisende, die, wie jeder andere, auf den Schutz der Polizei angewiesen sind. Aber wir sind durch viele Länder und Gegenden gekommen und haben mehr gesehen und erfahren als tausend andre. Darum fällt es uns nicht schwer, uns in deine Angelegenheit hineinzudenken." — „Das mag richtig sein und — doch da bringt man euer Essen! Das sollt ihr ohne Störung genießen. Wir können dann, wenn ihr fertig seid, über meinen großen Verlust weitersprechen. Wünscht ihr vielleicht, daß ich euern Pferden Wasser und Futter gebe? Ich habe schönen Mais, der gut geschroten ist." — „Ja, gib ihnen davon und sag einem Knecht, er solle ihnen die Sattlung abnehmen und die Tiere sodann mit Wasser begießen. Das wird sie erfrischen. Sie haben uns von Edirne bis hierher getragen, ohne nur einmal recht ausruhen zu können." — „Ich habe nicht weit hinter diesem Haus einen schönen Fischteich, dessen Wasser hell und sauber ist. Wünschst du, daß die Knechte eure Pferde hineintreiben?" — „Sie mögen es tun." Der Mann schien ein unternehmender und für die hiesigen Verhältnisse auch tüchtiger Landwirt zu sein. Die ihm gestohlenen 100 Pfund, nach deutschem Geld 1850 Mark, waren der Preis für nur einen Teil seiner vorjährigen Tabakernte. Er war jedenfalls recht wohlhabend. Und daß er sogar einen Fischteich angelegt hatte, bewies, daß er den ihm gehörigen Grund und Boden trefflich auszunutzen verstand.

Außerdem wußte er auch anders als die große Menge der dortigen Einwohner zu leben. Davon sollte ich gleich einen Beweis erhalten, aus dem ich zugleich ersah, daß er uns nicht für gewöhnliche Reisende hielt. Das Essen wurde uns von zwei recht sauber gekleideten Jünglingen hereingebracht. Es bestand aus mehreren großen, dampfenden und appetitlich duftenden Eierkuchen, zu denen in Essig gelegte und mit Pfeffer gewürzte Melonen und andre frische Früchte gegeben wurden. Die Speisen lagen, wie ich zu meiner Verwunderung sah, auf reinlichen, weißen Steinguttellern, und nur die große Melonenschüssel war aus gelbem Ton gebrannt. Der Handschi beobachtete, ob uns auch alles bequem dargereicht wurde, und befahl dann, als uns sogar ein Körbchen vorgesetzt worden war, das Messer, Gabeln und Löffel enthielt: „Holt vier Mundtücher und ebensoviel Handtücher. Die Männer, die hier speisen, sind weitgereiste und vornehme Herren. Sie sollen nicht sagen, daß sie beim Handschi Ibarek schlecht bedient worden seien."

Also Ibarek hieß der aufmerksame Mann, der sogar Mundtücher besaß! Er entfernte sich jetzt. Als ich nun die Mundtücher nahm und jedem meiner Gefährten eins gab, machte es mir heimlich Freude, die fragend auf mich gerichteten Blicke zu sehen. Sie wußten nicht, was mit den weißen, reinlichen Dingern anzufangen sei. Der kleine Hadschi war der einzige, der es auf sich nahm, von mir ausgelacht zu werden. „Sihdi was sollen wir mit diesen Tüchern?" fragte Halef. „Es ist doch schon ein großes Tafeltuch über den Tisch gebreitet." — „Es sind auch keine Tafeltücher." —

„Maschallah! Sollen es etwa Taschentücher sein? Es ist doch keiner von uns mit Schnupfen behaftet!“ — „Auch das ist's nicht. Die Tücher werden so vorgebunden, wie ich es euch zeige, damit man sich mit den Speisen nicht die Kleider beschmutzt.“ — „Allah akbar! Die vornehmen Leute müssen rechte Tolpatsche sein, wenn sie besondre Vorhänge brauchen, um die Speisen in den Mund zu bringen und sie nicht auf die Kleider zu schütten. Ich habe gelernt, anständig zu speisen, und meine Jacke wird vergebens lüstern sein, diesen wohlschmeckenden Saft der Melone zu trinken.“ Ich band mir das Mundtuch absichtlich möglichst ungeschickt vor, und da die andern es genauso nachmachten, saßen sie nun da wie die Kinder, die von der Mama den dicken Milchbrei eingestopft bekommen. Das machte mir im stillen großen Spaß. Während des Essens bemerkte ich, daß die Pferde hinter das Haus geführt wurden. Der Handschi schien es als echter Muselmann für höflich zu halten, uns ohne Zeugen speisen zu lassen. Er trat erst wieder ein, als wir fertig waren, und gab den beiden Jünglingen den Befehl, abzutragen und uns ein Waschbecken zu bringen. Auch dieses war von weißem Steingut und nun kamen auch die Handtücher zu Ehren. Während wir uns die Hände reinigten, flüsterte Halef mir zu: „Sihdi, hast du nicht Angst?“ — „Wovor?“ — „Welch eine Rechnung wird das geben! Dieses gute Essen, das kühle Bier, Messer, Gabeln und Löffel, ein Taschentuch, ein Waschbecken, Handtücher und gar noch Brustvorhänge von weißer Leinwand! Ich glaube, dieser brave Ibarek wird von uns grad so viel verlangen, wie die Forderung des Polizeivorstehers betragen hat.“ — „Mach dir keine Sorge, ich bin überzeugt, daß wir hier nichts zu bezahlen brauchen.“ — „Meinst du, daß der Wirt auf diesen prächtigen, menschenfreundlichen Gedanken kommen wird?“ — „Ganz gewiß. Wir werden nur den Knechten ein Bakschisch geben.“ — „Wenn Ibarek so verständig ist, will ich auch von ganzem Herzen heute, morgen und auch übermorgen vor dem Einschlafen den Propheten bitten, sich bei dem Engel des Todes für diesen guten Handschi zu verwenden.“ — „Warum nur bis übermorgen?“ — „Dreimal ist genug. Bis dahin lernen wir wohl wieder andre Leute kennen, die uns gut bewirten und also meiner Fürbitte würdig sind.“ Der kleine Hadschi lächelte still und listig vor sich hin, wie es so seine Art und Weise war, wenn er sich als Pfiffikus gezeigt hatte. Nach der Reinigung lud der Wirt uns ein, uns wieder an den Tisch zu setzen. Er wollte den ziemlich geleerten Bierkrug abermals füllen und bat uns, vorher auszutrinken. Ich aber lehnte ab. „Du würdest mich erfreuen, wenn du mir das Schränkchen zeigtest, aus dem dir das Geld gestohlen wurde. Willst du mir den Gefallen tun?“ — „Ja. Komm! Folge mir!“ Halef ging mit. Sein angeborner Spürsinn verlangte offenbar nach Betätigung. Ibarek brauchte nur zwei der dünnen, geflochtenen Zwischenwände ein wenig zurückschieben, dann standen wir schon vor der Tür seiner Schlafstube. Sie war unverschlossen. Ich überzeugte mich sogleich, daß ein Innenriegel daran war. Betten gab es nicht. Rund um die Wände lief ein Minder, ein niedriges Lattengestell, auf dem Polster lagen. Auf diesem schlief die Familie, im Sommer gar nicht und im Winter von ihren Decken oder Pelzen zugedeckt. Die Kleider abzulegen, fiel ihnen nicht ein. Diese Unsitte des Morgenlandes, dieser Mangel aller Bettücher und das seltene Wechseln der Leibwäsche machen ihn nicht nur für viele Krankheiten empfänglich, sondern sind auch der Grund zu dem massenhaften Auftreten jener zwei Arten blutgieriger Insekten, die einst ein ungarischer Magnat, dem zwar die lateinischen Namen Pulex und Pediculus, nicht aber die beiden betreffenden deutschen Wörter geläufig waren, mit den sonderbaren Hauptwörtern ‚Hopphopp' und ‚Krappele' bezeichnete. Die Wände waren weiß getüncht. Ihre einzige Zierde bildete der in arabischer Schrift hart unter dem Strohdach herumlaufenden Spruch: „Der Schlaf des Gerechten wird von Engeln bewacht; am Lager des Ungerechten aber stöhnen die Vorwürfe ihre ängstlichen Klagen." Das Gemach hatte nur eine einzige Fensteröffnung. Ihr gegenüber hing das betreffende Schränkchen. „Darin hat das Geld gelegen", sagte der Handschi, wobei er auf das Schränkchen zeigte. „Ich habe es wieder so zugeschlossen, wie es war, als der Diebstahl geschah." — „Schließe auf!" begann ich. Ibarek zog den kleinen Schlüssel aus dem Gürtel und öffnete. Das Schränkchen war völlig leer. Ich untersuchte Schlüssel und Schloß. Es war keine gewöhnliche leichte Fabrikware. Auf meine Erkundigung erfuhr ich, daß ein Schlosser in Ostromdscha der Verfertiger sei. Meiner Meinung nach war es nicht mit einem Haken oder Stift zu öffnen gewesen. „Weißt du denn das gewiß, daß du das Schränkchen wirklich verschlossen hattest?" fragte ich. — „Ja, ganz gewiß." — „Hm! War nur das Geld drin? — „Nein. Auch der Schmuck und noch goldene und silberne Kleinigkeiten." — „Sind diese auch mitgestohlen?" — „Ja, Effendi, alles ist fort." — „Das zeigt, daß die Diebe keine Zeit hatten, eine Auswahl zu treffen. Auch wurde der Diebstahl im Dunkeln verübt; da konnten die Spitzbuben nicht sehen, was Wert für sie hatte oder nicht." — „Oh, die Schmucksachen bestanden meist aus großen und kleinen Goldmünzen. Das werden die Diebe trotz der Dunkelheit wohl bemerkt haben. Das andre waren einige Spangen, Brustnadeln und Ringe, was doch alles einen Wert hat." — „Aber auch zur Entdeckung des Täters führen kann", ergänzte ich. „Der vorsichtige Dieb nimmt solche Sachen nicht mit. Wenn die beiden Männer diese Gegenstände mitgenommen haben, so beweisen sie, daß sie keine vorsichtigen und auch keine zünftigen Einbrecher sind. Doch müssen wir unbedingt herausbekommen, wie sie das Schränkchen öffneten."

Ich wollte es genauer betrachten, aber der kleine Hadschi hatte es schon getan. „Ich hab's, Sihdi", schmunzelte er. „Da ist's!"

Er deutete in das Innere. Als ich hinblickte, sah ich sofort, daß die Hinterwand nicht genau anhaftete. Jetzt untersuchte ich, in welcher Weise das Schränkchen an der Wand befestigt war. Das war nicht etwa mit Hilfe eines mehr Sicherheit bietenden Bandeisens geschehen, sondern das Behältnis hing einfach an einem Nagel, von dem es leicht abgenommen werden konnte. Ich nahm das Schränkchen herab und nun zeigte es sich deutlich, daß die Hinterwand entfernt worden war. Man bemerkte die Spuren einer starken, widerstandsfähigen Messerklinge. Die Teile des Kästchens waren nicht etwa durch Nägel, sondern durch sogenannte Verzinkung vereinigt. Das Lossprengen der Hinterwand hatte also ein bedeutendes Geräusch verursachen müssen. „Habt ihr denn nichts gehört?" fragte ich. — „Gar nichts." — „Es hat doch laut krachen müssen. Vielleicht habt ihr gerade großen Lärm gemacht?" — „Oh, gar nicht. Wir waren auf die Kunststücke so gespannt, daß wir uns im Gegenteil still verhalten haben. Vielleicht hatten die Diebe die Tür nicht offen." — „Sie werden sich freilich gehütet haben, sie offenzuhalten. Jedenfalls haben sie sogar den Türriegel vorgeschoben, um nicht plötzlich überrascht zu werden." — „Nun, dann haben wir doch nichts hören können?" — „Doch! Es gibt, bis auf das Schlafzimmer, keine Scheidemauern, sondern nur Weidengeflechte im Haus. Das Lossprengen der Hinterwand hättet ihr hören müssen. Ich möchte vermuten, daß — hm!" Ich trat ans Fenster. Es war gerade groß genug, daß ein nicht allzu starker Mann sich hindurchzwängen konnte. Auch das Schränkchen war klein genug, um leicht durch das Fenster hinausgereicht zu werden. „Kommt mit hinaus!" sagte ich und verließ die Stube. Sie folgten mir um das Haus herum. „Hast du schon außen am Fenster gesucht?" fragte ich den Wirt. — „Nein. Wie hätte ich auf diesen Gedanken kommen sollen! Der Schrank hing im Zimmer. Dort ist der Diebstahl geschehen. Was soll hier zu finden sein?" — „Vielleicht sucht man doch nicht so vergebens, wie du denkst. Wir wollen nachsehen! Aber überlaßt das mir! Kommt dem Fenster nicht zu nahe! Ihr könntet mir die Spuren verwischen." Als ich den Platz vor dem Fenster erreichte, blieben die beiden andern ein wenig zurück. Hart an der Mauer wucherte ein üppiges Brennesselgestrüpp. Grad unter dem Fenster war es niedergetreten. „Aha!" sagte ich. „Da siehst du, daß jemand aus dem Fenster gestiegen ist." — „Aber wohl schon vor längerer Zeit. Vielleicht war es einer meiner Knaben." — „Nein. Ein Knabe war es nicht, denn ich sehe hier die Spur eines großen Männerschuhs in dem weichen Boden. Und vor längerer Zeit war es auch nicht. Die geknickten Nesseln sind nicht verwelkt, sie hängen nur matt die Blätter. Ich schätze, daß sie erst gestern geknickt wurden. Auch die Fußspuren sind frisch. Die hohen dünnen Kanten der Eindrücke müßten trocken sein, wenn die Spuren alt wären." — „Wie du das so wissen kannst?" meinte Ibarek erstaunt. — „Um das zu wissen, braucht man nichts als ein offnes Auge und ein wenig Nachdenken. Schau her! Hier siehst du die Stelle, wo das Schränkchen gestanden hat. Es ist jedenfalls vom feuchten Boden beschmutzt, aber die Diebe haben es trotz der Dunkelheit wieder hübsch abgewischt." — „Woher weißt du denn auch das?" — „Daher, daß ich keine Spur von Schmutz an dem Kästchen gesehen habe: das ist doch sehr einfach. Wir wollen weiter Umschau halten!" Ich suchte am Boden — vergebens. Jetzt zog ich mein Messer und hieb die Brennesseln an der Erde ab. Dann betrachtete ich die kahle Stelle. Zwischen den Stoppeln konnte etwas liegen. Und siehe da, ich hatte richtig vermutet. Von zwei Stellen glänzte es mir goldig entgegen. Ich hob die beiden Gegenstände auf. Es war ein dünner Fingerreif mit einem Türkis und ein starker, goldner Ohrring, wie sie in der dortigen Gegend von den Frauen getragen werden. „Hier ist den Spitzbuben doch etwas entfallen!" sagte ich zu Ibarek. „Kennst du diese Schmuckstücke?" — „Ah! Sie gehören uns. Ob das andre Ohrgehänge nicht auch da ist?" — „Hilf suchen!" Ibarek gehorchte, aber alle Mühe war vergeblich. Es fand sich weiter nichts. Wir wußten nun, wie der Diebstahl ausgeführt worden war. Die Spitzbuben hatten befürchtet, daß der Lärm gehört würde. Darum war der eine von ihnen aus dem Fenster gestiegen, um das Schränkchen, das der andre ihm nachreichte, draußen zu öffnen. Was nun noch zu verhandeln war, konnten wir drinnen besprechen. Darum wollten wir uns jetzt wieder hinein ins Zimmer begeben. Vorher aber gingen wir für einige Augenblicke zu unsern Pferden. Sie waren schon aus dem Teich herausgeführt und standen mit vorgebundenen Futtersäcken am Ufer und fraßen den geschrotenen Mais. Ich sagte den Knechten, sie könnten die Tiere hier lassen, wo trotz der Nähe des Teichs nicht so viele Fliegen und Mücken waren wie auf dem schmutzigen Hof. Wie sich bald zeigen sollte, war es ein Glück, daß ich auf diesen Einfall kam. Wir waren nämlich kaum in die Stube getreten und wollten wieder an dem Tisch Platz nehmen, als wir zwei Reiter in den Hof kommen sahen. Ihre Pferde taugten nichts und waren außerdem sichtlich abgetrieben; alte Mähren. für die ich nicht fünfzig Mark geboten hätte. Und die beiden Männer paßten genau zu den Tieren, so zerlumpt und herabgekommen sahen sie aus. „Du bekommst neue Gäste", bemerkte Halef zu dem

Handschi. — „An dieser Sorte liegt mir nichts“, brummte Ibarek. „Ich werde sie fortweisen.“ Er wollte hinausgehen, um seinen Vorsatz auszuführen, aber ich hielt ihn am Arm zurück. „Halt! Laß sie herein!“ — „Warum?“ — „Ich muß wissen, was die Leute reden.“ — „Kennst du sie denn?“ — „Ja. Aber sie dürfen auf keinen Fall wissen, daß wir uns hier befinden. Darum sollen sie weder uns noch unsre Pferde sehen.“ — „Das kann leicht vermieden werden. Ihr braucht nur in meine Schlafstube zu gehen, bis sie wieder fort sind.“ — „Das mögen meine Gefährten tun. Ich aber will sie belauschen.“ — „Ich weiß zwar nicht, was du bezweckst, aber das Horchen wird dir nicht schwer werden. Komm her! Ich werde dich verstecken.“ Ibarek führte mich hinter die eine Scheidewand. Dort lehnten mehrere große Bündel geschälter Weidenzweige, aus denen die Wandgeflechte hergestellt wurden. „Steck dich hinter diese Bündel!“ sagte er. „So kannst du durch die Zwischenräume des Geflechts in die Stube sehen. Die Fremden werden dir so nahe sitzen, daß du ihre Worte hören kannst, selbst wenn sie nicht allzulaut sprechen.“ — „Aber wenn sie nachsehen sollten, ob sie nicht beobachtet werden?“ — „Ich werde die Bündel so aufsetzen, daß du nicht bemerkt werden kannst.“ — „Gut! Noch muß ich dir sagen, daß ich eher aufbrechen muß, als die beiden Reiter, die nach Ostromdscha wollen. Und du mußt mit!“ — „Ich? Warum?“ — „Um den Dieben dein Geld wieder abzunehmen.“ — „Sind die denn in Ostromdscha?“ — „Ich habe allen Grund, es zu vermuten. Laß also sofort satteln und dein Pferd mit den unsrigen an einen Ort schaffen, wo sie von diesen Menschen nicht bemerkt werden können. Sobald ich hier genug gehört habe, schleiche ich in dein Schlafzimmer. Einer deiner Knechte muß dort bereit sein, uns zu den Pferden zu führen, wo du dich dann auch schnell einfindest. Jetzt gehe fort, bevor sie kommen.“

Diese Mitteilung war nur dadurch ermöglicht worden, daß die beiden Reiter sich nicht beeilten, in die Gaststube zu kommen. Sie waren langsam abgestiegen und dann zu einem Seitengebäude gegangen, wohl, „um zu sehen, ob sie dort nicht etwas fänden, was sie heimlich mitgehen lassen könnten“, wie Ibarek sich ausdrückte. Der Handschi entfernte sich, und ich setzte mich zwischen der Flechtwand und den Weidenbündeln bequem auf den Boden. Die Zwischenräume der Wand erlaubten mir, die Stube zu überblicken. Da hörte ich nahende Schritte. „Sihdi, wo bist du?“ fragte die Stimme des kleinen Hadschi Halef jenseits der Bündel. — „Hier stecke ich. Was willst du denn? Wie unvorsichtig von dir!“ — „Pah! Die Männer kommen noch nicht — sie stehen im Stall, um die Pferde des Wirtes zu betrachten. Du sagtest, daß du sie kennst. Wer sind sie denn?“ — „Hast du sie denn nicht auch erkannt?

Denke doch an den Taubenschlag! Du hast dir doch die Männer angesehen, die unter uns in der Kammer saßen?" — „Auf die dann die Katze mitsamt den Knüppeln hinabkrachte und die Katze war aber ich! Ja, diese Leute habe ich mir genau betrachtet." — „Auch die beiden zerlumpten Menschen, die links an der Mauer saßen? Sie waren Brüder!" — „Ah, Sihdi, jetzt besinne ich mich. Der eine hatte eine Schleuder. Denkst du, daß sie es sind?" — „Ja, sie sind es. Ich habe mir ihre Gesichter genau gemerkt." — „O Allah! Sie sagten, daß sie nach Ostromdscha gehen müßten, um den drei Halunken zu melden, was mit uns geschehen sei, vielleicht gar, daß man uns ins Paradies befördert habe." — „Das wollten sie. Diesen Auftrag haben sie von Manach el Barscha und Barud el Amasat erhalten." — „Also sind sie noch nicht nach Ostromdscha gelangt, und die drei Banditen, die wir verfolgen und die auch Ibarek bestohlen haben, denken noch jetzt, wir befänden uns nicht mehr auf ihrer Spur. Sihdi, erlaube mir, dir einen guten und gescheiten Vorschlag zu machen! Wollen wir nicht die beiden Leute, die du belauschen willst, unschädlich machen?" — „Ja und nein, lieber Halef. Umbringen können wir sie nicht. Aber wir werden nötigenfalls dafür sorgen, daß sie die Flüchtlinge in Ostromdscha nicht rechtzeitig vor uns warnen können. — Und nun geh, damit du nicht etwa noch bemerkt wirst. Sag aber dem Handschi, er soll dafür sorgen, daß diese beiden Gäste so lange wie möglich hier zurückgehalten werden, wenn er mit uns fortgeritten ist. Man soll sie verpflegen, daß sie recht gründlich hier verweilen. Ich will gern bezahlen, was es kostet. Sag es ihm und nun geh!" — „Ja, Sihdi, ich verschwinde, es scheint jemand zu kommen." Die letzten Worte flüsterte er noch und schlich davon. Und nun kamen die beiden Erwarteten endlich in die Stube. Sie fanden den Raum leer. Auch Osko und Omar hatten sich längst entfernt, und Ibarek war nur dagewesen, um den Bierkrug wegzunehmen. Jetzt konnte ich die beiden Strolche besser betrachten als vorgestern abend. Sie hatten wahre Galgengesichter. Es gibt Menschen, denen man es sofort ansieht, was man von ihnen halten soll. Zu diesem Schlag gehörten sie. Ihre Kleidung war ärmlich, überdies schmutzig und zerrissen. Ihre Waffen aber waren desto besser und schienen gut instand gehalten zu sein. Während der eine an dem zerrissenen Gürtel eine Schleuder hängen hatte, trug der andre die einst so gefürchtete Waffe der vor den Türken in die Wälder geflüchteten Serben und Walachen, einen Heiduckentschakan, dessen gewundener Schaft mit der perligen Haut des Haifisches überzogen war. Ich kannte diese Waffe nur vom Hörensagen, hatte auch hier und da in Sammlungen einige solche Beile gesehen, aber Zeuge ihres Gebrauchs war ich noch nicht gewesen. Ich dachte nicht, daß ich in kürzester Zeit sogar ein Ziel für sie bilden würde.

Die Strolche schauten sich in der Stube um. „Niemand ist da", knurrte der Schleuderer. „Glaubt man etwa, daß wir den Raki, den wir trinken wollen, nicht bezahlen können?" — „Müssen wir ihn bezahlen?" lachte der andre. „Sind wir nicht in die Wälder geflüchtet? Besitzen wir nicht die Koptscha, vor der alle sich fürchten? Wenn wir nicht freiwillig bezahlen, möchte ich doch sehen, wer uns dazu zwingen könnte!" — „Schweig davon! Wir sind nur zu zweien, und dieser Ibarek ist ein reicher Mann, der viele Knechte und Taglöhner hat, gegen die wir nicht aufkommen könnten. Wegen einiger Schlucke Raki begebe ich mich nicht in Gefahr. Aber ärgerlich ist es, daß man sich gar nicht um uns kümmert. Sollten sie es sich vielleicht einfallen lassen, uns für Vagabunden zu halten?" — „Hm. Sind wir vielleicht etwas andres?" — „Gar wohl sind wir das. Wir sind die Helden der Berge und Wälder, die die Aufgabe haben, das an ihnen begangene Unrecht zu rächen." — „Gewöhnliche Leute aber sagen Räuber statt Helden, was mir übrigens gleichgültig ist. Vielleicht ist nur deshalb niemand in der Stube, weil diese guten Leute draußen an den Wänden stehen, um uns durch die Ritzen anzustarren. Das sollte ihnen aber schlecht bekommen. Schauen wir nach!" Die Strolche schritten an den Flechtwänden hin. Als sie an die Wand kamen, hinter der ich steckte, meinte der eine: „Hier hinter diesen Bündeln kann leicht jemand stecken. Wollen nachfühlen. Mein Messer ist lang genug."

Die Art und Weise, wie diese Menschen hier auftraten, zeigte deutlich, von welchem Schlag sie waren. Der Urian zog sein Messer und stach zwischen den einzelnen Bündeln hindurch, doch glücklicherweise zu hoch. Wäre ich nicht auf den Gedanken gekommen, mich zu setzen, hätte er mich sicherlich getroffen. „Es ist niemand da", meinte der Mann befriedigt. „Wollte es auch keinem geraten haben! Komm!" Sie traten in die Stube zurück und riefen laut nach Bedienung. Der Wirt kam herein, begrüßte sie und entschuldigte sich in höflichen Worten, daß er nicht gleich habe erscheinen können. „Ich bereitete mich eben zur Reise vor", erklärte er ihnen. „Da mußtet ihr leider warten." — „Wohin willst du?" fragte der Mann mit der Schleuder. — „Nach Tekirlik." Ibarek war so klug, grad die entgegengesetzte Richtung anzugeben. Dennoch erkundigte sich der Strolch: „Was willst du dort? Willst du in Geschäften hin?" — „Nein, sondern zu meinem Vergnügen. — Was soll ich euch bringen?" — „Raki. Bring aber genug! Wir haben Durst und werden gern bezahlen." — Diese Menschen tranken also den Branntwein gegen den Durst. Auch eine Auffassung! „Bezahlen?" erwiderte der Handschi lächelnd. „Ihr seid heute meine ersten Gäste, und ich habe die alte Gewohnheit, denen, die bei mir am heutigen Tag die ersten sind, alles, was sie verzehren, umsonst zu geben." — „So? Was für ein Tag ist denn heute?" — „Mein Geburtstag." — „Dann wünschen wir dir Glück und ein Leben von tausend Jahren. Also, was wir essen und trinken, brauchen wir nicht zu bezahlen?" — „Gewiß nicht", lächelte Ibarek. — „So bring einen Krug voll Raki. Du sollst mit uns trinken." — „Das kann ich nicht, weil ich sofort aufbrechen muß. Ich will den heutigen Tag mit meinen Verwandten verbringen, die in Tekirlik wohnen. Aber Bescheid werde ich euch tun." Er entfernte sich, um den Schnaps zu holen. — „Du", meinte der mit dem Heiduckenbeil, „das haben wir gut getroffen. Nicht?" — „Ja", grinste der andre vor Vergnügen. „Wir werden uns eine Güte tun." — „Der Mann soll, wenn er bei seiner Rückkehr erfährt, was wir verzehrt haben, nicht sagen, wir hätten seinen Geburtstag nicht zu feiern verstanden."

Mich freute es, daß der Wirt auf diesen Vorwand, die beiden hier festzuhalten, gekommen war. Er brachte einen Krug, der nach meiner Ansicht groß genug war, mit seinem Inhalt zehn Männer betrunken zu machen. Dazu setzte er ein Glas auf den Tisch und wollte eingießen. „Halt!" gebot der Schleuderer. „Dieses Gefäßchen ist für Kinder. Wir aber sind Männer und trinken gleich aus dem Krug. Was Allah gibt, das soll man voll genießen." Er tat zwei lange Züge, setzte ab, tat noch einen Zug und machte dann ein Gesicht, als habe er Nektar geschlürft. Sein Kumpan folgte seinem Beispiel, trank auch nicht weniger, schnalzte mit der Zunge und hielt Ibarek den Krug entgegen. „Trink, Freundchen! Dieses Labsal findet seinesgleichen nicht auf der ganzen Erde. Trink aber nicht zuviel, damit wir als deine Gäste nicht zu kurz kommen." — Der Handschi nippte nur und versicherte: „Ihr werdet nicht zu kurz kommen, ihr könnt euch den Krug wieder füllen lassen." — „Auch wenn du nicht mehr hier bist?" — „Ja. Ich habe dem Knecht, der euch bedienen wird, den Befehl gegeben, euch zu verabreichen, was ihr verlangt, wenn es nämlich vorhanden ist." — „Du bist ein frommer und würdiger Anhänger des Propheten und führst ein verdienstliches Leben, wofür dich der Engel des Todes einst in Abrahams Schoß betten wird." — „Ich danke euch. Jetzt aber werde ich gehen. Also wendet euch an den Knecht, wenn ich nicht mehr da bin." — „Wo steckt er denn?" — „Draußen auf dem Hof. Es ist kein Mensch hier im Haus. Die Leute sind auf dem Feld, werden aber bald zurückkommen." Der Schlaue sagte das, um die beiden in Sicherheit zu wiegen. Sie sollten überzeugt sein, daß sie sich gemütlich und laut unterhalten könnten. — „So wünschen wir dir gute Reise", sagte der Besitzer des Beils. „Vorher aber möchte ich mich bei dir nach etwas erkundigen." — „Und das wäre?" — „Sind vielleicht vor einiger Zeit drei Männer eingekehrt, drei vornehme Herren?" — „Hm! Bei mir kehren viele Leute ein. Ihr müßt mir die drei beschreiben." — „Das ist nicht notwendig. Wir brauchen dir nur zu sagen, was für Pferde sie ritten. Es waren drei Schimmel." — „Ah, richtig! Die sind erst gestern abend hier gewesen." — „Haben sie hier geschlafen?" — „Nein. Sie wollten es zwar tun, aber wir machten ein Spielchen, das fast bis zum Morgen währte, und da meinten sie dann, es wäre besser, sogleich weiterzureiten." — „Haben sie dir ihr Reiseziel genannt?" — „Ja." — „Etwa Ostromdscha?" — „O nein! Sie wollten nach Doiran." — „Ah so! Sind sie auch dorthin geritten?" — „Natürlich. Sie haben es doch gesagt. Warum sollten sie auf einen andern Gedanken kommen?" — „Richtig! Ich fragte das auch nur so nebenbei. Aber weiter! Sind dann nicht auch noch andre bei dir eingekehrt, die aus der gleichen Richtung kamen?" Die Frage galt mir und meinen Begleitern. Wie ich sie beantwortet hätte, wußte ich. Auf die Entgegnung Ibareks war ich gespannt. Am besten war es jedenfalls, wenn er eingestand, daß wir hier gewesen seien. Und war er sehr pfiffig, so konnte er sagen, wir seien den dreien in der Richtung nach Doiran nachgeritten. Auf diese Weise erweckte Ibarek in den Fragern die Überzeugung, daß von uns einstweilen, und zwar für die Zeit von mehreren Tagen, keinerlei Gefahr zu erwarten sei. Aber ich traute ihm diese Klugheit nicht zu. Darum war ich vom weiteren Verlauf des Gesprächs angenehm überrascht. Der Handschi bewies gegen meine Erwartung, daß er auch scharfsinnig sein konnte. „Es kehrten bei mir seit gestern abend keine Gäste mehr ein", erklärte Ibarek. „Ich habe euch schon gesagt, daß ihr die ersten seid." — „Hm! Aber die Leute, die wir meinen, sind gewiß nach Dabila gekommen." — „So sind sie vielleicht durch den Ort geritten, ohne sich hier aufzuhalten." — „Jedenfalls. Und das ist uns sehr unangenehm, denn wir wollen sie gern einholen. Wir müssen notwendig mit ihnen reden." — „Waren es Bekannte von euch?" — „Sogar gute Freunde." — „So müßt ihr ihnen nacheilen und dürft euch hier nicht lange Zeit aufhalten." — „Leider! Wir möchten aber so gern deine Gastfreundschaft ehren, indem wir uns deine Gaben schmecken lassen. Vielleicht treffen wir diese vier Männer noch in Ostromdscha." — „Vier waren es?" — „Ja." — „War vielleicht einer dabei, der einen Rappen von echter Abstammung ritt?" — „Ja, ja! Hast du ihn gesehen?" — „Gewiß. Er hatte sogar zwei Gewehre anstatt eines einzigen?" — „Das stimmt!" — „Unter den drei andern war ein kleiner Kerl, dem statt des Bartes zehn oder elf lange, dünne Fäden vom Gesicht herabhingen?" — „Ganz richtig! Du hast sie gesehen. Aber wo denn, wenn sie nicht bei dir eingekehrt sind?" — „Draußen vor dem Tor. Ich stand mit dem Nachbar dort, also sie kamen. Sie wollten bei mir einkehren. Als ich ihnen sagte, daß ich der Handschi sei, fragte mich der Dunkelbärtige, der auf dem Araber saß, ob vielleicht drei Männer, die lauter Schimmel ritten, bei mir eingekehrt seien.“ — „Scheïtan! Was hast du geantwortet?“ — „Natürlich die Wahrheit.“ — „O weh!“ — „Warum denn?“ — „Es entfuhr mir nur so. Sprich weiter!“ — „Der Mann fragte mich, wann die drei dagewesen, wie lange sie geblieben und wohin sie geritten seien.“ — „Ah, vortrefflich! Was hast du ihm geantwortet?“ — „Alles, was ich wußte. Ich sagte ihm, daß die Männer, nach denen er fragte, gen Süden nach Doiran geritten seien. Hätte ich das etwa nicht tun sollen?“ — „O doch! Es war ganz recht von dir. Was geschah dann?“ — „Der Reiter sagte, er müsse den andern schnell folgen und könne deshalb nicht bei mir absteigen. Er erkundigte sich genau nach dem Weg, der von hier nach Doiran führt. Dann jagten sie im Galopp davon, auf Furköj zu. Sie mußten es sehr eilig haben.“ — „Also weißt du genau, daß sie gegen Süden geritten sind?“ — „So genau, wie ich dich vor mir sehe. Ich bin noch lange dort gestanden und habe ihnen nachgeschaut, bis sie jenseits des Berges verschwanden. Der Rappe entzückte mich so, daß ich ihn nicht aus den Augen lassen konnte.“ — „Ja, er ist ein prachtvolles Pferd. Das ist wahr.“ — „Nun müßt ihr auch nach Doiran reiten, da ihr mit diesen vier Männern reden wollt?“ — „Allerdings. Doch haben wir nun keine Eile mehr. Da sie dorthin sind, wissen wir, daß sie auf uns warten werden.“ — „So freue ich mich, sie gesehen und mit ihnen gesprochen zu haben. Nun aber muß ich fort. Ihr dürft es mir nicht übelnehmen, daß ich nicht länger bei euch bleiben kann.“ — Darauf versicherten die Strolche den Handschi in der freundlichsten Weise ihrer Dankbarkeit und verabschiedeten sich von ihm, als hätten sie ihm ihre ganze Liebe geschenkt. Als er fort war, schlug der Schleuderer mit der Faust auf den Tisch und rief: „Welch ein Glück! Nun sind wir diese Sorge los. Sie sind nicht nach Ostromdscha.“ — „Ja, darüber können wir uns freuen. Wie klug von Manach el Barscha und Barud el Amasat, daß sie den albernen Handschi beschwatzt haben, sie wollten nach Doiran! Nun sind die Hundesöhne, die uns belauschten, auch dorthin, und da werden sie vergeblich suchen.“ — „Ich war noch nie in Doiran und weiß nicht, wie weit es bis dorthin ist.“ — „Ich glaube, daß man sieben Stunden reiten muß. Die Kerle werden erst am Abend dort ankommen. Morgen erkundigen sie sich. Dann erfahren sie freilich, daß sie am Narrenseil geführt wurden. Aber vor übermorgen mittag haben wir sie nicht in Ostromdscha zu erwarten. Wir können also hier essen und trinken, soviel und solange es uns beliebt.“ — „Wenn aber der Wirt heut wieder zurückkommt?“ — „Das wird ihm nicht einfallen!“ — „Wir hätten ihn doch fragen sollen." — „Warum?" — „Wüßte ich, daß er erst morgen zurückkehrt, so würde ich vorschlagen, den ganzen Tag hier zu bleiben. Wir bekommen alles, was wir verlangen, umsonst. So etwas muß man nach Kräften ausnützen." — „Deine Sorge ist überflüssig. Der Handschi bleibt jedenfalls bis morgen dort." — „Meinst du?" — „Wenn man seinen Geburtstag feiert, fällt die Hauptfeier auf den Abend." — „Das ist wahr." — „Wenn das Fest zu Ende ist, dann ist Mitternacht jedenfalls vorüber. Denkst du etwa, daß er sich dann noch aufs Pferd setzt, um stundenlang nach Haus zu reiten?" — „Du hast recht", stimmte der andre bei und tat einen gewaltigen Zug aus dem Krug. „Der Handschi wird morgen lange schlafen. Es ist zu erwarten, daß er vor Mittag nicht nach Hause kommt. Wir können uns also hier gemütlich tun und die Nacht hier bleiben. Die verwünschten vier Leute sind ja jetzt nicht mehr zu fürchten, und so haben wir keine Eile mehr." — „Gut! Bleiben wir! Wir haben einige angenehme Stunden verdient. Wenn ich an die vorgestrige Nacht denke, könnte ich rasend werden. Dieser Mensch, der den Rappen reitet, der noch dazu ein Christenhund, ein Ungläubiger sein soll, befand sich in unseren Händen, und wir haben ihn entkommen lassen!" — „Ja, es war unverantwortlich. Ein einziger Messerstich und der Giaur wäre unschädlich gewesen!" — „Wehe ihm und seinen Gefährten, wenn sie nach Ostromdscha kommen! Sie sollen in die Hölle fahren, alle vier!" — „Hm! Uns beide geht die Sache eigentlich nichts an. Wir sind nur die Boten und werden dafür bezahlt." — „Aber wer mich bezahlt, dessen Freund bin ich und dem stehe ich bei." — „Auch mit einem Mord?" — „Warum nicht, wenn es Geld einbringt? Ist es etwa eine Sünde, einen Giaur zu töten?" — „Nein, es ist sogar ein verdienstliches Werk. Wer einen Christen tötet, der steigt dadurch eine Stufe höher zum siebenten Himmel. Das ist die alte Lehre, auf die leider die Leute nicht mehr hören wollen. Es juckt mich in den Fingern, diesem Fremden, wenn er in Ostromdscha auftaucht, eine Kugel zu geben." — „Ich bin dabei." — „Bedenke, welchen Vorteil wir davon hätten! Es würde uns gut bezahlt und alles, was er bei sich hat, gehörte uns. Sein Pferd allein wäre ein Vermögen für uns. Man würde uns dafür eine große Summe zahlen." — „Oder auch gar nichts, denn ich befürchte, daß nicht wir die sein werden, die den herrlichen Rappen bekommen!" — „Warum nicht?" — „Manach el Barscha und Barud el Amasat werden ebenso klug sein wir wir." — „Hm! Das ist richtig. Aber wir können sie ja leicht betrügen." — „Wie denn?" — „Indem wir ihnen verschweigen, daß der Fremde nach Doiran geritten ist. Wir sagen ihnen nur, er sei entkommen und habe sich wahrscheinlich nach — nach — nach irgendeinem Ort gewendet, dessen Namen wir uns noch aussinnen können. Dann reiten wir übermorgen gegen Doiran und lauern den vier Fremden auf." — „Dieser Gedanke ist prächtig. Ich fürchte nur, daß Manach und Barud sich nicht täuschen lassen werden." — „Wir müßten es dann sehr dumm anfangen!" — „Wer weiß auch überhaupt, wie lang es dauert, bis wir sie finden!" — „Keine Stunde." — „Ich bin vom Gegenteil überzeugt. Wir wissen nur, daß wir zur Ruine kommen sollen. Aber da können wir lange suchen." — „Hast du vergessen, daß wir uns an den alten Mübarek wenden sollen?" — „Das weiß ich wohl. Aber erstens fragt es sich, ob sie ihm ihren Aufenthaltsort wirklich genau mitgeteilt haben, und zweitens kennen wir den Alten nicht." — „Er soll auch die Koptscha haben, das geheime Zeichen unsres Bundes." — „Das ist noch kein Grund, uns jedes Geheimnis mitzuteilen." — „So haben wir das Losungswort, das Barud el Amasat uns sagte und das er auch dem alten Mübarek sagen wird. Es ist das Zeichen, daß er uns den Aufenthaltsort der Verborgenen verraten oder zeigen soll. Also finden werden wir sie sofort. Das macht mir keinen Kummer. Nur fragt es sich, ob — doch schau, da reitet der Handschi zum Tor hinaus! Trink, damit wir erfahren können, ob der Knecht uns den Krug auch wirklich wieder füllen wird."

Sie tranken und tranken und brachten den Krug zu meinem Erstaunen, ich möchte fast sagen, zu meinem Entsetzen, wirklich leer. Dann trat der eine ans Fenster und rief hinaus, worauf ein Knecht hereinkam, der von seinem Herrn die nötige Weisung erhalten hatte. Die beiden seltsamen Gäste vernahmen von ihm, daß er ihnen bringen werde, was sie verlangten, und sie gaben ihm den Befehl, zunächst den Krug wieder zu füllen. Von zwei Krügen solchen Rakis hätte ein Rhinozeros betrunken werden müssen, und so war ich überzeugt, daß sie sehr bald in einen Zustand verfallen würden, der meiner Absicht, ihre Unterhaltung zu belauschen, nicht günstig sein konnte. Als der volle Krug gebracht wurde, saßen sie wirklich schon einsilbig beieinander, blickten stier vor sich hin und tranken in kurzen Zwischenräumen. Ich sah ein, daß von ihnen nichts mehr zu erfahren sei, und beschloß, mich zu entfernen.

15. Der vielgeplagte Saptije

Ich war von meinem Erfolg nicht recht befriedigt. Was hatte ich erreicht? Ich wußte nun genau, daß Barud el Amasat, Manach el Barscha und der mit ihnen aus Adrianopel entflohene Gefängnisschließer in der Ruine von Ostromdscha zu suchen seien. Aber diese Ruine konnte sehr weitläufig sein. Vielleicht waren die Betreffenden auch nur des Nachts oder überhaupt nur zu gewissen Zeiten dort. Sodann hatte ich gehört, daß es einen alten Mübarek gebe, einen sogenannten Heiligen, bei dem die Eingeweihten mit Hilfe eines Losungswortes erfahren konnten, wo die drei erwähnten Männer sich befanden. Aber wer war dieser ‚Heilige', der in dem verbrecherischen Bund offenbar eine hervorragende Stelle einnahm? Wo war er zu finden? Auch in der Ruine? Und welches war das Wort, mit dem man sich bei ihm ausweisen konnte? Den ‚Heiligen' getraute ich mir leicht zu finden. Aber das Wort zu erfahren, war jedenfalls schwierig, wenn nicht gar unmöglich. Vielleicht gelang es, den Alten zu überrumpeln und ihm dadurch sein Geheimnis zu entreißen.

Ich war überzeugt, daß die beiden Trinker da drin in der Stube für mich bis morgen unschädlich seien. In kurzer Zeit waren sie gewiß so bezecht, daß sie den Verstand verloren hatten. Sie kamen wohl gar nicht dazu, sich Essen geben zu lassen, und wurden in irgendeinem Winkel untergebracht, um dort ihren gewaltigen Rausch auszuschlafen. Das war von großem Vorteil für mich, denn auf diese Weise blieben die Gesuchten ungewarnt vor uns, und ich konnte die Zeit von heute nachmittag bis morgen mittag — denn eher waren die Betrunkenen wohl nicht in Ostromdscha zu erwarten — dazu verwenden, nach den drei Entflohenen zu forschen. Jetzt nun, da weiter nichts mehr zu erlauschen war, schob ich mich, am Boden kriechend, unhörbar hinter den Weidenbündeln hervor und schlich zur Schlafstube. Sie war von innen verriegelt. Als ich nach dortiger Sitte leise mit den Fingerspitzen an der Tür kratzte, öffnete Halef. Bei ihm waren unsre Gefährten und ein Knecht.

„Wir mußten zuriegeln, Sihdi", erklärte er flüsternd. „Die Halunken hätten auf den Gedanken kommen können nachzusehen, ob jemand hier sei." — „Ganz recht. Wo sind die Bewohner des Hauses?" — „Sie haben sich versteckt, weil der Handschi erzählt hat, sie seien alle auf dem Feld." — „So wollen wir aufbrechen. Geh du voran und sorge dafür, daß wir unbemerkt fortkommen!"

Der Knecht, an den diese Aufforderung gerichtet war, ließ uns hinaustreten, schloß dann die Tür zu, zog den Schlüssel ab und huschte voran. Der andre Knecht, der die Gäste bediente, stand auch bereit. Er ging zu den beiden Zechern hinein, um laut mit ihnen zu sprechen und ihre Aufmerksamkeit auf sich zu lenken, und so wurde es uns leicht, ungesehen aus dem Haus und auf den Hof zu gelangen. Von hier aus kamen wir schnell zur hinteren Seite des Gebäudes und wurden von dem Knecht eine Strecke weit auf das Feld geführt, wo Ibarek mit einigen Knechten und unsern Pferden auf uns wartete. „Endlich!" sagte er. „Dir ist die Zeit wohl nicht so lang geworden wie mir. Nun aber wollen wir aufbrechen. Steigt auf!" — „Vorher will ich bezahlen. Sag uns, was wir schuldig sind!" — „Ihr mir schuldig?" lachte er. „Nichts, gar nichts?" — „Das dürfen wir nicht annehmen!" — „Doch! Ihr wart meine Gäste." — „Nein. Wir sind ungeladen zu dir gekommen und haben alles, was wir aßen und tranken, von dir verlangt." — „Effendi, willst du mich erzürnen? Du willst mir einen unbezahlbaren Dienst erweisen, und ich soll für das Bier und die Eier Geld verlangen? Das tu ich auf keinen Fall!" — Ich hätte mich gleich beim ersten Wort nicht geweigert und hatte mich nur Halefs wegen nicht sofort beruhigt. Ich wollte sein Gesicht sehen, über das es unaufhörlich zuckte und zerrte. Er mochte befürchten, daß ich dennoch bezahlen würde, und mischte sich darum hastig ein: „Sihdi, du kennst den Koran und alle seine Auslegungen. Warum handelst du gegen diese vom Engel Gabriel geoffenbarten Lehren? Siehst du nicht ein, daß es gottlos ist, eine offne und mildtätige Hand von sich zu weisen? Wer ein Almosen gibt, der gibt es Allah, und wer eine Gabe zurückweist, der beleidigt Allah. Ich hoffe, daß du die Härte deines Herzens bereust und dem Propheten Ehre erweist. Steig auf und bekümmere dich nicht um die Piaster, die niemand haben will!"

Das war so ernst und eifrig hervorgebracht, als handle es sich um Verdammnis und Seligkeit. Ich gab lachend nach und reichte nur den Knechten ein Bakschisch, eine Kleinigkeit, worüber sie entzückt waren. Dann ritten wir davon, zunächst ein Stück hinter dem Dorf hin und bogen dann zur nach Ostromdscha führenden Straße ein. Nur sehr kurze Zeit folgten wir ihr. Als wir das Dorf hinter uns hatten, fragte ich Ibarek: „Ist diese Straße der einzige Weg nach Ostromdscha?" — „Der geradeste ist sie. Andre Wege sind länger." — „Suchen wir einen solchen Weg! Ich möchte diesen hier vermeiden." — „Warum?" — „Weil morgen, wenn uns die beiden Strolche nachkommen —" — „Morgen?" unterbrach der Handschi mich — „Ja, sie wollen solange bei dir bleiben, weil sie nichts bezahlen sollen. Sie erwarten dich nicht vor morgen zurück, weil du ihrer Ansicht nach heut abend, an deinem Geburtstag, tüchtig trinken wirst." — „Diese Schurken! Ich werde sie überraschen und ihnen mitteilen, daß ich meinen Geburtstag heute gar nicht habe." — „Das wirst du nicht tun. Es liegt auch in deinem Vorteil, daß die beiden nicht vor morgen mittag nach Ostromdscha kommen. Du wirst das noch einsehen. Wenn sie uns dann folgen, könnten sie vielleicht erfahren, daß wir doch nach Ostromdscha geritten sind und nicht nach Doiran. Das könnte alle meine Pläne zunichte machen." — „Gut! Wenn du es wünschest, reiten wir anders. Gleich hier führt ein Weg links ab in die Felder und Wiesen. Wir werden so reiten, daß wir auf die Straße von Kusturlu kommen." Wir bogen also seitwärts ein. Doch war das Ding, das Ibarek einen Weg genannt hatte, alles andre, aber kein Weg. Man sah dem Boden an, daß hier zuweilen Menschen gegangen waren, aber eine Bahn gab es nicht. Rechts und links waren Felder zu sehen, meist mit Tabak bebaut. Auch einige kleine, kümmerliche Baumwollpflanzungen sah ich. Dann gab es wieder braches Land und endlich Wald, durch den wir ritten, ohne einen besseren Pfad zu finden. Bisher waren wir schweigsam gewesen, nun aber konnte der ‚Herbergsvater' seine Neugierde nicht mehr zügeln. „Hast du gehört, was ich mit den Rakitrinkern gesprochen habe?" fragte er. — „Es ist mir nichts entgangen." — „Nun, wie bist du mit mir zufrieden?" — „Du hast deine Sache vortrefflich gemacht. Ich muß dich loben." — „Das freut mich. Es war nicht so leicht für mich, das Richtige zu treffen." — „Das weiß ich, und darum habe ich mich doppelt über deinen Scharfsinn gefreut. Du hast bewiesen, daß du ein Pfiffikus bist." — „Effendi, ich bin entzückt, das aus deinem Mund zu hören, denn ein Lob von dir hat zehnfachen Wert." — „So? Weshalb?" — „Weil du ein Gelehrter bist, der alles weiß, von der Sonne herab bis auf das Körnchen Sand, und ein Held, den noch niemand besiegen konnte. Du kennst Kaiser und Könige, die dich verehren, und reist unter dem Schatten des Großherrn." — „Wer hat dir das gesagt?" — „Einer, der es weiß." Ich ahnte sogleich, daß mein kleiner Hadschi Halef nun wieder eine seiner Aufschneidereien losgelassen hatte. Er nannte sich meinen Freund und Beschützer, und je mehr er mich herausstrich, desto bedeutender wurde der Abglanz, der dabei auf ihn fallen mußte. Ein Blick zu ihm zeigte mir, daß er, ein Gewitter befürchtend, gleich zu Beginn der Rede Ibareks ein Stück zurückgeblieben war. Daß der Handschi meine Frage nicht schlankweg beantwortete, war mir ein Beweis, daß Halef ihm verboten hatte, ihn zu nennen. „Wer ist es, der etwas weiß, wovon nicht einmal ich selbst eine Ahnung habe?" fragte ich weiter. — „Ich soll ihn nicht nennen." — „Gut! So werde ich es tun. Hat er dir seinen Namen gesagt?" — „Ja, Effendi." — „Es ist ein sehr langer Name. Heißt der kleine Hadschi etwa Hadschi Halef Omar — und so weiter?"

Ibarek zögerte verlegen. Als ich ihm einen strengen Blick zuwarf, gestand er: „Ja, er heißt so." — „Nun, so will ich dir mitteilen, daß er ein ganz gewaltiger Lügner ist." — „Effendi, das sagst du aus Bescheidenheit." — „Nein. Laß dir das nicht einfallen! Ich bin ganz und gar nicht bescheiden. Das kannst du schon daraus ersehen, daß ich eine prächtige Eierspeise gegessen habe, ohne sie zu bezahlen —" — „Effendi, sei still!" fiel er mir in die Rede. —„Nein, ich muß sprechen, um den Fehler dieses Hadschi Halef Omar wieder gutzumachen. Er hat glatt gelogen. Ich kenne Kaiser und Könige, ja, nämlich dem Namen nach, habe auch wohl den einen oder andern von ihnen gesehen, doch sie verehren mich nicht. Sie kennen nicht einmal meinen Namen. Ich bin für sie gar nicht vorhanden." — Ibarek sah mir mit einem Ausdruck ins Gesicht, aus dem ich erkannte, daß er der Aufschneiderei des Kleinen weit mehr Glauben schenke als meinem offnen Geständnis. „Und was meine Gelehrsamkeit betrifft", fuhr ich fort, „so ist sie gar nicht weit her. Ich soll alles wissen, von der Sonne bis zum Sandkorn herab? Nun ja, das Sandkorn kenne ich wie jeder andre. Aber von der Sonne weiß ich weiter nichts, als daß die Erde sich um sie dreht, wie weit wir von ihr entfernt sind, welchen Umfang, welch ein mutmaßliches Gewicht, welchen Durchmesser sie hat, wie —" — „Maschallah! Maschallah!" schrie der Mann auf, blickte mich ängstlich an und zog sein Pferd von meinem weg. — „Was schreist du denn?" fragte ich. — „Das weißt du? Alles, was du jetzt gesagt hast?" — „Gewiß." — „Wie weit die Sonne von uns entfernt ist?" — „Ungefähr dreiunddreißig Millionen Aghatsch." — „O Allah, wallah, tallah! Effendi, mir graut vor dir!" Er starrte mich an. Da kam Halef herbei, hielt sein Pferd bei uns an und sagte: „Oh, mein Sihdi weiß noch viel mehr. Er weiß, daß es Sterne gibt, die wir noch gar nicht sehen, und daß es Sterne nicht mehr gibt, die wir noch alle Nächte erblicken. Er hat es mir selbst gesagt und auch erklärt. Ich aber habe es wieder vergessen, denn mein Kopf ist viel zu klein für eine solche Menge von Sonnen und Sternen." — „Ist das wirklich wahr?" schrie der Türke laut auf. — „Ja. Frage ihn selbst." Da ließ Ibarek die Zügel auf die Knie fallen, hob die Hände zum Gesicht empor und hielt sie so, daß alle zehn Fingerspitzen auf mich wiesen. Das tut man in den Mittelmeerländern, wenn man sich gegen den bösen Blick und Zauberei schützen will.

„Nein!“ rief er dazu. „Ich frage ihn nicht. Ich will nichts wissen. Ich will gar nichts mehr erfahren. Allah behüte meinen Kopf vor solchen Dingen und solchen Zahlen. Er würde zerplatzen, wie ein alter Mörser, in den man zuviel Pulver gesteckt hat. Laßt uns lieber weiterreiten!“ Er nahm die Zügel wieder auf und setzte sein Pferd in Bewegung. Dabei murmelte er: „Und da nennst du den Hadschi einen Lügner? Er hat noch viel zu wenig von dir gesagt!“ — Jetzt hielt ich es für meine Pflicht, ihm die Dinge im rechten Licht zu zeigen. „Ibarek“, erklärte ich ihm, „was du jetzt von mir gehört hast, das weiß in meinem Vaterland jedes Kind.“ — Doch meine Worte verfehlten ihre Wirkung. „Maschallah!“ rief er. „Ich danke für so ein Land, in dem schon die Kinder die Sterne wiegen müssen. Welch ein Glück, daß ich nicht in Almanja geboren bin! Der Schuster, von dem ich das Bier kochen lernte, hat mir davon nichts gesagt, und das war sehr klug von ihm. Laß uns von etwas andrem reden! — Du bist mit mir zufrieden gewesen, und das gibt mir die Hoffnung, daß ich mein Geld wiedererlangen werde.“ — „Wenn mich meine Hoffnung nicht trügt, so bekommst du es wieder.“ — „Hoffnung? Du hoffst es bloß?“ — „Ja. Was sonst?“ — „Ich denke, du weißt es genau, Effendi.“ — „Da irrst du.“ — „Nein, ich kann darauf schwören, daß du es genau weißt. Wer in der Wüste, im Wald und im Feld die Spuren von Leuten lesen kann, die längst verschwunden sind, der weiß auch genau, wo mein gestohlenes Geld ist.“ Jetzt wurde ich ernstlich zornig. Der kleine Hadschi konnte mich durch seine unbedachten Lobeserhebungen leicht in die übelste Lage bringen. — „Das hat dir natürlich wieder Halef gesagt?“ fragte ich Ibarek und wandte mich zu dem Kleinen: „Halef, warum bist du zurück? Komm doch her!“ — „Was soll ich, Sihdi?“ fragte er freundlich, etwa wie ein Hund, der weiß, daß er gerufen wird, um Prügel zu bekommen, und dabei doch mit dem Schwanz wedelt. — „Die Kurbatsch solltest du bekommen, die Nilpferdpeitsche! Weißt du warum?“ — „Sihdi, deinen treuen Halef schlägst du niemals. Das weiß ich genau!“ — „Das ist eben das Unglück, daß du meinst, ich könne dich nicht strafen. Es gibt aber noch ganz andre Strafen als das Peitschen. Kostentziehung sollst du haben, während wir gebratene Hühner speisen!“ Ich sagte das drohend und in zornigem Ton. Gebratenes Huhn war sein halbes Leben! Er aber lächelte: „Sihdi, lieber äßest du selber nichts, mir aber gäbst du die ganze Henne.“ — „Schweig! Wenn nichts andres hilft, so jage ich dich fort!“ — „Sihdi, du weißt, daß ich dir doch nachlaufen würde. Ich bin dein Gefährte. Wir haben zusammen gehungert und gedürstet, geschwitzt und gefroren, geweint und gelacht — Sihdi, zwei solche Leute sind nur schwer zu trennen.“ — Der gute Hadschi hatte freilich recht. Er wußte genau, was folgte, wenn er diese Saite anschlug. Mein Zorn legte sich sofort. „Aber, Halef, du sollst nicht so flunkern!" — „Sihdi, war es geflunkert? Das habe ich wirklich nicht gewußt. Du bist wie eine Trüffel. Sie ist ein großer Leckerbissen und wird teuer bezahlt, doch sie versteckt sich in der Erde, weil man nicht von ihr reden soll. Ich allein kenne dich, und da ich dein Angesicht wieder freundlich leuchten sehe, so ist mein Herz wieder leicht und froh. Allah gibt Wolken und Allah gibt Sonnenschein. Der Mensch muß nehmen, was Allah gibt." Allerdings leuchtete mein Gesicht. Der Kuckuck mag ernst bleiben, wenn man auf so geistreiche Weise mit einer Trüffel verglichen wird. Ich mußte lachen, und der kleine Hadschi lachte mit. Das war jedesmal das sichere Ende, wenn ich begann, ein Ungewitter über ihn loszulassen. Wir ritten weiter. Ich bemerkte aus den Blicken, die der Türke mir zuwarf, und aus dem Umstand, daß er sein Pferd stets ein wenig zügelte, daß er gewaltige Scheu vor mir hatte. Der Wald ging zu Ende, und wir trabten nun über eine weite, ebene Brache, die unsern Pferden freien Spielraum bot. Da regte sich die Neugierde des Handschi Ibarek wieder. „Effendi", fing er an, „werde ich noch heute heimkehren können?" — „Ich glaube schwerlich, denn du willst doch dein Geld mitnehmen?" — „Gewiß." — „So wirst du wohl länger bleiben müssen. Wir müssen doch die Spitzbuben haben, ehe wir es ihnen abnehmen können." — „Aber du weißt, wo sie sind!" — „Laß dir vom Hadschi nichts aufbinden. Ich weiß, daß sie sich in Ostromdscha versteckt halten, weiter nichts. Ich werde sie suchen müssen." — „So fragen wir doch nach ihnen." — „Das wäre vergeblich. Die Flüchtlinge werden sich wohl vor niemand sehen lassen." — „Wai! So finden auch wir sie nicht!" — „Vielleicht doch. Ich habe eine Spur von ihnen." — „Hier auf der Erde?" Ibarek hatte von Halef gehört, daß ich im Fährtenlesen geschickt sei. Nun glaubte er, ich müsse so ein Ding hier vor mir auf dem Boden haben. — „Nein", antwortete ich und deutete dabei auf meine Stirn. „Hier liegt die Spur, die wir verfolgen werden. Bist du vielleicht in Ostromdscha bekannt?" — „Ja. Es ist doch die nächste Stadt bei meinem Dorf." — „Gibt es dort einen Berg mit einer Ruine darauf?" — „Einen ganzen Haufen von Trümmern." — „Woher stammen sie?" — „Das weiß man nicht genau. Die Bulgaren sagen, sie hätten einst ein großes Reich gehabt und einer ihrer berühmtesten Fürsten habe in dieser Burg gewohnt. Dann sind die Feinde gekommen, die die Festung eroberten und zerstörten." — „Wohl die Türken?" — „So meinen einige. Andre sagen, die Griechen seien es gewesen." — „Das ist uns gleich. Kann man leicht zur Ruine hinauf?" — „Ja, sehr leicht." — „Und ist es nicht verboten, hinaufzusteigen?" — „Nein. Jedermann darf hinauf. Trotzdem sind es nur wenige, die es tun." — „Warum?" — „Weil oben böse Geister wohnen." — „Ah so! Nun, die werden wir uns ansehen!" — „Effendi, bist du toll?" — „Ganz und gar nicht. Ich habe schon immer gewünscht, einen solchen Geist zu erblicken. Jetzt freue ich mich, daß dieser Wunsch in Erfüllung gehen soll." — „Effendi, laß das bleiben!" — „Pah! Ich werde es versuchen." — „Bedenke, daß am Tag kein Geist zu finden ist!" — „Ich suche ihn ja auch nicht am Tag." — „O Allah! Du willst des Nachts hinauf?" — „Wahrscheinlich." — „So wirst du nie wieder herunterkommen. Die Geister werden dich umbringen!" — „Ich bin neugierig, wie sie das anfangen werden." — „Spotte nicht, Effendi! Die bösen Geister fragen leider nicht danach, ob du den Mond und die Sterne messen kannst. Sie fragen überhaupt gar nicht, sondern packen dich beim Schopf und drehen dir das Gesicht auf den Rücken." — „Oho!" — „Ja, ja!" entgegnete er. — „Hat es schon solche Fälle gegeben?" — „Mehrere!" — „Oben in der Ruine?" — „Ja. Man hat am Morgen Leute zwischen den Trümmern gefunden, denen das Gesicht auf dem Rücken stand." — „Kannte man diese Menschen?" — „Nein. Es waren stets Fremde. Nur einmal war es ein neuer Polizist aus Ostromdscha. Er sagte, er glaube nicht an Geister. Er steckte sein Messer und seine Pistolen zu sich und stieg in der Dämmerung hinauf. Am andern Tag lag er ebenso oben wie die andern. Sein Gesicht war blaurot angelaufen, und die Zunge hing ihm weit aus dem Hals heraus." — „Ist das lang her?" — „Noch nicht zwei Jahre. Ich selbst habe diesen tollkühnen Mann gesehen." — „Als er noch lebte?" — „Ja, dann aber auch seine Leiche." — „Beschreibe sie mir." — „Sie sah schrecklich aus!" — „Ist das die ganze Beschreibung? Ich möchte besonders wissen, wie sein Hals aussah." — „Entsetzlich! Man konnte deutlich sehen, wie die Geister ihn mit Krallen gepackt hatten." — „Wie waren die Krallenspuren geformt?" — „Wie lange, schmale, rotunterlaufene Eindrücke, hinten zwei und vorn acht." — „Hab' es mir gedacht." — „Hast du auch schon einen gesehen, der von Gespenstern umgebracht wurde?" — „Nein, niemals. Die Geister meines Vaterlands bringen keinen Menschen um. Sie sind sehr friedfertiger Natur. Es gibt ihrer drei Arten. Man nennt sie Plagegeister, Schöngeister und Salmiakgeister. Nur die erste Art kann unbequem werden. Die andern tun nichts." — „Wie glücklich ist dein Vaterland, daß es dort nur solche Geister gibt! Die unsrigen sind viel schlimmer. Sie drehen einem gleich den Hals um. Dann ist man tot. Deshalb bitte ich dich um Allahs willen, ja nicht des Nachts auf diesen bösen Berg zu steigen. Du müßtest sonst als Leiche herabgeholt werden." — „So wollen wir nicht mehr von der Ruine reden, Sag mir lieber, ob du in Ostromdscha einen Menschen kennst, den man den alten Mübarek nennt?" — „Freilich kenne ich ihn." — „Kann auch ich ihn sehen?" — „Wenn er daheim ist, ja. Jeder darf zu ihm." — „So warst du auch bei ihm?" — „Oft. Ich habe ihm für seine Heilmittel manchen Piaster hingetragen." — „Ah, er ist ein Hekim oder ein Apotheker?" — „Er ist ein Heiliger." — „Aber ein Heiliger handelt doch nicht mit Heilmitteln?" — „Warum nicht? Wer sollte es ihm verbieten? Alle Leute sind im Gegenteil froh, daß der alte Mübarek da ist. Wo kein Hekim und Apotheker helfen kann, da hilft er gewiß." — „Also hat er auch dir geholfen?" — „Sogar oft, mir, den Meinen und auch meinem Vieh." — „So ist er also Arzt für Menschen und Tiere. Das ist merkwürdig." — „Oh, er selbst ist noch merkwürdiger." — „Wieso?" — „Er ist über fünfhundert Jahre alt." — „Das glaube ich nicht." — „Sag das nicht, sonst bist du verloren!" — „Ist es denn so gefährlich, abfällig von ihm zu reden?" — „Ja. Er hat einen Geist, der überall umherfliegt, um zu hören, was man vom alten Mübarek redet." — „Wunderbar! Weißt du vielleicht, ob man diesen Geist sehen kann?" — „Gewiß! Er hat ihn ja bei sich. Es ist ein sehr großer Rabe, schwarz wie die Nacht." — „Hm! Hat er nicht auch eine große, schwarze Katze?" — „Allerdings! Woher weißt du das?" — „Ich vermute es nur. Warst du auch in seinem Gemach, wo er seine Mittel bereitet? Hast du dort nicht die ausgestopften Vögel und Schlangen gesehen? Die Unken in den Gläsern? Die Fledermäuse, die an der Decke hängen?" — Ibareks Gesicht wurde immer erstaunter. „Effendi", rief er aus, „kennst du den Mübarek?" — „Nein." — „Aber du weißt doch, wie es in seinem Gemach aussieht." — „Das kommt daher, weil ich andre Mübareks kennengelernt habe." — „Hat denn jeder Mübarek ein solches Zimmer?" — „Die meisten haben eins. Ja, es hat auch viele gegeben, die mehrere hundert Jahre alt sein wollten. — Ist dieser Mann schon lang bei euch?" — „Nein. Erst seit sechs Jahren." — „So, so! Und seit wann gibt es böse Geister in der Ruine?" — „Oh, zu allen Zeiten." — „Haben sie auch immer den Leuten den Hals umgedreht?" — „Nein. Das hat erst seit einigen Jahren angefangen?" — „Sonderbar! Kennst du vielleicht die Zahl der Jahre?" — „Der erste, dem das Gesicht auf den Rücken gedreht wurde, war ein Grieche, der am Tag vorher auch bei mir etwas verkaufen wollte. Am andern Morgen lag er tot unterhalb der Ruine. Seitdem sind, soviel ich weiß, fünf oder sechs Jahre verflossen." — „Also grad so lang, wie der Mübarek in Ostromdscha wohnt. Hat dieser Heilige vielleicht sonst noch besondere Eigenschaften?" — „Ja, er ißt und trinkt niemals." — „Und dennoch lebt er?" — „Er sagt, eben weil er nichts ißt und trinkt, sei er über fünfhundert Jahre alt geworden. Allah esse nie etwas und sei deshalb ewig. Der Mübarek hat auch niemals Zähne gehabt, schon weil er niemals gegessen hat." — „So beginne ich zu glauben, daß er ein großer Heiliger ist." — „Das ist er gewiß. Allah liebt ihn und hat ihm darum die Gabe verliehen, sich unsichtbar zu machen." — „Wirklich? Warst du vielleicht einmal Zeuge, daß er sich unsichtbar gemacht hat?" — „Das will ich meinen." — „Erzähle mir das!" — „Ich wußte, daß der Sohn meines Nachbarn krank war und daß der alte Mübarek zu ihm kommen würde. Mein Harem hatte böse Schmerzen im Kopf und wollte sich von dem Alten ein Amulett schreiben lassen. Darum stellte ich mich zur Zeit, als der Mübarek kommen sollte, vor die Hoftür. Als er erschien, rief ich ihn bei seinem Namen, aber er antwortete nicht. Ich rief ihn abermals, und als er auch dann nicht antwortete, ging ich über den Weg zu ihm hin, grüßte ihn und sagte ihm, daß mein Harem seiner Hilfe bedürfe. Der Mübarek sah mich sehr grimmig an und fragte mich, für wen ich ihn halte. Als ich ihm nun erklärte, er sei der berühmte Heilige, lachte er mich aus, gab aber noch immer keine Antwort und ging in den Hof des Nachbarn. Ich wartete lange Zeit, aber er erschien nicht wieder; nur der Krüppel, den ich aber gar nicht hatte eintreten sehen, kam auf seinen beiden Krücken herausgehinkt. Als ich dann den Nachbarn aufsuchte, um nach dem Heiligen zu fragen, sagte er, dieser sei gar nicht dagewesen. Ich schwor, daß ich ihn hatte hineingehen sehen, und er schwor, daß nur der Krüppel bei ihm gewesen sei. Der alte Mübarek aber war verschwunden. Was meinst du dazu, Effendi?" — „Zunächst gar nichts." — „Warum zunächst?" — „Um ein Urteil zu haben, müßte man den Heiligen längere Zeit beobachten. Aber die Sache läßt sich vielleicht auf das einfachste erklären." — „Wie denn, Effendi?" — „Der Heilige ist bei deinem Nachbarn vorn hinein- und hinten wieder herausgegangen." — „Das kann er nicht. Der Hof liegt vorn, und hinter den Haus gibt es keinen Garten und keinen Ausgang. Das Tor, durch das ich ihn hineingehen sah, ist der einzige Weg, auf dem er wieder herauskommen konnte." — „Vielleicht hatte er sich versteckt?" — „Wo denn? Das Häuschen des Nachbarn ist so klein, daß man jeden, der sich verstecken wollte, sofort entdecken würde." — „Dann ist die Sache allerdings höchst geheimnisvoll. Ich kann sie nicht erklären." — „Sie ist zu erklären, Effendi, und zwar so, wie ich schon sagte. Der Mübarek kann sich unsichtbar machen. Glaubst du das nicht?" Die ganze Geschichte war Schwindel. Aber sollte ich mich mit dem Handschi streiten, der zwar geistig gut veranlagt zu sein schien, aber doch in dem Wahnglauben des Orients befangen war? Vielleicht war es auch für die Sache selbst besser, wenn ich ihn bei seiner Meinung ließ. Darum hielt ich mich vorsichtig zurück. „Wer über solche

Sachen noch nicht nachgedacht und auch nicht Ähnliches gesehen hat, der kann da weder ja noch nein sagen." — „Aber ich sage ja", meinte Halef, der alles mitangehört hatte, wobei mir aus seinen Augen manch pfiffiger Blick zugekommen war. — „Du glaubst es?" fragte ich. „Das wundert mich." — „Warum, Sihdi?" — „Weil du meines Wissens auch noch niemand kennengelernt hast, der die Macht gehabt hätte, sich unsichtbar zu machen." — „Ich? Oh, Sihdi, da befindest du dich im Irrtum!" — „So? Wann hast du eine solche Bekanntschaft gemacht?" — „Sehr oft und zuletzt auch heute wieder." Ich ahnte, daß der Kleine wieder im Begriff stehe, eine seiner Schelmereien loszulassen. Darum schwieg ich. Der Türke aber fing sofort Feuer. Er glaubte, einen Beweis für seine Märchen erlangen zu können, und fragte schnell: „Heut? Etwa unterwegs?" — „O nein!" — „Dann wohl bei mir?" — „Du hast es erraten." — „Allah! Bei mir hätte es einen gegeben, der auch so schnell unsichtbar geworden wäre?" — „Ja, bei dir." — „Habe auch ich ihn gesehen?" — „Natürlich." — „Etwa einer von den beiden Strolchen?" — „Fällt keinem von ihnen ein." — „Nun, wer denn?" — „Der Eierkuchen. Du sahst ihn deutlich bei mir eintreten, dann aber war er plötzlich verschwunden." Ibarek machte zuerst ein verblüfftes, dann ein enttäuschtes, endlich ein zorniges Gesicht und rief dem Kleinen zu. „Hadschi Halef, du willst in Mekka, der Stadt des Propheten, gewesen sein?" — „So ist es." — „Das glaube ich nicht, weil ein frommer Hadschi es verschmäht, einem Gläubigen eine solche Nase zu drehen. Ich habe dich für einen aufrichtigen, guten Menschen gehalten; aber du bist ein Nichtsnutz, der nur auf Späße sinnt." — „Höre, du Sohn dieses schönen Flußtals, weißt du, wie ich heiße?" — „Ich habe es ja gehört." — „Nun, wie denn?" — „Halef." — „Das ist der Name, bei dem mich nur meine ganz vertrauten Freunde rufen dürfen. Für andre aber heiße ich Hadschi Halef Omar Ben Hadschi Abul Abbas Ibn Hadschi Dawuhd al Gossarah. Merke dir das!" — „So einen langen Namen kann sich niemand merken, wenigstens ich nicht." — „Das beweist nur, daß dein Verstand sehr kurz ist. Hoffentlich aber nicht zu kurz, um folgendes festzuhalten: Ich bin ein frommer Bekenner des Islam. Aber ich weiß, daß das Leben nicht aus lauter Gebetsübungen bestehen kann. Allah will, daß sich seine Kinder freuen. Es ist also keine Sünde, sich einen Spaß zu machen, der keinem Schaden bringt. Wenn du mich aber wegen eines solchen kleinen Scherzes gleich einen Nichtsnutz nennst, so ist das für mich eine Beleidigung, die eigentlich nur mit Blut abzuwaschen ist. Da du aber unser Wirt bist und wir dir dankbar sein müssen, so will ich meinen Grimm hinunterschlucken und dir verzeihen." Er brachte das so drollig vor, daß der Handschi lachen mußte. Die Versöhnung war vollzogen. — „Hältst auch du meine Ansicht für lächerlich?“ fragte mich nun Ibarek. — „O nein! Vielleicht sehe ich den alten Mübarek, und dann ist es wohl möglich, daß ich mir eine Meinung bilde. Wo wohnt er denn eigentlich?“ — „Auf dem Berg.“ — „Ah! Etwa bei der Ruine?“ — „Nicht bei, sondern in ihr.“ — „Das ist . . ja, das ist mir freilich höchst wichtig. Warum ist er denn dahinauf gezogen?“ — „Um die bösen Geister zu bannen.“ — „Das ist ihm aber leider nicht gelungen.“ — „O doch!“ — „Sie erscheinen ja immer noch und drehen den Leuten das Gesicht auf den Rücken.“ — „Nur einige von ihnen. Diese Geister sind sehr mächtig. Niemand, auch nicht der alte Mübarek, kann sie gleich alle auf einmal zum Verschwinden bringen, zumal es nur eine einzige Nacht im Jahr gibt, in der man den Geistern beikommen kann.“ — „Welche Nacht ist das?“ — „Ich weiß es nicht. In jeder solcher Nacht ist es dem Alten gelungen, einen der Geister zu bezwingen, also jährlich einen.“ — „Das sind im ganzen sechs?“ — „Ja. Wenn du sie sehen willst, wird man sie dir zeigen.“ — „Ah, man sieht sie noch?“ — „Ihre Leichen.“ — „So hatten diese Geister auch Leiber?“ — „Ja, sonst könnten sie doch keinem Sterblichen erscheinen! Gewöhnlich haben sie keinen Leib, wenn sie sich aber sichtbar machen wollen, dann brauchen sie einen, und grad in diesem Körper kann man sie fangen, indem man alle seine Öffnungen verstopft, so daß sie nicht wieder heraus können.“ — „Das ist mir neu. Ich werde mir die Leichen dieser sechs Geister betrachten.“ — „Ich werde dich hinführen. Auch auf den Berg und in die Ruine gehe ich mit, wenn du es verlangst, aber nur am Tag. Bei Nacht bringt mich kein Mensch hinauf.“ — „Vielleicht verlangt auch niemand eine solche Heldentat von dir. Aber ich möchte dich noch etwas andres fragen. Bist du schon einmal in Radowitsch gewesen?“ — „Ja, sehr oft sogar, und auch weiter.“ — „Kennst du den Ort Shiganzy?“ — „Ich war nur einmal dort für eine kurze Stunde. Es ist ein kleines Nest und liegt zwischen zwei Flüssen.“ — „Ich kenne die Namen der beiden kleinen Wasser. Es sind die Bregalnitza und die Sletowska. Kennst du vielleicht einige Leute dort?“ — „Wenige.“ — „Vielleicht den Fleischer Tschurak?“ — „Den kenne ich nicht.“ — „Das ist schade! Ich wollte mich bei dir nach ihm erkundigen.“ — „So wollen wir in Ostromdscha nach ihm fragen. Ich werde wohl jemand finden, der ihn kennt.“ — „Das überlaß lieber mir! Diese Erkundigung muß sehr vorsichtig geschehen. Niemand darf wissen, daß ich mich um ihn kümmere. Dort oben in der Gegend von Shiganzy muß es einen Ort geben, der ‚Schluchthütte‘ genannt wird. Hast du diesen Namen vielleicht schon gehört?“ — „Es kann sein, aber ich kann mich nicht besinnen.“ — „So mag es sein, als hätte ich dich gar nicht danach gefragt." — „Ist denn ein Geheimnis damit verbunden?" — „Allerdings." — „Sieh, also auch du hast Geheimnisse, ebenso wie der alte Mübarek, über dessen Wunderkräfte du schon noch staunen wirst!" — „So, so! Ist er denn wirklich ein so außergewöhnliches Wesen?" — „Und ob! Er ist zum Beispiel so dürr, daß man seine Knochen klappern hört, wenn er geht." — „Unmöglich!" — „Ich sage dir die Wahrheit. Jedermann hat es gehört!" — „Auch du, Ibarek?" — „Auch ich, mit meinen eigenen Ohren!" — „So bin ich neugierig, ob auch ich das Klappern höre." — „Ganz gewiß, wenn du genau aufpaßt." — „Wie kleidet er sich denn?" — „Er hat nur drei Kleidungsstücke, nämlich einen alten Schal als Gürtel um den nackten Leib, einen alten weiten Kaftan und ein altes Tuch um den Kopf." — „Trägt er keine Schuhe oder Sandalen?" — „Niemals, selbst im Winter nicht." — „So scheint er kein Freund von Aufwand irgendwelcher Art zu sein. — Doch halt, was ist das? Hier muß irgend jemand versteckt sein." Wir waren in eine von lichten Büschen bestandene Gegend gekommen. Mein Rappe hatte ein Schnauben hören lassen, ein Zeichen dafür, daß ein fremder Mensch in der Nähe war.

Ich hielt an und sah mich um. Es war niemand zu erblicken. Auch die andern zögerten. „Reiten wir weiter!" meinte der Türke. „Was geht es uns an, ob hier jemand steckt?" — „Ich möchte wissen, wer hinter uns ist", widersprach ich. — „So willst du wohl gar suchen?" — „Nein. Mein Pferd wird es mir sagen." — „Allah! Willst du es fragen, Effendi?" — „Gewiß." — „Und es antwortet?" — „Klar und deutlich." — „Grad wie die Eselin von Balaam! Welch ein Wunder! Und an meine Wunder wollt ihr nicht glauben!" — „Das hier ist kein Wunder, denn der Rappe antwortet mir nicht in meiner, sondern in seiner Sprache, wie du gleich sehen wirst. Paß auf!" Wir hatten leise gesprochen. Ich trieb mein Pferd einige Schritte vorwärts, und es gehorchte ohne ein Zeichen des Widerstrebens. Auch nach links folgte es willig. Als ich es dann aber nach rechts leitete, schnaubte Rih abermals, spielte mit den Ohren und warf den Schweif im Kreis herum.

„Siehst du!" erklärte ich dem Handschi. „Da rechts ist jemand. Das hat der Rappe mir gesagt. Ich werde nachsehen." In der sicheren Erwartung, einen Strolch zu finden, trieb ich den Hengst zwischen die Büsche hinein. Nach wenigen Schritten sah ich den Mann, den mein Pferd gewittert hatte. Er trug die Kleidung und Bewaffnung eines Saptije, lag gemütlich im weichen Gras und rauchte seinen Tschibuk. Seine selbstzufriedene Miene verriet, daß er mit Gott, mit der Welt und wohl auch mit sich selbst in der allerschönsten Freundschaft lebte. Auch das unerwartete Erscheinen von fünf berittenen Männern schien ihn nicht aus der Fassung zu bringen. Wir hatten ihn jedenfalls in einem sehr tiefen Kef gestört. „Allah sei mit dir!“ grüßte ich. „Und mit euch!“ antwortete er. — Er sah nämlich auch die andern, die mir gefolgt waren. „Wer bist du, Freund?“ fragte ich. — „Ein Polizist des Großherrn, dem die ganze Welt untertan ist. Allah segne ihn!“ — „Recht so! Dann fällt auch auf dich ein Teil des Segens.“ — „Aber spärlich! Und dieses Teilchen wird nicht einmal pünktlich ausbezahlt.“ — „Wo bist du angestellt?“ — „In Ostromdscha.“ — „Wieviel Kameraden hast du dort?“ — „Noch neun.“ — „So seid ihr zehn Saptijeler. Habt ihr viel zu tun?“ — „Sehr viel. Die Menschheit ist schlecht. Die Taten der Ungerechten lassen uns nie zur Ruhe und zum Schlaf kommen. Wir laufen Tag und Nacht, um das Verbrechen zu erreichen.“ — „Mir scheint, wir haben dich eben während eines solchen Dauerlaufs überrascht.“ — Er ließ sich durch diesen Spott nicht aus der Fassung bringen, sondern meinte gleichmütig: „Ich lief, daß ich schwitzte, allerdings nur in Gedanken. Die Gedanken sind schneller als die Füße eines Menschen. Darum soll man lieber mit ihnen gehen als mit den Beinen. Dann kann kein Verbrecher entkommen.“ — „Das ist eine vortreffliche Anschauung von deinen Obliegenheiten.“ — „Ja, ich nehme es stets ernst, denn das ist meine Pflicht.“ — „Du liefst also soeben jemand nach?“ — „Geht dich das etwas an?“ — „Nein.“ — „Warum fragst du dann?“ — „Weil du mir gefällst und weil du ein Philosoph bist, von dem man lernen kann.“ — „Ich weiß nicht genau, wer dieser Fejlesûf ist, aber ich muß ihn schon einmal gesehen haben. Aus deinen Worten ist leicht zu erraten, daß er ein kluger und vortrefflicher Mensch ist, denn du sagst, daß man von ihm lernen kann. Darum freut es mich, daß du mir die Ehre erweist, mich mit ihm zu vergleichen. Du hast feine Sitten und eine vorzügliche Lebensart. Bist du von hier?“ — „Nein. Ich bin aus einem fernen Land, das weit im Westen liegt.“ — „Ah, ich kenne es! Es heißt Hindustan.“ — „Du bist ein ausgezeichneter Geograph, ich aber habe Westen in einer andern Richtung gesucht.“ — „Nein, Westen liegt in Hindustan. Das ist das einzige Land, wo Westen liegen kann; sonst gibt es nirgends Platz dafür. Aber wenn du nicht von hier bist, so erfordert es meine Pflicht, dich nach deinem Paß zu fragen. Hast du einen?“ — „In der Tasche.“ — „Zeig ihn mir!“ — Da der Mann bei dieser Aufforderung ruhig liegen blieb und seine Pfeife weiterrauchte, fragte ich: „Willst du nicht herkommen, um ihn zu betrachten?“ — „Nein, das schickt sich nicht. Ich darf doch meine Würde nicht beleidigen.“ — „Richtig! Ich die meinige aber auch nicht.“ — „So fragt es sich, welche von beiden die größere ist. Jedenfalls die meinige.“ — „Wieso?“ — „Erstens bin ich Polizist, du aber bist ein Fremder. Zweitens liegt deine Heimat in einem ganz falschen Westen; also muß ich annehmen, daß bei euch alles falsch ist, auch die Pässe. Um mir aber einen falschen Paß anzusehen, erhebe ich keinen Finger, viel weniger mich selbst."

Ich mußte laut auflachen. „Du bist ein unvergleichlicher Beamter. Deine Ansichten über deine Obliegenheiten sind so vortrefflich, daß man meinen sollte, der Prophet habe sie dir eingegeben." — „Wenn du das denkst, so steig ab und weise dich aus!" Ich stieg wirklich ab, zog ein Silberstück hervor, reichte es ihm und sagte: „Das ist mein Paß." Er betrachtete das Geldstück, machte ein freudigerstauntes Gesicht, nahm zum erstenmal den Tschibuk aus dem Mund und rief: „Ein Zehnpiasterstück! Ist das wahr?" — „Sieh es dir an!" — „Das ist mir in meinem ganzen Leben noch nicht vorgekommen, selbst in Stambul nicht. Effendi, deine Sitten sind noch viel feiner, als ich dachte. Du hast die höchste Stufe der Bildung erreicht, und alle Paradiese stehen dir einst offen." — „So meinst du, daß dieser Paß gut sei?" — „Er ist sehr gut. Er ist nicht falsch, wie ich anfangs befürchtete. Wollen deine Gefährten sich nicht auch ausweisen?" — „Das ist doch nicht nötig." — „Inwiefern?" — „Sieh dir meinen Paß genauer an! Er ist für uns alle ausgestellt." — „Das ist nicht gut. Der Padischah sollte den Befehl erteilen, daß jeder einzelne Fremde sich mit solchen Pässen ausweisen muß." — „Vielleicht tut er es später. Du warst also in Stambul?" — „Mehrere Jahre." — „Seit wann bist du hier?" — „Erst seit zwei Wochen." — „So ist es erklärlich, daß du den einen meiner Begleiter nicht kennst, der aus der Umgebung ist." Dabei deutete ich auf den Handschi. „Du siehst also, daß wir nicht alle hier fremd sind. Willst du uns nun erlauben, weiterzureisen?" Entgegen meiner Frage hatte ich die Absicht, noch zu bleiben. Und er antwortete, wie ich erwartet hatte. „Sehr gern. Aber wenn es dir beliebt, kannst du auch noch ein wenig bleiben. Ich unterhalte mich gern mit Leuten, deren Benehmen mich entzückt." — „Ich bin über das deinige nicht weniger erfreut. Darf ich vielleicht wissen, wer der Mann war, dem du vorhin in Gedanken so eilfertig nachliefst?" — „Ich möchte dir wohl den Gefallen tun, aber das Sprechen fällt mir schwer." — „Das kommt mir nicht so vor." — „O doch! Wenn man in Gedanken so rennt, so gerät man in Schweiß, und die Lunge verliert den Atem. Hast du nichts, was meine heiße Zunge kühlen könnte?" — Ich verstand ihn wohl, fragte aber doch: „Was wendest du am liebsten an?" — „Kaltes Metall, zum Beispiel ein wenig Silber. Das kühlt ausgezeichnet." — „Wie groß müßte es sein?" — „Ein Beschlik — Fünfpiasterstück." — „So kann ich dir leicht helfen. Hier ist eins!"

Ich zog ein Fünfpiasterstück hervor und gab es ihm. Er steckte es in den Gürtel, anstatt es auf seine heiße Zunge zu legen, und lächelte. „Nun kann ich leichter reden. Das ist ein ganz eigenes Ding. Wer es nicht erfahren hat, der kann es nicht verstehen. Wenn man monatelang warten muß, ehe man seinen Sold erhält, so fällt einem das Leben und auch das Reden schwer, zumal, wenn man solche Sprünge machen muß wie ich. Ich soll nämlich nicht nur einen, sondern drei Verbrecher fangen." — „Das ist viel verlangt!" — „So viel, daß ich nun schon seit heute früh hier liege und darüber nachdenke, wie ich es anfangen soll, um die Schurken zu bekommen. Ist das nicht schlimm?" — „Sehr!" — „Ich hoffe jedoch, daß mir dieser Tage ein guter Gedanke kommt." — „Wird man aber nicht vermuten, du seist hinter den Verbrechern her?" — „Das bin ich doch auch!" — „Ja, in Gedanken! Aber man wird doch meinen, daß du sie auch mit den Beinen verfolgst." — „Nein, das denkt kein vernünftiger Mensch. Wenn ich nun seit heute früh ohne Rast gelaufen wäre, so wäre ich ermattet und abgehetzt und hätte die Verbrecher doch nicht erwischt. Lieber habe ich mich hierher gelegt und darüber nachgedacht, wie weit sie wohl schon gekommen sein mögen." — „Weißt du denn nicht, wohin sie geflohen sind?" — „Wer soll das wissen? Es wurde gesagt, daß sie sich nach Doiran gewendet hätten. Wer aber klug genug ist, der sagt sich, daß sie es nicht verraten werden, wohin sie sich nach vollbrachter Tat wenden werden." — „Da hast du vollkommen recht. Hat man dir denn keine Anhaltspunkte gegeben?" — „O doch! Sie reiten auf Schimmeln und haben hundert Pfund nebst einigen Goldsachen gestohlen. Nun sinne ich eben darüber nach, wie ich mit Hilfe der Schimmel und dieser hundert Pfund zu den Spitzbuben kommen kann." Er sagte das mit so drolliger Selbstverspottung, daß ich beinahe laut aufgelacht hätte. „So sind wohl alle deine Kameraden ebenso wie du beschäftigt, über diese Schimmel nachzudenken?" fragte ich weiter. — „Das fällt ihnen nicht ein, denn sie wissen gar nichts davon." — „Hat der Polizeivorsteher es ihnen nicht gesagt?" — „Nein." — „Also hat er sie den Dieben auch nicht nachgeschickt?" — „Nein." — „Das hätte er aber doch tun sollen!" — „Meinst du? Der Saptije müdiri ist da andrer Ansicht. Er ließ mich kommen, weil ich nämlich sein bester und scharfsinnigster Spürer bin, und gab mir sechs Tage Zeit, über diese Angelegenheit nachzudenken. Ich hoffe aber, es hier fertigzubringen. Darum habe ich mich in die Einsamkeit zurückgezogen und gehe nun ernstlich mit mir zu Rate. Meine Kameraden haben nichts erfahren, weil überhaupt gar nichts davon verlauten soll. Wenn die Diebe erfahren, daß wir hinter ihnen her sind, so reißen sie immer weiter aus, und wir haben dann das Nachsehen." — „Wenn sie aber bis dahin das Geld verbrauchen?" — „So ist es Allahs Wille gewesen, und kein kluger Mensch wird dagegen Einwendungen erheben.“ — Ich hatte während meiner ganzen Unterredung mit dem Auge des Gesetzes bemerkt, daß Ibarek innerlich aufgeregt war. Er hatte die feste Überzeugung gehegt, die gesamte Polizei wäre auf den Beinen, um ihm wieder zu dem verlorenen Geld zu verhelfen. Nun mußte er zu seinem Erstaunen erfahren, daß nur ein einziger Polizist von der Sache unterrichtet worden war. Und dieser einzige hatte sogar eine Frist von sechs Tagen erhalten, nicht etwa, um die Diebe herbeizuschaffen, sondern um über die Angelegenheit nachzudenken! Der Mann hatte sich in die Einsamkeit begeben und führte ein durch seinen Tschibuk versüßtes stillfriedliches Dasein. Er rannte, wie er sich behaglich ausdrückte, in Gedanken hinter den Dieben her. Das war dem Bestohlenen zu viel. Er hatte sich mehrmals an dem Gespräch beteiligen wollen, war aber durch meine bittenden Blicke und Winke daran verhindert worden. Jetzt konnte er jedoch seinen Zorn nicht länger meistern. Ibarek sprang vom Pferd, trat zu dem an seiner Pfeife saugenden Diener der Gerechtigkeit und rief: „Was sagst du? Allah hat es gewollt?“ — „Ja“, meinte der Gefragte ahnungslos. — „Daß das Geld verbraucht werde?“ — „Wenn es verschwindet, so hat er es gewollt.“ — „So! Schön! Das ist ja herrlich! Weißt du denn, wo es gestohlen wurde?“ — „In Dabila, glaube ich.“ — „Das glaube ich auch. Und bei wem?“ — „Bei einem Mann, der Ibarek heißt.“ — „Kennst du ihn?“ — „Nein.“ — „So sollst du ihn kennenlernen!“ — „Vielleicht! Wenn ich ihm die Diebe bringe.“ — „Nein! Gleich sollst du ihn kennenlernen! Ich heiße nämlich Ibarek und bin der Mann, der bestohlen wurde!“ — „Du?“ fragte der Saptije erstaunt, ohne sich vom Platz zu rühren. „Das ist gut! Das freut mich! Ich muß dir etwas Wichtiges sagen.“ — „Was denn?“ — „Tu in Zukunft dein Geld niemals dahin, wo Diebe es finden können.“ — „Maschallah! Ist das ein Mensch! Effendi, was sagst du dazu: Was soll ich tun?“

Diese zornigen Fragen waren an mich gerichtet. Aber ich kam zu keiner Antwort. Mein kleiner Halef hatte sich über das Betragen und den Gleichmut des Polizisten sehr geärgert. So wenig die Sache ihn persönlich anging, so war er doch ein zu hitziger Mensch, als daß er einem solchen Treiben hätte ruhig zusehen können. Er war schon lange im Sattel hin und her gerückt. Jetzt aber schwang er sich herab, trat hart an den Saptije heran und schrie wütend: „Was du tun sollst? Das werde ich dir gleich zeigen! Weißt du, wie man sich gegen einen fremden, vornehmen Effendi und seine Begleitung benimmt?“ — „Das weiß ich genau. Warum brüllst du mich so an?“ — „Weil du es eben nicht weißt und weil ich es dir beibringen will. Augenblicklich stehst du auf!“ Halef sagte das in gebieterischem Ton. Der Hüter der öffentlichen Sicherheit lächelte ihm verächtlich entgegen und wiegte den Kopf. „Was sagst du, kleiner Mann?“ Das war nun freilich eine Beleidigung für den kleinen Hadschi. Klein hatte er sich noch niemals widerspruchslos nennen lassen. „Was bin ich?“ fragte er wütend. „Ein kleiner Mann? Ich werde dir zeigen, wie hoch und lang ich bin, wenn meine Peitsche mitgemessen wird. Steh auf oder ich helfe nach!“

Er riß die Nilpferdpeitsche aus dem Gürtel. Jetzt endlich wurde der Gleichmut des Saptije ins Wanken gebracht. Er setzte sich auf, erhob drohend den Arm und warnte: „Tu die Peitsche weg! Das kann ich nicht vertragen, Zwerg!“ — „Was? Sogar ein Zwerg bin ich? Warte, der Zwerg wird dir gleich beweisen, daß du die Peitsche sehr gut vertragen kannst. Da — da — da — da — da!“ Halef hatte ausgeholt, und bei jedem ‚da‘ sauste der Riemen auf den Rücken des Mannes nieder. Der Polizist blieb noch einige Sekunden sitzen, starr vor Erstaunen über die Kühnheit des Hadschi. Dann sprang er plötzlich auf, brüllte vor Wut wie ein Stier und warf sich mit geballten Fäusten auf Halef. Ich stand ruhig dabei, mit dem Arm auf den Sattel meines Pferdes gelehnt. Der Saptije war ein starker Mensch; aber es fiel mir nicht ein, meinem Hadschi zu Hilfe zu eilen. Ich kannte ihn. Nun, da er die Angelegenheit in seine Hand oder vielmehr auf seine Peitsche genommen hatte, brachte er sie auch zu Ende. Jede Einmischung eines andern, auch die meinige, hätte ihn beleidigt. Und daß er trotz seiner Kleinheit mehr Körperkraft und bedeutend mehr Gewandtheit besaß als der Polizist, davon war ich überzeugt. Der Gezüchtigte hatte sich auf Halef werfen wollen, war aber schon nach dem ersten Schritt zurückgetaumelt, denn der Kleine empfing ihn mit Kreuzhieben, die einander so schnell folgten, daß die Peitsche sozusagen eine Mauer bildete, durch die der Feind unmöglich dringen konnte. Die Hiebe sausten hageldicht auf ihn herab: auf den Rücken, auf die Schultern, auf die Arme, an die Seiten, Hüften und Schenkel. Der Mann wurde von Hieben förmlich umsponnen. Und dabei hütete der Kleine sich weislich, das Gesicht, überhaupt den Kopf zu treffen. Je weniger der Polizist sich zu wehren vermochte, desto lauter wurde sein Geheul. Er stand endlich ganz still, nahm die Schläge regungslos hin und brüllte dabei wie ein Tiger. — „So!“ rief Halef endlich, während er die Peitsche sinken ließ. „Jetzt hast du die Bezahlung für den guten Rat, den du vorhin dem Bestohlenen geben wolltest. Hast du noch mehr Weisheit in deinem Hirn, so laß sie getrost hören! Der Lohn wird sofort bezahlt. Und willst du mich noch einmal einen Zwerg nennen, so tu es nur bald. Ich habe noch Zeit übrig, die Auszahlung fortzusetzen!“

Der Polizist antwortete nicht. Er wand sich unter den Schmerzen. Voll Wut hingen seine Blicke an dem Kleinen. Nur einige stammelnde Laute ließ er hören. Dann schien er sich plötzlich auf die Würde seines Amts und Standes zu besinnen. Er richtete sich hoch auf und rief: „Fremder, du mußt verrückt sein! Wie kannst du einen Diener des Großherrn schlagen?“ — „Sei still! Ich würde selbst den Großherrn durchprügeln, wenn er es wagte, sich gegen uns so zu benehmen wie du. Was bist du denn eigentlich? Ein Soldat, ein Polizist, ein Diener jedes Untertanen! Weiter bist du nichts, gar nichts!“ Es hatte den Anschein, als spüre Halef große Lust, die Peitsche wieder in Bewegung zu setzen. Dazu wollte der Gezüchtigte es nicht kommen lassen. Deshalb versuchte er einzulenken. „Schimpf immerzu! Mich kannst du nicht beleidigen. Unsre Vorschriften gebieten uns, Nachsicht mit dem Volk zu haben, wenn —“ — „Mit welchem Volk?“ unterbrach ihn der Hadschi. „Sind wir etwa Volk?“ — „Was denn?“ — „Was denn? Bist du blind? Schau mich an! Ist es mir etwa nicht anzusehen, wer ich bin?“ — „Ich sehe nichts!“ — „So bist du blind und dumm. Ich will dir sagen, wer ich bin. Ich bin nämlich Hadschi Halef Omar Ben Hadschi Abul Abbas Ibn Hadschi Dawuhd al Gossarah! Wie aber ist dein Name?“ — „Ich heiße Selim“, erwiderte der Beamte des Padischah. — „Selim! Nur Selim?“ — „Wie soll ich sonst noch heißen? Selim genügt[1].“ — „Selim genügt! Ja, dir mag es genügen, dir, der du ein Saptije bist und weiter nichts!“ Der Polizist wußte schwerlich, daß die freien Araber die Gewohnheit haben, ihrem eignen Namen die Namen ihrer Vorfahren beizufügen. Je länger dann so ein Name wird, desto größer ist der Stolz des Trägers. „Meinst du denn, daß ein Polizist so ganz und gar nichts ist?“ rief der Gemaßregelte. — „Schweig!“ antwortete der Kleine. „Ein Saptije, der nur Selim heißt, darf gar nichts sagen. Schau her, was für Leute hier stehen!“ Er deutete auf Omar und fuhr fort: „Dieser ist Omar Ben Sadek Ibn Saban Ilf el Habadschi Ben Abu Musa Dschafar es Sofi Otalan Ibn Avisenna Ali Nafis Abu Merwan el Hegali!“ Dann zeigte er auf Osko und sagte: „Und dieser berühmte Krieger heißt Osko Abd et Latif Mefari Ben Mohammed Hassan el Dschaseris Ibn Wahab Alfirat Biruni es Seirafi! Weißt du es nun?“ Ich mußte mir Zwang antun, um ein schallendes Gelächter zu unterdrücken. Die beiden hießen selbstverständlich gar nicht so. Aber um Eindruck zu machen, nannte der kleine Hadschi eine Menge erfundener Namen und Ahnen. Und das tat Halef mit solchem Ernst, und die arabischen Namen schossen mit solcher Schnelligkeit und Geläufigkeit aus seinem Mund, daß der Polizist ganz starr stand, als sei ein jeder Name eine Kugel, die ihn getroffen habe. „So antworte doch!“ rief Halef erregt. „Hast

[1] Familiennamen wurden in der Türkei erst durch die Reformen Kemal Atatürks nach dem ersten Weltkrieg eingeführt. Der Herausgeber

du die Sprache verloren, du Menschenkind, das mit seinem einzigen Selim zufrieden ist? Hast du denn keine weiteren Namen und hast du keine Ahnen? Wie hieß dein Vater und der Großvater deines Vatersvaters? Haben sie keine Taten getan oder sind sie Schwächlinge gewesen, daß du dich schämst, uns ihre Namen zu nennen? Oder wurdest du vielleicht gar nicht geboren, sondern bist an einem trüben Tag aus der Mausefalle geschlüpft? Blick uns an! Hier stehen Männer!" Der Polizist wußte noch immer nicht, was er eigentlich antworten sollte. Die Vorwürfe des Kleinen krachten nur so auf ihn nieder. „Sieh dir auch diesen an!" sagte Halef, auf den Handschi deutend. „Er ist kein Araber, sondern ein Türke und doch heißt er nicht bloß Selim, sondern Konakdschi Ibarek, also Ibarek, der Herbergsvater. Ihm sind hundert Pfund gestohlen worden. Was aber könnte denn dir gestohlen werden, dir, der du gar nichts weiter besitzest als den Namen Selim?" — „Oho!" antwortete endlich der Polizist. „Ich bin auch kein Bettler. Ich habe mein Amt und —" — „Amt! Sei still mit deinem Amt! Was das bedeutet, haben wir gesehen. Dein Amt scheint zu sein, im Gras zu liegen und Allah die Tage und Wochen zu stehlen. Aber ich werde Bewegung in euch Faulenzer bringen. Ich werde zum Polizeivorsteher gehen und ihn ein Quecksilber trinken lassen, daß er mit allen Fingern und Zehen zappeln soll! Ich befehle dir, dich sofort aufzumachen und in die Stadt zu eilen. Wenn du nicht in einer halben Stunde beim Saptije müdiri bist, lasse ich dich im tiefsten Wasser ersäufen und dann noch obendrein mit einer Kanone erschießen. Wir brechen jetzt auf. Denke nicht, daß ich dir den Befehl zum Spaß gegeben habe! Ich meine es ernst. Das wirst du erfahren." Dem Saptije blieb vor Erstaunen der Mund offen stehen. — „Was?" stieß er hervor. „Du willst mir einen Befehl erteilen, du?" — „Ja! Hast du es denn nicht gehört?" — „Hast du mir denn etwas zu befehlen?" — „Welch eine Frage! Natürlich! Du bist ja nur Selim, der Namenlose, ich aber bin Hadschi Halef Omar Ben Hadschi Abul Abbas Ibn —" — „Halt ein, halt ein!" unterbrach ihn der Polizist, wobei er beide Hände auf die Ohren legte. „Dein Name ist ja so eine lange Schlange, daß man befürchten muß, von ihr erdrückt zu werden. Ja, ich werde in die Stadt gehen, sofort. Aber nicht, weil du es mir befohlen hast, sondern um dich beim Vorsteher anzuzeigen. Du hast einen Diener des Großherrn geschlagen. Dafür sollst du eine Strafe erleiden, wie sie hier noch niemand erhalten hat." Der Saptije raffte seine Sachen auf und verschwand hinter den Büschen. Fürchtete er einen neuen Ausbruch der Tatkraft meines kleinen Hadschi, oder dürstete er wirklich nach Rache für die empfangene Züchtigung? Wohl beides.

„Da rennt er hin", meinte Halef befriedigt. „Wie habe ich meine

Sache gemacht, Sihdi?“ Er blickte mich an, als erwarte er eine Belobung, aber er bekam eine empfindliche Zurechtweisung.

„Schlecht, sehr schlecht hast du sie gemacht“, sagte ich ernst. „Du hast schon manche Dummheit begangen, aber noch niemals eine so große wie jetzt.“ — „Sihdi, ist das dein Ernst?“ — „Gewiß.“ — „Aber dieser faule Schlingel hatte die Züchtigung verdient!“ — „War es denn deines Amtes, sie ihm zu geben?“ — „Von wem sonst sollte er sie erhalten?“ — „Von seinem Vorgesetzten.“ — „O Allah! Wenn der ihn hätte prügeln sollen, so wären beide dabei sicher eingeschlafen. Nein, wer handeln will, der handle schnell! Dieser Mann blieb vor uns liegen, als ob er Urgroßvater des Großherrn sei, den alle gläubigen und ungläubigen Untertanen ehren müssen. Dieses Vergnügen habe ich ihm gestört.“ — „Ohne jedoch an die Folgen zu denken.“ — „Welche Folgen sollte das haben? Wenn er uns beim Vorsteher verklagt, kann es leicht geschehen, daß auch dieser meine Peitsche zu kosten bekommt.“ — „Halef“, warnte ich, „nun ist’s genug! Der Polizist hatte eine Züchtigung verdient, das ist wahr. Du aber mußtest warten, was ich tun würde. Wir wissen nicht, welchen Gefahren wir entgegengehen, und da war es eine unbegreifliche Unklugheit, uns noch überdies mit der Polizei zu verfeinden. Ich habe den Mann mit Spott behandelt. Das hättest auch du tun sollen. Statt dessen hast du ihn geschlagen. Ich habe es dir nicht befohlen, darum werden mich die Folgen wenig kümmern. Mich geht die Sache nichts an. Sieh du zu, wie du den Kopf aus der Schlinge bringst!“

Ich stieg auf und ritt davon. Die andern folgten still. Am tiefsten ließ Halef den Kopf hängen. In ihm dämmerte die Ahnung, daß er uns großen Schaden angestiftet haben könne. Der Türke, der die meiste Ursache hatte, zornig zu sein, ritt schweigend an meiner Seite. Erst nach einer Weile erkundigte er sich: „Effendi, können die Folgen wirklich schlimm werden für den Hadschi?“ — „Gewiß.“ — „Aber du wirst ihm beistehen? — „Nicht im mindesten!“ erklärte ich, da Halef hörte, was ich sagte. „Er hat sich des Widerstandes gegen die Staatsgewalt und der Körperverletzung an einem kaiserlichen Polizeibeamten schuldig gemacht. Ich kann ihn nicht retten, wenn sie ihn ergreifen.“ — „So mag Hadschi Halef Omar fliehen!“ — „Halef mag tun oder lassen, was ihm beliebt. Er hat ohne meine Einwilligung gehandelt, wie ein kleiner Knabe, der unfähig ist, sich die Folgen seiner Tat zu überlegen. Sie mögen nun über ihn kommen. Ich kann ihm nicht helfen.“ Es wurde mir nicht leicht, diese harten Worte auszusprechen. Sie taten mir vielleicht noch weher als dem kleinen Hadschi. Aber ich hielt es für notwendig, ihm einmal einen solchen Verweis zu erteilen. Er war mir treu durch alle Gefahren gefolgt, und durch welche Gefahren!

Wie oft hatte er sein Leben mit mir gewagt! Er hatte die Heimat verlassen, und was noch mehr war, auch Hanneh, die Blume der Frauen. Mein ganzes Herz war voll Dankbarkeit gegen ihn. Aber er begann unvorsichtig zu werden. Daß uns so manches große Wagnis gelungen war, daß wir das Glück gehabt hatten, uns stets selbst aus den schlimmsten Klemmen herauszuarbeiten, das hatte sein Selbstvertrauen aufgebläht. Er glich einem kleinen, tapfern Hündchen, das den Mut hat, selbst dem stärksten Leonberger an den Hals zu springen. Ein einziger Biß des Riesen würde es töten. Und grad jetzt näherten wir uns dem gefährlichen Gebiet der Verbündeten des Schut. Da war Vorsicht doppelt nötig. Im stillen freute ich mich, daß er den faulen Polizisten so wacker durchgebläut hatte, und ich war selbstverständlich entschlossen, die Folgen von ihm abzuwenden. Aber ich hielt es für geraten, seiner Tatenlust und Voreiligkeit einen kleinen Dämpfer aufzusetzen.

16. Ein ‚Heiliger'

Nach einiger Zeit erreichten wir die Straße, die von Kusturlu nach Ostromdscha führt und bogen nun wieder nach rechts ein. Wir näherten uns einem Flüßchen und ritten zwischen Tabak- und Baumwollfeldern hin. Bald sahen wir einen Berg vor uns aufsteigen, an dessen Seite die Häuser der Stadt zu erkennen waren. Oben auf einer Kuppe erblickten wir dunkles Grün, aus dem das Gemäuer der Ruine hervorlugte. „Das ist Ostromdscha", erklärte der Türke. — „Auch Strumnitza genannt, nach dem Fluß, der in einiger Entfernung von der Stadt vorüberfließt", fügte ich bei, damit meine ganze Ortskenntnis erschöpfend. Da kam Halef heran. Der Anblick der Stadt ließ ihn an die Folgen seiner voreiligen Handlung denken. — „Sihdi", begann er. Ich tat, als hörte ich ihn nicht. „Sihdi!" Ich blickte unverwandt auf die Stadt. „Hörst du mich nicht — oder willst du mich nicht hören?" — „Ich höre dich." — „Meinst du, daß ich fliehen soll?" — „Nein." — „Ich täte es auch nicht. Lieber würde ich mir eine Kugel durch den Kopf jagen. Oder meinst du, daß ich mich von dem Polizeivorsteher hier einsperren lassen soll?" — „Ganz nach deinem Belieben!" — „Lieber möchte ich ihm eine Kugel durch den Kopf jagen!" — „Und würdest dann erst recht eingesperrt." — „So sag doch wenigstens, was deiner Meinung nach geschehen wird?" — „Ich weiß es nicht. Man muß es abwarten." — „Ja, warten wir es ab. Aber wirst du mich unter deinen Schutz nehmen?" — „Ich denke, ich stehe unter dem deinigen. Du nennst dich ja meinen Freund und Beschützer!" — „Sihdi, vergib mir das! Du allein bist doch allezeit der Beschützer gewesen." — „Nein, Halef. Ich bin sehr oft unter deinem Schutz gestanden. Das werde ich dir nicht vergessen, und so wollen wir sehen, ob die Leute hier es wagen werden, sich an dem berühmten Hadschi Halef Omar zu vergreifen." — „Hamdulillah! Jetzt fällt mir ein Stein vom Herzen, so groß und schwer wie der Berg da vorn, an dem die Stadt liegt. Alles kann ich ertragen, nur das nicht, daß mein Sihdi böse auf mich ist. Zürnst du noch?" — „Nein." Der Blick voll inniger Liebe und Treue, den er mir zaghaft zuwarf, drang mir tief zu Herzen. Was für ein herrliches Gut ist es doch um das Glück, einen treuen Freund zu besitzen! — Wir näherten uns der Stadt immer mehr. Kurz bevor wir die ersten Häuser — richtiger Hütten — erreichten, saß auf einem Stein am Weg ein Bettler, ein Jammerbild des Elends und der Verkommenheit. Eigentlich ist es falsch zu sagen, er saß am Weg, denn er saß nicht. Der Bettler schien gar nicht richtig sitzen zu können. Er lag mit zusammengekrümmtem Rücken auf der Seite, neben sich die beiden Krücken. Um seine nackten Füße waren Lumpen gewickelt und mit Fäden festgebunden. Seine einzige Hülle bestand in einem alten Ding, halb Tuch und halb Mantel, das er sich um die Hüften gewunden hatte. In dieses Tuch schien er die Gaben zu stecken, die ihm gereicht wurden: Brot, Früchte und andres, denn dieser Gürtel bildete einen übermäßig dicken Wulst um seinen Leib. Dieser Leib war hager und schmutzig braungelb. Man sah deutlich die Rippen, und die Schlüsselbeine traten hervor wie bei einem Skelett. Der Kopf war mit wirren, struppigen Haaren bedeckt, die wohl jahrelang keinen Kamm gefühlt hatten. Das Gesicht war aufgedunsen, trotzdem besaßen die Züge einen scharfen Schnitt. Die Haut hatte eine bläulichrote Farbe, als ob sie erfroren sei. Die Augen lagen tief in ihren Höhlen. Das Gesicht befremdete mich. Es lag ein Widerspruch darin, doch vermochte ich nicht zu sagen wieso. Es wirkte gefühllos, stumpfsinnig, blöd. Und doch konnte es zum Spiegel einer heftigen seelischen Regung werden. Das alles sah ich aber nicht sofort, sondern ich bemerkte es erst später, als wir vor dem Bettler anhielten, um ihm eine Gabe zu reichen. Ich betrachtete ihn genau, weil ich von Ibarek erfahren hatte, wer er sei. Als wir ihn nämlich von fern sitzen sahen, sagte der Handschi: „Das ist Busra, der Krüppel, von dem ich dir erzählt habe." — „Der bei deinem Nachbarn war, als du glaubtest, der Heilige sei zu ihm gegangen?" — „Ja, Effendi." — „Ist er einer Gabe bedürftig?" — „Ja. Er kann nicht arbeiten, denn er hat kein Rückenmark mehr." — „So könnte Busra wohl gar nicht leben. Es scheint mir, daß er nur die Beine gelähmt hat." — „Davon verstehe ich nichts. Man sagt so. Er geht an zwei Krücken und zieht die Beine hinterher. Er kann sie nicht bewegen. Dazu ist er blödsinnig und weiß nur wenige Worte zu reden. Jeder gibt ihm etwas. Wenn du länger hierbleibst, wirst du ihn öfters sehen." — „Wo wohnt er?" — „Nirgends. Er ist da, wo er etwas erhält, und schläft da, wo er vor Müdigkeit niedersinkt. Er ist ein elender Mensch, dem Allah in jenem Leben zulegen wird, was er ihm hier versagt hat." Der Krüppel saß mit dem Rücken gegen uns. Als er den Huftritt unsrer Pferde hörte, richtete er sich mühsam an seinen Krücken auf und wendete sich uns zu. Jetzt sah ich sein ausdrucksloses, blödes Gesicht. Sein Auge schien keinen Blick zu haben. Es war tot und nichtssagend. Der Mann mochte vielleicht vierzig Jahre alt sein, doch war es schwer, ihm ein bestimmtes Alter zuzusprechen. Ich fühlte Mitleid mit dem Elenden und hatte keine Ahnung, welch eine hervorragende, feindselige Rolle er mir gegenüber noch spielen sollte. Wir hielten bei ihm an. Er streckte uns die Hand entgegen und stammelte dabei tonlos nur immer das eine Wort:

„Ejlik, ejlik, ejlik — Wohltat, Wohltat, Wohltat!" Die andern gaben ihm, und auch ich reichte ihm ein Zweipiasterstück. Fast aber erschrak ich, denn als ich ihm die Münze vom Pferd herab in die Hand legte, ging ein Zucken durch seinen Körper, als hätte er aufspringen wollen, und aus seinen vorher so leblosen Augen blitzte ein Blick auf mich, ein Blick voll Haß und Grimm, wie ich ihn noch nie im Auge eines Feindes beobachtet hatte. Sogleich aber senkten sich die Lider und das Gesicht nahm wieder den Ausdruck des Stumpfsinns an. „Schükr, schükr — Dank, Dank!" stammelte er. Das war so seltsam, fast unglaublich, daß ich wohl an meiner Wahrnehmung irre geworden wäre, wenn ich nicht so scharf hingesehen hätte. Was hatte er mit mir? Warum diese grundlose Feindseligkeit gegen einen völlig Fremden? Und wenn aus diesen Augen ein so abgrundtiefer Blick des Hasses leuchten konnte, war dieser Mensch dann wirklich blödsinnig? Dabei hatte ich ein unbestimmtes Gefühl, als hätte ich dieses Gesicht schon einmal erblickt. Aber wann und wo? Täuschte ich mich? Schien es andrerseits nicht, als ob auch er mich kenne? Wir ritten weiter, ich hinter den andern. Unwillkürlich wendete ich mich noch einmal zum Bettler um. Was war denn das? Er hockte gar nicht mehr so hilflos auf dem Stein. Der Krüppel saß kraftvoll da, ich möchte beinahe sagen, stramm, und hatte den rechten Arm mit der Krücke erhoben und schwang sie drohend uns nach. Uns? Vielleicht nur mir! Es wurde mir fast unheimlich zumute. Der Mensch sah in diesem Augenblick wie ein wahrer Satan aus. Ja, satanisch verzerrt waren die Züge seines Gesichts. Und da dämmerte es in mir, wo ich ihn bereits gesehen hatte. Eine morgenländische Stadt — fürchterliches Menschengedränge — entsetzliches Schreien und Brüllen — tausend Hände langten nach mir! — Sollte es in Mekka —? Das Bild sank wieder in mein Inneres zurück, und ich wußte ebensowenig wie vorher. „Kann dieser Bettler wirklich nicht gehen?" fragte ich Ibarek. — „Nur mit den Krücken", antwortete er. „Die Beine hängen ihm wie Lappen am Leib." — „Auch nicht aufrecht sitzen?" — „Nein. Er hat kein Rückenmark mehr." Kein Rückenmark! Welch ein Unsinn! Daß ich ihn soeben in einer strammen Stellung gesehen hatte, verschwieg ich, denn ich hielt es nicht für geraten, den Muslim zum Mitwisser eines Geheimnisses zu machen, das ich selbst kaum ahnte. Nach kurzer Zeit erreichten wir die Stadt. Ich hatte Ibarek nach den bereits erwähnten heißen Quellen befragt und von ihm erfahren, daß sie vorhanden seien, aber nicht in der Weise, wie ich es erwartete. Es hatte Zeiten gegeben, in denen das Wasser sehr reichlich geflossen war, um aber dann wieder fast zu versiegen. Zuweilen war heißes Wasser in Menge vorhanden, dann wieder stockte der Sprudel gänzlich. Jetzt sollte das Wasser nur sehr karg fließen. Als wir die ersten Häuschen oder vielmehr Hütten der Stadt vor uns hatten, meinte der Handschi: „Effendi, hast du vielleicht Lust, dir die heißen Quellen gleich jetzt anzusehen?" — „Liegen sie am Weg?" — „Nein. Aber wir müssen nur wenige Schritte reiten, um zu ihnen zu gelangen." — „So führe uns hin!" Ibarek lenkte zur Seite ab, und wir ritten um einige Hütten und um die zu ihnen gehörigen Gärten herum, die aber diesen Namen keineswegs verdienten. Das laute Kreischen einer weiblichen Stimme drang zu uns. „Da ist die Quelle", winkte unser Führer. — „An der man sich so zankt?" — „Ja. Du mußt nämlich wissen, daß man glaubt, das Wasser sei gut gegen gewisse Krankheiten. Wenn nun wenig fließt, so streiten die Frauen miteinander, die gekommen sind, um es zu holen." Wir bogen um ein Oleandergebüsch und hielten nun vor der Therme. Der Lauf des Wassers war durch ein Rinnsal bezeichnet, dessen ockerfarbiger Grund darauf schließen ließ, daß die Quelle eisenhaltig sei. Heute war nur wenig Wasser darin. Es kam aus einer kreisrunden Vertiefung des Erdbodens, die mit rotem Niederschlag belegt war. Die rundum zusammengetretene Stelle bewies, daß dieser Ort sehr fleißig besucht wurde. Am Rand der Vertiefung lagen große Steine, die wohl herbeigeschafft worden waren, um als Sitze zu dienen. Jetzt waren nur drei weibliche Personen hier: zwei Frauen und ein kleines Mädchen von ungefähr acht Jahren. Die eine der Frauen war ziemlich gut, aber nachlässig gekleidet und besaß eine ansehnliche Körperfülle. Sie war es, deren keifende Fistelstimme wir gehört hatten. Sie stand mit dem Rücken gegen uns und bemerkte unser Kommen nicht, da sie noch immer laut zeterte. Zu ihren Füßen lagen einige Lappen und ein alter Topf, dessen Henkel abgebrochen war. Dieser Topf war umgestürzt und ihm entquoll langsam eine dicke, graubraune Masse, deren Aussehen keineswegs verlockend war. Die andre Frau saß auf einem der Steine. Sie war ärmlich in die dortige Volkstracht mit den weiten Pluderhosen gekleidet und hatte ein vorsintflutliches Tuch um den Oberkörper geschlungen, das auch die Arme und Hände bedeckte. Sie sah aber sonst leidlich sauber aus, sauberer als die andre Frau, die sich ihrer Kleidung nach in bessern Verhältnissen zu befinden schien. Ihr Gesicht war hager. Die Not hatte ihre traurigen Runen eingeritzt. Das Kind an ihrer Seite war nur in ein baumwollenes Hemd gehüllt, das gut gewaschen war. Die keifende Dicke sprudelte ihre Zornesworte so schnell heraus, daß man ihnen gar nicht zu folgen vermochte. Nur die doppelt stark betonten Hauptausdrücke waren deutlich zu unterscheiden. Kein Lastträger hätte sich kräftigerer Schimpfworte zu bedienen vermocht. Dabei schlug sie mit den Fäusten bald auf die andre Frau, bald auf das weinende Kind ein.

Die Angegriffene machte bei unserm Anblick eine Bewegung, wodurch die Xanthippe veranlaßt wurde, sich umzudrehen. O Himmel! Welch ein Antlitz erblickte ich! Die Fratze eines tätowierten Südsee-Insulaners war das reine Schönheitsideal dagegen. Die beleibte Frau hatte sich das Gesicht mit einer dicken roten Masse eingerieben und sah schrecklich aus. Als sie uns erblickte, trat sie von der andern zurück und hemmte den rauschenden Strom ihrer Rede. „Friede sei mit euch!“ grüßte ich. — „In Ewigkeit Amen!“ antworteten beide Frauen. — Diese Worte bestätigten, daß sie christlichen Bekenntnisses seien. — „Ist das die Quelle, die Heilung spendet?“ — „Ja, Effendi“, erwiderte die Bekleisterte, „die Quelle ist berühmt im ganzen Land und noch weit darüber hinaus.“

An diese Auskunft knüpfte sie eine Aufzählung von hundert Krankheiten, gegen die man hier Hilfe finden könne, und von ebenso vielen Wundern, die an diesem Ort geschehen sein sollten. Sie entwickelte dabei ein verblüffendes Redetalent. Die Worte sprühten ihr nur so vom Mund, und ich fand auch nicht eine einzige Lücke, die ich hätte benützen können, um mit einer Frage in diese Bresche einzudringen. Es blieb mir nichts andres übrig, als sie einfach aussprechen zu lassen, was aber erst nach längerer Zeit geschah, da sie mich nach unzähligen Krankheiten, Gebrechen und Fehlern fragte, die mich hergetrieben haben könnten. Eine Antwort aber wartete sie durchaus nicht ab. — „O Allah! Maschallah!“ rief Hadschi Halef Omar einmal über das andre, wobei er die Hände zusammenschlug. Die Frau schien anzunehmen, daß diese Zwischenrufe nicht dem Fluß ihrer Rede, sondern den aufgezählten Vorzügen der heißen Quelle gewidmet seien, und fühlte sich dadurch veranlaßt, diese Liste in wahrhaft überwältigender Sprachfertigkeit fortzusetzen. Um sie zum Schweigen zu bringen, berührte ich die Weichen meines Rappens leise mit den Sporen. Er war das nicht gewöhnt und ging mit allen vieren in die Luft. Die Rednerin hielt inne, sprang zurück und stieß einen Angstschrei aus. Das benützte ich, um nun auch zu Wort zu kommen. — „Wie heißt du?“ fragte ich sie. — „Mein Mann nennt mich Nohuda[1], getauft bin ich auf

[1] Erbse

den Namen Irene. Ich bin in Radowitsch geboren wie mein Vater. Meine Mutter starb kurz nach meiner Geburt. Die Großeltern waren drüben über dem Fluß —" Ich ließ den Rappen abermals steigen, denn ich befürchtete nicht ohne Grund, daß sie mit mir die Stufenleiter ihrer Verwandtschaft bis jenseits des Methusalem hinaufsteigen werde. Sie hielt glücklicherweise inne, und ich besaß die ungeheure Geistesgegenwart, dies zu der Erklärung zu benützen:

„Liebe Nohuda, ich muß dir sagen, daß ich wegen eines Kopfleidens hierhergekommen bin. Ich fühle nämlich —" — „Kopfleiden?" fiel sie mir schnell in die Rede. „Effendi, das ist recht, das ist gut, daß du gekommen bist! Wenn du wüßtest, wie viele verschiedene Köpfe, tausend und aber tausend an der Zahl, hier Heilung von —" Der Rappe drang jetzt auf sie ein, so daß die schnellzüngige ‚Erbse' wieder eine Pause machte. — „Mein Kopfleiden ist so arg", erklärte ich, „daß mir sogar der Klang der menschlichen Stimme große Qualen bereitet. Habe daher die Güte und sprich nur dann, wenn ich dich frage. Ich sehe es deinem Gesicht an, daß eine zarte, mitleidsvolle Seele in deiner Brust wohnt. Darum denke ich, daß du meine Bitte erfüllen wirst." — Ich mußte das Richtige getroffen haben, denn sie legte beide Hände aufs Herz und hauchte mit gedämpfter Stimme: „Effendi, das ist wahr: du hast recht. Ich werde schweigen, als läge ich im Grab. Nur deine Fragen werde ich beantworten. Du hast mein zartes, gutes Herz erkannt. Dein armer Kopf soll meinetwegen keine Schmerzen leiden." — Der kleine Hadschi machte ein unendlich grimmiges Gesicht, was bei ihm nur dann der Fall war, wenn er alle seine Kraft zusammennehmen mußte, um das Lachen zu bekämpfen. Auch den andern sah man an, daß sie es nur mit Mühe zurückhielten. — „Zunächst muß ich dich bitten, mir zu verzeihen, daß ich euch gestört habe, liebe Nohuda", fuhr ich fort. „Ihr befandet euch in einem sehr angelegentlichen Gespräch. Was war denn dessen Gegenstand?" — Ihre Augen blitzten wieder zornig auf. Sie schien von neuem losplatzen zu wollen, darum griff ich mit schmerzlicher Gebärde an den Kopf.

„Keine Angst, Effendi", sagte Nohuda leise. „Ich beginne den Zank nicht von neuem und will dir nur sagen, daß wir uns von dem da unterhielten." Sie deutete dabei auf den Topf. — „Was ist das?" — „Mein Kleistertopf." — „Brauchst du den Topf hier an der Quelle?" — „Sogar sehr notwendig!" — „Warum besuchst du das heiße Wasser?" — „Nitschim? Gendschletir — warum? Es macht wieder jung." — „Ah so! Du willst dich verjüngen? Das hast du ja gar nicht nötig." — „Meinst du? Du bist sehr gütig. Wenn doch mein Mann auch dieser Meinung wäre! Du weißt jetzt, daß er mich Erbse nennt, doch manchmal sagte er auch ‚alte Schote' zu mir. Ist das nicht kränkend?" — „Vielleicht meint er es gar nicht schlimm. Er wird das Wort für einen Kosenamen halten." — „O nein! Da kenne ich ihn viel zu gut. Er ist ein Barbar, ein rücksichtsloser Mensch, ein unaufmerksamer Tyrann, ein —" Ich griff an meinen Kopf. „Du hast recht", meinte sie. „Ich darf nicht laut sprechen. Aber ich will ihm zeigen und beweisen, daß ich keine Erbse oder gar alte Schote bin. Darum gehe ich täglich hierher und bestreiche mir mit dem Schlamm der Schönheit das Gesicht." Hier war es nicht leicht, ernst zu bleiben. — „Das ist sehr weise von dir", stimmte ich zu. „Aber wie wird dieser Schlamm bereitet?" — „Man kocht Rosenblätter mit Mehl und Wasser zu einem Brei. Den bringt man hierher, vermischt ihn zu gleichen Teilen mit dem roten Bodensatz dieser Quelle und bestreicht dann damit das Gesicht. Dieses Mittel hilft sicher." — „Wirklich?" — „Gewiß! Keine Warze, kein Mal, keine Runzel, keine Falte hält stand vor diesem Kleister. Darum war ich so erzürnt, daß dieses Mädchen mir den Topf umstieß. Aber ich bin ein zartes Gemüt, wie du ganz richtig erkannt hast, und darum habe ich geschwiegen und will die Unvorsichtigkeit verzeihen." — „Daran tust du recht. Sanftmut ist die größte Zierde des Weibes, und Schweigsamkeit erhöht dessen Zauber." — „Das sage ich auch", behauptete sie. — „Ja, liebe Nohuda, die Schweigsamkeit ist das allerbeste Mittel, bis ins hohe Alter schön zu bleiben. Wenn keine Leidenschaften das Gesicht entstellen, so kann die Schönheit in den Zügen sitzenbleiben. Was aber der weise Bahuwi von einem Weib sagt, das immer zankt und keift, das wirst du wissen." — „Nein, Effendi, denn ich habe mit diesem weisen Mann noch niemals gesprochen." — „Er sagt, ein vom Zorn bewegtes Frauenantlitz gleiche einem schmutzigen Sack, der mit Fröschen und Kröten gefüllt ist. Der Sack befindet sich in steter Bewegung, weil diese häßlichen Tiere niemals Ruhe halten." — „Er hat recht! Auch ich habe immer so gedacht, und darum befleißige ich mich einer steten Ruhe meines tiefen Gemüts. Aber mein Mann ist keineswegs damit einverstanden. Er wünscht im Gegenteil, daß ich lebhafter sein soll." — „So erkläre ihm nur die Geschichte von dem Sack, und er wird dir sofort beistimmen. Aber ich sehe, daß die Salbe deines Gesichts trocken geworden ist. Du wirst neue auflegen müssen." — „Gleich, sogleich! Ich danke dir!" — „Aber sprich nicht dabei! Das Antlitz darf sich nicht bewegen." — „Kein Wort werde ich sagen." Nohuda ergriff den Topf und schöpfte zu dem Kleisterrest, der noch darin war, den gelbroten Niederschlag der Quelle. Nachdem sie beides durch eifriges Rühren mit der bloßen Hand auf das innigste vermischt hatte, kratzte sie sich die dürre Schminke aus dem Gesicht und bestrich es mit der neuen Auflage des ‚Schlammes der Schönheit'. Das war ein Riesenspaß für meine Begleiter. Am drolligsten war dabei der Umstand gewesen, daß wir beide zuletzt miteinander nur flüsterten, um meinen armen Kopf zu schonen. Erst jetzt fand ich Zeit, die andre Frau genauer zu betrachten. Beim Anblick ihrer eingefallenen Wangen und tiefliegenden Augen entfuhr mir die Frage: „Adsch-mißin — hast du Hunger?" Sie antwortete nicht, aber in ihren Augen war zu lesen, daß ich das Richtige getroffen hatte. „Hasta-mißin — und du bist krank? Woran leidest du denn?" — „Effendi, ich habe das Reißen in den Armen." — „Hilft diese Quelle dagegen?" — „Ja, sie hilft gegen alles." — „Wie hast du dir dieses Übel zugezogen?" — „Ich bin Pflanzensammlerin. Meine Eltern tauften mich Mascha, doch nach den Pflanzen nennt man mich nur Nebatja. Ich ernähre mich und meine Kinder damit, daß ich Kräuter sammle, die ich an den Apotheker verkaufe. Ich bin bei jeder Witterung im Wald und auf dem Feld, oft vom frühesten Morgen bis in die späte Nacht hinein. Dabei habe ich mich oft erkältet, und nun liegt es mir in den Armen, daß ich sie nur unter großen Schmerzen bewegen kann." — „Hast du keinen Arzt gefragt?" — „Ich werde überall abgewiesen, weil ich arm bin." — „Aber der Apotheker, dem du die Pflanzen verkaufst, konnte dir doch vielleicht ein Mittel geben?" — „Er hat es getan. Doch es half nichts. Darüber ist er so zornig geworden, daß ich ihm nicht wiederkommen darf." — „Das ist schlimm. Aber es gibt ja noch einen hier, der die verschiedensten Krankheiten heilt, den alten Mübarek. Bist du nicht zu ihm gegangen?" — „Auch das habe ich getan. Leider hat er mich abgewiesen, weil er mich haßt." — „Der Mübarek haßt dich? Hast du ihn beleidigt?" — „Niemals." — „So hat er doch gar keinen Grund, dir so unfreundlich gesinnt zu sein." — „Er meint aber einen Grund zu haben, da ich zuweilen — seht, da ist er!" Nebatja deutete in die Richtung, aus der wir gekommen waren. Von der Stelle aus, wo wir uns befanden, konnte man den ganzen Weg übersehen, der uns in die Stadt geführt hatte. Ich hatte bereits während des Gesprächs die Strecke überblickt und auch zum Stein geschaut, wo der gelähmte Bettler gewesen war. Er war verschwunden, dafür bemerkte ich eine lange Gestalt, die aus der Richtung des Steins langsam und in würdevoller Haltung herbeischritt. Wo war der Bettler geblieben? Die Gegend lag frei vor uns. Man mußte ihn unbedingt sehen, mochte er sich nun nach rechts oder links oder gradaus in die Ebene gewandt haben. Und falls er zur Stadt gegangen wäre, hätten wir ihn erst recht bemerken müssen, zumal ein Krüppel mit zwei Krücken nur langsam vorwärts kommen kann. Aber er war fort, spurlos verschwunden. Unweit des Steins, auf dem er gesessen hatte, war eine Baumwollpflanzung. Die Pflanzen standen kaum einen Meter hoch. Dahinter konnte der Bettler nicht stecken, außer wenn er sich niedergelegt hätte. Das durfte er nicht tun, weil er nicht imstande war, sich allein aufzurichten. Dieses plötzliche Verschwinden gab mir zu denken. Indessen war der erwähnte Mann langsam nähergekommen. Er hielt den Kopf gesenkt, als hafteten seine Augen nur an der Erde. Als der Mübarek sich unweit der ersten Häuser befand, folgte er dem Weg nicht so wie wir bis zu den Hütten, sondern bog gleich zur Seite ein, grad auf uns zu. Da ich nicht annahm, daß er nur vom Weg abkomme, weil er so tief in Gedanken versunken war, mußte ich annehmen, er nähere sich uns mit Absicht. Jetzt war es, daß die Frau uns auf ihn aufmerksam machte. Die andern drehten sich zu ihm um. „Ja, der Mübarek!“ sagte der Handschi Ibarek. „Effendi, das ist er. Sieh ihn dir genau an!“ — „Ich habe es schon getan.“ — „Nun kannst du seine Gebeine klappern hören.“ — „Hoffentlich! Vielleicht tut er uns auch den Gefallen, plötzlich zu verschwinden.“ — „Wenn er will, kann er es“, beharrte der Wirt auf seinem Aberglauben. — „Sag ihm, daß er es tun soll!“ — „Das wage ich nicht.“ — „Warum nicht?“ — „Der Mübarek könnte es übelnehnmen.“ — „Pah! Er kennt dich ja!“ — „Das macht nichts aus.“ — „Und hat bei dir viel Geld verdient.“ — „Dafür hat er uns geheilt. Er ist uns keine Gefälligkeit schuldig.“

Jetzt war der alte ‚Heilige‘ herbeigekommen. Er ging sehr langsam an uns vorüber, ohne den Blick von der Erde zu erheben. Die beiden Frauen standen ehrfurchtsvoll da. Der Türke erhob die Hand zum Gruß an die Stirn. Wir andern aber kümmerten uns scheinbar nicht um ihn. Ich tat so, als ob ich den Alten nicht bemerkte, hatte mich halb abgewendet, behielt ihn aber scharf im Auge. Dabei beobachtete ich, daß er den Blick unter den gesenkten Wimpern hervor auf uns gerichtet hielt. Seine Versunkenheit war also nur Maske. Tat er das stets so, oder mußte ich dieses Verhalten, dieses heimliche Schielen auf mich beziehen? Ich horchte gespannt, und wirklich, als er vorüberging, ließ sich bei jedem Schritt, den er tat, ein leises Klappern hören. Einen nicht ganz unbefangenen oder gar von Vorurteilen befangenen Menschen konnte das allerdings mit einem gelinden Schauer erfüllen. Der Mübarek war so gekleidet, wie der Handschi es beschrieben hatte: Barfuß, mit einem Tuch um den Kopf, und den Leib in einen alten Kaftan gehüllt. Vom Gürtel war nichts zu sehen, da der Kaftan vorn übereinanderging. Der Mann war hager, mit tief eingesunkenen Augen, wie der Bettler, an dem wir vorübergekommen waren. Sein knochiges Gesicht war erdfarben. Die Backenknochen standen weit vor und der Mund war eingefallen. Der Alte konnte keine Zähne mehr haben. Die Mundgegend glich einer tief ins Gesicht eingeschnittenen Bucht, unter der sich das spitze Kinn weit vorschob, so daß die Nase in doppelter Schärfe hervortrat. Das also war der berühmte ‚Heilige‘, den Allah mit so vielen wunderbaren Gaben gesegnet hatte. Er ging vorüber, wie ein Dalai-Lama, für den andre Menschen so verächtliche Geschöpfe sind, daß sein Blick sie gar nicht zu bemerken vermag. Auch ihn — merkwürdigerweise kam es mir so vor — mußte ich schon gesehen haben, und zwar unter Umständen, die für mich nicht angenehm gewesen sein konnten. Dieses Gefühl regte sich in mir. Wenn ich der Ansicht gewesen war, daß der ‚Heilige' uns seine Beachtung entziehen werde, so hatte ich mich geirrt. Schon war er einige Schritte vorüber, als er sich plötzlich umdrehte und seinen stechenden Blick über unsre Gruppe hingleiten ließ; dann erscholl seine schnarrende Stimme: „Nebatja!" Die Pflanzensammlerin zuckte zusammen. „Nebatja! Hierher!" Er deutete mit dem Zeigefinger vor sich zur Erde, ungefähr wie man einen Hund heranruft, der geprügelt werden soll. Die Frau schritt langsam und ängstlich zu ihm hin. Sein Blick richtete sich drohend auf sie, so scharf, als wollte er sie durchbohren. „Wie lang ist dein Mann nun tot?" fragte er sie. — „Drei Jahre." — „Hast du für seine Seele gebetet?" — „Täglich." — „Er war kein Anhänger des ruhmreichen Propheten, dessen Name zu heilig ist, als daß ich ihn vor deinen Ohren nennen möchte. Dein Mann gehörte zu den Christen, die selbst nicht wissen, was sie glauben sollen, weshalb sie sich in viele Sekten spalten und sich untereinander befehden. Doch Allah hat in seiner Barmherzigkeit beschlossen, daß auch sie in die untersten Abteilungen des Paradieses gelangen dürfen. Dein Mann aber wird im Feuer der Hölle gebraten!" Der Alte schien eine Antwort zu erwarten, aber die Frau schwieg. „Hast du es gehört?" fragte er mit besonderer Betonung. — „Ja", anwortete die Pflanzensammlerin leise. — „Glaubst du es auch?" Sie schwieg. — „Du mußt es glauben, denn ich selbst habe ihn gesehen. Heute nacht entführte mich der Engel Allahs der Erde und erhob mich zu den Seligkeiten. Tief unter mir lag die Hölle mit ihren glühenden Abgründen. Darinnen erblickte ich unter vielen auch deinen Mann. Er war an einen Felsen gefesselt. Höllisches Ungeziefer nagte an seinem Leib, und spitze Flammen leckten in sein Gesicht. Ich hörte ihn vor Schmerz brüllen. Da sah er mich hoch über sich schweben und bat mich, dir zu sagen, daß die Pfähle, die in seiner Nähe in den Fels geschlagen waren, für dich und deine Brut bestimmt seien." Er hielt inne. Die Frau weinte. Am liebsten hätte ich den Scharlatan mit der Faust zu Boden geschlagen, doch verhielt ich mich ruhig. Halefs Hand lag am Griff seiner Peitsche; sein Blick flog zwischen mir und dem ‚Heiligen' hin und her. Ich hätte nur leise zu winken gebraucht, so hätte der kleine Hadschi den berühmten Mann nach Noten durchgewalkt. „Und noch eins!" fuhr der alte Schwindler fort. „Du bist bei der Polizei gewesen?"

Nebatja senkte den Kopf. „Ich soll dir Schadenersatz leisten! Ich soll dir Geld geben, weil dein Knabe bei meiner Wohnung herumschleicht? Tu noch einen einzigen solchen Schritt, so sende ich dir alle Geister der Finsternis zu, daß sie dich peinigen, bis das Leben von dir weicht! Merke dir das!" Der Mübarek drehte sich um und schritt davon. — „Allah!" knirschte Halef, „Sihdi, gib mir die Erlaubnis, diesem Schurken nachzueilen und ihm das Fell nach Gebühr zu peitschen." — „Um Allahs willen, schweig!" warnte Ibarek. — „Schweigen! Wer könnte dazu schweigen?" — „Der Mübarek hört jedes Wort!" — „Lächerlich!" — „Schau hin! Dort sitzt sein Diener." Ibarek deutete auf einen dürren Baum, auf dessen Ast eine Krähe saß. — „Bist du des Teufels?" zürnte Halef. — „Nein, dieser Vogel ist ein Geist, dem er befohlen hat, uns zu belauschen und ihm dann jedes Wort mitzuteilen." — „Und ich sage dir, daß dieser Vogel eine ganz gewöhnliche Krähe ist!" — „Du irrst. Siehst du denn nicht, wie neugierig sie zu uns herunterblickt?" — „Natürlich! Diese Vögel sind immer neugierig. Ich hätte Lust, der Krähe eine Kugel zu geben." — „Tu das nicht! Es wäre dein Tod!" — „Unsinn!" lachte der Hadschi den abergläubischen Türken aus. — „Der Schuß würde nicht den Vogel, sondern dich selbst treffen." — „Meine Kugel schießt nicht verkehrt." Halef griff auch wirklich zu seinem Gewehr. Da aber eilten die beiden Frauen angstvoll auf ihn zu und baten ihn, ja nicht zu schießen, da er nicht nur sich, sondern uns alle unglücklich machen würde. „Aber habt ihr denn gar kein Gehirn, ihr Weiber?" zürnte der kleine Hadschi. — „Du mußt uns glauben, du mußt!" bat die Pflanzensammlerin. „Auch andre sind so unvorsichtig und tollkühn gewesen wie du. Sie haben es bitter bereut." — „So? Was ist ihnen denn geschehen?" — „Sie sind krank geworden —" — Allahs Schicksal!" — „Einer wurde sogar toll —" — „Das hat schon vorher in ihm gesteckt." — „Und einige starben —" — „Weil der Tod schon an ihrem Leben nagte." — „O nein, sondern weil sie sich an den Vögeln des Heiligen vergriffen."

Da die Aufmerksamkeit sich in dieser Weise auf Halef richtete, war ich unbeachtet. Ich trat hinter mein Pferd, legte den Stutzen auf den Vogel an und drückte ab. Die Frauen kreischten entsetzt auf. Meine Kugel hatte die Krähe durchbohrt und augenblicklich getötet. Der Vogel lag unter dem Baum, ohne zu zucken. „Effendi, was hast du getan!" schrie Ibarek auf. „Das kann dich deine Seligkeit kosten!" — „Lauf hin!" antwortete ich ihm gleichmütig. „Stopfe dem Vogel alle Öffnungen zu, damit der Geist nicht heraus kann! Dann gibt es unter den Geisterleichen, die du mir zeigen willst, eine mehr. Oh, was seid ihr doch für dumme Menschen." Hadschi Halef war von seinem Pferd gesprungen und brachte die

Krähe herbei. Sie war voll Ungeziefer. Er zeigte das Ibarek und den Frauen und sagte: „Wenn der Heilige seine dienstbaren Geister nicht einmal von den Läusen befreien kann, so kann er überhaupt nichts. Schämt euch! Habt ihr jemals von einem Geist gehört, der Läuse hatte? Wo steht das geschrieben? Der Prophet hat, so oft er von Geistern sprach, niemals erwähnt, daß sie gereinigt werden müssen.“ Dieser Beweis, daß die Krähe kein Geist sei, war ebenso kurz wie eigenartig, aber er brachte eine bessere und schnellere Wirkung hervor als eine lange Rede. Die drei Geistergläubigen blickten sich an, schauten dann auf die Krähe, und endlich sagte der Türke zu mir: „Effendi, was ist deine Meinung? Kann ein Geist Ungeziefer haben?“ — „Nein.“ — „Aber es ist doch ein böser Geist.“ — „Welches ist der allerböseste Geist?“ — „Der Scheïtan.“ — „Richtig! Nun sag mir, ob der Prophet oder einer seiner Nachfolger gelehrt hat, daß der Beherrscher aller bösen Geister von Läusen geplagt werde.“ — „Das steht freilich nirgends geschrieben. Und die Insekten würden gewiß verbrennen, wenn sie mit dem Teufel in die Hölle kämen.“ — „Das hast du mit großem Scharfsinn entdeckt. Nun beantworte dir deine Frage selber!“ Dieser an sich so drollige Vorgang war für uns von größerer Bedeutung, als ich denken konnte. Die Bewohner der hinter uns liegenden Hütten hatten alles gesehen, und erst später erfuhr ich, daß sich die Kunde davon wie ein Lauffeuer durch die Stadt verbreitete. Ein Vogel des ‚Heiligen‘ war erschossen worden, von einem Fremden, der dann unbehelligt davonging. Das war unerhört! Wer den Aberglauben jener Gegenden nicht kennt, hält so etwas kaum für glaublich. Dazu kam die Achtung, die der Mübarek sich zu verschaffen gewußt hatte. Was zu seiner Person in Beziehung stand, das war für andre unberührbar. Halefs Beweis hatte gewirkt. Die Frauen und auch Ibarek fühlten sich beruhigt. Die Pflanzensammlerin hatte auch nicht viel Ruhe, über den Tod der Krähe nachzudenken. Die Worte, die der Alte zu ihr gesprochen, waren ihr viel wichtiger. Mascha stand als Christin unter dem Einfluß ihres Popen, und man muß die Popen des Balkans kennen, um zu wissen, was das zu bedeuten hat. Diese geistlichen Herren kommen aus den untersten Schichten der Bevölkerung und genießen einen Unterricht, der viel zu wünschen übrig läßt. Wie soll es da mit denen stehen, deren Seelen solchen Leuten anvertraut sind. Es war der unglücklichen Frau anzusehen, daß sie von der Kunde, ihr Mann schmore in der Hölle und erwarte auch sie und ihre Kinder dort, ganz niedergeschmettert war. Halef legte ihr tröstend die Hand auf die Schulter: „Nebatja, gräme dich nicht! Dein Mann ist im Paradies.“ Sie blickte den Kleinen forschend an. „Glaubst du es etwa nicht?“ fragte er. — „Woher könntest du das wissen?“ — „Ich habe ihn gesehen." — „Du?" — „Ja", behauptete Halef ernsthaft.

„Wann?" — „Heute nacht. Der Engel Allahs kam und entführte mich aus dieser Welt. Er trug mich über die Himmel empor, so daß ich alles erblicken konnte. Da sah ich deinen Mann im Paradies sitzen —" — „Aber wie kannst du ins Paradies schauen?" unterbrach die Frau den Kleinen. „Du bist doch kein Christ!" — „Ist vielleicht der Mübarek ein Christ?" — Das leuchtete ihr ein. „Dieser alte Schwindler", fuhr Halef rücksichtslos fort, „weiß im Himmel auch nicht besser Bescheid als ich und jeder andre. Wenn du aber meinst, daß nur ein Christ hier zu Wort kommen darf, so wende dich an diesen Effendi und frage ihn. Er wird dir alle Auskunft geben können." Er deutete auf mich, und die Frau sah fragend zu mir herüber. — „Bete für deinen Mann", sagte ich ihr. „Das ist deine Christenpflicht. Der Mübarek aber hat dich belogen, denn es kommt kein Engel, um einen Sterblichen in den Himmel zu führen und dann wieder zur Erde herabzubringen. Die Heilige Schrift lehrt, daß Gott in einem Licht wohnt, zu dem kein irdisches Geschöpf gelangen kann. Ich werde dich wiedersehen und mit dir von dieser Angelegenheit sprechen. Jetzt wollen wir uns lieber mit deiner Krankheit beschäftigen. Du wirst hier an dieser Quelle vergeblich Heilung suchen. Seit wann benützt du dieses Wasser?" — „Schon über ein Jahr." — „Ist dein Leiden schon geringer geworden?" — „Nein, Effendi." — „So siehst du, daß ich recht habe. Diese Quelle heilt dein Leiden nicht." — „Mein Gott! Was soll da aus mir und meinen Kindern werden? Ich kann nur wenig arbeiten, und wir hungern schon seit längerer Zeit. Nun wird auch die Hoffnung auf dieses Wasser zuschanden!" Sie begann bitterlich zu weinen. — „Weine nicht, Mascha!" tröstete ich sie. „Ich werde dir ein besseres Mittel sagen." — „Bist du denn ein Hekim?" — „Ja, in dieser Krankheit sogar ein Hekim Baschi. Hast du noch niemals von fremden Ärzten gehört, die aus dem Westen kommen?" — „Schon oft. Sie sollen sehr weise Leute sein und alle Krankheiten heilen können." — „Nun, ich komme aus dem Westen und werde deine Krankheit heilen. Wie hast du denn dieses Wasser hier angewendet?" — „Ich habe vom Morgen bis zum Abend hier gesessen und habe Umschläge gemacht." — „Damit hast du das Übel nur verschlimmert. Was ist's denn mit dem Knaben, den der Mübarek erwähnte?" — „Weil ich selbst kaum kann, habe ich Kosta[1] ausgesandt, um Pflanzen zu suchen. Die besten Kräuter stehen oben auf dem Berg: Feldkümmel, Gänsekraut, wilde Minze und noch vieles andre. Aber der Mübarek duldet es nicht, daß man

[1] Abkürzung für Konstantin

sie holt. Er hat den Knaben einmal fortgejagt, und als uns die Not trieb, es doch noch einmal zu wagen, warf er Kosta vom Felsen herab, so daß mein Sohn den Arm brach." — „Und du hast ihn verklagt?" — „Nein. Ich bin nur zur Polizei gegangen und habe um eine Unterstützung gebeten. Die drei andern Kinder sind klein und kennen auch die Pflanzen nicht. Ich kann sie nicht aussenden, um Kräuter zu sammeln." — „Du bist aber wohl abgewiesen worden?" — „Ja. Der Saptije müdiri sagte, ich solle nur arbeiten." — „Hast du gesagt, daß du nicht arbeiten kannst?" — „Ja, aber er hat mich hinausführen lassen und mir mit der Bastonade gedroht, wenn ich wiederkäme." — „Eine Frau und Bastonade! Aber sorge dich nicht, du sollst Unterstützung erhalten." — „Effendi, könntest du das bewirken?" — „Ich hoffe es." — „So würde ich dir dankbar sein und täglich für dich beten."— „Sag mir zunächst, wo du wohnst", fuhr ich fort. — „Gleich hier nebenan im zweiten Haus." — „Das ist bequem. Führe mich hin, ich will deine Stube sehen. Meine Gefährten werden indessen warten."

Mein Schuß auf die Krähe hatte eine Anzahl Neugieriger herbeigelockt, die in einiger Entfernung standen und nun erstaunt sahen, daß ich mit Nebatja in deren Wohnung ging. Wer die Schmutz- und Lumpenwirtschaft Halbasiens kennt, wird wohl glauben, daß ich diesen Leuten in meiner Kleidung wie ein Fürst erscheinen mußte.

„Ich wohne nicht allein, Effendi", erklärte mir die arme Pflanzensammlerin. „Es wohnt noch eine Familie mit mir zusammen." Ich ahnte, was nun kommen werde, und diese Ahnung erfüllte sich. Ich sah keine Stube, sondern ein Loch ohne Diele und Mauerbewurf, so feucht, daß Tropfen an den Wänden hingen, alles mit Moder bezogen. Ein entsetzlicher Geruch herrschte in diesem Raum. Und in dieser Höhle waren gegen zehn Kinder. Zwei kleine Löcher dienten als Fenster und ließen nicht mehr Licht herein, als nötig war, um die Gesichter zu erkennen. Dazu kamen stinkende Decken und Kleider, unaussprechliche Gerätschaften, kurz und gut, es war entsetzlich. In einer Ecke saß eine alte Frau und kaute an einem hellen Gegenstand. Bei näherer Betrachtung sah ich, daß es ein Stück von einem rohen Kürbis war. Nicht weit von ihr kauerte ein Knabe, der den Arm in der Binde trug. Es war Kosta, der Sohn der Nebatja. Ich nahm ihn vor die Haustür, um besser sehen zu können, und entfernte die Binde, um den Verband zu untersuchen. Ich bin weder Arzt noch Chirurg, also kein Fachmann, bemerkte aber doch zu meiner Befriedigung, daß der Hekim, der den gebrochenen Arm eingerichtet hatte, kein Dummkopf war. Freilich sah Kosta wie das leibhaftige Hungerleiden aus. „Hier dürft ihr nicht wohnen bleiben", sagte ich zu seiner Mutter. „Hier wirst du niemals gesund." — „Effendi, wohin soll ich?" — „Fort, nur fort!" — „Das ist leicht gesagt. Ich kann ja kaum diese Wohnung hier bezahlen." — „So sorge ich für eine andre." — „Oh, wenn du dies tun wolltest!" — „Ich bin zwar hier fremd und komme soeben erst an, aber ich hoffe, daß ich dir doch dienen kann." — „Und auch ein Mittel für mein Reißen willst du mir geben?" — „Ich brauche es dir nicht zu geben. Du kannst es dir holen lassen. Das Laub der Birken ist das beste Mittel für dein Leiden." — „Ist es möglich? Birkenlaub soll gut gegen diese schmerzhafte Krankheit sein?" — „Ja, wie ich sage. Ich habe es an mir selbst erfahren. Es gibt Völker, die keine Ärzte haben und ihre Krankheiten nur mit solchen einfachen Mitteln heilen. Von ihnen habe ich es gelernt, daß das Laub der Birke das Reißen heilt. Als ich dann selbst daran litt, habe ich das Mittel erprobt und ausgezeichnet gefunden." — „Wie wendet man es an?" — „Man muß warten, bis es regnet. Dann streift man das nasse Laub von den Zweigen und trägt es schnell heim, damit es nicht trocken wird. Dann legt man sich nieder. Sind die Beine krank, so steckt man sie in einen Sack, der mit Laub gefüllt ist und bindet ihn über den Hüften zu. Bald wird man in Schlaf fallen und heftig schwitzen, weshalb man sich sorgfältig zudecken muß. Der Schweiß des kranken Gliedes und das Wasser des Laubes tropfen förmlich aus der Umhüllung hervor. Man schläft lange und tief. Wenn man erwacht, so steht man auf und findet die Krankheit, wenn sie nur leicht war, verschwunden. Bei schweren Fällen, wie der deinige es ist, muß man die Packung wiederholen." Mascha hatte mir aufmerksam zugehört. Jetzt fragte sie:

„Darf man das Laub nicht auch holen, ohne daß es geregnet hat, und es dann mit Wasser naß machen?" — „Nein. In diesem Fall hat es keine Wirkung. Es ist eine angreifende Kur. Darum solltest du vorher keinen Hunger leiden." — Die arme Frau senkte traurig den Blick. „Effendi, wenn ich nichts habe, so kann ich nichts essen. Ich wollte gern hungern, wenn ich nur nicht meine Kinder darben sähe." — „Dem können wir abhelfen. Ein guter Freund gab mir eine kleine Summe mit, um sie einem würdigen Armen zu schenken, wenn ich während meiner Reise einen solchen finden sollte. Was denkst du: Soll ich dir das Gld geben oder soll ich warten, bis sich eine andre Gelegenheit bietet?" — Die Pflanzensammlerin hob den leuchtenden Blick zu mir. „Effendi!" Mascha sagte nur dieses eine Wort, aber es klang daraus eine Fülle von Bitte, Scham und Dank. — „Nun, soll ich?" — „Wieviel ist es denn?" — „Zwei Pfund." — „Pfund? Das kenne ich nicht. Wieviel Para sind das?" — „Para? Es ist viel mehr!" — „Wohl einige Piaster?" — „Zwei Pfund sind zweihundert Piaster." — „O Himmel!" Nebatja wollte die Hände zusammenschlagen, aber der Schmerz hinderte sie daran. — „Und weil es zwei Goldstücke sind, so wird man dir, wenn du sie wechseln läßt, zweihundertsechzehn Piaster dafür geben müssen.“ Ich hatte von dem Geld, das ein Geschenk Hulams in Adrianopel war, die angegebene Summe aus dem Beutel genommen und hielt sie der Armen hin. Sie aber trat zurück. „Effendi, du scherzt!“ — „Nein, es ist mein Ernst. Nimm!“ — „Ich darf nicht.“ — „Wer verbietet es dir?“ — „Niemand. Aber eine so reiche Gabe. —“ — „Sprich nicht weiter! Der Mann, der mir diese Summe gab, ist wohlhabend. Hier, stecke das Geld ein, und wenn du es wechseln lassen willst, so gehe zu einem ehrlichen Mann. Kaufe Nahrung für dich und die Kinder. S bogom — mit Gott! Morgen komme ich wieder.“ Ich drückte der Frau das Geld in die gekrümmten Hände und eilte fort. Sie kam mir nach, aber ich winkte entschieden zurück, so daß sie sich nicht getraute, mir bis zu den Gefährten zu folgen, die auf mich warteten. Wir ritten weiter. Beim Aufsteigen hatte ich gesehen, daß die Neugierigen sich um die kranke Pflanzensammlerin sammelten, jedenfalls, um sie auszufragen. Von Nohuda, der Erbse, die sich verjüngen wollte, hatte ich nicht Abschied genommen. Sie war zu den neugierigen Zuschauern getreten — trotz ihres bekleisterten Gesichts — und dort suchte ich sie freilich nicht auf. Wir bogen nun von der Therme aus in ein enges Gäßchen ein, an dessen Ecke ich einen zerlumpten Mann lehnen sah, der uns mit scharfen Augen betrachtete. Er fiel mir nicht besonders auf, da mir die Personen hier alle mehr oder weniger zerlumpt vorkamen. Nun wußte ich nicht, wohin Ibarek uns führen werde. Ich fragte ihn jetzt danach, und er gab mir den Bescheid: „Ich führe euch zum Han ‚Et Tohr el ahmar‘, wo es euch gar wohl gefallen soll.“ Der Titel des Gasthauses fiel mir auf. Das klang ja geradeso, als befänden wir uns in den Gassen einer deutschen Kleinstadt. Das arabische ‚Et Tohr el ahmar‘ heißt ‚Zum Roten Ochsen‘. Das klang mir lieblich in die Ohren wie Gungls ‚Heimatklänge‘. „Kennst du den Handschi?“ fragte ich. — „Sogar sehr gut“, erwiderte er lächelnd. „Handschi Bajro ist nämlich mein Schwager.“ Das freute mich, denn ich durfte erwarten, daß die Freundschaft, die Ibarek für uns hegte, auch auf seinen Schwager übergehen würde.

17. *Eine mißlungene Verhaftung*

Ostromdscha bot — wenigstens so weit, wie wir es jetzt erblickten — nichts Besonderes. Türkische Häuser und Hütten zeigen der Straße ihre mit dichten Holzgittern versehenen Fenster im obern Stockwerk, ansonsten nur die glatten Mauern. Wege, aus trockenem Schlamm bestehend, von dem an heißen Tagen ein entsetzlicher Staub aufwirbelt, während man bei Regenwetter tief in den Kot einsinkt. In der Mitte der Gassen ein oft vernachlässigtes Kopfsteinpflaster. So gleicht hier eine Stadt der andern. Als ich mich bei irgendeiner Gelegenheit umschaute, erblickte ich auch den Strolch, der an der erwähnten Ecke gestanden war. Er trottete langsam hinter uns her, und ich kam zu der Überzeugung, daß er uns verfolgte. Aus welchem Grund? Ich ahnte es. Endlich deutete Ibarek auf ein großes, offenes Tor, über dem ein Schild mit der Aufschrift ‚Et Tohr el ahmar' prangte. „Da ist es!" sagte er. — „Reitet hinein! Ich werde so tun, als wollte ich den Weg allein fortsetzen." — „Warum?" — „Es läuft uns ein Mann nach, den jedenfalls der Mübarek beauftragt hat, aufzupassen, wo wir einkehren. Diesem Menschen will ich eine hübsche Überraschung bereiten." Die Gefährten lenkten ins offene Tor, ich aber ritt noch eine kurze Strecke weiter. Unser Erscheinen hatte Aufsehen erregt. Überall blieben die Leute stehen und sahen uns nach. Dennoch hatte ich unsern Verfolger im Auge behalten. Jetzt lenkte ich um und ritt einen kurzen Bogen. Das war mir dadurch möglich, daß der Han nicht in einer Gasse, sondern an einem kleinen Platz lag. Noch standen die Menschen und blickten teils auf das offne Tor, meist aber auf mich. Mein prachtvoller Rappe schien ihre Aufmerksamkeit zu fesseln. Ich ließ Rih tänzeln und leitete ihn so der Stelle zu, wo der Verdächtige stand. Der Mann hatte eine weite Hose an und eine kurze Jacke. Beide wurden durch ein langes Gürteltuch vereinigt, das sich mehrmals um die Hüften schlang.

Nun stieß ich jenen Pfiff aus, auf den mein Hengst sich in schnellsten Galopp setzte. Er gehorchte und schoß vorwärts. Ein allgemeines Geschrei ließ sich hören und alles flüchtete zurück. Man mochte meinen, das Pferd gehe mit mir durch. Der Spion war in seine Aufgabe so versunken, daß er nicht auch sofort ans Ausreißen dachte. Dann aber warf er vor Entsetzen die Arme in die Luft und brüllte, was er brüllen konnte, denn er sah, daß der Rappe grad auf ihn losschoß. Vielleicht wollte er das Pferd durch dieses Geschrei abschrecken, weil es für ihn zur Flucht zu spät war. Er lehnte nämlich an einer Mauer, an der ich im Galopp entlang kam. Jetzt war ich bei ihm. Er drückte sich ganz an die Wand. Ich aber bog mich nieder, ergriff ihn beim Gürtel und riß ihn empor. Ihn in einem weiten Bogen von rechts her über den Kopf des Pferdes schwingend, warf ich ihn nach links hinüber und legte ihn mir dann quer über die Knie. „Allah, Allah!" zeterte er und versuchte sich loszumachen. — „Verhalte dich ruhig!" rief ich dem Entführten zu. „Sonst bist du des Teufels!" Da machte er sofort den Mund zu und auch noch die Augen. Der Mann war kein Held. Ich lenkte nun zum Han ein und trabte durch das Tor. Da stand Halef mit den Gefährten. Sie hatten den Vorfall beobachtet, lachten aus vollem Hals und beeilten sich, die Torflügel zuzumachen und den großen Riegel vorzulegen. Das war auch nötig, denn eine beträchtliche Menschenmenge drängte sich herbei, um zu erfahren, was die seltsame Sache zu bedeuten habe. Ich ließ den Gefangenen auf die Erde nieder und stieg ab. An Ibareks Seite kam ein türkisch gekleideter Mann auf mich zu und begrüßte mich. Er war der Handschi Bajro. Während ich den üblichen Gruß mit ihm wechselte, war mein Mitreiter wieder zu sich gekommen. Er warf sich in die Brust, schritt herbei und fragte drohend: „Warum hast du mir das getan? Meine Seele konnte des Todes sein!" — „Darum wäre es sicher nicht schade gewesen." — „Spotte nicht! Weißt du, wer ich bin?" — „Nein, bis jetzt noch nicht." — „Ich bin der Fährmann des Flusses Vodotschnitza." — „Schön! Du lebst also vor den Toren der Stadt auf dem Wasser. Hast du dich nicht gefreut, zur Abwechslung einmal so schön reiten zu können?" —

„Gefreut? Hab' ich dich denn gebeten, mich mitzunehmen?" — „Nein, aber es gefiel mir so." — „Ich werde dich anzeigen." — „Schön!" lächelte ich. — „Und dich bestrafen lassen." — „Noch schöner!" — „Du wirst ohne Säumen mit mir zum Saptije müdiri gehen." — „Später, lieber Freund! Jetzt habe ich keine Zeit!" — „Ich kann nicht warten. Ich muß bei meiner Fähre sein." — „Wo ist diese?" — „An der Vodotschnitza." — „Vermutlich unweit des Wegs nach Kusturlu?" — „Wie kommst du auf diesen Gedanken? Dort gibt es keinen Fluß. Die Vodotschnitza fließt doch nördlich der Stadt." — „Das weiß ich gar wohl. Aber der Fährmann, der jetzt behauptet, keine Zeit zu haben, lehnte dort im Südosten an einer Ecke und kam uns dann gemächlich nachspaziert. Ist das wahr oder nicht?" — „Ja. Aber was geht das dich an?" — „Sehr viel, mein Lieber. Warum bist du mit uns gegangen?" — „Ich kann laufen, mit wem ich will." — „Und ich kann reiten, mit wem ich will! So haben wir also beide unsern Willen gehabt." — „Das Reiten ist etwas ganz andres. Ich hätte den Hals brechen können." — „Vielleicht wäre es nicht schade um dich gewesen." — „Effendi! Sprich noch einmal so, so renne ich dir diese Klinge in den Leib!" Der spionierende Fährmann griff mit einer drohenden Gebärde zum Messer, dessen Scheide in seinem Gürtel steckte. — „Laß das!" fuhr ich ihn an. „Vor einem solchen Ding fürchtet man sich nicht." — „So! Wer bist du denn, daß du dir erlaubst, mich zu beleidigen?" — „Ich bin Kara Ben Nemsi Effendi Hasretleri. Hast du diesen Namen schon einmal vernommen?"

Ich richtete mich hoch vor ihm auf und gab mir Mühe, einen möglichst stolzen und gebieterischen Eindruck zu machen. Daß ich mir den Titel Hasret gab, also Exzellenz, das war mehr als aufgeschnitten. Ich glaubte aber, jetzt einmal wie mein kleiner Hadschi prunken zu müssen. Diesem Spion gegenüber besaß ich keine Macht und wollte ihn doch zwingen, mir zu sagen, wer ihn beauftragt habe, uns nachzulaufen. Also mußte ich ihn ängstigen und dazu bedurfte ich einer Würde, die ich leider nicht besaß. Ich sah auch sofort, daß ich das Richtige getroffen hatte, denn der Fährmann verneigte sich tief und erwiderte demütig: „Nein, Sultanum, diesen durchlauchtigen Namen habe ich noch nicht vernommen." — „So hörst du ihn jetzt und weißt nun, wer ich bin. Danach magst du dich richten! Glaubst du, ich liebe es, Spione hinter mir herlaufen zu sehen?" — „Hasret, ich verstehe dich nicht." — „Du verstehst mich wohl. Antworte! Wer hat dich beauftragt, mir nachzugehen, um zu erfahren, wo ich von meinem Pferd steige!" — „Niemand, Hasret. Ich bin nur aus eignem Antrieb hinter dir hergegangen." — „War das der geradeste Weg zum Fluß?" Er wurde sichtlich verlegen. „Nun, antworte!" drängte ich. — „Hasret, du irrst dich wirklich. Ich habe diesen Umweg ganz ohne Absicht gemacht." — „Schön! Ich will dir glauben. Aber wenn du meinst, das sei von Vorteil für dich, so bist du im Irrtum. Ein Fährmann, der bei seiner Fähre sein soll und sich dennoch auf Umwegen in den Gassen von Ostromdscha herumtreibt, den können wir nicht brauchen, denn er ist unzuverlässig. Ich werde dem Müdir den Befehl erteilen, dich abzusetzen. Es gibt andre, die dieses Amtes würdiger sind." — Jetzt erschrak er. „O Hasret, das wirst du nicht tun!" flehte er. — „Ja, das werde ich tun, und zwar um so mehr, als ich deutlich sehe, daß du mich belogen hast." Der Spion blickte eine Weile zur Erde. Dann erklärte er zaghaft: „Effendi, ich will aufrichtig sein und dir gestehen, daß ich dir nachgegangen bin." — „So sage mir auch, wer dich dazu beauftragt hat." — „Niemand. Ich tat es aus Neugierde." — „Das ist eine Lüge!" — „Nein, Effendi." — „Wollen sehen! Wer einmal lügt, der lügt auch zum zweitenmal." — Und mich zu Halef wendend, gebot ich: „Hadschi Halef Omar Aga, hole sofort zwei Saptijeler herbei. Dieser Mann soll die Bastonade erhalten!" — „Sogleich, Sultanum!" antwortete der Kleine und tat, als wolle er davoneilen. — „Halt!" schrie der geängstigte Fährmann. „Aga, bleib da! Ich will gestehen!" — „Zu spät! Aga, beeile dich!" Da sank der Mann auf den Boden nieder und jammerte mit erhobenen Händen: „Nicht die Bastonade, nicht die Bastonade! Ich kann sie nicht überstehen." — „Warum nicht?" — „Meine Füße sind so weich und empfindlich, weil ich so viel im Wasser bin."

Ich mußte die Zähne aufeinanderbeißen, um nicht zu lachen. Die Bastonade wird bekanntlich auf die nackten Fußsohlen erteilt und diese niedrige Körpergegend war bei ihm zu empfindlich für so gewaltsame Eindrücke. Wenn man diesen Grund gelten lassen will, dann muß man von jeder Strafe absehen, da die Strafe eben darin besteht, irgendeinen körperlichen, geistigen oder moralischen Schmerz zu bereiten. Damit soll aber nicht gesagt sein, daß ich ein Freund davon bin, die Fußsohlen meiner Mitmenschen zu mißhandeln. Ich belehrte ihn deswegen freundlich: „Eben weil du dabei doppelte Schmerzen zu leiden hättest, solltest du doppelt vorsichtig alles vermeiden, was die Obrigkeit veranlassen könnte, dich zu züchtigen. Aber ich habe grad jetzt meine mitleidige Stunde und will noch versuchen, ob ich Gnade walten lassen kann." — „Versuch es, Effendi, ich will ein offnes Geständnis ablegen." — „So sag, wer dich beauftragt hat." — „Der Mübarek." — „Was bot er dir dafür? Geld?" — „Nein. Geld gibt der Heilige nie. Er versprach mir ein Amulett für reichlichen Fischfang, weil ich Fährmann und Fischer zugleich bin." — „Und wie lautete sein Auftrag?" — „Ich soll dir nachgehen und ihm dann sagen, wo du wohnst." — „Wann und wo sollst du es ihm sagen?" — „Heut abend, droben in seiner Hütte auf dem Berg." — „Ist er denn so spät noch zu sprechen?" — „Nur für die, denen er einen Auftrag gegeben hat, ist er da. Man braucht nur zu klopfen und ein gewisses Wort —" Er hielt erschrocken inne. „Weiter!" gebot ich. — „Weiter nichts." — „Willst du mich wieder belügen?" — „O nein, Effendi." — „Und dennoch lügst du!" Ich dachte an das, was er vorhin gesagt hatte, nämlich, daß der Mübarek niemals Geld gebe. Wenn er das so genau wußte, so hatte er wahrscheinlich schon oft Aufträge des Alten ausgeführt. Darum fuhr ich fort: „Wenn man wie gewöhnlich mit dem Türring klopft, öffnet er nicht?" — „Nein." — „Aber wenn man ein bestimmtes Wort dazu sagt, wird man eingelassen?" Der Fährmann schwieg. „Nun sprich. Oder soll ich dir den Mund öffnen lassen? Die Bastonade ist ein gutes Mittel dazu." Er blickte noch immer unentschlossen zu Boden. Die Furcht vor dem Mübarek schien bei ihm ebenso groß zu sein wie die Angst vor der Bastonade.

„Gut! Wenn du nicht reden kannst, so magst du dir die Folgen selbst zuschreiben. Hadschi Halef Omar Aga!“ Kaum hatte ich diesen Namen wieder genannt, so war der Fährmann mit seinem Nachdenken zu Ende. Er sagte kleinlaut: „Hasret, laß die Saptijeler nicht holen! Ich will dir beichten. Mag der Mübarek mir immerhin zürnen. Ich lasse mich seinetwegen nicht zuschanden schlagen.“ — „Wie kann er dir zürnen?“ — „Der Heilige hat es mir sehr streng verboten.“ — „Willst du ihm denn mitteilen, daß du das Wort mir gesagt hast?“ — „Nein. Das fällt mir nicht ein. Aber du selbst wirst es ihm sagen.“ — „Sei unbekümmert. Ich habe gar keinen Grund, deine Mitteilung auszuplaudern.“ — „So wird er es durch seine Vögel erfahren.“ Wieder diese Vögel! Der alte Schwindler schien es außerordentlich gut verstanden zu haben, die Dummheit dieser Leute für sich auszubeuten. — „Es sind ja gar keine da! Siehst du einen?“ Er blickte sich um. Es war kein Rabe, keine Dohle oder Krähe zu sehen. „Nein. Er hat keinen Vogel gesandt, wohl weil er nicht gewußt hat, wo du absteigen würdest.“ — „Der Mübarek hätte doch einem befehlen können, mir nachzufliegen. Da hätte er dich nicht in Verlegenheit gebracht, und einem Vogel hätte ich nicht die Bastonade geben lassen können. Dein alter Heiliger ist also doch nicht so klug, wie du denkst. Also brauchst du auch keine Angst zu haben! Sprich! Wenn man heimlich zu ihm kommen will, muß man also ein gewisses Wort sagen?“ — „Ja, Effendi.“ — „Gibt es mehrere solcher Wörter für verschiedene Personen?“ — „Nein. Alle wissen nur das eine Wort.“ — „Wie lautet es?“ — „Ssyrdasch.“ Dieses Losungswort war gar nicht so übel gewählt, denn es bedeutet ‚Ein Vertrauter‘. „Ist das auch das richtige Wort? Hast du es dir nicht selbst ausgesonnen?“ — „Nein, Effendi! Wie könnte ich das wagen?“ — „Du hast mich wiederholt belogen. Du verdienst also keinen Glauben.“ — „Jetzt sage ich die Wahrheit.“ — „Ich werde dich gleich mit einer neuen Frage auf die Probe stellen. Hast du für den Mübarek schon oft heimliche Aufträge ausgeführt?“ — Erst nach einer Weile gestand er: „Ja, Effendi.“ — „Welche?“ — „Das darf ich nicht bekennen.“ — „Auch nicht, wenn du die Bastonade erhältst?“ — „Nein, auf gar keinen Fall!“ — „Warum?“ — „Ich habe einen strengen Schwur getan. Lieber lasse ich mich totschlagen, als daß ich mit einem gebrochenen Schwur in die Hölle fahre.“ Jetzt sprach er im Ton der vollsten Wahrheit. Darum benutzte ich die Gelegenheit, um ihn zu fragen: „Kennst du vielleicht das Wort: ‚En Naßr‘?“ — „Ja.“ Dieses schnelle Eingeständnis hatte ich nicht erwartet. — „Wie hast du es kennengelernt?“ — „Grad so wie das jetzige. Der Mübarek hat es mir gesagt." — „Wozu wurde es angewendet?" — „Als Erkennungszeichen zwischen allen seinen Bekannten." — „Jetzt nicht mehr?" — „Nein, Effendi." — „Weshalb nicht mehr?" — „Weil es verraten wurde." — „Von wem?" — „Das weiß hier niemand. Es ist in Stambul verraten worden." — „Auf welche Weise?" — „Das darf ich nicht sagen." — „Du kannst ruhig davon sprechen, denn ich weiß mehr, als du denkst. Es gab in Stambul ein Haus der Zusammenkunft der ‚En Naßr'. Das wurde von einem Mann entdeckt, der nebenan im Haus eines Bäckers wohnte. Nicht?" — „Effendi, das weißt du?" fragte er erstaunt. — „Oh, ich weiß noch viel mehr. Das Haus brannte ab, und es entstand ein Kampf." — „Du weißt es genau!" — „Ich kann dich sogar nach dem ‚Usta' fragen. Hast du von ihm gehört?" — „Wer kennt nicht diesen Gebieter?" — „Hast du ihn selbst gesehen?" — „Nein." — „Weißt du, wer er ist?" — „Auch nicht." — „Auch nicht, wo er zu finden ist? "— „Das wissen jedenfalls nur die Eingeweihten." — „Ich denke, du gehörst zu ihnen?" — „O nein, Effendi." Der Fährmann blickte mich dabei so aufrichtig an, daß ich überzeugt war, er rede die Wahrheit. „Nun, nachdem du mir bewiesen hast, daß du nicht ganz so schlimm bist, wie ich erst denken mußte, will ich dir die Bastonade erlassen." — „Aber hierbehalten willst du mich?"

Das war mehr, als ich erwarten konnte. Meine Aufschneiderei hatte ungeahnten Eindruck gemacht. Ich bewahrte meine strenge Miene und erklärte: „Eigentlich sollte ich dich einsperren lassen. Aber da du aufrichtig geworden bist, sei dir auch das erlassen. Du bist frei und kannst gehen." — „Und Fährmann darf ich auch bleiben?" — „Ja. Wenn ich dir alle übrige Strafe schenke, so darfst du bleiben, was du bist." — Da erglänzte sein Gesicht vor Freude. „Hasret! Meine Seele ist voll Dank für dich. Gewähre mir noch eine Bitte, dann bin ich glücklich!" — „Was denn?" — „Sag dem Mübarek nichts von dem, was ich dir mitgeteilt habe."

Diesen Wunsch konnte ich ihm leicht erfüllen. Es lag ja in meinem eignen Vorteil, daß der Alte nichts davon erfuhr. Je weniger er mir an Kenntnis seiner Heimlichkeiten zutraute, desto sicherer war ich, ihn überlisten zu können. Ich gab dem Fährmann also die Versicherung, daß ich schweigen würde, und dann entfernte er sich, sehr zufrieden mit dem glücklichen Ausgang dieses Zwischenfalls. Zu erwähnen ist, daß der letzte Teil der Unterredung ohne lästige Zeugen vor sich gegangen war. Der Handschi Bajro war abberufen worden und hatte seinen Schwager Ibarek mitgenommen. Also hatte keiner von beiden das geheime Losungswort gehört. Die drei aber, die dabei standen, Halef, Osko und Omar, konnten es immerhin wissen. Nun überzeugte ich mich, daß die Pferde gut untergebracht waren, und wurde dabei von einer Menschenmenge angestaunt, die durch das wieder weit geöffnete Tor hereingekommen war. Es schien ihnen unbegreiflich zu sein, daß ein Reiter im Galopp einen Mann zu sich in den Sattel gehoben hatte. Oder war ihnen meine Person aus andern Gründen wichtig? Diese letzte Frage mußte ich bejahen, als Halef mir mitteilte, daß ihn einer gefragt habe, ob ich der fremde Hekim Baschi sei, der der kranken Nebatja über zweihundert Piaster geschenkt und es gewagt habe, einen Vogel des Mübarek totzuschießen. Ich befand mich kaum in Ostromdscha und war schon ein berühmter Mann. Das war mir aber gar nicht lieb. Je weniger man auf mich achtete und von mir sprach, desto leichter konnte ich meine Aufgabe lösen. Jetzt ging ich in das Innere des Hauses. Es war fast ebenso eingerichtet wie das in Dabila, nur daß hier die Wände aus luftgetrockneten Lehmziegeln bestanden. Ibarek hatte uns offenbar gut empfohlen, denn wir wurden in eine besondere Stube geführt und erhielten zunächst Wasser, um uns vom Staube zu reinigen, und dann ein Essen, das in Anbetracht der hiesigen Verhältnisse sehr anständig war. Die beiden Schwäger aßen mit uns. Brustvorhänge, wie Halef sich ausgedrückt hatte, gab es diesmal nicht. Begreiflicherweise kam die Rede auf den Diebstahl, dessen nähere Umstände noch einmal genau durchgesprochen wurden. Dabei dachte ich daran, daß ich den mitentflohenen Gefängnisschließer noch gar nicht zu Gesicht bekommen hatte, während ich die beiden andern Flüchtlinge genau kannte. Darum fragte ich Ibarek: „Würdest du die drei Diebe deines Geldes wiedererkennen, wenn du sie sähst?" — „Sofort." — „Also hast du sie genau betrachtet. Kannst du mir den Mann beschreiben, der die Kartenkunststücke gemacht hat? Man könnte ihm vielleicht begegnen, und ich habe ihn noch nie gesehen." — „Oh, der ist leicht zu erkennen! Er hat ein untrügliches Zeichen, das er nicht entfernen kann: eine Hasenscharte am Mund." Jetzt kam ein Knecht herein und flüsterte mit dem Handschi Bajro, der sichtlich verlegen wurde und mich ratlos ansah. „Was gibt es?" fragte ich. — „Verzeih, Effendi", antwortete Bajro. „Es — sind mehrere Saptijeler draußen." — „Unsertwegen?" — „So ist es." — „Was wollen sie?" — „Euch verhaften." — „Allah akbar — Gott ist groß!" rief Halef. „Sie mögen hereinkommen! Wir werden sehen, wie wir laufen: ob sie mit uns oder wir mit ihnen." — „Ja", stimmte ich bei. „Aber laß unsre Pferde augenblicklich wieder satteln." — „Wollt ihr etwa fliehen?" fragte der Handschi. — „Fällt uns nicht ein!" Bajro ging hinaus und durch die offne Tür traten sechs bis an die Zähne bewaffnete Saptijeler ein. Was ich erwartet hatte, erfüllte sich. Selim, mit dem wir draußen im Busch gesprochen hatten, war dabei. Das war nicht zu verwundern, da wir langsam geritten waren und uns an der heißen Quelle aufgehalten hatten. Sie pflanzten sich an der Tür auf und unser Bekannter trat vor. Er mochte es sich als wohlverdiente Genugtuung ausgebeten haben, das Wort zu führen. Von seiner früheren Vorliebe für Beschaulichkeit schien nichts mehr vorhanden zu sein, denn er rief, den Kolben seines Schießgewehrs auf den Boden stoßend, uns mit Siegermiene zu: „Nun!" Dieses eine Wort schon sollte uns niederschmettern. Es lag eine ganze Welt voll Freude, Überlegenheit, Hohn und Befriedigung darin. Aber keiner von uns rührte sich. Wir aßen ruhig weiter, als hätten wir uns verabredet. Die drei Gefährten folgten eben meinem Beispiel. „Nun!" wiederholte der Held. Als auch darauf keine Antwort erfolgte, trat er einen Schritt näher und fragte drohend: „Hört ihr etwa nicht?" Er erhielt eine Antwort, die ebenso außer seiner wie auch außer meiner Berechnung gelegen war, der kleine Hadschi stand nämlich auf, nahm das große Tellerbrett, auf dem uns der köstliche, in Fett schwimmende Pilaw vorgesetzt worden war, stellte sich vor den Polizisten hin, hielt ihm den noch für zehn Personen ausreichenden Vorrat entgegen und sprach auch nur ein Wort: „Nimm!" Beide blickten einander eine Weile in die Augen. Dabei zog der Duft des Lieblingsgerichts aller Türken in die Nase des Saptije. Sein strenges Gesicht wurde immer weniger streng. Die Lippen öffneten sich unwillkürlich, die Nasenflügel zitterten, und ein verbindliches Lächeln begann um seinen Mund zu spielen. Die Spitzen des Schnurrbarts zuckten — es war keine Frage, der Pilaw hatte gesiegt! Welcher türkische Saptije kann einem in Fett schwimmenden Reisberg mit Fleischstücken widerstehen! Der Mann ließ seine Flinte niedergleiten, ergriff das Brett, drehte sich zu seinen Gefährten um und fragte: „Istermitßinis — wollt ihr?" — „Ewwet, ewwet — ja, ja!" antworteten schnell fünf Stimmen. — „So setzt euch nieder!"

Die andern lehnten ihre Schießprügel an die Wand und hockten sich zu ihrem Kameraden nieder. Es war eine wahre Lust, zu sehen, wie sie ernst und würdevoll mit den Mienen griechischer Weltmeister um das Brett hockten, mit den Fingern in den Reis langten, ihn in den hohlen Händen zu Kugeln formten und diese Kugeln in die weit aufgesperrten Mäuler schleuderten. Halef hatte sich wieder auf seinen Platz gesetzt und verzog keine Miene. Da kam der Handschi Bajro wieder herein. Als er die kauernde und Reiskugeln rollende Gesellschaft sah, verschwand er augenblicklich wieder, denn wäre er nur noch eine Sekunde geblieben, so hätte er in ein schallendes Gelächter ausbrechen müssen. Als der Pilaw verschwunden war, brachte der würdige Saptije das Brett zurück. „Ejwallah — vergelt's Gott!" dankte er, legte das Brett auf den niedrigen Tisch zurück, hob sein Gewehr auf, warf sich wieder in die Brust und sagte mit der Miene eines römischen Diktators: „Nun?" —

Jetzt hielt ich es für angebracht, zu antworten. „Was wollt ihr?" fragte ich kurz. — „Euch!" lautete die noch kürzere Antwort. — „Wozu?" — „Zum Saptije müdiri schaffen." — „Was will er?" — „Strafe bemessen", sagte Selim augenrollend. — „Wofür?" erkundigte ich mich freundlich. — „Für die Prügel." — „Welche Prügel?" — „Die ich bekommen habe", grollte er. — „So bist du ja schon bestraft! Wozu sind denn da wir noch nötig?" — Hätte ich das Gesicht, das der Saptije jetzt machte, malen können, das Bild würde das kostbarste Andenken an meinen Aufenthalt in der Türkei bilden. Es war geradezu unbeschreiblich. Der Hüter der öffentlichen Sicherheit war weg, vollständig weg. Doch bald kam ihm der Gedanke, daß er doch etwas sagen müsse. Er schnitt ein finsteres Gesicht und rief: „Geht ihr freiwillig mit?" — „Nein." — „Also mit Gewalt?" — „Nein!" wiederholte ich nachdrücklich. — „Allah, Allah! Wie denn?" — „Gar nicht." — Jetzt war Selim mit seiner Weisheit zu Ende. Er hatte sich den scharfsinnigsten seiner Kameraden genannt, aber es ist doch ein Unterschied, ob man in Gedanken drei Schimmeln nachläuft, oder ob man fünf Männer verhaften soll, die sich durch keine Polizei und überhaupt durch nichts aus der Fassung bringen lassen. Er tat das, was er für das Klügste hielt und was jedenfalls auch das Allerklügste war: er lehnte sich an die Wand und sagte zu einem seiner Kameraden: „Rede du!"

Der Betreffende trat vor. Er fing seine Sache ganz anders an. Wahrscheinlich besaß er bedeutende Anlagen für den Anschauungsunterricht, denn er hob seine Flinte, schob mir den Kolben fast unter die Nase, zeigte ihn dann im Kreis herum und fragte: „Wißt ihr, was das ist?" — Des Spaßes halber antwortete ich ihm: „Ja." — „Nun, was denn?" — „Ein Flintenkolben." — „Ja. Und daran ist ein Lauf, mit dem man schießt. Verstehst du mich?" — „Ja." — „So wißt ihr alles!" — „Nein, wir wissen nur, daß man mit deiner Flinte schießen kann." — „Das ist auch genug. Wir sind gekommen, um euch festzunehmen." — „Ah! Das mußt du doch erst sagen!" — „Das ist doch selbstverständlich. Wenn ihr nicht sofort mitgeht, greifen wir zu unsern Gewehren." — „Etwa, um uns zu erschießen?" — „Ja." — „Nun, wir sind dazu bereit. Erschießt uns!" — Ich brannte meinen Tschibuk an, meine Gefährten taten auch so, und wir rauchten weiter; die Polizisten aber starrten uns an. So etwas war ihnen noch nicht vorgekommen. Darauf wiederholte sich das neckische Spiel: der Befehlshaber legte sein Amt nieder. Er drehte sich um, gab einem andern einen Puff in die Seite und sagte: „Rede du!" Der Wackere war sogleich bereit, das freigewordene Zepter zu ergreifen. Er trat vor, augenscheinlich im Begriff, eine ernste Rede zu halten. Ich gewann schon die Überzeugung, daß nach und nach einer dem andern den Befehl übergeben werde, bis alle miteinander, ihrer Mißerfolge müde, sich entfernen würden. Aber so wohl sollte es uns nicht werden, denn eben als der dritte Generalfeldmarschall den Mund öffnete, um zu beginnen, wurde die Tür aufgerissen und das Gesicht und die Uniform eines Tschausch[1] kamen zum Vorschein. „Wo steckt ihr?" — „Hier!" — „Das sehe ich! Wo sind die Leute?" — „Hier!" Dabei zeigte der Antwortende auf uns. — „Warum bringt ihr sie nicht?" — „Sie wollen nicht." — „Warum zwingt ihr sie nicht?" — „Wir konnten nicht." Diese Fragen und Anworten klappten so schlagfertig und rasch aufeinander, als ob sie einstudiert gewesen wären. Es war zum Totlachen. — „So werde ich euch zeigen, wie man solche Menschen zwingt!" Der Feldwebel trat näher und zog den Säbel. Seine Augen rollten wie Kugeln, und seine langen, gelben Zähne wurden sichtbar. „Habt ihr's gehört, ihr Halunken, was man von euch will?" schrie er uns an. Kein Mensch erwiderte ein Wort. „Ob ihr es gehört habt?" brüllte der Tschausch mit rotem Gesicht. Alles schwieg. „Seid ihr taub?" heulte der Saptije mit überschnappender Stimme. Es schien so, denn keiner von uns zuckte auch nur mit den Wimpern. Das brachte den Feldwebel so in Harnisch, daß er völlig aus dem Gleichgewicht kam. Er holte mit dem Säbel aus, um mir einen Hieb mit der flachen Klinge zu versetzen, und schrie: „Hundesohn! Du sollst noch reden lernen!" Der Säbel sauste nieder — aber nicht auf meinen Rücken, sondern auf den Boden, der Tschausch aber bemerkte, als er sich umsah, daß er gleichfalls auf dem Boden saß. Als er dann fluchend aufspang und auf uns eindringen wollte, blieb er plötzlich stehen und starrte uns an, als ob wir Geister wären. Wir saßen nämlich noch immer da: still, starr, steif und stumm wie die Ölgötzen. Nur ich hatte mich bewegt, denn ich hatte ihm mit der Faust den Säbel aus der Hand schlagen und ihm dann einen Hieb geben müssen, der ihn zu Boden warf. Das war aber so blitzschnell geschehen, daß man es gar nicht rechnen konnte. Der Polizeifeldwebel ließ seinen Blick über uns hingleiten, von einem zum andern, wandte sich dann an seine Leute und fragte: „Waren sie denn vorhin schon so?" — „Ja", antwortete unser Bekannter aus dem Busch. — „Sie sind verrückt!" — „Gewiß", stimmte Selim bei. Es herrschte also eine geradezu beglückende Einheit der Ansichten unter diesen lieben Leuten. Sie sahen sich an und wiegten die Köpfe, und so hätten sie — wer weiß wie lange — die Köpfe gewiegt, wenn ich nicht endlich aufgestanden und zu dem Tschausch getreten wäre, um mich zu erkundigen: „Wen sucht ihr hier?" — Sein Gesicht erheiterte sich unverzüglich, denn er erkannte aus dieser Frage doch wenigstens, daß wir leidlich reden konnten. „Euch", lautete seine kurze

[1] Feldwebel

Antwort. — „Uns? Wie ist das möglich? Du sprachst doch von Hundesöhnen und Halunken!“ Dabei faßte ich den Saptije so fest ins Auge, daß er errötete, wirklich errötete. „Wer verlangt uns denn zu sehen?“ forschte ich weiter. — „Der Saptije müdiri.“ — „Warum?“ — „Er will euch befragen.“ Ich sah es dem Tschausch an, daß er eine ganz andre Antwort beabsichtigt hatte, aber sie kam ihm nicht über die breiten Lippen. — „Das ist etwas andres. Vorhin sprach jemand von Bestrafung. Geh also und melde dem Saptije müdiri, daß wir sofort erscheinen werden.“ — „Das darf ich nicht, Effendi!“ entgegnete er. — „Warum?“ — „Ich muß euch mitbringen. Ich soll euch sogar verhaften.“ — „Weiß denn der Müdir, wer wir sind?“ — „Nein, Effendi.“ — „So lauf schnell zum Müdir und sag ihm, daß wir nicht die Männer sind, die sich ohne weiteres verhaften lassen.“ — „Das darf ich erst recht nicht. Effendi, tu mir den Gefallen und geh mit! Die Herren warten schon lange.“ — „Welche Herren?“ — „Die Beisitzer.“ — „Ah so! Nun, so will ich aus Rücksicht auf diese Herren ohne Säumen aufbrechen. Komm mit!“

Die Saptijeler hatten sich das Verhaften wohl ganz anders gedacht. Ich schritt voran in den Hof, hinter mir kamen die Gefährten und nach ihnen die Polizisten. Im Hof standen unsre gesattelten Pferde. Dem Feldwebel schien ein Licht aufzugehen. Er kam zu mir heran und fragte: „Warum geht ihr in den Hof? Der gerade Weg führt doch nicht hierher zu den Ställen, sondern durch das Tor hinaus.“ — „Hab keine Sorge“, antwortete ich. „Wir werden diesen Weg sofort einschlagen.“ Schnell trat ich zu meinem Rappen und stieg auf. — „Halt!“ rief er. „Ihr wollt uns entfliehen. Herab mit dir! Laßt die andern nicht aufsteigen!“ Seine Leute wollten sich der Pferde bemächtigen, und er selbst packte mich bei einem Bein, um mich herabzuziehen. Da nahm ich den Rappen vorn hoch und ließ ihn auf den Hinterhufen einen Kreis beschreiben. Der Tschausch mußte loslassen. — „Seht euch vor, ihr Leute!“ warnte ich laut. „Mein Pferd wird leicht scheu.“ Ich zwang Rih zu einigen Sprüngen, so daß er unter die Saptijeler fuhr, die schreiend auseinanderstoben. Dadurch gewannen meine Freunde Zeit zum Aufsteigen, und nun galoppierten wir zum Tor hinaus. „Güle, güle — leb wohl! Auf Wiedersehen!“ rief ich dem Feldwebel zu. — „Dur, dur — halt, halt“, brüllte er, während er mit seinen Untergebenen hinter uns hersprang. „Laßt sie nicht fort! Haltet sie auf, die Diebe, die Halunken, die Räuber!“ Es wären freilich genug Leute dagewesen, um uns aufzuhalten, denn die Kunde, daß wir verhaftet werden sollten, hatte sich schnell in Ostromdscha verbreitet und eine ansehnliche Menschenmenge herbeigelockt. Aber diesen braven Untertanen des Beherrschers der Gläubigen fiel es gar nicht ein,

Hand an uns zu legen und dadurch vielleicht unter die Hufe unsrer Pferde zu geraten. Sie rissen vielmehr schreiend vor uns aus.

Welchen Weg ich einschlagen mußte, um an den Ort zu gelangen, den wir in Deutschland mit dem Wort ‚Amtsgericht' bezeichnen, das merkte ich deutlich, da sich diese Richtung mit Leuten belebt hatte, die der spannenden Kriminalverhandlung beiwohnen wollten. Trotzdem fragte ich im Vorbeireiten einen alten Mann, der scheu vor uns zur Seite wich: „Wo wohnt der Kadi von Ostromdscha?" — Er zeigte in eine Gasse, die auf einen freien Platz mündete. „Reite dahinein, Effendi! Du wirst rechts den Halbmond mit Stern über dem Tor sehen." Wir folgten seiner Weisung und kamen an den Leuten, die die gleiche Richtung einschlugen, vorüber zu einer langen, hohen Mauer, in deren Mitte sich das bezeichnete Tor öffnete. Durch dieses Tor kamen wir in einen großen, viereckigen Hof, wo wir von einer ansehnlichen Schar Neugieriger empfangen wurden. Dem Tor gegenüber stand das Amts- und Wohngebäude, aus Fachwerk errichtet. Die Balken waren grün und die Füllung blau angestrichen, was einen wunderlichen Eindruck machte. Der Hof war schmutzig. Nur der Teil längs des Hauses war einige Meter breit mit einer Vorrichtung versehen, die jedenfalls ein Pflaster darstellen sollte. Doch sah dieser Gehsteig so aus, als sei er aufgerissen worden, um als Baustoff zu einer Barrikade zu dienen. Vor der Haustür stand ein alter Lehnstuhl, den ein vorweltliches Polster zierte. In der Nähe lag eine Bank, die nur zwei Beine an einem Ende emporreckte. Einige Stricke und einige Bündel daumenstarker Stöcke ließ vermuten, daß wir die Anstalt der hiesigen Rechtspflege vor uns hatten, die der Bastonade gewidmet ist. Einige Polizisten standen dabei, und in der Nähe saß ein alter Bekannter von uns, nämlich der Krüppel Busra, an dem wir draußen vor der Stadt vorübergeritten waren. Das Gesicht, das er uns zeigte, war sehenswert. Er war wohl überzeugt gewesen, daß wir hier als Gefangene unsern Einzug halten würden. Daß wir hoch und stolz zu Roß und ohne alle polizeiliche Begleitung kamen, gab seinem Antlitz den Ausdruck einer so dummen Verwunderung, daß ich darüber vielleicht gelacht hätte, wenn nicht in seinen haßglühenden Augen etwas zu bemerken gewesen wäre, was mit dem zur Schau getragenen Stumpfsinn nicht im Einklang stand. Wir stiegen ab. Ich warf Osko den Zügel zu und trat zu den wartenden Saptijelern. „Wo ist der Kodscha baschi[1]?" Ich sprach diese Frage im Ton eines Gebieters aus. Der Gefragte machte eine militärische Ehrenbezeigung: „Drin in seiner Wohnung. Willst du mit ihm sprechen?" — „Ja." — „So werde ich dich melden. Sag mir deinen Namen und dein Anliegen." — „Das werde ich ihm selbst er-

[1] Wörtlich ‚Haupt der Alten', ‚Dorfschulze', ‚Ältester'

zählen." Ich schob den Mann zur Seite und wendete mich zur Tür. Da wurde sie bereits von innen geöffnet, und ein langer, dürrer Mensch trat heraus, der wohl noch hagerer als der Bettler und der alte Mübarek war. Seine Gestalt war in einen Kaftan gehüllt, der am Boden schleifte, so daß man die Füße nicht sehen konnte. Auf dem Kopf trug er einen Turban, dessen Tuch weiß war. Sein Hals war so lang und dünn, daß er den Kopf kaum zu tragen vermochte, denn dieser Kopf wackelte und schwankte hin und her, auf und nieder, als hege die lange, scharfe Riesennase eine besondere Zuneigung zu dem kropfartigen Kehlkopf. Er blinzelte mich erstaunt mit den kleinen, wimperlosen und rotumränderten Triefaugen an und fragte: „Zu wem willst du?" — „Zu dem Kodscha baschi." — „Der bin ich. Wer bist du?" — „Ich bin ein Fremder, der Veranlassung hat, dir eine Beschwerde vorzutragen." — Er wollte antworten, kam aber nicht dazu, denn in diesem Augenblick lief der Feldwebel, von seinen Leuten gefolgt, zum Tor herein, hielt bei unserm Anblick erstaunt an und rief: „Allah, Allah! Da sind sie ja!" Mit ihm drängten sich noch immer mehr Menschen herein, aber keiner sprach ein Wort. Es ging so ruhig und lautlos zu, als befänden wir uns in einer Moschee. Der Ort, wo die hölzerne Bank ihre zwei Beine gen Himmel reckte, war diesen Leuten heilig. Vielleicht war schon mancher von ihnen auf diese Bank geschnallt worden, mit den nackten Fußsohlen an die hölzernen Beine gefesselt. Solche Erinnerungen sind meist überwältigend. Anstatt mir zu antworten, wandte der Beamte sich an den Feldwebel: „Ihr bringt ihn noch immer nicht? Wollt vielleicht ihr an seiner Stelle die Bastonade haben?"—Da deutete der vom schnellen Laufen ganz atemlose Saptije auf mich und antwortete: „Da ist er ja, Sultanum!" — „Was, der ist es?" — „Ja." Der Kodscha baschi drehte sich schnell wieder zu mir herum und betrachtete mich vom Scheitel bis zu den Sohlen. Dabei wackelte sein Kopf, als sei es seine Lebensaufgabe, durch diese unaufhörlichen Pendelbewegungen die Drehung der Erde zu beweisen. Sein Gesicht nahm einen strengen, finstern Ausdruck an, und er sagte barsch: „Du, also du bist der Gefangene?" — „Ich? Nein, der bin ich nicht", erwiderte ich ruhig. — „Dieser Polizeifeldwebel sagt es doch!" — „Er spricht die Unwahrheit. Hast du vielleicht gesehen, wie wir in den Hof kamen?" — „Ja, ich stand am Fenster." — „So wirst du bemerkt haben, daß wir zu Pferd saßen. Ich komme freiwillig zu dir. Deine Saptijeler sind uns später gefolgt. Nennst du das eine Verhaftung?" — „Ja. Du bist zwar ein wenig früher gekommen, aber die Polizei hat euch geholt, und so seid ihr verhaftet worden. Ihr seid meine Gefangenen." — „Du befindest dich in einem gewaltigen Irrtum." — „Ich bin der Kodscha baschi", rief der Hagere streng,

„und irre mich nie. Merke dir das!" Dabei wackelte er so bedenklich mit seinem Kopf, daß ich fürchtete, er wolle ihn mir zuschleudern. Es sah wirklich beängstigend aus. „Nun, so werde ich dir beweisen, daß du dich dennoch irrst", erklärte ich mit Nachdruck. „Es gibt keinen Kodscha baschi in der Welt, dem ich erlauben würde, mich seinen Gefangenen zu nennen." Einige rasche Schritte zu meinem Pferd und ein Sprung in den Sattel. Meine Gefährten saßen ebenso schnell auf. „Sihdi, zum Tor hinaus?" fragte Halef. — „Nein, wir bleiben. Ich will nur Bahn machen bis ans Tor."

Es war, als verstände der Rappe meine Absicht. Er tänzelte, den prächtigen Leib immer quer haltend, zum Tor und wieder zurück, schlug vorn und hinten aus und schnaubte dabei, daß die anwesende Volksmenge eiligst Raum gab und sich furchtsam an die Mauern drückte. „Macht das Tor zu!" gebot der Richter seinen Häschern. — „Wer das Tor anrührt, den reite ich über den Haufen!" drohte ich. Keiner der Polizisten rührte ein Glied. Der Kodscha baschi wiederholte seinen Befehl ohne Erfolg. Ich hatte die Nilpferdpeitsche in die Hand genommen, und das sah den guten Leuten doch zu gefährlich aus. Jetzt ritt ich so nahe an den richterlichen Beamten heran, daß der Rappe ihm ins Gesicht schnaubte. Er prallte zurück und streckte die langen, dürren Arme abwehrend aus: „Was erkühnst du dich? Weißt du nicht, wo du bist und wer ich bin?" schrie der Kadi. — „Das weiß ich genau. Du aber hast keine Ahnung, wen du vor dir hast. Ich werde mich bei deinem Vorgesetzten beschweren, bei dem Machredsch von Saloniki. Der mag dich belehren, wie du einen vornehmen Fremden behandeln sollst." Diese drohenden Worte enthielten eine Aufschneiderei, die ich mir in Anbetracht der Umstände erlaubte. Sie hatte die beabsichtigte Wirkung, denn der Alte sagte jetzt viel höflicher als vorher: „Du bist inkognito auf Reisen? Das habe ich nicht gewußt. Warum hast du das mir nicht sogleich mitgeteilt?" — „Weil du dich noch gar nicht nach meinem Namen und nach meinen Verhältnissen erkundigt hast." — „So sag mir, wer du bist!" — „Später. Erst will ich wissen, ob du mich wirklich als deinen Gefangenen betrachtest. Ich werde mein Verhalten nach meiner Antwort richten." Diese Aufforderung brachte den Kodscha baschi in Verlegenheit. Der Gebieter von Ostromdscha und Umgebung sollte seine Worte widerrufen! Er blickte mich scheu an und zögerte mit der Antwort. Sein Kopf geriet in höchst bedenkliche Bewegung. Es sah aus, als ob der Hals zerbrechen würde. „Nun, eine Antwort! Sonst reiten wir fort." — „Effendi", gab er endlich zu, „ihr seid freilich nicht gebunden und gefesselt gewesen, darum will ich annehmen, daß ihr nicht verhaftet seid." — „Gut, das genügt mir einstweilen. Aber lasse es dir ja nicht mehr in den Sinn kommen, von dieser

Meinung abzuweichen! Ich würde mich beim Machredsch beschweren." — „Kennst du ihn denn?" — „Ob ich ihn kenne, das geht dich nichts an. Wenn er und ich es wissen, so ist's genug. Also du hast zu mir gesandt. Daraus schließe ich, daß du mir eine Mitteilung machen willst. Ich bin bereit, sie zu hören." Es war spaßhaft, das Gesicht zu sehen, das der Richter schnitt. Wir schienen die Rollen gewechselt zu haben. Ich sprach von oben herab zu ihm, und zwar nicht etwa nur bildlich, sondern auch wirklich, denn ich saß im Sattel. In seinem Gesicht stritten die Ausdrücke des Zorns und der Verlegenheit um die Oberhand. Er blickte ratlos hin und her und erwiderte dann:

„Du irrst. Ich habe dir nicht sagen lassen, daß ich mit dir sprechen will, sondern ich habe befohlen, euch festzunehmen." — „Das hast du wirklich getan? Fast kann ich es nicht glauben. Ihr seid doch vom Obersten Gerichtshof angewiesen worden, gerecht und vorsichtig zu handeln. Was war denn der Grund dieses Befehls?" — „Ihr habt einen meiner Saptije mißhandelt, und dann hast du einen Einwohner dieses Landbezirks in Lebensgefahr gebracht." — „Hm! Ich höre, daß man dir die Sache nicht der Wahrheit gemäß berichtet hat. Wir haben einen Polizisten gezüchtigt, weil er es verdiente, und ich habe dem Fährmann das Leben gerettet, indem ich ihn zu mir in den Sattel riß. Mein Pferd hätte ihn niedergestampft, wenn ich nicht so geistesgegenwärtig gewesen wäre." — „Das klingt allerdings ganz anders, als es mir berichtet wurde. Ich werde also untersuchen müssen, wo die Wahrheit liegt." — „Diese Untersuchung ist überflüssig. Siehst du denn nicht ein, daß deine Worte eine Beleidigung für mich enthalten? Du willst untersuchen! Also mißtraust du meinen Aussagen. Ich weiß nicht, was ich von deiner Höflichkeit und Umsicht denken soll." — Der Richter fühlte sich in die Enge getrieben und antwortete ziemlich kleinlaut: „Selbst wenn du recht hast, muß die Untersuchung stattfinden, eben, um den Anklägern zu beweisen, daß du recht hast." — „Das lasse ich gelten." — „So steig ab! Ich werde das Verhör sogleich beginnen." Das alles war so laut gesprochen worden, daß die Anwesenden jedes Wort verstehen konnten. Jetzt drängten die Leute herbei, um noch besser hören und sehen zu können. Sie flüsterten sich ihre Bemerkungen zu, und die Blicke, die sie auf uns richteten, sagten deutlich, daß sie gehörige Achtung vor uns hatten. So wie ich hatte wohl noch niemand mit dem Kodscha baschi gesprochen. Dieser würdige Beamte setzte sich nun auf den Stuhl. Er nahm eine möglichst ehrfurchtgebietende Haltung an und wiederholte seine vorige Weisung: „Steig ab und laß auch deine Leute absteigen. Die Achtung, die man der Obrigkeit schuldet, erfordert es." — „Ich bin ganz deiner Meinung, aber ich sehe von der Obrigkeit noch gar nichts." — „Wie? Verstehe ich richtig?

Die Obrigkeit bin ich!" — „Wirklich? So befinde ich mich wahrscheinlich in einem großen Irrtum. Wer ist der Friedensrichter von Ostromdscha?" — „Ich bin es. Ich bekleide beide Ämter." — „Gehört denn diese Angelegenheit vor den Friedensrichter?" — „Nein, sondern vor den Kadi." — „So habe ich also doch recht. Der Naïb[1] kann ganz allein ohne Beisitzer entscheiden. Ein Kodscha baschi kann nur dann als Kadi auftreten, wenn ein Staatsanwalt, ein Stellvertreter, ein Zivilleutnant und ein Gerichtsschreiber zugegen sind. Nun sage mir, wo diese Herren sind! Ich sehe nur dich allein." Sein Kopf begann wieder bedenklich hin und her zu pendeln. „Ich pflege auch solche Sachen allein zu verhandeln", erklärte er. — „Wenn die Bewohner von Ostromdscha sich das gefallen lassen, so ist das ihre Sache. Ich aber kenne die Gesetze des Padischah und verlange, daß sie erfüllt werden. Du forderst von mir Achtung vor einer Obrigkeit, die gar nicht vorhanden ist." — „Ich werde die Männer holen lassen", versicherte der Beamte. — „So beeile dich! Ich habe nicht viel Zeit." — „Du wirst dennoch warten müssen, denn ich weiß nicht, ob der Basch kiatib[2] gleich zu finden sein wird, und der Stellvertreter ist nach Kusturlu gegangen. Er kommt wohl erst in einigen Stunden zurück." — „Das ist mir unangenehm. Die Obrigkeit darf sich nicht suchen lassen. Was wird der Machredsch sagen, wenn ich ihm das erzähle?" — „Du brauchst es ihm nicht zu erzählen. Du wirst mit der Behandlung, die euch zuteil werden wird, zufrieden sein." — „Wieso? Welche Behandlung meinst du?" — „Das weißt du nicht?" erkundigte sich der Kodscha baschi unter heftigem Kopfwackeln. — „Nein." — „Ich muß euch hierbehalten, bis das Gericht zusammengetreten ist. Aber ihr sollt es so gut haben, wie die Umstände es erlauben." — „Höre! Wir werden es so gut haben, wie es uns selbst beliebt. Du willst uns hierbehalten, das heißt, wir sind gefangen. Du weißt aber, daß ich mir das nicht gefallen lasse." — „Aber das Gesetz fordert es", beharrte der Beamte. — „Du scheinst dir ganz eigne Gesetze gemacht zu haben, die ich jedoch nicht anerkenne. Ich bin bei dir angezeigt worden und erkläre mich damit einverstanden, daß das Gericht die Sache untersucht. Ich bin also bereit, mich dem Gericht zu stellen. Aber meiner Freiheit lasse ich mich nicht berauben. Ich kehre jetzt in den Han zurück und werde dort die Benachrichtigung erwarten." — „Das darf ich nicht zugeben", sagte der Kodscha baschi und stand von seinem Stuhl auf. — „Was willst du dagegen tun?" fragte ich. — „Wenn du mich zwingst, muß ich dich mit Gewalt zurückhalten." — „Pah! Du hast mir ja schon deine Saptijeler gesandt. Was haben sie ausgerichtet? Nichts!

[1] Friedensrichter
[2] Oberster Gerichtsschreiber

Und den gleichen Erfolg würdest du wieder haben. Wenn du klug bist, so unterläßt du es, dich vor deinen Leuten lächerlich zu machen. Ich gebe dir mein Wort, daß ich nicht daran denke, zu fliehen. Ich werde auf deine Vorladung warten und ihr Folge leisten." Der Richter mochte einsehen, daß es besser sei, weitere Auftritte, die seinem Ansehen nur schaden konnten, zu vermeiden. Er antwortete mir nach einer Pause des Überlegens: „Ich will aus Rücksicht darauf, daß du ein vornehmer Fremder bist, auf deinen Vorschlag eingehen. Aber ich muß dir das feierliche Versprechen abverlangen, daß du nicht entfliehen willst." — „Ich gebe es dir!"

Ich bewahrte mir den nötigen Ernst und wurde von dem Beamten mit einigen würdevollen Ermahnungen entlassen.

18. In der Ruine von Ostromdscha

Als wir uns anschickten fortzureiten, machten uns die Leute ehrerbietig Platz. Der osmanische Richter pflegt sich mit tyrannischer Unfehlbarkeit zu umhüllen. Der alte Kodscha baschi machte wohl keine Ausnahme von dieser Regel. Heut aber hatte sein Ansehen einen gewaltigen Stoß erlitten. Daß er das fühlte, sah ich an dem finstern Blick, den er uns zuwarf, bevor er hinter seiner Tür verschwand. Und noch einen gab es, der mit diesem einstweiligen Ausgang des Gerichtsverfahrens nicht einverstanden war, der Bettler. Unabsichtlich sah ich auf ihn und da hätte ich erschrecken können vor dem Blitz, den er aus seinen dunklen Augen auf mich schleuderte. Ein Mensch, der solche Blicke hat, konnte unmöglich stumpfsinnig sein. Ich begann die Überzeugung zu hegen, daß der zur Schau getragene Blödsinn nur eine Maske sei. Der Haß dieses Menschen war ein selbstbewußtes und wohlbegründetes Empfinden. Das sah man seinem Blick an. Was hatte er mit mir vor? Wo war ich ihm begegnet? Was hatte ich ihm getan? Ich war nun sicher, daß ich ihn hier nicht zum erstenmal sah. War waren uns früher schon einmal begegnet. Aber wann, wo und unter welchen Umständen? Das wollte mir nicht einfallen, so sehr ich auch darüber nachsann, als wir jetzt heimritten. Es stieg die immer stärker werdende Überzeugung in mir auf, daß ich mit dem Bettler auf irgendeine Weise zusammengeraten würde. Es dämmerte in mir die Vermutung, daß er mit dem Zweck unsrer Anwesenheit in irgendeiner Beziehung stehe, und ich nahm mir vor, ein scharfes Auge auf ihn zu haben.

Natürlich waren Ibarek und sein Schwager Bajro über den bisher glücklichen Ausgang unsres Kriminalfalls sehr erfreut. Sie fragten, ob ich mich vor der späteren Verhandlung fürchte, und ich versicherte, daß mir das nicht einfalle. Als ich dann Bajro fragte, ob er nicht vielleicht einen verschwiegenen, zuverlässigen Knecht habe, brachte er mir einen Mann, dem ich den Auftrag erteilte, schnell in den Hof des Kodscha baschi zu gehen und den Bettler heimlich zu beobachten. Es lag mir daran zu erfahren, ob er dort bleibe oder sich entferne. Halef hörte das. Er benützte die erste Gelegenheit, als ich mit ihm allein war, und fragte: „Sihdi, warum läßt den Krüppel beobachten? Hast du mit ihm etwas vor?" — „Nein. Ich glaube vielmehr, daß Busra etwas mit uns vor hat." — „Wieso, Sihdi?" — „Hast du nicht bemerkt, daß der Bettler uns so eigentümliche Blicke zuwirft?" — „Nein. Ich habe ihn nicht beobachtet." — „So paß auf, wenn wir ihn wieder treffen. Es ist mir ganz so, als seien wir ihm schon früher begegnet." — „Wo denn?" — „Das weiß ich leider nicht. Ich habe schon darüber nachgesonnen, aber es fällt mir nicht ein. Es muß weit von hier gewesen sein." — „Du wirst dich irren, Sihdi." — „Schwerlich." — „Wie sollte der Krüppel von so weit hierherkommen? Er kann ja kaum gehen." — „Vielleicht verstellt er sich nur." — „O nein. Es ist Busra anzusehen, wie elend er ist. Man glaubt oft, einem Menschen begegnet zu sein, und das hat nur den einen Grund, daß Menschen einander ähnlich sind. Als der Mübarek an uns vorbeiging, hatte ich auch das Gefühl, als hätte ich ihn schon früher gesehen." — „Wirklich? Das ist doch merkwürdig", meinte ich verwundert. — „Warum?" — „Weil ich das gleiche vom Mübarek denke", erklärte ich. — „So haben wir einmal irgend jemand gesehen, der ihm sehr ähnlich sieht." — „Nein, Halef. Wir müssen ihm selber schon begegnet sein. Das sagten mir seine unbeherrschten Blicke. Es lag etwas wie Schreck darin. Er hat sich dadurch verraten." — „Und dennoch wirst du dich irren. Ich weiß, daß auch ich mich irre. Der Mann, den ich mit dem Mübarek verwechsle, hat einen langen Vollbart gehabt." — „Dessen erinnerst du dich?" — „Ja, Sihdi. Wenn der Alte einen solchen Bart hätte, würde er diesem Mann ganz ähnlich sein." — „Und wo sahst du diesen bärtigen Mann?" — „Das weiß ich eben nicht", erklärte Halef. — „Sonderbar. Aber es mag sein, wie es will, wir müssen uns vor dem Bettler und vor dem Mübarek in acht nehmen. Vielleicht müssen wir uns überhaupt nur vor einem Menschen hüten." — „Sihdi, wie meinst du das?" — „Ich glaube, daß der Mübarek und der Bettler nicht zwei verschiedene Personen sind. Ich weiß freilich kaum, wie mir dieser Gedanke gekommen ist, doch ich habe ihn nun einmal und kann ihn nicht wieder loswerden." Wir wurden unterbrochen. Bajro kam und meldete, daß der Kodscha baschi in der Stadt herumschicke, um die zur Gerichtssitzung gehörigen Beamten zusammenzubringen. „Da wirst du auch den Mübarek zu sehen bekommen", fügte der Handschi hinzu. — „Was hat der damit zu tun?" — „Er ist ja der Basch kiatib." — „Der oberste Gerichtsschreiber? Wer hat ihm denn dieses Amt verliehen?" — „Der Kodscha baschi. Die beiden sind sehr gute Freunde." — „O weh! Wenn Fuchs und Wolf sich zusammentun, springt dabei nichts Gutes heraus." — „Hältst du die beiden für böse Menschen?" — „Für gute nicht." — „Effendi, da irrst du dich sehr", behauptete Bajro. — „So? Hast du eine bessere Meinung von eurem Kodscha baschi?" — „Von ihm nicht. Er ist gewalttätig und ungerecht. Aber er hat die Macht, und wir können nichts gegen ihn tun. Was jedoch den Mübarek betrifft, so ist er der Wohltäter der ganzen Gegend. Wenn du dir nicht Feinde machen willst, darfst du nichts gegen ihn sagen." — „Mir kommt es ganz im Gegenteil vor, als sei er der Fluch dieser Gegend." — „Bedenke, er ist ein Heiliger!" widersprach der Handschi ernst. — „Ein Marabut etwa? Nein!" — „Der Mübarek heilt alle Krankheiten. Wenn er wollte, könnte er sogar Tote erwecken." — „Hat er das gesagt?" — „Er selbst hat es versichert", entgegnete Bajro. — „So ist er ein schändlicher Lügner." — „Effendi, laß das niemand hören!" — „Ich würde es ihm ins Gesicht sagen, wenn er diese Behauptung vor mir machte." — „So wärst du verloren. Ich warne dich!" — „Wieso verloren?" erkundigte ich mich. — „Wie der Heilige vom Tod erretten kann, so vermag er auch das Leben zu nehmen." — „Also zu morden?" — „Nein. Der Mübarek berührt dich gar nicht. Er sagt einen Spruch, und dann mußt du sterben." — „Also zaubert er?" — „So ist es", bestätigte Bajro nachdrücklich. — „Ein Heiliger und Zauberer! Wie paßt denn das zusammen? Der Prophet hat doch alle Zauberei verdammt! Ihr widersprecht euch selbst. — Doch, da kommt ja dein Knecht." Der Mann meldete, daß der Bettler soeben den Hof des Gerichtsgebäudes verlassen habe. „Hast du aufgepaßt, wohin er sich entfernt?" — „Ja. Der Krüppel steigt langsam den Berg hinauf. Wahrscheinlich will er zum Mübarek." — „Geht er öfters zu diesem?" — „Sehr häufig." — „Warum heilt der Heilige ihn nicht?" — „Weiß ich es? Er wird seine Gründe haben, warum er es nicht tut." — „Hast du die beiden schon einmal miteinander sprechen sehen?" Der Knecht sann einen Augenblick lang nach und erklärte dann verwundert: „Nein, noch nie." — „Wenn der Bettler so oft zu ihm geht, werden sie doch miteinander sprechen." — „Gewiß, Effendi. Aber es ist eigentümlich, daß ich beide noch nie beisammen gesehen habe." — „Ja, auch mir kommt das sonderbar vor. Vielleicht gelingt es mir, dafür eine Erklärung zu finden. Ich möchte gern sehen, was der Bettler oben auf dem Berg treibt. Ist das möglich?" — „Darf er dich sehen?" — „Nein." — „So müßte ich dich führen, denn du kennst die Gegend nicht." — „Gut, führe uns!" Halef sollte nämlich dabei sein. Ich nahm mein Fernrohr aus der Satteltasche, und dann folgten wir dem Knecht. Er führte uns aus dem Hof in den Garten, von dem man dann gleich ins Freie gelangte. Da zeigte er nach links hinüber. „Seht, da drüben steigt der Krüppel hinauf. Der Arme kommt nur langsam vorwärts. Es wird wohl eine halbe Stunde dauern, bis er hinaufkommt. Bis dahin sind wir schon längst oben."

Er führte uns nach rechts, wo sich ein ziemlich dichtes Strauchwerk am Berg hinaufzog. Ich überschaute das Gelände. Wir konnten, durch die Büsche gedeckt, unbemerkt zur Höhe gelangen. Da drüben aber, wo der Bettler ging, waren Melonenfelder, man konnte ihn also von weitem gut beobachten. Aus diesem Grund schickte ich den Knecht zurück, denn ich konnte auf seine Führung verzichten. Es ließ sich erwarten, daß seine Gegenwart uns hinderlich werden könne. Wir schritten schnell aufwärts, hielten uns aber dabei ganz nah am Rand der Büsche, um den Bettler nicht aus den Augen zu lassen. Der Krüppel wußte, daß er von der Stadt aus gesehen werden konnte, und verhielt sich danach. Ganz langsam humpelte er vorwärts und ruhte sehr oft aus. Bald hatten wir den Wald erreicht, der die Spitze des Bergs umkränzte. In seinem Schutz bog ich nun nach links hinüber, bis wir grad die Richtung genommen hatten, die der Krüppel einschlug. Wenn er sie beibehielt, mußte er an uns vorüberkommen. Ich setzte mich ins weiche Moos, und Halef nahm an meiner Seite Platz. „Gibt es etwas Bestimmtes, das du jetzt auskundschaften willst, Sihdi?“ fragte er. — „Ja. Ich will wissen, wie der Bettler sich in den Mübarek verwandelt.“ — „Du wirst sehen, daß du dich in deiner Erwartung täuschst.“ — „Das ist möglich, aber ich glaube es nicht. Der Krüppel Busra wird ganz gewiß hier vorüberkommen. Sobald er nahe ist, verstecken wir uns hinter den Bäumen und folgen ihm von weitem.“

Wir mußten noch einige Minuten warten, dann zogen wir uns zurück. Sobald der Bettler den Waldesrand erreicht hatte und sich im Schutz der Bäume wußte, so daß er von der Stadt aus nicht mehr gesehen werden konnte, blieb er stehen und sah sich um. Diese Umschau hielt er wie einer, der Veranlassung hat, vorsichtig zu sein. Der Krüppel schien sich überzeugt zu haben, daß niemand in der Nähe sei, denn er richtete sich hoch auf und dehnte und reckte sich. Dann drang er noch ein kleines Stück tiefer in den Wald ein und kroch hinter ein kleines Dickicht. Wir beobachteten das alles ganz genau. Der Schwindler konnte ohne die Krücken ganz gut stehen und gehen. „Sihdi, du hast vielleicht doch recht“, flüsterte der kleine Hadschi. „Wollen wir hin?“ — „Nein, wir bleiben hier.“ — „Aber ich denke, du willst Busra nachspüren. Er wird weitergehen.“ — „Nein, der Krüppel wird in dem Dickicht seine Umwandlung vornehmen und dann als Mübarek in die Stadt zurückkehren.“ — „Und ich denke, er wird als ‚Heiliger‘ vollends bis zur Höhe emporsteigen, wo sich seine Wohnung befinden soll.“ — „Das wird der Scharlatan nicht tun, weil er sich dazu nicht die Zeit nehmen kann. Er hat es jedenfalls sehr eilig, daß das Gericht zusammentritt. Paß nur auf!“ Ich zog mein Fernrohr aus und richtete es auf die Stelle, an der ich den Betrüger vermutete.

Richtig! Ihn konnte ich zwar nicht sehen, aber die Zweige bewegten sich. Er steckte dahinter. Nach ungefähr fünf Minuten trat er hervor — als Mübarek. „Allah akbar!“ sagte Halef. „Wer hätte gedacht, daß du recht hast, Sihdi!“ — „Ich habe es gedacht. Es gibt Ahnungen, denen man es anmerkt, daß sie sich erfüllen müssen. Dieser ‚Heilige‘ ist ein großer Sünder. Vielleicht gelingt es uns, ihm das zu beweisen.“ — „Er geht wirklich in die Stadt zurück. Wollen wir ihm wieder nachgehen?“ — „Das fällt mir nicht ein. Die Gelegenheit, seine Wohnung und die Ruine zu untersuchen, ist zu günstig.“ — „Sihdi, du hast recht. Komm! Wir wollen uns beeilen.“ — „Nicht so schnell! Erst schleichen wir zu der Stelle hin, wo er die Umwandlung vorgenommen hat. Vielleicht können wir da erfahren, wie er sie bewerkstelligt.“ Der Alte war ein Stück am Waldesrand hingegangen und trat dann ins Freie hinaus, um zwischen den Melonenfeldern zur Stadt zu eilen. Wir schlichen zum Dickicht, fanden jedoch nichts. Das Gras und Moos war niedergetreten, aber weiter war nichts zu erspähen. Wo hatte er die Krücken? „Der Mübarek kann sie doch nicht verschwinden lassen“, meinte Halef. — „Er hat sie wohl bei sich.“ — „Hm! Das ist nicht unbedingt nötig. Vielleicht sind sie mit Gelenken ausgestattet, so daß er sie zusammenlegen und unter dem Kaftan tragen kann.“ — „Wäre das nicht beschwerlich für ihn?“ — „Allerdings.“ — „Der Schwindler könnte sie besser verstecken.“ — „Das ist noch unbequemer. Er müßte allemal, wenn er sich wieder in den Bettler verwandeln will, zu dem Versteck der Krücken zurückkehren. Wenn er sie aber bei sich trägt, kann er die Verwandlung an jedem Ort und zu jeder Zeit vornehmen.“ — „Sihdi, das alles kommt mir so fremd, so unbegreiflich vor, fast wie ein Märchen.“ — „Das glaube ich dir gern. In den großen Städten des Abendlandes kommen noch ganz andre Sachen vor. Da denke ich daran, daß seine Knochen klappern sollen. Das hast du doch vernommen?“ — „Ja, Sihdi. Ibarek sagte es. Und dann, als der Mübarek an uns vorüberging, habe ich es klappern gehört.“ — „Das waren nicht die Knochen, sondern die Krücken.“ — „Allah! Das leuchtet mir ein.“ — „Es fiel mir damals schon auf, daß der Bettler verschwunden war und daß der Mübarek aus der gleichen Gegend kam und doch vorher nicht zu sehen war. Jetzt habe ich die Lösung dieses Rätsels. Nun wollen wir zu seiner Hütte hinauf!“ — „Gehen wir gleich gradaus durch den Wald?“ — „Nein. Wir benützen den offnen Weg. Ich habe von unten festgestellt, wo er hinaufführt, und es mir gemerkt.“ — „Warum willst du zu dem Pfad, auf dem wir doch bemerkt werden können?“ — „Von der Richtung aus, die der Alte eingeschlagen hat, kann er uns nicht erblicken. Und wenn andre es beobachten, daß wir zur Höhe gehen, so hat das nichts zu bedeuten.

Ich suche nach Pferdespuren." — „Hier oben?" — „Ja. Oder meinst du, daß Barud el Amasat, Manach el Barscha und der entflohene Kerkerschließer ihre Pferde irgendwo in der Stadt eingestellt haben?" — „Nein, gewiß nicht", stimmte Halef bei. „Sie haben sich dort ebenfalls gar nicht sehen lassen." — „Das ist auch meine Meinung. Die Flüchtlinge sind auf den Berg geritten und haben die Pferde und sich selbst dort versteckt." — „Wenn sie nicht schon wieder fort sind." — „Die drei sind noch da. Sie wollen hier ja die beiden Brüder erwarten, die der Raki in Ibareks Han festgehalten hat. Der Mübarek wird schon ein Versteck für sie haben. Die besten und sichersten Führer werden da die Pferdespuren sein." — „Wirst du die Fährten entdecken, Sihdi?" — „Ich hoffe es." — „Es ist aber eine so lange Zeit vergangen." — „Das tut nichts. Die drei Männer, die wir suchen, sind keine Indianer, die gewohnt sind, ihre Fährten zu verbergen." — „Ja, du verstehst es, alle Spuren und Fährten zu lesen. Ich bin neugierig, wie du es hier fertigbringen wirst." Ich war selbst auch darauf neugierig und hatte weit weniger Vertrauen zu meinem Scharfsinn, als ich den kleinen Hadschi merken ließ. Wenn man in der leeren Sandwüste oder in der großen Prärie reitet, so ist eine Spur viel leichter zu entdecken und zu verfolgen, als in bebauter Gegend oder gar in der Nähe einer bewohnten Stadt. Wir gingen am Waldrand unter den Bäumen hin, bis wir auf den Weg trafen, der zur Höhe führte. Es war kein eigentlicher Weg. Er war nicht ausgetreten, der Boden war steinig. Nur hier und da war ein Grasbüschel zu sehen. Während wir dem Pfad langsam folgten, spähte ich nach Fußeindrücken. Es war nichts zu finden. Hatten die drei diesen Weg gar nicht benutzt? Sie waren des Morgens hier angekommen, und es ließ sich denken, daß sie die Stadt umritten hatten, um unbemerkt zu bleiben. So kamen wir eine ziemliche Strecke bergan, bis ich das erste Zeichen fand, daß Pferde hier gewesen seien. Sie waren von rechts her zwischen den Bäumen herausgekommen. Die Hufeindrücke waren hier im weichen Boden deutlich zu sehen. Jetzt konnten wir rascher gehen. Es gab nun genug Anzeichen, daß die Reiter von hier an den Weg verfolgt hatten. Bald langten wir oben an. Der Weg mündete auf eine Lichtung, an deren jenseitigem Rand sich das Gemäuer der Ruine erhob. Eine aus Gebälk und Steinen ziemlich roh errichtete Hütte lehnte sich an eine hohe, halb verfallene Wand. „Da drin wohnt der Alte", meinte Halef. — „Jedenfalls." — „Gehen wir hinein?" Er wollte unter den Bäumen hervor auf die Lichtung treten, ich aber hielt ihn zurück. „Halt! Erst müssen wir uns überzeugen, daß wir nicht beobachtet werden. Die Gesuchten sind hier versteckt. Wie leicht können sie uns sehen, und dann ist all unsre Mühe umsonst! Bleib hier stehen!" Ich schlich am Rand der Lichtung bis zu der Hütte hin und trat an die Tür. Sie war verschlossen. So viel ich auch lauschte und spähte, es war niemand da. Ich ging mit gleichem Erfolg die andre Seite ab und kehrte dann zu Halef zurück. „Wir sind wirklich unbemerkt", erklärte ich ihm. „Jetzt gilt es, das Versteck der drei aufzufinden. Die Pferde müssen uns führen." — „Und doch hast du die Tiere nicht da." — „Wir wollen sie schon finden." Der Boden bestand aus nackten Felsen. Darauf gab es keine Spur. Aber unter den Bäumen mußten Fährten zu finden sein. Und mitten auf der Lichtung war ein Quell, der aus dem Stein zutage trat, aber keinen sichtbaren Abfluß hatte. An seinem Rand befand sich ein schmaler Pflanzenwuchs. Wir gingen hin. Pferde müssen getränkt werden, und jedenfalls war dieser Quell dazu benutzt worden. Ich untersuchte den Rand. Richtig! Ich fand die Spitzen des Grases abgefressen. Eine Ranunkel lag abgerissen am Wasser. Das gelbe Blümchen mutete mich heimatlich an. „Das ist eine Butterblume", bemerkte Halef. „Warum schaust du sie so aufmerksam an?" — „Sie soll mir sagen, wann die Pferde hier getränkt wurden." — „Sagt sie dir das wirklich?" — „Ja. Sieh dir die Blume nur richtig an. Ist sie verwelkt?" — „Nein, sie ist noch ganz frisch." — „Weil sie am kalten Wasser gelegen ist; hätte sie hüben auf dem Fels gelegen, so wäre sie nicht mehr so frisch. Die Staubfäden haben sich schon gesenkt. Es mag vor ungefähr anderthalb Stunden gewesen sein, daß sie abgerissen wurde. Zu dieser Zeit waren also die Pferde hier. Nun gilt es zu erfahren, woher die Pferde gekommen und wohin sie wieder geführt worden sind." — „Wie willst du das erfahren?" — „Auf irgendeine Weise. Da vor uns hast du das Gemäuer. Wir müssen also nach Öffnungen suchen." Zunächst gingen wir zur Hütte. Hier trennten wir uns. Halef wendete sich nach rechts und ich mich nach links, um den Rand der Lichtung zu erkunden. Am gegenüberliegenden Punkt trafen wir uns wieder. Ich hatte nichts gefunden und auch er nicht. Auf meine Augen konnte ich mich verlassen, auf die seinigen aber weniger. Darum suchten wir seine Strecke nochmals ab. Hier war der Boden unter den Bäumen anfangs steinig.

„Ich habe genau aufgepaßt, Sihdi", behauptete Halef. „Hier herein sind die Pferde nicht gekommen." — Zwischen den Nadelbäumen standen Laubhölzer. Ein Ahorn neigte seine niedersten Zweige tief herab, und hier fand ich, was ich suchte. Ich zeigte Halef einen der Zweige. „Schau, was siehst du hier?" — „Es hat jemand die Spitzen abgezupft." — „Das ist ein Pferd gewesen, das von den Blättern naschte." — „Es kann auch ein Mensch gewesen sein." — „Schwerlich. Gehen wir weiter." Wir folgten der Richtung. Bald wurde der Boden weicher, und wir sahen deutlich Hufeindrücke. Dann gelangten wir an eine Mauerbresche, hinter der es einen von vier hohen Wänden eingeschlossenen Platz gab. Es hatte den Anschein, als sei hier ein Saal gewesen. Uns gegenüber führte eine Türöffnung in einen zweiten, ähnlichen, nur etwas kleineren Raum, der drei solche Öffnungen hatte. Ich trat hindurch. Auf dem Boden war keine Spur zu bemerken. Die beiden ersten Aus- oder Eingänge führten zu kleinen, verfallenen Gemächern. Die dritte leitete uns auf einen größern Platz, der offenbar früher ein Hof war. Er war gepflastert. Und hier zeigte mir Halef, stolz auf seinen Scharfblick, eine ganz untrügliche Spur — den Mist eines Pferdes. „Da sind sie gewesen“, frohlockte er leise. „Siehst du, daß ich auch Fährten zu finden verstehe?“ — „Ja, ich bewundere dich. Aber sprich von jetzt an noch leiser. Wir kommen den Tieren jedenfalls näher, und wo sie sind, befinden sich wahrscheinlich auch noch die Reiter.“ Wir blickten ringsum, doch vergeblich. Der Hof schien nur den einen Eingang zu haben, durch den wir gekommen waren. Rundum waren lückenlose Mauern. Die Wand uns gegenüber war ganz mit dichtem Efeu überwachsen. „Weiter können wir nicht, denn weiter geht es nicht“, sagte Halef. „Die Pferde sind hier gewesen, das ist richtig. Nun aber sind sie fort.“ — „Das möchte ich doch bezweifeln. Laß sehen!“ Langsam ging ich die vier Seiten ab. Als ich die Mitte der Efeumauer erreichte, glaubte ich den eigenartigen Geruch zu bemerken, den Pferde an sich haben. Selbst in großen, belebten Städten, wo die Gesundheitspolizei streng auf Reinlichkeit hält, wird man schon durch den Geruch die Straßenstellen bemerken, die als Droschkenstandplätze dienen. Diesen Geruch verspürte ich hier. Ich winkte Halef zu mir, und er stimmte mir bei. Als wir nun den Efeu untersuchten, fanden wir, daß dieser einen Ausgang so vollständig verdeckte, daß wir ihn ohne den Geruch wohl kaum entdeckt hätten. Die langen Ranken ließen sich sehr leicht auseinanderschieben. Als wir das getan hatten, sahen wir ein kleines Gemach vor uns. Es war leer. Wir traten ein. Gegenüber gab es eine zweite Öffnung, aus der ein Schnauben an unsre Ohren drang. „Jetzt ganz vorsichtig!“ flüsterte ich. „Da draußen sind die Pferde. Nimm die Pistolen zur Hand! Man muß auf alles gefaßt sein. Die Verbrecher werden sich wehren.“ — „Nehmen wir sie gefangen?“ — „Vielleicht.“ — „Oder holen wir die Polizei?“ — „Je nach den Verhältnissen.“ — „Ich habe Riemen eingesteckt“, bemerkte Halef. „Wir können die drei binden.“ — „Schön! So komm! Aber leise!“ Wir huschten zum Eingang, und ich blickte vorsichtig hindurch. Da standen die drei Schimmel und knabberten an einem kleinen Vorrat von Maiskolben, den man ihnen vorgeworfen hatte. Eine schmale Maueröffnung führte weiter. Es war mir, als hörte ich von dorther gedämpfte Stimmen reden. Dann erscholl lautes Lachen, und ich vernahm deutlich eine Stimme, ohne jedoch die einzelnen Worte unterscheiden zu können. „Sie sind da!“ raunte ich dem kleinen Hadschi zu. „Bleib hier stehen! Ich will nachsehen.“ — „Um Allahs willen, Sihdi, nimm dich in acht!“ warnte er. — „Keine Sorge! Wenn ein Schuß fällt, kommst du mir zu Hilfe!“ Am liebsten wäre ich vorwärts gekrochen, aber das hätte die Pferde furchtsam machen können, eine aufrechte Gestalt aber flößte ihnen sicher keine Angst ein. Also schritt ich leise weiter. Die Tiere erblickten mich. Eins von ihnen schnaubte beunruhigt. Ich an Stelle der drei Männer hätte dieses Schnauben sofort als Warnungszeichen erkannt. Die Leute aber beachteten es nicht. Ich erreichte die gegenüberliegende Wand und legte mich nieder. Indem ich mich nur langsam vorschob, brachte ich den Kopf an den Eingang. Da war eine Stelle, wo ein Stein ausgebröckelt war. Diese Lücke erlaubte mir einen Durchblick, ohne daß mein Kopf bemerkt wurde. Da saßen alle drei. Manach el Barscha und Barud el Amasat kehrten mir den Rücken zu, während der Schließer das Gesicht zum Eingang gerichtet hielt. Sie spielten Karten, wahrscheinlich mit dem Spiel, das sie benutzt hatten, um die Aufmerksamkeit Ibareks vom Diebstahl abzulenken. Ihre Gewehre lehnten in einer Ecke, auch die Messer und Pistolen hatten sie abgelegt. Ich blickte zurück und sah Halef vorn am Eingang stehen. Auf meinen Wink kam er herbei. Wieder schnaubte ein Pferd, ohne daß es von den Spielern beachtet wurde. Halef duckte sich neben mir nieder und schaute durch die Lücke.

„Hamdulillah!“ wisperte er. „Wir haben sie. Was wirst du tun?“ — „Wir fangen sie, da es so prächtig paßt. Bist du einverstanden?“ — „Natürlich. Aber wie machen wir es?“ — „Du nimmst den Gefängniswärter, ich die beiden andern.“ — „Warum die beiden Gefährlicheren?“ — „Ich werde mit ihnen fertig.“ — „So beginne!“ hauchte der Kleine eifrig. — „Erst die Riemen heraus, damit wir sie gleich bei der Hand haben.“ Halef zog seine Riemen so weit aus dem Gürtel, daß er sie rasch fassen konnte. Da fuhr Barud el Amasat erbost auf: „Was fällt dir ein! Uns betrügst du nicht. Wir wissen, daß du ein Falschspieler bist, und passen auf. Mische die Karten noch einmal!“ — „Wollen wir nicht lieber aufhören?“ fragte Manach el Barscha. „Warum wollen wir uns gegenseitig das Geld abnehmen?“ — „Recht hast du. Es ist auch langweilig, und seit dieser Mübarek die alberne Nachricht gebracht hat, habe ich keine Aufmerksamkeit mehr für das Spiel.“ — „Vielleicht hat er sich geirrt.“ — „Das ist unmöglich. Wir haben ihm den Fremden ja so genau beschrieben, daß er ihn sofort kennen muß.“ — „Allah verdamme ihn! Was hat er mit uns? Was haben wir ihm getan? Er mag uns in Ruhe lassen!“ — „Er wird uns in Ruhe lassen! Morgen früh ist er ein toter Mann!“ — „Wenn es gelingt!" — „Es wird gelingen! Der Mübarek ist mächtig. Er wird es noch so weit bringen, daß die Hundesöhne eingesperrt werden. Dann gehen wir in der Nacht hin und erschlagen sie." — „Und wenn man sie nicht einsperrt?" — „So suchen wir die Verfolger im Han auf. Der Mübarek muß uns die Gelegenheit auskundschaften. Er verwandelt sich in den Bettler." Das war ein sauberer Plan! Also ermordet sollten wir werden! Der Mübarek war schon hier gewesen und hatte ihnen unsre Ankunft gemeldet. „Ich bin gespannt, wie der Franke aussieht", sagte der Schließer. „Wenn solche Männer wie ihr sich vor ihm fürchten, muß er ein gefährlicher Gegner sein." — „Ein Scheïtan ist er, ein Giaur, ein Christenhund, der im tiefsten Pfuhl der Dschehenna braten soll!" antwortete Manach el Barscha. „Mir ist er in Edirne durch zwanzig Gassen und Straßen nachgelaufen. Ich habe alles getan, um ihn irrezuleiten, trotzdem hat er mich gefunden. Und der Kleine, der ihn begleitet, ist ein ebensolcher Teufel. Hätten wir ihn doch damals im Stall in Edirne erstochen! Wer die beiden übrigen sind, das möchte ich wissen. Aber sterben müssen sie auch. Der Satan beschützt sie, sonst wären sie nicht aus Melnik entkommen!" — „Die Freunde dort müssen es sehr dumm angefangen haben." — „Wer weiß, die Boten sind noch nicht da. Jedenfalls bleibt uns nichts übrig, als uns selbst zu helfen. Auch werden wir das nicht umsonst tun. Das Pferd dieses Fremden ist es wert, daß man sie alle vier kaltmacht. Und seine Waffen sollen vorzüglich sein. Ich kann die Rückkehr des Mübarek kaum erwarten. Gelingt es uns heut, uns dieser Verfolger zu entledigen, so sind wir alle Sorgen los. Ich werde den Halunken mein Messer mit wahrer Lust ins Herz stoßen." — „Das wirst du bleiben lassen!" Während ich diese Worte rief, trat ich ein und versetzte Manach einen Faustschlag, daß er sofort zusammenbrach. Die beiden andern starrten mich einige Sekunden lang an, regungslos vor Schreck. Das genügte. Ich packte Barud bei der Kehle und versetzte ihm den gleichen Hieb, daß er sich lang ausstreckte. Halef hatte sich auf den Schließer geworfen, der vor Entsetzen nicht an Gegenwehr dachte. Ich half Halef, den Gefängniswärter zu binden. Dann legten wir die beiden andern nebeneinander, mit dem Rücken zusammen, und zwar so, daß der eine seinen Kopf bei den Füßen des andern hatte. Um diese beiden Körper wurde dann ein Riemen so fest geschlungen, daß es ihnen unmöglich war, sich ohne fremde Hilfe zu bewegen. Jetzt untersuchten wir ihre Taschen und Gürtel sowie die Sättel, die auch dalagen. Wir fanden sämtliche Gegenstände, die Ibarek gestohlen worden waren, und noch vieles andre dazu. Besonders Manach el Barscha hatte eine bedeutende Geldsumme bei sich. Die beiden Betäubten regten sich noch nicht. Der Schließer sah unserm Tun zu, ohne ein Wort zu sagen. Er hatte uns noch nicht gesehen, konnte sich aber denken, wer wir waren. Halef versetzte ihm einen Fußtritt und fragte: „Schurke, weißt du, wer wir sind?“ Der Angeredete schwieg. „Hast du mich gehört? Ich frage dich, ob du weißt, wer wir sind. Antworte, sonst gebe ich dir die Peitsche!“ — „Ich weiß es“, knurrte der gefesselte Gefängniswärter, da er sich vor der Peitsche fürchtete. — „Ja, du wolltest uns kennenlernen. So sprachst du vorhin. Nun ist dir dein Wunsch schnell erfüllt worden. Das hättest du wohl nicht gedacht!“

Barud el Amasat erholte sich rasch, öffnete die Augen und starrte mich entsetzt an. „Wai!“ rief er aus. „Jetzt sind wir verloren!“ — „Ja“, lachte Halef ihn an. „Verloren seid ihr jetzt. Ihr werdet das Schicksal finden, das ihr uns zugedacht habt, ihr Schufte. Ihr wolltet uns ermorden.“ — „Nein, das ist nicht wahr!“ — „Schweig! Wir haben alles gehört“, fuhr ihn der Kleine an. — „Die andern wollten es tun, ich nicht!“ — „Lüge nur! Wir wissen genau, woran wir sind.“ — Da begann auch Manach el Barscha sich zu regen, soweit nämlich die Fesseln es ihm erlaubten. Er blickte uns an und schloß dann die Augen.

„Nun, kannst du uns nicht begrüßen, o Steuereinnehmer von Üsküb!“ rief Halef, ihm einen Peitschenhieb gebend. Manach el Barscha öffnete die Augen wieder, sah von Halef auf mich und wieder zurück und gebot: „Bindet uns los! Gebt uns frei!“ — „Das wollte Allah verhüten!“ entgegnete der Hadschi finster. — „Ich bezahle euch.“ — „Dazu bist du nicht reich genug.“ — „Ich bin sehr reich.“ — „Meinst du das Geld, das du zusammengeraubt hast? Man wird es dir nehmen.“ — „Niemand findet es.“ — „So bleibt es liegen. Wir brauchen es nicht. Sihdi, was tun wir mit den Schurken? In die Stadt hinunterschaffen können wir sie nicht.“ — „Nein, sie mögen hier liegen, bis wir sie holen.“ — „Können sie sich nicht vielleicht befreien?“ — „Nein. Wir werden dafür sorgen, daß die Verbrecher dingfest bleiben.“ — „Aber das, was wir bei ihnen gefunden haben, nehmen wir doch mit uns?“ — „Wir lassen es da. Die Polizei muß alles finden, wie wir es angetroffen haben.“ Wir benutzten das Zaumzeug der drei Pferde, um die Gefangenen noch fester zu binden, daß ihnen jede Bewegung unmöglich war. Doch trafen wir diese Sicherheitsmaßregel so, daß sie den Männern keine Schmerzen bereitete. Der Gefängnisschließer wurde quer an die beiden andern geschnallt, wodurch sie verhindert wurden, durch Wälzen ihre Lage zu verändern. Dann gingen wir. Die Gefesselten hatten kein Wort mehr gesprochen. Drohungen wären lächerlich gewesen, und für Bitten hatten wir keine Ohren. Als wir die feste Lichtung erreichten, ging Halef zum Häuschen des Mübarek, um zu sehen, ob es noch verschlossen sei. „Der Mensch könnte uns einen schönen Streich spielen, wenn er die drei Halunken befreite", brummte er. — „Dazu wird der alte Schwindler nicht kommen." — „Wie nun, wenn er in seine Hütte zurückkehrt und zu ihnen geht, Sihdi?" — „Wenn er heraufsteigt, sind wir bei ihm." — „Du hältst es also nicht für möglich, daß der ‚Heilige' früher kommt als wir?" — „Nein. Der Alte wird beim Kodscha baschi sitzen und mit Schmerzen auf uns warten. Er geht nicht eher von dort fort, als bis die Gerichtsverhandlung vorüber ist." — „Wenn er wüßte, was ihm droht." — „Der Schwindler wird bald entlarvt sein. Wir wollen uns beeilen. Es wird Nacht."

Der Tag war vorüber, und die Sonne hatte sich hinter den westlichen Himmelsrand gesenkt. Als wir im Han anlangten, erfuhren wir, daß der Kodscha baschi den Handschi Ibarek hatte holen lassen. Ibarek war nicht wieder zurückgekehrt. Dann waren schon zwei Boten dagewesen, uns zu holen. Sie haben gemeldet, daß die Gerichtspersonen vollständig versammelt seien. „Halte dich tapfer, Effendi", mahnte der Hadschi Bajro. „Du wirst eine große Versammlung vorfinden. Der Hof ist gedrängt voll von Menschen. Man ist begierig zu hören, wie ihr euch verteidigen werdet." — „Ich habe den Leuten schon gezeigt, wie ich mich ungefähr verhalten werde." — „Ja, und darum sind sie doppelt neugierig, einen Mann zu sehen, der sich vor dem Kodscha baschi nicht fürchtet."

Als wir aufbrechen wollten, tauchte der Fährmann auf. „Effendi", sagte er zu mir, „ich komme heimlich, um mir deinen Rat zu holen. Ich weiß nicht, wie ich mich verhalten soll." — „Sollst du vielleicht als Zeuge gegen mich auftreten?" — „Ja. Der Mübarek zwingt mich dazu. Er hat mich deshalb aufgesucht." — „Was sollst du denn gegen mich aussagen?" — „Du hättest mich in Lebensgefahr gebracht und hier in diesem Hof mißhandelt." — „Habe ich das getan?" — „Nein, Effendi." — „Also verleitet dich der Mübarek, falsches Zeugnis abzulegen. Das soll er büßen." — „Effendi, sag nichts davon! Er würde sich an mir rächen." — „Hab keine Sorge! Es wird ihm unmöglich sein, sich zu rächen." — „Ist das wahr?" — „Ja. Bekenne nur die volle Wahrheit! Der Mübarek kann dir nichts tun." — „So will ich schnell wieder hingehen. Ich bin heimlich fortgeschlichen." Wir folgten ihm langsam nach.

KARL MAYS VERMÄCHTNIS

Geboren 1842 in Hohenstein-Ernstthal als viertes Kind bitterarmer Webersleute, hat sich Karl May mühsam und mit eisernem Fleiß bis zum Beruf eines Volksschullehrers emporgearbeitet. Eine zweifellos harmlose Handlung wurde ihm als Eigentumsfrevel ausgelegt und führte zu seiner Entlassung. Seine Selbstbiographie „Mein Leben und Streben“, die an sich begreiflicherweise subjektiv gefärbt erscheinen mag, schildert gerade diese Episode mit einer ergreifenden Glaubwürdigkeit.

Durch diesen behördlichen Mißgriff wurde der junge Mensch zur Verzweiflung getrieben, und mit wildem Weh lehnte er sich auf gegen Rechtspflege und Weltordnung: er beging das, was man ihm irrig vorgeworfen hatte: Eigentumsfrevel. Schwer hat er diesen Wahnwitz büßen müssen; er wurde ein „Vorbestrafter“.

Als er 1874 die Strafanstalt verließ, hatte er sich auf sich selbst besonnen und begann, durch Schriftstellerei seinen Unterhalt zu verdienen. Bald hatte er ein ihm ureigenes Gebiet geschaffen: die in Ich-Form geschriebene „Reiseerzählung“. Ein ununterbrochener, einzigartiger Aufstieg kennzeichnet seine literarische Tätigkeit von 1875 bis 1891.

Sein Ruhm und sein Ruf stiegen ins Über-Lebensgroße, als er seit 1892 begann, seine bisher nur in Zeitschriften verbreiteten „Reiseerzählungen“ in Buchform zu veröffentlichen. Die Jahre 1896–1898 bedeuteten den Höhepunkt seiner Erfolge. Die Presse aller Schattierungen war seines Lobes voll. Die Zeitungsberichte aus jenen Tagen muten heute wie Märchen an: als er z. B. im Hotel Trefler in München logierte und dort „entdeckt“ wurde, mußte die Münchener Feuerwehr die andrängende vieltausendköpfige Menge mit der Feuerspritze auseinander treiben. (Münchener Neueste Nachrichten, Bayerischer Kurier u. v. a. 1896)

Der Neid nahte sich Karl May, und er fand einen wirksamen Helfershelfer in Mays größter Schwäche: der Eitelkeit. Da May Grund hatte, sein Vorleben in Dunkel zu hüllen, konnte ihm nichts erwünschter sein als die von seinen Lesern selbst unfreiwillig geschaffene Vertuschung: Man glaubte an all seine Reisen und an all die in seinen Büchern geschilderten Erlebnisse, und er ließ sich verblenden, diesen Glauben noch zu nähren. Er wußte nicht rechtzeitig haltzumachen und ließ auch in seinem Privatleben der Phantasie und Romantik allzu weiten Spielraum.

Einer gegen 1898 einsetzenden kritischen Nachprüfung konnten seine „Erlebnisse" nicht standhalten; er aber beging den verhängnisvollen Fehler, nicht beizeiten zu bekennen, daß er ein „Dichter" sei. Nach wie vor stand er zwar ganz hoch oben im deutschen Dichterwald, allein am Nimbus seiner Persönlichkeit bröckelte immer mehr ab.

Seit der Jahrhundertwende hatte er wegen alter Literarverträge folgenschwere Zivilprozesse zu führen, in deren Verlauf infolge unseliger Zufälle seine Vorstrafen ans Licht gezerrt wurden. Man drohte ihm mit Enthüllungen, man nahte mit Erpressungen.

Das deutsche Recht gewährte gegen solche Kampfesweise keinen genügenden Schutz: als der mit unerbittlicher Grausamkeit gehetzte Mann nach einer achtjährigen unsäglichen Marter 1910 – im Alter von 68 Jahren – die Gerichte um Schutz wegen dieser Verdächtigungen und Beleidigungen anrief, warfen ihm die Gegner im Gerichtssaal und vor breitester Öffentlichkeit seine Jugendsünden vor; die meist maßlos übertriebenen und boshaft ausgeschmückten Berichte nahmen ihren Zug durch die Presse, und bevor der Instanzenweg erschöpft war, erlag der Siebzigjährige der Hydra: er starb 1912 an Herzschlag.

Mays Jugendverfehlungen können nicht geleugnet werden; nun wo man beginnt, sein Leben und Werk sine ira et studio nachzuprüfen, wird übrigens vielfach von medizinischen und juristischen Autoritäten der Beweis angetreten, daß seine Jugendsünden nicht vor den Staatsanwalt, sondern vor den Nervenarzt gehörten. Wie dem auch sei: wenn man Mays Vorstrafen bei seiner Beurteilung in die Waagschale wirft, dann spricht man jedem Vorbestraften das Recht ab, wieder ein Mitglied der menschlichen Gesellschaft zu werden.

Was seine Werke betrifft, so kann das, was bis 1898 begeistert gepriesen und empfohlen wurde, in der Zwischenzeit nicht schlecht geworden sein. Schon ist die Kritik wieder zu May zurückgekehrt. Wenn man dem deutschen Volk das Recht auf Phantasie und Romantik nicht absprechen will, dann muß man neben den Angelsachsen Defoe und Cooper auch unseren Karl May gelten lassen, dessen Werke in zahllosen Übersetzungen aller Sprachen den deutschen Namen in alle Kulturwelt hinaustragen. Und May gibt mehr als seine Vorgänger: er predigt gleichzeitig Vaterlandsliebe, Christentum, Humanität und Naturliebe.

Wohl hat May auch große Reisen unternommen (1899 bis 1900 weilte er z. B. ununterbrochen im Orient, in Kleinasien, Ägypten, Persien, Indien), allein die Erlebnisse und Fahrten, die er in seinen Werken so lebendig schildert, hat er nicht gemacht. Um so großartiger sind seine Kenntnisse in Völkerkunde, Länderkunde, Sprachkunde. Was er schreibt, hat geographische Richtigkeit, und selbst seine neidvollsten Gegner konnten ihn auf diesem Gebiet nie antasten.

May, der das Elend aus eigenen traurigen Erlebnissen kannte wie kein zweiter, hat zeitlebens unzählige Wohltaten erwiesen, und dies ist auch der Grund, daß seine Hinterlassenschaft weit geringer ist, als man bei seinen großen Einkünften erwarten konnte. Er hat stets geholfen, wenn die Not an seine Türe pochte; Malern und Bildhauern, die heute berühmt sind, hat er durch großartige Spenden ihr Emporkommen ermöglicht; vier junge mittellose Leute hat er auf seine Kosten studieren lassen. Und gerade in diesem Punkt war der sonst stolze Mann nicht eitel: die rechte Hand wußte nicht, was die linke gab!

Aus den gleichen edelsten Beweggründen heraus entstanden die beiden Testamente von 1902 und 1907, die sein gesamtes Vermögen wohltätigen Zwecken vermachen. Ihre Errichtung geschah längst vor dem grausamen letzten Kampf, der 1910 gegen ihn einsetzte und seinen Tod zur Folge hatte. Karl May, der nicht glaubte, daß sein Körper unter den Kämpfen zusammenbrechen werde, hat nicht etwa beabsichtigt, durch sein Vermächtnis seine Gegner zu verblüffen und zu schlagen. Gemäß seinem Letzten Willen hat seine Witwe Klara May 1913 die mildtätige Karl-May-Stiftung zur Unterstützung notleidender Schriftsteller und Lehrer und zur Förderung mittelloser junger Talente in Dresden ins Leben gerufen.

Wer Karl May liest, wird ihn nicht verdammen können: der Erfolg der Stiftungstatsache liegt darin, daß durch sie Autoritäten, die ihn bisher ungelesen verneinten und ad acta legten, in eine Prüfung und Nachprüfung seiner Werke eintreten. Karl May, der erzgebirgische Weberssohn, gehört der Literaturgeschichte an und wird möglicherweise der Weltgeschichte angehören. Die Nachwelt wird über ihn und über uns alle richten, die wir am Wohl und Wehe seines Weltruhmes beteiligt waren. Sie wird behördliche Maßnahmen unserer und früherer Zeit nicht vom Katheder-Standpunkt aus beurteilen, sondern vom Standpunkt eines verstehenden und verzeihenden Menschentums.

*

Vor nunmehr 70 Jahren wurde am 1. Juli 1913 in Radebeul bei Dresden der Karl-May-Verlag gegründet. Gesellschafter der Firma waren Karl Mays Witwe Klara May, sein erster Verleger Fr. Ernst Fehsenfeld und Dr. Euchar Albrecht Schmid, der als alleiniger Geschäftsführer das Unternehmen leitete. Aus Dr. Schmids Feder stammt der hier abgedruckte Aufsatz „Karl Mays Vermächtnis", eine Denkschrift, die wenige Monate nach der Verlagsgründung am 6. Mai 1914 entstand; zwei Jahre später wurde die eingangs erwähnte Selbstbiographie im Rahmen von Bd. 34 „ICH" in die „Gesammelten Werke" aufgenommen.

In den seither vergangenen Jahrzehnten hat Karl May und sein Werk einen damals nicht voraussehbaren, einmaligen Höhenflug angetreten. Der Verlag, der seit 1960 seinen Sitz in Bamberg hat, kann heute auf die stolze Gesamt-Auflagenziffer aller bei ihm in Bamberg oder als Lizenz-Edition bei befreundeten Firmen, in Buchgemeinschaften und in Taschenbuchform veröffentlichten deutschsprachigen Karl-May-Ausgaben verweisen: 70 Jahre nach der Gründung des Unternehmens sind es mehr als 65 Millionen Bände! Die Nachwelt hätte dem zu seinen Lebzeiten so bösartig verleumdeten Dichter kein eindrucksvolleres Denkmal setzen können.

Bamberg, am 1. Juli 1983 — Karl-May-Verlag

KARL MAYS GESAMMELTE WERKE

Jeder Band in grünem Ganzleinen mit Goldprägung und farbigem Deckelbild

Bd. 1 Durch die Wüste
Bd. 2 Durchs wilde Kurdistan
Bd. 3 Von Bagdad nach Stambul
Bd. 4 In den Schluchten des Balkan
Bd. 5 Durch das Land der Skipetaren
Bd. 6 Der Schut
Bd. 7 Winnetou I
Bd. 8 Winnetou II
Bd. 9 Winnetou III
Bd. 10 Sand des Verderbens
Bd. 11 Am Stillen Ozean
Bd. 12 Am Rio de la Plata
Bd. 13 In den Kordilleren
Bd. 14 Old Surehand I
Bd. 15 Old Surehand II
Bd. 16 Menschenjäger
Bd. 17 Der Mahdi
Bd. 18 Im Sudan
Bd. 19 Kapitän Kaiman
Bd. 20 Die Felsenburg
Bd. 21 Krüger Bei
Bd. 22 Satan und Ischariot
Bd. 23 Auf fremden Pfaden
Bd. 24 Weihnacht
Bd. 25 Am Jenseits
Bd. 26 Der Löwe der Blutrache
Bd. 27 Bei den Trümmern von Babylon
Bd. 28 Im Reiche des silbernen Löwen
Bd. 29 Das versteinerte Gebet
Bd. 30 Und Friede auf Erden
Bd. 31 Ardistan
Bd. 32 Der Mir von Dschinnistan
Bd. 33 Winnetous Erben
Bd. 34 „ICH“
Bd. 35 Unter Geiern
Bd. 36 Der Schatz im Silbersee
Bd. 37 Der Ölprinz
Bd. 38 Halbblut
Bd. 39 Das Vermächtnis des Inka
Bd. 40 Der blaurote Methusalem
Bd. 41 Die Sklavenkarawane
Bd. 42 Der alte Dessauer
Bd. 43 Aus dunklem Tann
Bd. 44 Der Waldschwarze
Bd. 45 Zepter und Hammer
Bd. 46 Die Juweleninsel
Bd. 47 Professor Vitzliputzli
Bd. 48 Das Zauberwasser
Bd. 49 Lichte Höhen
Bd. 50 In Mekka
Bd. 51 Schloß Rodriganda
Bd. 52 Die Pyramide des Sonnengottes
Bd. 53 Benito Juarez
Bd. 54 Trapper Geierschnabel
Bd. 55 Der sterbende Kaiser
Bd. 56 Der Weg nach Waterloo
Bd. 57 Das Geheimnis des Marabut
Bd. 58 Der Spion von Ortry
Bd. 59 Die Herren von Greifenklau
Bd. 60 Allah il Allah!
Bd. 61 Der Derwisch
Bd. 62 Im Tal des Todes
Bd. 63 Zobeljäger und Kosak
Bd. 64 Das Buschgespenst
Bd. 65 Der Fremde aus Indien
Bd. 66 Der Peitschenmüller
Bd. 67 Der Silberbauer
Bd. 68 Der Wurzelsepp
Bd. 69 Ritter und Rebellen
Bd. 70 Der Waldläufer
Bd. 71 Old Firehand
Bd. 72 Schacht und Hütte
Bd. 73 Der Habicht

KARL-MAY-VERLAG · BAMBERG